PIERRE NAUDIN

Pierre Naudin est né en 1923 à Choisy-le-Roi. Journaliste, il a publié des essais et des romans, notamment *Les mauvaises routes* (1959).

Il se passionne pour le XIVe siècle et ses chroniqueurs, comme Jean Froissart et Jean le Bel, et poursuit d'importantes recherches sur le Moyen Âge, qui ont abouti à l'écriture du *Cycle d'Ogier d'Argouges* et du *Cycle de Tristan de Castelreng*. Ainsi, depuis 1978, ces fantastiques épopées historiques, unanimement saluées par la critique, entraînent des milliers de lecteurs dans la France médiévale, dont Pierre Naudin restitue, avec justesse et minutie, le tumulte et les élans.

Membre éminent de l'Académie royale des beaux-arts et des sciences historiques de Tolède, Pierre Naudin donne régulièrement des conférences dans les universités d'Europe.

W0403553

DU MÊME AUTEUR
CHEZ POCKET

CYCLE D'OGIER D'ARGOUGES

1. LES LIONS DIFFAMÉS
2. LE GRANIT ET LE FEU
3. LES FLEURS D'ACIER
4. LA FÊTE ÉCARLATE
5. LES NOCES DE FER
6. LE JOUR DES REINES
7. L'ÉPERVIER DE FEU

CYCLE DE TRISTAN DE CASTELRENG

1. LES AMANTS DE BRIGNAIS
2. LE POURSUIVANT D'AMOUR
3. LA COURONNE ET LA TIARE
4. LES FONTAINES DE SANG
5. LES FILS DE BÉLIAL
6. LE PAS D'ARMES DE BORDEAUX
7. LES SPECTRES DE L'HONNEUR
8. YOLLANDE DE MALLEBOIS

DU MÊME AUTEUR
AUX ÉDITIONS AUBÉRON

CYCLE D'OGIER D'ARGOUGES

LES LIONS DIFFAMÉS
LE GRANIT ET LE FEU
LES FLEURS D'ACIER
LA FÊTE ÉCARLATE
LES NOCES DE FER
LE JOUR DES REINES
L'ÉPERVIER DE FEU

CYCLE DE TRISTAN DE CASTELRENG

LES AMANTS DE BRIGNAIS
LE POURSUIVANT D'AMOUR
LA COURONNE ET LA TIARE
LES FONTAINES DE SANG
LES FILS DE BÉLIAL
LE PAS D'ARMES DE BORDEAUX
LES SPECTRES DE L'HONNEUR

CYCLE DE GUI DE CLAIRBOIS

LES FUREURS DE L'ÉTÉ
L'ÉTRANGE CHEVAUCHÉE
LES CHEMINS DE LA HONTE (2 volumes)
LE BÂTARD DE CLAIRBOIS

À paraître :

LE CHAMP CLOS DE MONTENDRE
LE SECRET SOUS LES ARMES
LE BOURBIER D'AZINCOURT

DANS LA COLLECTION
HISTOIRE À L'ENCRE NOIRE

LES ÉPÉES DE LA NUIT
YOLANDE DE MAILLEBOIS

PIERRE NAUDIN

CYCLE D'OGIER D'ARGOUGES

LE GRANIT ET LE FEU

AUBÉRON

Le Code de la propriété intellectuelle n'autorisant, aux termes de l'article L. 122-5 (2° et 3° a), d'une part, que les « copies ou reproductions strictement réservées à l'usage privé du copiste et non destinées à une utilisation collective » et, d'autre part, que les analyses et les courtes citations dans un but d'exemple et d'illustration, « toute représentation ou reproduction intégrale ou partielle faite sans le consentement de l'auteur ou de ses ayants droit ou ayants cause est illicite » (art. L 122-4).
Cette représentation ou reproduction, par quelque procédé que ce soit, constituerait donc une contrefaçon sanctionnée par les articles L. 335-2 et suivants du Code de la propriété intellectuelle.

© Éditions Aubéron 1993.
ISBN : 2-266-10306-7

A Chantal Gillet,
Jacques Desmarets
et tous les employés
de la succursale A
du Crédit Industriel et Commercial
de Paris
qui surent me prouver
pendant quelques jours,
qu'Ogier d'Argouges
faisait partie
de leur clientèle.

24 juin 1340.

Ce jour-là, dans l'estuaire de l'Escaut, un grand combat opposa la flotte anglaise, commandée par Édouard III, aux nefs de France supérieures en nombre et en guerriers. Les chroniques rapportent que les « Goddons » se battirent à un contre trois, sans jamais rompre l'engagement. La Bataille de l'Écluse *s'acheva par une défaite qui laissa* « tous les françoys durement dolans et esbahys, et les aultres, qui ne les amoient pas, moult joyeux* »*. Philippe VI de Valois, absent, avait assemblé quelque 200 « naves » bourrées de marins, mercenaires, piétons et chevaliers. La plupart furent détruites, les autres capturées. Il y eut, dit-on, 30 000 morts dont 22 000 « françoys ».*

La responsabilité de cette infortune incombe au commandement français. Son impéritie, ses carences et ses querelles avaient été dénoncées, avant l'attaque anglaise, par un chevalier cotentinais, seigneur de Gratot, près de Coutances : Godefroy d'Argouges. Victime de son franc-parler, il se vit accuser de trahison par son ennemi juré, Richard de Blainville, substitut du roi depuis quelques années, dans les pires occasions.

Le château choisi pour le procès bâclé de Godefroy d'Argouges est celui de La Broye, proche de Crécy-en-Ponthieu où, six ans plus tard, devait se produire un second désastre militaire dû, lui aussi, à la balourdise des maréchaux et capitaines au service d'un roi friand de romans chevaleresques et d'ostentation guerrière. Si l'héroïsme de ces prud'hommes paraît certain, leur incurable jactance fut toujours préjudiciable aux lis de France.

A peine sorti de ses enfances primes, Ogier d'Argouges avait accompagné son père dans cette expédition navale. Sur le pont du Christophe, dans l'anse de

* *Chroniques* de Jean le Bel.

l'Écluse, il assiste à la déconfiture des guerriers qu'il admirait. Quelques jours plus tard, le 4 juillet, il est, parmi les survivants du massacre, le spectateur impuissant d'une cérémonie odieuse : son père est exclu de l'ordre de la Chevalerie et les deux lions d'or des armes familiales sont diffamés sur l'écu qui les porte : deux barbouillages de peinture les privent de leur longue queue en panache.

A l'issue de cette dégradation, Godefroy d'Argouges, sauvé du bourreau par des chevaliers amis, n'est plus rien. Pour soustraire son fils à l'opprobre qui dorénavant sera sien, il en confie l'éducation à son beau-frère, Guillaume de Rechignac, ainsi qu'au sénéchal de celui-ci : Hugues Blanquefort.

En Périgord, dans le château de son oncle, Ogier, pendant cinq ans, s'entraîne au dur métier des armes. Il a noué une idylle avec une jouvencelle, Anne, et s'est fait détester, dès son arrivée, par trois écuyers dont il affrontera l'un, Didier, dans un combat mortel après le viol de sa cousine Tancrède.

Tandis que les Anglais font mouvement sur Périgueux, le damoiseau commet une faute : il va lui-même prévenir le père de Didier, Saint-Rémy, des menaces qui se précisent. Ce hobereau vit dans un châtelet fangeux. Une enjambée de trop sur le seuil ; la herse tombe : c'est la capture.

Jeté dans une porcherie, Ogier, verrouillé, sait qu'il va être mis à mort au petit matin avec un Anglais qui partage son sort. Ce Goddon, c'est Robert Knolles, un routier dont les hordes ont envahi la contrée. Ogier l'aide à se délivrer de ses chaînes. Bientôt, les compagnons de Knolles assaillent victorieusement Saint-Rémy. L'Anglais et Ogier recouvrent la liberté.

Knolles, reconnaissant, permet à Ogier de regagner le château de son oncle. Mieux encore : il lui accorde d'emmener avec lui les deux écuyers, Renaud et Haguenier, qui avaient contribué à son arrestation.

Enfin, il laisse la vie à Saint-Rémy et fait don à Ogier d'une jeune ribaude : Adelis.

A Rechignac on se prépare à soutenir un siège. Les hommes d'armes sont rares, mais les vilains et les manouvriers travaillant dans les murs jurent de sauvegarder cette bastille quasiment neuve, apparemment imprenable. Il y a, parmi les défenseurs, trois armuriers de Tolède qui, venant des Allemagnes, ont demandé asile au châtelain. Ogier a su s'en faire des amis ainsi que sa cousine Claresme, sœur de Tancrède.

Bientôt, Robert Knolles vient sommer Guillaume de Rechignac de lui ouvrir ses portes. Le vieux guerrier refuse.

L'angoisse étreint soudain les êtres et les pierres.

RECHIGNAC

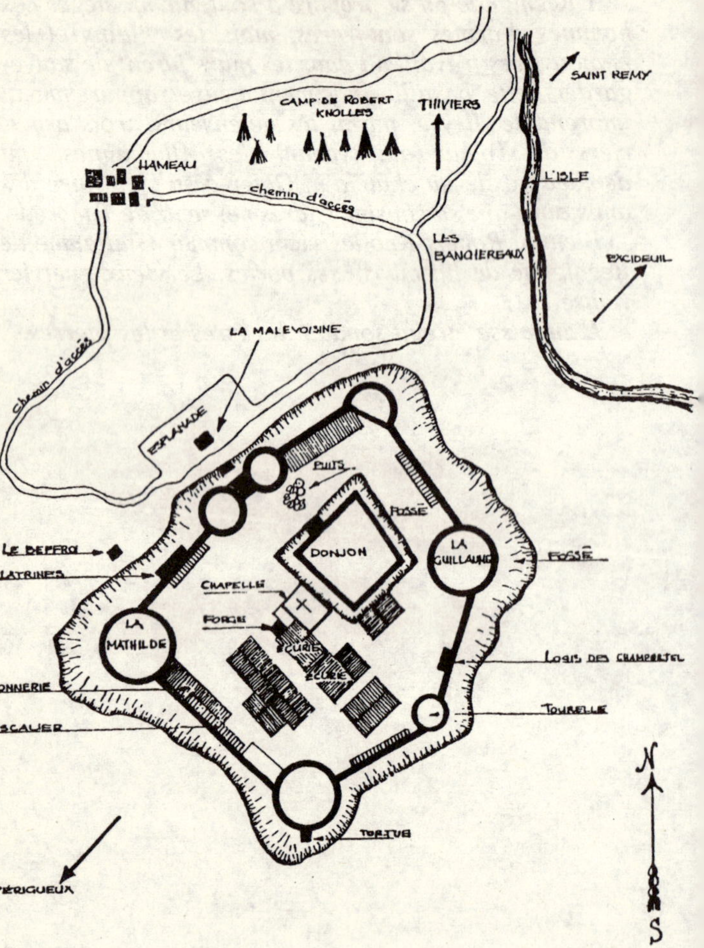
CAMP DE ROBERT KNOLLES
THIVIERS
SAINT REMY
HAMEAU
chemin d'accès
L'ISLE
LES BANCIEREAUX
EXCIDEUIL
chemin d'accès
LA MALEVOISINE
ESPLANADE
PUITS
FOSSÉ
DONJON
LA GUILLAUME
FOSSÉ
LE BEFFROI
LATRINES
CHAPELLE
FORGE
ÉCURIE
ÉCURIE
LA MATHILDE
LOGIS DES CHAMPERTEL
ECHANSONNERIE
ESCALIER
TOURELLE
TORTUE
PÉRIGUEUX
N
S

PREMIÈRE PARTIE

LES MURAILLES DE RECHIGNAC

I

A l'issue de sa seconde ronde, Ogier s'approcha de Thierry Champartel.

— Rien ?

— Rien, messire. Ils prennent leur temps. Ils savent que Rechignac n'est pas Saint-Rémy.

Le forgeron hésita et parut se jeter un défi à lui-même :

— Si je peux me permettre...

— Tu peux.

— N'êtes-vous pas marri de ce qui vous advient ? Vous alliez, ces jours-ci, regagner la Normandie et voilà que les Goddons vous en empêchent. Il y a de quoi devenir enragé !

Depuis longtemps, Ogier se sentait en solide accointance avec ce garçon vigoureux, aimable, dur à la tâche. Quel serait son comportement lorsque les meutes de Robert Knolles assailliraient la forteresse ? On le voyait souvent en compagnie de Perrine, une lavandière. L'aimait-il ? Souhaitait-il l'épouser ? Craignait-il qu'après quelques assauts sanglantement repoussés, les démons d'Angleterre et leurs alliés de Gascogne parvinssent à franchir les murailles ?

Ils regardèrent au-delà de l'enceinte, dans les guérets et les friches en lisière de la forêt, ces conquérants dont le chef avait fait un si grand déploiement. Le spectacle de cette puissance au repos plus encore que la rumeur qui s'en dégageait agissait sur leurs nerfs d'une façon moins néfaste, sans doute, que Knolles ne l'espérait. Sans relâche, ils devaient se pencher, observer, supputer ce que serait cette première épreuve et en quel lieu elle se situerait.

— *Enragé* ? reprit tout à coup Ogier. Non. Je languis de voir cette envahie [1]. A l'Écluse, j'étais ainsi, ce dont j'ai toujours du regret. Mais nous étions en mer. Ici, tout est différent. Nous n'avons pas à craindre d'être engloutis. Le feu ne peut consumer ces chaingles [2], ces tours, ce donjon !

— Ils sont patients. Ils n'ont rien fait depuis ce matin. Que pensez-vous qu'ils nous apprêtent ?

Ogier eut un geste évasif et dévisagea son compagnon. Il transpirait, lui aussi, sous son chapel de fer : brusquement, la chaleur était arrivée ; ils y étaient si peu accoutumés qu'ils fondaient sous leurs mailles. Thierry gratta sa joue barbue puis considéra ses doigts poisseux de sueur :

— Dès qu'on m'aura relevé, mes joues deviendront aussi lisses que mes genoux. J'en ai assez de tous ces poils. Margot prétend qu'ils me vieillissent.

Ogier se demanda si Thierry avait couché avec sa belle-sœur. Et soudain :

— Sais-tu pourquoi Anne est partie ?

Le forgeron, gêné, remua les épaules. Une lippe d'ignorance mit un peu de brillant sur ses lèvres pâles, gercées par les braises du fourneau et l'éclaboussement des battitures.

— Mon frère doit le savoir... peut-être depuis des semaines.

Cette précision formulée à voix basse — comme s'il s'en repentait —, Thierry enfourna sa tête dans l'em-

1. Ou *envaye* : attaque.
2. L'enceinte.

brasure d'une archère, signifiant ainsi sa volonté de rompre un entretien embarrassant.

— Ils viennent d'allumer un feu devant le pavillon de Canole. Il ne va pas tarder à s'emplir la panse. On devrait en faire autant...

Lançant un regard méprisant à tous ces guerriers, Ogier trouva que leurs chants et leurs hurlements semblaient se développer.

— Combien sont-ils, messire, selon vous ?

— Deux milliers... Une grosse cavalerie.

Il y avait, en effet, des chevaux par centaines — roncins, coursiers et sommiers —, des mules, des ânes bâtés de sacs de cuir dont quelques goujats les soulageaient.

— Ils ont certainement rifflé toutes ces bêtes dans les châteaux qu'ils ont conquis.

— Leur butin doit peser lourd !

— Mais ils ont des filles... légères !

Des ribaudes trottaient parmi les chevaux et les hommes, et comme il faisait chaud, la plupart étaient nues.

— Truanderie et putasserie ! fit Champartel en crachant dans le vide.

Ogier se demanda où était Adelis. S'il ne l'avait sauvée des griffes de Canole, et surtout de la convoitise de Barbiéri, elle eût peut-être erré maintenant dans les champs après avoir passé une nuit qu'il se refusa d'imaginer.

— Regarde, Thierry... Voici Knolles et Briatexte. Ils ont conservé leurs armures.

Tandis qu'il les observait — comme magnifiés par la lumière que le soleil couchant jetait sur leurs fers —, Ogier fut saisi d'étonnement au souvenir de sa rencontre avec l'Anglais. A peine l'avait-il côtoyé qu'il s'était senti en confiance ; et le Goddon, d'emblée, s'était livré, lui révélant maintes choses inconnues concernant cette guerre qu'il considérait comme une querelle familiale. Quelle aisance dans cette démonstration ! Quelle créance en un avenir brillant pour l'Angleterre !

— Messire Ogier, si ce Canole revient nous ramposner[1] sous nos murs, je le percerai d'un carreau !

— S'il revient, Thierry, je crains qu'il ne soit pas seul et que tu n'aies de la peine à l'atteindre.

Mélancolique et las de regarder au-delà des créneaux, saluant Girard puis Perrine qui sans doute allait rejoindre Thierry, Ogier continua sa ronde.

« Pas vu Tancrède et Claresme. Elles ont à peine mangé à midi, puis s'en sont allées dans leur chambre. Elles ont peur. *Nous avons tous peur*. Nous avions pensé qu'ils se jetteraient sur nous sans barguigner, or, seuls leurs cris de joie nous atteignent. Ils veulent éprouver nos nerfs. »

Les guetteurs le saluaient, souriaient. Les jouvenceaux — en minorité — semblaient les plus attentifs à scruter l'obscurité naissante. Le fils de Gilles et de Margot veillait seul, tête nue, entre deux merlons proches des latrines, à mi-chemin entre la Mathilde et les tours portières.

— A couvert, Gauthier ! Ne sais-tu pas que cette engeance a les meilleurs archers du monde ?

Redescendant vers les écuries. Ogier s'étonna de l'agressivité avec laquelle il avait donné son conseil. Mais quoi ? Désormais, seule la rudesse avait cours.

Sinuant à travers les groupes d'hommes prêts à combattre et qui passaient le temps à jouer aux dés, aux billes, aux jonchets, il se dirigea vers la forge, ouverte, et retentissante du vacarme qu'y menaient les armuriers.

— Tiens, vous êtes là !

— Faut bien, messire... Et je dirai même qu'on n'est pas assez nombreux.

Gilles Champartel tournait la manivelle de la meule, face à Laurent Massoutier occupé à l'aiguisage de fers

1. Défier par des bravades.

de flèches. Plutôt que d'effectuer cet ouvrage dans un recoin obscur, ils auraient pu sortir la meule et l'accomplir sur le seuil de la forge ; mais non. Ces murs couverts de suie et résonnant de tintamarres inhabituels, Gilles les estimait siens. Pendant quelques jours, il n'y régnerait plus en maître. Il devait détester les Tolédans, et par tous les moyens leur imposer sa présence. Par malice, il avait couvert son fourneau de fasin [1], signifiant ainsi aux Espagnols sa volonté qu'ils n'y touchassent point. Ogier se saisit d'un tisonnier et en trois mouvements dégagea l'âtre où pétillaient quelques braises.

— Messire, il nous faut ménager le charbon !

Ogier ignora le mari de Margot :

— Disposez-vous de tout ce qu'il vous faut, messires les armuriers ?... Ces flambeaux que je vois là, vous éclairent-ils suffisamment ?

— Tout est bien, dit Pedro del Valle.

Et après une hésitation :

— L'espatage, comme on dit chez vous [2], va nous coûter du temps et de la sueur, mais nous tiendrons notre promesse.

« Pourvu que j'aie de quoi payer ! » songea Ogier.

— N'ayez crainte de rien, le rassura del Valle.

Le corps enveloppé d'un tablier de cuir, il aidait José Blasco à maintenir contre l'enclume une plaque de fer sur laquelle figurait, à la craie, ce qui devait être un plastron. Un burin dans une main, une massette dans l'autre, Juan Martinez la découpait à grands coups furieux.

— La seule façon de rendre supportable l'attente où nous sommes...

Del Valle s'interrompit, car une trompe sonnait, puis une autre. Quand vint le silence, la voix de Jean du Taillis tomba du donjon, criarde, exigeante :

1. Mélange de cendre, de terre et de brindilles dont on couvre le fourneau d'une forge.

2. Amincissement des plaques de fer ou d'acier.

— A l'arme ! A l'arme !... Il en vient de toutes parts !

Devançant Gilles et Massoutier, Ogier se précipita au-dehors. Traversant la cour au pas de course, sans souci d'y bousculer les hommes que les sergents stimulaient, il accéda, par un des escaliers découverts, au chemin de ronde.

Guillaume et Blanquefort semblaient l'attendre.

— Content de voir que tu es le plus prompt, bougonna le baron.

Puis, imitant son sénéchal, il encouragea du geste et de la voix tous les besogneux prêts à se battre et qui, un à un, surgissaient devant eux.

— Hâtez-vous ! Hâtez-vous !... Mais vous affolez pas !

— Ménagez vos carreaux et vos sagettes... Attendez nos commandements !... Girard, Norbert, Paul, occupez-vous-en... Toi, mon neveu, surveille la truandaille !

A l'angle du merlon derrière lequel il s'était tapi, Ogier regarda les bataillons ennemis.

Ils chantaient comme peut chanter un orage, et des peaux d'ânes et de chèvres tendues sur les cylindres de cuivre à peine plus hauts que des chaudrons, montait un grondement discordant, à lui seul redoutable. L'avant-garde était constituée par ceux de Saint-Rémy : la crapule fidèle à sa livrée de dépouilles de bêtes. Derrière progressaient deux haies de sarraus multicolores, à l'abri de boucliers ronds, qui, souvent bord à bord, formaient les anneaux de cette immense scolopendre. Les heaumes de toute espèce et les armes de ce monstre ivre de fureur et de bruit luisaient dans les flamboiements du soleil, et déjà çà et là se maculaient de pourpre.

Ogier rampa jusqu'à l'extrême bord du crénelage, entre un tas de boulets et l'orifice d'un mâchicoulis.

Ils marchaient lentement. Entre chaque rang, agitant leur épée, des capitaines hurlaient et trébuchaient parfois tant ils regardaient, droit devant, les murailles. Il y avait, ployés sous leur grand pavois, des arbalétriers en petit nombre, puis des porteurs de béliers et d'échelles, un rouleau de cordage en travers de leur torse, et enfin les boutefeux aux mains grossies par des moufles fourrées. Ils soutenaient deux à deux par leurs anses des marmites de cuivre où rougeoyaient des braises.

— Seigneur ! s'exclama Ogier. Dix échelles pour le mur où nous sommes... et trois béliers destinés à la poterne... S'il y en a autant à chacun des côtés...

Abrégeant et se retournant pour consulter Guillaume, il vit Blanquefort courir vers la Mathilde. C'était toujours dans ce sens qu'il accomplissait le tour des remparts.

— Ainsi, les voilà, mon oncle.

Il s'aperçut qu'il claquait des dents. La peur ? Non, ou à peine. Il était aiguillonné par une curiosité frénétique. Prisonniers et comme condensés dans la couronne des collines avoisinant Rechignac, les battements des tambours et la litanie des envahisseurs devenaient les échos de son horreur et de sa malédiction.

« Qu'ils crèvent ! Qu'ils crèvent ! souhaita-t-il. Que Dieu les voie et les anéantisse avant qu'ils ne nous atteignent ! »

Son cœur palpitait contre les dalles, et sa main blessée, crispée sur le rebord du parapet, le démangeait.

— Allez, Ogier, recule... Il suffit ! cria Guillaume.

Il fut tenté d'obtempérer, mais les contractions lentes, inexorables, du grand serpent lové autour de la forteresse, le fascinaient. Il entendit Norbert :

— Moult d'entre eux sont armés de haches danoises !

Et comme il avait manié celles de Guillaume, il vit et toucha de mémoire ces armes épouvantables : un fer large, relevé à son sommet pour fournir des estocades ; un manche oblique grâce auquel on augmentait la force du coup. Et il frémit en imaginant les brèches que les tranchants pourraient ouvrir avant peu.

Sur un commandement, tous s'arrêtèrent ; sur un

autre, leurs rangs s'agglutinèrent en un seul. Les tambours cessèrent leurs martellements. De loin en loin, des trompes levèrent leurs entonnoirs d'airain et lancèrent un barrissement bref.

Alors, une formidable poussée démolit cette muraille vivante. Une course forcenée répandit en avant hommes, aciers, cris, flammes ; ce fut une tempête, un tourbillon gigantesque dont les remous se composaient de chair et de fer, et les grondements, de clameurs effrénées, toutes pareilles :

— *Édddooouuuuaaaarrrddd !*

Le nom maudit du souverain d'Angleterre s'allongeait, s'allongeait, s'incurvait, grossissait ; devenait lui-même, au-dessus du reptile humain tronçonné, lacéré, fracassé par l'attaque, un monstre sonore écaillé de cliquètements de métal et dont les pulsations étaient celles des tambours à nouveau présents, obsédants par leur immuable cadence : *boum boum boum... boum boum... boum boum boum... boum boum*.

— Ils vont glacer le sang des plus hardis d'entre nous !

— C'est surtout de notre côté — entre la Mathilde et les tours portières — qu'ils concentrent leur assaut, dit Blanquefort. Il n'y a que cinq ou six échelles pour chacune des autres murailles.

— Ici, dit Guillaume, va falloir s'employer.

Et, les mains en cornet, il hurla de toutes parts :

— Bersez ! Bersez [1] ! Vous voyez bien qu'ils sont là !

Ils arrivaient — déjà ! — buisson d'acier tonitruant, bramant, cliquetant, dans lequel s'insinuaient les portefaix. Les béliers lancés, ceux-ci plongeaient dans le fossé leurs échelles, puis déroulaient les cordages avec lesquels ils s'étaient ceints et dont, par groupes, ils retenaient une des extrémités pour permettre à leurs compagnons de descendre.

1. « Tirez ! Tirez ! » (Lancez des traits !)

La plupart de ceux qui glissèrent ainsi, après avoir jeté leur bouclier au fond, tombèrent percés de traits ; d'autres s'élancèrent sur les échelons et connurent le même sort. Mais ils étaient nombreux ; les suivants réussirent. Il y en eut dix, puis vingt ; une cinquantaine. Assemblés au bord de l'excavation, ils réunirent les écus en tortue, se chargèrent d'un bosson — un tronc de chêne — et, longeant la muraille, progressèrent tant bien que mal vers la poterne, sous le pont-levis.

— Les boulets ! brailla Guillaume. Allez les jeunes ! Vous êtes là pour ça !

Les mâchicoulis vomirent aussitôt. Les grosses billes de pierre, en tombant, heurtèrent le fruit[1] à la base de la muraille et rebondirent sur les assaillants, dissociant les écus, broyant, crevant, décapitant. Les hurlements de haine et les cris de douleur devinrent tels qu'ils engloutirent le carillon du tocsin par lequel le chapelain réclamait des renforts.

— Allez, allez, mes gars ! vociféra le baron. Défendez-vous ! Vaillance ! Vaillance !

Ogier se sentit tiré par les pieds.

— Il suffit, dit Blanquefort. Vous devriez avoir un arc à la main.

— Je veux trouer de mon épée le premier qui montrera sa goule à ce niveau !

— Rien ne vous dit que ce sera pour ce soir... Ils n'ont pas approché une échelle... C'était à la poterne qu'ils en voulaient.

Bien que les archers et les arbalétriers affectés à la protection des envahisseurs eussent riposté sur ceux de

1. Les murs des courtines, et surtout des tours, présentaient souvent un *fruit*, c'est-à-dire une surface également inclinée, non verticale : un talus de pierre à la base du mur. C'était, en effet, la base la plus vulnérable, car accessible au bélier et à la sape. Ainsi, l'épaisseur de la paroi se trouvait doublée par rapport au reste du mur. Cet empattement fut fréquent aux XIIe, XIIIe et XIVe siècles. Cette base permettait le ricochet des projectiles. L'inclinaison était étudiée pour obtenir le meilleur angle de renvoi.

Rechignac, dont certains se découvraient pour ajuster leur tir, ils n'en blessèrent aucun dans cette portion des défenses. Et les flèches enflammées que le damoiseau vit passer au-dessus de ses compagnons et atteindre le chaume et les essentes de certains bâtiments n'exhalèrent que des fumées : ils étaient trop humides.

— Viens, mon neveu, dit Guillaume. Courbons-nous et faisons un tour... Toi, Hugues, tu nous avertis si ça va mal.

En marchant derrière le vieillard, Ogier constata que l'assaut avait effectivement porté sur la courtine qui reliait la Mathilde aux tours d'entrée. Partout ailleurs, cependant, les défenseurs vidaient leur carquois consciencieusement. Ils s'appliquaient à tuer. La peur ne les touchait plus. Le vieux Florimont se détacha d'un groupe d'arbalétriers ; sa bouche de brèche-dent tremblotait :

— Ils ont essayé de faire une tortue par ici. (Il agita sa main comme s'il se l'était brûlée.) Ben alors ! Si vous aviez vu ! Il n'en reste que des miettes et de la bouillie.

— Bien, dit Guillaume. N'épargnez pas les boulets et les rocs. Et si nos provisions s'épuisent, nous taillerons le rocher de ma seconde cave... Jusqu'aux enfers s'il le faut !

Il y eut des rires nerveux, insincères. Tous ces hommes dont Ogier ne voyait que le dos de mailles et les gestes s'interrogeaient. Présentement, ils dominaient l'ennemi. Mais dans la nuit ? Demain ?

« Étrange assaut », se dit-il, tandis que les sagettes et les rochers tombaient toujours des murailles et que d'en bas montaient des hurlements de haine et de souffrance.

— Je n'y comprends rien, mon oncle. Ces centaines d'hommes ! Ces dizaines d'échelles !

— Canole a voulu nous enhider[1]. Je ne serais pas

1. « Nous épouvanter. »

étonné qu'il revienne nous parler. Vois : plutôt que d'être appuyées contre nos murs avec des gars dessus, ses échelles sont demeurées dans le fossé, tout le long de notre orteil et du talus d'en face [1]. Quant aux hommes qu'il a envoyés en avant, eh bien, si tu as une bonne vue, tu verras qu'ils ont été peu nombreux à descendre, puisqu'ils sont là, là et là, prêts à choir dans le fossé s'ils en reçoivent commandement.

Sitôt après la Mathilde, de l'ouest au sud, puis de la tour sud à la tourelle, et de celle-ci jusqu'à la demi-tour du septentrion, l'affrontement se limitait à un échange de projectiles.

— Canole nous a tâtés pour savoir si nous pouvions nous défendre, continua Guillaume, sûr de lui. Il en a désormais la preuve... Il a essayé d'entrer par la poterne en se méfiant de la bretèche qui la surplombe... Mais ses gars ne l'ont même pas atteinte...

— Il a perdu des hommes !... Pour rien.

Guillaume sourit :

— Des mercenaires et des Gascons... Les Anglais sont restés dans les prés. Et lui, Canole ? L'as-tu aperçu ? Non. Demeuré en bas avec ses connétables et son Briatexte à l'armure noire... Crois-moi : quand tu apercevras cette engeance, alors ce sera mauvais signe...

Il y eut deux appels de trompe. Un cri à la fois triomphal et incrédule courut tout au long des remparts :

— Ils partent !... Ils dessiègent !

L'oncle et le neveu revinrent à la bretèche. Écartant les combattants, ils se penchèrent entre deux merlons, prudemment.

— Eh oui, ils dessiègent... Ils se deffoucquent [2] ! commenta Guillaume.

1. Le mot *contrescarpe* n'existait pas. L'*orteil* désigne le petit espace compris entre le rempart et le fossé. Il servait à recevoir les terres et pierres éboulées du parapet.

2. « Ils se dispersent. »

Au fond du fossé, les routiers refluaient vers les échelles et les gravissaient non sans subir des pertes, abandonnant blessés, armes, boucliers. Partout ailleurs autour de l'enceinte, leurs compagnons, sans les attendre, refluaient en direction de leur camp et du hameau d'où s'échappaient toujours des fumées et des flammes.

Le baron recula ; Ogier en fit autant.

— Ils pouvaient nous briser en nous forçant de toutes parts. Et ils s'en vont !

A nouveau, Guillaume s'avança et regarda en bas :

— Notre fossé contient trop d'hommes pour qu'ils soient tous morts... Les blessés se tortillent... Ne les achevez pas... Il convient qu'ils souffrent et se lamentent ! J'aimerais que leurs cris parviennent à Canole !

Il se tourna vers son sénéchal :

— Hugues, bientôt on n'y verra plus. Méfions-nous que certains ne ressuscitent pour renouveler leur assaut.

Le baron tressaillit et en grognant porta sa dextre à son omoplate. Une sagette y était plantée.

— Ça m'apprendra...

— Venez, mon oncle... Et vous, les gars, que ça vous serve de leçon...

Les archers acquiescèrent. Ogier poussa le vieillard à l'abri d'un merlon :

— Avez-vous mal ?... Mon oncle, répondez !

— Au lieu de t'émouvoir, enlève-moi donc ça !

Le garçon tira prudemment la flèche. Guillaume soupira et s'enquit :

— Est-elle venue tout entière ?

Ogier plaça la pointe vermeille sous les yeux du blessé :

— Un petit cœur d'acier qui pouvait interrompre le vôtre.

Guillaume s'assit et lui montra son épaule :

— Le trou est-il profond ?

Ogier se pencha. Le sang sourdait, engluait les

mailles, mais le baron s'en souciait peu. Il fit mouvoir son bras, grimaça ; Blanquefort était là, impassible.

— Allez vous soigner, dit-il. L'os est sûrement touché.

Guillaume se releva et, titubant, se dirigea vers un escalier.

— Venez, Ogier, reprit le sénéchal. Allons voir si partout ailleurs ils guerpissent... Dommage que la nuit commence à s'épaissir.

Ils firent quelques pas, et comme ils approchaient d'une latrine, Gilles Champartel en sortit sans carquois, mais l'arc à la main. Il passa devant eux sans les voir. Le forgeron écarta une demi-douzaine d'arbalétriers pour gagner l'embrasure d'un créneau et s'y pencher. Observant les abords du fossé, il agita soudain son arc puis se tourna, ivre de joie et de soulagement, vers ses compagnons immobiles.

— Eh les gars ! Approchez ! Approchez !... Victoire ! Victoire ! Vic...

Un hoquet le secoua ; une fleur vermeille, pointue, apparut sur sa poitrine enrobée de fer ; il chancela, battit des bras et vola dans le vide.

— Macarel ! Macarel ! maugréa Blanquefort. Vous avez vu, Ogier, le carreau que c'était ?... L'arbalète qui a lancé ce trait doit appartenir à un géant... et être taillée en proportion.

— Il s'appelle Tranchelion, dit Ogier. Pauvre Gilles.

Blanquefort haussa les épaules :

— Il a bien cherché son trépas... On ne s'expose pas bêtement quand l'ennemi reflue... De plus, je crois bien qu'il s'était mussé dans cette latrine... Ma parole : ces Goddons sont des Parthes !

La scène avait été si brève que le damoiseau la revivait sans trop y croire : ce sifflement, cette érection rouge sur les mailles ; ce hoquet suivi du cri d'horreur des compagnons impuissants.

— Allons, allons, vous autres, tonna Blanquefort.

Dispersez-vous... Tous à recueillette [1] !... Et que ceci vous serve de leçon... Dites-vous aussi que la truanderie reviendra... Girard !

Le sergent, livide, se détacha d'un petit groupe d'adolescents muets, hébétés.

— Va prévenir Thierry et Gauthier. Ils sont à la tourelle. Mais dis-leur de rester sur place... Puis, trouve des jouvenceaux. Demande-leur de nous monter des sagettes et des carreaux. Dis à Mathilde de nous préparer du pain, du lard et du vin. Qu'elle charge des gars — pourquoi pas ses fils ? — de nous porter cette mangeaille... Je ne veux aucun jupon sur les aleoirs.

Tandis que Girard s'éloignait en courant, le sénéchal se tourna vers Ogier :

— Il faut prévenir la Margot. Voulez-vous vous en charger ?

— Moi ?... C'est une besogne de femme ou de chapelain.

— Je n'ai ni l'une ni l'autre sous la main. Allez-y !

Et comme le damoiseau se penchait vers la plaine, Blanquefort ricana :

— Vous en faites pas. Ils nous laisseront en paix jusqu'à la mi-nuit...

Ogier descendit dans la haute cour. Il tremblait : la rage et une sorte de désillusion. Cette marée mortelle, aussi vive à battre les murailles qu'à en refluer... Et ces tambours infatigables... Cette peur étrange, *exaltante...* Et maintenant, cette paix fragile, chargée de malheur et de nuit...

Il croisa, pâles et soulagés, des enfants, des femmes et des filles. Là-haut, regrettait-on d'autres morts que celle de Gilles ?... Il y avait sûrement des blessés. Qui ? Combien ?... Et lui, Argouges ? Par quel préambule

1. Tous à l'abri.

commencerait-il à s'acquitter de sa mission — si toutefois Margot se trouvait chez elle ?

Portant la main à son épée, il sentit que son coude en touchait un autre... Une femme. Elle ne lui disait rien et passait. Une du hameau...

Elle semblait se rendre aux étables. Ses hanches larges oscillaient sous sa robe grise, son seul vêtement, il en fut convaincu par le bombé des fesses. Elle était nu-pieds, et c'était pourquoi il n'avait pas deviné son approche. Brune. Elle avait ramené ses cheveux tressés en arrière de son crâne et ce serpent soyeux lui titillait les reins. Quel visage avait-elle ? Quel qu'il fût d'ailleurs, en le frôlant elle avait aggravé son mésaise.

Soudain, il entrevit son profil : l'Aliénor, l'épouse du Calixte, le sabotier. Et elle allait pieds nus !

Entre la forge et les étables, un passage conduisait à une maison basse à demi enfoncée dans la muraille et coiffée, dans sa partie débordante, de pierres plates et de lauzes. Bâtie lors de la construction de la première enceinte, Guillaume avait tenu à ce qu'elle subsistât sans que rien y fût changé. Une lueur soufrée bougeait à sa fenêtre.

— Margot, ouvre... C'est Ogier.

Elle apparut, une chandelle à la main.

— C'est vous !... C'est donc fini ?... Ils sont partis ?... Je n'ai pas bougé... Leurs cris m'épouvantaient. Je suis toute froidie des orteils à la tête... Telle que vous me voyez, j'allais me vêtir et partir au donjon pour y ouvrir le lit des damoiselles...

Elle était grande, élancée ; elle avait sur le corps cette chemise dans laquelle il l'avait aperçue, à son retour de Saint-Rémy.

— Qu'est-ce qui vous amène ?

A quoi bon hésiter ? Elle le regardait de son air équivoque, entre l'insolence et la soumission.

— Ce qui m'amène, Margot, c'est que ton mari est mort.

Aucun tressaillement : elle pinça les lèvres ; le chandelier demeura immobile en sa main.

— Il s'est trop exposé... Une darde... Il est tombé dans le fossé.

— Thierry et Gauthier ?

— Ils savent.

Il sentit remuer des velléités au fond d'elle. De quelle espèce ?

Elle dit enfin, et son accent ne reflétait ni douleur ni regret :

— Le chagrin doit pas les étouffer. Gilles hésitait à cogner sur son frère, mais sur son gars, il y allait de bon cœur.

Sans souci de montrer son sein, elle dégagea une de ses épaules. Ogier vit une bosselure bleuâtre en haut du bras, si grande que sa main n'eût pu la dissimuler.

— Il ne savait faire que ça quand il était saoul, mécontent des autres ou de moi. Buquer des poings ou des pieds. Alors, vous pensez bien que sa mort ne me tirera pas une larme... J'ai d'autres sceaux de sa fureur sur les cuisses, les hanches... Pour qu'on n'en sache rien, il frappait jamais au visage... Approchez... Vous avez chaud et j'ai du vin au frais.

Ogier entra non sans trouble. Il entrevit une cloison, une huche, un lit et la table sur laquelle Margot posait le chandelier. Elle tira un cruchon d'une niche proche de la cheminée ainsi que deux gobelets d'étain qu'elle emplit. Ses yeux obliques, sous les sourcils dorés, exprimèrent une malice indicible.

— Etes-vous marri de me voir si peu dolente ?

Le damoiseau scrutait cette figure blafarde dans la pénombre. Non, ce n'était pas Anne. Et pourtant...

— Ton homme était un fumeux[1]... Désormais que vas-tu faire ?

— J'ai le temps d'y penser.

La bouche entrouverte sur la blancheur des dents

1. Brutal, querelleur.

avait du charme, et sous le fin tissu — la chemise devait être un présent de Claresme — le corps aux courbes doucereuses paraissait à la fois fort et souple.

Et s'il osait un geste ? Tiens : s'il lui demandait de lui montrer ses surgillations[1] ? Après tout, il était seul, désormais, lui aussi ; seul et comme affranchi des contraintes et des principes : Anne l'avait trahi ; le Thibaut pouvait la forniquer en ce moment même. Elle y prenait peut-être plaisir...

Il s'étonna de cette soudaine montée de fiel. Mais quoi ? Les circonstances — la désaffection d'Anne, la disponibilité de Margot, leur solitude et la précarité même de leur vie — l'incitaient à la malveillance. Cependant quelque chose se rebiffait en lui. Ce ne pouvait être un remords puisqu'il n'avait rien accompli... Alors quoi ? Un jugement rigoureux par anticipation ?... Un gars de son espèce... Un futur chevalier... Et puis, Gilles était à peine froid...

— A quoi pensez-vous, messire ?

Il pensait que les exigences du corps différaient de celles de l'esprit et du cœur. Il pensait que nul ne saurait. Personne ne l'avait vu entrer dans la ruelle. Personne ne l'avait vu franchir le seuil de ce logis à semblance et fraîcheur de caverne. Thierry et Gauthier ne pouvaient quitter les murailles. Guillaume ? Il se faisait soigner. Blanquefort ? Sans doute le croyait-il ailleurs, maintenant.

— Buvez, messire. Le vin donne du cœur au ventre.

Ils heurtèrent leurs gobelets et les vidèrent. Et tandis que du plat de la main Margot s'essuyait les lèvres, Ogier demanda :

— Te souviens-tu de ce que tu m'as dit l'autre jour ?

— Que ma sœur avec vous avait bien de la chance ?

— Ainsi, tu te rappelles...

Les lèvres du damoiseau tremblaient. L'indécision

1. Ecchymoses.

aggravait sa nervosité. Agir... Était-ce partir ou demeurer ?... Comment résister à cette envie de prendre un bon bain de luxure afin, surtout, d'épurer son cerveau ?... Et Margot ? Pouvait-elle deviner ses pensées ? Prompte, une étincelle illuminait ses prunelles :

— Anne n'est plus ici... Et si ça se trouve, dans un jour ou deux, nous serons morts... Eh oui : *morts !...* Percés de toutes parts... Avant ça, messire, ils m'auront besognée dans les deux sens, cent fois peut-être... Et vous, ils vous auront coupé l'escarcelle et la bouterolle. Alors vaut mieux en faire usage, pas vrai ?

Et brusquement, avec une sorte de colère alourdie de supplication :

— Qu'attends-tu ?... Tu sais depuis longtemps que je suis bonne à prendre... Je te déplais ?

Il secoua négativement la tête.

— A quoi bon, désormais, cette fidélité ? Tu t'en es toujours couvert comme d'une de ces armures dont ces Castillans sont si fiers... Hors d'atteinte, hein, la chair ?... N'étouffe pas dans tes scrupules comme on doit étouffer dans ces fers... Rien ne te contraint plus, et la mort nous enserre... Alors, vis ! Profite de ton corps pendant qu'il en est temps.

Elle avait raison : cette nuit ou demain, ou plus tard, il pouvait subir le même sort que Gilles ; pire encore : celui qu'elle avait imaginé pour les hommes au cas où le château tomberait. Plutôt que d'hésiter devant cette effrontée comme un puceau envieux et craintif, il devait profiter de l'aubaine et goûter au seul plaisir qui lui fût offert par les événements. Quoi de mieux, d'ailleurs, pour se venger de la défection d'Anne, que d'étreindre, à quelques variantes près, sa réplique ?

Margot passa près de lui, caressa furtivement son bras et poussa le verrou de la porte. Ce fut, ensuite, le tour du volet intérieur. La flamme de la chandelle devint tout à coup plus brillante.

Ogier posa sa cervelière sur la table, puis sa ceinture d'armes.

— Tu te mets nu ?... Tu as le temps ?

A quoi bon répondre ? Tout se confondait dans son crâne et son corps : le besoin d'assouvir en cette créature aux façons de ribaude une faim-valle plus brûlante et pernicieuse qu'une mauvaise fièvre et la déconvenue de ne savoir comment s'y prendre : la douceur ou la rudesse ?

— Eh, chuchota Margot, tandis qu'il hésitait encore, c'est pas en restant debout comme les saints des portails qu'on pourra se galer [1] et même se régaler !

— Éteins ta chandelle.

— Vous alors, les grands, vous avez des façons...

— Qu'importe ce qu'elles sont ! Ne comprends-tu pas que tu ressembles à Anne ?

— Anne ! Anne !... Toujours Anne !... Laisse-la où elle est !

Ogier perçut, dans cette injonction triomphante une jalousie haineuse, irréductible, ancienne. Il renonça à se déshabiller :

« Tu veux jouir de moi, ma belle gaupe ? Soit... Mais je vais te râper la peau de telle sorte que tu t'en souviendras ! »

Des spasmes le secouaient. Honte de lui-même et désir aigre d'*elle*. Il respirait malaisément. Il sentait sa gorge se durcir et s'assécher au point que déglutir lui faisait mal. Et comme il ne bougeait toujours pas, Margot souffla la chandelle :

— Là !... Te voilà content ?

Il entendit un froissement et sut qu'elle était nue.

Il sentit qu'elle s'approchait : la même odeur qu'Anne — quelque chose de laiteux, de poivré, d'inconciliable comme l'églantine et ses piquants.

Elle était dans son dos. Passant ses bras sous les siens, elle le ceintura, écrasant sa poitrine contre ses mailles. Il sentit son nez frais sur son cou.

— Décide-toi... Tu trembles... Je te fais peur ?

1. S'amuser.

Lors de l'amour, et même en ses commençailles, Anne était muette. Margot semblait avoir plus de loquèle que de sensualité.

— Que crains-tu ? Plus d'époux... Gilles est roide, mais lui de tous ses membres... encore qu'il doive être mou du cinquième !

Comme ses mains s'égaraient hardiment, Ogier lui fit brusquement face et elle eut peur :

— Ne t'enfelonne pas !... Ne me bats pas !

Il ne voyait que les lueurs de ses yeux. Il la caressa aux épaules, contourna ses hanches, ses seins. Non, Anne était absente d'elle. Il devait s'en convaincre.

Margot fit un pas en arrière.

— Alors, tu viens ?

Elle atermoyait donc, elle aussi ?

Elle passa près de l'âtre où rougeoyaient des braises et il l'aperçut : des jambes gainées de pourpre, longues, soyeuses ; elles se perdaient dans une obscurité composée de chair et de nuit.

Et brusquement, en même temps que la chandelle rallumée au foyer dissipait les ténèbres, il vit Margot d'autant mieux qu'elle promenait la flamme devant elle afin qu'il découvrît ses attraits.

Elle s'attarda sur son ventre :

— Tu vois un peu, si je faisais cramer ce petit chaume-là ?... Comment l'éteindrais-tu ?

Bien qu'elle fût noyée dans un halo d'or et d'ombre, il se gorgeait de cette féminité sans voile, tellement nette, çà et là, sous la langue vibrante de la flamme !... Ces seins lourds mais nullement affaissés ; la broussaille des goussets ; l'écu ombreux sous l'écorchure du nombril... Les cuisses larges...

Il ne pouvait se détourner de cette créature. Elle était Anne sans l'être, Anne vieillie. Et réfuter cet appel impérieux de la chair eût été de l'absurdité.

— Approche, damoiseau.

Une voix tout à coup molle, et d'autant plus persuasive... Une fille simple et point trop vulgaire, que Gilles prenait sans doute sans se prodiguer en tendres simagrées. Et c'était pourquoi elle les cherchait ailleurs. Mais les trouvait-elle ?

Elle se laissa choir sur le lit, s'allongea, souffla la chandelle.

— Viens... Je ne suis pas présomptueuse, mais crois-moi, tu ne le regretteras pas !

Elle sentit qu'il approchait, la dominait ; et soudain, elle l'attrapa :

— Parole, avec une lance pareille, nous allons jouter comme il faut !

Il s'abattit si violemment sur elle qu'elle gémit. Son haubert, ses chausses, ses braies s'ouvraient sur le devant, aussi sans s'égarer en vaines fanfeluces trouva-t-il aussitôt son gîte.

— Ah ! Ogier, si tu savais comme j'ai voulu...

Elle le prit par le cou, chercha sa bouche, et comme elle la trouvait, elle eut un gros soupir.

— Vas-y, mon beau gars, chuchota-t-elle. Mais surtout contiens-toi vers la fin... Ne fais pas un second bâtard à la famille.

Il s'arracha d'elle si farouchement qu'elle cria. Cri fugitif, à la fois plainte et regret : une affamée à qui il eût tiré la pitance des lèvres.

— Qu'as-tu dit ?

— C'était pour t'affrener. J'aime les longs ébats.

Il était debout, dégrisé :

— Tu as dit *un second bâtard*... Parle !

Il se retenait — difficilement — de la jeter à bas.

— C'est pour ça qu'elle est partie, hein ?... Elle n'a pas voulu me le dire... Elle préfère que le gros Thibaut hérite de *mon* enfant !

Il avait cru, par cette copulation fortuite, oublier tout en se purgeant de ses fureurs, de ses angoisses, de ses démons. Or, cette goton n'avait fait que de hausser d'un degré le désarroi dans lequel il s'enlisait avant d'entrer chez elle.

Comme il reculait, les bras tendus pour qu'elle ne s'abattît pas contre lui, il heurta la table.

— Allume ta chandelle... Promptement. Il me faut ceindre mon épée...

Il la traitait en ribaude ; cependant, un étrange remords le rongeait :

— Est-il vrai qu'elle attend un enfant ?

— Oui, renifla Margot en s'approchant.

— Elle aurait dû m'en parler.

— Qu'auriez-vous fait ?... Allons, *messire*, point d'ambages : qu'auriez-vous fait ?

Question insolente et embarrassante. Dans l'ombre, la colère devint persiflage :

— L'auriez-vous conduite à Griveau pour...

— Tais-toi !... Je sais ce qu'il a fait parfois.

— Auriez-vous épousé ma sœur pour légitimer ce petit ?

Que répondre ? Rien. Accepter le silence. Et le mépris.

— Ah ! vous voyez bien... Capable d'engendrer comme n'importe qui. Mais après, *messire* ?... Après ?

Comme il bouclait sa ceinture, Ogier se souvint des paroles de Blanquefort, au lever du jour, lorsque précisément ils parlaient d'Anne : *« Semer des bâtards partout. »* Le sénéchal savait. Comment le jugeait-il ?

— Restez, chuchota Margot redevenant humble, suppliante. Achevons au moins ce que nous avions commencé.

— Tâche plutôt d'oublier... Lâche cette épée.

Elle obéit. A tâtons, il trouva le verrou, le poussa, ouvrit la porte.

Il s'en alla d'un pas vif.

— La gaupe !... La carogne !... Merde alors, ces femmes !

Tournant à l'angle de la forge, il faillit se heurter à Gauthier, l'arc à la main. « Eh bien, heureusement que je suis parti. Ce drôle aurait compris, trouvant la maison close ! » Il prit un air dégagé :

— Tout va bien là-haut ?

— Oui, messire.

— Tu sais, j'ai du regret pour ton père.

Il devenait ignoble. Et avec une aisance !

Il fut heureux de fouler à nouveau les dalles et le parquet du chemin de ronde. Derrière un des merlons du châtelet d'entrée, assis sur des escabelles, Guillaume et son sénéchal mangeaient un morceau de lard et du pain.

— Où étais-tu ? Toujours chez la Margot ?

— Non, j'ai rendu visite à Marchegai.

Il mentait. Il détestait cela. Les événements l'y poussaient.

— Tout va bien, dit Blanquefort. Nous avons perdu Gilles, et nous avons trois eshanchés [1] dont un mourra : Calixte, d'une dondaine dans la hanche. C'est miracle qu'il y en ait si peu.

Calixte... Sa femme savait-elle, quand elle l'avait dépassé ?

— Attendons, reprit Guillaume. Ils vont revenir, et là, nous allons souffrir et saigner davantage !

— Votre épaule, mon oncle ?

Le vieillard la remua et grimaça :

— Bah ! ce n'est rien. As-tu faim ?

— Non, mon oncle.

Ogier avait soif. Cette amertume dans sa gorge... L'aventure brève, inachevée, avec Margot, le dégoûtait de lui-même. Il l'avait empoignée sans façon, comme un rustique ; elle méritait mieux... Aurait-il l'occasion de la retrouver seule ?

« Je m'y prendrai autrement... Je la... Bon Dieu, elle avait raison : j'aurais dû aller jusqu'au bout ! » Il déraisonnait. « Et si je l'avais engrossée, elle aussi ? »

Les deux enfants seraient devenus... Quoi, au juste ? Cousins et frères !

1. Estropiés.

— Bois un coup, dit Guillaume en lui tendant une chopine.

Il avala quelques gorgées de vin, mais l'amertume persista. Alors, courbé en deux, il s'approcha d'une embrasure.

Du fossé montaient parfois les plaintes et les gémissements des blessés invisibles.

Guillaume se leva.

— Tu as vu, Ogier ? dit-il, le doigt tendu.

En bas, dans les ténèbres piquetées de feux mouvants, le hameau semblait une étoile fracassée, qu'une flamme revigorée par une saute d'air ennuageait de pourpre.

— Ah ! dit Blanquefort en se dressant vivement, les voilà qui reviennent. Bougez pas d'ici. Je vais dire à nos gens de se tenir prêts...

Guère loin des tours portières, un tambour bourdonnait. Et tandis que le sénéchal disparaissait dans l'ombre, il y eut un autre roulement, puis un autre et un autre. Bientôt, le château fut enveloppé de ce bruit cadencé, uniforme, irritant par sa continuité.

— *Boum boum boum... boum boum... Boum boum boum... boum boum !* enragea Guillaume. Jusqu'ici, ces fils de putes ne nous auront cassé que les oreilles.

Ogier porta ses mains à ses tempes.

« Merdaille ! J'ai oublié ma cervelière chez Margot ! »

Impossible d'y retourner... Et ce bruit !... On eût dit que le sol, les buissons, les herbes autour de Rechignac prenaient mouvement et vie. Que tout respirait, palpitait. Les souffles du vent semblaient se rallier à la cadence des tambours. Et ces martellements, faibles ou forts, évoquaient la malfaisante ronde : des cercles et des cercles concentriques d'hommes vêtus de fer et drapés de nuit. Ah ! pouvoir les déchirer, les trouer, les rompre. Tous !... Que le fossé s'emplît de leur sang et de leurs charognes — même si cela puait ! *Boum boum boum... boum boum...* Que faire ? Subir, toujours subir.

« J'aurais dû enconner la Margot jusqu'à ce qu'elle crie merci ! Je serais repu et ne subirais pas cette espèce de remords ! »

Ogier tapota son épée.

« Elle n'a pas dû trouver entre Gilles et moi une différence à mon avantage ! »

Elle devait s'ébaudir, maintenant. Il faudrait qu'il fît en sorte de la revoir seule. Alors, il prendrait son temps... Cette chandelle qu'elle promenait tout le long de son corps... Et particulièrement... Non !... Oublier ! Oublier...

« Bon sang, si je le lui avais demandé, elle s'y boutait le feu et me demandait de l'éteindre... Comme si elle ne l'y avait pas déjà ! »

Il décida de marcher.

Un tour de chemin de ronde. Puis deux, trois, dix... Et toujours ces roulements, ce grand cœur circulaire bruyant comme dix mille cœurs d'hommes ; cette énorme et sonore bouche de fer et d'ombre prête à les avaler...

Il revint auprès de son oncle et du sénéchal.

— Cette nuit ne me dit rien qui vaille... Où as-tu laissé ta cervelière ?

— Chez Margot, mon oncle. On se découvre devant les veuves !

— Devant celle-ci, de haut en bas !

— Je crois, dit Blanquefort, qu'ils sont proches...

Les tambours, plus oppressants, plus hargneux. Et soudain, la voix de Girard :

— A l'arme ! A l'arme !... Ils nous assaillent au Levant !

Le péril venait d'apparaître à l'est, sur deux côtés de la forteresse limités par la demi-tour et la tourelle, et séparés par une tour que les hommes d'armes avaient baptisée la Guillaume parce que plus élevée que les six autres, et chapeautée d'un toit de forme ovoïde —

comme le heaume préféré du baron —, elle avait un air d'inébranlable orgueil.

— Là-bas, dit Blanquefort, les murs tombent à pic et la douve est plus profonde que partout ailleurs. Les échelades sont impossibles... Ces Goddons ne font jamais la guerre comme nous !

— Qu'ont-ils imaginé ?

— J'y cours ! dit Ogier.

Il rejoignit Girard avant son oncle. Sans façon, le sergent le poussa contre un merlon :

— Messire !... Voulez-vous donc mourir ?... N'avez-vous point d'yeux et d'oreilles ?

Le ciel sifflait. Des oiseaux de fer vrombissaient, s'abattaient partout, même dans la cour, et reculaient jusqu'au parapet, griffant les dalles, en quête d'un creux, d'un relief où s'incruster.

— Des havets, messire. Des graves, des hérissons et des grappins plus gros.

— Qui les lance ?

— Une baliste... Eh oui !... Tandis que retentissaient leurs tambours, ils ont apporté, juste en face, les éléments de ce maudit engin... Avec tant de bruit autour d'eux, ils ont pu les assembler impunément...

Blanquefort et Guillaume arrivaient, courbés de merlon en merlon.

— J'ai balancé deux ou trois torches pour y voir, continua Girard. Cent routiers, peut-être davantage, grouillent dans le fossé. Ils y sont descendus au moyen des chevêtres [1] et des échelles abandonnés lors du premier assaut... Et tous ces faux morts qui jonchaient le sol se sont joints à eux. Nous n'aurions pas dû songer à ménager nos sagettes, mais à les en percer, au contraire !

— Continue, dit Guillaume, insensible à ce reproche.

— Le reste, messire, est aisé à comprendre : la

1. Cordes.

baliste lance une happe[1] ; tandis qu'elle passe au-dessus des murailles, sa longue corde tombe et traîne dans le fossé, ou des gars l'y poussent. Alors, ils tirent dessus, et cette maudite ferraille s'agriffe où elle peut. Sitôt la prise assurée, ils commencent à grimper...

— Ils sont fous !

— Pas tant que ça... C'est aussi bon que les échelles.

Armés de haches, les compagnons du sergent tranchaient les tresses de chanvre. On entendait les hurlements des assaillants précipités au sol, mais la baliste crachait toujours.

— Crois-tu qu'il te faut des hommes en supplément ?

— Non. Faites plutôt surveiller les autres côtés. Ils peuvent nous rassembler ici pour être plus à l'aise ailleurs.

Tout près, adossé à un merlon, grelottant, le visage exsangue sous son chapel de fer, Griveau regardait un grappin. Raclant les dalles dans sa progression vers l'extérieur de l'enceinte, le quadruple hameçon démolissait une pyramide de rochers et de boulets, puis glissait vers le parapet auquel, infailliblement, il devait s'accrocher.

— Saleté ! Saleté ! Tu vas voir !

Ricanant comme un fou, le palefrenier se précipita, la hache haute, afin de trancher le câble tendu. Le temps lui échappa d'en abattre le fer : un grappin jaillit derrière lui. Une griffe d'acier s'enfonça dans un de ses houseaux, sous son jarret, tandis que la traction exercée sur la corde devenait si forte qu'elle le renversait.

— A l'aide ! hurla-t-il en tombant.

Devançant Ogier, Girard attrapa le rebouteux aux aisselles. Luttant pour s'éloigner de l'abîme, il trébucha contre le tas de pierres tandis que ses doigts glis-

1. Crochet, grappin.

saient, impuissants, sur les mailles du haubergeon dont Griveau s'était couvert.

— Tiens bon, Girard ! cria Ogier. J'arrive !

Hurlant de frayeur et de désespoir, le palefrenier fut traîné jusqu'au parapet. Là, il résista, une jambe roide, prenant appui contre le rebord, l'autre repliée pour qu'il pût extraire le fer crocheté dans sa jambière et sa chair. Mais on tira d'en bas et son genou craqua. Échappant aux mains du damoiseau et de Girard, il bascula dans le vide.

Un cri d'horreur salua cette disparition tandis que le sergent, livide, éclatait en sanglots :

— Milladious ! Ah ! c'est pas permis, des choses pareilles. S'il avait eu des chausses, le tissu se serait déchiré... Mais du cuir...

— Allons, allons, dit Blanquefort, de loin, mets-toi à l'abri si tu tiens à ta peau !

— Et nous ne pouvons savoir, dit Guillaume, quand ces maudits crochets cesseront de nous tomber sur le râble. Nous sommes impuissants contre cette baliste. Vu le temps qu'ils ont passé à l'assembler, elle ne doit pas être grosse, pourtant !... Demain, nous ferons un sort à ses servants, mais pour le moment, il n'y a qu'un remède : écraser ces ribauds avec nos boulets... Girard, au lieu de t'appesantir sur le sort de Griveau, cours dire aux jeunes de monter des pierres sans répit, en prenant garde à leur vie...

Il se tourna vers les compagnons du sergent :

— Qu'attendez-vous pour jeter tous ces rocs par-dessus bord ?

Tandis que les hommes obéissaient, Guillaume entraîna Blanquefort et Ogier dans l'angle de la tour portant son nom :

— L'huile est inutile, ici, vu qu'ils ne peuvent placer des échelles... Et d'ailleurs, jusqu'à ce qu'elle chauffe, leurs crochets auraient le temps de renverser les chaudrons et les trépieds ! Pas vrai ? Nous ferons dès demain bouillir de l'eau constamment.

— Nous pourrions dès maintenant, leur envoyer quelques falariques [1] pour voir l'emplacement de leur engin.

Comme Ogier le redoutait, la suggestion du sénéchal fut inutile. Guillaume eut un geste de rejet dont son neveu fut plus courroucé que Blanquefort.

— Cela ne servirait à rien, Hugues. Quant à tirer au juger, ce serait mésuser de nos carreaux et sagettes sans obtenir des effets conséquents... Le mieux, voyez-vous, c'est d'attendre qu'ils en finissent. Ils seront las de perdre avant le petit jour.

Ogier fut ébahi par tant de sérénité. Les projectiles franchissaient toujours la muraille mais du fond du fossé montaient des chocs sourds et des cris de douleur.

— Bientôt, cria Blanquefort aux compagnons de Girard — une douzaine de maçons —, tout ira bien. Mais continuez d'écraser cette vermine... Avez-vous perdu des compères ?

— Ybert, dit un jeune. Il est mort comme Griveau.

— Gerri, dit un autre. Lui, il a pris le havet dans la tête et basculé dans la cour.

— C'est tout ?

Les hommes se consultèrent ; celui qui avait parlé le premier répondit : « Oui, Messire » et se remit à pousser des rochers dans l'ouverture d'un mâchicoulis.

— Il y aura des morts, dit Blanquefort. En quel lieu allons-nous les mettre ?... Nous avons pensé à tout sauf à cela.

— Je ne vois guère d'autre endroit que la chapelle. Les dalles n'en sont pas encore jointoyées... On fera creuser le sol. C'est là qu'il est le plus meuble...

— Cette décision me paraît la meilleure... Éloignons-nous... Nos gars n'ont rien d'autre à faire qu'à écraser cette racaille.

Suivant les deux hommes, Ogier parcourut le che-

1. Ou phalariques : torches incendiaires résineuses.

min de ronde. Au passage, son oncle questionnait ses soudoyers :

— Rien, Norbert ?

— Rien... Nous veillons.

— Rien, Rigaud ?

— Quelques sagettes de temps en temps.

— C'est bien, vous n'avez pas bougé pour secourir les autres, dit Blanquefort.

Ils étaient une centaine à garnir les cinq murailles devant lesquelles aucun péril ne s'était manifesté ; une centaine à être demeurés sur place, ainsi qu'ils en avaient reçu commandement. Quarante hommes de réserve avaient été choisis par Blanquefort afin de boucher les brèches. Aspe, Calmels, Raymond et Benoît — les quatre sergents de Gratot — assuraient la discipline.

— Je ne comprends pas Canole, dit Ogier. En nous faisant assaillir de partout, il nous aurait mis en difficulté ! Pas vrai, Hugues ?

— Il nous croit plus nombreux que nous ne sommes. Tout est là.

— Ce n'est pas ce soir qu'il nous aura, dit Guillaume. Moi, à ta place, j'irais me coucher pour être dispos demain.

— Mon oncle ! protesta Ogier. Je sais bien que là-bas ils n'ont pas l'avantage, or, ils peuvent nous attaquer omniement[1] !

Guillaume n'eut pas à lui fournir de réponse, car au loin Girard hurlait :

— *Ils cessent !... Ils cessent et ils retraitent !... Victoire ! Victoire !*

Tous les guerriers à l'abri des merlons remuèrent soudain comme au sortir d'un sortilège. Des rires s'élevèrent, d'autant plus gros pour certains que leur terreur avait été profonde.

— Alors ? demanda Guillaume, moqueur. Es-tu décidé à prendre du repos ? Dors sans te dévêtir.

1. « Nous attaquer tous à la fois. »

Le garçon mit à profit cette accalmie pour se rendre à la forge. Il fut surpris d'y trouver Tancrède et Claresme. De loin, elles assistaient à la besogne des Tolédans.

— Il y a eu des cris et un grand remuement d'hommes... S'est-on bien battu ? demanda Pedro del Valle en cessant de marteler ce qui pouvait être une épaulière.

— Ils ont amené une baliste... Bientôt, il tombera des rochers dans la cour.

Claresme poussa un petit cri d'effroi ; Tancrède demeura muette, immobile.

— Comment va votre main ?

— Mieux, messire del Valle. Dans deux ou trois jours, je ne l'envelopperai plus.

Tout près, Blasco et Martinez entretenaient le foyer. Ils semblaient dépités. Del Valle expliqua :

— Ils ont voulu courir aider vos compagnons. Je leur ai dit que rien ne pressait... Mais nous nous joindrons à vous le moment venu.

— Je n'en ai jamais douté... Ni mon oncle.

Tancrède s'approcha, toujours vêtue de sa robe rouge :

— Il faudrait aller quérir des secours... A si peu, vous ne pourrez tenir devant tous ces malfaisants.

— Ton père agira pour le mieux. Il y pense... Sais-tu qu'il a été navré à l'épaule ?

— Oui.

Cette blessure ne l'avait nullement inquiétée. Elle ajouta :

— Il aurait déjà dû choisir un messager.

Ogier quitta la forge après un au revoir. Tancrède l'agaçait. De quoi se mêlait-elle ? Elle le rattrapa dans la cour :

— As-tu peur de l'avenir ?

— Non, cousine.

Au loin, deux ombres passèrent : Renaud et Haguenier. Qu'avaient-ils fait pendant l'attaque ?

— C'est quand ils battent leurs tambours...

Tancrède frottait ses bras, ses épaules ; le froid de la peur persistait en elle. Ogier, méfiant, lui refusa tout réconfort.

Le ciel devenait gris de plomb ; lourd, en contrebas, de centaines de méditations avides et de préparatifs sanglants. Cependant, après les deux tornades brèves qu'il venait de subir sans dommage, l'immense vaisseau de pierre figé sur les vagues rocheuses inspirait des sentiments paisibles. Non seulement on s'y savait à l'abri, mais on le sentait puissant, hermétique. Son donjon, ses murs aux flancs desquels brillaient les flammes des pots à feu entourées d'un voile de papillons et de moustiques, le va-et-vient des flambeaux dans la cour et, de loin en loin, les voix tranquilles d'un homme, d'une femme vaquant à quelque ouvrage — tout cela dispensait quiétude et confiance.

— As-tu vu Saladin ?

— Il est à l'écurie, cousin... Crois-tu qu'il sait le mal qui nous advient ?... J'ai beau me dire que ces murailles sont larges, hautes, solides...

Tancrède derechef n'acheva pas sa phrase. Et tandis qu'elle l'observait, étonnée par une froideur qu'il maîtrisait à grand-peine, Ogier compara cette forteresse menacée au château de sa prime jeunesse. Dans son esprit troublé les tours de Gratot s'érigèrent, couvertes d'ardoise mal équarrie, mais gracieuses, surtout celle qu'on appelait la Tour de la Fée à cause d'une légende dont un de ses ancêtres et son épouse, une sœur de Mélusine, avaient été les auteurs. Il évoqua les eaux sirupeuses des douves, ridées par les palmes des cygnes et des canards, les vrilles des anguilles et le souffle humide et froid du vent de mer. Puis le porche d'entrée et son pont-levis, d'où les bâtiments des communs partaient comme deux ailes géantes...

— Montons voir ce qui se passe, proposa Tancrède.

Il la suivit dans l'escalier de la tour sud, fasciné par le balancement de ses hanches, et les imaginant nues.

Il n'avait qu'à tendre les mains, l'immobiliser dans un renfoncement, ouvrir son encolure en pointe, retrousser sa jupe ; savoir enfin quelle était la tiédeur de cette toison entr'aperçue quand elle gisait sur la paille de l'écurie. Peut-être le laisserait-elle agir... Parfois, dans ses songeries, il cédait à ces hardiesses. Elle ne le repoussait que pour aiguiser son désir. Il se sentait d'esprit impétueux, aussi vaillant et solide que ces champions du champ clos qui, dans les gestes plus ou moins belles, séduisaient d'une prouesse et d'un seul regard de capiteuses gentilfames.

Tancrède se retourna.

— Que fais-tu, cousin, à ne plus avancer ?

Il la considérait. Ardemment. Inceste ou non, il eût aimé s'ébattre avec elle, connaître les richesses de ce corps, les flairer, les parcourir des lèvres avant que de s'en repaître. Quelque précaution qu'il mît à la dissimuler, l'envie qu'il avait d'elle devait être tellement *voyante* qu'elle l'avait sûrement en horreur.

— Viens donc !

Ils parvinrent sur le chemin de ronde. Jean du Taillis veillait. Deux soudoyers, Norbert et Salviac, lui tenaient compagnie.

— Le ciel se dégage, dit Jean. La lune éclaire enfin les parois et leurs abords.

— Veillez bien, compères. Ne perds pas, Jean, ton olifant. Il me paraît aussi précieux qu'une épée.

— N'ayez crainte !

Ogier releva, inquiet :

— Les murailles ont été dégarnies.

— Oui... Mais les hommes sont allés dormir tout habillés... Et si je peux me permettre... Blanquefort a interdit les aleoirs aux dames.

— Je sais, dit Tancrède. Mais ne crains rien, Jean, nous allons redescendre... Viens, cousin...

Ils firent quelques pas sur le chemin de ronde et levèrent les yeux vers le donjon. Le baron y avait fait hisser sa bannière ; elle claquait, arrogante, dans le ciel constellé d'éperons d'or. De l'autre côté des falaises de pierre, les feux de Robert Knolles avaient un air pacifique.

— Si Guillaume acceptait, tu pourrais descendre par le souterrain, dit Tancrède quand, ayant contourné la Mathilde, ils furent suffisamment loin des guetteurs. Tu nous ramènerais une armée.

— Je ne vais pas partir au moment où *ton père* a plus que jamais besoin de moi... S'il faut envoyer quelqu'un au-dehors, c'est un homme qui répugne à tenir une arme... Tiens : Bressolles !

— J'y pensais, cousin.

— Seuls ton père et Blanquefort connaissent l'entrée du souterrain. Est-il seulement en bon état ?... Il a plus de cent ans d'âge.

— Et cette entrée, cousin ?

— Elle se trouve sous l'échansonnerie. On l'atteint par un couloir ouvert dans la seconde cave du donjon... où jamais personne ne descend.

— Et sais-tu où il aboutit ?

— Non.

Une ombre se détacha du mur, puis une autre. C'étaient Sicart de Lordat et Bressolles. Depuis quand étaient-ils là, muets et méditatifs, à scruter cette nuit compacte où de nouveaux drames s'ébauchaient ? L'obscurité donnait à leurs mains et à leurs visages un aspect crayeux, et leurs vêtements sombres avaient à eux seuls quelque chose de funèbre. Tout près, un archer veillait. On ne voyait presque rien de sa tête enfoncée dans la cervelière — presque rien sinon, brillante comme une perle, la roupie suspendue à son nez.

« C'est Sidobre, un maçon, se dit Ogier. Son fils, qui ne le quitte pas, dort à ses pieds roulé dans une couverture. »

Il se tourna vers les maîtres d'œuvre :

— Que pensez-vous du dernier assaut ?

— Ils ont, dit Sicart de Lordat, une perrière, un trébuchet et un ribaudequin. Rien de plus... S'ils font tomber sur nous une pluie de pierres et de fer, nous avons de quoi nous mettre à l'abri !

D'un geste rond et des deux mains, l'architecte avait englobé fièrement le donjon, les tours et les communs. Ogier le trouva soudain outrecuidant :

— Si la garnison de Rechignac était nombreuse, messire, dit-il, je n'aurais nulle crainte... Mais chaque perte sera terrible.

— Pensez-vous qu'on puisse trouver, dans le voisinage, des chevaliers et des gens de pied en suffisance pour affronter ces démons ?

En même temps qu'il posait cette question, Bressolles avait saisi le bras du damoiseau comme pour l'adjurer de lui répondre en hâte.

— Il faudrait essayer, messire Girbert, bien qu'on ne sache, en vérité, sur qui compter... Vous le savez : maints seigneurs ont prêté serment d'allégeance à Édouard, et toutes les terres, pas très loin d'où nous sommes, sont bien mal partagées... Le comte de Fronsac, en embrassant, un des premiers, la cause de l'Angleterre, a entraîné dans son choix non seulement les seigneurs des contrées où s'étend son influence, mais bon nombre de gens de par ici. Les seigneurs de Lesparre, Montferrand, Budos... Les Albret, les Grailly l'ont suivi... D'autres encore et de moindre importance... Qui, des barons à l'entour de Rechignac, est vraiment pour le roi de France ?... Je n'en sais rien... Je crains qu'en vous chargeant de rallier à notre cause la plupart de ces hommes, vous n'alliez de déception en déception. Les uns seront indifférents à notre sort. D'autres, qui nous plaindront, craindront de quitter un fief que les Anglais pourraient envahir en leur absence... Certains même se réjouiront de nos misères tant est grande leur aversion, dissimulée ou non, envers mon oncle. Car non seulement il a toujours servi loyalement Philippe, mais il passe pour riche...

Bressolles lâcha le bras d'Ogier puis se tourna vers les feux des routiers. On entendait leurs chants tandis qu'ils ripaillaient. Parfois s'élevait le cri strident, désespéré, d'une femme. Des hurlements l'absorbaient.

— J'irai quérir du secours avec l'assentiment de votre père, damoiselle, dit le maçon en s'inclinant devant Tancrède. Il faudra qu'il me donne quelques brefs marqués de son seing, et portant son sceau. Pourquoi demeurerais-je céans, à subir passivement ce siège, alors qu'au-dehors, je puis essayer de le faire cesser ? Dites-lui cela, messire Ogier.

— Je vais tenter de le convaincre. Il faudrait au moins ramener mille ou deux mille hommes.

— Promptement, insista Tancrède.

Ogier considéra Bressolles. Était-il l'homme de la situation ?

— Nous n'avons aperçu aucun feu du côté de Savignac, dit-il. Il se peut que les routiers n'y soient pas encore... Si nous avons cette chance, demandez Yves, le tonnelier. C'est l'oncle de Margot Champartel. Il vous trouvera un cheval.

Le maçon approuva de la tête. Puis, s'adressant à Tancrède :

— Ne craignez rien, damoiselle... Si j'échoue auprès des barons chez lesquels votre père m'enverra, ou si, par malheur, leur bastille est assiégée, je sais où aller en tout dernier recours... Mais pressons-nous, le temps passe.

Guillaume reposait dans sa chambre. Sortant à regret de son lit à la tête duquel brûlait un reste de chandelle, il écouta en grognant la sollicitation de Bressolles.

— Allons, allons, dit-il, mon enceinte est solide. Et vous, Girbert, devriez le savoir mieux que quiconque.

— Elle est robuste, messire, répondit le maçon imperturbable. Mais fort pauvre en défenseurs.

— Eh oui, j'en conviens ! Cette garnison restreinte peut donner quelque souci à ceux qui n'en connaissent pas les éléments. Mais je me dois d'ajouter qu'elle est bonne, docile aux commandements, et qu'aucun des malfaisants assemblés autour de nos murailles ne posera un pied dessus.

Ni le maçon ni Ogier ne furent dupes de ces explications coléreuses : Guillaume s'inquiétait autant qu'eux, sinon plus. Le damoiseau crut cependant bon d'insister :

— La vaillance est une bonne chose, mon oncle, mais certains sièges ont duré des mois. Elle s'y est émoussée souffrance après souffrance, jusqu'à la mort ou une reddition qui ne valait guère mieux... Alors ?... A quoi bon engorger[1] ? Pourquoi attendre de nous trouver réduits à toute extrémité pour agir lucidement ?... Pas vrai, Girbert ?

Bressolles fit valoir qu'aussi valeureux qu'ils fussent, l'énergie des hommes tomberait en débris lorsqu'ils cesseraient de manger à leur faim.

— Et qui dit faim, messire, dit aussi courroux, mauvais esprit, querelles, désarroi, couardise.

— Mes gens mangeront toujours mieux chez moi que chez eux, protesta Guillaume.

— Avouez qu'ils n'auront aucun mal ! répliqua le maçon avec un étrange sourire. Mais n'est-il pas sage de prévoir le pire sur-le-champ, et de faire en sorte d'en éviter les tourments, plutôt que d'agir tardivement dans le tribouil[2] et la frayeur ?

— Bon, bon, soupira Guillaume. Je cède à vos instances, Girbert. J'ai d'ailleurs confiance en vous. Courez chercher le chapelain. Je vais lui dicter quelques brefs.

Bressolles quitta la chambre. Ogier s'assit sur le chevet du lit :

— Chez qui allez-vous l'envoyer ?

Le baron voulut nouer la ceinture de sa pelisse, puis y renonça et porta sa main à son épaule. Alors, pieds

1. *Engorger :* écouter en grommelant.
2. Désordre.

nus, insensible au froid des dalles jonchées de paille, il se mit à marcher :

— Ne te leurre pas... Les Anglais sont partout. Qui viendrait à notre aide ?... Mais je pense à Seguin de Badefol de la Linde[1]...

— N'est-ce pas trop loin, mon oncle ?

Le baron fit une grimace et poursuivit :

— Jean de Galard... Renaud de Pons, à Ribérac.

— Les Goddons y sont, je le crains !

— Les seigneurs de Jumilhac, Coulaures, Chalusset.

Ce fut au tour d'Ogier de faire une grimace. Le baron gratta sa tignasse, puis :

— Raymond Lafière et Raoul... de la seigneurie de Saint-Geniès. Raymond de Casnac.

— Ceux-là ? s'indigna le damoiseau. Ils sont aussi malfaisants que des routiers.

— Ils ont des lettres de rémission de notre sire Philippe.

— Renoncez-y !... S'ils venaient, ce serait pour se joindre à Canole.

Guillaume s'immobilisa et fit front :

— Qui me proposes-tu ? Dis-le-moi, gros finaud !

— Je pensais aux sires de Bruzac, Guy et Elie Flamenc que vous avez reçus.

— Des noms.

— Pierre et Bernard Lassudrie.

— Des bourgeois anoblis ! Oh ! je sais : ils ont quelques hommes.

— Adhémar et Pierre Brunet... Guillaume de Gardelle, de Saint-Amand.

— Toujours des bourgeois !

Ogier poursuivit, inlassable en apparence :

1. Le routier bien connu, Seguin de Badefol, fils aîné du sire de Badefol et de Berbiguières, a été souvent confondu avec son père, Seguin de Gontaut, sire de Badefol. Et *Ans*, en Périgord noir, a été quelquefois confondu avec *Anse* (à quelques lieues de Lyon) que Badefol fils avait conquise en 1364. Nul doute que les Badefol aient vécu à Ans dont on ne peut, hélas ! visiter le château.

— Mainfroi de Saint-Astier.

— Lui ?... Il fut un des premiers à se rallier à Édouard.

— Certes, reconnut Ogier. Mais il l'a quitté voici deux ans. Il a obtenu, par l'intermédiaire du duc de Normandie, la grâce de notre sire Philippe. De plus, il a des hommes et il est batailleur.

Le vieillard caressa de nouveau son épaule.

— Bon, dit-il. Nous verrons ce que des preux de cette espèce feront pour nous... Ah ! les voilà.

Arnaud Clergue entrait, mains jointes. Derrière, Bressolles portait l'écritoire du chapelain.

Guillaume désigna un banc au cordelier :

— Écrivez, Clergue... *A Mainfroi de Saint-Astier, salut...*

Il fit un signe à son neveu et au maçon :

— Attendez-nous aux cuisines... Et remplissez-vous la panse, Girbert, car il se peut que vous jeûniez en chemin.

Tout en mangeant aussi frugalement que d'ordinaire, Bressolles dut subir les admonestations de Mathilde après qu'il eut refusé de s'encombrer du bissac de victuailles qu'elle voulait lui préparer :

— Tant pis pour vous si vous crevez de faim... Je ne sais chez qui le baron vous enverra, mais gardez-vous. Notre vie, je crois bien, dépendra de la vôtre... donques de votre force et de votre appétit !

Ogier observait le maçon. Cet homme dont il connaissait l'inaltérable simplesse supportait d'autant plus difficilement les commentaires de la commère qu'il méditait sur les moyens d'accomplir sa mission.

Clergue entra et lui tendit les plis de parchemin cachetés de cire rouge. Bressolles en lut les suscriptions sans que rien, dans son visage, ne révélât sa pensée.

— Bien, dit-il.

Ogier s'approcha :

— Tenez, Girbert. Ceci manquait à votre ceinture.

Le maçon tira la dague à lame fine de sa gaine de corne et de cuir. Il la considéra d'un regard attristé :

— Puissé-je, messire, ne jamais sortir cet acier du fourreau.

Adelis apparut précédant Tancrède et Claresme. L'aînée posa sur la table, devant le messager, une custode de cuir qu'il attacha par un cordonnet à son cou, et dans laquelle il glissa les messages.

— Eh bien, je suis prêt, dit-il.

Il endossa un surcot élimé, se coiffa d'un chaperon de laine noire, sans cornettes, et enfin accrocha la dague à sa ceinture.

— Dieu vous garde !

Cela dit, Mathilde embrassa cet homme austère, insondable, imitée par Tancrède et Claresme.

— Ayez confiance... Je ferai pour le mieux.

Bressolles s'approcha d'Adelis. Il était pâle — exsangue — et la ribaude aussi. Et sans que rien ne l'eût laissé prévoir, ces deux êtres singuliers furent dans les bras l'un de l'autre. Le maçon baisa les joues, les lèvres de la fille faillie :

— Que Dieu vous préserve, m'amie.

Une telle sollicitude déconcerta Ogier tout autant que ses cousines, tandis que Mathilde souriait avec indulgence et plaisir.

Le maçon se tourna vers Arnaud Clergue impassible :

— Bénissez-nous, mon père.

— Volontiers, mon fils.

Sans laisser à ce pécheur et cette pécheresse le temps d'une génuflexion, le clerc fit un signe de croix lent, sincère. Adelis pleurait, Bressolles serrait les dents. Une voix, tout au fond de la pièce, affirma :

— Vous nous reviendrez, Girbert.

Engoncé dans sa vieille pelisse et l'épée au côté, le baron venait d'apparaître. Pour soulager son épaule, il avait enfoui sa main dans l'encolure du vêtement. A l'âtre, il alluma une torche.

— Allons, suivez-moi, dit-il au maçon. Et toi aussi, Ogier... Les autres, demeurez. Nous n'avons point besoin d'étreintes et de pleurs.

Taillée dans le ventre de la montagne, la grande caverne avait un plafond bas, inégal. Çà et là, jaillissant comme des branches de fer au tronc des colonnes de roc à peine dégrossies, où s'appuyait la voûte, des pharillons que Guillaume venait d'allumer déployaient sur le sol rugueux et les parois blêmes les ombres distendues des trois hommes.

Il y avait là des coffres, des barils, des sacs de toile et de cuir ; Ogier ignorait leur provenance et leur contenu. Le baron lui demanda d'en déplacer quelques-uns sans fournir d'explications. Une dalle apparut, aussi grande que celle d'un tombeau.

— C'est là, dit-il. Maintenant — elle ne doit pas être loin —, il faut une barre de fer pour manœuvrer cette trappe.

— La voici, dit Ogier.

— Bon, dit Guillaume. Garde-la... Je ne pourrai la mouvoir à cause de mon épaule.

Rejoignant Bressolles, il désigna sur un baril une lanterne :

— Il vous faut prendre cette esconse car le chemin est long... Vous saurez quand vous serez près d'arriver en atteignant une porte de fer.

Le vieillard s'exprimait difficilement. Il ne croyait pas à la réussite d'une telle mission et encore moins en la force persuasive de Bressolles. De plus, Anglais et routiers fourmillaient. Aurait-il assez de flair pour les éviter ? Sa confiance, à la cuisine, n'était prétexte qu'à rassurer ses filles.

Soudain, inexplicablement, Ogier s'en voulut d'avoir trouvé indécents les baisers d'Adelis et du maçon. En vérité, il n'avait jamais rien vu d'aussi chaste.

— Sitôt franchie cette porte de fer qui ressemble à une herse, reprit le baron, repoussez-la doucement. Elle se verrouillera. Vous devrez moucher votre mèche et ventrouiller pendant deux toises. Alors, vous parviendrez entre des rochers couverts de fougères. Vous verrez en face de vous un chêne demi-mort... Allez vers lui... Vous aurez l'Isle en face et Thiviers à votre dextre... Ensuite, à la grâce de Dieu.

Il désigna, appuyé à une colonne, un tronçon de lance dont le fer brillait :

— Cet épieu vous servira contre les hommes et les bêtes.

Puis il entraîna son neveu et son messager vers un baril, prit un hanap, au-dessus, et d'un souffle en dispersa la poussière. Ensuite il ouvrit le robinet de la cannelle.

— Buvez, Girbert, dit-il. C'est un grenache de trente ans. Une lampée de cet élixir vaut bien deux tranches de bœuf.

Le maçon obéit, mais sans se délecter. Alors, le baron remplit derechef le récipient et, le levant bien haut :

— Par ce vin clair que j'ai mis là-dedans, par cette épée que je porte à mon flanc et qui n'a jamais connu le déshonneur, et par les saints qui ont servi Jésus, malheur, malheur, malheur à Canole !

Il avala d'un trait, s'essuya, de l'avant-bras, bouche et moustache, et reposant le hanap :

— Apprêtez votre esconse, Bressolles. Abaisse ton flambeau, mon neveu...

Le maçon alluma la chandelle et l'introduisit dans la lanterne.

— Ouvre, Ogier... Baille-lui cette torche... Hâte-toi de dégager cette ouverture !

Deux poussées suffirent au garçon pour déplacer la dalle. Une odeur de gouffre, quelque chose de tragique et de poisseux, lui bondit aux narines. Les flammes que Guillaume brandissait dans son poing, soufflées par cet air sépulcral, se diluèrent en fumée noire, comme une seiche effrayée, puis de nouveau rougeoyèrent. Alors, imitant son neveu, le baron se pencha au-dessus de l'escalier dont les spires taraudaient les ténèbres.

— Allons, Girbert, dit-il. Il est temps... Méfiez-vous de la lune et des ombres.

Le Carcassonnais descendit quelques degrés, tapa du poing contre une poutre de soutènement pour juger de sa solidité, puis accepta l'épieu qu'Ogier lui présentait.

— N'ayez crainte, dit Guillaume, le puits s'enfonce loin, mais il n'atteint pas le seuil de l'enfer.

— Si Satan se trouvait en bas, messire, comment pourrait-il nous observer ?... Qui sait s'il n'est pas au Ciel, occupé par quelque chasse aux anges ?

Et Bressolles s'évanouit dans les profondeurs, puis ses pas et enfin sa lumière.

Sur un signe de son oncle, Ogier remit la dalle en place et poussa un coffre au-dessus. Il fit froid tout à coup sous les arceaux massifs où les flammes des pharillons pétillaient.

— Éteins-les, dit Guillaume, et remontons. Par ce Ciel dont il parlait, si ce maçon est hérétique, nous ne le reverrons plus. S'il revient, c'est qu'il est aussi bon chrétien que nous.

— Il reviendra, mon oncle. Sa foi en Dieu est aussi solide que la nôtre.

— Quel homme !... C'est de grand cœur qu'il a embrassé cette ribaude... J'arrivais quand je les ai vus.

— Oui, murmura Ogier, de grand cœur. Mais qui sait pourquoi certains d'entre nous deviennent des linfars, des truands, des chevaliers ou des ribaudes !... Notre voie est peut-être tracée avant même que nous soyons sortis du ventre de notre mère... Il m'importe d'ailleurs peu de savoir où l'avenir me mènera, et en quelles compagnies...

— Tu peux avoir au moins cette certitude, Ogier : quelle qu'elle soit, pour chacun d'entre nous, riche ou pauvre, bon ou mauvais, vaillant ou couard, cette voie nous conduit tous à la mort... Et quand on y songe, bien qu'il existe un Paradis, l'existence n'est rien d'autre qu'une punition terrible !

— Vous parlez presque comme Bressolles, mon oncle ! releva le damoiseau.

— Bressolles ! Bressolles !... Sais-tu ce que je vais faire ?... Non, sans doute !... Eh bien, de ce pas, je vais aller prier pour lui !

II

— Calixte est mort, dit Guillaume.

— Avec Gilles, Griveau, Ybert et Gerri, cela fait cinq.

— Eh oui, mon neveu... Des gars creusent pour eux le sol de la chapelle.

— Et les blessés ?

— Une dizaine.

Rejoignant, derrière un merlon, Bernier, un palefrenier roux, moustachu et rougeaud, Ogier se pencha :

— Que nous préparent-ils ?

Le soleil à peine éclos avait dispersé les brumes de l'aurore. Des fumées pâles, onduleuses, les remplaçaient : celle des feux chauffant les chaudrons de la maraudaille dont parfois des ribaudes allaient touiller le contenu.

— M'ont surtout l'air de s'occuper de manger ! dit Guillaume.

— Ils n'ont guère de quoi festoyer longtemps, mon oncle. Ils disposent en tout et pour tout, dans vos pâtures, d'une trentaine de moutons et d'autant de bœufs et de vaches, qu'ils ne peuvent sacrifier, puisqu'ils tirent leurs engins...

Bernier hocha la tête, maussade :

— Quand ils n'auront plus rien pour s'emplir l'estomac, ils redoubleront de hardiesse et d'ardeur... et nous serons amoindris pour contenir cette invasion.

Ogier se tourna vers la haute cour. Margot la traversait, un seau à la main. Était-ce elle ou Gauthier qui, pendant qu'il accompagnait Bressolles au souterrain, avait posé sa cervelière sur le seuil de sa chambre ?

Une autre femme allait également au puits : Aliénor. Veuve plus fraîchement encore que Margot. Avec le Calixte, elle était mal appariée : elle devait avoir vingt-deux ans, il en avait quarante et il était bossu.

Saint-Rémy rejoignit les commères. Il gesticula, désigna le ciel, les murailles.

— Ce vieux bouc cherche à se rendre intéressant, dit Guillaume.

— Hé oui... Je n'ai vu ni Renaud ni Haguenier pendant l'assaut.

— Ils sont et resteront avec les renforts... Et crois-moi, mon neveu, quand ça ira mal, ils n'auront pas la partie belle... S'ils survivent, je te laisserai te venger.

Ogier haussa les épaules : survivrait-il, lui ?

— Tiens, dit-il, voilà ma cousine !... Je croyais nos défenses interdites aux femmes.

— Bien sûr... Mais est-ce une femme qui vient vers nous ?

Tancrède était vêtue comme à son retour de Lubersac : chausses seyantes et pourpoint de velours. Elle ne pouvait provoquer les gailles [1] ou la réprobation des guetteurs : trop occupés à épier l'ennemi, ils n'avaient que faire de cette singulière présence.

Elle avait mal dormi et pensé à Bressolles. Elle ajouta :

— Où est-il maintenant ?

— Loin, cousine. N'aie crainte : il réussira.

— C'est certes un manant, dit Guillaume, mais il est vaillant et possède ce que les autres n'ont pas.

— Et quoi, mon oncle ?

1. Plaisanteries.

— L'humilité, à l'inverse de Jean qui, avant que tu n'arrives, m'a demandé d'entrer parmi mes soudoyers.

— Il est hardi, plein d'ardeur... Qu'avez-vous répondu ?

— Qu'il avait trop d'orgueil.

— D'orgueil, mon oncle, pour devenir un homme d'armes ? Ne confondez-vous pas l'orgueil et l'ambition ?

— Jean se dit qu'à la guerre tout est possible puisque tout est permis, dit Tancrède, pensive.

Guillaume l'enveloppa d'un regard furibond :

— Oh ! toi, tais-toi. Ceci ne te concerne pas... Retourne dans ta chambre, et si tu crois n'y avoir rien à faire, tu peux ainsi vêtue filer la laine ou préparer de la charpie.

La jouvencelle s'inclina, et quand elle lui lança une œillade amusée, Ogier se demanda s'il devait l'admirer. Ainsi houssepignée, Claresme eût rougi et pris le large. Tancrède demeurait. Pourquoi, sinon parce que quelque chose d'agréable et de fort les assemblait en ce moment même, comme naguère devant les armures : le bien-être de se côtoyer, une sorte de parenté où le sang n'intervenait pas. Comment, d'ailleurs, eût-il pu demeurer avec elle dans l'esprit et les façons du cousinage, si elle avait dit vrai quant à ses origines ?... Mais en cette occurrence, qui était son père ?

— Allons, apaisez-vous, mon oncle... Jean est un bon gars. Tancrède a raison, et vous le savez bien : à la guerre, tout est possible.

Il la regarda de nouveau. Elle était belle. En la découvrant à son retour de Lubersac, et en l'observant lors de leur chevauchée, puis à table, ses façons altières et sa sobriété lui avaient donné à penser qu'elle ne connaîtrait jamais, de sa vie, d'autres sensations que le froid et le chaud, et d'autres désirs — mesurés — que ceux de dormir et de s'alimenter... Il savait qu'elle pouvait éprouver davantage. Ses paupières, comme maintenant, éteignaient parfois des lueurs troublantes

— nettes mais indéfinissables — et sa bouche frémissante dissimulait des appétits mystérieux et sans doute insatiables. Depuis le trépas du fils Saint-Rémy et la proposition qu'elle lui avait faite, il s'interrogeait moins sur la nature de ces effervescences contenues ; et qu'elle eût été dépucelée avant que Didier ne l'eût prise le rassurait sur son destin de femme. Mais, puisque l'amour seul pouvait expliquer une fuite terriblement audacieuse, qui voulait-elle rejoindre, et surtout en quels lieux ?

Tandis que Guillaume s'arrêtait pour donner quelque consigne à Thierry Champartel, aux joues lisses et marquées de coupures, Tancrède allongea le pas.

— Tu as vu, cousin, le baiser d'Adelis et de Bressolles !... Aurions-nous pu prévoir cela ?... Et en deux jours, cette ribaude a embelli !

Ogier ne répondit pas. Leurs opinions, sur ce sujet, divergeaient absolument. Avec cette jalousie innée chez la femme envers toutes ses pareilles, même quand celles-ci ne la préjudiciaient en rien, Tancrède était encline à vilipender Adelis. Pour ce qui le concernait, la mansuétude du maçon à l'égard de cette fille faillie le merveillait d'autant plus qu'elle le laissait de glace.

— Quand il reviendra — s'il revient —, Bressolles n'aura qu'un geste à faire pour la recevoir en son lit. Quel savoir elle doit posséder !... Y songes-tu ?

« En quoi consiste le tien, cousine ? » fut-il tenté de demander.

La malice de Tancrède procédant tout entière, sans doute, de l'ascendance maternelle — les Saint-Rémy —, et d'autant plus virulente qu'elle se manifestait toujours inopinément, venait de le confondre une fois de plus. En présence de cette créature aux courbes doucereuses et cependant solides, à l'apogée d'un éclat dû aux ultimes feux de l'adolescence, il feignait — comme maintenant — d'être distrait, et même indifférent. Bien mal. Avant l'irruption des Anglais, et pour qu'il l'admît parmi ceux qui l'accompagneraient en

Normandie, elle eût chaque jour tourné d'un peu plus près autour de lui sans qu'il parvînt à déceler si, dans ces agissements contraires à sa nature, elle engageait sa malignité ou cette sensualité tellement urticante qu'elle incitait à la luxure plutôt qu'à l'affection issue d'une parenté que d'ailleurs elle contestait.

— Ah ! cousin. Elle doit t'être reconnaissante, l'Adelis, de l'avoir tirée des griffes de mon oncle, puis de celles des Goddons. Ils ont des prisonnières. Le sais-tu ?

— Oui.

— Cette nuit, leurs cris, leurs pleurs montaient jusqu'au donjon... Pauvres dames... Allons, je te laisse à tes devoirs.

Tancrède s'éloigna. Ses hauts-de-chausses la moulaient au point qu'elle n'eût guère été plus excitante nue, vue de dos. Provocation ? Insouciance ? Qu'en pensait Arnaud Clergue ? Et comment le clerc faussement débonnaire l'eût-il jugé, lui, Argouges, s'il lui avait livré ses méditations ?... Il y avait son âme. Il y avait son corps, et ce n'était pas gros péché de lui lâcher parfois les rênes — surtout maintenant !

Cette paire de fesses qui s'éloignait... Cette raie médiane, apparemment profonde, aux oscillations nerveuses...

« *Post equitem sedet atra cura !*... Eh oui, messire chapelain qui passez là-bas, le dos courbe... *Le noir souci monte en croupe derrière le cavalier*... Je veux monter en croupe de cette cavalière. Et j'attendrai le temps qu'il faudra... »

Son cœur cognait. Il n'aurait pas dû s'interrompre avec Margot. Ainsi, satisfait ou repu, il eût moins pensé à Tancrède.

— La garce ! murmura-t-il. La divine garce !

Ses belles jambes gainées dans un satanin [1] si mince et si fluide qu'il semblait une peau presque aussi pul-

1. Satin.

peuse que la vraie... Le toucher seulement, tiédi par cette chair à laquelle il adhérait sans un pli... Ah ! si elle consentait... Si elle permettait... Si elle tolérait... Si elle voulait... Avec Didier, l'inceste était patent, car ils étaient vraiment cousins... Si Guillaume n'était pas son père, alors tout était possible...

Laissant son oncle, Ogier descendit dans la haute cour. Margot et Aliénor y bavardaient encore. Apparemment, le deuil les affligeait à peine. L'une bonne à reprendre. Et l'autre ?

— Bon, je te quitte, Margot.

Aliénor s'en alla. Au passage, le garçon se sentit enveloppé d'un regard si chargé d'intérêt que l'attouchement de leurs coudes, lorsqu'il s'était rendu chez les Champartel, ne devait pas être un effet du hasard. En se demandant : « Qu'est-ce qu'elles ont toutes ? » il dit à Margot :

— C'est bien de m'avoir rapporté ma cervelière... Était-ce pour me retrouver que tu es montée jusqu'à ma chambre ?

— Vous revoir ?... Voilà bien de la prétention, messire !... Ce que vous m'avez donné m'a suffi. Et la façon dont vous avez procédé me paraît des plus ordinaire.

Elle pouvait prendre un air enjoué, la hardiesse des deux plis légers, sur ses joues anormalement pâles, démentait l'expression de son visage. Et que signifiait son regard, plus troublant qu'un cri de détresse ou d'angoisse ?

— J'ai agi comme un rustique, c'est vrai... Mais tout est de ta faute.

— Ma faute !... Ma faute ! C'est vite dit...

Il s'éloigna, furieux contre elle et contre lui.

La cloche de la chapelle sonna la première messe, il se sentit trop impur pour y assister. Comme Saladin s'approchait, il lui dit : « Viens » et monta se coucher.

— Anne ! Anne ! soupira-t-il en se laissant choir sur son lit.

Et le sommeil le prit.

Il devait être midi quand son chien aboya, le réveillant en sursaut. « Quoi ? Quoi ? » pensa-t-il. Tout de suite, il comprit : au loin retentissaient les tambours.

Bien que les rayères[1] de sa chambre prissent le jour, l'une sur la campagne, l'autre sur la haute cour, il renonça à s'y pencher. S'il se félicita d'avoir dormi dans son haubert, celui-ci parut tout à coup anormalement pesant et fragile.

— J'en connais, Saladin, qui vont me sermonner !

Sa main blessée crispée sur la prise de son épée, il courut jusqu'au châtelet d'entrée. Cette fois, il n'y précéda pas les renforts.

— Tu mollis, lui lança Guillaume, immobile auprès de Blanquefort, à la bretèche du pont-levis. Mais vois : Messire Canole nous rend visite !

Au milieu de la rampe d'accès, précédé de quatre tambours, de son estuart et de son héraut, entouré de ses chevaliers et de ses connétables, l'Anglais, assuré que Guillaume respecterait cette trêve implicite, montait au château.

— Que vient-il nous redemander ? grogna le sénéchal.

— J'ai idée que Derby lui a assigné une tâche... Avant de l'accomplir, il s'est dit qu'il se ferait la main sur nous pour exercer ses hommes. Toute perte de temps lui devient préjudiciable et c'est pourquoi il veut en finir au plus tôt... Mais avez-vous vu ? Tous sont à pied, sauf lui !

Coiffé de son bassinet étincelant, surhaussé d'un plumail écarlate, le torse ceint d'une cuirasse sur laquelle flottaient les pans d'une dalmatique cramoisie, et son marteau d'armes à la main, l'Anglais parvint sur l'esplanade, poussa son destrier noir jusqu'au bord du fossé pour y considérer ses morts et, d'un geste, intima aux tambours le silence.

1. Jours étroits pratiqués dans le mur d'une tour.

— Holà ! Holà ! baron... Es-tu là ?

Il lâcha les rênes, enleva son couvre-chef et le tendit à l'estuart.

— Je suis là, Canole !... Et j'ai fort envie de t'abreuver de jengles et de molestes [1]. Que veux-tu ?

Sachant qu'il ne risquait rien, Guillaume s'était avancé au milieu d'une embrasure.

— Vieillard capiteux [2] ! Tu sais aussi bien que moi pourquoi je reviens... Laisse-nous entrer. Accorde-moi ton hospitalité ! Fais-moi confiance !

Un pas : Ogier coudoya son oncle. Aussitôt, le routier le reconnut et agita son arme :

— Heureux de te voir, Argouges ! Convainc donc ce baron morne et présomptueux qu'il n'y a aucune mauvaiseté en moi ! Ne t'en ai-je pas donné des preuves à Saint-Rémy ?

Après avoir considéré cet homme arrogant et cérémonieux, le damoiseau consulta son oncle. D'un hochement de tête, Guillaume l'autorisa à répondre et lui céda sa place.

— Messire, je n'ai rien oublié ! hurla-t-il, ses mains réunies en cornet. Mais vous êtes Anglais et les crimes que vos malandrins ont commis ne peuvent nous réconcilier.

— Les morts sont les morts... Il faut épargner les vivants... Montre-toi plaideur habile et, foi de Knolles, je t'en saurai bon gré... Prie ton parent de nous conjouir. Nous sommes ennemis ? Eh bien, devenons frères... Notre sire Édouard vous en gardera une éternelle reconnaissance... Cessons de croiser nos armes... Mangeons ce soir ensemble soit ici, soit sous mon pavillon. Persuade ton oncle que je suis un ami, *ton* ami... et je suis sûr qu'Édouard te fera connétable.

— Connétable de mon cul, messire.

Enguerrand de Briatexte, toujours vêtu de son

1. Plaisanteries et injures.
2. Obstiné.

armure noire, abandonna la société des capitaines. Il marchait à pas lents et dignes, le bassinet largement déclos sur sa face rechignée :

— Allons, messire Argouges. Moi qui vous parle, et suis autant de France que vous, je vous demande réflexion... Toutes ces terres, ici, appartiennent à Édouard.

Se retournant, le damoiseau aperçut Saint-Rémy, Haguenier, Renaud, Jean, et plus loin, Arnaud Clergue entre son oncle et Blanquefort. Il se pencha davantage :

— Nous en avons délibéré, messire. Sachez que nous tiendrons bon... Vous pouvez souiller ces terres de votre présence, détruire les hameaux, les cités et nos gens... Un jour viendra où vous guerpirez... Quant à toi, félon, ne viens pas me signifier ma conduite... Retourne plutôt d'où tu viens et fais-y amende honorable !

Cela dit, et sans poursuivre cet entretien stérile, Ogier descendit dans la haute cour. Il entra aux écuries où Marchegai lui fit fête.

— Mon pauvre, ne te réjouis pas : tu restes ici. Ce soir, si je le peux, je te promènerai dans nos murs.

Il alla prendre une fourchée de paille derrière l'abreuvoir et revint bouchonner son cheval. Il s'y appliqua. Il avait besoin de s'activer. Les espaces coutumiers semblaient avoir rétréci. Sa constance également.

Il entendit de nouveau battre les tambours : Knolles s'en allait, la tête pleine d'intentions homicides. Alors, après avoir abreuvé son cheval, il sortit.

Il se dirigeait vers la forge quand le cri d'un guetteur retentit :

— Ils démontent leur malevoisine !

Les femmes et les enfants éparpillés dans la cour s'empressèrent de chercher refuge au donjon ; les combattants que Girard destinait aux premiers affrontements se rassemblèrent, l'arc et l'arbalète au poing.

— Allons voir, messire Argouges ! cria le soudoyer. S'ils démontent leur engin, y a pas de quoi s'affoler...

Sitôt sur les remparts, ils coururent jusqu'à la demi-tour nord, d'où le cri était parti. Guillaume, Blanquefort et vingt archers s'y trouvaient.

— Tu vois, mon neveu ?... La fête va bientôt recommencer... Nous prendrons de pesantes dragées sur la goule.

A la courbe du chemin d'accès, les routiers s'activaient à décheviller les éléments de leur perrière. Ils étaient une quinzaine, hors de portée des traits d'arc ou d'arbalète : tandis que leur chef captait l'attention de la plupart des assiégés, ils avaient entouré leur machine d'un rempart de mantelets de bois.

— Aspe est venu m'annoncer cet argu [1], dit Blanquefort. Le temps que Canole nous parle, leur malevoisine était mise sous protection. Je croyais qu'ils attendraient la nuit pour la désosser, mais non : ils veulent gagner du temps... Quand il fera bien noir, ils la déplaceront pièce à pièce et la rebâtiront quelque part... sans doute devant nos entrées... Heureusement, leur trébuchet restera où il est ! Ils savent qu'il est trop petit pour ébranler nos murailles... et leur ribaudequin ne leur servirait pas à grand-chose... Canole nous les a montrés pour nous effrayer...

— Eh bien, puisqu'il faut ménager nos sagettes et nos carreaux, dit Guillaume, attendons.

Tout en grimaçant, il palpait son épaule.

— Vous avez parlé vrai, Hugues, fit Ogier pour mettre un terme à un silence dont il était gêné sans raison.

Des images terribles demeuraient incrustées dans ses yeux. Tous ces hommes que la mort lardait d'acier ou enveloppait dans un linceul de flammes. Horreur de vivre, horreur de mourir, horreur des cris et des plaintes d'ébouillantés. Tout ceci avait quelque chose de

1. Astuce, subtilité, finesse.

répugnant et d'exaltant. Jubilation de faire le mal comme on fait une bonne action ; et cette espèce de rafraîchissement de l'esprit et des sens enfiévrés quand l'ennemi, soudain, refluait !

Un cheval hennit, puis un autre. Plaintivement. Griveau qui se disait fort en hippomancie n'était plus là pour entendre ces cris et décider s'ils étaient de bon ou mauvais augure, mais Guillaume, lui, parut y déceler un présage excellent :

— Qu'ils viennent, ces païens ! Nous les réduirons en miettes, en charpies, en cendres !

— Et nous ? demanda Ogier presque consterné par tant d'assurance. Nul ne peut sortir ce que nous deviendrons [1].

Il se sentit percé par un regard qui, tout au fond de lui, découvrait une peur certes recoquillée, mais vivace.

— Nous, mon neveu ?... Nous sommes de granit et n'avons rien à craindre !

1. Nul ne peut prédire notre sort.

III

La vesprée fut paisible et la nuit vint d'un coup. Les peaux des tambours vibrèrent, et bientôt des fracas de marteaux et de maillets s'ajoutèrent à leur tapage.

— La male peste est proche, dit Guillaume lors de sa ronde d'après-souper. Ces démons reconstruisent leur malevoisine. Ils doivent également préparer des mantelets... Je suppose aussi qu'ils plantent des pieux pour retenir les cordes avec lesquelles ils descendront au fossé... Oyez ces frappements !

— Ils doivent monter des rochers, dit Ogier. Hélas ! l'Isle en est pleine et je vois des lueurs sur notre rive.

— Girard ! appela Blanquefort.

Aussitôt le soudoyer fut là, inquiet, attentif.

— Éparpille-moi cent hommes sur les aleoirs. Ils y dormiront... d'un œil !

Girard disparut en courant.

— Dommage qu'on n'y voie goutte, regretta Ogier les yeux levés vers la lune ovale et terne. J'ai idée que leur perrière est placée juste devant nos entrées... Dès l'aurore, ils la rouleront au plus près. Il faudrait qu'il pleuve à verse et qu'elle s'embourbe... En attendant, nous devrions leur envoyer quelques traits enflammés.

— Même en les accablant ainsi, mon neveu, nous ne pourrions les empêcher de rebâtir leur engin. Ne mésusons pas de nos traits... Va plutôt dire à Mathilde de me faire monter une paillasse... A partir de ce soir, je dormirai dans la machinerie des tours portières. Il y a de la place entre la muraille et les treuils.

Le vacarme cessa peu à peu. Les feux lointains s'éteignirent et seuls des cris d'oiseaux troublèrent le silence. Ogier somnola entre Thierry Champartel et Matthieu, l'archer qui parlait dans son sommeil. Parfois, ouvrant les yeux, il découvrait deux ombres : Guillaume et Blanquefort, immobiles, attentifs, statues de la droiture et de la vigilance.

Le froid de l'aube et des chuchotis l'éveillèrent. Il vit autour de lui ses compagnons debout, et d'autres qui s'ébrouaient. Blanquefort se pencha :

— Le jour n'est pas loin, Ogier. Leur malevoisine se trouve juste face aux tours portières... J'ai vu son ombre... Ne demeurez pas là... Approchons-nous de la bretèche.

Ils y parvenaient quand un chuintement les précipita sur les dalles.

— Putain ! s'écria Guillaume. Prenez garde !

Les premiers rocs catapultés par la perrière churent dans le fossé avec un bruit mou et vibrant. Ogier les compta : six. Le septième, le tir ajusté, se fracassa contre le tablier du pont-levis. Les hommes groupés en cet endroit s'agglutinèrent derrière les merlons.

— Maugrebleu ! que le soleil se lève, s'écria le sénéchal, près d'Ogier. Alors nous verrons ces goguelus et les exterminerons avant qu'ils n'aient commis trop de dommages.

— Jamais ils n'entreront par ce côté, dit Thierry Champartel. Messire, le chêne de notre pont est aussi dur que l'acier, et ses ferrures plus épaisses que ma main... Quant à la herse, ainsi que celle de la poterne, vous les connaissez : leurs barreaux sont aussi gros que mon poignet... Rien ne les pourra fausser.

— Sans doute, Thierry, dit Guillaume, mais si cette grêle continue, je crains que les murs des deux ouvrages qui gardent tes herses et ton tablier ne se disjoignent, car cette artillerie ne les ménage pas !

Derrière eux, des hurlements éclatèrent, bientôt percés par des appels.

— A l'aide ! A l'aide !

— C'est le vieux Rigaud, dit Ogier. Il est juste derrière nous.

— Ils attaquent par là ? s'étonna Guillaume. Allez-y voir.

— Bon Dieu ! s'exclama Thierry en s'élançant, l'arbalète au poing. Ils connaissent nos faiblesses... Venez, messire Ogier.

Ils coururent, bousculant des hommes qui s'interrogeaient. Ils savaient qu'au nord-est, la muraille crénelée sur un faible encorbellement paraissait moins bien défendue que partout ailleurs par la demi-tour d'angle et la Guillaume dont elle était flanquée. Ils comprenaient que, profitant de la diversion créée par la perrière, des routiers s'étaient massés dans le fossé.

— Une centaine !... Eh oui, une centaine, s'écria Rigaud en marchant à leur rencontre. Heureusement qu'on avait des boulets. Pourtant, ces malandrins sont parvenus à dresser deux échelles.

— Ah ! si vous aviez vu, ajouta Jean, hilare. On a attrapé leurs montants entre les dents des fourches que j'avais fait monter, et on les a rejetées avant qu'aucun de ces singes ait pu nous atteindre. Et puisque te voilà, Thierry, il te faut nous forger des traverses que nous emmancherons sur des perches solides. Ainsi tous ces rejets nous seront plus aisés.

— Je t'en ferai cette nuit. Pas le temps maintenant.

— Une vingtaine... On les fera bisquer !

— On les a repoussés, ajouta Rigaud. Mais faut avouer qu'on s'est embrennés[1] !

Ses compagnons, des maçons et des jeunes du

1. Emmerdés.

hameau, acquiescèrent. L'un d'eux rampa jusqu'au parapet et sonda l'obscurité.

— Ils y sont toujours, dit-il.

— Alors, compères, dit Ogier, jetez-leur des boulets sur la goule. Et faites-en monter avant que d'en manquer... Allons ! Allons ! Écrasez-les... Quand il fera grand jour ils seront moins hardis.

— C'est par trop noir, en effet, dit Thierry. Peut-on faire bouillir de l'eau et de l'huile ? Je vois derrière vous, messire, quatre chaudrons fumants.

— Bien sûr !

— Bonne idée, dit Blanquefort.

Dans le vacarme, le damoiseau n'avait pas remarqué son approche. Il fut sensible à cet assentiment, tandis que le sénéchal enjoignait aux vieillards chargés de cette tâche :

— Avivez les feux... Mais attends le jour, Rigaud, pour voir si ça vaut la peine d'ébouillanter ces coquins... Pour le moment, il vous reste quantité de rochers... Écrasez-les... J'ai dit partout que l'on mette l'eau à bouillir et qu'on fasse monter du bois sec... Je ne les comprends pas. S'ils nous assaillaient de toutes parts, de jour comme de nuit, nous ne pourrions longtemps contrester [1].

— J'en conviens, dit Ogier. Mais alors ?

— Alors ? Pour qu'ils s'activent ainsi, désordonnément, c'est que certains d'entre eux, que nous croyions sous le couvert de la forêt, sont partis soutenir quelque part leurs pareils... Peut-être à Bergerac.

Puis, après un silence, et en attirant le damoiseau jusqu'au renflement de la Guillaume d'où il éloigna un homme, Massoutier, le sénéchal, annonça :

— Nous sommes vendredi 19... Ça ne vous dit rien ?

— Rien.

1. Résister.

— Il y a dix-huit ans que Tancrède est née... vers le coucher du soleil... Enfantée dans la souffrance.

Ogier fut près de révéler : « Elle est de quatre jours mon ainsnée » ; il s'abstint, car Blanquefort souriait d'une façon terrible :

— Le baron était absent. Et pourtant, Aline, notre sage-femme, l'avait averti que ces couches-là se présentaient mal... Mais que voulez-vous : il y avait des joutes chez Étiennart de Mavaleix... Je lui ai envoyé Aliaume, un sergent. Ils sont revenus au galop, or, il était trop tard : elle avait rendu l'âme.

Ogier se promit de questionner sa mère sur Guibourc de Saint-Rémy sitôt après leurs retrouvailles.

— Si votre dame était sur le point d'enfanter, iriez-vous courir des lances à dix lieues de votre demeure ?

La venue de Guillaume épargna au damoiseau une réponse difficile.

— Alors, criait-il de loin, ça va mal par ici ?

— Plus maintenant, mon oncle.

Le sénéchal interpella Rigaud :

— Va tout de même chercher cinq ou six hommes. Vous étiez trop peu en cet endroit.

— Revenez, vous deux, exigea Guillaume. Devant les entrées leur maudite perrière nous maltraite toujours.

— Allons-y, dit Blanquefort, l'air résigné.

Ogier suivit Guillaume et le sénéchal. Des sagettes, des carreaux sifflaient partout. A chaque créneau, ils se courbaient et couraient. Le baron crispait sa main sur son épaule blessée. Blanquefort tenait fermement son arbalète armée. Ogier s'étonna que le sénéchal se fût souvenu du jour où Tancrède était née. Guillaume le savait-il encore ?

Il y avait quatre hommes d'armes — Joulet, Peyre, Matthieu et Florimont — accroupis derrière les merlons surplombant le pont-levis, et six tâcherons. L'un d'eux, Gibouin, avait été blessé par un éclat de roc.

Sous le dôme bosselé de son chapel de fer, sa face aux poils gluants de sang s'anima :

— Messire baron, ils n'entreront pas... Et les tours tiendront bon, j'en suis sûr, vu que je les ai bâties avec Antiaume, Ernaïs, Julien, Escrive et Sidobre, qui sont là.

Les maçons et couvreurs approuvèrent. Sidobre fit un pas :

— Leur tir commence à s'alentir... Mais faudrait bien que l'aube arrive.

Ogier aperçut un enfant assis, adossé au mur. Blanquefort également.

— Ton gars a sept ans, renvoie-le au donjon.

— C'est folie, soupira Guillaume.

— Je sais, messire, dit Sidobre. Mais, que voulez-vous, il n'a que moi... Depuis que sa mère, la Béatrix, est morte, il y a trois ans, Raoul me suit comme un chien.

Ogier se souvint d'une femme maigre, rousse, échevelée qui parfois accédait aux échafaudages pour offrir une louche d'eau fraîche aux maçons.

— Que je ne revoie plus ton fils ! menaça Guillaume, mécontent. Je t'autorise à le mener au donjon, mais reviens vélocement !

Puis soutenant son coude, il se dirigea vers une archère.

— Girard, dit Blanquefort, trouve-moi Augignac, Geoffroy, Roland et Roudouleux. Qu'ils viennent ici avec leur arbalète.

Il se tourna vers les maçons :

— Armez les vôtres, et que ceux qui n'en ont pas encochent une sagette à leur arc... Dès les premiers feux du jour, nous refrénerons l'ardeur de ces drôles.

Bientôt Renaud et trois arbalétriers accédèrent aux remparts.

— Vous êtes les plus habiles que je connaisse, leur dit le sénéchal, sans nulle envie pourtant de les congratuler. Quand leur malevoisine sortira de la nuit, vous y choisirez chacun un homme, mais ne le berserez qu'à mon commandement. Ses servants doivent être une dizaine. Je veux qu'ils soient occis omniement[1]. Vous m'avez bien compris ? Quant à vous, les gars, je vous fais confiance.

Il s'était retourné vers les maçons. Ils acquiescèrent. Ogier remarqua de quel air méprisant Renaud les considérait. Il regretta d'être dépourvu d'un arc ou d'une arbalète.

La représaille combla les vœux du sénéchal. Alors que le soleil dispersait les ténèbres, les huit servants de la baliste tombèrent, foudroyés en même temps.

Un homme contourna le tas de rochers préparés pour l'engin : Knolles. Singulièrement serein dans le tumulte que la prouesse de ceux de Rechignac avait provoqué parmi ses gens groupés derrière une dizaine de mantelets, il considéra ses artilleurs. L'un d'eux vivait encore. Il le tira par le collet tout en hurlant quelque chose.

Aussitôt, une vingtaine de routiers s'insinuèrent dans les intervalles entre les abris et se précipitèrent autour de la baliste. Cramponnés à ses membrures et s'encourageant de la voix, ils s'employèrent à la rouler.

Sur les murailles, les hommes avaient rencoché sagettes et carreaux.

— Ils reculent !... Tuez ! hurla Blanquefort.

Les arcs et les arbalètes crachèrent. Cinq routiers tombèrent. Et Knolles, lâchant son homme, fit face au château.

— Il nous menace du poing, dit Guillaume, imperturbable.

— Ils ont certes dégagé leur engin, commenta Roudouleux, mais ils le rapprocheront cette nuit... Et ils recommenceront.

1. Tous ensemble.

Sa voix tremblait. Ogier se demanda si ce petit gros boudiné dans ses mailles avait peur. Il s'en détourna.

L'huile et l'eau fumaient dans les chaudrons. Il y en avait une vingtaine sur les murailles, mais on pouvait en monter davantage. Les bonnes volontés ne manquaient pas pour préparer les bouillons. Il entendit un son de trompe et les mantelets basculèrent.

— Eh ! dit-il à ses compagnons ahuris, voyez donc tous ces drôles... Ils s'étaient accroupis derrière leurs planches... Or, les voilà debout.

Peut-être étaient-ils deux cents. Immobiles ou presque, leurs boucliers ronds et noirs formaient une croûte géante, épaisse, d'où surgissaient des haches et des épieux. C'étaient encore ceux de Saint-Rémy : les sorgueurs à peaux de bêtes, hurlant : « *Édouard ! Édouard ! Édouard !* » à s'en corroder la gorge.

— Combien sommes-nous sur les parois, Hugues ? demanda Guillaume.

— Une centaine, vous le savez bien, grommela Blanquefort sans quitter des yeux la truandaille.

Insensible à cette grigne pimentée d'irrespect, Guillaume se détourna :

— Girard ?

— Messire ?... Vous faut-il des hommes ?

— Certes non... Mais c'est prudence d'en préparer cinquante autres... Cours dire à Jean de sonner l'appeau [1] ! et de venir nous rejoindre.

Ogier vit Enguerrand de Briatexte s'approcher de Knolles. Ils échangèrent quelques mots, puis l'homme à l'armure noire s'éloigna sans hâte. Quand il se retourna, son compère, de l'extrémité de son marteau d'armes, désignait le pont-levis.

Il n'y eut, cette fois, aucun roulement de tambour ; rien que le bouillonnement discontinu, rauque, énorme, de cette cataracte humaine fluant vers les murailles.

— Tue ! Tue ! Tue ! s'écria Guillaume.

1. L'appel.

Sagettes, viretons, dondaines, boujons et dardes giclèrent des archères, des créneaux, et trouèrent ces vagues aux crêtes scintillantes, y créant des remous éphémères, tandis que l'Anglais maudit, bras croisés, surveillait du haut d'une éminence le remplissage du fossé.

Comme lors de la première attaque, des hommes, après avoir jeté en bas arme et bouclier, glissèrent après les cordes, d'autres dégringolèrent des échelles, sautèrent au fond et se relevèrent tandis qu'au-dessus d'eux, soudoyers et manants vidaient leur carquois, sans toutefois pouvoir atteindre ceux qui, au pied du mur, commençaient l'échelade.

— Les rocs et les boulets ! hurla Guillaume.

Les défenseurs les plus jeunes abandonnèrent leur arc ou leur arbalète, et précipitèrent dans le vide les quartiers de rocher entassés entre les embrasures des mâchicoulis.

— L'huile et l'eau !... Faut les escarbouiller !

Avec leurs soufflets, les vieillards animèrent les flammes assoupies sous les trépieds. Elles grandirent, s'épaissirent. Bientôt, dévorant le bois sec mêlé de paille dont on les nourrissait, les foyers ronronnèrent, et le contenu des chaudrons bouillonna.

— Faites le tour, enjoignit Blanquefort à Ogier. Je dois savoir si nous sommes partout assis [1].

Le damoiseau acquiesça et fut bientôt rassuré : il n'y avait en bas qu'un seul grouillement redoutable : devant les soubassements du châtelet d'entrée. Partout, lors de son inspection, il côtoya des hommes impassibles que le désir d'occire démangeait : « *Ça ira là-bas ? On pourrait y aller.* » En refusant leur offre, il les mécontentait.

Il n'eût su dire qui lui parlait, à qui il répondait. Les visages de tous ces hommes coiffés de fer, l'arc ou l'arbalète au poing, l'épée, la hachette ou le poignard

1. *Assis* : assiégés.

à la ceinture, ne comptaient plus. Ils n'avaient aucun nom ; ils étaient l'expression d'une volonté unanime, et c'était l'essentiel. En quelque lieu où Knolles enverrait sa racaille, elle aurait affaire à ces défenseurs résolus.

Quand le garçon fut près d'atteindre les tours portières, un soulagement pareil à un coup de vent frais, un jour de grosse chaleur, avait raffermi son esprit et son corps.

— Allons, dit-il à Girard accouru à sa rencontre, je crois que pour ce jour ils ne nous auront pas.

— En tout cas, messire Ogier, là-bas, il en arrive toujours... Et en bas, ça bouge ! Venez voir.

Accroupi, sa joue blessée frôlant l'arête d'un merlon, le damoiseau examina la campagne dans la direction que Girard lui indiquait. A la lisière des Banchereaux, il distingua des files chenillantes.

— Ils sont loin, Girard. Que font-ils selon toi ?

— Ce sont, messire, les archers d'Angleterre. Ils se donnent de l'exercice avant de se placer en bon arroi pour nous percer de traits...

— Bien vu ! Je poursuis ma course.

Comme il s'approchait des hommes acharnés à repousser les assaillants groupés sous le pont-levis, et dont il entendait les heurts du bélier contre la herse de la poterne, Ogier aperçut Raoul Sidobre occupé à passer des sagettes à son père. Il fut tenté de lui crier : « Descends » ; mais, après tout, le maçon avait été prévenu...

Il rejoignit son oncle et le sénéchal.

— Tout est bien partout ailleurs qu'ici. Nul affolement, nul désir d'escampette.

— Canole a groupé des archers de l'autre côté. Chacun de nous tient sa place, mais cette pluie de fer nous a coûté deux gars... La réserve est prête.

Les renforts préparés par Girard attendaient en contrebas et sur les degrés de l'escalier d'accès, l'instant d'occuper le chemin de ronde. Blanquefort ne les exposerait qu'en cas de nécessité.

— Versez l'eau et l'huile ! hurla-t-il. Qu'ils rôtissent ! Qu'ils friolent ! Satan les recevra rouges et nettoyés !

— Bonne garnison, commenta Guillaume. Solide comme ma herse, en bas... Par le sang de mes aves[1], ils renonceront !

Une nouvelle vague de malandrins déferla dans le fossé, puis une autre. Des échelles s'élevèrent, oscillèrent avant d'être abattues contre la muraille. Des hommes en entreprirent aussitôt l'ascension. Des rochers les éparpillèrent — morts ou blessés — ; d'autres projectiles mêlés aux coulées d'huile les écrabouillèrent ainsi que leurs compagnons prêts à grimper. On tirait de toutes parts tandis que Knolles, immobile, observait alternativement ses archers et les murailles, indifférent, semblait-il, aux cris de rage et de douleur surgis du sol ou tombant des créneaux en même temps que les rochers et les liquides bouillants.

— Pourquoi, demanda Guillaume, s'obstine-t-il à m'attaquer par mes entrées ?

— Pas seulement, s'exclama Blanquefort qui revenait d'un tour de surveillance. Ils font une tentative du côté de la Mathilde. On s'y bat aussi fort qu'ici, mais nos gars sont en nombre... Et décidés à les renvoyer au diable.

Pour mieux surveiller la presse, Ogier courut se poster à l'extrémité de la tour portière la plus proche de la Mathilde. Il y avait là, sous le cône sombre de la toiture, cinq ou six hommes acharnés à un tir d'enfilade qui se croisait avec celui des archers et arbalétriers du second ouvrage d'entrée. Autour des piliers du pont-levis, le fossé grouillait de têtes, d'épaules, d'armes, de boucliers et d'échelles entrechoqués. Par saccades, l'huile tombant des gargouilles de la courtine y

1. Ancêtres. L'on disait aussi *ancesseurs*.

creusait des tourbillons d'or fumeux, et les ricochets des boulets sur la pente du fruit provoquaient des clameurs et des brèches profondes. Tout ce que des voix pouvaient exprimer jaillissait du sol comme une végétation sonore, vaste, frémissante, ramifiée de « Ah ! » et de « Oh ! » de fureur impuissante.

Ils avaient abandonné leur bélier.

— Prends ça, Ogier, dit Guillaume. Elle est armée. Fais comme eux : troue ce que tu pourras.

C'était une arbalète saisie dans la main d'un homme qui venait de choir, mort, à la renverse : Bérault.

Guillaume se baissa :

— Prends aussi son carquois, il est plein !

Alors, agenouillé dans l'angle d'un merlon, Ogier attendit.

Un échelier — une échelle à un seul montant — vacilla et brusquement pencha vers la muraille, tout près du tablier du pont-levis. Aussitôt, à l'abri de leur bouclier, des hommes commencèrent à grimper.

— Un ! dit Ogier.

Atteint à la hanche, le premier assaillant décrocha, emportant son suivant dans sa chute.

— Tiens, dit Guillaume. Voici celle du Florimont.

Ogier prit l'arbalète — armée, elle aussi —, repoussa celle de Bérault vers son oncle afin qu'il en bandât la corde, et visa : le troisième homme lâcha prise et se renversa en portant ses mains à la tête.

Ogier moulina vivement le cric de l'arbalète ; il n'eut pas le temps de l'armer : le quatrième attaquant basculait dans le vide.

— Pas mal, non ? demanda Jean du Taillis.

Il n'y avait plus de *Messire*, et Jean jubilait. Il tendit l'index :

— Vous voyez Canole aussi bien que moi ?

— Oui... Roide comme un gisant, mais debout. Il est trop loin pour qu'on l'atteigne.

— Essayons toujours de l'attremper[1] !... A vous l'honneur.

Ogier introduisit un carreau dans la gorge de son arme. Il encocha l'extrémité empennée de cuir sur la corde tendue, épaula et bornoya soigneusement. Il lui sembla trembler en pressant la détente.

— Manqué, regretta Jean.

Son arbalète était prête. Il lâcha son trait. Un sergent ou un capitaine s'approchait de Knolles ; il battit l'air de ses bras et tomba à la renverse.

— Voilà de quoi me rendre vergogneux !

— Et pourquoi ? dit Ogier. Regarde.

La rumeur de mort paraissait enfin atteindre les oreilles de l'Anglais. Il fit un signe à un compère proche de la perrière et qui ne se dissimulait pas. L'homme emboucha son cor et sonna. Aussitôt, dans le fossé, les assaillants refluèrent vers les échelles de la contrescarpe, et telle était la joie des gens de Rechignac en assistant à cette retraite qu'ils gardèrent leurs flèches au carquois.

— A la mort ! A la mort ! Tue ! Tue ! Tue ! hurla Saint-Rémy.

Coiffé d'un chapel de fer — Ogier reconnut celui du défunt Bérault — le vieillard bavait de fureur tout en agitant ses mains brunes de crasse. Guillaume le rejoignit et l'empoigna par le devant de son sarrau :

— Parent, lui dit-il d'une voix sifflante, en le poussant entre deux merlons comme s'il voulait le précipiter dans le vide, laisse faire mes défendeurs et, pour la dernière fois, ferme ta grande goule ! D'ailleurs, je ne veux plus te voir auprès de nous.

Ogier partit s'isoler aux latrines. Il y vomit un jet de bile, étonné qu'à sa satisfaction d'avoir occis ses premiers routiers se fût mêlé ce dégoût puissant, irrésistible.

1. *Attremper* : ajuster.

— Tu es mal ? lui demanda Guillaume comme il réapparaissait sur le chemin de ronde.

— Non, mon oncle. Mais percer ces hutins, avoir plaisir à les voir tomber des échelles... Puis se dire qu'ils étaient vaillants...

— Hé oui... Je sais... Tu t'y feras... Il le faut... Va vider deux ou trois hanaps de bon vin... Moi, je vais voir quels sont nos morts et nos blessés.

— Je vous suis.

Il y avait du sang çà et là sur les dalles. Des hommes titubants descendaient dans la haute cour. D'autres, deux à deux, soutenaient des corps inertes.

— C'est surtout quand c'est fini qu'on s'aperçoit qu'on s'est bien défendu, mon neveu... Cependant, nul ne peut deviner ce que nous deviendrons.

Sidobre, tête nue, vint à eux, l'air hagard. De la sueur coulait de son grand nez abrupt.

— Mon gars... Vous avez vu mon gars, mon pitiou ?

— Pas vu, dit Jean, proche d'Ogier.

— Il était derrière un merlon... Il ne m'a pas quitté, pour ainsi dire.

— Je l'ai aperçu, dit Ogier.

— Je t'avais dit de le descendre, grogna Guillaume. Et tu ne l'as pas fait ?

— Ah ! là là, dit Sidobre.

Du sang maculait ses mailles. Il repoussa son carquois dans son dos. Il tremblait. Son angoisse avait changé d'espèce et de volume. Il regardait partout et nulle part.

— Mon fils ?

— L'homme, dit Ogier, le cœur pincé par un mauvais pressentiment, il ne doit guère être loin... A un moment, la presse ici était grande. Il a dû courir se mettre à recueillette et sauveté [1].

— Cherchons-le, dit Sidobre.

Ensemble, ils firent le tour des murailles.

1. A l'abri.

— Raoul ! Raoul ! appelait parfois le maçon.

Puis il interrogeait ses compères :

— Vous avez pas vu mon gars ?

Ils haussaient les épaules et remuaient négativement la tête.

— Sacrédieu, où qu'il est ?

— Sidobre, dit Jean, tu crois pas qu'au lieu de chercher sur les hauteurs, on devrait aller voir dans la cour... et même au donjon ?... Allons, viens !

Il descendit et bientôt, d'en bas, fit des signes au maçon :

— Eh ! là-haut... Je l'ai trouvé.

— Ah ! enfin... dit Sidobre en s'engageant dans un escalier.

Ogier le suivit, soupçonnant un malheur.

Jean baissait la tête.

— Là-bas, dit-il.

Il y avait cinq corps sur le seuil de la chapelle : quatre hommes et un enfant. Sidobre se précipita :

— Raoul !

Il avait beau hurler, soulever, remuer, secouer son gars, Raoul ne ressusciterait pas. Il avait un visage gris, la bouche crispée sur des caillots, les yeux ouverts, révulsés.

— C'est mon pitiou, dit le maçon en calant la tête du défunt contre son épaule bourrelée de fer. Mon fils ! Il me suivait comme un chien... C'est pas possible ! Pas possible !

Ogier ne sut que dire ; une honte infinie l'étranglait : il était vivant, témoin d'une douleur atroce et sans remède.

Soudain, le maçon poussa un cri de rage et arracha le trait planté dans le flanc de son fils :

— Voyez, messire Ogier : c'est pas une sagette anglaise ; *elle vient de chez nous*... Encore heureux qu'on l'ait pas brisée... Des comme ça, j'en ai encore plein mon carquois... J'en ai préparé hier, et sais de quoi je cause. On a assez plumé d'oies et de canards. Qui a fait ça ?

Ogier saisit la flèche dont il considéra l'empenne. Sidobre disait vrai : ce trait avait été préparé la veille ou l'avant-veille à Rechignac.

— Tu as raison, l'homme, dit-il. C'est un grand malheur. Quant à savoir qui est inhabile à ce point, je ne puis hélas ! t'éclairer... J'avoue que je ne comprends pas.

Sidobre berçait son enfant sans mot dire. Il attendait une réponse, un responsable, un jugement : toutes choses impossibles. De grosses larmes roulaient dans les crevasses de ses joues.

— J'avais qu'un fils, dit-il... Un petit cœur vaillant...

Il posa l'enfant sur le sol, s'agenouilla et, les mains jointes et les yeux au ciel :

— C'est pas possible, Seigneur !... Pas possible !

Il secoua furieusement l'enfant :

— Réveille-toi... Réveille-toi !

Et, levant son visage en direction d'Ogier :

— Pourquoi lui et pas un vieux cagou de mon espèce, hein, messire ? Pourquoi ?

— C'est la volonté de Dieu, mon fils, dit Arnaud Clergue en s'approchant.

Le maçon tendit le poing au chapelain.

— Dieu !... Dieu !... Je renonce à croire à Sa miséricorde. Il me l'a tué... Il s'est assuré de l'un des nôtres pour peupler son maudit paradis !

Ce courroux blasphématoire secoua le chapelain tout autant qu'Ogier. Des mots consolants ? Apaisants ? Clergue n'en proféra aucun. Il ne pouvait en trouver. Il avait joint les mains, il priait : le damoiseau lui trouva la tâche facile. Il se tourna vers Blanquefort :

— Il y a chez nous un gars bien peu aduré aux armes. Il faut savoir qui c'est.

— Le sénéchal acquiesça et obligea Sidobre à se relever :

— Allons, mon ami... C'est dur, je sais, de perdre un être cher... Tu es fautif, toi aussi. On t'avait pourtant prévenu... Lâche ton gars. Allons, lâche-le... Il dormira, crois-moi, en bonne compagnie.

Le maçon obéit, attrapa le sénéchal par les bras et pleura sur son épaule. Et ses sanglots devinrent alors si déchirants qu'Ogier s'éloigna en hâte.

Longtemps, jusqu'à ce qu'il entrât dans la Mathilde, il entendit dans son dos :

— C'était mon pitiou, vous comprenez... C'était ma vie... Il me suivait comme un chien...

— Tiens, te voilà... Tu sais quand il convient de te mettre à l'abri.

Couché de tout son long sur le lit, Saladin attendait. Ogier caressa son museau, flatta sa cuisse et s'approcha de Titus immobile sur sa perche. Le faucon l'observait de son petit œil impitoyable, gonflant son jabot tigré de plumettes soyeuses.

— Tu peux me regarder avec cette fureur... Tu n'es pas près d'être délongé pour voler... Mais je vois qu'on t'a apporté à manger... Qui ? Tancrède ou Adelis ?

Etait-ce le désarroi ou la fatigue ? Le damoiseau trouva son logis misérable. Cinq pas de long, quatre de large, une baie à peine moins exiguë qu'une archère, ouverte sur un pan de rempart et de cour ; deux rayères où parfois des pigeons se nichaient ; un matelas bourré de paille, et crissant au moindre mouvement. Dessus, trois peaux de loups. Il s'assit.

— Eh... qu'est-ce qui te prend ?... Je te dérange ou tu veux sortir ?

Il ouvrit sa porte, le chien gémit sur le seuil, flaira les dalles et lui offrit sa patte dans l'espoir d'un « Va » dont il fut privé, car un cri — un cri de femme — et des jurons retentissaient au sommet de la tour.

— Non, reste. On bataille là-haut... Je préfère y aller seul.

Contrarié, Saladin réintégra la chambre. Ogier gravit lestement l'escalier.

Un homme, une femme ; l'homme disait :

— Mais si, laisse-toi faire !

La femme devait le repousser :

— Non !... Partez ou j'appelle à l'aide !

L'homme, Ogier l'avait reconnu avant même de parvenir sous le sombre entonnoir du toit.

— Lâche-la, Saint-Rémy !

Le vieillard lui fit aussitôt face, la main crispée sur la prise de son poignard. Un éclair traversa ses yeux vairons, blancs d'humeur aux commissures :

— Décidément, damoiseau, tu te mets toujours dans mes jambes.

La voix d'Ogier se durcit :

— Hors d'ici ! Guillaume, devant moi, t'a chassé des murailles.

La femme, livide, avait plié ses bras sur sa poitrine.

— Ne craignez rien, dame Aliénor...

Quelque paisible et rassurant qu'il se voulût, Ogier se trouvait dans un état de tension extrême. Tirant son épée, il la pointa sur la poitrine de Saint-Rémy et crut reconnaître dans cette face figée de haine les indices d'une angoisse mal contenue.

— Vieux porc ! Je pourrais ainsi te pousser hors des murs. En bas, tu ne ferais qu'une charogne de plus.

A travers la friche des moustaches, la bouche édentée tremblota :

— Je pars, Argouges... Je dois bien m'y résigner... Un jour tu me paieras le mal que tu m'as fait.

Le répugnant vieillard dévisagea Ogier, puis Aliénor, et le grognement qu'il émit fut à s'y méprendre celui d'un porc reniflant sa pâtée. Enfin, courbé pour ne pas se heurter aux chevrons croisés au-dessus de lui, il s'éloigna en clochant.

— Maudit soit ce couillard ! enragea Ogier en rengainant son arme. Puis, s'approchant d'Aliénor :

— Cet endroit, tout comme les aleoirs, est interdit

aux femmes. D'ailleurs, un guetteur devrait s'y trouver...

Elle fit oui de la tête, d'un air un peu trop solennel, tout en mordant sa lèvre inférieure.

— Il y en avait un, messire : l'Henri, un maçon. Il a pris une flèche à l'épaule et s'en est allé recevoir des soins. J'en ai profité tandis que Mathilde s'occupait de lui... C'est d'ici qu'on voit le mieux le hameau. Je voulais voir ma maison ou ce qu'il en reste. J'ignorais que ce vieux coquin m'avait suivie.

Ils se tournèrent vers les ruines, en bas. Atteints par les flammèches du brasier, des arbres avaient flambé. Çà et là, ils levaient au ciel leurs moignons rares et ténébreux.

— J'ai tout perdu, dit songeusement Aliénor. Maison, mari...

— Avez-vous des enfants ?

Elle parut offusquée qu'il l'a connût si peu.

— Je me suis toujours trouvée bien aise d'être telle que Dieu m'a faite, messire... A quoi bon enfanter des malheureux... Désormais, autour de moi, c'est le vide et... j'ai peur.

Ogier ne se méprit pas : c'était un cri de détresse, et la turbulence qui animait cette inconnue avait un nom. Mais lequel ?

— Vous avez préservé votre vie, Aliénor. C'est l'essentiel.

Elle sortit de l'ombre, les bras toujours croisés sur sa poitrine. Un mouvement du cou suffit à rejeter sa crinière en avant, et de ses doigts, elle en tordit l'extrémité mousseuse. Puis elle la rejeta. Ses pommettes hautes, saillantes, sur lesquelles insistait la lumière du jour désormais affirmé, soulignaient la mélancolie de ses yeux, dont Ogier n'eût su dire s'ils étaient bleus, verts ou noisette. Sa bouche rouge, charnue, se pinça :

— Saint-Rémy me proposait de l'épouser.

— Et il exigeait un gage ?

Elle soupira. Elle avait de gros seins enfouis dans sa

camisole. Sa robe de tiretaine grise, effrangée, la serrait si étroitement qu'une couture avait craqué, à la hanche. Ogier vit un lambeau de peau, long et large comme deux doigts.

— Qu'est-ce qui vous tourmente, Aliénor ? Saint-Rémy et les Goddons ne sont pas vos seuls soucis !

Elle se courrouça :

— Bah ! laissons ce vieux bouc et ces linfars, messire. Après que nous avons eu quitté le hameau, votre oncle et son sénéchal, dans leurs arrangements, n'ont pas prévu que les hommes nous tourneraient autour, entre deux assauts, surtout nuitamment.

— Ils essaient de...

Il fut surpris d'être oppressé. Elle fixait sur lui des prunelles brillantes, animées d'un éclat de pierre noire ; elle sourit :

— Et comment, messire !... Oh ! pas tous... Mais le fait est que nous dormons à peine.

Elle se mit à marcher, féline, agitée comme une flamme blafarde. Dans l'ombre mate de la toiture, elle resplendissait de féminité.

— S'ils assaillent à plusieurs l'une d'entre nous, que pourra-t-elle faire, sinon... accepter ? Certaines ont pu même y passer... Elles se taisent par crainte ou par vergogne... Le respect s'en va, messire... Et ces malefaims-là, toutes ne peuvent les supporter.

Il sourit, se prenant lui-même en dérision : cette malefaim, n'en était-il pas atteint ?

— Ces hommes se battent, Aliénor. Ils vous protègent... La mort est sur eux comme le toit de cette tour au-dessus de nous. Certains veulent un réconfort, d'autres cherchent des compensations... Il y en a des bons et des mauvais... Ils ne sont égaux qu'en vaillance.

Il devait d'ailleurs leur ressembler, esprit et corps : pas lavé, pas rasé... Il se promit d'aller le soir même aux étuves.

— Je comprends fort bien qu'ils veuillent une semblance d'amour. Il n'empêche que dans les galetas où

Blanquefort nous a mises, nous sommes mal disposées à le faire !

Comment avait-elle vécu, au hameau ? Il ne l'avait croisée qu'une vingtaine de fois en cinq ans... Il l'avait quelquefois saluée d'un hochement de tête auquel elle répondait avec beaucoup de componction. Et soudain, ils étaient là et se parlaient familièrement. Elle saisissait même sa main couverte de charpie.

— Mon homme faisait tous les sabots de ceux de Saint-Rémy.

Plus encore que par son attitude et les crispations de cette main sur la sienne, Ogier devina en cette femme, par le timbre de sa voix, au-delà de sa fureur, de grandes zones assoupies, prêtes aux impétuosités de toute espèce. Pourquoi le prenait-elle pour confident ?

— Un jour, Saint-Rémy nous a dépêché un homme, Cabanis, pour prendre une commande... Calixte était parti chercher du bois à Savignac... J'ai donné les deux sacs de sabots — dix paires —, au Cabanis, et comme son seigneur nous devait des écus, je suis montée en croupe pour aller quérir notre dû.

Ogier recula. Prompte, elle toucha, sur son visage, la cicatrice du coup de fouet.

— J'ai appris votre affaire avec Didier, messire... Il était aussi malfaisant que son père. C'est pourquoi je vous parle de tout cela. Vous allez voir...

Les doigts quittèrent la joue blessée. Ogier les sentit glisser sur son épaule tandis qu'Aliénor, un moment songeuse, souriait :

— Messire... auprès de vous, je suis en sûreté.

Quelque chose d'obscur passa dans ses yeux. Elle parut s'absorber dans une pensée fort étrangère aux événements qu'elle évoquait. Sans envie d'obtenir les détails sordides qu'il pressentait, Ogier demanda :

— Comment le vieux t'a-t-il reçue à Saint-Rémy ?

Il en était au tutoiement. Elle ne parut pas s'en apercevoir. Ni même qu'il l'avait saisie par la taille.

— Cela remonte à trois ans... J'étais niaise, faut

croire... Il m'a dit : « Suis-moi, je vais te payer ton dû »... Et il m'a poussée dans une chambre... Comme je me débattais, il a appelé à l'aide... Quatre gars sont venus et Didier en était.

— Tu aurais dû nous prévenir. A défaut de mon oncle...

Ogier s'interrompit : avant ces jours funestes, se serait-il soucié des malheurs d'Aliénor ? Elle chevrota :

— Les fredains [1] ! Les immondes !

Deux larmes roulèrent sur ses joues.

— Avec Calixte, auquel ma mère m'a vendue, j'ai jamais rien su de l'amour... Avec ceux de Saint-Rémy, messire, j'ai appris ce que peuvent éprouver les otages... Tiens, comme celles d'en bas, la nuit !... Quand j'ai été comme morte, Didier et Cabanis m'ont jetée au-delà du pont-levis... Point d'écus, bien sûr... Je suis revenue seule au hameau, dans la nuit. Mon époux, de ce jour, ne m'a plus touchée ni parlé, ce qui me soulageait ; mais, aussi, il ne m'a plus nourrie... Sans Anne et Margot ; sans les morceaux de lard et de pain que me passaient Marcelin et Pimouguet qui sont ici et m'aidaient... contre quoi, vous vous en doutez, je serais morte de faim... Alors, le Calixte, je m'en soucie pas.

Ogier comprit qu'il haïssait Saint-Rémy autant que Richard de Blainville.

— Didier et tous les gars qui t'ont fait du mal sont morts. Quant à ce vieil hutin, crois-moi, je le tuerai... Eh, que fais-tu ?

Elle avait saisi son visage entre ses mains et l'attirait vers elle.

— Vous êtes bon...

Ce fut un baiser doux, sur une bouche fraîche. Le damoiseau se demanda s'il ne se prêtait pas à cette ferveur inattendue pour oublier l'échec de la nuit précédente et la déception qui le hantait.

1. Scélérats.

Aliénor gémissait doucement, il sentait ses cuisses frissonner sous ses paumes.

— Ah ! dit-elle en éloignant son visage et en passant sa langue sur ses lèvres, c'est vrai qu'à quinze ans, ma mère m'a vendue au Calixte... ou plutôt échangée contre un lopin de terre au bord de l'Isle... Bien sûr, j'étais neuve.

Encore un mauvais souvenir.

— Tu dors au-dessus des étables ?

— Oui, nous sommes sept dans un coin... Nous veillons sur nous comme nous pouvons.

Menacées de l'extérieur et de l'intérieur. Mais fallait-il grouper toutes les femmes au donjon ? Fallait-il rétrécir leur liberté déjà restreinte ? Certaines protesteraient.

Reculant d'un pas, Ogier s'adossa à la poutre centrale. Aliénor l'y rejoignit, décidée, la bouche humide et rieuse. Il la ceintura et l'écrasa contre lui, devinant sous ses mailles, outre les renflements des seins, celui du ventre dur, insistant. Il replia une jambe, sa semelle contre le bois. Son genou s'encastra entre les cuisses fermes. La femme s'y frotta en soupirant avec une sorte de fureur convulsive comme certaines bêtes, au moment de la mue, frayent contre les arbres leurs bois ou leur pelage en haillons.

— Il faut se méfier, messire : l'Henri va revenir.

Ogier lâcha sa proie. La tête lui tournait un peu. Etait-ce si simple ? Pourquoi donc restait-il sur sa faim ? Sans doute parce que cette soumission d'une femme en rut se révélait trop sommaire.

— Viens, dit-il en prenant Aliénor par la main.

Avec Margot, tout avait sombrement avorté. Avec cette autre, hardie et docile à la fois, il allait prendre sa revanche.

Parvenu sur le seuil de sa chambre, il fut tenté de proposer : « Reviens ce soir. Tu seras bien, céans. Mieux que dans ton fourrage », mais l'audacieuse le baisa sur la bouche, goulûment, longuement. Il sentit tout à coup s'embraser ses entrailles.

Titus s'agita sur sa perche, Saladin sauta du lit et s'en alla en grondant.

— N'aie crainte, il va veiller devant la porte.

— Est-ce ainsi qu'il faisait quand vous receviez Anne ?

Ogier engagea la targette du verrou dans sa gâche.

— Puisque tu sembles tout savoir, que penses-tu du Thibaut ?

Il perçut un soupir, suivi d'un rire grêle.

— Elle n'obtiendra pas grand-chose. Ces hommes tout en viande sont de piètres jouteurs. Comme certains seigneurs empêtrés dans leurs mailles, ils peuvent rarement courir plus d'une lance.

Un rire un peu plus fort. Puis avec un regret, nullement un remords :

— Le Thibaut lui aussi m'a nourrie... Vous en faites point : Anne auprès de lui sera quiète... Avant que notre seigneur ne parte pour l'Ecluse... donques avant votre venue, le Thibaut avait commis je ne sais quoi qui avait mis le baron en fureur. Messire Guillaume le condamna à porter sur son dos un veau de quelques semaines pendant une demi-lieue... Je ne sais plus comment s'appelle cette punition...

— Le harnescar.

— C'est ça... Eh bien, on raconte qu'il n'a pas pu toucher sa femme pendant des mois. Il ne quillait plus... Fort et faible, quoi ! Et pourtant le veau, il l'avait porté, bien porté sur ses épaules...

Las de ce bavardage, Ogier déceignit son épée.

— J'ignorais que le Thibaut avait été marié.

— Bien avant votre venue ! Sa femme est morte en hiver. Elle crachait ses poumons.

Ogier se détourna enfin.

— Holà ! Tu n'as pas perdu ton temps.

Tout en parlant, Aliénor s'était dévêtue. Elle piétinait sa camisole et serrait sa robe devant elle.

— Si je me suis hâtée, c'est que ces linfars peuvent revenir et nous faire un empêchement.

Grande et rose, avec des épaules larges et lisses. Ses jambes étaient longues, troublantes ; des mollets fuselés, des genoux potelés annonçant des cuisses dodues et fermes, et comme elle remuait, indécise, il en voyait frémir les muscles, rides fugaces comme une onde plissée par un souffle. La poitrine opulente, mais bien liée au corps, pointait haut ses deux fleurs granuleuses.

— Ah ! messire...

Les yeux soudain clos, à la fois craintive et fière, Aliénor souleva son sein dans sa main en coupe et fit un pas, le lui offrant. Il l'effleura du bout des doigts, sensible au velouté de ce fruit mûr, gonflé, tout ensemble dur et tendre, et qu'il saisit entre ses lèvres, à sa bouture, qu'il contourna d'un trait de langue, et fut tenté de mordiller.

— Ah ! messire... messire.

Aliénor vibrait, s'exaltait. Il percevait le flux d'un désir effréné.

— J'avais envie de ça depuis si longtemps... On dit que ces caresses-là sont défendues... Croyez-moi... C'est vrai... Nul ne m'a fait cela, encore...

Cet *encore*, bien détaché du reste de la phrase, avait plusieurs sens. Et pour qu'il ne s'y trompât pas, elle lui offrit l'autre sein, plein des palpitations de son cœur et des rumeurs de son sang. Il l'enveloppa tandis que dans les yeux d'Aliénor l'iris se perdait sous les paupières baissées. Il mordilla. Elle exhala un gémissement furtif.

— Tu n'as jamais... On ne t'a jamais fait ça, vraiment ?

— Oh ! non... Le chapelain me l'a souvent demandé.

— Arnaud Clergue ?

— Oui.

— Il voudrait même en savoir plus... Pas vrai ?

— Oui... Baisez-moi de nouveau le téton, s'il vous plaît.

Ses pupilles s'étaient agrandies. Des lueurs y pétillaient — délices et impatience. Elle chuchota contre l'oreille du damoiseau, d'une voix qui semblait venir du tréfonds de son être, et vibrait d'une angoisse sincère :

— Ils m'ont plus mal traitée qu'une fille faillie... Ne me faites pas souffrir, surtout.

Cette crainte qui remuait Aliénor de haut en bas, Ogier la perçut contre ses mains serrées sur ses hanches, tandis qu'elle se courbait vers lui comme un arc prêt à décocher son trait.

— Laisse-moi faire.

De sa bouche, il effleura la lisière des cheveux, une épaule. Elle avait de nouveau fermé ses paupières, et soupirait. Ses doigts s'ouvrirent lentement, sa robe glissa et tomba sur les dalles.

Il la tint éloignée de lui. « Belle encore. » Un alliage de fruste vigueur et de luxuriance charnelle. Large bassin, hanches minces, un cou sans ride où trois gros grains de beauté semblaient l'amorce d'un collier.

— Je vous plais ?

Lui plaire ? Oui. Elle atteignait cette période ardente et amère de la floraison après laquelle la vieillesse lancerait ses griffes invincibles. L'aimer ? Impossible. L'amour ? Qu'était-ce, après tout ? S'il existait, la guerre en supprimait la morale et les enluminures. Le sexe y substituait sa loi, étrangère à toute logique comme à tout attendrissement. Vivre, c'était pour l'instant, dans l'univers restreint de Rechignac, manger, échapper à la tuerie, et plutôt que d'aimer se purger les entrailles.

— Je suis belle, messire ? Pourquoi êtes-vous si chagrin ?

Comme celle de Margot, la chair d'Aliénor, trop vite révélée à son indiscrétion, le désenchantait presque. Cette simplicité dans les commençailles, cette sorte de hâte à le satisfaire, bien qu'il n'eût rien exigé, lui imposaient un regret : la disparition d'Anne. Elle l'avait fait languir malgré son audace du premier soir. Il l'avait connue par fragments avant qu'elle fût consentante, mais cette avarice-là avait précédé des générosités folles, des largesses, des prodigalités dont Thibaut ne profiterait jamais.

— Alors, messire ?

Aliénor souriait, la bouche généreuse, les joues brûlantes et les yeux clos, enlisée semblait-il dans le plaisir d'être nue, et disponible. Toutes pareilles, en vérité... Ces creux, ces bosselures et ces clartés de lait... Elle avait des mollets bien renflés, des cuisses de femme accoutumée à la marche... Pénombre du ventre bombé, mousseux comme un nid de passereaux, et devant lequel elle maintenait une main plate où, en même temps sans doute que son émoi, s'allumait l'émail vert d'une bague.

Il posa son épée sur son coffre et s'approcha. Il allait saisir Aliénor aux hanches quand elle l'emprisonna par les siennes et le renversa sur le lit avec une promptitude, une vigueur insoupçonnables.

— Eh là, ma belle... C'est moi qui mène le jeu !

— J'ai tellement envie de vous connaître, messire... Ne pouvez-vous vous mettre nu ?

— Non... Il me faut être prêt, si les Goddons reviennent.

Elle lui communiquait ses frissons et son impatience. Il s'allongea sur le flanc et eut la joue d'Aliénor sur son bras, tandis que d'une main vivace elle retroussait autour de lui tout ce qui la gênait, sans se soucier de se griffer aux anneaux dont la soudure s'était rompue.

— Pourquoi t'exaspérer ?

Elle se résigna non sans quelque dépit.

Il la caressa, courbé sur elle. Elle avait refermé ses yeux. Furtif, un sourire désunit ses lèvres. Elle était chaude, abondante ; aisselles touffues, odorantes ; elle lui retint la main tout en croisant ses jambes. Ultimes pudeurs ? Astuces ? Jeu ? Il la vainquit sans mal et glissa sur la pente fluide. Elle était collines et vallons, broussailles et sentes ; elle haletait et prononçait des murmures creux comme elle, onctueux comme elle, mais quand il voulut se pencher, elle protesta :

— Non... Non... Ah ! messire, j'aurais dû venir la nuit... En plein jour, j'ai moult vergogne.

Il était bien temps ! Lui, il avait goûté à ce breuvage, il devait s'en désaltérer. Il continua de glisser ses mains sur elle, de bas en haut, du velours au velu, des renflements aux creux, et comme il la lâchait, ce fut elle qui le contraignit à l'effleurer, à l'atteindre, la boucler, la lisser, la sonder, suscitant parfois un gémissement, un frisson, un rire.

Il joignit ses lèvres aux siennes. Elle s'en décolla pour dire :

— Ne ne me faites pas languir !

Les reins soulevés, sans qu'un muscle de son corps bronchât, elle attendait. Quelque chose d'étrange palpitait dans ses prunelles ; une expression de rage et d'avidité.

— Venez, messire !... Ah ! fouissez-moi.

Il obtempéra, car elle l'avait saisi et conduit d'une poigne autoritaire.

Et sitôt qu'il l'eut investie, triomphante et crispée, frémissante, incandescente, juteuse comme cette bouche à laquelle il donnait son souffle et dont il aspirait l'écume, il comprit que leurs faims étaient différentes, si discordantes qu'il ne pourrait agir au mieux de leurs deux corps.

Il l'avait attrapée aux épaules, mais plutôt que de se laisser aller dans la patience et l'espoir, elle se convulsait à contresens, menait sous lui des cabrioles sauvages, et rien ne pouvait l'arrêter.

Il la sentit devenir torrent, cavale, esquif roulant et tanguant sous sa propre bourrasque, puis ouragan. Elle n'allait pas au vertige : elle s'y précipitait. Il sentit ses ongles s'incruster dans ses fesses tandis que, sa voracité se déchaînant, elle essayait de lui mordre les lèvres.

— Bon sang ! protesta-t-il, cesse un peu tes incartades... Laisse-toi aller !

Mais elle rit et, recollant son visage au sien, se remit à se tordre, à brûler, à s'endarder violemment, les yeux fermés, le front ridé, opiniâtre, inondée par ses efforts, râlant, vibrant et vivant si égoïstement son aventure qu'Ogier regretta de ne s'être pas couché en gisant, elle le surplombant, afin qu'elle donnât libre cours à ses démons sans qu'il intervînt dans sa bacchanale.

— Ah ! dit-elle. Ah ! là là.

Elle gluait autour de lui comme sa salive ; elle ruait tandis que son souffle s'embrasait. La paille bruissait sous elle, crépitait... Elle dodinait sa nuque sur son oreiller de cheveux sombres, et il s'accolait à ce corps indomptable sans savoir désormais, de la rancœur ou du désir, ce qui le rivait à lui. Enlacement... Mais de délassement point. Il avait le sentiment d'être sa victime. Elle délirait. Elle disait parfois « plus avant » ou « encore », exigeait, implorait, tandis qu'il s'efforçait d'approfondir son étreinte. Il ne lui faisait plus l'amour mais, consciencieux et lucide, la charité.

Il devina qu'elle arrivait au gouffre où il eût aimé la conduire.

Elle y bondit d'un grand ahan palpitant, s'y enfonça tout en accompagnant sa chute d'un cri de victoire et d'orgueil, suivi d'un rire d'époumonée.

— J'ignorais, messire, que c'était comme une mort violente.

Elle n'eût pas dû parler. Il avait dominé ses marées intérieures. Elles devenaient tempêtueuses, et ç'allait être l'équinoxe. Elle le savait mais continuait de s'agiter en grognant :

— Vas-y, damoiseau... Tu ne peux te perdre en chemin !

Était-ce ainsi qu'on procédait chez les manants et

les vilains ? Déçu, accroché à cette nudité fébrile dont la tête brimbalait comme si le cou en avait été disjoint, Ogier continua de jouer des reins, suant sous ses mailles et sentant sans émoi poindre un plaisir douceâtre.

Il s'empoissait, s'empressait, montant et descendant dans les épaisseurs désormais engourdies, mais le cœur d'Aliénor, contre sa poitrine, battait toujours avec la même violence acharnée.

Il se sentit traversé des frénésies habituelles, serra plus fort cette niaise ensevelie dans une béatitude déjà plus légère, ternissante, mais qui tout à coup frémissait et se retrémoussait.

— Va, va !... Foi d'Aliénor, je t'épargnerai toute peine.

Il se répandit en un spasme maussade, voulut se dépêtrer du corps énamouré, moite comme au sortir d'une étuve, se laissa renverser dans un froissement de paille et de mailles sans parvenir à s'en extraire.

— J'aimerais recommencer.

Il n'en avait aucune envie. Ce soir, demain, après-demain ? Sans doute, car connaissant l'impétuosité et les usages de cette affamée, il s'en défierait et lui imposerait les siens.

— Approfondissez-vous, messire. Je suis vôtre et ne vous ferai nul bâtard.

Savait-elle aussi, pour Anne ? Elle ajouta dans un gros soupir de jubilation :

— Je suis bréhaigne.

Il s'en arracha sans trop de brusquerie. Son haubert retomba.

Il rajustait ses braies quand Aliénor le saisit par sa ceinture et tenta de le faire choir sur le lit :

— Viens... Viens.

Il se dégagea fermement.

— Bon sang, ce n'est pas l'amour que tu fais. C'est la guerre.

— Oh ! méchant.

A plat ventre en travers de la couche, sa tête posée

sur sa crinière comme sur une gerbe noire, Aliénor pleura tout à coup à sanglots enfantins. Un rai de lumière tombant de la fenêtre touchait ses fesses, accentuant leur volume, leur balafre ténébreuse, leur matité presque minérale.

— Allons, ne soit pas sotte !

Il s'assit au pied du lit et, sans la toucher, par crainte de ranimer les cendres assoupies :

— Les larmes n'ont jamais rien arrangé... Tu vas te rhabiller et quitter la Mathilde avant moi... Mais cette nuit, si tu veux dormir sans crainte, tu n'auras qu'à revenir.

Il songeait : « Moi, je veillerai aux créneaux. » Elle frotta ses yeux d'un revers de main et sourit :

— C'est vrai ?

Il n'eut pas à répondre. Saladin aboyait : on toquait à la porte.

— *C'est moi, Ogier... Es-tu là ?... On t'attend pour dîner...*

Midi, sans doute. Comme le temps passait. Il ne répondit pas. Soudain, il frissonnait d'inquiétude. Trouvant étrange la présence du chien à l'extérieur, Tancrède insista :

— *Ouvre !... Je suis venue aussi pour te rappeler ce que je t'ai dit à l'écurie... Souviens-toi de mes conditions...*

Ses conditions ! Avec l'emprise des Goddons chaque jour plus étroite, elle pensait à s'en aller !

Il se pencha. Recroquevillée sur le flanc, ses longs cheveux rabattus sur sa nudité, Aliénor écoutait, le regard chargé d'étonnement et les lèvres pincées.

Ils virent bouger la clenche, mais le verrou maintint le battant immobile.

— *Je sais que tu es là... Tu ne clos pas cet huis, d'ordinaire... Ces conditions, je suis prête à les tenir et t'en donnerai la raison... Ouvre !*

De nouveau, le damoiseau se pencha et fut rassuré : Aliénor souriait. D'un mouvement, elle pouvait révéler sa présence ; elle n'en ferait rien. A sa place, Margot certainement eût ri, toussé, fait tomber un objet ; elle, elle était loyale. Il l'en remercia d'un geste puis, allant doucement à la porte, il y colla son oreille.

Les pas décroissaient dans l'escalier.

— Bouge pas, dit-il en s'approchant du lit. Elle peut revenir.

— C'était ta cousine.

— Oui.

— Ta crainte d'être vu avec moi m'ébahit. Ne l'aimerais-tu pas ?

— Moi ?... Tu es folle !

Il protestait. Mal. Il aurait dû s'ébaudir, or une chape de gravité tombait sur ses épaules en même temps qu'il était saisi d'une anxiété confuse où tous ses désirs, ses espoirs, ses velléités se mélangeaient avec une violence incroyable, suffocante : Tancrède s'était offerte, il avait dû la refuser.

Soudain, il eut peur :

— Surtout, Aliénor, ne va pas répandre autour de toi cette sornette.

— Que tu l'aimes ou non n'est pas mon affaire.

Et brutalement, car elle se sentait en état de supériorité :

— Tu me permets de revenir ?

— Il vaut mieux que tu attendes.

Elle se leva ; cuisse, hanche, sein : son profil pur se détachait sur les pierres de la muraille. Une grâce équilibrée, mais ce n'était qu'une apparence ; elle se révélait au lit, dans ses secrets, ses ombres, ses moiteurs et ses remuements. Il ne s'expliquait pas cette vivacité furibonde. Peut-être avait-il été le prétexte et l'instrument d'une revanche. Vautrés sur elle sans respect ni douceur, et plongeant dans son corps sans jamais la combler, les manants l'avaient toujours humiliée. Elle savait qu'il existait *autre chose* par-delà ces fades et rudes accommodements. Elle avait dû penser qu'avec lui, Ogier, élevé dans les bonnes façons des nobles, tout serait différent.

— Tu aurais dû me laisser faire.

Il éprouvait pour elle une sorte d'amitié. Quand il l'avait trouvée au sommet de la tour, elle était comme une bête aux abois. Elle ne pouvait prendre son parti d'être toujours rudoyée, de fournir du plaisir aux hommes sans jamais en éprouver. Un sourire apparut sur ses lèvres boudeuses :

— Je sais que j'ai mal agi. Et *l'autre* qui arrive et gâche tout. Pas vrai, messire ?

Saisissant le garçon aux épaules, elle l'appuya contre ses seins avec tant de forcennerie qu'il eut du mal à se dégager.

— Refaisons-le vélocement.

Dans les yeux écarquillés de cette affamée, c'étaient toujours les fulgurations noires.

— Recommençons, veux-tu ?

Il se baissa, saisit la robe et la camisole :

— Tiens... Habille-toi...

— Plus tard... J'aime être ainsi... La nuit, j'allais me tremper nue dans l'Isle... L'eau, c'est comme une grande main froide... une grande bouche qui vous avale et vous prend tout à la fois : le tour et le dedans... Tu aimes ?

Ogier ne répondit point. Sans qu'elle s'en doutât, Aliénor perturbait sa quiétude et lui livrait, inversement aux autres, son âme après son corps. Il garda le silence. L'ayant subie, pour ainsi dire, il éprouvait un étrange apaisement à l'entendre.

— Tu sais, ta Tancrède, elle ne te donnera rien de mieux que moi... Elle n'est pas faite autrement... Et puis, tu l'as vue, dans ses vêtements d'homme ? Pour qui qu'elle se prend ?... Elle pissera jamais contre un mur.

Plus encore que celui de la jalousie, ce langage était celui de l'aversion. Il déplut à Ogier, en même temps qu'il le réjouissait.

— Allons, allons, tais-toi... Enfile tes vêtements.

— Non.

Aliénor bâilla, et c'était la première fois que le garçon voyait un bâillement si languide, excitant. Au fond de lui, une flamme légère s'anima :

— Bon, capitula-t-il, si tu veux demeurer, demeure... Après tout, il n'est pas souhaitable que tu sortes maintenant... Mais habille-toi, et ne compte pas sur moi pour forniquer encore !

Aliénor passa promptement sa camisole, et, d'un pan de celle-ci, frotta l'intérieur de ses cuisses. Elle murmurait des mots sans suite et semblait s'admonester. D'avoir cédé sans hésitation ? D'avoir fait en sorte qu'il ne voulût point renouveler leur étreinte ?

Il n'osait lui parler. Il essayait en vain de se persuader que la familiarité dont elle usait à son égard disparaîtrait sitôt qu'elle aurait franchi le seuil de la chambre. Cependant, elle n'était ni Anne ni Margot. Elle avait pris, en s'offrant — mais n'était-ce pas plutôt lui qui s'était délibérément livré à elle ? — une assurance, voire un orgueil insoupçonné d'elle-même.

Elle s'allongea et remua tout en frottant son ventre à deux mains sans que ses contorsions parussent une invite à un recommencement. Il voulut se détourner de cette chair ensomnolée, craignant de la détester si l'intérêt qu'il lui portait encore ne pouvait s'amenuiser. En fait, tout avait été trop aisé.

— Tu sembles m'en vouloir.

Aliénor avait surpris le regard lourdement posé sur sa poitrine.

— Cesse de me dire *tu*.

— Anne te disait *vous* ?

Comme il ne répondait pas — ce à quoi elle semblait s'être attendue —, elle eut bâillement qu'il trouva malséant et s'appropria l'oreiller :

— Je sens que je vais faire un bon somme. Tu peux t'allonger... Tu ne crains rien : j'ai eu mon content... On va dormir chacun de son côté.

Ogier n'avait aucune envie de sortir, de manger ; aucune envie surtout de croiser sa cousine. Guillaume ne se soucierait pas de son absence à table, mais Blanquefort saurait l'interpréter.

Il ferma les yeux, le corps maigrement soulagé, le cœur plein d'amertume : Tancrède était venue, elle était décidée. Il n'avait pu la recevoir !

La nuit tombait quand un chatouillement, sur son nez, fit éternuer Ogier. Il cilla des paupières. Aliénor l'observait, appuyée sur un coude, pinçant entre le pouce et l'index un duvet soustrait à l'oreiller.

— J'ai cru bien faire en t'éveillant.

— Je ne t'en fais pas reproche. Au contraire... Le soleil se couche !

— Dommage qu'on doive, nous, se lever.

Une image insidieuse se glissa dans l'esprit d'Ogier : Tancrède. Puis une autre : la défaite des Goddons qui devait centupler leur haine. A quels excès se livreraient-ils sur les femmes si Rechignac tombait !

Aliénor agita ses jambes, glissa, se dénudant plus haut que son nombril, volontairement indécente, jusqu'à ce qu'elle s'assagît en constatant l'inanité de sa provocation.

— Ces hommes dont tu parles avec amertume... ne les as-tu pas... excités ?

Elle prit un air déconfit, mais ses paupières clignaient sur des feux inquiétants cependant qu'elle grattait son ventre, impudique à nouveau. Pris d'une sorte de pitié ou de remords, Ogier crut bon d'ajouter :

— Si ça va mal pour toi, dans ton galetas, viens me le dire... Je ferai en sorte qu'on te laisse en paix.

— Comment ?

Il ceignit son épée.

— Je peux demander à Tancrède qu'elle te prenne pour chambrière en remplacement d'Anne.

— Je ne l'aime pas... J'aurais pu crier... Elle aurait su.

— Ce qu'elle aurait pu penser m'importe peu.

Il mentait. Comme Aliénor passait près de lui, sa camisole ouverte, il la lui referma ; elle baissa la tête, de sorte qu'il ne pût voir son visage.

— Cache ces tétons... Et si tu les montres, ne sois pas ébaubie qu'ils affriandent certains culverts et soudoyers !

— Quand l'envie vous prendra de les revoir encore, faites-moi signe.

Elle s'était exprimée d'une voix tranquille, les mains à plat sur ses seins, comme pour les protéger. Vivement, elle mit sa robe, puis lentement, afin qu'il ne grinçât pas dans sa gâche, elle tira le verrou. Saladin entra et bondit sur le lit qu'il flaira longuement.

L'escalier était vide ; Aliénor s'y engagea sans se retourner.

Ogier la suivit de près.

Dans la cour, elle avait rejoint Margot et lui parlait avec de grands gestes, et soudain la veuve Champartel se pencha, prise d'un fou rire éperdu.

— Des veuves ?... Non : des gaupes !... Des godinettes !... Des carognes ! Je suis sûr qu'il est question de moi, voire de Tancrède !

Le damoiseau courut jusqu'au chemin de ronde.

Guillaume et Blanquefort veillaient à la bretèche du pont-levis. Jean était auprès d'eux, bras croisés mais peut-être suant d'angoisse.

— Tiens, te voilà, mon neveu... Vois comme ils se remuent tout à coup.

Le crépuscule tombait sur le camp de Robert Knolles. Des cornemuses couinaient et des chants s'élevaient autour des feux, plus nombreux que d'ordinaire.

— Et s'ils avaient reçu des renforts ? questionna le sénéchal.

— Nous les aurions vus arriver.

— Pas s'ils sont passés au large des Banchereaux.

— Eh, voyez ! s'écria Ogier, le doigt tendu... Ils quittent la forêt...

Ils en sortaient par groupes. Dans un grand champ, à proximité du pavillon de Robert Knolles, ils se formaient en compagnies. Fourmilières de mort. Fourmillement de bras armés de tout ce qui entame, tranche, perfore, arrache, tue ou démembre. Chairs et fers confondus ; poils, tiretaines et soies mêlés. On eût dit, répandue sur le vert glauque du pré, une sorte de boue ocrée, bouillonnante. Des aboiements retentirent.

— Les chiens coaillent[1]. Les hommes n'en feront pas autant, ça, je vous le promets !

— Le voilà ! dit Ogier

Knolles apparaissait, rutilant de la tête aux pieds dans les obliques rayons du soleil.

— Il est couvert de fer, on peut sonner.

Avant même que Guillaume eût achevé sa phrase, Jean soufflait dans sa trompe.

— Cette fois, dit Blanquefort, Canole ne va pas laisser un homme en bas... Voyez comme leurs rangs s'allongent !

Il plongea son regard dans celui d'Ogier :

— Ni heaume, ni cervelière, une fois de plus... Vous donnez à nos hommes un bien fâcheux exemple.

Et derechef, il observa l'ennemi.

1. *Coailler :* se dit des chiens qui quêtent la queue haute.

IV

Les tambours battirent à coups brefs, discordants, puis reprirent leur rythme monotone : *boum boum boum boum boum boum boum boum boum boum*. Les busines et les araines lancèrent leurs cris aigus, et à pas lents, Goddons, Gascons et mercenaires entreprirent l'ascension de la motte.

Du donjon, un son de trompe tomba.

— C'est Rigaud, dit Guillaume. Et ça veut dire qu'ils nous entourent. Reste à savoir s'ils vont nous assaillir partout à la fois.

— Ces linfars, maugréa le sénéchal, y paraissent bien décidés.

Le tumulte frappait les parois du château, fluide ou rugueux, félin quand miaulaient, parfois, les cornemuses. C'était une marée de sonorités disparates, les unes enfoncées dans le soir comme des pieux qu'on pousse à coups de marteau ; les autres le lacérant comme des griffes. Cette musique avait aussi du tranchant, du piquant, de l'épaisseur et l'éclat de l'acier — surtout lorsque les tambours se turent et que les trompettes seules harcelèrent le ciel de nacre et d'escarboucle. Telle une floraison barbare, épanouie puis flétrie au rythme de la marche, elles se dressaient de loin en loin, s'étiolaient, se dressaient encore, lançant autour d'elles autant de lueurs que de stridences, et à mesure qu'elles approchaient, leurs sonneries faisaient songer à ces vols d'oies sauvages, cacardantes, qui frôlaient en automne les tours de Rechignac.

Derrière, et comme les poussant, Knolles encourageait ses meutes. Et plus loin, Briatexte ; et plus loin, Mélipart ; et plus loin, Barbiéri dont Ogier crut reconnaître le tabard fangeux. Les cris de tous ces chevetains éclataient au-dessus du vacarme comme des bulles à la surface d'une eau putride.

Et tout à coup, ils se précipitèrent dans une confusion, une vélocité, un haro tels qu'Ogier, devançant son oncle, hurla aux hommes figés de stupéfaction :

— Détruisez-les fellement !

— Allons ! Allons ! Défendez votre vie, hurla Blanquefort.

L'enchantement mortel cessa. Les arbalétriers lancèrent leur trait. Les archers bandèrent l'if, ajustèrent leur homme et lâchèrent leur sagette en poussant un cri ou un soupir d'aise.

— Bien ! Continuez ainsi.

Frappés en pleine course, les ennemis culbutaient, boulaient, s'affalaient. Certains expiraient après des contorsions brèves ; d'autres, désarticulés, trébuchaient et se relevaient pour s'abattre à nouveau — définitivement — ; quelques-uns, perdant leur hache ou leur épieu, chancelaient comme des ivrognes tandis que leurs voisins, ensuite d'un soubresaut, s'agenouillaient, mêlant aux gestes du trépas ceux de la prière.

— Comment arrêter cette truandaille ? enragea Guillaume. La voilà déjà dans mon fossé.

— Cette fois, messire, dit Girard au retour d'une brève inspection, c'est le grand chaud[1] : ils nous affrontent de partout... Ils ont formé une tortue devant la tour sud. Nos boulets et nos rocs ne les en ont pas délogés. Ils doivent être une vingtaine. C'est sûr qu'ils veulent trouer la muraille.

1. Le grand assaut, la grande attaque.

— Reste là, Girard, exigea Guillaume. Toi, Hugues, et Ogier, suivez-moi.

Thierry Champartel, très excité, se trouvait là-bas, en compagnie d'une demi-douzaine d'archers.

— Ils vont creuser notre tour à sa base. Que faut-il que nous fassions, messire ?

Sicart de Lordat apparut.

— Tiens ! s'exclama le baron d'autant plus railleur qu'il tenait à dissimuler son inquiétude. On vous voit peu... Que faites-vous céans, vêtu en bourgeois, mais coiffé comme tous mes hommes... sauf mon neveu ?

— Ce gros hu [1] m'a contraint de quitter une chambre où j'œuvre encore pour vous, messire, en dépit des apparences...

— Eh bien, courbez-vous... Voyez cette tortue et dites-moi ce que vous en pensez... Il fera bientôt nuit mais on y voit encore.

L'architecte posa contre un merlon sa verge de mesure, enfonça posément sa tête dans son heaume d'emprunt et, retenu d'une main par Ogier, se pencha au-dessus du vide. Quand il se redressa, son visage n'exprimait aucun souci.

— Ils sont trop peu pour ébranler ce mur... Il est composé de pierre et de granit... Le fruit est dur comme fer... Vous pouvez, messire baron, laisser tous ces haveurs à l'ouvrage. Mais à quoi bon les accabler d'huile ou de boulets ? Mieux vaut les employer sur d'autres. Car vous verrez : bientôt, d'eux-mêmes, ils renonceront, n'ayant pas avancé d'un pouce.

Et, récupérant son bâton couvert d'entailles, pareil à une crosse pastorale, l'architecte redescendit dans la haute cour.

— Quel homme ! soupira Guillaume. Que peut-il préparer dans sa chambre ?

— On verra bien, dit Blanquefort. Retournons aux tours portières et toi, Thierry, veille au grain !

1. Vacarme.

Ogier, son oncle et le sénéchal revinrent au châtelet d'entrée. Un homme gémissait en travers du chemin de ronde : Chastagnol. Le portier se mourait, une flèche dans la poitrine. Un autre combattant gisait, la face au sol, un carreau dans le dos. Son sang sinuait comme un long ver de terre.

— C'est Benoît, dit Jean.

Un de ceux qui portaient les pigeons à Gratot.

— Tiens, dit Guillaume, voyez : Laurière est touché.

Un charpentier passa, soutenant de sa main engluée son coude vermillonné. Lorsqu'il le lâcha, pris d'une défaillance, Ogier vit que l'avant-bras tenait à peine par des nerfs et des tendons. Il faudrait l'amputer. Griveau étant mort, Mathilde allait devoir s'en charger.

Se faufilant entre les jambes des archers, le damoiseau rampa jusqu'aux mâchicoulis. Par l'ouverture de l'un d'eux, il vit le fossé grouillant, et comme un tas de pierres se trouvait là, il se pencha pour en saisir une et la lâcher dans le vide.

Une sagette siffla, proche de sa tempe, et vola dans le fossé.

— Merdaille !... On m'a tiré dessus... Un des nôtres... C'est ainsi que Raoul est mort.

Il se retourna et ne remarqua rien d'anormal. Prenant la pierre à deux mains, il la laissa tomber. Il en poussa une autre, une autre encore. Le tas tout entier y passa. Alors, seulement, il regarda.

Des hommes se convulsaient. L'un d'eux serrait dans ses mains sa tête rouge. « Saligot, je suis sûr que tu as la migraine ! » Des gargouillis pullulaient, s'agglutinaient en une éruption de plaintes gluantes, entrecoupée par les claquements des échelles frappant la muraille.

— On a beau dire : pour le moment, on les tient !

Ogier fut à peine étonné de trouver Guillaume à son côté.

— Mais pourvu que *l'autre* réussisse, ajouta le baron.

Sa voix tremblait entre ses mâchoires serrées. Inquiétude ? Espoir ? En tout cas, c'était sa première allusion à Bressolles.

— Mon oncle, il faut maintenant révéler à tous nos compagnons, s'ils ne le savent ou ne s'en doutent, que Girbert essaie de nous sauver.

— Je l'ai fait en ton absence.

C'était un reproche implicite. D'une reptation prudente, Guillaume recula. Et comme il s'éloignait à douloureuses torsions d'échine, Ogier, tout en l'imitant, demanda :

— Votre plaie ?

— Hein ?... Va plutôt voir où ils essaient de forer ma muraille. C'est peut-être une astuce... Comme ils ont des échelles en tous lieux, ils peuvent subitement nous attaquer par là...

Se faufilant parmi les combattants, et sans s'inquiéter des blessés, Ogier courut jusqu'à la tour sud. Il y trouva Blanquefort parmi une vingtaine d'hommes. Le sénéchal avait une épaule barbouillée de sang.

— Un carreau, dit-il en touchant ses mailles rouges, disjointes. Je me suis trop exposé pour abattre un larron.

— Cette navrure est profonde, Hugues ! Il vous faut des soins.

— Pour ça ?... D'autres en ont plus besoin que moi.

Blanquefort s'agenouilla et manœuvra le cric de son arbalète.

— Tout est bien par ici, et je crois en Lordat : ils sont toujours présents, mais ils n'entameront pas le fruit de cette tour.

Il héla Jean, occupé à tirer à l'arc, non loin de là.

— Viens avec nous.

Le garçon accourut.

Du sud à l'ouest — sur un pan de muraille — l'ardeur des assaillants diminuait ; celle des défenseurs semblait partout pareille.

— Qu'en penses-tu, Salviac ? Ça va dans ton coin ?

— Bien... Ils avaient placé une échelle... Elle est en bas, rompue. Plus loin, sitôt après la Mathilde :

— Comment ça va, par ici, Armengaud ?

— Bien, Blanquefort... Mais on a eu chaud... Deux échelles... Refoulées, non sans mal. Trois de nos hommes ont péri.

— Tu me diras qui plus tard.

Plus loin encore, dans l'angle des latrines :

— Ça va, Joulet ? Tu as encore tout ton monde ?

— Hélas ! non... Amiel est dans le fossé, et le petit Daurade dans la cour.

Blanquefort se tourna vers Ogier :

— Allons au pont-levis. Par ma foi, on y crie plus dru qu'ailleurs.

Au milieu de la courtine, Guillaume exhortait trois archers à tirer vite et bien. C'étaient Matthieu, Escrive — deux hommes d'armes — et Gauthier Champartel. Le fils de Margot venait d'atteindre son premier assaillant.

— Un picquenaire, messire, annonça-t-il, radieux, à Blanquefort.

— Eh bien, mon gars, ne te réjouis pas trop... Regarde.

Surgis de tous les creux de la motte, des routiers couraient au combat. « D'où Knolles les sort-il ? » se demanda Ogier, les tempes bourdonnantes.

Ils hurlaient et se bouteculaient. Ils apportaient de nouvelles échelles, des cordes et certainement des grappins. Leurs flancs-gardes agitaient des épées, des vouges, et dans la flamboyante agonie du soleil, ils déferlaient comme une marée brune à la surface de laquelle tressautaient et scintillaient les innombrables méduses de leurs cervelières, bassinets et camails.

— On ne peut les vaincre, mais croyez-moi, les gars, on les repoussera.

Ici, la situation empirait sans que les combattants parussent s'en apercevoir. Ils décochaient leurs traits, et la façon dont ils procédaient révélait leur caractère. Il y avait les enragés, les appliqués, les débonnaires — les rieurs même. Aucun d'eux ne paraissait apeuré. Ils avaient accordé leur confiance au baron et à son sénéchal dès l'apparition des Goddons, et l'omniprésence de ces deux compagnons infatigables et fiers, dominant l'agitation et le vacarme homicide, surveillant, prévoyant, commandant, suffisait à les rassurer. En bas, oscillaient les échelles ; on entendait les craquements du bois heurté, rompu par les rochers, les grésillements de l'huile et de l'eau sur les chairs et les mailles ; des peaux de bêtes flambaient, et ceux qu'elles couvraient se convulsaient parmi leurs compagnons morts ou blessés. Surnageant au-dessus des hurlements et des invectives, une odeur fauve montait comme une fumée jusqu'aux créneaux : sang, sueur, chair bouillie, entrailles.

— J'ai idée, dit Girard, qu'ils sont deux mille.

— Mais non, ricanca Blanquefort, juste trois ou quatre cents.

Il prit le sergent par le coude :

— Je t'accorde qu'ils sont hardis et menaçants... Il convient d'employer au mieux nos forces.

— Comment ?

— Conservons nos hommes de renfort intacts, en cas de désespérance, mais va-t'en rassembler tous ceux d'en bas.

— Même les femmes ? demanda Jean.

— Même les femmes... Fais un tri, Girard, parmi elles. Laisse les vieilles et prends les autres : elles s'occuperont des navrés et des chaudrons... Ainsi nous récupérerons quelques gars.

— Et les vieux ?

— Ils aideront à tout... Ils nous avitailleront en carreaux et en sagettes... Pour leur donner confiance, il te faut les armer... Et puis, qui sait ? Si ces infâmes prennent pied sur nos murs, l'ire de ces vieillards les changera en preux !

Le sénéchal se tourna :

— Vous, Argouges, avant que de veiller à tout avec Girard, allez sonner la campagne et n'ayez pas peur d'en casser le bronze.

Ogier suivit Jean et Girard ; il les abandonna sitôt dans la haute cour et se précipita vers la chapelle. Sous le porche, accroché au chambranle du portail, la corde de la cloche pendait. Il l'attrapa comme s'il se noyait et sonna, sonna tout en hurlant :

— A l'arme ! A l'arme ! Tous dehors !

Arnaud Clergue apparut, plus que pâle : farineux dans sa barbe d'une semaine.

— Ils reviennent ?

— Par Dieu, oui !... Si cela continue, il faudra vous armer.

Le chapelain fit quelques pas en arrière, et brusquement disparut. Les hommes s'étaient rassemblés. Jean et Girard achevaient de débusquer les femmes et les enfants des logis et des granges.

— Holà !... Hâtez-vous... Il y va de votre vie.

Nul mot ne sortait des lèvres contractées des hommes et des jouvenceaux ; les femmes, elles, caquetaient ou chuchotaient. Le même effroi, cependant, se lisait dans tous ces regards et faisait frémir ces chairs mal protégées. Des flèches et des carreaux tombaient dans la cour, et tous se courbaient. Margot et Aliénor étaient là, côte à côte. Elles seules se rebellèrent :

— Alors, messire Ogier, qu'attendez-vous de nous ?

— On va vous employer à chauffer les chaudrons et à soigner les navrés.

— Bonnes à tout faire, dit Aliénor.

— Vous lamentez point, femelles, dit Girard en s'approchant.

— Holà ! s'exclama Margot, tu fais moins le fier, mon gars, quand tu tournes autour de nous à la nuitée.

— Allons, cria Ogier, point de querelle !

Girard, furieux, compta les vieillards : quinze ; ensuite, les femmes : trente-deux. Ogier fut heureux de ne voir parmi elles aucune jouvencelle : Mathilde avait dû les prendre à son service. Le sergent renvoya une quinzaine de vieilles et quatre futures mères dont la grossesse parvenait à son terme. Ensuite, il compta les enfants : douze. Il en éloigna six.

— Vous les petits, au donjon, et n'en sortez pas.

Et, aux plus vigoureux :

— Vous voyez ces rochers devant les écuries ?

— Oui, messire, répondit un rouquin du hameau.

— Qui es-tu ? demanda Ogier.

— Bertrand Pimouguet.

— Tu commanderas à tes compains. Faites au mieux pour monter toutes ces pierres jusqu'au seuil de la bretèche.

— Et prenez garde ! insista Girard. Les sagettes et les carreaux pleuvent dru et leur malevoisine peut se remettre à cracher.

Il se tourna vers Margot, Aliénor et les femmes :

— Mettez-vous à l'abri et attendez-nous.

Puis, aux vieillards :

— Suivez-moi au donjon, il vous faut vous armer... Allons, allons, hâtez-vous... Vous venez, messire ?

Ogier les accompagna. Bientôt, sur le seuil de la grand-salle, ces culverts usés, vaincus par la vie, reçurent un vouge, un fauchard, un chapel de fer quelquefois taché de sang frais.

— Partons, dit Girard après la distribution. Et ne vous troublez point, les vieux : tout ira bien !... Rendez-vous utiles et faites-vous petits.

Ils revinrent devant les femmes. Ogier ne s'émut guère de leur pâleur. Certaines pleuraient. Elles eussent pleuré davantage si Knolles et ses suppôts avaient envahi Rechignac.

— Vous voilà très attrayants, les pépés, dit Aliénor en considérant, poings aux hanches, tous ces vieillards qu'elle connaissait peut-être mieux qu'elle ne le laissait paraître. Armés et chapeautés comme des preux. Nous, on aura rien dans les mains, rien sur la tête, pas le moindre anneau de fer sur le corps. Voilà, mes commères, la justice des hommes !

D'un geste bref elle repoussa dans son dos sa crinière, et Margot fit un pas vers Girard :

— Elle a raison et elle a tort. Ce n'est pas vêtues et armées qu'il faudrait nous placer aux créneaux. C'est toutes nues... Certes, il y en aurait pour tous les goûts, mais c'est pas l'arme à la main que vous verriez accourir les malandrins de Canole. Et par mon pucelage et mon premier blanchet [1], ils s'entre-tueraient pour avoir les plus belles... qui sans doute ne seraient pas les meilleures.

Piétinant sur place, elle eut un geste éloquent accompagné d'un rire qu'Ogier détesta ; puis, farouche :

— Où sont Mathilde et ses filles ?... Les lois, à ce que je vois, continuent à être différentes.

— Et vos cousines, messire Ogier ? renchérit Aliénor. Surtout celle qui se prend pour un homme ? Sont-elles dispensées de cette corvée ?

Ogier resta coi. Dans un coin de sa chambre, à moins que ce fût à la forge, Claresme devait frémir, gémir, claquer des dents. Quant à Tancrède, il se pouvait qu'elle fût au sommet du donjon.

— Allons, dit Girard exaspéré par tous ces commentaires, suivez-moi. Abritez-vous derrière les merlons... Aidez vos compagnons aux places qu'on vous assignera... Vous, les vieux, veillez à ce qu'ils soient bien approvendés en sagettes, carreaux et rochers. Il y en a au pied de chaque escalier. Vous, les dames, entretenez, bouillante, l'eau qui baptisera ces païens... Il y a des barils et du bois près des chaudrons... Et dites-vous tous que vous n'êtes plus ni dans les cours de Rechignac, par temps clément, ni sur le mail de Savignac un dimanche ou un jour de foire... Et si par

1. Linges intimes.

malheur ces enragés prennent pied sur les aleoirs, faites comme nous : battez-vous !

Se détournant de Margot et d'Aliénor, Ogier s'engagea dans la première tour portière. Il en gravit l'escalier, frôlant les hommes de renfort qui, un sur chaque degré, attendaient de passer à l'action. Il y avait là Calmels, Aspe et Raymond — les trois sergents de Normandie auxquels il n'osa annoncer la mort de Benoît — et plus loin, pâles comme deux suaires : Renaud et Haguenier. Il les ignora.

— Comment ça va, là-haut ? s'informa un rouquin.

— N'es-tu pas Pimouguet ?

— Si, messire.

— Ça va pour le moment. Ton fils est dans la cour au portage des rochers... Crois-moi, il est vaillant... Tâche de lui ressembler.

Il y eut des rires, et il s'étonna de sa sévérité ; mais quoi ? Cet homme, à coup de pain et de lard, s'assurait la soumission d'Aliénor. Pour lui faire l'amour, il lui faisait l'aumône.

« Et moi ? »

Il ne lui avait rien demandé. Elle s'était résolument offerte. Guillaume, tout en haut, semblait l'attendre.

— Tiens, mon neveu. C'est l'arc d'Albert, un maçon... Et voici de quoi meshaigner[1] ces démons.

Ogier saisit l'arme, le carquois, et courut à sa place favorite, à l'extrême renflement de l'édifice, de sorte qu'en remuant à peine, et par trois embrasures, son tir pouvait s'exercer dans trois directions : à sa gauche, côté latrines et Mathilde ; à sa droite, dans la surface limitée par les tours portières ; et devant, au-delà du fossé, sur le parvis d'entrée où, proches de la perrière, Knolles et ses capitaines assemblaient de nouvelles hordes.

Il y avait là deux jeunes palefreniers : Roupérious et Bernier.

1. Blesser.

— Où sont-ils les plus pressants ?

— Là, messire, dit Bernier. Ils voudraient bien parvenir à tomber notre pont-levis.

— Et à rompre les barreaux de la poterne, ajouta Roupérious. Ils viennent de lâcher leur bélier, mais ils vont recommencer.

— Alors, compères, faites-moi place dans ce coin... Et que messire saint Michel nous aide !

Ogier décocha ses premiers traits sur les archers et les arbalétriers qui, au bord de la contrescarpe, protégeaient leurs compères en tirant sur les défenseurs. Ils étaient six ; deux tombèrent. Il rit. Ce qui se passait en bas, devant la poterne, le laissait indifférent : Bernier, Roupérious et une douzaine d'autres s'en occupaient, sans compter ceux de la tour d'en face.

— Encore un !

C'était à peine s'il entrevoyait parfois, tant il s'appliquait dans son œuvre de mort, le faîte d'une échelle oscillant dans l'espace.

Il tuait. Il écoutait intensément les cris de haine, qu'ils vinssent d'en haut ou d'en bas. En même temps qu'il discernait dans la cohue le routier qui deviendrait sa victime, il supputait la lourdeur des mailles qui alentissaient ses mouvements ou celle du chapel de fer dont le bord large obscurcissait sa vue. Il percevait d'autant mieux l'acuité d'une frayeur et d'une fatigue qu'elles ressemblaient aux siennes. Il subissait une sorte d'attirance envers ces hommes qui allaient devenir ses proies. Curiosité abominable, délectation abjecte. A son sang s'ajoutaient des pintes de venin.

Il tuait. Il voyait chanceler et tomber les assaillants avec un plaisir formidable. Il ne comptait plus ses coups. Sa pensée se limitait à cette constatation sommaire : « *Un de moins* », et il souriait. Quand Roupérious bascula sans un cri, la poitrine percée d'une dondaine, il rapprocha de lui le carquois du défunt. Vingt sagettes, peut-être davantage. Il allait se régaler !

Jamais il n'avait éprouvé cette sorte de fébrilité

meurtrière. Cette félicité, ce bonheur d'être en vie et de l'ôter aux autres. Pas même devant Didier en présence de Tancrède. Il bandait son arme si ardemment qu'il en gémissait. Parfois sa paume l'élançait à travers son linge protecteur mais qu'importait ! Ses mains poisseuses de sueur glissaient tellement sur la poignée de l'arc et l'empenne de la flèche qu'il fut contraint de cesser de tirer pour les frotter contre sa poitrine où son cœur semblait éclater.

Ce fut alors que des cris retentirent :

— Le feu !... Le feu !

— Et la malevoisine !

Ces voix, c'étaient celles d'Aliénor et de Margot.

Abandonnant arc et carquois, Ogier se dressa, sentit le frissement d'une sagette ou d'un carreau à son oreille, heurta Renaud (« Tiens, que fait-il là ? ») et accéda au chemin de ronde.

— Bon Dieu, dit-il à Girard, cette perrière !... J'étais trop occupé pour voir qu'ils la manœuvraient.

— Ces malandrins ne nous accordent aucune trêve.

Avec des brondissements de toupies et des feulements de fauves, les pierres et les chaudrons de feu grégeois tombaient irrégulièrement dans l'enceinte. L'étable avait sa façade presque écroulée. Les bœufs et les vaches, à l'intérieur, mugissaient plaintivement, et les chevaux, dans l'écurie, hennissaient de terreur, bien que ce bâtiment eût été épargné. Le logis des maçons brûlait : un rocher avait atteint sa toiture, écrasé les lauzes, les bardeaux et mis à nu les chevrons. Le feu ne cessait d'y propager ses chenilles rouges et crépitantes.

— Regardez, messire !

Les vieillards, les enfants et les femmes que le sergent avait éliminés, aidés par les servantes — Guiraude, Bertine, Jeanne, Perrine et Mathilde et ses filles : Isaure, Ameline et Noëlie —, délivraient les animaux effrayés. Il y avait là, ruant, les genets et les mules des Tolédans et du hameau ; les moutons — une vingtaine — bêlant ; puis les bœufs et les vaches. Tous furent tirés ou poussés jusqu'au donjon, dont ils franchirent le pont pour s'arrêter sans doute au seuil du tinel, indécis, affolés, frémissants et gémissant de plus belle.

— Bertine, Jeanne et Perrine les font entrer à coups de bâton, messire.

— Elles ont raison... Même si Guillaume les semonce ce soir ou demain, il vaut mieux abriter nos bestiaux que de les voir périr ou fuir en tous sens.

— Rien n'effraie notre commère, dit Blanquefort, en s'approchant. Voyez : elle croit pouvoir éteindre toutes ces flammes.

Mathilde, en courant, commandait au commun, et une haie se formait : quinze ou vingt personnes — hommes, femmes, enfants — : quatre anciens venaient d'ouvrir la bonde de la citerne et y puisaient de l'eau avec des tonnelets accrochés à des cordes. Ils les vidaient dans des seaux, lesquels, passant de main en main, atteignaient Isaure et Noëlie.

Blanquefort eut un soupir bruyant et compassé :

— Elles n'ont ni assez de force ni assez de vélocité pour noyer tout ce feu. Et de toute manière, ils sont trop peu nombreux. Nous pouvons dire adieu à cette maisonnelle.

Le bâtiment réservé aux maçons était bas, tout en longueur. Soufflant au ciel des bouillonnements noirs, les flammes en dévoraient maintenant la charpente. Le faîtage craqua, grinça, et soudain dans un *plouf* criblé de crépitements, s'affaissa, éparpillant des brandons. Et tel était le poids de la toiture que cette masse compacte, en croulant, parut étouffer l'embrasement.

Mais des braises avaient dû toucher des paillasses, des chaises, des bancs. La bataille engagée contre ce nouveau fléau sembla près d'être perdue quand Mathilde, ne recevant aucun seau, courut au réservoir et, repoussant les vieillards, se pencha au-dessus de son ouverture.

Elle eut un geste désolé, appela quelqu'un. Philippe apparut sous le porche de l'écurie.

— Il devrait être avec nous, celui-là, dit Girard.

— Eh oui, dit Ogier. Mais il est son gars.

— Je ne sais pourquoi, mais je pense aux armuriers, messire.

— Ne t'inquiète pas. Tu les verras le moment venu... Il nous reste, avant eux, cinquante hommes en réserve. Ne l'oublie pas !

— Je ne l'oublie pas... Mais ils auraient pu les secourir.

— J'ai aperçu Martinez, sur le seuil de la forge. Il a vu d'un coup d'œil que leur aide serait inutile.

Guillaume les rejoignit.

— N'aie crainte, Girard : les Espagnols nous aideront bientôt.

Il évalua du regard les dommages puis, tourné vers Ogier :

— Viens, descendons... Sur les parois tout va bien. Il semble même qu'en bas, ils mollissent. Allons voir Mathilde.

Lorsqu'ils parvinrent auprès de la commère, celle-ci, d'un geste autoritaire, enjoignait aux sauveteurs exténués :

— Au puits, nous formerons une nouvelle haie.

— Non, femme, pas au puits, dit Guillaume... Gardons notre eau. Demain, il nous faudra remplir cette citerne.

— Nous le ferons : le feu peut revenir de ce côté.

— Tu as bien agi.

Il y avait entre eux une familiarité sans équivoque, et dont ils ne se souciaient pas.

— Tes filles sont là... Les miennes devraient être présentes. Où sont-elles ?

— Est-ce que je sais !

Le chapelain apparut sur le seuil de la chapelle. Guillaume lui montra le brasier, puis le cicl :

— Je dois abandonner ce logis-là aux flammes. Il

ne faut point qu'elles m'en dévorent d'autres. Alors retournez près de Notre Sauveur, Clergue. Vous ne prierez jamais assez pour notre sauvegarde. Priez-Le avec la même énergie que nous, qui faisons front là-haut, car j'ai idée que cette nuit sera longue.

Et digne, l'épée au poing, le vieux chevalier remonta sur les remparts.

Jamais il ne se retourna vers le bâtiment dévasté au-dessus duquel tournoyaient des fumées blêmes et floconneuses. Et comme il remettait les pieds sur les dalles de la bretèche, Jean l'avertit que des routiers tentaient une échelade aux abords de la Mathilde.

— Allez-y, Ogier, cria Blanquefort. Girard, Champartel, Matthieu, accompagnez-le, et au besoin assistez les gars, là-bas. S'il y a péril, Jean, souffle dans ta trompe...

— Les Goddons sont une cinquantaine.

— Ils échoueront, Jean... Allez, va, mon neveu.

« Mon cheval ! » se dit Ogier.

Il se pouvait qu'un roc tombât sur l'écurie. Ou une falarique. L'effondrement ou l'incendie...

— Messire ! Messire ! haleta Jean.

Ils coururent dans le couloir humain constitué, d'un côté, par les combattants ; de l'autre, par les femmes, les vieillards, les blessés et les morts. Ils parvenaient sur le seuil des latrines quand Ogier, qui venait de regarder au-delà des créneaux, heurta l'armure milanaise. Elle avait surgi de l'escalier d'accès à cet endroit — le plus étroit du chemin de ronde.

Il s'arrêta, ébahi. Jean et les trois autres, indifférents, passèrent.

— Est-ce vous, messire del Valle ?

L'armure tituba, une main se leva vers le bassinet dont elle ouvrit difficilement la visière. Un visage moqueur apparut dans l'orbe de fer, et le garçon suffoqua :

— Cousine !

Il recula, sa surprise étant si forte qu'elle affleurait la répulsion.

— Toi, alors !

Il la savait capable de tout, hormis d'une pareille hardiesse. Des vêtements d'homme, soit. Mais ça ! Dérision, indignation, il hésita sur la contenance à prendre. Ah ! pourquoi l'armurier s'était-il incliné devant une volonté pareille ?

— Va-t'en... Te crois-tu délurée ? Digne d'admiration ?

La stupeur déjà s'était dissoute, mais la déception subsistait, étouffante. Et la colère :

— Le péril est grand, par ici.

— D'autres femmes y sont, pourquoi pas moi ?

De son index emmailloté de fer, Tancrède désignait Aliénor et Margot occupées à réconforter un blessé allongé derrière un merlon. Ogier eut un rire amer :

— Certes, il y a des femmes, mais outre qu'elles ont peur et ne s'exposent pas, *elles nous aident*... Aucune ne se prend pour un chevalier. Ni d'ailleurs pour Jeanne de Montfort ou Jeanne de Clisson... Utiles, te dis-je... Toi, tu ne sers à rien... Et crois-moi : si un carreau t'atteignait, je ne te plaindrais pas.

— Et comment, ainsi vêtue, un carreau pourrait-il atteindre mon corps ?

Elle croyait avoir réponse à tout. Ce n'était pas à son corps qu'elle eût dû songer, mais à son âme, elle aussi mortelle. Et si elle l'aimait tant, son corps, alors qu'elle retournât au donjon !

Jean faisait demi-tour et s'approchait, sévère :

— Pardon, damoiselle... ou damoiseau... Mais vous, messire, il vous faut venir.

Ogier apprécia la plaisanterie du garçon. Il le suivit sans regret, criant : « Place ! Place ! », écartant parfois une femme, un vieillard, un combattant abruti de bruit et de fureur.

La Mathilde. Sa tour. Était-elle menacée ?

— C'est ici, lui dit Champartel, juste au creux de la courtine et de la muraille. Mais nous arrivons trop tard.

Ogier se faufila parmi les archers pour se pencher au-dessus du parapet. Dans la grisaille de la nuit commençante, il distingua une échelle rompue, une autre intacte, en travers du fossé ; une douzaine de corps immobiles.

— Belle besogne, compères, dit-il en se relevant.

Il y avait, outre Champartel, Girard et Matthieu, un soudoyer, deux maçons et un homme du hameau.

— Eh oui, belle besogne, messire, approuva Girard. Nous en avons occis je ne sais combien... Les autres n'ont pas insisté... Jean n'aurait pas dû aller vous quérir... A nous seuls, en nous aidant de cette perche, nous les avons refoulés sans trop de mal... Les pierres que nous avons jetées ont fait le reste...

— Avec les grandes birettes que je vous ai forgées, dit Champartel, les rejets sont aisés, pas vrai ?

L'homme d'armes et ses compagnons acquiescèrent. Lui se nommait Jules ; les maçons : Hippolyte et Rigobert, l'autre Clément. C'était tout ce qu'Ogier savait d'eux. Et aussi qu'ils étaient vieux mais vaillants. Il tapa sur l'épaule de Jules :

— Belle prouesse en vérité. Quand ces malfaisants s'en iront, nous viderons ensemble une chopine à leur défaite.

— On fait ce qu'il faut, messire. Et je suis d'accord pour potailler jusqu'à plus soif. Mais faudrait peut-être, ajouta Rigobert, que ces trois armuriers nous apportent leur aide.

Tous y pensaient sans doute. Il fallait apaiser ces quatre-là.

— Craignez rien. Ils ouvrent pour moi, tu dois le savoir, Rigobert. Mais je te promets que tu les verras près de toi si le danger se précise.

— Et Bressolles ? demanda Jules.

— Il nous aide à sa façon.

— Y a-t-il un souterrain ?

— Oui... Alors, reste quiet et vaillant comme un preux !... Je repars... Je vais faire compliment de vous à mon oncle et à Blanquefort... Soyez fermes et bachelereux [1] !

Jean avait disparu. Suivant Champartel, Matthieu et Girard, Ogier frôla de nouveau sa cousine. L'épée au côté, bras ballants, elle s'exposait toujours. Aveuglement ? Insolence ? Pourquoi Guillaume et Blanquefort ne l'avaient-ils pas renvoyée au donjon ?

— Si tu perds la vie à ce jeu-là, crois-moi, Tancrède, je ne prierai pas pour ton âme !

Et furieux qu'aucun cri n'eût surgi du bassinet demiclos, d'où seul apparaissait un sourire étrange, un peu tremblant, le garçon courut jusqu'au sénéchal.

— Tout va bien là-bas, Hugues. Les Goddons ont reflué...

— La nuit tombe... Nous avons perdu des hommes en votre absence... Votre oncle aide Salviac à en porter un à la chapelle.

— Qui ?

— Armengaud... Il encombrait le passage... Ce Canole a de bons archers... S'il est tel que je pense, il va ramener ses larrons en arrière... Mais méfions-nous. Dans leurs retraites, ils sont aussi perfides que des Parthes... Ah ! j'avais raison : voyez.

Le sénéchal désignait, devant la perrière, le lourd Tranchelion au torse écaillé de fer. Sur un ordre de Briatexte, le colosse emboucha une trompe à sa taille : une défense d'éléphant.

Quatre fois, le barrissement ondula au-dessus du vacarme. Aussitôt, les échelles tombèrent, et derrière leurs boucliers, accablés d'une pluie de flèches, les routiers refluèrent vers la contrescarpe, dont ils entreprirent l'ascension.

— Ils relinquissent ! jubila Blanquefort, le cou tendu.

1. Vaillants.

Tumulte bienfaisant : des rires, des cris d'orgueil, des murmures de satisfaction émerveillée circulèrent sur les parois. Se détournant vers Aliénor et Margot qu'il entendait s'ébaudir, toutes proches, Ogier grogna :

— La folle !

Soutenant fermement Tancrède, Jean la ramenait à l'escalier par lequel elle était apparue. C'était l'unique raison de l'hilarité des femmes.

— Vous l'avez vue, Hugues ?... Mon oncle l'a-t-il vue et l'a-t-il approuvée ?

Blanquefort s'approcha d'une embrasure et, sans cesser d'observer l'ennemi :

— Guillaume l'a fortement tancée, si cela peut vous satisfaire. C'est lui, avant de descendre, qui a chargé Jean de la reconduire.

— Et vous, qu'en pensez-vous ?

Une moue serra les lèvres du sénéchal. Puis il sourit :

— Jusqu'à preuve du contraire, elle n'est point ma fille.

Ogier s'irrita de cette échappatoire peu conforme au caractère de Blanquefort. Plutôt que de répliquer vertement, il fit quelques pas sur les dalles.

Sagettes rompues ou entières, sang frais ou caillé, fragments de cervelles. Il y avait çà et là des carquois renversés, des arbalètes. Les hommes soufflaient, soupiraient, souriaient : leur peur s'assoupissait dans les brouillards nocturnes.

— Holà ! hurla une femme. Gare à la malevoisine !

Avant, sans doute, d'interrompre ses tirs pour la nuit, la perrière venait de lancer un rocher. Il était énorme. A la fois rafale, foudre et bélier, il s'abattit sur un merlon.

Aussi prompt que ses voisins immédiats, Ogier s'était couché pour se soustraire à la lapidation. Projectile et défense éclatèrent en gerbes crépitantes. Une grêle de pierrailles et de graviers s'abattit autour des hommes et il se sentit heurté à la cuisse. S'agenouillant, il entendit des cris : surprise, fureur et douleur. *Qui ?* Regardant devant lui, il sentit son cœur se détériorer.

— Bon sang !

Dans l'ombre légère encore, étendue sur le dos, Tancrède semblait un grand hanneton immobile sur les dalles jonchées de pierres, et Jean hurlait : « Damoiselle ! Damoiselle ! » en essayant d'ouvrir son bassinet.

Des hommes s'assemblèrent ; Blanquefort les écarta :

— Tancrède !

Il montra son poing à Jean suffoqué :

— Toi, je t'en veux !

D'un geste accusateur, il faucha l'air de sa main ; l'acier de son gantelet brilla comme un éclair :

— Tu te devais de la protéger !... Qu'as-tu fait ? Rien !

Jean avait courbé la tête. Il le savait : quelque excuse qu'il fournît à sa conduite, il serait toujours fautif. Cependant, il n'était ni résigné ni couard, et la présence de compères nombreux à ses côtés lui donnait l'occasion de prouver son audace. Il fit front :

— C'est advenu promptement, dit-il, désignant le merlon à demi écroulé. Vous n'auriez pas fait mieux à ma place... Et puis, c'est tout de même pas moi qui l'ai menée sur les aleoirs... Dès que vous l'avez vue accoutrée de la sorte, vous n'aviez qu'à lui commander de descendre comme le baron l'a fait.

— Tais-toi, dit Blanquefort en s'agenouillant près du corps immobile. Tu as failli à ton devoir.

Tant d'intransigeance indigna Ogier. Le sénéchal exagérait. Il ne lui connaissait ni cette lividité ni cette voix tranchante ni ces grands yeux tragiques de part et d'autre du nasal. Les frissons dont était secoué ce grand corps vigoureux révélaient, mêlés à un courroux qui ne cessait d'augmenter, une frayeur doublée d'un désespoir infini.

— Apaisez-vous, Hugues. Ma cousine ne paraît pas en péril de mort. Le fer l'a protégée. Je l'ai prévenue du danger qu'elle encourait. C'est tout juste si elle ne m'a pas ri au nez... Quelle idée que de se vêtir ainsi ! Quelle sottise que de le lui avoir permis et, surtout, de l'y avoir aidée. Son infortunité, elle l'a cherchée !... Je vais admonester les armuriers.

Ils étaient maintenant une vingtaine autour de Tancrède. Blanquefort lui souleva la tête afin d'ôter son bassinet. Ogier se pencha pour l'aider. Un grognement l'en dissuada. Il se sentit comme inondé de hargne et se demanda pourquoi.

— Soit, dit-il, je vous laisse faire.

La malerage du sénéchal et, surtout, le dépit d'être traité en gêneur devant des femmes et des hommes silencieux dont il voyait remuer les jupons, les heuses et les sandales, lui mettaient le sang aux joues. Lui aussi s'inquiétait. Mais que cette écervelée eût été triboulée n'était que justice : le ciel l'avait punie de sa présomption.

— Heureusement qu'elle portait ce bassinet, dit-il quand Blanquefort eut dégagé la tête de la jouvencelle.

Depuis l'irruption du sénéchal, une sensation bizarre ne le quittait plus. C'était comme s'il se trouvait devant un gouffre au fond duquel il pouvait puiser quelque chose ; mais sa volonté regimbait devant l'énormité de l'effort et la sensation de la découverte.

Il croisa le regard de l'homme accroupi de l'autre côté du corps de sa cousine.

— Assommée, Hugues, dit-il en considérant ce visage immobile, comme endormi, où seuls quelques cheveux frissonnaient. Une pierre grosse comme le poing, pareille à celles qui jonchent les dalles autour de nous.

— Tancrède, appela de nouveau le sénéchal.

Il n'avait pas dit : « *Damoiselle* », comme à l'accoutumée. Dans ses mains crispées, les écailles de fer restaient molles. Ogier se releva. Jean s'approcha et chuchota :

— Faut pas le contrarier. Au fond, il la connaît depuis sa naissance. On dirait...

Le garçon rechigna à livrer sa pensée. Blanquefort lui lança un regard furibond.

— Gros couillon, dit-il, fallait la faire choir en même temps que toi !

Quelque chose d'analogue à un hoquet secoua Jean :

— Merdaille, vous en parlez à votre aise. J'y suis pour rien, je vous dis. Je suis resté debout devant elle. La pierre l'a frappée sur le côté. C'est son colletin qui a subi le dommage. Sans ce fer, elle était morte. Je l'avais prévenue de se hâter. J'ai voulu l'entraîner. Elle m'a résisté. Elle s'est moquée... Elle s'est même réjouie de mes reproches. Pas vrai, Girard ?

Le soudoyer approuva.

Le sénéchal les regarda tous, méchamment. Il respirait à grands coups et se contraignait au silence. Il ôta ses gantelets et tapota les joues blêmes, figées.

— Tancrède ! Mon enfant ! Ouvrez les yeux !

Ogier considéra sa cousine. Pâle, mais nullement morte : elle respirait. Et les détails de cette scène embrassée d'un nouveau coup d'œil s'imprégnaient en son esprit d'une façon douloureuse : lui, Argouges, plus attentif que soucieux ; Blanquefort, livide, agissant et parlant avec une autorité, une angoisse, une paternité usurpées à Guillaume absent. Et Jean, qui s'éloignait, enfelonné[1] par tant d'iniquité. Et tous ces témoins muets qui du regard s'interrogeaient. Et Margot, Aliénor faussement compassées.

Il se pencha sur le corps immobile et vit frémir le visage et la bouche. Entre les paupières, la ligne blanche des yeux s'agrandit.

— Cousine !

1. Irrité.

— Allons, c'est sûrement plus grave que vous le croyez, dit Blanquefort d'une voix moins rude.

Ogier haussa les épaules. A quoi bon discuter... Etait-ce toujours un homme fort qu'il avait devant lui ?

Il éprouvait dans tout son être il ne savait quoi d'étrangement flou. Les événements terribles auxquels il venait de participer, avec, pour conclusion, l'assommade dont cette fille hautaine avait été victime, lui avaient ôté, semblait-il, la perception exacte des choses. L'attitude du sénéchal le consternait et l'agaçait. Blanquefort semblait s'évertuer à le devancer en tout : sentiments, propos et gestes.

« Mais pour qui se prend-il pour nous traiter ainsi ? »

La terreur l'avait traversé, lui aussi, avec la célérité, la violence d'une flèche, en apercevant l'armure abattue, mais aussitôt, il l'avait dominée. Au contraire de Blanquefort dont la détresse presque larmoyante et l'injustifiable conduite envers Jean lui paraissaient soudain vulgaires, inadmissibles. Il s'endurcissait, c'était l'évidence. Et Blanquefort venait de lui prouver qu'il pouvait, lui, sombrer dans des compassions excessives.

« Bon sang, c'est vrai qu'il était seul à sa naissance. C'est vrai qu'il peut l'aimer comme une fille... Mais tout de même, il aurait pu se contenir. »

— Hugues, elle est saine et sauve. Le fer l'a protégée. Tenez : elle cligne des paupières.

Pâle et ressuscitée — au moins pour Blanquefort —, Tancrède reprenait conscience et respirait, désormais, à grands traits.

— Cousin...

Levant la tête, Ogier sourit au sénéchal :

— Eh bien, vous voyez... Elle me reconnaît... Allons ! Pleurez, Hugues ! Epanchez vos humeurs noires ! Je n'ai pas crainte, moi, de mes larmes.

A l'angoisse brusquement rétractée de cet homme irritant, il pouvait sans retenue, maintenant, opposer la moquerie et son propre soulagement.

— Alors, cousine ? As-tu compris cette leçon et cet avertissement ?

Il se pencha, ébaucha le geste de relever la jouvencelle ; les mains de Blanquefort vinrent à l'encontre des siennes.

— Attendez... Je m'en charge.

Le sénéchal saisit Tancrède aux aisselles, et en un tournemain, avant qu'Ogier eût pu s'opposer à ce geste, il la hissa sur son épaule blessée sans paraître éprouver la moindre douleur. Il avait agi si promptement, avec une telle aisance, que les hommes présents murmurèrent.

— A quoi bon ces efforts, Hugues... Je peux vous aider. Tout ce fer difficile à porter pèse un bon poids.

— Je le crains, dit Girard, approuvé par Thierry Champartel et les témoins de cette scène saturée de fureur et d'angoisse.

Blanquefort titubait sous son fardeau.

— Laissez-moi vous aider, Hugues ! insista Ogier. Et si vous attendiez qu'elle soit bien remise ?... Il suffirait de la soutenir. Elle est robuste... Vous pouvez tomber dans l'escalier.

Le sénéchal se retourna. Un flot de colère surgit des profondeurs de son être :

— Non ! Moi seul... Je la porte au donjon... Morbleu, je sais ce que je dois faire !

Il toucha de l'index la poitrine d'Ogier. De nouveau la froidure occupait son regard :

— Demeurez. Je vous passe le commandement le temps que je la dépose et revienne.

Il partit. De loin, Jean avait assisté, perplexe, à cet affrontement. Il s'approcha :

— Il est las... Et cette lassitude le rend injuste, dit-il, presque compatissant.

Ogier l'approuva : c'était à l'attitude outrée du sénéchal la seule explication possible. Immobile et contrit, bien qu'il n'eût rien à se reprocher en l'occurrence, entouré de ses compagnons chez lesquels la rigueur du sénéchal provoquait des grommellements, il se contraignit à sourire :

— Je commande en attendant son retour... Revenez, vous, à vos places. Les vieux et les femmes aux chaudrons !

Inquiet, il se retourna.

Blanquefort marchait les genoux écartés pour maintenir son équilibre. Secoué par le pas raide que lui imposait son fardeau, son corps se pliait plus qu'il ne l'eût voulu. Dans son dos pendaient la tête et les bras de Tancrède.

— Bon Dieu, il peut trébucher et choir dans le vide avec elle ! C'est moi qui aurais dû la porter.

— Eh oui, messire Ogier, ricana Thierry. Mais c'est comme si vous aviez un rival.

Il l'eût maintenue serrée contre lui par les cuisses tout en disant : « Cousine, les robes, même humbles, et... la nudité te conviennent mieux que l'armure. » Il entendit le sénéchal, désormais invisible :

— Place !... Place !... Mais non : ce n'est qu'une commotion.

Ses genoux vacillaient, à lui aussi. Il songea qu'en présence de Guillaume, Blanquefort eût agi différemment : *« Sang Dieu, on aurait dit qu'elle lui appartenait... Qu'est-ce donc que cette dévotion singulière ? »* Non seulement il se sentait humilié — il l'avait été publiquement — mais encore l'intransigeance du sénéchal avait éveillé en lui un ressentiment pareil à de la jalousie.

— Pour qui se prend-il donc, ce vieux loup ? grogna Jean.

D'un avant-bras rageur, il épongea son visage tout en donnant des coups de pied dans les flèches, les pierres et les carquois dispersés sur les dalles.

— Holà !... Apaise-toi, dit Thierry Champartel. D'ordinaire, Hugues est bon.

Au loin, Margot et Aliénor confabulaient avec des hommes.

Ogier s'approcha du bord intérieur du chemin de ronde, parqueté en cet endroit, et soutenu par des consoles de chêne. Des flèches y étaient plantées, qu'il eut envie de rompre pour apaiser sa fureur.

— Ma parole, ce vieillard devient fou.

Blanquefort traversait la cour. Mathilde, Eudes et Philippe — une torche à la main —, des femmes et enfin Guillaume couraient à sa rencontre.

— Oui, pour qui se prend-il ? répéta Jean d'une voix enrouée de dépit.

— Ah ! si je le savais...

— Voyez, messire. Elle ne pouvait recevoir la mort.

Ogier examina le bassinet que Thierry venait de lui tendre.

— Pas une bosse, pas un creux, sauf là, sur le colletin... Du fer comme on en voit peu, hein, Thierry ?

— Désormais cette... cette... damoiselle se tiendra quiète.

— Pense d'elle ce que tu voudras. Mais sache qu'elle ne sera jamais quiète... Tiens, vois ce que je vois !

Tancrède était debout, chancelante, mais debout. Au milieu de la cour, en présence de Blanquefort immobile et muet, Guillaume l'admonestait.

— C'est moins terrible qu'on croyait, commenta Jean. Je ne méritais pas toute cette ire... Pas vrai ? Il ne vous a point ménagé aussi, messire ! Un moment j'ai cru qu'il allait vous bucher[1].

Ogier ne put qu'approuver. L'incident était clos mais tout comme celle de Jean, sa rancune envers Blanquefort persistait. Il s'approcha d'un merlon.

— Croyez-vous qu'ils ont relinqui ?

— Non, Jean... S'ils étaient revenus dans leur camp, nous y verrions des feux, or, ils sont presque tous éteints... Crois-moi : ils sont là, tout autour... Il nous faut redoubler de vigilance.

1. Frapper.

Les hommes valides étaient demeurés sur place ; les femmes et les vieillards également. Sans doute espéraient-ils être relevés, mais il ne pouvait prendre cette décision. Et d'ailleurs, relevés par qui ? Guillaume et Blanquefort voulaient conserver les renforts intacts.

Le baron réapparut et ne fit aucune allusion à la mésaventure de Tancrède.

— Quand ces maufaiteurs reviendront, dit-il, je crains qu'ils ne nous bouteculent.

— Ils nous serrent de près, mon oncle. Les pertes qu'ils ont subies ne les désarment pas.

— Nous avons aussi nos morts et nos navrés. Mais nous sommes loin d'être échec et mat.

Cela dit, le baron s'approcha du crénelage pour y sonder — vainement — l'obscurité. Au-delà des murailles et couvrant parfois les cris et les plaintes des blessés, s'élevait maintenant une rumeur de voix et de crépitements d'armes. Le bruit peu à peu s'épaissit, bouillon chauffant à feu doux, mais dont une voix, soudain, creva l'écume :

— Holà, du château !... Nous sommes tout proches... Nous serons très bientôt dans vos cours et nous verrons enfin vos têtes !

— Votre sang se répandra, reprit une autre voix à fort accent gascon.

— Et vos cervelles, ajouta un troisième homme, poisseront le tranchant de nos épées.

— Nous vous aurons !

— Vous sentirez, les hommes, sur vos cous...

— ... le poids de nos aciers de Birmingham et de Sheffield.

— Et vous, dames et damoiselles, en vos corps...

— ... la pointe de nos braquemarts !

Il y eut quelques rires et Guillaume gronda :

— Ces malandrins font les intéressants. Laissons-les dire.

Cependant, la voix de Jean jaillit, impérative :

— Crapules ! Cornards !... Malebouches ! Tas de

merde ! Votre patience est vaine, et nulle votre obstination... Nous tiendrons bon. Pour qui vous prenez-vous, goguelus ? Et pour qui prenez-vous votre Canole ? Pour le grand Alexandre ?... Ah ! là là... Et vous les Gascons, que faites-vous parmi cette merdaille ?... Regagnez vos maisons... Il en est temps. Si vous restez fidèles à ces porcs d'Angleterre dont il semble que fort peu combattent, dès demain vous emplirez nos fossés !

— L'enfer vous dévore, hurla Thierry Champartel.

Il y eut un silence, puis :

— Vous ne toucherez pas aux femmes. Elles n'ont que faire de vos braquemarts.

Ça, c'était Margot.

— Mous comme des limaces.

Ça, c'était Aliénor, dont la comparaison fut soulignée par les hommes et les femmes d'une clameur d'allégresse. Alors, de proche en proche, de merlon en merlon, le rire courut, tout d'abord discret, puis vif, débridé, bienfaisant, contagieux.

— Ils tiendront, dit Guillaume en reprenant sa marche. Mais après les propos de ces impertinentes, nos hommes vont se sentir plus couillards que naguère. Nos commères devront avoir de la complaisance ou de la résignation... Déjà, ce matin, aux écuries, j'ai entrevu des gars et des filles empêtrés dans des corps à corps qui n'ont rien de mortel... On ne saurait leur en vouloir, pas vrai ?... Allons, viens faire un tour.

Le silence revint, oppressant. Les rares feux du camp adverse palpitaient : touffes de cuivre, langues qui léchaient les ténèbres où pour l'instant des chevaux seuls donnaient de la voix.

— Ils sont tenaces, dit Guillaume. Mais nous aussi.

Ogier sentait la truandaille serrée autour de Rechignac : plusieurs lignes d'hommes dispos, chuchotants ; et Guillaume parcourait d'un pas pesant ses murailles pour le seul plaisir, semblait-il, d'entendre tinter ses éperons inutiles. Sa fatigue était telle que son souffle devenait rauque à travers ses lèvres craquelées de fièvre et de soif.

— Vous devriez prendre du repos, mon oncle, après avoir mangé un grand coup.

— Chaque chose en son temps... Mathilde s'apprêtait à monter les vitailles... Je veux manger avec mes gars.

Guillaume donnait parfois à un archer ou à un arbalétrier une tape dans le dos, familière. A un autre, il lançait un « Ça va ? » et l'homme tournait vers lui, sous sa barbute ou son camail, un visage ridé d'anxiété. Son regard brillait. Ses dents, s'il en avait, luisaient.

— Tiens, manquait plus que cela !

Une poussière d'eau venait de se mettre à tomber. Des bouches s'ouvrirent pour la recevoir en elles.

C'était une sorte d'accalmie. Vertigineuse. Le temps, pour la plupart, de se rassurer ; d'extraire du fond des cœurs et des mémoires des souvenirs vivants, ardents — de ceux qui vous confortent et non point vous affligent. Une trêve ignorée de Dieu et des Archanges...

La pluie devint drue. Les gouttes s'alourdirent. Les cordes des arcs allaient s'amollir.

— Hommes ! hurla tout à coup Robert Knolles. Vous servez un baron obstiné... A mesure que vous reculez l'échéance, vous accroissez le nombre de vos morts et augmentez la dureté de notre châtiment. Par ma voix Édouard III vous fait grâce... Usez bellement de vos armes : captivez votre seigneur ! Ouvrez-nous et offrez-le-nous !

— Tout lui est bon, dit Guillaume.

Une voix s'éleva, à la suite de celle de Knolles, mélodieuse.

— Une jouvencelle, dit Ogier. Cela m'étonnerait qu'elle soit une ribaude.

Elle chantait cette chanson ambiguë, où la femme aimée était comparée à une citadelle :

Donné l'assaut à la forteresse
De ma gracieuse maîtresse,
Ô, Dieu d'amour, je vous supplie
Bouté hors m'adverse partie
Qui languir me fait en détresse...

La fille n'alla pas plus loin ; elle avait chevroté, et des pleurs succédaient à son chant.

— Une de leurs otages, grogna Guillaume. Pauvrette...

Alors, en réponse, des murailles de Rechignac, un chant monta :

Chanterai pour mon courage
Que je veuill' reconforter
Car, avec mon grand dommage,
Ne veux mourir, m'affoler

— Je ne connais pas cette voix, dit Guillaume.

— Ni moi, mon oncle.

Quand de la terre sauvage
Ne voit celui retourner
Où qu'il soit, il me soulage
Le cœur quand j'en ouïs parler...

— Allons voir. Elle chante au-dessus de nos portes, on dirait.

Ils allongèrent le pas. Avant d'atteindre le châtelet, Ogier regarda dans la cour. Une fenêtre — une seule — brillait comme une étoile occultée parfois par un nuage : une ombre. Et derrière, les marteaux tapaient. Il songea : « Ils sont infatigables. Ils se battront en temps voulu. » Une forme blanche quitta la forge, s'arrêta sur son seuil et courut au donjon : Claresme.

« Jamais, pensa le garçon, mon oncle ne donnera sa fille à un franc-bourgeois... Et de plus à un Espagnol ! »

L'inconnue chantait toujours.

— Elle a, dit Guillaume, une voix de pucelle... Fraîche et douce... Tu connais cette chanson ?

— Elle est de Guiot de Dijon. C'est l'histoire de la femme d'un chevalier absent. Il lui a envoyé une chemise... Fort belle... Elle s'en couvre et dort avec chaque fois que l'envie d'amour la tourmente...

— Un paquet de soie et de brocart ne peut remplacer un époux... Il faut bien être un trouvère pour imaginer ces pertintailles.

— Tenez...

La voix continuait :

La mets sur moi pour coucher
Moult étroit à la chair nue
Pour mes maux me soulager...

— Nous y voilà, dit Guillaume. Qui est-elle ?

Elle était vêtue de noir, immobile et les mains ramenées sur sa poitrine. Immobiles aussi, les hommes d'armes et les manants armés écoutaient cette voix triste et belle, et tremblante, et lascive.

Ogier aperçut un profil net, lilial sur le velours de la nuit. Les gouttes glissant sur la joue et le menton n'étaient pas dues qu'à la bruine. Sentant une présence nouvelle, la chanteuse se détourna.

— Adelis !

La stupéfaction du garçon était aussi brusque, aussi douloureuse qu'un coup dans l'estomac. Il voulut lui faire compliment, mais déjà elle s'enfuyait, comme honteuse.

Il la vit bientôt traverser la cour où les parois obscures, remuant aux lueurs des pots à feu, semblaient resserrer leur étreinte.

Une ombre se détacha d'un merlon. Ombre d'homme, mais d'une grâce nonchalante qu'il reconnut aussitôt.

— Cousine !

— Tu n'es donc pas au lit ! enragea Guillaume.

— Comment pourrais-je dormir ?... Ils sont là... Je ne craignais rien : j'étais auprès d'Hugues.

Effectivement, Blanquefort, un peu plus loin, observait cette fille farouche et fière, passionnée en ses désirs, et dont l'attitude aux créneaux, maintenant, recevait son approbation.

— Je devine, cousin, que tu n'en crois pas tes oreilles. Une voix si pure dans un corps...

La jouvencelle s'interrompit et le damoiseau se demanda la raison de son animosité contre Adelis. Elle ne lui avait rien fait. Pourquoi avait-il cru discerner, dans le plus innocent des mots qu'elle avait prononcés, comme une aversion ?

Il s'éloigna, seul et heureux de l'être parmi toutes ces ombres frileuses, attentives, accablées d'angoisse, de pluie, de fatigue. Tout était paisible. Froid et paisible.

Comme la mort.

V

Un sommeil bref emporta Ogier jusqu'aux confins de l'aube. Il se leva, observé par Titus et Saladin, et plongea son visage râpeux dans l'eau d'une bassine emplie la veille au soir.

« Il me faudra dire à Thierry de trancher tous ces poils qui m'enlaidissent. »

Il endossa son haubert, ceignit son épée, coinça son poignard dans sa ceinture d'armes et se coiffa de sa cervelière. Suivi par son chien, il se hâta vers les murailles.

Guillaume et Blanquefort, tête nue, l'attendaient. Ils lui montrèrent, en bordure de la contrescarpe, des mantelets, des écheliers nouveaux composés de troncs et de branches de châtaignier à peine écorcés puis, de loin en loin, des cordes roulées en plets, longues de plus de trente aunes et terminées par des grappins.

— Ils ont apporté ça cette nuit, dit Guillaume à voix basse, comme s'il craignait d'être entendu par l'ennemi.

— Ils s'acharnent, dit Blanquefort.

Tandis qu'il observait les profils tendus des deux hommes, le damoiseau s'étonna de leur ressemblance : même front droit et, entre les sourcils, la même taroupe de poils gris ; même nez camard ; même bouche proéminente sous la moustache et, enfoui dans une friche de couleur à peine différente, même menton relevé en galoche.

— Il était inutile de crier à l'arme quand ils ont apporté tout ce que tu vois là, mon neveu, mais cet étalage nous prouve qu'ils reviendront.

— Nous voilà samedi 20, dit Blanquefort. Je ne sais l'emploi que Canole fera de son dimanche, mais j'ai idée qu'il lui plairait de festoyer en nos murs.

Le sénéchal s'éloigna sans qu'Ogier eût pu percer toutes ses pensées.

— Jamais ils n'entreront, dit Guillaume. Même si contrester[1] à ces monstres nous coûte du sang et des larmes... Nous avons, mon gars, perdu dix-neuf hommes. Trente-sept sont atteints plus ou moins malement.

Ils parcoururent le chemin de ronde. Parvenu entre les tours portières, le vieillard se pencha.

— Holà ! mon oncle. Prenez garde.

— Rien à craindre : ils sont revenus sous la feuillée.

Le baron désigna les morts dans le fossé :

— C'étaient des cœurs vaillants. Nous les avons atterrés, percés, escarbouillés... Ils n'ont point forfait à l'honneur qui existe aussi bien chez eux que chez nous.

Puis, la main tendue :

— Observe Canole, là-bas, dans le soleil levant. Il s'est esseulé pour prendre une décision.

— Que pensez-vous qu'il fasse ?

— Ou bien il décrète que ses malandrins doivent recommencer ce matin, ce tantôt ou ce soir, et dès lors ils nous grièveront jusqu'à ce qu'ils aient notre peau... Ou bien, il hésite... Il ignore à quel point il nous a affaiblis... Ah ! Bressolles ! Bressoles ! Hâte-toi donc !

Ogier pinça les lèvres sur un sourire attristé.

Guillaume avait éprouvé une assez tortueuse satisfaction en assistant à l'encerclement de sa forteresse : il voulait savoir comment ses parois résisteraient à un déferlement de chair et de fer. Maintenant, l'ivresse de

1. Résister.

l'orgueil assouvie, son immobilité contrainte indignait cet homme épris d'espace et de chevauchées éperdues. Son château devenait à la fois une espèce de geôle et de tombeau. Toutes ces vies fauchées net ; toutes ces affreuses blessures ; tous ces cris de haine et d'effroi... La superbe du vieux seigneur était certes satisfaite : aucune autre citadelle que la sienne eût été capable de résister aussi parfaitement aux envahisseurs avec une aussi maigre garnison. Mais sa conscience, atteinte par le doute et le désespoir, suppurait : si les secours tardaient, son grand vaisseau de pierre serait submergé par une vague irrésistible. Certes, il y avait le donjon ; encore faudrait-il pouvoir s'y replier.

— Les as-tu vus essayer d'entrer par la poterne ?

— Oui, mon oncle.

— Ils y ont renoncé. Vingt au moins sont morts rôtis. Je suis descendu voir... La herse a tenu bon.

Un soupir — tristesse et fatigue — ; ensuite :

— Cette nuit, des gars ont à nouveau fossé le sol de la chapelle... J'y ai fait enterrer les corps sans cérémonie... Dix-neuf ! Ils laissent sept veuves et six orphelins.

Ils marchèrent en silence, puis :

— Tiens, Ogier, voilà la tour qu'ils veulent me grignoter par le fruit.

Le damoiseau se pencha et considéra la tortue formée par huit boucliers assemblés. Il tendit l'oreille.

— Ou mon ouïe devient mauvaise, ou ils sont partis.

— Non, ils sont là... Cette nuit, ils cognaient comme des diables... Ils vivent à l'étroit dans la tranchée qu'ils ont creusée sous leurs écus... A en juger par le petit tas de cailloux que tu vois à côté, le mur tient bon... Il n'empêche que lorsqu'ils s'y attendront le moins, nous les arroserons et les écraserons un bon coup !

Puis brusquement :

— Et ta main ?

— Guérie ou presque... Je l'enveloppe de charpie par précaution.

— Ah ! la Mathilde s'y connaît... Mon épaule va mieux... Tancrède, l'insensée, me paraît rétablie.

Ogier s'abstint de tout commentaire.

Lentement, le soleil transperçait un mur de nuages roses. A l'entour de Rechignac, le pays reprenait son aspect, ses dimensions, ses teintes verdoyantes. Dans le champ de Robert Knolles, les feux seuls témoignaient d'une sorte d'énergie.

Le damoiseau quitta sa cervelière : il avait besoin de sentir le vent jouer dans ses cheveux. Le haubert dont il s'était couvert lui pesait. Regardant la calotte de fer qui avait protégé sa tête, il vit qu'elle était éclaboussée de sang. « Qui ? » se demanda-t-il. Éric, le maçon de vingt ans auprès duquel il s'était trouvé un moment près de la demi-tour nord ? Tachoire, l'archer barbu comme une bogue ou un oursin ? Il décochait ses traits en grognant : *« Prends ça »* jusqu'à ce qu'un carreau l'eût atteint en plein cœur... Alvès, le couvreur, mort d'une sagette dans l'œil en appelant sa mère ? Quinsac, le sergent dont une darde avait percé le cou ?... Des jeunes et des vieux auxquels il n'avait guère parlé, souri, adressé un geste courtois.

« Je me suis mal conduit. J'ai été fier... Trop fier... Et même, avant tous ces combats, fallait-il que je seigneurie [1] le commun pour complaire à mon oncle ?... *Mais l'ai-je seigneurié ?*... Si oui, je m'en repens ! »

— J'ai vu Roupérious tomber près de moi. Mort d'un coup. Quels sont les autres, mon oncle ?

Guillaume soupira et crocha ses pouces à sa ceinture d'armes.

— A quoi bon ? D'y penser me met l'âme en peine... Je voudrais connaître le fredain [2] ou l'écervelé qui a tué le fils Sidobre !

1. *Seigneurier* : dominer, faire sentir qu'on est au-dessus des manants.

2. Scélérat.

Ogier eut un sursaut ; sa gorge se serra :

— Maintenant que vous le dites... Deux ou trois fois, des sagettes ou des carreaux ont sifflé à mes oreilles. On décochait ces traits de *l'intérieur*. Mais je ne sais plus quand... Le premier a failli m'atteindre alors qu'auprès de moi Raoul vidait le carquois de son père... Le deuxième quand je versais des rochers dans un mâchicoulis... C'était moi qu'on avait en bersail [1] !

Guillaume secoua sa tête opiniâtre : il approuvait cette conjecture.

— Garde-toi et tâche de savoir qui te veut du mal !

Reprenant sa marche, le vieillard contourna par respect plus que par mésaise une flaque de sang.

Ogier gagna les écuries. Il y bouchonna et abreuva Marchegai puis, Saladin sur ses talons, il se rendit au donjon. Devant la cheminée, appuyé au dossier de sa chaire, le baron, l'air morne, mangeait un reste de jambonneau.

— As-tu faim, mon neveu ? Prends des forces bien que par nécessité la pitance soit maigre.

Ogier remua négativement la tête. Des rides fripèrent le front et les joues de son oncle.

— Non ?... Tu as tort. Manger est une des rares satisfactions qui nous restent.

De la pointe de son couteau, il désigna le coin du tinel réservé aux mourants et aux blessés :

— Ils voudraient bien se garnir la panse... Tiens, Hippolyte a pris cette nuit une sagette dans le ventre... Il les croyait partis et s'est approché trop près du merlon défoncé. Il est mort juste avant que je morde dans ce pain rassis.

— Nous nous étions promis de nous porter la santé le jour de son départ.

— Il s'en va bien plus loin qu'il ne l'avait prévu...

1. « Qu'on avait pris pour cible ».

Sale démarche que d'aller trouver toutes les veuves... Vraiment, tu n'as pas faim ?

— Plus tard... Je vais aller visiter nos navrés.

Ogier reconnut Aspe en premier. Pâle, allongé sur une jonchée de paille, le sergent lui montra sa jambe entourée, de la cuisse au jarret, par des bandages sanglants :

— Une de leurs putains de dardes m'a fait éclater le genou.

Ogier lui tapota l'épaule :

— Tu vis. Tu t'exposais... As-tu mal ?

— Point trop. Mathilde va me mettre des éclisses.

— Tu guériras !

Le damoiseau ne put identifier certains hommes allongés sur le flanc, face à la muraille ou la tête enfoncée dans des linges vermeils. Il en reconnut d'autres : un maçon, Augerot, atteint à l'épaule ; un charpentier, Yvain, la hanche percée ; Puginier, une jambe, du genou aux orteils, enfoncée dans cette sorte de boîte ronde et oblongue que sur les champs clos on appelait un *solen ;* Aymon, qui n'avait que deux fils, une oreille emportée.

— Quand je reviendrai là-haut, il faudra me parler fort, messire Ogier ! J'ai l'ouïe qui gargouille comme si j'étais poisson.

Certains gémissaient, d'autres respiraient bruyamment. Plus loin Loïs, un charpentier déjà plus près de Dieu que des hommes, la chair du visage calcaire et le ventre bourré de charpies au-dessus desquelles tournoyaient des mouches ; Mansel, un archer qui n'avait qu'un œil ; Micaille et Laurier qui n'avaient plus qu'un bras, et d'autres encore. Et même deux femmes, allongées sur des paillasses installées à l'écart, et dont Mathilde s'occupait.

— Ah, non, Guiraude, tu vas pas pleurnicher encore pour ton bras rompu. Ça fait mal, les attelles, mais dans trois mois, crois-moi, tu pourras balayer cette salle tout aussi bien qu'avant... Et même maintenant, tu pourrais te lever.

— Je veux bien vous croire... Mais j'ai mal ! J'ai mal !

Après avoir jeté un regard de mépris à la domestique, Mathilde se leva pesamment :

— Tiens, c'est vous !

— Eh oui, dit Ogier, tandis que la commère s'accroupissait devant l'autre femme.

Pour celle-ci, c'était le trépas assuré : sa tête disparaissait presque tout entière sous des linges sanglants. Le damoiseau ne vit que sa bouche pâle, à peine frémissante, et son menton troué d'une fossette.

— Qui est-ce ?

— La Lucie... une du hameau... Dix-huit ans... On la voyait à peine. Son homme, le Florent, l'a quittée il y a huit mois en apprenant qu'elle était grosse. Elle au moins, c'est sûr qu'elle va passer.

Passer, certainement, mais elle vivait, extrêmement faible, et souffrait sans le savoir. Ses bras nus, le long de son corps immobile, étaient cireux, et le tracé des veines s'y lisait çà et là comme des traits de plume bleus. Une touffe de cheveux poisseux de sang débordait sur l'oreiller — un sac d'avoine — et le corps était si maigre qu'en son centre l'abdomen dilaté prenait un relief presque horrible. Ce ne pouvait être ni de la tendresse ni de la pitié qu'inspirait, sous ses hardes grises, ce ventre plein d'espérance, mais une sorte d'irritation : mourir si près d'enfanter !

— Ah ! là là, le Florent ! continuait Mathilde. Fuir ainsi, c'est une vilenie qui mérite le pilori !... Pas vrai, messire Ogier ?

« Moi, je n'ai pas quitté Anne... J'ignorais qu'elle portait mon enfant. C'est elle qui a fui... »

Le damoiseau frottait son menton d'un air indécis, tout en regardant cette chair au terme de sa distension, refuge d'une vie prête à éclore, et condamnée. Anne aurait un ventre pareil. Garçon ou fille ? Et dans celui-ci, qu'il aurait pu toucher ?

Mathilde tourna vers lui des yeux brillants, tristes et inconnus :

— La pauvre ! Avant midi, elle nous aura quittés.

— Je l'ai rarement croisée, que ce soit en bas ou ici... Comment est-ce arrivé ?... Bon sang, il n'y avait péril que sur les parois ! Et vu son état, elle était dispensée d'y accéder !

— Eh oui... Mais tout ça, c'est à cause de la Guillaumette... la petite à Gauvain et Aliette, du hameau... Lui, il se bat ; elle, Girard et Jean l'ont envoyée aux aleoirs. Leur fillette — elle a trois ans — a voulu les rejoindre. Elle a quitté le donjon au moment où Lucie et mes filles recevaient et plaçaient de nouveaux éclopés... Quand elle s'est aperçue de son absence, Lucie est partie à la recherche de la petite... Guillaumette traversait la cour au moment où le feu et les rocs y tombaient... C'est là qu'une pierre presque aussi grosse que sa bedaine a griévé la pauvrette alors qu'elle allait atteindre l'enfant.

— Et cette Guillaumette, elle est vivante ?

— Et comment !

— Pauvre Lucie !

Le visage de Mathilde rougit violemment ; elle se redressa et frappa les dalles de son sabot :

— La pauvre, certes !... Selon vous, Dieu peut-il quelque chose pour elle ?

Plus silencieux qu'un serpent, Arnaud Clergue s'était approché. Son visage adipeux, exsangue, exprimait du mécontentement. Les mains jointes, la cordelière pendante et le chapelet à la hanche — comme une sorte d'arme molle et usée —, il considéra la moribonde, et ses sourcils se froncèrent.

— Eh oui, Mathilde, Dieu seul peut accueillir en son sein cette martyre et le petit corps enfermé en icelle.

— Elle devait faire ses couches dans deux ou trois

jours, à ce qu'elle m'avait dit... Peut-être avant, selon moi... et je m'y connais.

Mathilde désigna le ventre gonflé, sous les hardes tachées de sang et de poussière. Ogier se sentit mal à l'aise. Que signifiait cette insistance ?

— Son petit est fait, et sûrement bien fait... Il remue. J'ai passé la nuit auprès d'elle... Toute la nuit... Même pas le temps d'aller pisser...

— Ma fille ! protesta le chapelain.

— A la lueur de ma chandelle, je regardais, mon père, le fruit de ses entrailles.

Arnaud Clergue fronçait toujours les sourcils, mais une expression de mépris et d'horreur tourmentait sa bouche : ce ton hargneux lui déplaisait. Il y eut un moment de silence pendant lequel la grosse femme et le cordelier se défièrent. Ils s'étaient compris. Ogier, un frisson dans le dos, pressentit ce qui allait suivre.

— Un fruit mûr tout prêt à sortir, mon père.

— Ma fille !... protesta encore le chapelain. Non ! Non ! Non ! Dieu qui nous voit...

— Il est loin, et nous le prouve hélas ! chaque jour.

Le chapelain s'éloigna en haussant les épaules. Dieu ? Après sa joute avec Bressolles, il n'en voulait plus discuter.

Mathilde se tourna vers Ogier :

— Venez.

Elle saisit le garçon par son poignet et l'entraîna. Au passage, il aperçut Adelis. Accroupie, elle entourait le genou d'Aspe d'un linge. L'homme avait les mâchoires serrées, le front humide et les yeux clos. « Elle fait désormais partie de notre mesnie. » Il fut près de lui faire compliment de son chant, mais Tancrède apparut, repoussant à plus tard une louange indispensable.

Il s'arrêta devant l'Aristide Joulet. Sa femme, Huguette, était à son chevet.

— Comment va ? demanda Mathilde.

Huguette remua une épaule :

— Il se plaint.

« Une sagette lui a percé les tripes, se dit Ogier, penché. Il va dévier. »

Les yeux secs d'Huguette, négligeant le sergent plaintif et malodorant, se posaient, convoiteux, sur l'Anselme, un maçon de vingt ans de moins que l'Aristide et qui, le bras dextre entaillé, plié contre sa poitrine, reposait auprès du malheureux.

Quand elle eut pris conscience des deux regards posés sur elle, Huguette caressa d'une main légère les cheveux grisonnants de son époux. Cette feinte tendresse indigna Mathilde.

— Carogne ! marmonna-t-elle, sans pour autant troubler la jeune femme.

Tancrède s'approcha. Elle s'était vêtue d'une robe noire, si étroite au buste qu'elle l'ajustait autant qu'un pourpoint.

— Que se passe-t-il, cousin ? Je ne t'ai jamais vu un visage aussi maussade.

— Il se passe, intervint Mathilde, agacée, que la Lucie va mourir...

— Je m'en doutais ! Il lui manque un peu de crâne et de cervelle... Je croyais même, la voyant hier soir, qu'elle trépasserait cette nuit... J'ai pu ainsi juger de ma bonne chance d'avoir porté un bassinet.

— Clos ton bec, femmelette, grinça Mathilde outrée par tant d'impertinence.

La joue de Tancrède fut parcourue d'un tressaillement. La commère joignit ses mains et les tortilla. Son visage gras et rose s'enfiévra, tandis qu'elle s'adressait à Ogier :

— Ah ! là là... Griveau ne m'a jamais autant manqué... Il était ce qu'il était, mais avec lui, j'aurais pas hésité, c'est sûr !

— Explique-toi, dit Tancrède.

Droite, hautaine, elle posait sur la concubine de son père des yeux étincelants de souveraineté, de stupéfaction et d'impatience. C'était, en effet, la première fois que Mathilde semblait désarmée par un événement.

— Eh bien, voilà, dit-elle. Suivez-moi.

Elle entraîna les jeunes gens vers la cheminée où brasillait un feu maigre, et quand elle se fut assurée que personne ne pouvait l'entendre :

— Quand j'étais jeunette, avec Griveau, un dimanche de grosse chaleur, on était allés au bord de l'Isle, pêcher le goujon... Pas loin de nous, il y avait l'Adèle Brassac... Elle était sœur du défunt Calixte, l'époux d'Aliénor... Elle clochait comme lui et gardait les vaches et les moutons du château...

— Hâte-toi d'en venir au fait, dit Tancrède.

— J'y viens... Pour vous dire que l'Adèle était grosse et à terme comme Lucie... Et que pendant que nous étions sous la feuillée, à préparer nos hameçons, elle a voulu faire trempette... Pas plus haut que les genoux, sans doute... Il y avait alors, en cet endroit, un petit chemin qui descendait vers l'eau... Des cailloux... Un tronc d'arbre auquel on pouvait se retenir... On avait pied... jusqu'à un tournant...

— L'Isle a des chevrins terribles, dit Ogier. Profonds de deux toises et même davantage.

— Hé oui ! Et l'Adèle a dû glisser et verser, je ne sais. Le courant l'a emportée. Elle a peut-être voulu crier ou un étourdissement l'a prise... Comment savoir ? Un trou l'a avalée. On l'a vue disparaître et quand Griveau a aperçu sa robe grise et qu'il a plongé, elle n'avait plus aucun souffle... Mais une fois ramenée sur la berge, on s'est dit en même temps : « *Regarde : son petit vit toujours dans son ventre !* » On était, comment dire...

— *Ébahis* ? suggéra Tancrède.

— Si tu veux, concéda Mathilde. Mais c'était plus que ça : on avait du chagrin. Le Griveau a tiré sa dague. Il a dit : « *Son cœur bat plus. Elle va pas crier : elle est morte...* » Et il l'a...

Sous l'arc des sourcils noirs, les prunelles de Tancrède étincelèrent.

— Il l'a ouverte ?

— Oui.

— L'enfant vivait ?

— Oui... C'était une fille. Je l'ai enveloppée dans la chemise de Griveau, et passant par les chemins de la forêt, je l'ai portée jusque chez ma sœur, à Thiviers... Son mari était ferreur de bœufs et de chevaux. Ils avaient deux enfants... Plus tard, de temps en temps, je leur ai remis de quoi la nourrir... Ils n'ont jamais rien voulu savoir.

— Et le corps de cette Adèle ? demanda Tancrède. Vous ne pouviez pas révéler ce que vous aviez fait.

— Évidemment, dit Ogier, sans quitter des yeux Mathilde. Mais le Griveau a dû trouver quelque chose.

— Il a caché l'Adèle dans un fourré et il a attendu la nuit pour la traîner jusqu'aux Banchereaux... Quand on l'a retrouvée, quatre ou cinq jours plus tard, les bêtes avaient fait ce qu'il attendait d'elles. On n'a jamais su... Vous comprenez pourquoi je vous cause ainsi ?

La commère paraissait soulagée. D'un élan subit, elle attrapa Ogier aux épaules :

— Il faut sauver l'enfant de Lucie !... Il vivra !

— Le chapelain est contre, protesta le damoiseau effaré par ce qu'il venait d'entendre. C'est une... une profanation !

— Je me moque de Clergue et de ses arguments... Ah ! fils de preux, si tu avais vu le ventre de l'Adèle, quand Griveau l'a repêchée... On sentait que son petit donnait des coups de poing, des coups de pied désespérés... Il voulait vivre... Les poussins, les oiseaux ont plus de chance que les humains : le moment venu, ils crèvent la coquille... Cette nuit, j'ai touché le ventre de la Lucie... J'ai senti que cet enfant s'inquiétait ; que tout, pour lui, n'était plus comme de coutume et que je devais l'aider, puisque sa mère ne le pouvait plus.

Mathildc baissait la tête. Par-dessus le gros chignon effiloché, Ogier interrogea Tancrède. Frémissante avec, dans le regard, une lueur de pitié narquoise, la jouvencelle demanda :

— Le cœur te manquerait-il, cousin ?

Il essuya son front moite. Il se sentait jugé — mais absous — et quelque chose grondait en lui. Il ne savait quoi. Il dit enfin, répondant à Mathilde :

— Pas même un mire ne ferait cette chose-là !

— Griveau l'a bien faite ! Il n'était pas surgien[1].

— Personne, en ces murs, ne l'oserait ! Dieu et l'Église...

— Ah ! interrompit Tancrède, laisse donc Dieu à notre chapelain... Il ne s'indigne pas que tu donnes la mort. Comment réprouverait-il que tu donnes la vie ?

— Moi ?

Ogier voulut s'éloigner ; Tancrède le retint par un coude :

— Cousin !

— Non ! dit-il, répondant à ce vœu informulé auquel Mathilde se ralliait à petits coups de tête. Une fois morte, corps et âme, la Lucie appartient à Dieu dans son intégrité.

— Justement ! triompha Mathilde. Et son intégrité, c'est sans cet enfant qu'elle a porté neuf mois... Il mérite un berceau, pas un tombeau !... Je sais bien que, dès sa naissance, il sera orphelin... Mais je m'en chargerai... On n'a pas le droit de le sacrifier !... Et à qui ? A la fois à Dieu et à Canole !

Le regard mauvais, les joues teintées de rouge, elle s'approcha du damoiseau :

— Ne crois-tu pas qu'il y a suffisamment de morts de notre côté, pour en ajouter deux à la fois quand un seul suffirait ? Et puis quoi ? Ce ne sera pas le premier nonnat[2] qui verra le jour !

L'indignation d'Ogier tomba. Il s'en voulut d'être

1. Chirurgien.

2. Surnom donné au Moyen Âge aux enfants ou individus nés par césarienne.

venu au donjon ; mais peut-être, après tout, était-ce la volonté de Dieu... ou du diable !

Le visage de Mathilde avait pris une telle expression d'espérance qu'un instant, il en fut troublé. « *Après tout, elle est bien meilleure que je ne le pensais !* » Quant à Tancrède, elle le dévisageait avec une bienveillance inaccoutumée.

— Comment faire ? demanda-t-il.

— Nous n'avons qu'à porter la Lucie dans ma chambre.

— Non, dans la mienne, dit la commère. Deux sergents m'aideront : Calmels et Raymond. Avec eux, aucun danger.

Ces deux-là, oui, songea Ogier, on pouvait compter sur leur silence. Dès qu'il le pourrait, il les interrogerait sur ce qu'ils avaient vu à Gratot.

Mathilde fouilla dans sa jupe et lui tendit une clé.

— Vous savez où c'est. Allez-y, et pour qu'on ne vous voie pas, attendez dans mon armoire. Elle est grande et vide... et vous saurez pourquoi.

Tancrède s'apprêtait à suivre le garçon ; la commère l'en empêcha :

— Non, toi reste avec moi... On va dire qu'on fait monter chez moi la Lucie pour qu'elle y ait une mort paisible. Je sais comment la redescendre... après.

— Soit, dit Tancrède, en frottant sa manche là où Mathilde l'avait attrapée.

Elle riva ses yeux sur ceux de la grosse femme.

— Cette Adèle était-elle mariée ?

— Non... Son enfant, c'est Saint-Rémy qui le lui avait fait.

Ogier se dirigeait vers l'escalier. Il s'immobilisa et se retourna :

— L'affreux couillard !

— Eh oui, approuva Mathilde. Il s'est d'ailleurs vanté de l'avoir troussée dans les champs. Jamais il n'a été inquiété... Calixte était un petit... Trop petit pour faire justice... Guillaume était à la guerre... Il n'aurait d'ailleurs pas affronté son parent pour si peu.

— Pourtant, il aurait dû, dit Tancrède. Mon oncle me fait peur.

S'adressant à Ogier, elle s'exclama, acerbe, accusatrice :

— Tu aurais dû le laisser à Canole ainsi que les trois autres !

Puis, tournée vers Mathilde :

— Et l'enfant que tu portas à Thiviers, chez ta sœur... Cette fille qu'on a dû prendre pour quelque bâtarde... a-t-elle vécu ?

Ce secret, entre eux, n'avait plus aucune raison d'être. La commère rejeta sa tête en arrière, fièrement :

— Oui... Une belle enfant blonde comme sa mère, mais qui ne boitait pas... Quand elle a été en âge de rendre service, je l'ai fait conduire ici par une voisine de ma sœur... et je l'ai prise tout d'abord aux cuisines. Nul n'a cherché à savoir qui elle était vraiment... Seul Griveau savait... Elle est morte, hélas ! en ces murs. Violée, étranglée... Le malandrin qui fit ça vit toujours, sans doute.

Ogier, frémissant, demanda :

— C'était donc *elle* ?

— Eh oui, c'était Gersende.

— Gersende !

Ogier ne se détourna pas. Mieux valait qu'il imaginât Tancrède en cet instant de stupeur, plutôt que de voir son visage.

Il s'engagea dans l'escalier du donjon. Mathilde y avait sa chambre tout en haut, non loin de celle de Pedro del Valle.

Les degrés qu'il se mit à monter lui parurent d'une hauteur excessive.

Immobile au chevet du lit, Mathilde tâtait le pouls de Lucie. En face, dans la ruelle, adossée à la muraille,

Tancrède contournait d'un regard léger le ventre boursouflé sous la futaine grise.

— Les sergents, dit-elle, sont restés cois.

Le cliquetis de leurs pas diminuait à mesure de leur descente et l'un d'eux, Calmels, toussait.

— Pourquoi auraient-ils refusé cette grâce à Lucie ? interrogea Mathilde. Si je peux faire un vœu, c'est que Canole nous laisse en paix. Pas vrai, Ogier ?

A quoi bon répondre ? Une attaque eût cependant tout simplifié.

Le damoiseau venait de délivrer sa main de son bandage. Il serrait et desserrait ses doigts, prenant plaisir à voir sa paume se plisser autour d'une blessure fragile et rose encore, mais cicatrisée. Il jeta un coup d'œil sur la tête de la moribonde. Un paquet de linges souillés ; un nez, un menton et des lèvres blafardes.

— Elle peut tarder à trépasser...

Il lui fallait parler. Il s'impatientait. Elle avait son âge et celui de Tancrède. Il devait éviter de regarder son ventre. Il serait toujours temps... Ensemencé par le Florent... Combien de fois avait-il joui ?... Jamais peut-être. Faire un enfant et faire l'amour, c'est tellement différent... Corps maigre de mal-nourrie... Lucie ne sentait ni le flux inexorable de la mort ni le remuement de son enfant. Rien. Mais elle vivait. Mathilde venait de se pencher sur sa poitrine — des petits seins qui, sans doute, eussent fourni un lait rare — et hochait affirmativement la tête. Elle vivait. Il fallait attendre.

La commère plongea ses yeux pareils à deux petites châtaignes dans ceux du damoiseau. Ils étaient si bombés que lorsqu'elle les clignait ses paupières se distendaient par-dessus, un peu pâles, comme celles des pigeons.

— Voyez comme son bedon bouge... On dirait qu'*il* se regimbe. J'ai bien envie de retrousser sa robe.

— Oui, dit Tancrède. Il vaut mieux la préparer maintenant.

— Alors, aide-moi, fille. Et sans trop la remuer... Plus tard, je la vêtirai autrement.

Ogier caressa la coupure de son visage tout en se rassasiant la vue de cette difformité pâle, qu'il lui faudrait profaner. La respiration n'animait pas plus ce corps que les mouvements du sang, mais des poumons et un cœur neufs, infimes, y maintenaient une semblance de vie. Bassin étroit, chair distendue, carnation blême. Rousse, c'était l'évidence. Et de longues jambes nerveuses... Oui, derrière, *il* se regimbait ; *il* sentait que tout devenait dangereusement différent. Le nombril, petit, presque mauve, bougea ; jusqu'en lisière du pubis, la chair fut parcourue de frissons, de gibbosités éphémères. Là-dessous, comme s'enlisant dans la mort, la vie protestait, appelait, implorait.

— Il nous faut une lame à toute épreuve.

Mathilde fouilla dans sa robe. Ogier saisit le poignard enfoncé dans un étui d'argent noirci qu'elle lui tendait.

— Rien ne peut couper mieux.

C'était une arme comme il n'en avait jamais vu : la lame en alêne, grosse comme le pouce à son talon, changeait deux fois son plan de retaille jusqu'à la pointe effilée comme un dard. L'acier, bleu-violet, étincelait.

— Eh oui... Le Griveau avait des choses... des pratiques... Mais il n'était pas si mauvais.

« Que faisais-tu avec lui, lorsque l'Adèle se noyait ? » songea Ogier.

Comme pour répondre à cette question, Mathilde déclara :

— C'était un lointain cousin.

Elle lança un regard à Tancrède :

— Avec lui, y avait rien à faire. D'ailleurs, pour conserver tout son pouvoir, fallait qu'il reste puceau.

— Tout de même, dit Ogier d'un ton involontairement brutal, on verra bien, autour de nous, qu'il y a un nouveau-né dans nos murs. Tous savent ici que la Lucie était grosse.

— On ne verra rien... Deux autres sont aussi grosses qu'elle : la Clémence et la Louise... Si l'enfant que la Lucie porte vit, quand vous l'en aurez dégagé, je sais où le cacher en attendant qu'une des deux femmes ait pondu... Nul ne saura, que vous deux, moi et Adelis.

— La ribaude ?

Le ton de Tancrède était moins soucieux que réprobateur.

— Oui, la ribaude... Elle soigne, torche, éponge, lave, et au besoin cautérise... Elle est partout... S'il vit, elle gardera le petit...

Le soudain emportement de la commère et, conjointement à sa grigne contre Tancrède, ahurie, cette admiration véhémente pour Adelis, satisfirent Ogier sans toutefois le soulager de son trouble. Tout ce qu'il vivait lui semblait faux, exagéré, irréel. Jamais il n'était entré dans la chambre de Mathilde — où elle devait rarement dormir. Bien qu'elle fût une des plus hautes du château, le jour y pénétrait mal, car la fenêtre était étroite et la muraille profonde. Un lit, une armoire, un coffre et tout près, une table ; dans une cuvette, une aiguière d'étain à long col. Il y avait un crucifix au-dessus de la porte. Sitôt après le départ des sergents, la commère l'avait retourné face au mur.

— Tu es allé trop loin, dit tout à coup Tancrède, tu ne peux plus faillir.

— D'où tiens-tu que j'en aie l'intention ?

Mathilde, attentive, se pencha, puis lâcha le poignet de Lucie.

— Ça y est...

Elle arracha un de ses cheveux et le posa sur la bouche demi-close. Tancrède le regardant, immobile, eut un clignotement de paupières.

— Morte, cousin.

— Votre lame, messire. Pincez la peau, tirez-la et fendez !

Tout en dégainant le poignard, Ogier se courba sur ce ventre mouvant et beau, sous lequel l'enfant s'affolait.

— Ne tarde pas, cousin. Comme ça.

Tancrède posa l'index sur le nombril et lentement descendit jusqu'à la lisière des poils d'or. Elle semblait suivre une pente naturelle et imaginer cette chair vivante. Ses lèvres pincées se décollèrent :

— Qu'attends-tu ?... Tranche d'ici à là. (Elle renouvela son geste.) Pas plus que mon doigt, elle ne sentira ta lame.

Ogier regarda sa main armée, puis le ventre doux et tiède. Tous deux tremblaient. Mathilde ? Elle était pâle et, sourcils froncés, attentive. Elle croyait à ce qu'elle avait décidé. Elle souhaitait un miracle. Tancrède également.

— Va, cousin... Tu sais écorcher un cerf, alors, va.

— Surtout pas trop profond, recommanda Mathilde.

Ogier se pencha davantage. Une fatigue étrange le prenait des reins aux omoplates, et lui serrait le crâne, la gorge.

— Que Dieu, dit-il, me comprenne et pardonne.

Dans la grisaille de la chambre, le trait de sang l'écœura. Il n'avait jamais rien vu d'aussi vermeil. Poursuivre l'incision... Tout droit... Sans trop bouger...

— Quel tranchant ! se merveilla Tancrède.

— Doucement, souffla Mathilde. Ne *le* touchez pas !

Il avait dominé sa répulsion. Et pourtant, la longue balafre bougeait ; il semblait que la Lucie vivait encore ; respirait encore. Mais non : elle était morte ! Morte ! Morte ! Au plafond bourdonnait une mouche. Il entendait le souffle court de ses deux complices. *« Je me damne sans doute en faisant cela ! »* Il eut peur : il ne pourrait plus étreindre une fille sans penser à ces intimités palpitantes !

— Je ne vois rien, dit-il lamentable. Tout est si rouge !

— Insistez, messire... Doucement... Ouvrez encore...

La voix de la commère devenait désagréable. De la main gauche, il écarta les chairs. Toujours cette glu rougeoyante et son odeur, analogue ou presque à celle de la mer. « Ce n'est pas la première fois que tu vois un ventre ouvert ! » Certes, mais pas celui d'une femme. Il ne pouvait renoncer ! Il n'avait plus aucune énergie ; résigné à tout ; un cœur de plomb ; des poumons aussi ; sa sueur tombait et se diluait dans la sève rouge de ce tronc sans nombril, et dont, à la racine, la toison d'or était désormais souillée de viscosités vermeilles.

« Seigneur !... Est-ce qu'il s'enfonce ?... A-t-il peur ?... Pourtant, il se démène. Il s'enfelonne !... Je vais au-devant des malédictions divines... Et lui, si je le sauve ? »

Il entendit comme dans un brouillard :

— Voici une touaille... Épongez ce sang.

— Courage !

Ce devait être Tancrède.

« Faire ça, moi, Argouges ! »

Il avait froid. Oui, il noquetait comme en plein hiver. La chair ouverte remuait toujours, et sa main cherchait, palpait, tremblait de plus en plus, glacée, poisseuse, gantée de pourpre jusqu'au poignet. Il l'essuya et fut tenté d'abandonner. Non, c'était impossible. Le manche du poignard glissait... L'enfant vivait. Il le sentait. Il y avait comme un hurlement dans sa poitrine. Il vit les mains de Mathilde, décidées, attraper les lèvres de la plaie et tirer, débrider. C'était affreux et terrifiant.

— Hâtez-vous. Il étouffe et remue moins. Il va périr par votre faute !

— Il vivra.

Il le fallait. Que cette naissance fût comme une résurrection. Affranchir ce nonnat de l'esclavage viscéral. Toute son âme à lui, Argouges, était suspendue au-dessus de cette échancrure écarlate.

Il replongea sa lame sur laquelle le sang glissait sans

se coller, coupa soigneusement il ne savait quoi et aperçut une sorte de voile. Et derrière cette enveloppe translucide, ce qui bombait, d'apparence cireuse, c'était un crâne.

Il tira sauvagement vers lui un bout de cette membrane, incisa. Mathilde la déchira ; le rideau visqueux s'ouvrit comme une vessie remplie d'eau et d'humeur.

— Enfin !

Mathilde dégagea l'enfant, le délivra du cordon, lui tapa sur les fesses.

— Pourvu qu'il ne soit pas étranglé à languir ainsi, avec ce bout de tripe autour du cou !

Ogier vit la tête vultueuse et, pareil à celui d'un poussin, le duvet humide sur lequel la fontanelle battait un peu ; les gros yeux clos, les paupières bistrées ; le nez mince aux narines figées ; puis les épaules tavelées de sang, le cordon et le sexe. Une nudité rougeâtre, larvaire et fragile, que Tancrède regardait sans pouvoir dissimuler son émoi.

— Un gars, dit-elle.

— Coupez le boyau qui le retient au corps, Ogier. Je m'en arrangerai.

Il obéit. Il tremblait si fort, ensuite, qu'il dut s'adosser au mur. Il avait peur ; plus qu'avant. Pernicieuse, l'idée que cet enfant pût mourir, l'affolait. Il eut envie de tomber à genoux et de joindre ses mains sanglantes. Et de réciter des prières. La sueur roulait sur ses tempes, son dos ; poissait ses fesses, ses aisselles. Il entendit un gloussement discret et se retourna.

Dans les bras accueillants de Mathilde, le nouveau-né s'animait. L'affreuse peau de son visage se plissa aux joues et au front, et comme il respirait un grand coup, Ogier crut que la chambre vibrait au souffle de cette existence neuve.

— Il vit ! dit Mathilde.

Il vivait, il vagissait. Ogier se redressa et sentit contre sa joue le souffle oppressé de la commère :

— C'est bien... C'est très bien.

Il fut aussi sensible au regard de reconnaissance éperdue qu'elle lui lançait qu'à la grimace de Tancrède, immobile devant l'abdomen détruit.

— Il vit !

Et Mathilde se mit à rire en essuyant l'une après l'autre, contre son tablier, ses mains rudes. Lui, des larmes d'effroi et de dégoût embuaient ses yeux. Il avait l'âcre saveur du sang sur la bouche. Tâche à la fois belle et ignoble. Mais il y avait un vivant de plus à Rechignac.

Il s'écarta du lit. Il entendit grincer le couvercle du coffre. Le poignard collait à ses doigts, à sa paume. Il le posa sur la table. De l'eau bruissait dans la bassine, aussi fort que son sang dans sa tête. Tancrède ne disait mot. Il lui jeta un regard furtif : toujours figée, glaciale au point qu'il en fut inquiet. Elle parut s'éveiller d'un songe.

— Un gars, dit-elle. Tu peux être fier de toi.

Ignorant si elle se moquait, il se détourna et vit l'enfant déjà entortillé de linges. Mathilde le berçait afin qu'il ne criât pas. Sur un signe de la commère, il plongea ses mains dans l'eau souillée de la bassine, prit une touaille et se sécha tandis qu'elle désignait l'armoire aux portes entre-closes.

— Rien dedans... Le fond est une porte. Elle donne sur un passage pratiqué dans l'épaisseur de la muraille. Une idée de votre oncle... C'est par là que je descendrai ce petit... L'escalier mène à la chambre de Guillaume où j'ai préparé un grand panier à linge... C'est ainsi que je le porterai à l'échansonnerie, dans votre ancienne chambre, Ogier, où Adelis veillera sur lui... Nous nous y remplacerons jusqu'à ce que la Clémence ou la Louise accouche... L'une ou l'autre aura des jumeaux.

— Et s'il pleure quand tu le porteras dans ton panier ? dit Tancrède. Il peut étouffer sous tes linges.

— C'est vrai... Petit inconvénient... Dieu nous aidera encore.

— Et comment le nourrir ? dit Ogier.

— Le lait de la Noiraude est bon ; j'irai la traire... Coupé d'eau, il faudra qu'il s'en contente... Tiens, fille, porte-le.

— Moi ?

Ogier trouva le recul de Tancrède inadmissible. Mathilde, elle, en sourit.

— C'est qu'il me faut réparer les dégâts. J'ai besoin de mes deux mains.

— Donnez-le-moi.

Sous l'œil moqueur de sa cousine, Ogier prit l'enfant et le berça, nullement gêné par son odeur aigre. Puis il se mit à marcher, frôlant la table et l'armoire. Peu à peu, grâce au nouveau-né, son trouble s'apaisa.

Il regarda le crucifix et le retourna. Des frissons continuaient à le traverser, mais son cœur s'allégeait. Il vit Mathilde, penchée au-dessus du corps de la Lucie, appliquée à une besogne qu'il ne comprit pas.

— Que faites-vous ?

— Ben, je la recouds... Faut pas qu'elle perde ses entrailles. Je vais la vêtir d'une de mes robes avant de la faire conduire à la chapelle.

— Mais, objecta Ogier, Raymond, Calmels, Arnaud Clergue et bien d'autres verront que son ventre...

— Avec un oreiller dessus, nul danger... D'ailleurs, je les accompagnerai jusqu'à la fosse commune... et ils l'enseveliront devant moi.

Tancrède quitta la pièce. Ogier entendit un hoquet suivi d'un gargouillis rauque.

— Elle vomit, commenta Mathilde. Elle peut se mettre une armure sur le corps, elle n'est qu'une femmelette... Fermez bien la porte et mettez le verrou.

— Voilà, c'est fait.

Et comme le bruit des pas décroissait, comme cette naissance à la fois belle et monstrueuse l'avait en quelque sorte lié à la commère et que, jamais plus sans doute, les circonstances ne lui paraîtraient aussi favorables, Ogier se risqua :

— Est-elle bien ma cousine ?

L'échine de Mathilde tressaillit. Un instant, sa grosse aiguille demeura suspendue au-dessus du ventre de la morte, et sa réponse fut un murmure ennuyé :

— Je ne peux rien vous dire... Ah ! là là, quelle idée... Vous, alors !

Ni affirmation, ni dénégation. Donc, il y avait quelque chose.

— Pourquoi ne pouvez-vous rien me dire ? Vous le savez, Mathilde : ou nous mourrons tous, et si vous me révélez un secret, je périrai avec lui ; ou cette ribaudaille s'en ira et je partirai pour toujours...

— Qui vous a raconté ?

Il ne pouvait à son tour lui répondre : « Mais c'est *elle*, Tancrède, précisément ! » Il se renfrogna :

— Je ne puis vous le dire.

Mathilde se redressa, écarta sur son front quelques cheveux désagréables comme ces questions et ces réponses imprévues :

— On rapporte tant et tant de choses... La malveillance, la médisance, ça soulage... On invente n'importe quoi à propos de Pierre, de Paul ou de... Guillaume... Pour moi, Tancrède est une Rechignac.

Par dépit, Ogier eut envie de demander : « Et Philippe ? Est-il le bâtard de mon oncle ? » C'eût été une inutile méchanceté.

Mathilde considéra le ventre recousu d'où le sang sourdait à peine.

— Que Tancrède soit votre cousine ou non, qu'est-ce que ça changerait ?

— Je n'en sais rien, dit Ogier, sincère. Mais j'aimerais savoir...

Une indéfinissable expression de souffrance crispa les traits de la commère. Elle rouvrit son coffre et en tira des linges, une robe, une longue bande de tissu qu'elle enroula en se tournant vers le lit.

— Je vais maintenir l'oreiller sur son ventre avec ce bandage, puis l'habiller...

Elle s'approcha du nonnat dont Ogier touchait le crâne de sa joue, et du bout de l'index, caressa son menton.

— Il est sauf. Tant mieux pour nous... Sans Clergue, tout aurait été simple, pas vrai ?

Ogier approuva. Et insista :

— Dites-moi pour ma cousine.

— Je ne peux rien vous dire.

Et soudain, méchamment, d'un ton dans lequel il entrait autant de détestation que d'embarras :

— Interrogez donc Blanquefort... Peut-être qu'il vous répondra.

— Mais pourquoi *lui*, Mathilde ?

Elle haussa les épaules, saisit sous la tête de la Lucie l'oreiller qu'elle y avait glissé lorsque les sergents l'avaient apportée.

— Vous m'enfelonnez... Passez-moi l'enfant... Je vois que vous avez du sang sur vos mailles, mais par le temps qui court, nul ne s'en apercevra. Vos mains sont propres, et c'est ça l'important... Allez, partez... Je me destouillerai du reste. Adelis va venir.

Elle prit l'enfant et, le déposant sur les linges empilés dans son coffre :

— Il n'a pas de nom... Avez-vous une idée ?

— Raoul. Le fils de Sidobre s'appelait ainsi...

Ogier quitta la chambre et bientôt le donjon. Sitôt dans la cour, il leva la tête. Rien... Des hommes comme soudés aux merlons, immobiles. On battait le fer dans la forge, mais il irait plus tard.

Il monta lentement sur le chemin de ronde. Knolles attaquerait-il ? En plein midi ?

— Ils sont paisibles, résuma Thierry Champartel au passage en désignant, d'un geste, le camp ennemi.

Ombres chétives et soleil despotique. Des insectes crissaient partout. On eût dit qu'eux aussi aiguisaient leurs dards, leurs élytres, leurs rostres. Un vent mou.

De leurs faucilles ténébreuses, les hirondelles déchiraient le bleu du ciel. Tout était lourd. Sans s'assoupir, les veilleurs bâillaient aux merlons. Après la pluie des dernières semaines et de la veille au soir, août en déclin fourbissait ses orages. Les relents des écuries, des étables, et le fumet du bâtiment incendié se mêlaient aux puanteurs du fossé bruissant de mouches. Les plus redoutables et pourtant les plus belles, celles au corselet bleu-vert, presque aussi grosses que des guêpes, commençaient à s'enhardir. Les abcès, les tumeurs, les plaies sanieuses et les fientes ne leur suffisant plus, il leur fallait de la chair saine. En bourdonnant certaines franchissaient les murailles et s'éparpillaient dans l'enceinte.

Guillaume désigna les mantelets disposés non loin du bord de la contrescarpe.

— Ils sont derrière. Ils tirent rarement, mais toujours aux lieux et aux moments imprévus. Où étais-tu ?

— Avec Mathilde.

Guillaume rit un bon coup.

— Tout ce temps !... Au moins suis-je sûr que tu ne lui as pas fait d'enfant.

— Qui sait ?

L'hilarité du baron redoubla.

« As-tu été cocu, mon oncle ? songea Ogier. En ce cas, pourquoi et par qui ? »

Il attrapa familièrement le bras du vieillard. Jamais, tant qu'aujourd'hui, il ne s'était senti aussi enclin à l'admirer et à le plaindre.

Un pas pesant le fit se retourner. Saint-Rémy s'approchait :

— Tu t'y prends mal, Guillaume. Il faudrait faire une sortie, détruire les engins de mort...

Le baron cracha sciemment devant les heuses de son beau-frère :

— J'aime trop les gens qui sont dans cette enceinte

pour en sacrifier un seul dans un acte outrageux que tu serais le premier à me reprocher s'il échouait.

— Les hommes de ta mesnie sont hodés [1], sauf quelques jeunes coqs comme celui qui te compagne... Je doute donc, beau parent, et te prie de m'en excuser, que tu résistes, et eux aussi, à ces malandrins... A la guerre, c'est comme avec les femmes : sans hardiesse, point de plaisance !

Saint-Rémy eut un rire pointu auquel Guillaume fut indifférent. Il tourna son visage couenneux en direction d'Ogier qui se recula d'un pas afin d'échapper à une haleine fétide.

« Il me hait, se dit le damoiseau. Non seulement parce qu'il me soupçonne d'avoir occis son fils, mais surtout parce que j'ai placé Aliénor et Adelis hors de sa lubricité. »

— Je vous laisse et vais faire un tour au donjon... Doit bien s'y passer des choses...

Un rire encore. Que savait-il cet égrotant ? Tandis que Saint-Rémy s'éloignait, Ogier découvrit que l'exécration que ce malfaisant vouait à Rechignac devait envelopper tous les assiégés sans exception. La vaillance, l'intelligence, l'amitié, l'amour — tous les sentiments élevés — l'indisposaient quand ils ne le mettaient en fureur. Son regard presque blanc, c'était celui du diable, de Bélial et de moult démons lugubres. Arnaud Clergue pouvait-il exorciser celui-ci ? L'accabler de la malédiction divine ?

— Qu'il meure !

— Que dis-tu ?

— Je disais, mon oncle : *qu'il meure !* Cet homme, c'est la malédiction dans vos murs. Il n'est rien d'autre qu'un suppôt de Satan !

— Satan, Belzébuth et les autres sont au-delà de mes parois ; ils sont Anglais !

Le temps passa. Ogier ne savait plus que dire ; Guil-

1. Fatigués.

laume, lui, grommelait des insultes à l'adresse de Knolles et de ses troupes. Le damoiseau, enfin, domina sa tristesse :

— Voyez... Nous sommes les seuls à ne rien faire.

Dans la cour, Bertrand Pimouguet et ses compagnons transportaient des boulets et des rochers qu'ils allaient répartir au pied des escaliers. Les chaudronnées bouillonnaient au-dessus des cendres rouges.

Le baron soupira.

— Canole hésite... Vois-tu, parole de chevalier, je n'aurai de joie que le jour où je verrai son cœur hors de sa poitrine : tout nu... Je le ferai saler, rôtir, et je le jetterai aux chiens.

— A propos, mon oncle... N'êtes-vous pas inquiet pour notre nourriture ?

— Nous avons des porcs, des bœufs, moutons et vaches... L'étable est moins atteinte que je ne l'avais craint, et les bestiaux s'y trouvent à l'aise... Mais vois donc qui vient vers nous.

C'était Adelis. Avec sa robe de laine noire et ses cheveux au vent, elle semblait en deuil. Or, de tristesse point : elle était horrifiée.

— Messire Ogier, il vous faut me suivre...

— Qu'as-tu ? Approche ! Ne peux-tu parler devant mon oncle ?

Il la tutoyait pour la première fois. Elle secoua négativement la tête. L'émotion la rendait rose, tremblante ; il vit qu'elle jetait un regard sur son épée.

— Au nom de Dieu tout-puissant, venez !

— Suis-la, dit Guillaume, débonnaire. Les femmes s'émeuvent d'un rien, maintenant.

Pour lui, les événements épouvantables ne pouvaient surgir que du dehors.

Ils contournèrent le puits, et leur course effaroucha des volailles.

— Hâtons-nous ! supplia la ribaude.

Ogier n'osait la questionner car des hommes les observaient.

Adelis ne s'arrêta, essoufflée, qu'au pied de l'escalier intérieur du donjon. Son visage était pâle. Elle ferma les yeux pour retenir vainement deux larmes.

— Ah ! messire... Il me fallait vous aller chercher... Vous seul !

Impulsivement, il la prit aux épaules :

— C'est à cause de l'enfant ? Il est mort ?

— Non, il dort dans le berceau qu'on lui a préparé à l'échansonnerie.

Les bras d'Ogier retombèrent. Comme incapable d'affronter son regard, Adelis gravit quelques marches et se retourna :

— Il dort si bien que Mathilde m'a demandé de revenir avec elle pour l'aider à refaire son lit...

— Bon... Et alors ? Qu'est-ce qui t'a mise en cet état ?

Inquiet, il revenait au tutoiement... Tout, jusqu'ici, lui paraissait limpide. Pourquoi donc tant de cuidançon ou d'effroi ?

— Mathilde m'a quittée pour aller chercher les sergents. Mais sans doute sont-ils employés à quelque tâche... Elle tarde.

— La Lucie est donc toujours là-haut ?

Un incident, rien de plus. Pas de quoi s'apeurer.

Adelis s'arrêta dans un renfoncement de la paroi, peu avant le palier desservant la chambre de Claresme et de Tancrède. Elle haletait, cherchait son souffle. Ogier s'exaspéra :

— Parle donc !

— La Lucie est toujours là-haut, messire... Mais elle n'y est plus seule... Heureusement que j'ai ouvert la porte doucement. S'il m'avait vue, il m'aurait sans doute occise... Alors, quand j'ai compris ce qu'il s'apprêtait à faire, j'ai couru vous chercher.

— Qui est cet homme et que fait-il ?

Retroussant haut sa robe, Adelis se remit à monter les degrés.

— Que peut faire Saint-Rémy en présence d'une femme ?

— Je sais, Adelis... Mais la Lucie est morte !

La ribaude haussa dédaigneusement les épaules :

— Rien ne constitue un empêchement pour ce démon, messire... Surtout, faites aucun bruit.

Elle avait parlé bas, elle montra la porte de chêne clair, à peine déclose.

— J'aimerais m'être trompée, chuchota-t-elle avant de s'effacer.

Ogier poussa légèrement le battant.

« Par tous les saints, elle a dit vrai ! »

Vautré sur la Lucie, Saint-Rémy la forniquait à grands coups de reins rageurs, en grognant, accroché à ses épaules par ses mains brunes, osseuses, et sans savoir, peut-être, qu'elle avait un oreiller sur le ventre, car dans ce corps disponible, rien d'autre ne l'intéressait au-delà du sexe.

« Le monstre !... L'immonde ! »

Pétrifié d'horreur, Ogier ne pouvait aller plus loin dans l'exécration. Interrompre ce sacrilège ? Il s'en savait incapable tant ce qu'il voyait était, au plein sens du terme : repoussant. Reculant d'un pas, il se demanda s'il rêvait. Pour se convaincre du contraire, il revint en avant. Oui, cette étreinte était inconcevable, même dans les pires outrances des sommeils licencieux ; mais elle existait : il en était le témoin effaré.

Aucun doute, le démon possédait cet homme. Il savait ce qu'il faisait et s'en délectait. Les remparts lui étant interdits, il devait fureter partout à l'intérieur de l'enceinte. Il avait dû voir les sergents emporter le corps de la Lucie ; il les avait suivis — ou bien, à l'affût en quelque coin ombreux du tinel, il les avait vus descendre, seuls. De toute manière, en léthargie forcée depuis le sac de son château, sa rapacité sensuelle s'était subitement éveillée... Désir puissant, oppressif, de chair féminine, quel qu'en fût l'âge ou l'état... En découvrant Lucie morte, à la fois abandonnée à son indiscrétion et à sa discrétion dans cette chambre déserte, sa curiosité, satisfaite, s'était aussitôt muée en concupiscence. Quelle aubaine que cette femme obligatoirement consentante !... Rien ne pouvait effrayer ce pernicieux.

Il jouait des reins d'autant plus frénétiquement qu'à son âge, le plaisir devait tarder à lui sourdre des entrailles. Il émettait parfois des grognements de verrat en rut.

— Tu m'avais toujours résisté, mais tu vois : je t'ai eue... Dis, la Lucie, ne sens-tu pas que je t'ai vaincue ?

Ricanant, il se mit à rejouer des reins et dut sentir approcher l'extase. Ses ahans devinrent furieux, ses cils buissonneux frémirent, sa bouche béa, se contracta, béa encore, tandis que son visage congestionné prenait une souveraine expression de triomphe.

— Ah ! là là... Bon Dieu de bon Dieu !

Il eut un soubressaut rageur ; son souffle s'accéléra ; un soulagement pareil à un rictus mortel retroussa ses lèvres jusqu'aux gencives, tandis qu'en frissons fluctueux la volupté quittait son corps.

— J'aurais pas mieux fait quand t'étais vivante !

Après une saccade de soupirs et de ricanements aigrelets, il allait se figer sur la morte pour reprendre haleine quand Ogier, son épée à la main, poussa d'un coup de pied la porte de la chambre.

— Fier de toi, pas vrai, Saint-Rémy ?

Ulcéré d'avoir assisté, muet, impuissant, à ce viol démoniaque, le damoiseau avançait avec peine.

— Lève-toi, putassier !

Oui, l'inimaginable était possible ; la preuve : Saint-Rémy était debout devant lui. Son sexe déjà mou pendait hors de ses chausses comme ces grosses limaces rosâtres qu'on ne voit qu'en Normandie, les jours de pluies épaisses.

— Cache cette ordure, vieillard, ou je te la supprime.

L'esprit du garçon bourdonnait d'atrocités à la mesure de l'acte commis par cet homme arrogant dont la chair blette lui donnait la nausée.

— Bon Dieu, damoiseau, tu te mets toujours dans mes pattes ! Que t'ai-je fait qui t'offense à ce point ?

Sans se retourner, du pouce, le vieillard désigna la défunte :

— Faut bien se purger de temps en temps, même à mon âge.

En fait de purgatoire, il émergeait, ragaillardi, des enfers. Il continua, bafouillant un peu — de fierté, sans doute, mais également d'incertitude :

— Ben quoi ? Tu m'as pris Aliénor et robé Adelis... Les femmes me fuient. Sitôt que j'apparais, leurs pucelles s'escampent. Faut profiter des occasions !... Elle était toute tiède encore... Sans quoi, j'y aurais peut-être pas touché.

— Tu viens de jouir une dernière fois, vieux lubrique... Rentre ta saloperie... La vue va m'en faire vomir !

— Holà ! Quelle fureur et quelle pudeur pour cette incartade... Lucie est morte. Plus de femme, plus d'enfant !

Il savait. Il savait peut-être tout. Il fallait *aussi* l'occire pour cette raison.

— Ne fais pas cette goule, Argouges. Après un long jeûne, on éprouve des malefaims de cette espèce. Tu peux en souffrir un jour et te régaler comme je t'ai montré.

— Vieillard, dit Ogier, je vais te couper l'appétit.

Une violente marée d'abjection déferlait en lui, emportant toute sa raison dans un vertige mortel. Il allait tuer cet homme. Il n'avait que trop attendu.

Le poignard de Griveau luisait sur la table, près de la bassine toujours emplie d'eau trouble. Il s'en saisit.

— As-tu peur, vieux porc ?

Saint-Rémy regardait fixement le visage du trouble-fête et paraissait envahi par une sorte de curiosité fascinée : « Cette fois, il semble décidé ! » Ogier céda, entre le lit et la muraille, le passage au vieillard.

— Sors !

— Où veux-tu me conduire ?... Devant Guillaume, auquel je dirai tout... hé ! hé ! ou là-haut, pour m'y occire de sang-froid ?

— Le sang-froid, ça te connaît !

Tassé sur lui-même, Saint-Rémy recula, franchit le seuil et se redressa. Taille souple et buste droit, il apparut soudain différent à Ogier. Du vieux larron dont la plainte amoureuse semblait un râle porcin, plus rien ne subsistait, sinon la face congestionnée par les séquelles d'un contentement abominable.

D'un mouvement du menton, le garçon désigna l'escalier accédant à la plate-forme.

— Monte !

— Je monte... Qui t'a prévenu ?

Ogier regretta qu'Adélis eût disparu si précipitamment.

— Que t'importe !

La prise du poignard lui chauffait paume, doigts, cicatrice ; et la tiédeur de cette arme de victimaire glissait, semblait-il, jusqu'à son coude. Saint-Rémy montait à reculons, trébuchant parfois sur un degré.

— Allons, hâte-toi.

L'escalier, en cet endroit du donjon, était si étroit qu'ils en frôlaient les parois. Dans une niche, à hauteur d'épaule, un flambeau brûlait en permanence, car avant le détour par lequel on accédait à l'échauguette d'angle, nulle baie ne fournissait de clarté.

Brusquement, Saint-Rémy arracha la torche de son support et la porta au visage du damoiseau.

— Tu ne m'as pas encore, fils de pute !

Ogier évita les flammes échevelées : des gouttes de résine tombèrent sur sa main, bouillantes au point qu'il lâcha le poignard. Grognant de douleur et de rage, et l'épée haute, il avança d'un degré, contraignant Saint-Rémy à reculer d'autant.

— Vieux coquin !... Tu vas rompre encore et encore, je t'en préviens.

Tandis qu'un courant d'air aplatissait la fleur pourpre qu'il tenait à bout de bras, une lueur terrible ou terrifiée traversa les yeux de Saint-Rémy :

— Tu ne m'as pas encore, te dis-je !... Bénis Dieu que je n'aie aucune arme sur moi !

— Tout ce que tu as sur toi, c'est ta malfaisance !... La flamme que tu tiens n'est rien, comparée à celles dans lesquelles tu frétilleras bientôt !

Saint-Rémy rompait toujours, riant parfois :

— Que t'ai-je fait, ce jour d'hui, Argouges ? Rien. Je prenais du bon temps comme je le pouvais... Transigeons : tu te tais. Je sais ce que vous avez fait et me tais. Si je mérite l'enfer, vous méritez tous l'anathème !

Le damoiseau dévia d'un coup d'épée le flambeau lancé sur sa figure. Les flammes grondèrent en frôlant sa balafre, léchèrent la muraille, disparurent. Le dépit arracha un cri à Saint-Rémy.

— Je ne peux plus rien contre toi... Aucune espérance.

— Les femmes que tu as foutrées en avaient-elles ?

Ils parvinrent sur la plate-forme. Seuls. Autour d'eux, les merlons semblaient des spectateurs de pierre.

— Sais-tu qui je vais d'abord venger en te tuant ?... Non, bien sûr... C'est l'Adèle.

— Quelle Adèle ? J'en ai connu trois ou quatre.

— La sœur du Calixte, le sabotier... le mari d'Aliénor... que tu forças aussi d'ailleurs, le plus mauvaisement possible.

L'épée basse, mais vigilant, Ogier s'approcha de cet homme épouvantable.

— Allons, t'ai-je rafraîchi la mémoire ?

Saint-Rémy croisa les bras. Il était ainsi l'insolence même. Il sourit : les souvenirs lui revenaient. Et le merveillaient.

— Pucelle qu'elle était l'Adèle... Moi, j'étais pas marié... Fiancé seulement à Aude de Peyrac.

— Comme si cela excusait ta conduite !

— Je ne cherche pas d'excuse, damoiseau... Je dis les choses comme elles étaient. Et l'Adèle se dandinait fort, en courant... Ça m'a envigouré.

— Je sais que tu l'as engrossée.

— Tout ça, damoiseau, c'est ma vie... Pas la tienne.

Ogier fit un pas.

— Et Gersende ?... Tu étais en ces murs lorsqu'on a trouvé son corps.

La pointe de l'épée s'enfonça dans le surcot noir de crasse, mais plutôt que d'exprimer de la crainte, le visage de Saint-Rémy ne fut soudain qu'hilarité, jusqu'à ce que l'acier fût au contact de sa chair.

— Nul d'entre nous, ici, ne pouvait accomplir ce forfait... sauf Didier.

— Eh oui... Didier, pouffa le vieillard... Si c'était un forfait d'enconner cette garce, eh bien, mon fils l'a commis, c'est vrai ! Mais après moi !

Bien qu'il se fût attendu à cette révélation, Ogier sentit son sang quitter son visage. Une douleur sans nom lui ravagea le cœur, les poumons, les entrailles. La hideur de ces deux-là était inqualifiable. Le rire — gluant et baveux — ne quittait pas les lèvres de Saint-Rémy et contrastait avec la sécheresse de son regard.

— Lorsqu'il s'agissait des femmes, damoiseau, mon gars et moi nous entendions toujours comme larrons en foire !

— Lève les bras, vieillard. Et bouge pas !

L'épée piqua juste ce qu'il fallait l'abdomen. Saint-Rémy tressaillit. Sur sa bouche soudain close son sourire se durcit, puis renaquit.

— Enfonce-la, et qu'on en finisse.

— Non... Pas encore... Tu ne m'as pas tout dit pour Gersende.

— Que te dire de plus, sinon que j'en avais envie... Didier aussi... Il lui trouvait trop de hautaineté... Ce matin-là, elle allait au puits... Souviens-toi : ce donjon était inachevé, il y avait encore des tas de pierres, des charpenteries... Je lui ai dit que j'allais lui porter ses seaux ; elle a refusé mais Didier est arrivé dans son dos. Personne autour de nous... Une lame sur la gorge, elle ne pouvait qu'obéir.

— Il me plaît que ton fils soit mort et que tu meures !

— Elle ne s'est pas débattue, continua Saint-Rémy. Elle pensait que c'était le seul moyen de ne pas être occise... Mais quoi ! Il a bien fallu lui tordre le cou : elle aurait parlé.

— Sais-tu qui était Gersende ?

— Je sais qu'elle venait de Thiviers.

— Sais-tu qui l'y avait conduite à sa naissance ?

— Tu vas me le dire.

— C'était Mathilde... Et sais-tu qui était la mère de Gersende ? Eh bien, je ne te fais pas languir : sa mère, c'était l'Adèle... la boiteuse.

Le visage du vieillard s'altéra comme s'il faisait un effort désespéré pour comprendre. Ogier en devint furieux.

— Infâme ! Gersende était ta fille... La fille de l'Adèle, sauvée par le Griveau et Mathilde, comme j'ai sauvé avec Mathilde le fils de la Lucie... Tu as violé ta fille et ton fils abominable a violé sa sœur... Et pour compléter cette horreur, vous l'avez occise !

Un éclair traversa les yeux pâles.

— Comment qu'on aurait su ? Sa parenté avec nous, elle était inscrite ni sur son front, ni sur ses nasches[1]... Nous, ce qu'on savait, c'est que c'était un beau brin de fille.

Soudain les mains du vieillard se réunirent au-dessus de sa tête, et sa voix implora :

— Laisse-moi vivre... J'ai encore la force de batail-

1. Fesses.

ler à vos côtés... Je t'ai tout dit... Oublie, nous sommes seuls... Il n'y a nul témoin.

— Si : moi.

Ogier ne se retourna pas : il avait reconnu cette voix vibrante.

— Oh, toi, ricana Saint-Rémy, pour ce que tu comptes !

Adelis devait avancer à pas lents. Et l'expression du visage du vieillard changea. L'éclat de ses yeux se troubla ; son front se bourrela tandis que ses joues bouffissaient sur des mots impuissants à franchir ses lèvres.

— Elle... elle a pas... le droit... Non, Argouges ! Pas elle... Pas digne...

Ogier sentit, à sa droite, la présence de la ribaude. Puis il vit son sein, et sa main : la lame du Griveau y luisait, captant le bleu du ciel plus intensément qu'un miroir. Il perçut l'énergie mortelle de cette femme dans le frémissement de l'arme qu'elle tenait comme il fallait la tenir : au bout de son bras baissé, pour que le coup partît de bas en haut. Elle avança encore.

— Tu vas crever, l'homme.

Puis, sans se retourner :

— Messire, laissez-le-moi. Ce vieux est un linfar d'une espèce infernale. De bonne grâce ou par pitié, laissez-le-moi.

Saint-Rémy lança un regard autour de lui, parut se ressaisir, fronça les sourcils. Et prenant tout à coup son parti de mourir :

— Qu'importe, après tout ! Ça vous indignera mais je vais vous le dire... J'ai violé ma fille et ma foi, c'était bon !... Je viens d'enconner une morte et j'y ai pris plaisir... Apportez-moi la Vierge : je lui ferai un fils, et ce Christ-là...

— C'est trop, messire Ogier, dit Adelis.

Elle plongea la lame dans le ventre tout proche et l'y laissa.

Saint-Rémy eut un hoquet. Incrédule, il prit dans ses

mains le manche du poignard et le tira de son corps. « Oh ! » fit-il, tandis que son sang éclaboussait son pourpoint et ses hauts-de-chausses.

Il hocha la tête et ses yeux s'agrandirent : l'horreur, enfin, s'engouffrait en lui.

Ogier rengaina son épée. Adelis n'avait pas bougé ; elle dit entre ses dents :

— Messire, cet homme-là, il faudrait le châtrer.

Saint-Rémy reculait. Il lâcha le poignard et recula encore. Adelis ramassa l'arme, s'approcha du forcené dont les gémissements s'enflaient pour devenir sanglots, et lui porta un coup au bas-ventre.

Cette fois, Saint-Rémy hurla et joignit les mains sur sa virilité.

— Je l'ai eu, dit la ribaude... Ah ! messire...

Elle ne se retournait toujours pas.

— Vous ne pouvez pas savoir... Ce coup-là, j'en ai rêvé quand je suis sortie de son lit... Et d'autres aussi, j'en suis acertenée.

Saint-Rémy ne reculait plus. Les paumes rassemblées sur cette invisible blessure, il se courbait en avant.

— Putain ! Putain !

Il larmoyait. Pour rétablir son équilibre, il dut faire un pas en arrière et heurta un merlon.

Il les regardait. Ils le regardaient, muets. Il n'y avait plus rien à dire. Attendre, tout simplement. Le vieillard avait toujours ses mains sur son sexe. Et ses yeux tombèrent soudain sur la flaque rouge, à ses pieds.

— Ta vie te quitte par où tu as péché, dit Ogier, impassible.

Saint-Rémy fit un pas de côté. L'arête du merlon. Ogier se tourna vers Adelis, livide. L'œuvre qu'elle avait accomplie était juste, hors de sa responsabilité à lui, Argouges, mais il la faisait sienne avec joie.

— Messire, dit Adelis en jetant le poignard dans le vide, il devait trépasser par une main de femme.

Un nouveau pas : le visage de Saint-Rémy se changea soudain en un masque d'enfant apeuré. Ogier l'entendit qui bredouillait : « Didier !... Didier ! » Une boue roussâtre apparut entre ses lèvres et englua sa barbe.

— Vous... vous, dit-il en expectorant des caillots.

Sa malédiction s'engloutit dans l'espace où il s'enfonçait, les bras ballants, à la renverse.

Ogier se pencha au créneau par lequel cet homme effrayant avait chu.

— Il est tombé presque devant la poterne.

Il se retourna pour rassurer Adelis quant à son attitude. Elle avait disparu.

— Ces femmes, murmura-t-il.

Il se précipita dans l'escalier, vit au passage que la porte de la chambre de Mathilde était fermée. Il devait, lui, extraire le corps de Saint-Rémy du fossé et le jeter hors des murailles : ce pervers ne pouvait côtoyer les victimes de Rechignac.

En bas, il ouvrit la poterne, aperçut aussitôt le poignard et en rompit la lame d'un coup de talon. Et tandis que, par le col de son surcot, il remontait le trépassé dans la grand-salle, puis le tirait au-dehors, il entendit les rires d'Aliénor et de Margot.

— Enfin, dit la première, le crapaud est meurtri !

— Point d'obsèques, surtout ! s'écria la seconde.

— N'ayez crainte, toutes deux, les rassura Ogier.

Dans la cour, il dispersa les curieux :

— Eloignez-vous !... Guerpissez !

Saladin que l'odeur du sang avait attiré repartit vers les écuries.

— Place ! Place !... Il est mat... Que cela vous suffise.

Il hissa Saint-Rémy jusqu'au chemin de ronde et derechef le traîna. Abandonnant leur guet, Blanquefort et Guillaume s'empressèrent à sa rencontre.

— Tu l'as occis ?... Je sais que tu devais te revancher, mais pourquoi l'as-tu atteint en cet endroit ?

— Il le fallait, mon oncle... et au risque de vous déplaire, je ne vous dirai rien de plus.

Ogier approcha Saint-Rémy d'un créneau et, du pied, le bascula dans le fossé.

— Le fait est que cet homme était un saligot.

Il n'y avait ni regret ni acquiescement ni désapprobation dans la voix du sénéchal.

— Ainsi soit-il, fit Guillaume. Pour tout dire, si son trépas ne me réjouit point, je n'en suis pas mécontent !

VI

Le soir tombait. Le ciel moutonnait, fendillé par les derniers vols d'hirondelles. Dispersant celle des charniers, le vent lançait parfois, au sommet du donjon, l'odeur des brasiers allumés sur la plaine.

— Trente-huit, grommela Ogier après les avoir comptés. Dix ou douze de plus que les soirs précédents. Canole a-t-il reçu des renforts ?

Dans le lent va-et-vient des ombres autour des feux, rien ne laissait prévoir une attaque imminente.

Il leva la tête. Accrochée à sa hampe de fer aussi haute qu'un mât, scellée au mur de l'échauguette d'angle, la bannière des Rechignac ondulait, et ses lions d'or, victimes du soleil et des intempéries, frémissaient, livides, sur l'étoffe décharpie de vieillesse.

« C'est étrange, songea-t-il, quand j'étais là devant Saint-Rémy, elle nous couvrait de son ombre et je ne m'en suis pas aperçu tellement ce maudit me fascinait. »

Il caressa l'aile de Titus dont il sentit, à travers le cuir de son gant, se retirer les ongles acérés.

— Il fait doux, cette vesprée, dit Tancrède en apparaissant.

Lorsqu'elle l'avait vu traverser le tinel, son rapace agriffé au poing, elle avait quitté Mathilde et les blessés. *« Où vas-tu ainsi, cousin ? — Lui donner de l'air.*

Il en a tant besoin que je le mène aussi haut que possible. » Sans un mot, un regard, elle s'était éloignée. Il avait gravi l'escalier. Maintenant, elle était là, vêtue de sa robe vermeille, à la fois fluide et collante. Elle tenait son faucon comme un flambeau.

— Il fait doux, en effet, cousine. Ils remuent à peine, en bas... Titus s'est apaisé... Ton Roland semble hargneux.

— Cette inaction !... Pour ces bêtes qui ne comprennent rien, mais sont privées du ciel et de ses proies vivantes, c'est comme un châtiment immérité.

Elle se tut, suivant dans les nuées le vol d'un dernier corbeau. On eût dit qu'il flottait sur la crête d'une vague invisible. A chaque creux, il croassait. Il tomba au-delà des murailles en un tournoiement de feuille morte.

— J'ai fait trotter et ambler Roxelane dans la basse-cour. Elle semble aussi mal en point que Roland.

Méfiante, elle s'était gantée à chaque main. Elle baissa son poing. Aussitôt l'oiseau battit des ailes.

— Allons, dit Ogier, ton Roland n'est pas dolent... Il va bien. Il est comme Titus : impatient de planer, de héronner [1], de montrer son savoir.

Tout en parlant, il observait l'œil farouche de son faucon, sans aucun désir de l'importuner par un mouvement, une flatterie. Les clochettes de la longe qui les reliait l'un à l'autre, Titus par la patte et lui par le poignet, tintèrent lorsqu'il s'approcha de Tancrède.

— Si je savais que Roland doive périr d'oisiveté ou tomber au pouvoir de cette ribaudaille, je le lâcherais.

— Il ne mourra pas. Présentement, il ne peut être nulle part ailleurs mieux que dans ta chambre.

Cessant d'observer le camp de l'ennemi, Ogier ne vit que le profil pur de la jouvencelle, sa paupière battante, la pointe lumineuse de sa pupille, et sa lippe

1. Chasser le héron.

quand, éloignant son faucon d'un sein qu'il aurait pu atteindre d'un coup de bec, elle avoua :

— Ces linfars m'effraient de plus en plus.

Elle regarda le ciel désormais parsemé d'étoiles, puis les champs noirs, piquetés de feux, de cris, de bruits. Elle regrettait l'aveu de sa frayeur, et ce repentir ajoutait à son anxiété une espèce de colère.

— Crois-tu que Bressolles reviendra ?

— Oui.

— Seul ou moult entouré ?

— Il n'oserait revenir seul.

Puisque Tancrède n'avait pas craint de lui révéler son angoisse, Ogier fut tenté d'évoquer celle de Blanquefort lorsqu'elle gisait, privée de conscience et de mouvement, sur les dalles de l'aleoir. Il y renonça : elle eût été capable de tourner en dérision une peur et un émoi infinis.

— Sais-tu comment va l'enfant de la Lucie ?

— Pourquoi cette question ? Tu as confiance en Adelis, pas vrai ?

— Que ça te plaise ou non, oui, j'ai confiance en elle.

Concevant qu'il serait intransigeant sur ce point, la jouvencelle s'adoucit :

— Tu as eu raison d'exclure de nos morts ce vieux couillard de Saint-Rémy. Pourquoi et comment l'as-tu meurtri ?

— Qu'importe... Qui t'a raconté ?

— Hugues.

Encore lui ! Qu'avait-il donc soudain à serrer Tancrède d'aussi près ?

— Plus le temps coule, dit-elle, et plus j'ai hâte de partir... Tu vois, malgré tous ces Goddons, je n'ai pas renoncé. Je te quitterai au plus près d'Angoulême.

— Pour retrouver qui ?

— Que t'importe... L'essentiel est que tu saches que je suis prête à tout si tu veux bien rester près de moi jusque-là.

Assez contrarié d'avoir Titus à son poing, Ogier effleura, de sa main nue, le dos de sa cousine. Non, il ne l'aimait pas d'amour : elle était un beau fruit dans lequel il voulait mordre ; un fruit amer, sans doute, puisque formé, mûri au tréfonds d'un couvent. Il choisit, pour le lui dire, l'expression la plus abrupte :

— Tu me fais envie.

— Ah ! tiens.

Elle avait une voix douce, papelarde, et demeurait immobile, ni résignée ni irritée : attentive, prête à se soustraire aux doigts qui s'attardaient sur son échine.

— Je suis disposée à te céder, beau cousin... J'y ai mis une condition. Promets que tu la respecteras, et je pourrai te jurer que je serai tienne une fois hors de ces murailles.

— Une fois seulement ? Une telle aide, si je te l'accordais, exigerait bien davantage.

Il jouait sur les mots. De toute manière — elle le savait —, ils avaient tort d'anticiper l'avenir. Et comme, confinée dans ses pensées, la jouvencelle semblait réserver sa réponse, Ogier abaissa lentement sa senestre sur une fesse qui ne se déroba pas.

— Tu vois, je t'autorise à prendre un acompte.

— L'aumône, cousine... Rien de plus.

Tenant Titus presque à bout de bras — de sorte que le rapace, croyant prendre son essor, battit les ailes —, Ogier posa ses lèvres sur la tempe de Tancrède et remonta sa main sous son aisselle, pour mieux saisir son sein que l'étoffe couvrait à peine. Elle y consentit, et quoiqu'il eût compris qu'elle n'éprouvait rien, il ne lâcha pas sa prise.

— Il faut que je te l'avoue, dit-il en baisant le lobe d'une oreille petite et fraîche tandis que Roland, éloigné lui aussi, manifestait sa volonté de vol.

— M'avouer quoi ?

Elle souriait. On eût dit qu'elle s'attendait à ce qu'il allait lui révéler.

— Depuis ton retour de Lubersac, j'essaie de voir

clair en moi à ton propos. J'ai grand désir de te mieux connaître... Plus profondément... Tu m'attires et me courrouces. Selon toi, nous ne sommes point parents. Mais quand même le serions-nous, tu ne cesserais de me faire envie... Je ne me soucie pas de commettre un inceste.

— L'inceste, cousin, n'est ni mieux ni pire...

Elle s'interrompit, et de nouveau il se sentit loin d'elle, refoulé. Pour se convaincre du contraire, il dégagea sa main. La passant par-dessus l'épaule de la jouvencelle, il la plongea aussitôt dans la brèche de l'encolure et saisit l'autre sein. Dur. La texture et la fraîcheur d'une pomme cueillie à la chute du jour. Ce geste abolissait presque tout. A quoi bon s'embarrasser de scrupules et de réticences : « Quand on prend si aisément une gorge, le corps tout entier ne résistera pas ! » Avec une autre sans doute... Attendre... Ne pas la hérisser... Un faux sommeil pesait parfois sur ses paupières ; elle souriait et ne bougeait pas. Mais appréciait-elle qu'il eût si franchement entrepris sa conquête ?... Forteresse, elle aussi, comme dans la chanson qu'il avait entendue avant celle d'Adelis ?... Non. Son esprit se fortifiait de cette évidence : Tancrède était bien moins farouche qu'elle ne le paraissait. D'ailleurs, avant que Didier ne s'en fût emparé, elle n'était plus vierge. Elle avait donc déjà capitulé... Comment ? Dans ou hors de ce couvent dont elle ne parlait jamais ?... Séduite par qui, et pour quelle raison ? La beauté ? L'intelligence ? La force ? Un alliage heureux de ces trois agréments ? Lui dirait-elle un jour le nom de ce bienchanceux ?

— Tu le vois, beau cousin, ou plutôt *tu saisis :* je sais être docile.

Cheveux flous aux souffles du vent, pommette saillante, lumineuse, elle semblait se rire d'une audace imprévue qui ne donnait à son cœur aucune secousse plus vive, plus agréable que celles qu'elle lui connaissait.

— Je sais être entreprenante lorsque le désir m'envahit... Or, tu ne m'en donnes aucun... Je ne sens pas le tien s'épancher dans ma chair.

— Me faut-il prendre une voix pointue, et te faire des agaçins... Dois-je m'efféminer pour que ton désir s'allume ?

Elle rit, toussota et ne répondit pas.

Devant eux, un nuage enveloppait la lune de ses charpies longues et légères. C'était une vesprée lourde d'inconnu, de menaces, d'indécision et, bien qu'Ogier se fût senti déprécié, un moment fertile en espérance : le sein qui palpitait sur sa paume lui prouvait que tout était possible. Le sang qu'il remuait démentait le vinaigre des mots.

Après qu'il eut pinçoté le tétin dardé, il retira sa main de l'encolure pour reprendre cette fille trop passive encore par la taille. Dans sa hâte, il rapprocha son faucon de Roland, qui l'agressa aussitôt.

— Tudieu, cousine ! Eloigne ce malandrin !

Ce coup de bec aurait pu être mortel ou crever l'œil de Titus, si Ogier, alerté par le froissement d'ailes et le tintement des grillettes, n'avait écarté son poing : touché, mais à peine, le rapace ne perdit qu'une plume de sa houppette. Il piailla et, quittant le gant, atteignit Roland à la cuisse.

— Holà !

Heureux de cette hargne vindicative, mais furieux d'un tel incident, le damoiseau recula.

— Bon sang !... Ces oiseaux se connaissent... Ils ont pendant des mois partagé la même perche. Ils ont mangé ensemble le même pât. Ils ont chassé, volé ensemble...

— ... et ils se haïssent, acheva Tancrède.

Son timbre railleur, métallique, révélait fortuitement, sans la moindre ambiguïté, qu'elle avait prémédité cette défense. Elle ajouta plus froidement encore :

— C'est toujours ainsi que finissent les couples.

— Cesse donc !... Tu ne connais rien de la vie à deux.

— Et toi, cousin ?... Vois-tu, si j'étais née bien plus tôt, j'aurais pu devenir l'épouse d'un seigneur fier et rude : il aurait suivi Godefroy de Bouillon ou Saint Louis en Terre Sainte, et ma foi, mes devoirs accomplis, j'aurais pendant des années vécu fort sereine, même avec une ceinture de fer autour des hanches... Mais ces temps-là sont révolus.

Ogier croisa le regard de Tancrède. Une lueur jaune l'animait, insondable et légère : la luminosité vibrante d'un vitrail.

— Qui veux-tu retrouver hors de ces murailles ?

— En quoi cela te concerne-t-il ?

Soudain mis à quia, le damoiseau caressa Titus, dont un avillon[1] crispé sur son index semblait une bague vivante. Craignant une récidive, il ne cessait d'observer Roland. Il fut tout à coup satisfait que le rapace de sa cousine, en se montrant belliqueux, les eût contraints à s'éloigner l'un de l'autre : Blanquefort surgissait de la guette dont la porte était demeurée ouverte, écartait d'un geste sec la bannière seigneuriale et les rejoignait à grands pas.

Imaginant la stupeur du sénéchal s'il les avait trouvés enlacés, Ogier domina sa gêne et son étonnement :

— Qu'est-ce qui vous amène, Hugues ?... Les Goddons bougent-ils ?

— Non... point pour le moment. Je vais, je viens et vois si tout demeure en ordonnance.

Les avait-il épiés et ne se montrait-il que maintenant ? Il dévisageait Tancrède.

— Votre place est en bas. Mathilde vous réclame.

Le malaise qu'Ogier avait éprouvé lorsque la jouvencelle gisait sur les remparts, fondit sur lui, plus pernicieux et plus désagréable :

« Ce vieux renard en est-il amoureux ? »

1. Doigt d'un oiseau de proie.

Il trouva cette supposition absurde et fut doublement consterné par l'attitude sévère, abusive, de Blanquefort et la soumission de Tancrède. En fille obéissante, elle s'éloignait sans mot dire. Et comme il la voyait de dos, il fut incapable de savoir si elle regrettait ou non cette importunité imprévisible.

Il s'approcha d'un merlon : celui auquel s'était adossé Saint-Rémy. A sa base, le sang sec formait une tache noire.

— N'y touchez pas, dit Blanquefort.

Sa voix semblait changée : brusquerie et prière. Ogier feignit l'innocence :

— A qui ? Au merlon ?... Au sang de ce vieux cagou ?

Honteux de cette dérobade, et comme le sénéchal se taisait, le damoiseau ajouta sans sourire :

— A moins qu'il ne s'agisse de Tancrède.

— Et si c'était ?

— Au cas où j'aurais l'intention d'y toucher, je me demande bien, Hugues, à quel titre vous me dissuaderiez d'essayer.

Blanquefort eut un tressaillement et la colère que le garçon surprit dans son regard n'eût guère différé s'il l'avait insulté. Le sénéchal répondit enfin, placide — trop placide — en regardant Titus, immobile, avec un certain mépris :

— Ma foi, Ogier, il pourrait s'agir d'elle. Mieux qu'aucun autre ici, je sais ce que vous êtes l'un et l'autre... Ce siège nous accable, nous exaspère et nous... excite...

— Vous voyez... Vous le dites vous-même.

— Légitimes ou non, bons ou nuisibles, il nous faut savoir maîtriser certains penchants, insista le sénéchal, paisible. Vous qui serez chevalier, sachez vous différencier du commun. Gardez-vous des tentations promptes et malsaines.

Une fois lâché ce conseil, Blanquefort s'en alla.

Ogier se laissa distancer. « De quoi se mêle-t-il ?

J'aurais dû le lui dire ! » Mais leurs rapports étaient suffisamment tendus, depuis la mésaventure de Tancrède, pour qu'il prît le risque de les envenimer.

Sitôt dans la cour, le sénéchal partit vers le logis des hommes d'armes. Portant à bout de bras son faucon, Ogier s'engagea sur l'escalier découvert par lequel on accédait au faîte du châtelet. Assis sur une escabelle, au milieu de la courtine, Guillaume sommeillait, penché, la tête entres ses paumes. Il se leva péniblement :

— Rien pour cette nuit, sans doute. On fait un tour ?

Le damoiseau acquiesça. Bientôt, à l'extrémité sud des murailles, ils s'arrêtèrent au-dessus de la tortue, presque invisible dans l'obscurité.

— Ils avaient renforcé leur abri avec des morceaux d'échelles. Et comme j'observais cette carapace au coucher du soleil, j'ai aperçu des bêches et des pioches... Donc, ils allaient creuser à la base plutôt que d'essayer de percer le fruit... J'ai appelé Girard et quelques autres. Ils ont jeté des rochers et des boulets sur les défenses de ces malandrins... Ça n'a pas donné grand-chose... Cinq chaudronnées d'eau bouillante en sont venues à bout... Je te garantis qu'ils ont hurlé... Demain, on verra s'ils ont déguerpi... Où étais-tu ?

— Dans ma chambre, puis aux écuries où Marchegai, les destriers et les roncins commencent à saboter ; puis au donjon. Tancrède m'y a rejoint. Nous avons donné de l'air à nos faucons.

— Ah ! bon sang de fille...

Ce grognement, Ogier se demanda s'il était admiratif ou irrité.

Le vieux guerrier quitta sa cervelière afin de rafraîchir son front et ses pensées. Il considéra Titus, éleva un doigt vers le rapace, mais s'abstint de le toucher où que ce fût.

— J'ai peut-être eu tort de conseiller aux Tolédans de mettre leurs armes et leurs armures à l'armerie... *Elle* a été tentée... *Elle* retiendra la leçon... Pas vrai ?

Ogier hocha la tête. Cette fille aux ardeurs sourdes,

inégales, ne retiendrait rien. Comme une eau, la peur avait déjà glissé, séché sur elle.

— Il n'est nullement nécessaire que tu veilles... Tu ferais mieux d'aller prendre un peu de repos. Bientôt, il te faudra toutes tes forces. Ce soir, nul bruit, nul mouvement. Rien ne nous destourbe : Canole nous prépare un grand coup.

— Soit, mon oncle... Titus s'impatiente. Je ne m'en suis pas soucié tous ces jours-ci, mais il est grand temps que je lui remette son chaperon [1].

— Ah ! si nous pouvions nous enchaperonner pour ne plus rien savoir du dehors...

Ebahi par ce souhait, Ogier s'éloigna.

Il croisa Blanquefort devant la chapelle. Ils échangèrent un regard serein, mais aucun mot ne leur vint aux lèvres. Comme un coin d'acier pénétrant à grands coups au cœur d'une souche irréductible en apparence, Tancrède s'enfonçait dans leur affection et la disloquait sans paraître en avoir conscience.

« Une belle garce, en vérité ! »

Fiévreux, inquiet, l'estomac serré sur un souper pris en hâte, le damoiseau siffla Saladin allongé contre la pierre de l'abreuvoir et, suivi par son chien, passa devant l'échansonnerie. Il lui sembla entendre des vagissements. Adelis vivait là presque en recluse.

« Quelle poigne et quel coup de lame ! »

Sans remords ni effarement, il s'aperçut que toute ribaude qu'elle eût été — et fût encore —, il l'admirait.

Saladin aboyait et grognait ; Titus s'agitait sur sa perche ; Ogier ouvrit les yeux et reconnut Jean du Taillis.

— Messire ! Messire !... Debout, et hâtez-vous !

Dépité d'avoir été surpris en plein sommeil alors que

1. Quand il ne chassait pas, pour l'empêcher de voir, on coiffait le faucon d'un chaperon de cuir.

l'aube devait en être à son déclin, le damoiseau bondit et se félicita d'avoir dormi dans ses mailles.

— Les Goddons ?

— Qui voulez-vous que ce soit d'autre ?

Si le *trompeor* portait toujours au cou, suspendu à une guige de cuir tressé, le cor inséparable de son office, il était ceint d'une épée.

— D'où te vient ce don ou ce prêt ?

— Blanquefort... Et il s'agit d'un don... Sans doute afin que j'oublie son courroux quand notre damoiselle s'est pâmée... Il m'a dit que si, malgré sa défense, elle revient de nouveau parmi nous lorsque ça chauffera, j'aurai pour seule tâche de la ramener au donjon, au besoin par la force, et que je répondrai de sa vie sur la mienne. Franchement, ça ne me dit rien, mais avoir enfin une lame à moi me comble d'aise.

Ogier fut déçu. A de telles conditions, il eût refusé cette arme.

Il plongea son visage dans l'eau de sa bassine et, se séchant :

— Que se passe-t-il ?

— Vous savez les grands pins qui relient le hameau à la route de Thiviers ?

— Je connais. Continue, Jean, et baille-moi mon épée...

— Ils les abattent et en équarissent les troncs. Ils en font autant des jeunes châtaigniers en lisière de la forêt. Ils les scient, les défeuillent et rassemblent les plus petits en fagots qu'ils commencent à monter et à empiler non loin de leur malevoisine. Le maître a fait quérir Blanquefort et Sicart de Lordat.

Précédés par Saladin, ils rejoignirent Guillaume entre les tours portières. D'un mouvement du menton, le baron leur montra les routiers à l'ouvrage.

— Ils sont au moins deux cents.

Au loin, les prés redevenaient fourmilière. Les arbres tombaient : des murailles on entendait leurs craquements. Comme, derrière Girard, l'architecte et le sénéchal apparaissaient, l'un et l'autre maussades, le baron les interpella :

— Que préparent-ils selon vous ?

Sicart de Lordat plissa les yeux en direction des bûcherons.

— Il me semble, dit-il, que...

Blanquefort devança la réponse du maître d'œuvre :

— Une machine plus puissante que celles dont ils disposent.

— Mais de quel genre, Hugues ? Une perrière plus grosse ? Un mangonneau ou un ribaudequin ?... Si c'est cela, où pourront-ils assembler toutes ces membrures ?... La motte où nous sommes est bien trop abrupte !

— Où veut aller l'homme, il va. Il nous faut attendre.

Guillaume, poings aux hanches, parut voir l'architecte pour la première fois de sa vie.

— Pour un coup que vous venez sur ces parois qui sont aussi les vôtres, c'est tout ce que vous trouvez à dire ?

Il semblait excédé, prêt à craquer d'indécision plus encore que de lassitude. Ogier fut tenté de le plaindre. Très vite il rejeta cet attendrissement : ce vieillard possédait encore assez d'énergie pour combattre à outrance. Il avait été plein de morgue ? Maintenant, il y avait place en son cœur pour des sentiments jusqu'alors interdits, et pourtant aussi dignes d'estime que sa vaillance et son allégeance à Philippe VI : l'amour de son prochain quel qu'en fût le rang ; l'admiration pour le courage de tous ses serviteurs et le respect de leur dignité. Il s'affligeait de chaque perte nouvelle comme d'un deuil de famille. De plus, quelque accoutumé qu'il fût à la défaite, il refusait d'être vaincu chez lui. Les déroutes dans lesquelles il s'était trouvé engagé, malgré qu'il se fût bien battu avant qu'elles ne survinssent, étaient celles du roi, pas les siennes. Une victoire sur ses terres étant impossible, il souhaitait, sans toutefois l'avouer, que Knolles, las des sanglants flux et reflux de ses guerriers, s'éloignât de Rechignac pour porter le désastre autre part.

— Eh bien, nous attendrons ! dit-il. Et quand nous aurons découvert leur dessein, nous aviserons de ce qu'il nous faut faire pour en reculer, voire en résilier l'échéance !

Libéré de sa vanité et de sa grognerie natives, il s'abandonna soudain à l'espoir :

— Bressolles nous reviendra peut-être avant qu'ils aient terminé cette entreprise.

Il fit face à Blanquefort partagé entre l'espérance et l'incertitude.

— Eh oui, j'espère en lui ! Un moment j'ai craint qu'il n'ait été tué au sortir de mes murs... Mais non : il est vivant ! S'il l'avait pris, Canole aurait été trop fier de nous montrer son corps.

Ogier se demanda vers quel château galopait le maçon — si, par bonheur, il avait pu se procurer un cheval.

— Les femmes, dit Jean, espèrent en son retour. Mathilde m'a dit que toutes sont quiètes — ou presque — sauf une...

— Qui ? demanda Blanquefort.

— La Pâquerette, dit Guillaume, devançant Jean. Elle prédit à celles qui l'entourent, quand le Canole entrera, des violences qu'elles peuvent imaginer toutes seules... Tu la connais, Ogier : elle est du hameau et mère d'une pucelle, Clotilde... Une petite rousse, ma foi pas mal faite.

— J'ai dû la croiser cinq ou six fois.

— Il faut mettre cette Pâquerette hors d'état de nuire.

Guillaume, de la tête, approuva Blanquefort.

— Je compte l'assagir ou la faire enfermer. Pour le moment, je me tais : Bernard, son homme, va mourir : un carreau dont le fer est resté dans son corps.

Thierry Champartel s'approcha, souriant :

— Les gars qui creusaient la tour sont partis cette nuit... Enfin, les survivants...

— Foi de Guillaume, ils devaient être peu nombreux à la dernière chaudronnée... Allons-y !

Tous suivirent le forgeron. Ils scrutèrent les abords de la contrescarpe. Après s'être assurés de leur vacuité, ils se penchèrent au crénelage.

En bas, parmi les morts des jours précédents, la tortue semblait avoir éclaté : quatre écus seulement demeuraient liés ensemble ; les autres, et les bois de soutènement, éparpillés, scintillaient au soleil. Un bras tordu, dont la main n'était plus qu'un moignon, sortait d'un bouclier ; deux corps aux chairs noirâtres gisaient, cassés sur un madrier.

— Les fuyards eux-mêmes doivent avoir leur peau en fort mauvais état, commenta Guillaume... Saucés comme des volailles à la broche.

— A propos de volailles, dit Thierry, voyez comme les corbeaux sont à la fête.

Il en arrivait de partout. Leur vol lourd croisait celui des passereaux et des hirondelles. Ils croassaient sans trêve en tournoyant vers le fossé.

— Du bon mortier et du bon roc, commenta Sicart de Lordat... Ces malandrins y ont sûrement émoussé leurs outils... S'ils avaient eu de cette poudre noire que l'on dit comparable à la foudre, peut-être auraient-ils ébranlé la base de cette tour. Mais ils en sont dépourvus.

— Sur le *Chritophe*, Balleroy m'en avait touché quelques mots, dit Guillaume. Je n'en ai jamais vu les effets... De quoi est-elle composée ?

Soudain prolixe et plein d'une espèce de verve, le maître d'œuvre confirma la découverte d'un moine anglais, supérieur dans l'ordre des franciscains, Roger Bacon. Il avait, cent ans plus tôt, roulé dans des parchemins de petits tas de salpêtre, de charbon et de soufre [1].

— Ce mélange, dont je cherche à trouver les proportions subtiles, une fois qu'on y a bouté le feu, commet des dommages que vous ne sauriez imaginer.

Le baron haussa les épaules.

— Ces Anglais !... Hommes d'armes, manants, clercs et je ne sais qui : tous sont malfaisants... Laissez-leur donc touiller leur poudre, et croyez-moi, Lordat : rien, dans la guerre, ne vaudra jamais une bonne lance, comme rien, dans l'amour, ne vaudra jamais un braquemart bien quillé.

L'architecte, confus, baissa la tête ; Blanquefort leva les yeux au ciel, et cette irritation muette à propos d'une gaillardise bien pâle, cependant, eu égard à certaines autres, intrigua Ogier. Que se passait-il, depuis quelques jours ? Hugues était-il à bout de nerfs ?

En feignant de s'intéresser aux travaux des routiers en lisière de la forêt, le damoiseau épia le sénéchal, croisant même un moment ses yeux vert sombre, larges et profonds. Quelque chose avait changé chez ce guerrier depuis la mésaventure de Tancrède. Assurément

1. C'est l'opinion de Sicart de Lordat ; cependant, ni à l'époque ni actuellement, Roger Bacon n'a été considéré comme l'inventeur de la poudre noire. Ses propres écrits sont très précis sur ce sujet. Avec chauvinisme, certains ont essayé de la lui attribuer — tardivement toutefois. Il en fut de même pour le moine allemand Schwarz, un peu plus tôt, ainsi qu'Albert le Grand. Il semblerait plus sûr de penser que les Arabes ont bénéficié d'abord de cet explosif et qu'ils l'auraient utilisé vers le XIIIe siècle — sans réelle efficacité.

En réalité, la poudre noire était connue, et ce fut la technique métallurgique de l'Europe occidentale qui permit son utilisation pratique. Jusqu'alors, elle servait, en Europe comme en Asie, aux réjouissances populaires sous la forme de pétards et de fusées. Dès l'époque de la bataille de l'Écluse, certaines nefs étaient munies d'artillerie, mais on ignore la forme et le calibre de ces « canons ». Les inventaires anglais sont formels. Lire à ce propos, dans la revue *Littus* (n° 10 et suivants) de l'année 1975, la vaste étude d'Ariane H. Scuvée : *Les feux grégeois et la neige de Kathay*, qui mériterait d'être éditée.

pas son acerbité : il traitait les gens plus roidement encore que d'ordinaire. Alors, quoi ?

« Bon sang, un gars énamouré ne se conduirait pas autrement. On dirait qu'elle l'a ensorcelé ! Il est vieux... De sa part, c'est inadmissible... Ou bien, dans leur accointance, quelque chose m'échappe. Mais quoi ?... Il l'a vue naître... En fait, il est plus son oncle que ne l'était Saint-Rémy... Il n'est jamais allé la visiter à Lubersac... de sorte que comme moi, lorsqu'il est allé la chercher, il s'est trouvé en présence d'une étrangère... Il s'en est aussitôt amouré ! »

Pour pertinent qu'il fût, ce raisonnement ne satisfit Ogier qu'à moitié. Bien qu'il l'eût côtoyé sans arrêt pendant cinq ans, Blanquefort, tout comme Bressolles, demeurait en partie une énigme. Il ignorait à peu près tout de lui en deçà et au-delà de ses activités d'homme d'armes et de sénéchal : ses campagnes dans le sillage de Guillaume — dont d'ailleurs il parlait peu, sans émoi apparent — et les gestes quotidiennement accomplis au château, où son autorité s'affirmait à tel point qu'en ces jours d'abusions, le baron semblait son égal si ce n'était parfois son vassal.

Mais pourquoi, en hommage à ses nombreux mérites, Blanquefort n'avait-il pas reçu les éperons ?... Certes, son origine était des plus obscures : ce hameau désormais détruit et des parents dont il ne parlait jamais, sans doute par respect de leur pauvreté. Il y avait, dans l'ascension brusquement interrompue de cet homme, un mystère. Quel qu'il fût, la glèbe d'où il était sorti, aussi droit et hérissé qu'un chardon, ne pouvait constituer un argument suffisant à son éviction de la Chevalerie.

— Venez.

Suivant son oncle et le sénéchal, le damoiseau frôla Renaud et Bernier, le rouquin, aux aguets derrière un merlon.

— Ils ne cessent de monter du bois, dit Renaud. Et

des rochers ! Et des fagots... Tenez, voici des archers, à présent... Ils vont sans crainte à la malevoisine.

L'arc à la main, le carquois au dos, deux hommes marchaient vers la perrière.

— Ton arbalète, dit Jean à Bernier.

Le palefrenier obéit. Alors, le rustique défia Renaud :

— Chacun son homme, messire... A vous le bouc, à moi l'autre.

Ils tirèrent. Le barbu tomba et ne bougea plus ; le glabre tournoya en hurlant, puis se convulsa au sol. Jean saisit l'arbalète armée que Blanquefort lui tendait, bornoya soigneusement mais ne put cette fois atteindre sa victime.

— Eh bien, qu'il crève à petit feu !

Et Jean éclata d'un rire sec, nerveux, presque incongru en l'occurrence.

« Toi, songea Ogier, tu prends goût à ce jeu-là... Je ne sais trop pourquoi, mais je te préférais quand tu n'avais qu'à souffler dans ta corne ! »

Knolles ne remplaçant pas les deux hommes, la baliste demeura comme abandonnée, flanquée d'un mort affalé sur un tas de pierres, et d'un mourant dont les bras seuls remuaient faiblement. Dans le ciel clair, la machine avait l'apparence d'un squelette monstrueux sur lequel sautillaient et voletaient des pies, des freux et des pigeons au sortir du fossé où ils se gavaient à outrance.

— Mon oncle, s'écria Ogier tout à coup. Et si leur engin devait être un beffroi ?

— Un beffroi ?... Mais comment le hisseraient-ils jusqu'à nous ?

— Ils peuvent en assembler les éléments à proximité de nos parois. Ils ont procédé ainsi pour cette maudite perrière.

— Ils abattent des pins... C'est un bois léger, dit Blanquefort. C'est peut-être un beffroi.

— On verra... Viens au donjon, mon neveu : allons encourager nos navrés.

Mathilde venait de remonter un drap sur une tête cireuse ; elle se signa, puis en frottant ses mains après son sarrau, elle rejoignit le baron et Ogier.

— Quatre de moins. Je m'y attendais.

— Qui ?

— Hervis et Louis, des charpentiers sans famille. Joulet... J'ai renvoyé l'Huguette et tiens l'Anselme à l'œil... Et Bernard, le chaudronnier du hameau. Clotilde, sa pucelle, l'a veillé cette nuit...

Clotilde s'approcha, robe noire et coiffe blanche. Ogier trouva le bleu de ses yeux sec et dur.

— A quoi bon s'affliger, messires ? Il est sûrement en Paradis.

Rousse, la peau blanche, elle penchait son front avec une humilité que le damoiseau soupçonna d'être feinte.

— C'est dimanche, aurons-nous une messe ?

— Dieu et Clergue attendront, décida Mathilde.

Et, entraînant Ogier jusqu'à la cheminée :

— Tout va bien. Notre Raoul a bu un peu de lait... Adelis le soigne comme une mère.

Ogier quitta le donjon. Que faire ?... Rien, sinon rendre visite aux armuriers.

Passant devant la chapelle, il vit Thierry et deux maçons en sortir, un seau à chaque main. « *Ils creusent encore... De la place, toujours !* » Arnaud Clergue, sur le seuil, paraissait évaluer la hauteur du monticule de terre dressé au centre de la cour.

— Dieu te garde, mon fils, cria-t-il.

Sans lui répondre autrement que d'un geste, Ogier poussa la porte de la forge.

— Salut à vous, dit-il aux Tolédans.

— Le bonjour, messire Argouges. Vous arrivez bien : nous avons achevé votre plastron et les pièces destinées à vos bras et vos cuisses... Voulez-vous les essayer ?

— Avec plaisir, messire del Valle... Avec plaisir.

Si, dans l'esprit d'Ogier, un doute subsistait quant à la nature de l'engin préparé par les charpentiers de Robert Knolles, il fut dissipé ce dimanche même, 21 août, après le repas de midi, lorsqu'il entreprit seul une ronde.

Calmels veillait à un merlon. C'était un quadragénaire bourru, au visage de dogue.

— Rien ?

— Détrompez-vous, messire... Voyez : ça vient !

A la gauche de la perrière, quatre hommes roulaient péniblement un cylindre de bois qui leur arrivait aux épaules.

Cherchant Jean du Taillis pour alerter son oncle, le damoiseau l'aperçut près du puits, conversant avec Clotilde.

— Holà !... Va quérir vélocement le baron et les autres.

Tenant son épée à la hanche, le trompeor se précipita au donjon. Clotilde se détacha du chêne auquel elle était adossée.

« Par Dieu, elle me sourit !... Je l'ai délivrée d'un gêneur. »

Sans plus se soucier de la jouvencelle, Ogier rejoignit Calmels. Ils regardèrent l'énorme roue au centre de laquelle ils auraient pu passer leur tête.

— Un géant, ce sera un géant !

— Hélas ! oui, messire, soupira le soudoyer.

Le damoiseau trouva l'occasion propice :

— J'aimerais, Calmels... que tu me parles de Gratot... Tu y es allé plusieurs fois avec le malheureux Benoît, Aspe et Raymond...

Bien qu'il eût senti le trouble profond dans lequel il venait de plonger cet homme dur et discret, Ogier le vit remuer fermement la tête. Et sa voix fut ferme, elle aussi :

— Est-ce bien le moment ?... D'ailleurs, il est déjà trop tard : on vient.

Haguenier, Renaud, Thierry, tous l'arbalète au poing, arrivaient, devançant de peu Guillaume, Blanquefort, Jean et Sicart de Lordat.

— Voyez cette roue, leur dit Ogier, dépité par l'attitude intransigeante de Calmels. Et voyez aussi, au pied de notre motte, ces quatre drôles qui en roulent une autre, et quand ils ne le peuvent, la tirent avec des cordes... Ils besognent en hâte. Ce sera un beffroi.

Croisant le regard de son oncle, puis celui de Blanquefort, il ajouta, quasiment admiratif :

— Et quel beffroi !

— Quand les quatre ou six roues seront prêtes et l'assise assemblée, ils auront tôt fait d'élever au-dessus la charpente.

Renaud avait fourni son avis ; Jean donna le sien :

— Par la rondeur des roues que nous voyons, il est clair que cette maudite tour atteindra notre crénelage !

Haguenier toisa le trompeor :

— Combien penses-tu qu'ils puissent placer d'hommes sur le dernier plateau ?

— Vingt ou trente.

— Une quinzaine, dit Blanquefort, placide. Il ne faut pas qu'ils approchent.

— Il leur faudra combler dix ou douze toises cubes [1] de fossé pour que leur maudite machine parvienne jusqu'à nous, grogna le baron. Nous pourrons les accabler de traits quand ils seront loin ; d'eau, d'huile, de poix — il en reste — et de rochers dès qu'ils seront proches.

— Vous avez l'espoir solide, fit Blanquefort.

Ogier sentit venir une discorde qu'il ne s'expliquait pas. Plus, la fatigue aidant, ils se ressemblaient au phy-

1. Toise cube = 7,4039 mètres cubes.

sique, plus Guillaume et Hugues s'affirmaient différents d'idées et de caractères.

— Voyez, ajouta le sénéchal, les fagots que tous ces coquins montent et qu'ils entassent autour de l'aire où ils bâtiront leur engin !... Pour le moment, avec les mantelets, ils serviront à protéger leurs charpentiers ; ensuite, ils les jetteront dans le fossé... Puis, quand ils auront construit leur jetée...

Jean lui coupa la parole :

— Tenez ! C'est sûrement de la terre d'en bas qu'ils apportent dans des sacs et des paniers ! Oui : ils vont combler le fossé en un lieu que nous ne pouvons prévoir encore !

— Il faudra leur tirer dessus sans répit !

— Et s'ils besognent de nuit, messire Guillaume ? questionna Renaud.

— Ça m'étonnerait ! Il leur faut voir ce qu'ils font.

— Ah ! mon oncle, regretta Ogier, que n'est-il plein d'eau, ce fossé ! Voyez ces ribauds, là-bas, munis de marteaux et de barres... Ils s'attaquent au rocher !

— Ils vont en rouler les quartiers jusqu'ici, commenta Blanquefort. Désormais, ils les lanceront dans le vide, guère loin de la Mathilde, plutôt que sur nous. Un solide lit de rocs, une couche de velourdes [1], une de paille et une autre de terre. Et ils continueront ainsi : velourdes, rocs, paille, terre, cela jusqu'à toucher le bord de notre escarpe... Et voyez-les : ils sont tant à l'ouvrage, qu'ils feront frisquement !

Ogier se tourna vers Sicart de Lordat :

— Cet homme en robe noire qui s'entretient avec un des chevaliers que Canole, je crois, appelle Bembo-rough... N'est-il pas l'ingénieur de ces malebêtes ?

— On le dirait.

— Eh bien, dit le baron, dissuadons-les de continuer leur tâche. Ils sont venus, sans s'en apercevoir, à portée

1. Fagots.

de nos carreaux... Canole, ce jour d'hui, me paraît imprudent !

Il déposa son arbalète et passa son pied dans l'étrier. Il enleva le crochet fixé à sa ceinture, accrocha la corde et, des deux mains, la banda pour l'amener dans l'encoche de la noix.

— Elle est bonne, dit-il, et surtout, elle est juste.

C'était une arme à l'arbrier d'ébène incrusté d'ivoire, et dont l'arc court et raide lançait des dondaines d'un pouce et demi aux empennes de cuir.

Guillaume installa le trait bien à plat dans sa gouttière et replaça le crochet à sa ceinture.

— Pouvez-vous, messire, me la prêter une fois ?

Ogier trouva que Jean se donnait trop d'importance.

— Tiens, prends-la, dit Guillaume. Justement, notre Canole et son Enguerrand du diable viennent en visite... Tuez donc quelques-uns de ces drôles !

— Si cela est possible, soupira Blanquefort en moulinant le cranequin de son arbalète.

— Je choisis Canole, annonça Jean.

— Moi, l'ingénieur, dit tout près Roudouleux.

— Moi, Briatexte, dit Renaud.

— Moi, un des charpentiers... Celui vêtu d'un surcot rouge, dit Champartel.

— Un charpentier aussi : le bleu, dit Blanquefort. Je prends toujours ce qui reste.

Il échangea un regard avec le baron, et Ogier comprit qu'il s'était exprimé d'une manière allusive. Mais à propos de quel événement ?

— Allons, hâtez-vous... Et vous aussi, les gars, s'impatienta Guillaume. Vous ne serez point trop à la fête.

De part et d'autre du vieux seigneur et de ses serviteurs, des archers s'apprêtèrent. Ogier les envia ; il n'avait que son épée et, à l'inverse de Jean, il lui répugnait d'emprunter une autre arme.

Il vit ses compagnons se poster derrière les archères

et les arêtes des merlons, épauler et choisir calmement les intrus.

— Allez, dit Guillaume. Que vos aiguillons les percent !

Carreaux et sagettes jaillirent. L'ingénieur tomba, foudroyé.

— Ah ! le beau coup, jubila Guillaume.

— Je l'ai eu, s'écria Jean.

Deux charpentiers s'abattirent en hurlant et se convulsèrent avant de se figer dans la mort ; un troisième courut se musser derrière les fagots. Knolles, le carreau de Jean fiché dans son épaule, désigna ce fuyard à Tranchelion, qui venait d'apparaître. Le géant assomma l'homme d'un coup de poing et le traîna jusqu'à la malevoisine à un chevron de laquelle il le pendit. Le couard, résigné, ne s'était pas débattu. Il oscilla, roide et guenilleux, au bout de sa corde. Le chef de bande le contempla, et d'un geste rageur tira le dard enfoncé dans sa chair avant de brandir un poing courroucé vers les murailles.

— Infâmes ! grommela Ogier en voyant les charpentiers reprendre leur besogne. Il était pourtant des leurs... Ils auraient dû s'interposer.

— C'était un couard, dit Guillaume entre ses dents. Mais Canole doit être excédé pour l'avoir sacrifié bêtement.

Blanquefort se tourna vers Jean :

— Amène-moi Girard. Il faut surveiller sans répit ces coquins. Voyez : pour avoir des planchers tout prêts, ils démolissent leurs chariots. Et ils montent ! Ils montent !

Quatre files gravissaient la colline : les hommes constituant la première, la plus à gauche de la malevoisine, apportaient sur leurs épaules les troncs des pins et des châtaigniers abattus ; ceux de la seconde étaient chargés de hottes et de sacs, sans doute emplis de galets et de terre ; ceux de la troisième ployaient sous les fagots, et la dernière était constituée par le bétail :

derrière un taureau brun mené par un picquenaire, les vaches et les bœufs montaient, harcelés par un chien gris, muet mais efficace.

— Ils les assembleront tout près de leur perrière, commenta Guillaume... Ils en écorcheront la moitié au dernier moment. Quand ils les égorgeront, les cris de ces bestiaux nous préviendront de l'assaut.

— Qu'importe comment ils procéderont ! dit Blanquefort. On peut dire qu'ils ont bien choisi l'emplacement le plus propice à la construction de leur tour !

— Et le meilleur pour l'emplissage du fossé.

Jean parlait juste : c'était là, en effet, que l'immense tranchée taillée dans la montagne révélait une étroitesse qui constituait le seul élément défectueux des défenses. Le baron s'était parfois courroucé contre cette imperfection tout en concédant qu'elle était irrémédiable : le roc en cet endroit se révélait plus dur que le fer des pioches et des houètes.

— C'est vrai que ce fossé a comme une impotence, dit Ogier entre haut et bas. Une fois prête, cette tour atteindra notre mur entre les latrines et la Mathilde. Lorsque la sambuque[1] tombera, quinze ou vingt hommes en sortiront.

— Jamais, mon neveu, cette sambuque ne s'abaissera. *Jamais !*

Ogier resta coi. Tant d'autorité, de confiance et d'ardeur, tant de sèche violence le déconcertaient.

— En tout cas, dit-il pour conclure, ces males gens œuvrent avec diligence !

Sur leur gauche, en contrebas, trois hommes, à l'aide de leviers, poussaient un quartier de roc gros comme un tonneau. Parvenus à quelques pas de la contrescarpe, ils le firent pivoter sur sa base et le précipitèrent dans le vide.

— Bon sang ! ragea Guillaume, sur au moins trente

1. Pont volant permettant aux assiégeants de passer de leur engin au chemin de ronde.

carreaux que j'ai vus jaillir promptement et omniement[1], aucun ne les a atteints !

Deux autres routiers apparurent ; deux autres les suivaient. Ils manœuvraient des rochers moins énormes. Presque simultanément, ils churent près du premier.

— Non, s'écria Blanquefort en abaissant l'arbalète de Champartel. Laisse-les, Thierry, approcher... A quoi bon dilapider nos sagettes et nos carreaux.

Tous alors regardèrent, furieux et résignés, les routiers enhardis jeter dans l'excavation des pierres, des rocs, des troncs d'arbres, les timons des chariots, des fagots, des galets, des branchages. Ogier crut voir bouger un homme entre deux morts. L'instant d'après, un rocher le broyait.

— Quand les pièces de leur engin seront bien équarries, dit Sicart de Lordat, l'assemblage en sera aisé. Ils sont au moins trente charpentiers à l'ouvrage.

Il était drapé dans une robe verdâtre, rapiécée. Il portait sa barbute de fer bosselé, clouté de cuivre. Il semblait toujours aussi serein. Ogier remarqua ses mains noires, comme poisseuses de suie. A quels travaux se livrait-il dans sa chambre, au premier étage du donjon ?

— Hugues, dit Guillaume sans même se retourner, quel est, à ce jour, l'inventaire des hommes valides ?

— Cent quarante.

— Explique-leur que le plus dur arrive. Mais dis-leur que nous n'avons épuisé ni nos forces ni notre astuce.

Maniant fébrilement la hache, l'herminette et le maillet, les charpentiers anglo-gascons travaillaient avec une ardeur à laquelle le pendu de la malevoisine n'était pas étranger.

— Girard ! cria Guillaume.

— Messire ?

— Choisis-moi cinq ou six bons archers.

1. Simultanément.

Bientôt, ils arrivèrent, hirsutes sous leur chapel de fer amati faute de soins. Et leurs mailles, leurs regards, leurs sourires étaient ternes. Il y avait là Norbert et Paul, les sergents, le vieux Rigaud, Matthieu et Bernier.

— Holà, mes gars, leur dit Guillaume, accomplissez bien votre ouvrage et ce n'est pas encore ce coup-ci qu'ils nous auront.

Aucun ne lui répondit, et il eût certes préféré une parole insolente à ce silence composé de fatigue et de doute. Prenant Girard par l'épaule, il lui désigna, derrière son rempart de fagots, l'assise où se dresserait le beffroi.

— Que les meilleurs d'entre vous occisent ces charpentiers. Cette nuit, qu'ils tirent sur leurs feux, sur leurs ombres... Il faudra, Blanquefort, recenser nos ressources... Si nous risquions de manquer de sagettes et de carreaux, je demanderais aux armuriers de nous en préparer. D'ailleurs, tiens, voilà mon aînée ; les Castillans ne doivent pas être loin.

Guillaume riait, sans sécheresse ni raillerie ; et si Claresme et Pedro s'aimaient, il semblait en avoir pris son parti, songeant sans doute : « Le temps que dure ce siège, ils se distraient, et ma fille oublie ses frayeurs. » Mais après ? se demanda Ogier.

Tout bien considéré, il n'était pas certain que son oncle s'opposerait au mariage de Claresme avec un roturier tel que del Valle ; ni même, par conséquent, à ce qu'elle partît pour Tolède. La Castille n'était-elle pas l'alliée du royaume de France ?... Ensuite, son aînée l'intéressait peu. Il méprisait sa douceur trop onctueuse, sa religiosité, sa fragilité affleurant la langueur, ses émois assortis de pleurs et de sanglots. Elle contournait de loin les blessés sans les voir et quand l'un d'eux protestait contre la mort qui l'allait prendre, elle se bouchait les oreilles. Jamais, malgré les difficultés qu'on éprouvait pour atteindre l'autel, elle n'avait fréquenté aussi assidûment la chapelle. Elle en sortait aussi pâle qu'un suaire. Ses frissons, ses lividités à la moindre alarme devaient exaspérer Tancrède. Et conséquemment Blanquefort.

Sur cette pensée, le garçon descendit dans la cour, siffla son chien et se rendit aux écuries. Marchegai les accueillit sans plaisir. Ses paupières aux longs cils battaient ; dessous, son œil d'onyx luisait, interrogatif et inquiet.

— Je sais bien, mon bon, que cette immobilité t'est pénible et que tu dois envier Saladin... Mais je n'y peux rien.

Ogier flatta l'encolure de l'animal et la trouva poussiéreuse.

— Demain, je te panserai... Tu t'ennuies pire que Titus !

Il décida de monter aux affenoirs pour verser quelques fourchées de fourrage dans le râtelier vide. A mi-hauteur de l'escalier, il entendit des murmures et même un *chut* signalant sa présence.

— Viens, dit-il à son chien, retournons.

Combien étaient-ils dans le foin ? Et qui ?... Un instant, il fut tenté de gravir à nouveau les marches vélocement, tout en hurlant : « *A l'arme ! A l'arme !* » Non... A d'autres que lui, les malices de cette espèce...

Il quittait l'écurie lorsqu'une femme, un seau de lait à la main, s'empressa à sa rencontre :

— Messire... Messire...

La Pâquerette... Celle qu'il eût fallu enfermer... Une vraie veuve : elle avait les yeux rouges à force d'avoir pleuré.

— Il me faut vous entretenir de ma Clotilde.

Comme sa fille, elle était rousse. La trentaine. Sa chair rose, grenue, était tiquetée de son. Sa bouche ferme, assez pâle, laissait paraître des dents blanches. Il vit aussi le triangle du décolleté sur une poitrine encore belle, les épaules larges, frôlées par des cheveux courts, indociles, et les mains fortes aux ongles longs.

— Parlez !... Est-ce si difficile ?

La femme hocha la tête et posa son seau.

— Je suis la Pâquerette... Je vous connais... C'est à cause de tout ça...

Elle eut un geste vers les murailles. Elle avait les yeux non seulement rougis de chagrin, mais las, cernés, apeurés. Si elle couchait dans quelque galetas, elle devait veiller sur elle et sur Clotilde ; chaque nouvelle nuit l'épuisait un peu plus.

— C'est vrai que des Goddons comblent le fossé tandis que d'autres construisent un beffroi ?

— C'est vrai.

— Demain, ils peuvent nous envahir ?

Elle frissonnait, et pourtant elle était en plein soleil. Ogier vit une mouche tomber dans le lait. Il la soutint du bout de son médius et la jeta au sol où il l'écrasa, car grosse et verte, elle venait de l'autre côté des murailles. Il sourit :

— Nous ne sommes pas encore vaincus, dame Pâquerette. Leur beffroi ne nous effraie nullement.

Soudain, pénétré sans doute par la peur infinie de cette femme, il imagina le colosse de bois couvert de peaux gluantes de sang, grouillantes d'insectes, sur lesquelles, sitôt plantées, s'éteindraient les flèches incendiaires jaillies des murs de Rechignac. *Il l'entendit même*, progressant sur la chaussée préparée à son intention, et inclinée vers l'enceinte. Les membrures de ce monstre poussé par les bœufs épargnés gémiraient ainsi que les essieux des roues et leurs moyeux dégoulinants d'axonge et de sève. Tous ces couinements de bois torturé seraient couverts par les mugissements des bêtes flagellées, aiguillonnées, et les hurlements des routiers impatients d'entamer la bataille. L'air s'alourdirait de ce terribouris [1]. Massés en haut de la tour roulante, les archers de Canole perceraient ceux de Guillaume ; derrière eux, d'autres

1. Vacarme.

malandrins agiteraient leur hache et leur vouge, tandis qu'en bas, dans le sillage de l'engin plus redoutable encore que le cheval de Troie, progresseraient des hordes commandées par Tranchelion, Barbiéri, Briatexte. Dans leur hâte d'emprunter les échelles menant à la plate-forme supérieure, pour sauter sur les remparts, ceux-là se bousculeraient, échangeraient des invectives. Ces mécréants agiteraient des épées, des cognées, des épieux tandis que, semblable à une aile abaissée, leur bouclier battrait leur flanc...

Sans regarder Pâquerette — de crainte qu'elle ne surprît, dans ses yeux, une lueur d'inquiétude —, Ogier désigna le donjon :

— Même si ces linfars franchissaient nos parois, vous et votre Clotilde seriez à l'abri là-dedans. Et je vous garantis qu'ils n'y entreront jamais !

— Qui sait ?... On dit que rien ne leur résiste !... Alors, si la pierre et nos hommes leur cèdent, que deviendrons-nous devant eux ?

Ogier ne se sentit aucune compassion. Ce beffroi, il y voulait penser dans le silence et la solitude. Le donjon tiendrait, certes, mais sitôt la malevoisine remontée une fois de plus dans la haute cour, ses jours seraient comptés. Il faudrait fuir dans la campagne, par le souterrain. Cependant, là où un homme ou un groupe d'hommes pouvait se faufiler impunément, l'exode avec des femmes, des vieillards, des enfants de tous âges paraissait impossible.

Pâquerette insista :

— Quel sera notre sort, messire, quand ils entreront ?

« Tu le sais bien ! » songea-t-il.

— Ils n'entreront jamais !

Elle l'agaçait. Baissant la tête, elle ajouta :

— Bien sûr, moi, j'ai moins peur que ma fille... Moi, je sais... Je veux dire...

Elle s'empêtrait, mais il venait de comprendre. D'ailleurs, elle ajouta :

— Elle est... Elle a pas servi.

— Et alors ?

Toujours ce regard invisible, abaissé sur le seau autour duquel tournait une nouvelle mouche.

Clotilde... Son front, son regard, son sourire, ses seins, sa croupe proclamaient qu'elle était bonne à prendre. Un corps fiévreux, net encore. Chaud. Brûlant peut-être.

— S'ils entrent, ils la violeront.

Elle aurait de la compagnie ! Toutes les femelles, même les fillettes, subiraient ce sort-là. Et les jouvenceaux, sans doute.

— Je... J'ai pensé...

Pâquerette sourit et se fit plus humble encore :

— ... que plutôt qu'elle subisse... le premier... Vous comprenez ?... Un homme comme ce géant... Je l'ai vu une fois... Il doit être... si gros...

Elle avait une imagination terrifiante. Mais peut-être eût-elle aimé, elle, connaître les épaisseurs intimes de Tranchelion. Elle répéta :

— Vous comprenez ?

Non, il ne comprenait pas. Du moins incomplètement.

— J'ai pensé qu'il fallait qu'elle soit faite femme dans... de bonnes conditions.

Il sourcilla. Cette Pâquerette pensait trop à la défaite. Dangereuse ; Mathilde avait raison. Dangereuse, surtout, pour sa fille.

— J'ai pensé que vous pourriez, vous...

Ogier évita un regard suppliant :

— ... coucher avec Clotilde, pas vrai ?

Avec Margot et Aliénor, il n'avait eu aucun scrupule. Mais là...

— Nous sommes encore quelque cent quarante hommes, dame Pâquerette. Il y a parmi nous une vingtaine de jeunes gars qui ne demanderaient pas mieux que d'accomplir ce... bienfait.

— Pourquoi pas vous ? Elle vous plaît pas ?

Ce langage devait être celui des maquerelles. Pâquerette lui répugna, tandis qu'elle joignait les mains comme elle l'eût fait devant un saint de pierre.

— Ça ne vous coûterait pas, pourtant. Elle est belle... Ce n'est pas votre avis ?... Elle dit qu'avec vous elle aimerait...

— Non !

Ogier se baissa, ramassa le seau.

« Bon sang ! si j'avais une femelle à forniquer, ce serait plutôt toi, la femme ! »

C'était bien le moment de lui donner des agaçins avec une histoire pareille ! L'œillade gourmande que Clotilde lui avait lancée lorsqu'il l'avait délivrée de Jean !... Vierge ?... Peut-être... Il n'y avait qu'un moyen de le vérifier, mais il l'abandonnait aux autres.

— Allons, dit-il en offrant l'anse du récipient à Pâquerette, portez ce lait à Mathilde et ne vous rongez plus les sangs.

Quittant la commère ahurie, il siffla Saladin et regagna sa chambre.

VII

— Une nuit de plus, et rien que le silence et le chant du coq.

— Oui, mon gars. Ils ont cessé leurs apprêts dès la tombée du jour... Ils n'agissent jamais selon nos prévisions... Mais les voilà... Ils reviennent.

Dans le brouillard de l'aube, des formes s'approchaient de la contrescarpe. Ogier, Guillaume et les guetteurs entendirent les heurts des troncs, bûches et fagots précipités au sol, puis des martèlements.

— Ils n'ont pas renoncé à combler le fossé, ni à extraire de la roche. Et ils élèvent leur saloperie : voyez ces quatre mâts, mon oncle. Si ça se trouve, l'assise en est préparée et les roues en place.

— Non, dit Guillaume. Nous avons tous bon œil et bonne ouïe. Il ne s'est rien passé depuis la veille au soir. Attendons le lever du jour.

Ils attendirent, et le ciel gris foncé devint lentement bleu. Le soleil éclaira, au-dessus du rempart de mantelets et de branchages, les quatre piliers du beffroi, inclinés légèrement les uns vers les autres, ébauche de la pyramide quadrangulaire grâce à laquelle Knolles espérait conquérir Rechignac. Derrière, assez loin, les bœufs et les vaches meuglaient.

— Pour qu'ils les aient montés, dit Guillaume, c'est tout de même afin de s'en servir.

Jean apparut :

— Messire Argouges... Pedro del Valle vous réclame.

Guillaume sourit :

— Ton armure est achevée... Eh oui, ne prends pas cet air incrédule... Je leur avais demandé d'œuvrer en grand-hâte afin que tu l'aies pour tes dix-huit ans... Car tu as dix-huit ans ce matin, pas vrai ?

— Oui, mon oncle... Je suis fort ébaubi qu'en ces jours affreux, vous en ayez conservé souvenance.

— Je n'oublie rien, affirma le baron d'un ton singulièrement aigre. Même si je feins l'indifférence, tout demeure en ma tête aussi net et entier qu'en un coffret de fer.

— Il me semble qu'ils sont allés vélocement !

— Ne fais pas l'ahuri : tu t'es prêté à quatre ou cinq essayages.

— C'est vrai : la cuirasse, un bras, une jambe, l'encolure... Je vous l'avoue : j'ai craint parfois qu'ils ne manquent de fer et souhaité que ce siège s'allonge afin qu'ils ne soient pas tentés de nous quitter.

Guillaume sourit avec une bienveillance qui n'avait rien d'affecté : les anniversaires, pour lui sans doute, devaient autoriser les licences, les audaces et les mots francs.

— Ils avaient dans leur chariot quelques pièces précieuses — cubitières, genouillères — et des brassières de mailles capables de te convenir.

— Tout de même, ils sont allés vivement en besogne !

— Ils connaissent le métier du fer aussi parfaitement que nous connaissons le métier des armes. Outre que Thierry, parfois, les a aidés — sans que tu t'en aperçoives, car c'était la nuit —, ils n'ont toujours pris que des sommeils de moines... Mais va !... Je sais qu'elle te plaira : je l'ai vue alors que tu dormais.

Quittant la muraille, Ogier allongea le pas jusqu'à la

forge. La porte en était close et l'intérieur silencieux. Martinez et Blasco se lavaient les mains à l'abreuvoir.

— Entrez, dit Martinez.

Le garçon pressa le poucier du loquet ; le vantail s'ouvrit et il la vit. Assemblée sur un mannequin, elle luisait dans l'ombre comme une étoile immense, avec des brillances plus accusées sur le plastron et une épaulière, et bien qu'elle fût inhabitée, elle s'imposait avec une merveilleuse assurance. Il sut enfin quel serait son aspect quand il s'en revêtirait.

— Comme elle est belle !

— Elle est vôtre, dit Pedro del Valle, que le vêtement de guerre avait éclipsé. Nous en avons fourbi les derniers fers cette nuit. Essayez-la.

— J'aimerais tout d'abord en acquitter le prix.

— Le prix ? Mais, Ogier, vous avez dix-huit ans et votre oncle vous l'offre.

Le damoiseau embrassa vigoureusement l'armurier.

— Quel homme ! s'exclama-t-il enfin. Et vous aussi !

Prestement, il déceignit son épée qu'il posa sur l'enclume. Martinez et Blasco entrèrent. Ils enlevèrent les plates de fer assemblées sur le mannequin.

— Quittez ces lourdes mailles, messire, dit Pedro del Valle. Nous en avons de plus fines, aussi solides... Vous êtes bien chanceux car celles qui vont vous revêtir en partie sont les seules dont nous nous désistons en votre faveur... Conservez vos vêtements de dessous et laissez-nous faire.

Ogier vit ses tibias se couvrir de trumelières, ses genoux de genouillères et ses cuisses de cuissots en forme de tuile dont les garnitures supérieures étaient percées en cinq endroits. Pedro del Valle maintint ces derniers en place au moyen d'une ceinture bouclée au-dessus des hanches et que soutenaient des bretelles afin que l'ensemble ne descendît pas. Martinez passa dans les œillets des cuissots des aiguillettes de cuir qu'il attacha à la ceinture. Il assujettit l'ensemble — trumelières, genouillères, cuissots — à l'aide d'étroites sangles bouclées sur l'envers des jambes.

Blême, tremblant, Ogier n'osait accomplir un mouvement. Impression délicieuse, engourdissante : il sentait s'ériger autour de lui un épiderme de métal aussi souple que sa peau. Il devenait rempart... Un vêtement pareil !... A lui !... Ainsi, l'événement avait été possible. Grâce à Guillaume, le jour même de ses dix-huit ans.

— Si mon père me voyait... dit-il.

Puis, aux trois armuriers pour une fois côte à côte :

— Je n'oublierai jamais la joie que vous me faites.

Il avait parfois imaginé cette scène. La rêverie paraissait bien pâle auprès de la réalité. Le vrai bonheur consistait-il en cette satisfaction puissante et fière de se savoir vraiment devenu un guerrier ? Son cœur tumultueux tapait contre ses côtes tandis que le rite continuait, lent et minutieux.

Après qu'il eut enfilé un haubergeon de mailles légères, les Tolédans lui passèrent les *canons* d'arrière-bras auxquels étaient rivées les épaulières, puis les cubitières et les canons d'avant-bras. Et comme il regardait ses pieds sans protection, Pedro del Valle le rassura :

— Vous serez chaucié d'*escarpins* renforcés de bossettes. Nous étudions le moyen de façonner des chaussures de fer et de les articuler par des lames à recouvrement... Nous ne sommes pas les seuls à essayer constamment d'améliorer nos ouvrages. Bientôt, les prud'hommes seront tout entiers couverts de fer rigide, soigneusement articulé. Ce sera la fin des mailles.

Les Espagnols bouclèrent les courroies du plastron, de la dossière et de la braconnière [1]. Pedro del Valle recula d'un pas :

1. Ou *baconnière* : pièce d'armure, souvent composée de lames de fer, qui protégeait le corps de la ceinture au niveau des cuisses.

— Fort bien... Ce siège n'aura pas été inutile pour vous, messire. Pour nous également car des idées nous sont venues. En particulier celle de prolonger cette braconnière par une garniture supplémentaire, sur le devant. Imaginez deux plates dont la forme reste à définir et qui, mobiles évidemment, défendront entièrement les cuisses. Nous les appellerons des *escarcelas* puisque situées là où nous portons notre argent... Allons : mettez les escarpins que Blasco nous apporte.

Ogier tendit ses pieds l'un après l'autre à del Valle agenouillé. Les fermoirs de ces bottillons de chevreau souples et pointus étaient rivés sur le côté. Le Tolédan chercha le bon œillet pour introduire l'ardillon et, quand il se fut relevé :

— Le camail de mailles et le bassinet, maintenant.

— Ah ! fit Ogier, sa forme fait plus que m'enchanter !

Il lui fut présenté le mézail ouvert. Il s'en coiffa. Ses yeux scintillèrent dans l'ombre de la visière.

— Bien sûr, amigo, il vous faudra une cale épaisse [1] sous votre camail. Marchez un peu, je vous prie.

Le damoiseau hésita comme s'il craignait de rompre le charme. Pedro del Valle s'empressa de clore la défense de tête.

— Avancez. J'ai besoin de savoir si tout est convenable.

L'impression première d'Ogier fut que son poids, son volume avaient doublé, et que ses muscles, ses articulations, ses pieds même, subissaient une sorte d'ankylose. En outre, il voyait mal entre ses paupières de fer et respirait difficilement. Lorsqu'il fut parvenu sur le seuil de la forge, cette sensation d'aveuglement, d'étouffement et de pesanteur s'allégea.

— Bien sûr, il faut vous accoutumer... Levez les

1. Sorte d'aumusse de tissu épais en usage au Moyen Age dans toutes les couches de la population.

bras... Remuez vos épaules... Vos coudes se plient-ils aisément ?

— Oui... Je me sens un peu gouin [1]. Cela me passera.

La voix du damoiseau, dans le fer englobant sa tête, lui paraissait changée. C'était une voix d'adulte, mieux : une voix de preux. Il porta ses mains à ses tempes, puis ses doigts entourèrent la ventaille conirostre du bassinet.

— Nous avons vu que vous avez des gantelets de mailles pareils aux nôtres et c'est pourquoi nous conservons ceux qui sont dans notre chariot... La tête vous pèse un peu, sans doute... Comme nous ne disposions pas du temps nécessaire à la confection d'une telle pièce, nous avons pris ce bassinet dans nos réserves. C'est le même qui coiffait votre cousine. Vous avez pu juger de sa solidité.

— Oui... Même si c'est une outrance, je me merveille que Tancrède ait porté pareil vêtement. Fer dur et mailles souples, cela pèse !

Blasco s'était éloigné. Il revint tenant une épée protégée par un fourreau de cuir vermeil, renforcé de frettes d'acier, tout comme la ceinture assortie. Pedro del Valle la saisit :

— C'est celle que vous avez maniée le jour de notre arrivée. Vous m'avez dit qu'au cas où vous la posséderiez, vous la baptiseriez *Confiance*. Eh bien, voilà : je vous l'offre pour vos dix-huit ans.

— Ah ! mon ami, dit Ogier au comble de l'émotion en relevant le mézail du bassinet dont l'ombre obscurcit sa vue.

Il étreignit l'armurier en fermant un instant les paupières, tant elles le picotaient.

— Mille grâces, Pedro !... Que Dieu vous permette de sortir sain et sauf de ces murailles afin de regagner

1. Etre *gouin*, c'est être engoncé, gêné aux entournures.

Tolède. Qu'Il exauce vos souhaits... et favorise vos amours.

Il ceignit l'arme avec l'aide de Martinez, la tira de sa gaine et la leva au-dessus d'eux.

— Grâce à vous et à elle, je serai toujours le plus fort.

Il fit quelques pas dans la cour.

« Cette marche tant de fois accomplie en songe... »

Tout était vrai ! Il logeait en son armure et ce grand plaisir viril le secouait à tel point qu'il en titubait. Allons, ce n'était pas offenser la Providence que de se croire chevalier : il en avait l'apparence.

— Tu es merveilleux, cousin !

Allant sans doute à la chapelle en compagnie de son aînée, Tancrède venait de s'immobiliser devant lui.

— Beau et solide comme saint Michel, renchérit Claresme.

Il ne sut si ses cousines se riaient de son émoi. Non, sans doute : elles étaient l'une et l'autre capables de percevoir, à travers l'épaisseur de ce fer façonné à ses formes, la satisfaction, la jubilation, l'orgueil même qui venaient de le pénétrer.

Il les quitta et se dirigea vers les tours portières. Il fallait que son oncle le vît. Autour de lui, les regards des hommes exprimaient l'approbation plus encore que la surprise. Rigaud, assis sur la margelle du puits où il raccommodait son carquois, fit un geste éloquent de ses poings :

— Eh bien, messire, si nous étions cinquante ainsi adoubés, par Dieu, nous pourrions faire une sortie et meurtrir, sans grand dommage pour nous, une centaine de ces malfaisants !

Il aperçut Pâquerette. Elle gesticulait en parlant à Campanac, un palefrenier trentenaire, guenilleux, fainéant, mais prompt à courir aux remparts lorsque Canole y précipitait ses hordes.

— ... perdus, disait la femme... viendront jamais... Faudrait cinq cents lances.

Il les rejoignit. Pâquerette en pleurnichant devança la semonce :

— J'en peux plus, messire... J'en peux plus !

— Faut nous comprendre, plaida Campanac. On est là, comme prisonniers...

— Et moi ? Que croyez-vous, bonnes gens, que je ressente ?

Il lui advenait aussi de se morfondre ou de s'exaspérer de cette immobilité à laquelle, en dehors des attaques, Knolles les condamnait. Il avait envie de fouler une bonne terre, d'y crotter ses housseaux, de voir les sabots de Marchegai laisser leurs croissants dans l'humus des chemins forestiers ; il rêvait de respirer l'odeur des feuilles et de se vautrer dans l'Isle... Et rien !

— Dame Pâquerette, dit-il, tandis que Campanac s'en allait. Je vous comprends, et cependant, si vous ne rabaissez votre caquet, je fais livrer votre Clotilde à nos jeunes... Compris ?

Il s'éloigna, inquiet.

— Peu à peu, grommela-t-il, tous auront peur.

Il n'existait aucun remède à cette gangrène de l'âme, aussi sournoise et virulente qu'une maladie contagieuse. Pâquerette ne devait pas être la seule à douter de l'heureuse issue d'un affrontement inégal. Plus que les hommes du chemin de ronde occupés à surveiller l'ennemi, le doute, conséquence de l'oisiveté, empoignait ceux d'en bas. Par la parole ou simplement l'attitude, l'angoisse de l'un devait incidemment se transmettre à un autre, indemne jusque-là, et s'échauffer dans son crâne jusqu'à s'y convertir en frayeur — une frayeur dont le malheureux croyait naïvement se soulager en la révélant à autrui. Mais avouer habilement ou non sa peur à quelque compagnon solide et confiant d'apparence, ce n'était ni la partager ni s'en guérir ; c'était l'alourdir d'un inutile poids de vergogne.

Le damoiseau salua trois archers.

— Vous êtes beau, lui dit Faenzac, le plus vieux. Montrez-vous, messire, au crénelage, et ils s'enfuiront aussitôt.

Il raillait tout en empennant des flèches ; il n'y avait dans ses paroles nul dépit ni jalousie, et c'était plaisant à entendre.

— Ils vont certes revenir, dit Brouzeix, son plus proche compère, en examinant son chapel de fer au gland duquel il venait d'attacher un anneau d'or ou de cuivre. Espérons qu'ils échoueront !... Qu'en pensez-vous, messire ?... Ils savent tous ici, pour le beffroi.

— Nous passons notre temps à rassurer les vieux, les femmes, les enfants, continua Camboulive, le troisième homme, en passant son index sur son œil droit, enflé, bleuâtre.

Le damoiseau aperçut quatre archers devant la chapelle, et trois autres dans le renfoncement de la muraille et du mur des latrines. Ils se parlaient en confidence, le dos courbé — comme s'ils redoutaient de nouvelles chutes de pierres — provoquant chez leurs auditeurs des hochements de tête incrédules ou des acquiescements discrets. Oui, le mal aux insignifiants symptômes, sournois et obstiné, aussi fluide et intangible que le vent, glissait et s'insinuait partout comme une épidémie, bénin ou mordicant selon la trempe des caractères auxquels il s'attaquait, mais en tout cas inguérissable. Quelles jangles [1], désormais, devaient circuler dans l'enceinte ! Et de quelle femme effrayée Brouzeix avait-il obtenu cette bague — après le corps ?

Ogier pressa le pas. Il entendit des coups de marteau, de maillet, et grimpa lourdement l'escalier d'accès aux aleoirs.

— Ah ! dit Guillaume en le voyant paraître.

Il considéra le vêtement de fer de haut en bas, pinça les lèvres et grognonna :

— Te voilà bien... Ah ! non... Pas de reconnais-

1. Conversations, commérages.

sance... Pendant ces jours et surtout ces nuits de veille, j'ai pu penser à l'usage que j'ai fait de ma fortune... Dis-moi plutôt de quoi parlaient mes soudoyers.

— Le souci les tourmente.

— Il nous empoisonne tous. Je m'enfelonne de voir ces Goddons progresser à leur beffroi. Je m'engrigne de me sentir petit... mortel. Parfois, en ces murs, je sens bouillonner l'âme de mes gens comme l'eau de mes chaudrons. Et cette peur ne ramollit pas l'homme : je viens d'apprendre que cette nuit on a violé Bertine.

— Bertine !... Mais elle a...

— Onze ans... Eh oui... Elle allait décrocher du linge qu'elle avait mis à sécher entre la forge et le logis des Champartel. Deux gars... Son linge, ils le lui ont mis sur la tête... Ainsi embronchée, elle n'a pas pu voir qui. Ils l'avaient épiée dans l'ombre... Saligots d'hommes en rut ! J'aurais préféré qu'ils forniquent la Margot, la Pâquerette ou une autre !... Mathilde a confié Bertine à Adelis, qui est je ne sais où... Comment la trouves-tu, *elle* ?... Ma commère ne cesse de m'en dire du bien... Bon Dieu ! Elle qui sort de je ne sais quel bordeau, elle pourrait satisfaire les besoins de certains affamés !... Eh bien, non : on dirait qu'elle s'est faite nonne en entrant dans nos murs !

Le garçon ne sut si son oncle plaisantait. Il pensait à l'œil enflé de Camboulive.

— Regarde les champs, dit Guillaume.

Ogier obéit et ne vit rien de mieux ni de pire que les matins précédents.

— Plus un cheval... Ils en avaient pourtant des centaines.

— C'est vrai ! Le temps est à l'orage : ils les ont mis peut-être sous le couvert des arbres.

Le baron haussa les épaules :

— L'orage ?... Ne vois-tu pas qu'il n'y a plus de picquenaires devant le logis de Canole... J'en conclus qu'il est parti... Oh ! pas loin... J'ai idée qu'il est allé quérir des renforts.

— Si c'est cela, nous sommes à sa merci.

Le damoiseau dévisagea son oncle. Il s'émaciait. La fatigue davantage que la frugalité.

— Eh oui, mon neveu, si c'est cela, nous sommes en perdition. Faire une sortie ? Ils sont encore deux cents au moins... Et pas loin : regarde les mantelets... Notre pont serait à peine abaissé que nous les aurions devant nous... Et puis, sortir pourquoi ? Pour que d'autres, plus loin, nous entourent et nous accablent ? Par saint Michel, la sagesse est d'attendre. Et le courage aussi !

Le soleil lourd accusait les découpures des champs sur lesquels une douzaine de tentes en peaux de bêtes formaient des sortes de taupinières, et le garçon se merveilla de cette espèce d'entente innocente entre la verdure et le ciel, l'Isle dont au loin apparaissait une écaille, et le pacage où paissaient les moutons des routiers.

— C'est vrai, mon oncle, que tout est un peu plus paisible que de coutume. On se sent revivre.

Le vieux baron prit un air renfrogné :

— Tu te bats bien. Tu trais bien[1], et c'est heureux que lors des assauts de cette ribaudaille, tu ne te soucies point de mourir... Continue ainsi... Fortifie ton âme au point que cette façon de dévier te semble douce et naturelle. Je t'ai appris à endurcir ton corps, pense à aguerrir ton esprit.

Ogier sourit :

— Il y a quatre ans, j'ai voulu, un dimanche, m'exerciser à l'arc avec les soudoyers et quelques vilains. Vous m'avez donné une jouée[2]... bien que vous aussi, vous bandiez l'arc et l'arbalète !

— C'était pour inciter mes gens à poursuivre parce que je les sentais devenir fainéants.

— Vous m'avez dit qu'il était aussi répréhensible

1. Tu tires bien.
2. Gifle.

pour nous de toucher à un arc qu'à un vilain d'empoigner une lance.

— C'est vrai. Le vieil empereur Charlemagne prescrivait de rompre sur le dos du serf le glaive [1] dont il aurait eu l'audace de se servir !... Allons, mon neveu, laissons le passé dormir... Songe au présent. Méfie-toi de la prouesse même quand, dans ce vêtement de fer, tu te sentiras préservé. Ne cherche point, jamais, à te faire admirer... Nos chevaliers ont accompli des merveilles en Terre Sainte. Sur notre sol, ils sont moins heureux.

— Ce ne sont point les mêmes.

— Et c'est pourquoi les Goddons nous dominent... Je t'en parle, tu le sais, en connaissance de cause. J'ai trop souvent vu autour de moi des chevaliers préoccupés d'accomplir *seuls* des actes glorieux... Mais va donc leur dire qu'une bataille est un heurt de vaillances réunies, solidement liées l'une à l'autre, sans outrance inutile et convergeant vers un but qui est la victoire de tous !... Ils te riront au nez.

— Ceux d'en face sont-ils tellement différents de nous ?

Guillaume eut un geste las des deux mains :

— J'en ai souvent douté mais commence à le croire. Mes compains et moi-même, quand nous avions vingt ans, avons souvent pensé déchoir si nous n'approchions point le danger de fort près. Nous nous serions crus indignes de nos pères et de nos aïeuls en désapprouvant les décisions de nos capitaines encore plus avides que nous d'honneur et de renommée. Nous nous serions honnis les uns les autres en renonçant de courir sus à l'ennemi dans l'espérance d'un corps à corps... Ah ! que de nobles et belles vies préservées si nous avions pensé, un tout petit moment, que l'adversaire était solide, astucieux, et que sa sérénité, que nous prenions pour de la couardise, était sa plus grande ver-

1. C'était surtout ainsi qu'on appelait la lance.

tu !... Je te l'ai déjà dit, Ogier : à Courtrai, il y a plus de quarante ans [1], les Flamands étaient disposés en conroi [2] derrière un canal fangeux, la plupart à pied, un godendac pour arme. Nos chevaliers galopèrent sans hésiter en hurlant leur enseigne... Six mille périrent noyés sans même avoir pu atteindre un seul ennemi.

— Bêtement.

Guillaume soupira. Il était pâle, devenait ossu, grognard, sans doute en raison des excessives privations qu'il s'infligeait à table comme si ces macérations, que Mathilde désapprouvait, le désignaient à l'attention du Très-Haut. Il passa la paume de sa dextre nue sur ses yeux :

— Je ne vais pas pleurer cette immense défaite à laquelle mon père a survécu par miracle... pour trouver la mort au Mont-Cassel... Une mort victorieuse, si jose dire [3]. Nous avons tous été élevés et dressés de semblable manière. Aucun de nous n'a eu pour parent un chevalier mort en chambre, mais en grande bataille, par l'acier froid... Et je ne veux pas porter le reproche de faire autrement... Qui sait pourtant où je mourrai ?... Je ne suis pas seul en ces murs. Il y a mes hommes, les femmes, les enfants... mes filles et ces avolés [4] d'un hameau qui porte aussi mon nom.

— Vous n'êtes pas, nous ne sommes pas près de mourir !

— Bah !... Bah !... Qu'en sais-tu ? Te sens-tu à l'aise dans tout ce fer ?

— Oui.

— Regarde dans la haute cour. Ce gars-là me plaît, mon neveu.

C'était Jean du Taillis, en conversation avec Pedro del Valle.

1. 11 juillet 1302.
2. Ordre.
3. La bataille du Mont-Cassel, à l'avantage des Français, eut lieu le 23 août 1328.
4. Réfugiés.

— Il me plaît aussi : il se bat comme un preux avec seulement son arc. Blanquefort, cependant, lui a offert une épée.

— Bien que ce soit contraire aux usages, il la mérite.

— Je le pense aussi, mon oncle.

Ogier s'exprimait avec sincérité. Ce qu'il aimait en ce rustique, c'était son courage, certes, mais également sa passion d'aider, d'être utile ; ce désir profond de sauver Rechignac comme si ce château et les terres à l'entour étaient siens. Cette volonté, aussi, du devoir d'assistance : il visitait souvent le tinel et les deux chambres du donjon où Mathilde et ses femmes, Tancrède, Claresme et leurs chambrières ainsi qu'Adelis soignaient et réconfortaient les blessés. Depuis le départ de Bressolles, le *trompeor* traitait Adelis en dame, bien qu'il sût sans doute à quoi s'en tenir sur son passé. Lors des assauts, il s'exposait plus que tout autre et s'il éprouvait comme une volupté à occire du Goddon, eh bien, c'était Knolles le responsable.

— Il vaut deux ou trois hommes à lui seul, mon oncle.

Le baron acquiesça de la tête :

— La vaillance le distingue de sa condition. Blanquefort a dû voir en lui un second lui-même.

— Votre dapifer est un preux.

Ogier avait sciemment employé l'antique appellation. Le mot *dapifer* désignait chaque officier de la Maison Royale et particulièrement le Maître d'Hôtel : le plus important et le plus respecté des serviteurs.

Fût-ce pour dévier le cours de leurs propos juste au moment où il s'apprêtait à célébrer les vertus du sénéchal ? Ogier vit l'index de Guillaume se tendre derechef vers la cour.

— Regarde, mon neveu !... Ce sont aussi des preux à leur façon.

Quatre hommes portaient un tronc d'arbre destiné à la consolidation des entrées.

— Norbert, Peyre, Clovis et Barthès.

— Je les connais un peu.

C'étaient des hommes d'en bas. Des culverts désormais dénués de tout, sauf de courage.

— Je les ai mésestimés, je l'avoue.

— Moi de même, avoua Ogier. Je m'en repens.

Il les avait vus quelquefois sur le seuil de leur maisonnelle, attendant la soupe en sondant le ciel pour prédire le temps du lendemain. Il les avait vus encore et surtout en âpre lutte contre la terre, la mordant de leurs socs de bois, écobuant, débroussaillant. Cette obstination forcenée, il l'avait retrouvée sur les aleoirs quand eux aussi, l'arc ou l'arbalète en main, ils contrestaient[1] aux ennemis.

« Ils ne défendent pas que leur vie. Ils défendent mon oncle... qui ne s'en est guère soucié jusque-là, hormis au temps des récoltes. »

Le damoiseau se mit soudain à penser à son pays. Sans qu'il le connût, il le vit, ce royaume de France, saigné à blanc par les combats, déchiqueté par Édouard III et ses meutes. Une pauvre nation paysanne, faite de fiefs minuscules, et d'autres, plus dérisoires encore puisque composés d'une masure, d'une grange et parfois d'un grenier ; le plus souvent, un assemblage de cahutes où il n'eût même pas accepté de coucher une nuit... Tout cela sous la dépendance d'un roi injuste, enclin coûte que coûte aux splendeurs d'une Grandeur inféconde, et de puissants vassaux dont Guillaume affirmait qu'ils étaient corrompus.

Et brusquement, il se sentit apparenté à ces quatre hommes barbus, aux yeux clairs, à la bouche lippue. Tous, entre ces murs qui ne leur appartenaient pas, s'adonnaient farouchement à leur tâche. Il crut comprendre qu'il fallait à l'existence, pour qu'elle atteignît son plein sens, le contraire de la chance et de la facilité.

— Un orage, Ogier, serait le bienvenu. Il mouille-

1. *Contrester :* résister.

rait leur merrain[1] et noierait leur courage... Car il faut l'avouer : ils en ont !

— Parfois plus que nous.

— C'est vrai... Profite donc de cette bonace !

Le damoiseau redescendit dans la cour. Mathilde, seule au puits, marcha à sa rencontre. Elle riait.

— La Clémence vient d'enfanter... Pour sûr qu'elle a été plus prompte que je m'y attendais... Comme ça, elle aura deux gars... Et comme ses tétons sont aussi gros que des melons, notre Raoul risque pas de jeûner.

— Clémence n'est pas ébaubie d'avoir deux fils ?... Comment avez-vous procédé ? Est-ce qu'ils se ressemblent ?

— Leurs cheveux, leurs nez, leurs yeux sont les mêmes... Comment j'ai fait ? Le temps qu'Adelis apporte l'enfant dans ma chambre, j'ai versé un breuvage à la femme... Quand elle a rouvert les yeux, le petit était dans son lit avec l'autre... Ah ! là là... Voilà un poids de moins sur notre conscience.

« Ou de plus », songea Ogier tandis que, reculant d'un pas, la commère considérait l'armure.

— Ça vous va mieux qu'à *l'autre*.

— Que savez-vous d'elle, Mathilde ?... Sommes-nous cousins ?

Du plat de la main, la grosse femme effleura le plastron scintillant.

— Tout ce fer pèse lourd, mais vous le supportez bien !

Elle partit, son seau plein à la main, les fesses dodinantes sous sa robe noire, fripée.

« Pour elle tout est simple. »

A demi satisfait, Ogier marcha jusqu'à la forge. Claresme en sortait, l'air désolée.

— Ils sont là ?

1. Bois de charpente.

— Non, cousin.

Elle courut vers le donjon.

« Elle alors !... Il suffit de la regarder dans les yeux pour qu'elle rougisse. »

L'opposée de Tancrède. Tellement différentes qu'elles semblaient cousines plutôt que sœurs. L'une craintive et vergogneuse ; l'autre affirmant ses formes, sa robustesse et son orgueil. L'armure lui seyait presque autant que ses habits ordinaires. Elle la supportait alors que Claresme se serait pâmée sous son poids... Mais qui l'avait aidée à s'en vêtir ?... Ce ne pouvait être Pedro del Valle. Pas plus qu'elle n'eût toléré que le Tolédan déshabillât sa sœur, Claresme n'aurait supporté qu'il l'habillât — fût-ce de fer. Alors qui ? Blasco ? Martinez ?

Ogier prit sur l'enclume son haubert et son épée. Ah ! comme il conserverait soigneusement ces reliques... Sans en comprendre la raison, il se sentit triste. Et seul. Et précisément, comme il y songeait encore, Tancrède apparut.

— Tu es beau, cousin.

Son compliment paraissait sincère. Elle sortait de la chapelle où elle avait pris, semblait-il, un bon bain de sérénité. Le soleil pétillait dans ses yeux verts, nacrait ses dents, accusait d'une ombre franche le pli sous la lèvre inférieure.

— Clergue t'a permis d'entrer ainsi ! s'étonna-t-il en parcourant du regard les vêtements masculins.

— Eh oui !... Que sais-tu de nouveau sur ce beffroi ?

— Ils avancent dans leur ouvrage.

Elle se tourna vers les tours portières de sorte que son regard échappa au damoiseau.

— Ah ! partir... Partir !

Cette répugnance à s'intégrer à la vie d'antan, Ogier l'avait soupçonnée d'instinct en apercevant son visage impassible tandis qu'avec son oncle, il se portait à sa rencontre, lors de son retour de Lubersac. Il avait attribué son soudain mésaise à la découverte d'un accoutrement quasi sacrilège ; or, les vêtements d'homme qu'elle s'était choisis constituaient les indices ou la divulgation d'une mélancolie qui, singulièrement, ne concernait en rien Rechignac et ceux dont elle s'était séparée, cinq ans plus tôt.

— Quand je t'ai revue, cousine, j'ai compris que tu avais laissé ton cœur à Lubersac et que, comme ton départ, ton retour parmi nous te semblait une punition.

— Tu ne manques pas d'entendement.

Leur dialogue, livré au silence, venait de s'échouer comme une barque sur une rive inconnue. Il l'en dégagea tant bien que mal :

— Sans les Anglais autour de toi, ne serais-tu pas heureuse en ces lieux ?

— Certes, non.

Réponse sèche, méprisante... Ah ! l'absurde idée que Guillaume avait eue de se priver de sa présence. Vivant ici constamment, elle serait devenue différente.

— Partir ! dit-elle encore avant de s'éloigner. Mon Graal à moi, c'est l'espace.

Il retrouva l'ombre fraîche de la Mathilde et gravit lentement l'escalier conduisant à sa chambre. Il était déçu sans raison formelle, pesant de toute sa substance : chair, esprit, et l'armure n'y était pour rien.

Titus le considéra de son œil sévère. Saladin bondit hors du lit, flaira le métal, se frotta contre lui, leva la patte et se reprit. Poussant de son museau la porte entrebâillée, il disparut.

Ogier jeta son haubert et son épée sur les peaux de loups, puis déboucla sa ceinture d'armes.

— Confiance.

Il eut envie de la dégainer puis y renonça : elle quitterait son fourreau pour la bataille. Pas avant.

Son bassinet tomba auprès de l'épée tolédane.

— Ah ! bon sang, s'exclama-t-il alors.

Comment se dévêtir ? Il n'y parviendrait jamais ! Des aiguillettes fixaient ses cuissots à sa ceinture de dessous. Des brides de cuir munies de boucles assemblaient les épaulières à sa cuirasse. Impossible de s'en débarrasser seul.

— Merdaille !... Me voilà embrelicoqué comme un prisonnier redoutable !

Oui, quelqu'un avait vêtu et dévêtu Tancrède. Mais lui, Argouges ? Qui s'en chargerait ? Il devait descendre et appeler Jean ou Thierry.

Il allait atteindre le seuil de la tour quand un rat surgit devant lui. Il tressaillit et posa si maladroitement son pied sur un degré de pierre qu'il manqua le suivant, perdit l'équilibre et chut sur son séant.

— Bon Dieu ! maugréa-t-il en se levant avec peine.

Il vit alors quelqu'un sous l'arche de la porte. Une robe grise, des cheveux roux, ébouriffés : Clotilde.

— Eh bien... qu'est-ce qui te prend à me regarder ainsi ?... Tu n'as jamais vu un gars choir... et déchoir quand une dame assiste à sa chute ?

— Messire, ça a fait un tel bruit que, passant par là, je suis venue voir.

« Tu ne passais pas, songea-t-il. Tu rôdais ! » Et, aussitôt, sans courtoisie :

— Monte !

En cinq ou six bonds souples, elle fut près de lui et accepta sans hésitation la dextre qu'il lui offrait :

— Viens. J'ai besoin que tu m'aides... Tu vas me servir d'écuyer.

— D'écuyer ?

Elle semblait... désarçonnée ! Sa main était fraîche, nerveuse.

— C'est à cause d'un rat, dit-il, j'ai sursauté.

Elle rit. Il ne se retourna pas, bien qu'il eût aimé la pureté, la légèreté de ce rire. Il entra dans sa chambre :

— N'aie pas peur... Sauras-tu me délivrer de tout ça ?

Elle était plus grande qu'il ne l'avait supposé : le haut dc sa coiffure atteignait ses lèvres. Une rosée de sueur perlait sous sa frange. La pénombre de la pièce ajoutait au reflet doré de ses cheveux des étincelles obscures, et le bleu de ses yeux s'y mouillait de lueurs noires.

— Tu peux te moquer, dit-il. Imagine le preux Lancelot se cassant la goule dans l'escalier d'Artus après être allé, une nuit, rendre un brûlant hommage à Guenièvre.

Elle rit encore, mais elle était livide et d'une immobilité toute d'apparence car, sous sa camisole, il voyait suffoquer sa poitrine.

— Je te fais peur ?

— Oh ! non.

La voix, cependant, manquait de fermeté.

— Il te faut m'ôter ce que j'ai sur le corps en commençant par le plastron et la dossière. Tu vois, sur chacune, il y a trois boucles.

Clotilde acquiesça et s'attaqua au flanc gauche.

— Cette courroie est bien tendue, messire. Soulevez un tantet votre coude pour la soulager.

Il obéit. Il ne trouvait plus rien à dire. Il devinait les doigts tremblants, acharnés à extraire l'ardillon de son œillet. Parfois, Clotilde lui lançait un regard curieux, vif et pudique, puis elle reprenait sa tâche. Il voyait son bras nu, son aisselle dorée, et l'épaule charnue, ambrée, mouchetée de son. Belle chair toute neuve selon la Pâquerette.

— Voilà, messire. Je crois que ça y est.

Il sentit les défenses de fer couler le long de son buste. La jouvencelle en alentit la chute et — sans doute plus penchée qu'il ne le fallait — les posa sur le lit.

— Ouf ! dit-il. Quel fardeau. Pour m'en accommoder, il faudra des semaines.

— Nenni, messire. Vous êtes bel et fort.

— Plutôt que de me louanger, ôte-moi ces brassards, ce haubergeon et dégage-moi de cette ceinture et de ces aiguillettes.

Elle obéit. Elle paraissait à l'aise ; son souffle bref

prouvait le contraire. Ogier, perplexe, l'imagina déshabillée. L'avers et le revers. Bien faite. Faite pour qui ? D'autres que lui pouvaient l'initier aux solas qu'elle voulait connaître.

— Quel âge as-tu ?

— Quinze.

Était-ce vrai ? Elle était menacée, elle aussi ; et non, dans l'immédiat, par les routiers de Canole. C'était miracle qu'elle eût échappé au sort de Bertine.

Il lui sourit, étonné d'éprouver à son égard cette espèce de compassion tendre, ce besoin d'amiableté. Elle sentait le fourrage, mais son odeur poivrait ce parfum champêtre, le rendait ardent, prenant. Toute proche, elle lui paraissait plus douce. Il s'aperçut que le frôlement de leurs peaux l'enflammait un peu.

Quelques aiguillettes tombèrent.

— Sais-tu que tu t'y prends bien ?... La belle épouse de chevalier que tu ferais !

— Je suis de trop petite condition pour m'élever jusqu'à vous.

— Maintenant, les jambes.

Clotilde s'agenouilla et se mit à déboucler les brides qui assujettissaient les cuissots et les genouillères.

— Que d'ardillons, messire !

Ogier la tenait dans son ombre. Sous le flou des cheveux qu'une raie séparait, le foin avait laissé des poussières.

— On s'y casserait les ongles...

Elle le dévisageait sans la moindre inquiétude. La fleur tremblante de ses lèvres s'épanouit. Elle devenait confiante, sûre d'elle... Epaules douces. Dans le val ténébreux de la camisole, le renflement lilial des seins. Il n'aurait qu'un mouvement à ébaucher sitôt hors de sa coquille... Serait-ce un geste indigne ? Non : ce n'était pas lui qui souhaitait la prendre ; c'était elle qui voulait qu'il la prît. Avec la bénédiction de sa mère. Une épreuve de douceur parmi tant d'autres composées de haine et de sang.

« Je ne suis lié à personne... Je suis libre !... Si Anne était demeurée en ces murs... »

Ah ! certes, il n'eût ni agi ni pensé ainsi. Il n'eût connu ni la Margot, ni l'Aliénor, ni... Clotilde... La femme, source d'intensité quand tout le reste croupissait dans l'attente et l'angoisse ? Il avait plus besoin de compagnie que d'amour.

— Prends ton temps.

Quels feux, quelles ambitions dévoraient Clotilde ? Tandis que ses doigts s'affairaient autour de ses hanches — prenant certainement plaisir à les toucher — elle levait parfois sur lui des regards presque éplorés.

— Pliez votre genou, messire.

Une jambe de fer en moins. Il s'allégeait, et pourtant tout en lui restait pesant.

— Aïe !

Un cri d'enfant : surprise, rage, mal. La jouvencelle se dressa. Elle regardait son pouce. Elle saignait.

— C'est contre ce fer... Là...

Tandis qu'il touchait l'extrémité d'une aiguillette, Ogier sentit sur sa main le souffle précipité de Clotilde.

— Il n'y avait qu'une bravure, dit-il, désolé, et il a fallu qu'elle te blesse.

Elle tétait son pouce. Impulsivement, il saisit sa main et la porta à ses lèvres. Elle dit :

— Sucez-le, messire.

Il y consentit, ébahi de trouver dans cette obéissance une satisfaction insoupçonnée. Ce doigt robuste, à l'ongle rose, pointu, était tiède et poivré comme son odeur de vierge excitée.

— Tu vois, malgré tous ces combats, je ne suis pas repu de sang... La preuve !

Ils étaient l'un devant l'autre. Poitrine contre poitrine. Mêmes souffles, mêmes haleines vives, chaudes, car la même certitude les brûlait.

« Nous avons besoin l'un de l'autre. »

Ogier résista mollement à la tentation.

— M'amie, dit-il, il ne faut pas que ton esprit

s'égare. Tu es belle, c'est un fait, mais c'est insuffisant pour devenir l'épouse d'un chevalier.

Il n'était guère d'humeur à sourire : il interrompait des rêveries prodigieuses dont, peut-être, il était l'héroïque sujet. S'il se montrait cruel, eh bien, c'était tant pis. Il administrait à la jouvencelle un remède qui la purgerait de ses illusions si elle lui cédait et s'il s'en éloignait sitôt la chose faite.

Clotilde baissait la tête. Il regarda son pouce. Une coccinelle y brillait. Il l'aspira.

— Est-ce vrai ce que m'a dit ta mère ?

Clotilde n'osa le regarder. Il entendit alors dans un chuchotement :

— Messire, je suis amourée de vous... Je vous ai aimé même quand Anne était à vous.

— Anne ? Je la croyais secrète.

— Nous étions voisines de l'Henriette... Plus de maison, désormais. Plus d'Henriette.

La voix pointa soudain et se durcit :

— Plus d'Anne.

Elle était ombrageuse, elle aussi. Par ce trait, elle annihilait les scrupules et les réticences.

— Tu l'enviais ?

— Oh ! oui.

Lâchant la main blessée, Ogier saisit Clotilde par les hanches. Il frotta son nez contre le sien, ignorant la bouche tendue.

— Attends.

Il se délivra du fer accroché à sa jambe puis, lentement, de ses *escarpins*.

Quand il se releva, Clotilde n'avait pas bougé. Elle attendait. Elle espérait. Elle le contemplait avec une sorte d'admiration dévote. Elle mettait dans son regard tant de vouloir et de soumission qu'il en était maintenant noir, sous ses sourcils froncés... Lui, il avait goûté plus qu'à ses lèvres : à son sang. A ce qu'elle avait de plus intime. A sa vie même... Quelques gouttes d'un philtre vermeil...

— Clotilde.

A quoi bon parler !... D'ailleurs, son souffle était oppressé. Laisser faire les gestes. Ils s'ensuivent, toujours à peu près les mêmes, dans ces occurrences-là... Doucement... A la lisière de la camisole, la chair dorée par le soleil formait un liséré laiteux... Plus loin, sans doute, tout était blanc... Là, c'était le début du mystère... Pour lui et pour elle, livrée aux frémissements de l'émoi, de la curiosité, de l'attente.

Ogier retroussa la robe, prit contact avec cette chair inconnue, exquisément ferme. Clotilde était nue, dessous. La chaleur ? Ou bien une façon d'être vivement à l'aise. D'être immédiatement à lui, pour peu qu'il en exprimât le désir.

Jamais, sauf lors de sa première nuit avec Anne, il ne s'était senti aussi enclin que maintenant à la douceur. Toute cette âpreté, cette âcreté sensuelles que les deux autres avaient versées en lui s'étaient fondues et converties en suavité. Certes, il avait mauvaise conscience : une vierge. Pourvu qu'il ne détruisît pas ses illusions !

Tout à coup, elle le ceintura. Ses paumes montèrent et descendirent le long de ses flancs ; sa bouche s'anima :

— Messire...

Il lui ferait l'amour comme la charité.

Il la poussa vers le lit. Douce... Même corps que les autres et pourtant différent dans sa pureté même. Elle se laissait mener. Elle tremblait. Que tout lui fût agréable, à commencer par les prémices... Qu'elle ne fût pas écœurée... C'était parce qu'elles avaient subi comme des punitions les étreintes de leurs époux que la Margot et l'Aliénor étaient devenues des putes... Clotilde n'était pas pudibonde... La Pâquerette, sans doute, lui avait fourni quelques leçons.

Enfonçant son visage entre ses seins, il entrevit, sous l'ombre de la robe, le velouté du ventre, la blondeur de cette fleur laineuse, fiévreuse...

— Laisse-moi les rênes... Tu penses qu'à présent, pour toi, ces solas sont essentiels... On va donc faire, puisque tu y tiens, un bout de chemin ensemble... Mais avant, je voudrais que tu saches que cet embrassement ne nous liera en rien. Ces choses-là sont nécessaires ; pas tant, cependant, que l'air, le soleil, le sommeil, l'eau, la nourriture. Du moins pour moi. Si je sors entier de ces murailles, j'aurai une rude tâche à accomplir. Pour cela, depuis cinq ans, mes muscles importent plus que mes sens... Je pourrais vivre des mois, des années peut-être, comme un moine ; mais chaque jour, j'ai besoin d'empoigner une épée, soit celle-ci, que les Castillans m'ont offerte et que j'ai baptisée Confiance, soit celle que tu vois au chevet de mon lit... Elle n'a pas de nom. Je n'ai point voulu la nommer Almire par respect pour celle de mon père.

Clotilde, le front bas, écoutait sans entendre. Il répéta cette fois pour lui seul :

— Mes muscles... Mes sens...

Il était plus exigeant avec les premiers qu'avec les seconds, lesquels, à vrai dire, n'avaient jamais connu l'adversité... Non : il se mentait. Tancrède... Tancrède, obstacle infranchissable. Mais qu'allait-il y penser maintenant !

Il poussa Clotilde sur le lit.

— Attends.

Il se mit nu. C'était la première fois depuis longtemps qu'il se dénudait en présence d'une fille... *Longtemps ?* Allons donc : tout juste un peu plus d'une semaine... Canole avait apporté avec lui le malheur et la stagnation...

Clotilde gisait sur les poils de loup auprès des éléments de l'armure. Étrange spectacle que ce corps enrobé de gris parmi ces squames amoncelées et ces mailles brillantes.

— Enlève ça.

— Vous, messire.

Clotilde fermait les yeux. Elle avait besoin de son

obscurité. Il tremblait. Il se sentait guindé, solennel. Ne plus parler...

Il repoussa les épées, se pencha, posa ses lèvres sur le front tendu, anxieux. Et plutôt que de la retrousser, il fit glisser la camisole sur une épaule, puis sur l'autre.

Son cœur bondissait.

A partir de cette bouche fervente et de ces seins drus, tout ne serait qu'une question de patience et d'itinéraires... Il avait tout son temps et se sentait en veine d'imagination.

Les armes, les pièces de l'armure tombèrent : Clotilde les avait éloignées.

Il sentit une paume fraîche sur sa joue. Un doigt suivit lentement les lèvres de la cicatrice.

— Didier était un malandrin, messire. C'est pourquoi j'ai voulu demeurer au hameau... loin du fouet et du braquemart.

Etait-il nécessaire qu'elle parlât ? Et surtout d'un hutin tel que Saint-Rémy ?

Ogier de ses doigts effleura des douceurs secrètes. D'autres lèvres, d'autres contours. Clotilde soupirait, attentive et béate, anxieuse et décidée.

— As-tu confiance en moi ?

Elle cilla des paupières et il s'aperçut que sa voix n'eût pas été différente s'il lui avait demandé : « As-tu faim ? »

Allons, les mots, maintenant, seraient tous inutiles. Peut-être, plus tard, entendrait-il un cri, un second « Aïe », ou bien un gémissement. Ou rien.

Rien, sous les mouvements de leurs corps accordés, que les frémissements d'un matelas de paille.

Clotilde évaporée, à la fois inassouvie et sevrée, Ogier dormit. Lorsqu'il se réveilla, la vesprée commençait, paisible comme toutes celles d'avant la venue de Knolles, mais sous un ciel livide et charbonneux. Contemplant la haute cour, puis levant les yeux vers le châtelet d'entrée et les courtines, le damoiseau ne vit que quelques hommes et femmes silencieux, aux allures lentes. Seuls les veautres de la meute aboyaient : ils flairaient infailliblement un orage. Tomberait-il du ciel ou naîtrait-il de la terre ? Saladin l'avait pressenti lui aussi : il grattait à la porte. Sitôt entré, il se jeta sur le lit.

Ogier resta debout. Bien que nu, il lui semblait porter un pourpoint trop étroit pour sa poitrine où son cœur cognait dru : ses battements retentissaient, violents, de sa nuque jusqu'à l'extrémité de ses doigts.

« Je suis las. »

Clotilde n'y était pour rien. Chaque jour, quelques lambeaux d'une énergie minutieusement développée en cinq ans s'arrachaient à lui, et le souci discontinu d'une possible défaite n'intervenait point dans cette inquiétude. Il était incapable d'approfondir cet état d'exténuation et de mélancolie comme il était incapable de le révéler à quiconque. On eût dit qu'il se pétrifiait en même temps qu'il sentait ses muscles s'amollir. Son esprit se laissait pénétrer d'une grisaille et d'une affliction sournoises. Quelques jours plus tôt, il se serait guéri de cet inconvénient en sellant Marchegai pour partir galoper dans les terres en compagnie de Saladin. Il n'existait présentement aucun remède.

Il s'aperçut que sa chandelle était usée. Il renonça à s'habiller pour en quérir une neuve. D'ailleurs, bien que la nuit fût tombée, il y voyait suffisamment : au-dessus de Coulaures ou d'Excideuil, le tonnerre roulait ses barriques et des lueurs troublaient le ciel. Le vent soufflait une haleine chaude, tenace, irrégulière, prodrome, sans doute, d'une nuit pénible. Pour le moment, les bruits de pas, dans l'enceinte, prenaient une intensité réconfortante : contrairement aux soirées précédentes, la peur de Knolles ne hantait ni les esprits ni les bâtiments ni les cours. Des clartés passaient, sautillantes : on allait remplacer les torches consumées ou éteintes. Rechignac vivait à petits feux dans l'ignorance hypocrite de ceux des envahisseurs.

« Et moi ?... Suis-je victime d'un sortilège ?... Pourquoi cet ennui ?... Quand vais-je partir pour Gratot... si je ne reçois pas la mort sur ces parois ? »

Il s'approcha de la fenêtre et sa tristesse s'accrut. Rechignac, orage ou non, continuait d'être un décor préparé pour les tragédies cruelles, les aventures extraordinaires comme celles des Gestes et des récits des trouvères.

Soudain, il frissonna :

« Tudieu !... Elle est folle ! »

Un fantôme marchait sur le chemin de ronde : Tancrède. Elle s'était enveloppée d'une robe blanche dont les larges manches, violentées par le vent, flottaient comme des bannières. Les guetteurs feignaient d'ignorer sa présence, mais tous se retournaient quand elle était passée. Tous imaginaient le contenu de ce taphetas qui, avec une exactitude éhontée, leur révélait l'ombre d'un corps dont ils eussent certainement voulu profiter. C'était beau, âpre et grandiose qu'elle eût osé affronter ainsi le temps et les hommes pour savourer peut-être, sur les éléments intangibles ainsi que sur les reins et les cœurs, les effets d'une suzeraineté en laquelle elle voulait et pouvait croire. Déployant aux bourrasques ses manches séraphiques, elle eût peut-être dansé si elle ne s'était souvenue de la géhenne qui la menaçait, elle aussi. N'importe : il y avait de la volupté dans la certitude du désir et de la sujétion qu'elle imposait aux manants et aux soudoyers du guet. Il semblait qu'instruite de leur courage, elle eût voulu ce soir éprouver leur vertu.

Poings aux hanches, elle s'arrêta pour défier l'orage et le vent dont les flagellations vastes et éphémères emplissaient désormais le ciel de Rechignac. Aucun doute : il n'y avait pas que les luisances de la foudre qui, cette nuitée, illuminaient le ciel. Il y avait les flammes éthérées d'une robe liliale sous laquelle Tancrède brûlait, elle aussi.

Ogier l'observait, hiératique, essayant d'amasser de coup d'œil en coup d'œil tous les nébuleux détails de cette vision inattendue, et fournissant des efforts pour raccorder ce qu'il voyait avec ce qu'il imaginait. Et bien qu'elle fût lointaine et comme intangible, ignorante de l'aguet dont, de sa part, elle était l'objet, mais devinant sur son corps toutes les envies saines et pernicieuses qu'elle suscitait, il se sentit atteint par la magie du désir ; un désir plus aigu, plus corrosif et sommaire que lorsqu'elle était proche de lui et qu'il la pouvait toucher.

Il suait. L'ardeur diurne persistait encore, ou bien il s'enfiévrait.

« Non, se dit-il. Non !... Ne la regarde plus. Ne t'enivre plus d'elle ! »

Il quitta la fenêtre. Le seul antidote dont il disposait ce soir contre le poison des sens, c'était ce second lui-même, son ombre de métal scintillant : son armure. Et parce qu'il était déçu — mais de quoi, vraiment ? — et insatisfait, il la regarda, démembrée, au pied de son lit.

« Elle est plus belle que la milanaise. Un fer plus épais : impénétrable. »

Comme pour acquiescer à son propos, l'orage se courrouça. Un orage sec, aux fureurs étincelantes ; un ciel aux arborescences touffues, aux zébrures d'acier promptes et sauvages. Il semblait que les nuées, après des craquements d'arbres prodigieux, vidaient de loin en loin de pleins tombereaux de gravillons sur la terre.

Dans le vaporeux clair-obscur de la chambre, le damoiseau se mit à recomposer son armure sur les dalles, ajoutant, à chaque éclaircie, un membre au torse de fer. Elle devint pareille à un gisant de métal, tantôt sombre, tantôt resplendissante quand la nuit entrouvrait ses tentures pour trancher, d'une arme prompte, quelque lieu de la campagne. Alors, par l'accentuation insolite des bombés et des contours, par la magie venue d'En-Haut avec les premières gouttes de pluie et qui semblait parfois remuer ses membres, le temps d'une fulguration, l'œuvre de fer s'embellissait d'une vitalité miraculeuse.

Ils formeraient un couple merveilleux. Réceptacle de son corps, protectrice de sa vigueur, cette écorce sublime postulait ce soir une existence vraie. Il la lui donnerait. Ils vaincraient Blainville ensemble.

— Tu es belle !

Il y avait tant de vie parfaite dans cet ingénieux assemblage forgé à sa semblance qu'il fut secoué par un sanglot de bonheur et de fierté.

— Mon armure !

Ses yeux le picotèrent. Joie ou sommeil ? Plus encore qu'en compagnie de Clotilde, il aurait épicé d'un plaisir ardent cette journée au terme de laquelle, maintenant, la pluie tombait à verse.

Une crainte ou une curiosité lui vint, dont il fut indigné tandis qu'il l'exprimait à mi-voix :

— Que fait-elle ? Est-elle demeurée sur les aleoirs pour défier les éclistres et l'effoudre [1] ? Ce serait bien d'elle, cette hardiesse inutile !

Il résista au désir de marcher vers la fenêtre surtout lorsqu'il eut entendu un cri. Etait-ce bien *« Ogier ! Ogier ! »* ou l'appel implorant d'une bourrasque à une autre ? Il l'imagina courant vers le donjon, tous ses appas révélés à travers la fine étoffe ruisselante. Elle devait être transie. Bien fait pour elle !

Agenouillé comme devant une sainte relique, il tâta le fer d'une cubitière. Fer poitevin, meilleur que celui de Milan : plus épais, plus solide et plus souple aux jointures. Il en était persuadé. C'était aussi l'opinion de Blanquefort [2].

1. Les éclairs et l'ouragan.

2. A cette époque, il semblerait que la France (et assimilés : Bourgogne, Languedoc) et l'Angleterre (où la première armure de plates fut créée en 1327 pour sir John d'Aubernon) aient été vraiment en avance sur l'Italie (trop sophistiquée) et la Germanie (influencée par ses rapports avec les primitifs de l'Est).

Dans l'art de la guerre qu'on ne fait jamais, les Italiens atteignirent le pinacle. Chaque fois qu'il y eut, chez eux, quelques décès lors des batailles, c'était la preuve qu'il y avait en ligne des mercenaires étrangers qui se servaient d'armes « utiles » mais dont la solde n'avait pas été versée. L'arsenal de Venise est une belle et merveilleuse exposition,

Il s'aperçut que sa fièvre empirait. Pour l'apaiser, il s'allongea sur les dalles, si près du vêtement de fer qu'il le touchait du coude, de l'épaule et du genou. Il était adossé, il roula sur le flanc, passa un bras sur le plastron qu'un éclair, le dernier peut-être, fourbissait.

— Tu es belle et bientôt nous nous ferons honneur.

Il l'enlaçait comme une chaste et fiable compagne. Dehors, le ciel pleurait la perte de ses épées, épieux et bombardes, et la lune enneigée annonçait du beau temps.

à 90 %, d'armes, armures et instruments qui ne servirent jamais et n'avaient point à le faire sauf, justement, en exposition.

Les Espagnols donnent un tout autre tableau, car imprégnés des travaux des Flamands, des Allemands et plus encore des Français. Encore que l'influence italienne s'y soit fait çà et là sentir.

Il serait inconvenant d'évoquer l'influence arabe, relativement stérile. Au XVe siècle, les Maures n'avaient accompli aucun progrès dans la fabrication des armes. Ils se trouvaient approximativement au niveau du XIIe siècle.

DEUXIÈME PARTIE

LE GLAIVE ET LES ÉPERONS

I

— Rien, Ogier ?

— Rien, mon oncle... Je n'ai ni bougé ni dormi de la nuit.

— Quatre jours sans aucun remuement... Quatre jours vides ! Le beffroi inachevé. La jetée abandonnée...

— Sans doute, mais ils ont monté d'en bas tant de pierres qu'ils pourraient construire une muraille.

— On verra... on verra... Canole et ses capitaines sont peut-être partis pour toujours, et leurs piétons attendent un nouveau chef... Derby, Kenfort, Penebroch[1]... Nous voilà le 26, jour de la Saint-Barthélemy... N'es-tu pas las ? Je ne t'ai jamais tant vu sur nos parois.

— Leur inaction est tellement étrange que ma contention s'en trouve accrue.

— La mienne commence à s'épuiser. Tu peux sourire : c'est la vérité vraie !... Et encore, je ne me plains pas : mes nerfs tiennent. Tu devrais aller te reposer.

Ogier acquiesça. Se reposer ? A peine serait-il enfermé dans sa chambre que Clotilde frapperait à l'huis.

Le baron cracha au-delà d'un créneau.

1. Pembroke.

— Et tous ces morts puants... Et ce roi ou ce duc Jean, surtout, qui aurait dû paraître... Souviens-toi de ce chevaucheur, Savignol, je crois, qui devait nous l'amener !

— Peut-être a-t-il trouvé la mort sur son chemin.

Dans la cour obscure passaient trois hommes. Des culverts armés : c'était leur tour de guet. Que pensaient-ils de cette inertie ? De cette paix fragile, presque insoutenable ?

— Ils s'énervent, dit Guillaume. Tous... Toutes... Ils s'excitent et je les comprends... Moult appétits les tourmentent.

Passé l'hébétude des premiers jours de fureur et de deuil, les reclus de Rechignac avaient faim, et quoique bridés à table, faim d'autres choses que de nourriture. Dans l'exiguïté des hauts murs, faim d'espace. Dans la promiscuité des logis et des galetas, faim d'aisance et d'intimité. Dans le réseau des contraintes diversement accueillies, faim d'agir à leur gré, même en des intentions néfastes. La peur s'était insinuée partout. L'envie, sa bâtarde, déployait ses malices. Blanquefort avait été prévenu de certaines roberies : morceaux de pain, de fromage et de viande détournés çà et là, aux repas, et conservés en prévision d'une défaillance et même d'une disette ; ceintures, couteaux, vêtements, affiquets sans éclat ni valeur, mais transmis soigneusement au sein des familles, de père en fils, de mère en fille. Comment aurait-on pu découvrir les coupables ? Et même, appréhendés au corps, eût-il fallu les châtier ? C'eût été se priver de leur participation à la sauvegarde du château : selon Guillaume, leur défaut ou leur vice n'excluait pas leur vaillance. Il se pouvait même qu'il l'endurcît.

— Quatre jours, répéta le baron. Nous jeûnons et pourtant des ventres vont s'emplir !

De toutes les faims susceptibles de tenailler l'être humain, la plus puissante était charnelle. Ces longs jours et ces longues nuits de répit, quelle aubaine ! Il fallait employer ce corps tant menacé ! Il fallait en jouir. L'amour — ou son simulacre — obsédait la communauté des adultes. Et qu'importaient l'endroit et la brièveté des étreintes : si incommodément qu'elles fussent accomplies, ces convulsions-là vaudraient toujours mieux que celles du trépas.

Ogier observait ses compagnons et compagnes avec un intérêt grandissant. Sous la double souveraineté de l'attente et de l'angoisse, ils formaient une société apparemment homogène, mais dont les mœurs, les fermentations et les fissures ne pouvaient passer inaperçues. Qu'adviendrait-il de tous ces gens après le siège, si les Anglais refluaient ? Jamais ils ne pourraient revivre comme autrefois. Un autrefois pourtant si proche.

— Avez-vous vu, mon oncle, les parois des latrines ?

— Évidemment... Cette trêve est le levain des secrètes passions.

— Des passions ou des lubricités ?

Plus l'incertitude et l'anxiété fortifiaient leur emprise, plus la licence affleurait. Ainsi, en ces quatre jours mornes, les portes et les murs des latrines s'étaient couverts de dessins plus hardis les uns que les autres, soit gravés au couteau, soit tracés à la craie, certains peut-être par des mains féminines. Il avait suffi d'un seul pour susciter la contagion. Cependant, aucun assiégé, en quittant les logettes, ne semblait avoir remarqué cet étalage de désirs, de stupre et, puisque quelques-uns savaient écrire, de méchancetés : car c'était à l'occasion de cette émulation scripturale que s'affirmaient surtout les aversions, les perversités latentes, et que se revanchaient les impuissants, les rejetés, les niais et les cocus : tous les perdants du grand jeu de l'amour. Depuis quatre jours, vivre ne consistait plus à accomplir du matin au soir des tâches dures, périlleuses ou fades ; vivre c'était assouvir ses faims-valles de quelque façon que ce fût.

— En purgeant leurs envies ils s'allègent l'esprit.

— Ce n'est point encore Sodome ou Gomorrhe ! dit Guillaume en riant. J'ai vu ces murs et ces portes... Nos gens s'aperçoivent tout à coup de l'importance du corps. Il est devenu pour eux un dieu exigeant, friand de sacrifices ou d'offrandes. Je n'ai le droit, moi, que d'être exigeant sur un point.

— Lequel ?

— La vaillance.

— Certes... Or, je crains pour nos hommes qu'elle ne soit menacée de l'intérieur.

— Par quoi, mon neveu ?

— La présomption.

— Que le péril revienne et tu verras : ce ne sera ni la hautaineté ni l'envie de forniquer qui envahiront leur tête et leur boudine, mais à nouveau la peur et sans doute l'effroi.

En ces jours de répit où elles les côtoyaient davantage, les femmes devinaient combien le fait d'avoir repoussé plusieurs fois des Goddons réputés invincibles avait développé la jactance des mâles. La plupart d'entre elles leur vouaient une reconnaissance un peu rude — à leur image ; d'autres se signalaient à l'attention de quelques-uns par un merveillement, mérité ou non, duquel ceux-ci tiraient un orgueil sans outrance. Cependant, aux protestations qui parfois trouaient le silence nocturne, le damoiseau comprenait que certaines filles ou femmes s'indignaient d'être les objets de désirs abrupts, ignorant qu'après la dernière bataille l'ardeur des hommes leur était tombée du cœur au ventre et que leur virilité, avivée par la violence et la fureur, avait besoin de s'affirmer sans trop de vellications dans la conquête et la possession.

Auraient-elles pressenti la médiocrité de leur rôle que les naïves et les honnêtes eussent renoncé à une aménité que les plus turbulents pouvaient interpréter comme un signe de disponibilité alors qu'elle était l'expression d'une gratitude innocente ? Quelles qu'elles fussent d'ailleurs, libres ou non, les assiégées de Rechignac, dévisagées, évaluées, appréciées ou dépréciées comme des captives sur un marché d'Orient, ignoraient qu'elles étaient devenues des proies, des compensations, des orifices. Elles croyaient leurs guerriers enclins à la tendresse, voire à la délectation ? Ils ne songeaient qu'à s'accoupler : *« Je te préserve des viols qui te menacent. Tu me dois bien ça ! »* Entourées par ces hommes et ces adolescents qu'elles trouvaient soudain plus attrayants et plus membrés que d'ordinaire, quelques-unes, sages ou effrontées, recouvraient les émois de leur puberté ; d'autres, niaises ou finaudes et cherchant un époux, soignaient leur mise, leur coiffure dans l'espérance d'être distinguées par les plus avenants ; les pucelles roucoulaient ou se querellaient pour une œillade, un sourire, puis s'enfuyaient, résolues à se garder — combien de temps ? Sauf les vieilles, confinées au donjon, toutes se savaient cernées par ces concupiscences lourdes ; toutes sentaient glisser sur leur chair les avidités de ces hommes en rut. C'était comme une épidémie d'amour aux remèdes diversifiés. Pour conserver son époux, la vertueuse devait renier ses reculs, ses pudeurs, ses migraines, sous peine de le voir chercher ailleurs des satisfactions immédiates. La mal-mariée qui jamais n'avait rassasié pleinement ses appétits pouvait, quand son époux veillait sur les hauteurs, errer du côté des granges : elle était assurée d'y ripailler à l'ombre. La veuve — même récente comme Aliénor, Margot et Pâquerette — pouvait être consolée, soit par un galant veuf ou non, soit par un hardi jouvenceau. Celle qui n'avait cessé d'être maltraitée pouvait connaître enfin des égards mirifiques et, se croyant choyée selon ses vœux, gémir différemment qu'aux saisons des sévices. Quant à la drôlesse insatiable, elle ne chômait point sous le chaume.

Il y avait aussi les laides et, parmi celles-ci, une boiteuse et un bec-de-lièvre. Sentant passer sous leur gipon le souffle vigoureux de ces priapées, elles erraient, la nuit venue, aux lieux les plus obscurs pour condescendre à des assouvissements véloces et aléatoires, partant dépourvus de la béatitude espérée. Mais quoi : Dieu leur avait fourni un sexe ; au moins, par lui, elles ne différaient d'aucunes. Toutes ces femmes estimées plus dérisoirement que d'ordinaire ne s'étaient jamais senties aussi indispensables. Et suzeraines. Déjà, au sortir de la chapelle où elles ne manquaient point d'expier leur péché pour le mieux récidiver dès que possible, quelques-unes s'observaient d'un œil moqueur ou méprisant ; déjà, des hommes échangeaient des lobes [1] venimeux, voire des menaces à propos des privautés dont ils se vantaient. Des deux côtés, le plaisir étanché peu ou prou, la défiance et l'égoïsme annihilaient la bienveillance, voire des amitiés qu'on avait crues tenaces.

— A quoi penses-tu, mon neveu ?

— Je pensais que notre guerre s'assortit déjà de corps à corps.

Le nez de Guillaume se fronça. Il eut un geste vers les fossés :

— La flaireur de leurs charognes est plus forte qu'hier.

Rechignac sentait la peur, le sang, la suette et les humeurs d'une vie en partie sens dessus dessous et qui s'écoulait plus intensément que naguère. Cette moiteur pernicieuse dégageait aussi une odeur de fourrage à laquelle les femelles semblaient plus sensibles que les mâles. Fallait-il s'inquiéter de ces mœurs nouvelles ? Non : nul n'y pouvait rien. En constant péril de mort, la quête de la volupté, même réduite à quelques coups de reins, apparaissait licite. Nécessaire. Et la véhémence qui poussait ces gens à s'unir procédait peut-être de la volonté profonde, instinctive, de pérenniser l'espèce comme les animaux de l'Arche alors que soufflait la tempête. Forniquer pour l'homme, c'était faire

1. Moquerie. On disait aussi *gabe* ou *gailles*.

souche ; c'était, en passant par le plus ancien des solas et en se conformant à la première loi de la Nature, s'amorcer une descendance ; se revivifier à long terme... Alors, une fois qu'on se serait bien empiffré d'ardeurs charnelles, le trépas pourrait survenir : au fond d'un ventre féminin repu de béatitudes saumâtres, la vie serait ensemencée...

— Ne reste pas là, Ogier, dit Guillaume. Va... viens... Rien n'est pire que ce silence et cette immobilité... Parfois, je me dis qu'ils n'achèveront jamais ce beffroi... Parfois, je le vois nous accoster comme cette nef anglaise, à l'Écluse... Tu te souviens ?

— Je n'ai rien oublié. Ni cette nef ni les autres ni Blainville et son abject Ramonnet.

— Alors, tout va bien... Songe à ton retour et à ta vengeance. Ça te fera passer le temps.

Dans la cour, Brouzeix marcha à la rencontre d'Ogier, devançant de peu Faenzac et Camboulive.

— Messire Argouges... A cause du silence et de l'oisiveté, on parle, on parle... On croit à peine à notre sauvegarde... Moi, je dis que si Bressolles avait accompli son devoir, il serait de retour.

Ogier ne répondit pas. Bressolles ! Où était-il présentement ?

— Moi, je dis mieux, messire, intervint Camboulive. Je dis qu'il a rejoint Canole dès sa sortie des murailles, et que ce beffroi, c'est une idée à lui... Il avait pas son pareil ici pour bâtir des échafauds.

— Moi, je dis, ajouta Faenzac, qu'il ne se montre pas par crainte de recevoir un carreau dans la panse... Mais il est quelque part devant nous... Jamais il n'aurait fallu lui confier nos vies et lui montrer le souterrain.

Il avait un visage osseux, des prunelles noires, sauvages ; la peau couenneuse, la bouche large et molle car vingt ans plus tôt un coup de plat de lame lui avait brisé les dents. Il ajouta en crachotant :

— Que je l'aperçoive et avec ça, j'écourte sa vie !

Il secoua nerveusement son arbalète ; Ogier immobilisa son bras :

— Si Bressolles était un traître, les gars, il y a belle heurette que les Anglais et leurs maudits alliés Gascons seraient entrés ici, et justement par ce souterrain dont il connaît les deux accès !

Il les quitta. Quatre jours mornes, en dépit du soleil. En face, les archers ennemis aux aguets derrière leurs mantelets. Sur quoi déboucherait cette fausse trêve ? Bientôt, le jour paraîtrait tout à fait...

Saladin rejoignit Ogier, s'arrêta, se gratta. Les puces. Quand pourrait-il les noyer dans l'Isle ?

— Tu viens ?

Suivi par son chien, le garçon longea les étables. Là-haut, Clotilde dormait. Tiens, Jean passait. Venant d'où ? C'était étrange qu'il fût sans compagne.

— Viens m'aider à m'adouber.

Jean s'inclina, la main sur la prise de son épée. Une fois dans la chambre, et tout en ajustant adroitement les mailles et les plates de fer, il dit d'une voix soudain mal assurée :

— Messire, nos gens sont las... Las d'incertitude... Fumeux [1] comme votre faucon.

— Je sais... Titus perdra un peu de son ardeur à la chasse... Nous, il nous faudra sans doute en avoir davantage... Mais ne crois pas me faire une révélation : je sais tout ce que nos gens éprouvent... Et dis-moi : tu t'y prends bien... Qui t'a appris à restraindre ces plates [2] ?

Le trompeor parut embarrassé. Etait-ce lui qui... Non, c'était impossible ! Tancrède ne l'eût pas sollicité

1. Coléreux.
2. *Restraindre les plates* : vêtir un homme d'armes de son armure.

pour endosser un habit de fer... Mieux valait s'abstenir de poser une question pareille !

Ils redescendirent et Jean se hâta vers les écuries pour y panser quelques chevaux. Ogier avança, solide sur ses jambes. En quatre jours, l'armure lui était devenue plus familière. Il s'approcha du donjon. Près du pont, des manants écorchaient un bœuf dont les flancs frémissaient encore.

— Ah ! pourquoi suis-je venu entasser des pierres en cet endroit et risquer la mort au moment où j'en avais fini ? se plaignit un homme au visage rougeaud sous sa chevelure brune, qu'Ogier ne reconnut pas, tout d'abord. Vous voyez ce pont-levis ?... Un geste et je peux l'abaisser... Je suis sûr qu'ils nous respecteraient si nous leur ouvrions. Ils sont aussi hodés [1] que nous.

— Cesse tes gailles [2], Rigobert, dit Margot Champartel en se relevant.

Elle était vêtue de noir de sa coiffe aux sabots. Son couteau rougeoyait dans sa paume. Voyant l'homme s'éloigner à pas vifs en direction des tours portières, elle commenta :

— Faut le comprendre, messire Ogier. Il est de Perpignan. Cinq ans qu'il œuvre à Rechignac... Là-bas, il serait à l'aise... Après tout, l'Aragon ça vaut mieux que la France !

— Il nous semble à tous, Margot, que notre vie serait meilleure, en ce moment, partout ailleurs qu'où nous sommes.

Au dépit de ne savoir comment rassurer ces gens s'ajoutait, pour le damoiseau, la gêne de leur fournir, involontairement, dans son armure neuve, une image extérieure de lui-même faite d'orgueil et de sérénité.

— On se demande si cette géhenne va durer longtemps, continua Margot. Certains prétendent qu'il aurait fallu obéir à l'Anglesche quand il nous a enjoint

1. Fatigués, exténués.
2. Bêtises.

de le recevoir... Hé ! Hé ! messire : le Rigobert n'est point seul. Mais pour les dénoncer, faut pas compter sur moi !

— Obéir à l'Anglesche ? s'écria une commère soudain debout. Moi, les couards de chez nous qui osent parler ainsi, je les voudrais bien connaître ! Quant au Rigobert, il est fol... Ça se voit grossement mais moi, je lui pardonne.

Trente ans. Sèche, blonde avec des tresses aussi grosses que ses bras, haillonneuse et sentant la suie, telle était Colinette Massoutier, l'épouse du forgeron. Elle toussa et se détourna pour sécher de sa manche son nez pointu. Satisfaite, elle offrit ses yeux noisette, humides, à l'examen d'Ogier.

— Faut vous dire, messire, que ce siège commence à nous hérisser. Laurent, mon homme, pense que Bressolles est mat... Mais ça n'empêche pas la confiance en Dieu, même si son ministre, en nos murs, foire chaque jour un peu plus dans son froc !

Penchée sur un vieillard chauve, à la barbe en friche, occupé à ouvrir le ventre du bœuf, la commère interrogea :

— Edmond, toi qui ne parles guère : que se serait-il passé si les Goddons et les Gascons étaient entrés céans en amis ?

— La même chose, Colinette, que s'ils entrent maintenant en ennemis.

— Ça ne fera guère de changement à nous qui vivons les uns sur les autres... les femmes plutôt en dessous !

De l'index, Aliénor toucha le plastron de fer étincelant :

— Vous, messire Argouges, avec ce que vous portez sur le corps, vous ne craignez rien !

— Ah ! oui, fit Edmond avec une espèce de plaisir sauvage, en travaillant de son couteau le ventre béant.

A cause de ce ventre, le courroux d'Ogier fut plus fort que sa raison :

— Je crains les coups autant que vous. Et ma peur quelquefois est pareille à la vôtre... Quand, Edmond, tu puisais de l'eau à la citerne pour éteindre le feu du logis des soudoyers, j'étais là-haut avec nos hommes pour contenir la fureur des malandrins... Et je ne sais pourquoi je reste en vie plutôt qu'un autre !

— Il a raison, dit Aliénor en s'accroupissant pour reprendre le sanglant découpage.

— Mille regrets, messire, dit Colinette. Ce beffroi nous effraye. On se demande si ce coup-ci vous pourrez retenir ces méchants.

Le damoiseau n'avait jamais vu tant de hurons d'aussi près. Ils avaient les yeux chagrins, les mâchoires serrées dans une expression d'incertitude à laquelle il compatit.

— Ces forcenés ont perdu au moins deux cents hommes. Ils ont bien le double de navrés au-delà du fossé... Je veille aux créneaux avec vos maris, vos fils, vos frères... Voilà deux nuits, j'ai entrevu des feux du côté d'Agonac... Une armée doit s'y former qui viendra nous secourir.

Si seulement la petite graine d'espérance qu'il jetait dans ces esprits pouvait lever !

— Je vous crois pas, dit Colinette. Mais c'est un petit péché que ce mensonge-là... J'étouffe en ces murailles et ne suis pas la seule !

A cet instant, la machinerie du châtelet se mit en branle.

— Rigobert... Bon Dieu, Rigobert, gémit Margot. Il en parlait et il l'a fait.

Avec ses trémulations et ses cliquetis habituels, le pont s'inclinait lentement. Déjà, l'alerte était donnée au sommet des murailles, mais de là, nul ne pouvait intervenir et pénétrer dans les tours.

— Holà ! On a verrouillé la porte du dedans ! cria Guillaume, courbé tellement en avant, sur le bord de l'aleoir, qu'il pouvait choir dans le vide.

— La mienne aussi, vociféra Girard, en haut du bâtiment voisin.

— Qui est-ce ? interrogea Guillaume.

— Rigobert, messire, hurla Jean. Et voilà que la herse remonte !

Taca taca taca : il semblait à Ogier que le bruit familier le narguait.

Vitupérant à haute voix son impuissance, le baron, maintenant, agitait les bras. Derrière lui, un homme — Calmels — s'acharnait à forcer la porte à coups d'épaule.

— Les treuils... les treuils !

Le saisissement d'Ogier disparut. Avant de maîtriser le maçon qui pouvait, par la machinerie, passer d'une tour à l'autre, il fallait immobiliser les treuils.

Les chaînes du pont se déroulaient ; celles de la herse s'enroulaient ; les engrenages grinçaient dans des soubresauts dont le soudain silence aggravait le vacarme. *Taca taca taca* : déjà, derrière les barreaux de la herse mouvante, un rectangle de ciel apparaissait, entre le linteau de la voûte et l'extrémité du tablier.

— Allons, les gars, hurla Guillaume, relâchez pas la surveillance ! Ils peuvent profiter de l'occasion et se ruer sur nous.

Essoufflé, furieux, angoissé, Ogier pénétra dans la tour où le maçon était entré. Le pont, avant tout. La herse ensuite... Plus le tablier s'inclinerait, plus il pèserait sur les fléaux, et plus hâtivement il atteindrait son assise.

— Rigobert... Je sais que vous manœuvrez la herse. Cessez !

Il avançait dans l'escalier. Cinq marches !... Dix... Il y en avait trente. « Cette armure ! » Et Confiance dont la bouterolle éraflait la muraille.

Ah ! enfin... La porte était ouverte.

Les machines se trouvaient là, sous le pavement de la courtine, dans une pièce longue, étroite et basse, empestant la poussière, le suif et l'axonge.

A la clarté grise des meurtrières, les cylindres de chêne couchés comme des broches énormes sur leurs appuis de fer scintillaient. L'un, celui de la herse, était immobile ; l'autre, celui du pont, déroulait ses chaînes en secouant, au-dessus de lui, les poulies de transmission dont certaines grinçaient. Ogier enragea :

— Bon sang ! Ça tourne trop fort. Je me briserais les mains à vouloir attraper ces signoles[1] !

Il trébucha sur la paillasse de Guillaume, saisit le levier d'arrêt et le tira vers lui. Les cliquets s'incrustèrent dans les pignons et le treuil sursauta. Trop tard ! Un choc violent, dehors : le tablier venait d'atteindre ses appuis.

— Holà !... A l'aide !

La porte intérieure donnant sur l'escalier de la seconde tour était ouverte. C'était par là que le maçon avait fui.

— Venez donc m'aider, Rigobert... On vous pardonnera.

Rien. Ne pas s'affoler. Enrouler les chaînes autour du cylindre.

Cramponné au mancheron d'une des manivelles, Ogier tira en sens inverse du déroulement des chaînes et jura, car les engrenages résistaient. Une ombre surgit.

— Vous en faites pas, messire, dit Faenzac... En face, ils étaient si ébahis qu'ils ont pas bougé.

Il précédait Camboulive, Brouzeix, Girard.

— On va s'en occuper... Allez débucher Rigobert. Il est dans la tour d'à côté.

Ogier s'engagea dans l'escalier dont il descendit difficilement les marches. Dès qu'il fut au-dehors, il s'immobilisa :

— Quel marmouset, ce Rigobert !

Le tablier remontait, et sous la herse immobile, le maçon courait en direction du fossé, comme pour

1. Manivelles d'un treuil.

le franchir d'un bond. La pente de plus en plus raide et glissante contrariait sa progression.

— Arrêtez donc ! Arrêtez ! Vous vous tuerez ou ils vous tueront.

Mais le maçon s'obstinait.

— Cesse donc, cria quelque part Blanquefort.

Une sagette siffla. L'homme s'effondra, dévala sur le ventre, raclant de ses ongles et de la boucle de sa ceinture les ferrures et le bois du pont-levis.

Ogier se précipita :

— Rigobert !

L'homme, à genoux, bavait du sang. Il tomba sur le ventre. Mort.

Ogier se retourna pour connaître l'auteur de ce meurtre inutile.

L'archer se tenait sous les chênes et Jean, sans respect, l'abreuvait d'injures :

— Par saint Michel, messire Augignac !... Espèce de malfaisant ! Vous venez d'agir comme personne ne l'aurait osé... Rigobert était parmi les meilleurs à la défense ! Je l'y ai vu, moi, et pas vous !

— Tais-toi, Jean ! Ferme ta sale goule de culvert ou tu vas le rejoindre ! C'était un traître !

Le trompeor avait fait un pas en arrière. Son poing branla devant la face de l'écuyer :

— Vous pouvez tirer votre poignard. Vous ne m'effrayez pas. Quand je vous ai vu l'ajuster — faut dire : avec délices — je vous ai dit : *« Non, non ! »* Mais n'ayant point atterré un seul Goddon, vous étiez fier d'occire l'un des nôtres... Ça vous excitait. Voilà quatre jours que vous ne savez plus qui foutre, alors il vous fallait une compensation !

Etait-ce Renaud qui, selon Jean, avait violé la Bertine ? Le trompeor semblait sûr de lui et, à l'entendre, d'autres viols avaient été perpétrés. Par Renaud ? Renaud seul ou avec Haguenier ?

— Tais-toi, fils de pute !

L'arc tomba. Le poing ferré de Renaud atteignit le trompeor à la bouche.

— Voilà comment je traite les hurons de ton espèce !

L'écuyer dégaina mais ne put faire usage de son poignard : Blanquefort s'était interposé.

— Remise cette lame au fourreau... Allons, obéis, Augignac. Où as-tu pris que Rigobert était un traître ?

L'écuyer recula, furieux.

— Pourquoi as-tu frappé Jean ?... Parce qu'il te disait que tu viens de te conduire comme un saligot ?

Déconcerté, Renaud fit : *« Euh »* et reçut un revers de main en plein visage.

— Messire, vous me paierez cette gourmade !

Blanquefort doubla son coup.

— Et quoi encore ?... Des menaces !

Renaud saignait par la bouche et le nez. La douleur, cependant, comptait moins que la honte : cinquante témoins assistaient à sa punition.

— Tu nous as tué un homme, Augignac. Un homme que j'ai vu se battre. J'en connaissais la valeur... Ne sais-tu pas qu'un couard repenti devient le meilleur des guerriers ?... Qu'as-tu retenu de mes leçons ?

Une gifle encore. Renaud chancela.

— Tu nous as privés d'un homme qui nous fera défaut un jour ou l'autre... Et pourquoi ?... Pour qu'on t'admire ? Or, qui merveilles-tu en ces lieux ?... Personne... Tu t'es cru autorisé à rendre la justice... On aura tout vu ! Un trou du cul merdeux qui se prend pour un juge !

Blanquefort désigna le puits et, souriant :

— Voilà : il y a trois petits chênes, et messire Augignac, dessous, s'est pris pour Saint Louis.

Des rires s'élevèrent, soulageant Ogier de sa stupeur.

— Maintenant, Augignac, marche jusqu'au défunt.

— Mais...

Le sénéchal avait tiré son épée.

— Va !... Occire un homme ainsi est une chose

aisée... Je veux te voir exprimer du remords... Allons, va ou je te pique le cul de ce bon acier poitevin !

Augignac s'immobilisa devant le corps de Rigobert.

— Ote ta sagette et jette-la.

Augignac obéit.

— Retourne-le, qu'on voie sa face.

Augignac obtempéra mais n'osa regarder le visage du défunt dont le flotternel se poissait de sang.

— Ce maçon, Renaud, n'était pas un Goddon... Pas un Gascon. Un homme de l'Aragon : un ami... Jamais, tel qu'il s'était engagé sur le pont, il ne serait sorti de nos murs... Tu l'as transpercé dans le dos par plaisir... Demande-lui pardon.

Ogier sentit son cœur se gonfler. Le sénéchal se délectait. Guillaume apparut et n'intervint pas.

Regardant dédaigneusement la lame de Blanquefort, Renaud s'agenouilla. Son ombre couvrit la tête de Rigobert.

— Pardon, dit-il sans repentir et même, semblait-il, avec une sorte de jubilation.

— Baise-le, intima Blanquefort.

Renaud baisa le mort sur le front et se releva.

Le sénéchal eut un mouvement de tête approbatif, frotta sa main sur la poitrine ensanglantée du maçon et en contempla la paume.

— Approche, Augignac.

L'écuyer obéit et reçut la dextre vermeille en plein visage.

— Comme la vergogne ne te faisait pas rougir, que ce soit le sang de ta victime qui s'en charge !

— Je me vengerai !

— Essaie, mais ne manque pas ton coup !

Renaud se dirigea vers le donjon.

— Non ! hurla le sénéchal... Monte aux aleoirs et tâche de n'y point faillir.

Ogier était demeuré coi, frémissant de colère envers lui-même : « Sans armure, j'aurais couru plus vélocement et évité tout cela ! » Blanquefort le rejoignit, puis Guillaume.

— Hugues, dit le baron, je t'ai laissé faire car une dissension nous aurait tous préjudiciés. Augignac est indigne de chausser les éperons, c'est un fait. S'il a, comme l'a prétendu Jean, violé Bertine... ou quelques autres, cela se saura... Qu'il soit méprisable, j'en conviens... Mais il est de bon lignage : tu n'avais pas à le punir ainsi.

— Vous me faites rire, dit paisiblement Blanquefort. Le Sang, hein ? L'estoc[1] !... Quand on en a un brin, on est absous de tout.

— Ne te courrouces point, dit Guillaume avec une affabilité qui devait lui coûter. Ne mets pas toujours en avant cette rancune infinie. Que tu aies buqué une fois Renaud, je l'admets. Ce que je désapprouve, c'est que tu te sois acharné et que tu l'aies traité ainsi qu'un malandrin.

— Il est un malandrin, mon oncle ! dit Ogier. Auriez-vous oublié que c'est grâce à lui que Saint-Rémy m'a capturé l'autre soir ?... Auriez-vous perdu la mémoire ?

Il vit une lueur s'allumer dans l'œil du sénéchal. Se détournant davantage, il aperçut Clotilde, pâle dans sa robe grise ; Tancrède, non loin d'elle et vêtue en garçon ; Claresme, Pedro del Valle, Massoutier, Colinette et Thierry Champartel, puis Raymond, un soudoyer qu'on voyait peu sauf lors des dangers qui menaçaient Rechignac. La plupart, bras croisés de même que des juges, regardaient, écoutaient, mais leur opinion était faite. Seule Margot riait.

Brouzeix et Camboulive quittèrent la tour. Girard, le dernier sorti, montra Rigobert à Guillaume :

— On le balance dans le fossé ?

— Non. Portez-le à la chapelle.

— Mais... vous avez bien vu qu'il a démérité !

1. Ou *estoch, estocq* : la race.

— Il a cédé au découragement. Comment pourrais-je lui en vouloir ? Il méprisait la guerre et ne s'en cachait point... Quatre jours sans rien. Seules les mouches nous assaillent. Je m'inquiète et m'interroge autant que vous. Toutefois, je tiendrai et l'affirme hautement !

Il y eut des murmures sur la signification desquels Guillaume refusa de s'interroger.

— Le fossé, dit-il, seyait à Saint-Rémy... J'ai vu Rigobert sur les aleoirs. Non, il n'a pas démérité.

« Je tiens bon, moi », se dit Ogier, maussade, en marchant vers le puits.

Était-ce une vaillance héritée de son père qui maintenait en lui cette fermeté d'âme et de corps, ou tout bonnement sa jeunesse ? Comment élucider ce mystère ? Obscurs rouages que ceux de l'être humain. Plus compliqués, en vérité, que ceux d'un treuil de herse ou de pont-levis.

« Quatre jours ! »

Il éprouvait, conjointement au tourment de l'attente, un désir d'espace pire encore que le désir d'amour de ses compagnons et compagnes. Agir... Vibrer. Echapper à cette oppression... Respirer amplement. Parfois, il s'apercevait qu'il était trop plein de sa propre détresse pour songer à la haine. Il n'abominait les hommes de Knolles que lorsqu'ils mettaient Rechignac en péril mortel. Quatre jours sans eux. On était — eh oui ! — le vendredi 26 de ce mois de hermi [1] plein d'orages refoulés ; orages sournois qui, avant l'eau et le vent, vous accablaient d'une langueur délétère. Ah ! oui, il comprenait Rigobert parce qu'il avait la volonté, voire la bénignité de se mettre à sa place. Impatient, le maçon. Voilà, c'était cela, le danger : l'impatience. Une obscure pitié pour ce manouvrier et tous ses pareils lui étreignit le cœur. Au cours des assauts, ils

1. Août. Froissart et quelques autres se sont servis du mot allemand — ou flamand francisé — *hey-monath* : mois de la fenaison.

avaient connu l'hébétude, le désespoir, toute cette chiasse de l'âme, pire encore que celle du ventre ; et l'hébétude et le désespoir revenaient tout à coup, trouvant dans la stagnation un bon levain pour empirer.

Jean frottait sa bouche tuméfiée. Clotilde était livide. Tancrède avait disparu.

Quatre jours... Quatre jours où il ne l'avait vue qu'aux repas. Que faisait-elle ?

— Dispersez-vous, dit Blanquefort.

Il donna en souriant une bourrade au trompeor :

— Défie-toi, Jean, de ton audace. Si tu avais bouteculé Renaud quand il lâchait la corde, jamais son trait n'aurait atteint Rigobert. Retiens cette leçon et fais en sorte d'avoir des yeux dans le dos car cet écuyer de bonne race — c'est le baron qui le dit — ne songe maintenant qu'à te trouer la peau, à toi aussi !... Allons, va te reposer : tu es las !

Guillaume, Claresme et Pedro del Valle regagnaient le donjon. Blanquefort prit Ogier par l'épaule :

— Je comprends à la fois Renaud et Rigobert... Mais je serai toujours du côté des plus humbles... Quand ils sont honnêtes, bien sûr !

Ogier hocha la tête.

— Et cette armure ? Pèse-t-elle encore ?

— Un petit... Vous avez vu : j'ai mis trop de temps pour atteindre la tour... Sans quoi Rigobert vivrait encore !

— Attendez-moi... Bougez pas !

D'un pas vif, Blanquefort entra dans l'écurie. Il en sortit quelques instants plus tard, menant Marchegai, sellé, par la bride.

— L'avez-vous monté ainsi vêtu ?

— Non.

— Essayez... Et je vous conseille de considérer l'escalier de la paneterie comme un montoir !

Ogier acquiesça. Accroché des deux mains au pommeau de sa selle, il se hissa sur Marchegai.

Aussitôt le cheval tourna vers lui un œil furieux :

ce poids inattendu l'indignait. Il gratta le sol de ses antérieurs, comme s'il s'apprêtait à désarçonner son cavalier. Celui-ci lui tapota l'encolure :

— Tu t'y feras, beau seigneur noir !... Tu t'y feras !

— Il faut vous exerciser à monter en un seul saut, sans toucher l'étrier... Les vrais chevaliers le font... et d'autres qui ne le sont pas !

Encore une réflexion lourde d'une inguérissable amertume : même à son âge, Blanquefort sautait en selle vêtu de son harnois de guerre ; Guillaume n'y parvenait plus.

— Faites un tour de cour, ajouta le sénéchal en flattant la cuisse du destrier. Il est tant joyeux de pouvoir remuer que votre poids a déjà cessé de l'incommoder.

« Tiens, il est plus aimable, se réjouit Ogier en guidant son cheval le long des bâtiments. S'est-il soulagé en tapant sur Renaud ? »

Regrettant de ne pouvoir chevaucher longuement, le damoiseau revint à la paneterie dont il utilisa l'escalier pour quitter la selle, avant de conduire Marchegai dans son logis.

— Eh oui, c'est déjà fini, dit-il en le libérant de ses harnais.

L'étalon hennit avec fureur et joua du sabot. Cette fois, pour l'apaiser, les flatteries furent vaines. Ogier, soucieux, quitta l'écurie et s'immobilisa sur le seuil.

— Holà !... Ai-je la berlue ?

Tancrède avait revêtu l'armure milanaise dont elle tenait le bassinet contre sa hanche.

Les mains jointes en une parodie de prière, le garçon s'informa :

— Où vas-tu, beau chevalier ? Combattre Canole ? Briatexte ? Mélipart ou Bemborough ?... Je t'avertis qu'ils sont loin, mais t'en supplie : sauve-moi de leur piétaille !

Un éclair flamba dans le regard de la jouvencelle, si bref, cependant, qu'Ogier ne sut s'il l'avait offensée ou flattée. Il en convint une fois de plus : en quelque habit qu'il la trouvât — tissu tendre ou fer coriace — elle exaspérait en lui, par les seuls attraits de son visage, les démons qu'il domptait si mal.

— Te sens-tu avantagé là-dedans, beau cousin ?

— Avantageux, cousine. Comment ne le serais-je pas ?... Mais toi, pourquoi te prends-tu pour Perceval ou Lancelot ? N'as-tu pas de vergogne à te vêtir ainsi ? Nul ne se rit de toi ?... Qu'en pense Blanquefort ?

Elle eut un geste agacé, comme si elle écartait une toile d'araignée tendue entre eux, sous la voûte.

— Pousse-toi !

Comment, surtout après sa chute ainsi vêtue, pouvait-elle sereinement braver l'opinion des commères et des défenseurs ? Pourquoi del Valle et ses aides étaient-ils si complaisants ?

— Combien de fois as-tu revêtu ce fer, cousine ? C'est un fardeau de soixante livres !... Tu le supportes mieux, on dirait !

— Je m'en couvre chaque jour... Je veux, désormais, accoutumer Roxelane à ma présence, jusqu'au moment où je la monterai... C'est la raison de ma venue à l'écurie.

Même s'il n'était en rien choquant, Ogier ne pouvait admettre l'accord de ce visage mat, délicat et austère, avec l'étincellement de l'armure. Dire qu'il l'avait vue quasiment nue en ce lieu ! Tancrède s'en souvenait-elle ?

— Cousine, ailleurs qu'entre ces parois, les Tolédans ne te confieront jamais cette défense... Alors, à quoi bon t'en vêtir ? Mets une robe... Rien ne t'est plus seyant...

Cette beauté dont elle semblait inconsciente, s'accommodait bien mieux de mollesse et de flexibilité que de force et de roideur. Elle en usait d'une manière absurde, et bien qu'elle fût allée déjà loin dans l'audace, il pressentit que jamais, sans doute, elle n'atteindrait la suffisance. Auprès d'elle, son esprit et ses sens demeuraient tendus, inquiets, plus enclins à la méfiance et à la gravité qu'au ravissement éperdu. « Tiens, maintenant... », se dit-il. Elle abrogeait par sa seule présence tout ce qui, autour d'eux, paraissait naturel : les pierres de ce portail brunies et comme lissées par les flancs des chevaux ; la pénombre, derrière, bruissante et lourde de l'odeur des bêtes ; et devant, cette cour dont le monticule de terre, en son centre, évoquait la pire épreuve de ce siège harassant. Et c'était comme une dérision qu'elle jouât au chevalier alors que tant d'hommes et de garçons, qui n'avaient jamais ambitionné de l'être, mais s'étaient battus comme tels, fussent allongés, tout à côté, dans les entrailles de la chapelle.

— Allons, cousine, insista Ogier, quoi que tu dises et fasses, tu seras toujours plus jolie dans un mol tissu, même élimé, qu'en cette brillante écorce !

Quelque chose le ravageait ; non seulement la tentation de rompre cet entretien stérile, mais le besoin, presque contradictoire, d'entamer une querelle afin qu'il eût, à défaut de ne pouvoir l'étreindre un jour, la satisfaction de la molester sur-le-champ :

« Ainsi, ma belle garce, tu verrais bien que tu es femme ! »

Et pour tenter de l'irriter, il s'informa :

— Et tes seins, que tu as bien dodus si j'en crois encore ma main... sont-ils à l'aise sous ce pourpoint rigide ?

— Va donc le demander à Jeanne de Clisson ou à Jeanne de Montfort. Le temps que tu mettras à les joindre en Bretagne te permettra de méditer sur ton ânerie.

— Elles font la guerre ! Et contre notre royaume !

Soudain, las de cet entretien, le garçon fit un pas au-dehors :

— Le jour où tu voudras manier ton épée, préviens-moi !

— Pourquoi attendre, cousin ?... Affrontons-nous maintenant !

Tant d'autorité laissa Ogier pantois. « *Mais pour qui*

se prend-elle ? » Il la désarmerait dès le début de leur engagement.

— En quel endroit veux-tu que nous allions, cousin ?

Elle insistait. Il sourit :

— Le seul où j'aimerais te compagner... c'est ta chambre !

— Viens ! Je connais un lieu où nous serons à l'aise.

Il la suivit. Elle ne chancelait plus. Elle avait la senestre fermement posée sur la prise de son épée. De la dextre, elle tenait son bassinet serré contre sa hanche.

— Qui t'a aidée à te vêtir, cousine ?

— Que t'importe.

— J'ai ma petite idée...

— Garde-la.

Ils franchirent le seuil du donjon et traversèrent le tinel. Aliénor et Adelis, agenouillées, changeaient la charpie d'un blessé à la jambe. Clotilde, debout, les regardait procéder. Voyant la fille du baron en armure, elle eut un haussement d'épaules, et lorsqu'il toucha Ogier, son regard méprisant devint triste, insistant.

« Elle a eu ce qu'elle souhaitait... Plus encore que ce qu'elle souhaitait. Elle pourrait m'en savoir bon gré... Hélas ! non... Elle croit désormais que je lui appartiens ! »

Derrière Tancrède, il s'engagea dans l'escalier dont la vis de pierre menait aux caves.

— Eh !... Où vas-tu ?

— Nous nous arrêterons à la première bove.

Avait-elle tout prémédité ?

— Si Mathilde ou l'une de ses filles nous y trouvent !... Tu sais, cousine, qu'on y accède aussi par les cuisines.

— As-tu peur ?

Elle s'était arrêtée. Il détesta son sourire.

— Peur de quoi, cousine ?... Vraiment ce que tu dis n'a aucun sens.

Elle reprit sa descente. Il faisait encore clair. Sous la dossière de fer, son court jupon de mailles titillait doucement ses fesses.

Ils venaient d'allumer quatre torches à la lanterne entretenue matin et soir près de la porte ouvrant sur l'escalier des cuisines. Ils les avaient placées dans leurs supports, éloignant ainsi l'obscurité jusqu'aux angles de cette caverne où Mathilde entassait ses réserves.

— Nous serons quiets, beau cousin... Ailleurs, on nous aurait vus, et je n'y tiens pas...

Tancrède se contredisait. Il l'aida à repousser des chaudrons, des amphores branlant dans leur trépied, des barils, des vases, des marmites et s'aperçut bientôt qu'il suait et suffoquait.

« C'est à cause de tout ce fer. Pour ce matin, c'en est trop : sans être las de le porter, il pèse et contraint mes épaules, mes membres. »

En l'amenant dans ces profondeurs lugubres, Tancrède avait-elle prévu ces inconvénients ? Elle y semblait parfaitement à l'aise.

— Sept pas de long, dit-il, une fois le dernier tonneau roulé et dressé de chant devant les autres. Six de large. Cette lice, cousine, te convient-elle ?

Sa voix vibrait dans cette crypte immense et compartimentée qu'il connaissait à peine. Le sol en était dallé. Aux nervures de la voûte, et retombant deux à deux sur les piliers des parois latérales, pendaient des jambons, des vessies bourrées de graisse, pareilles à des courges noires, des quartiers de bœuf séchés sous la cendre, des chapelets d'aulx et d'oignons, des saucissons et saucisses.

— Si nous étions plus nombreux, nous pourrions tenir deux ou trois mois tant nous sommes pourvus en pitance.

Comme Tancrède s'absorbait dans ses pensées, Ogier insista, le regard toujours levé :

— N'est-ce pas ton avis ?... As-tu faim ? D'un coup de lame, j'abats une saucisse et tu t'en repais !... Quelle est ta préférence ? Grosse et courte ? Longue et mince ?

— Il me semble ouïr, cousin, les propos d'un huron.

Elle saisit son bassinet posé sur une caisse et s'en coiffa ; puis elle fit front. Sous le viaire déclos, les flammes révélèrent un visage blême, mauvais. Dans la paix glacée des profondeurs sa voix retentit, soudain froide elle aussi :

— Sommes-nous descendus céans, cousin, pour discuter de nourriture ?

Les lueurs léchaient son plastron, rouges, jaunes, nerveuses ; impatiente, elle tapotait son épée.

— Nous sommes là, cousine, pour satisfaire un plaisir dont nul ne peut nous faire reproche : toi, feindre d'être chevalier ; moi, te dissuader d'une ambition contraire à ta vraie nature.

Elle rit. Il la trouva soudain belle et terrible tel saint Michel sous sa bannière.

— Je sais, estremir [1], beau cousin. Tu sentiras sur toi le vent de cette lame !

Elle serrait fermement la prise de son arme. Troublé, dubitatif, Ogier fit front :

— Qui t'a enseigné ça ?... Où ?... Tu m'en as trop dit.

Elle rit encore, ses cils battirent.

— Tu t'engrignes et veux tout savoir... Je t'en haïrais presque.

Il n'eut que faire de cette aversion. Non, il ne se fâchait pas : elle avait fait en sorte qu'il devînt exigeant. Soudain, une idée sans doute absurde fulgura dans son cerveau :

— Proche de ton couvent vivait un baron de grand

1. Jouer de l'épée.

renom, bien qu'il fût peu lié avec son voisinage : Guy de Passac.

— Et alors ?

Il lui sembla percevoir un frémissement dans la voix de Tancrède.

— Son château a cramé à la Noël dernière... Certains ont dit qu'il y avait mis le feu avant d'aller se joindre aux Anglais avec toute sa mesnie [1].

— Et alors ?

— Je n'ai jamais vu ce Passac, car je n'ai jamais chevauché de ce côté-là... Ce que j'en sais, c'est qu'il a fait élever ses murailles deux ou trois ans avant l'Écluse et qu'on n'a jamais su d'où il venait... Il était riche, mais point hospitalier... Son écu portait *de sable à un faucon d'argent*.

— Est-ce tout ?

Ah ! elle commençait à s'irriter.

— S'il est maintenant l'allié des Goddons, c'est un faucon ignoble [2].

D'un geste sec, Tancrède abaissa son viaire, dégaina son épée qu'elle mania aussitôt des deux mains avec une vivacité si furieuse qu'Ogier, pour se soustraire à ces imprévisibles coups de taille, dut lui pousser, du pied, un tonnelet dans les jambes :

— Eh là ! Que fais-tu des usages ? Ce hobereau [3] ne te les a-t-il point enseignés ?

Il évita un taillant destiné à son bassinet ouvert et sentit sur son nez le vent sifflant de l'acier. Alors, il s'arma de Confiance.

— T'ai-je mécontentée ? Passac en est-il cause ?... Tu le connais !... Tu le connais *très bien*... De la tête à la queue !

1. Mesnie : famille, serviteurs et gens d'armes.
2. Le dressage des faucons *ignobles* était impossible.
3. Le hobereau était un petit faucon juste bon à la chasse aux perdrix et aux cailles. On désignait également de ce nom son possesseur — homme de petite noblesse et citadin — et cette appellation fut longtemps méprisante.

Il riait à nouveau, mais il était gêné, ne sachant s'il devait ménager cette étrange adversaire ou lui administrer, sur les cuissots de fer et le bassinet, une volée de plat de lame. Il se contenta de parer les coups.

— Passac, cousine, doit atteindre la trentaine. Il a, dit-on, la beauté du diable... Sa femme, Blanche, est de notre âge... On la prétend divinement belle... Tu vois : je sais ! Elle est de mère poitevine et de père Goddon : Richard Gifford. Ces deux-là se sont connus à Londres. La mère de Blanche était de la suite d'Isabelle, l'épouse d'Édouard II... Gifford est trépassé.

— Comment sais-tu ?

— On parle haut et fort lors des tournois et joutes...

Il repoussa, destiné à son épaule, un coup de taille impétueux.

— Passac veille sur son épouse comme sur un trésor... S'il fut, cousine, ton amant, qu'advenait-il de cette Blanche ?

Nouveau coup de taille, furieux mais imprécis. Confiance tinta, scintilla, tandis que le damoiseau s'informait :

— Blanche fréquentait-elle ton couvent ?... Est-ce à genoux que vous avez fait connaissance ?

Tête de fer clos, muette devant lui. Coups redoublés : il devait cerner la vérité.

— Cousine, cousine... Abandonne ta lame et raconte-moi tout.

Comme, pour clore son bassinet, il déjouait en reculant une nouvelle attaque, l'acharnement de Tancrède s'amplifia. « *On dirait qu'elle veut m'occire !* » Elle avait oublié son état, leur parenté. Elle s'illusionnait ardemment sur une vigueur qu'elle dissiperait d'autant plus promptement qu'il l'inciterait à la prodigalité.

— Frappe ! Frappe encore !... Ma parole tu jouis de faire le mal... Ne jouis-tu que de ça, cousine ?

Oui, elle avait appris le maniement de l'épée. Mais voulait-elle vraiment le réduire à merci ?... L'ambitieuse : un seul coup sur le bassinet suffirait à la basourdir.

— Veux-tu vraiment me meurtrir ?

— Devine !

Il rompit, nullement par nécessité, mais par malice, imaginant sous le fer dissimulateur, le visage rouge, emperlé, ravagé par une volupté forcenée.

— Abandonnons ce jeu : il ne te convient pas.

Cette probation ne le distrayait plus. Confiance pesait, mais il savait qu'il était capable de la manier longtemps d'une main ; donc, qu'il pourrait porter un écu pour combattre. Il rit, observant sa cousine à travers ses paupières de fer :

— Frappe dur. Allons !... Ne te ménage pas.

Dans son armure marbrée de pourpre et d'or mouvants, elle semblait la vivante expression de l'esprit du Mal, une espèce d'archange satanique aux estocades et taillants acharnés.

— Folle ! Folle à lier !... Tiens, vois : c'est enfantin.

L'épée tomba. Tancrède poussa un cri désespéré.

Le garçon releva sa visière :

— Alors, que fais-tu désormais ? Passac t'a-t-il appris comment agir en pareille occasion ?

Elle chancelait. L'inanité de ses assauts l'avait ravagée autant que la fatigue. Pour lui cacher sa honte, elle demeurait muette sous son fer.

— Trop félonneuse, cousine... Tu ne m'as pas atteint une fois.

— Donne-moi mon épée.

— Je croyais que tu te mouvais aisément.

— Oui, mais si je m'accroupis, je peux tomber... Tu le sais très bien.

— Ce que je sais très bien, cousine, c'est quelle sorte d'envie tu m'inspires... et quelle autre j'aurais à te voir agenouillée devant moi !

Le bassinet déclos, elle avala une gorgée d'air. Ensuite, elle se baissa. Il admira cet effort aussi pénible à son orgueil qu'à son corps, et quand elle saisit son épée, il fut tenté de poser un pied sur son épaulière pour rompre ce précaire équilibre. Elle eût, pendant quelques instants, éprouvé l'angoisse et la fureur d'un hanneton ou d'un scarabée incapable, une fois renversé, de reprendre un appui solide. Jamais, elle ne lui aurait pardonné cette posture mortifiante.

Lui tendant la main, il l'aida à se relever.

— Sais-tu que je pouvais...

— M'envoyer sur le dos ?... Allons donc !... Tu es trop généreux pour agir de la sorte.

— Tu dis cela avec un tel mépris que je vais regretter de m'en être abstenu.

Comment cette fille imaginative et posée, sensuelle et glacée, attirante et revêche, se serait-elle doutée que maintenant, en raison du dédain qu'elle lui manifestait, il se félicitait que Didier l'eût vaincue ?

— Reprenons, cousin !... J'aimerais te voir saigner pour te plaindre !

Elle riait, et pourtant elle était sincère.

— Soit !

Ils refermèrent leur bassinet, et de nouveau l'épée de la jouvencelle heurta Confiance, qu'Ogier saisit cette fois à deux mains pour détourner un coup de banderole plus menaçant que tous les autres.

— Tu frappes fort, mais mal.

Il détourna aisément un taillant destiné à son colletin.

« *On dirait qu'elle veut me meurtrir !... De qui tient cette Pétronille ? Quel sang lui échauffe les veines ?... Pas celui des Saint-Rémy !* »

Il n'osa heurter la cuirasse milanaise par respect pour Pedro del Valle. Il hésita, ensuite, à engager sa lame d'un côté ou de l'autre de son antagoniste, sous l'aisselle, là où elle se découvrait fréquemment et où le fer roide ripait les mailles au gré du mouvement des épaules. Il était trop asotté de Tancrède pour qu'elle reçût la punition dont l'envie le démangeait, voire la saignée qui l'eût dissuadée de se prendre pour un prud'homme.

— Ah ! dit-il, tu faiblis. Cessons : il est grand temps.

La hargne l'épuisait quoi qu'elle fît. La méchanceté refluait en elle. En s'appesantissant dans ses mains et ses bras déjà lourds de fer, son arme remuait et tintait moins fort. Le métal dont elle était vêtue pesait soudain bon poids. D'un taillant bien assené sur la garde de l'épée, Ogier fit comprendre à cette forcenée qu'il pouvait l'en déposséder. Elle la lui tendit par la prise :

— Restons-en là, cousin.

Elle remonta sa visière. En ôtant sa défense de tête, elle eût pu dégager tout entier son visage et se sentir à l'aise. Eh bien, non, elle la conservait. Elle était rouge ; des gouttes mouillaient ses sourcils ; elle souriait et cillait des paupières. Le vert de ses prunelles, presque noir, étincelait avec une violence qui, elle, ne s'était point altérée.

— Tiens, cousine.

Elle remit lentement son épée au fourreau.

— Quelque plaisants qu'ils te paraissent, ces déduits-là [1] ne sont pas pour toi.

— Je ne vois pas pourquoi la guerre serait une affaire d'hommes. As-tu vu des commères se battre au lavoir ?... Elles sont aussi ardentes que vous tous... Et je crois que pour obtenir des aveux, elles seraient plus malicieuses.

— Il se peut. Mais, cousine, une femme se doit d'être un exemple de douceur... Il n'y a pas d'amour à l'ombre des épées.

— La douceur !

Elle enleva son bassinet, passa ses doigts de fer dans sa chevelure de mailles tout en regardant Ogier de cette façon froide et rêveuse où, invariablement, il se sentait jugé, sans pouvoir deviner quelle était la sentence.

1. Ces jeux-là.

— Viens, cousin.
— Où ?
— Tu le verras bien... Je ne puis me dévêtir seule... Tu m'aideras. Éteins les torches.
— Qui t'aide à te vêtir ?... Blanquefort ?
Elle rit, et sans se retourner :
— Certes non !... Tu ne devineras jamais.
Ils s'engagèrent dans l'escalier, parvinrent au niveau de la grand-salle et continuèrent leur ascension. Sans avoir rencontré quiconque, ils s'arrêtèrent devant la chambre de Claresme et de Tancrède.
— Sais-tu, cousine, à quel nouveau péril tu t'exposes ?
Ogier sentait son cœur s'affoler.
— On ne craint rien dans ce fer, cousin. Tu devrais le savoir.
— Ce que je sais, c'est que Pedro se montre envers toi d'une complaisance singulière. Cette armure, il y tient.
— Il tient davantage à Claresme... et sait que je peux plaider sa cause auprès de Guillaume.
Toujours ce *Guillaume* qu'elle permutait avec *père*.
— Entrons, dit-elle, la chambre est vide. Claresme aide Mathilde aux cuisines.
Elle tira le verrou ; Ogier la suivit ; elle repoussa la porte :
— Cette armure, il suffit, pour le moment, qu'il me la prête... Je veux sortir du Périgord... Cheminer, galoper par monts et prairies... Je ne pourrai jamais, comme ma sœur, aller chaque jour de la chambre aux cuisines, ensuite à la chapelle, puis broder ou filer dans l'attente de me mettre au lit pour y subir les vouloirs d'un époux ! Et, plus tard, aller du lit au berceau... Je ne porterai point un enfant dans mon ventre !
— Qu'en sais-tu ?
— Ma mère en est morte... Ah ! vois-tu, cousin, vivre, c'est randonner... C'est se battre comme les épouses de Montfort et de Clisson... Je les rejoindrai.

— Laisse donc ces bestiasses !... Bonnes ou mauvaises, elles ont des raisons de combattre. Pas toi.

Tête basse, le damoiseau foula les dalles jonchées de paille. Le lit était fait, ses courtines à demi tendues entre les colonnes. La fenêtre à l'ogive lancéolée contournait un morceau de ciel nuageux. Dans ce cube de pierre au plafond strié de poutres serrées, jaunissantes, Anne avait vécu de longs instants en compagnie de Claresme et de Margot Champartel. Tout était changé : Anne partie et Tancrède arrivée...

Elle venait d'ouvrir un coffre ; il contenait des tissus fins : mollequin, satanin, camocas. A leur vue, Ogier sentit sa gorge se nouer. Ces linges, c'était comme la révélation d'une intimité à laquelle seules Claresme et Margot avaient accès ; c'était l'expression d'une suavité secrète contrariant la violence avérée.

— Est-ce la première fois que tu franchis ce seuil ?

— Claresme ne m'a jamais invité à la suivre !

Tancrède rit, mais avec pitié ou mépris :

— Ah ! Claresme...

Avait-elle eu conscience, en l'invitant à la suivre, d'agir avec une audace impudente ? Avait-elle senti qu'il se détachait d'elle, de ses desseins, avant qu'il ne s'en fût aperçu lui-même ? Ou bien pensait-elle qu'à la rudesse devait succéder la douceur, comme le tissu fluide succède au fer rigide ? Elle demanda négligemment :

— M'aimes-tu ?

Il sursauta et ne desserra pas les dents : à quelque réponse évasive, et qui l'eût déprécié, il préférait conserver le silence.

Il se tourna vers le lit, écrin de velours carminé où s'étendaient deux corps tellement différents. Même ivoire, sans doute, mais l'un paré de blond, l'autre de brun.

Il y jeta son bassinet et ses gantelets, puis son épée.

— Aide-moi.

Il aida Tancrède à dénuder ses mains. Il détacha le

plastron et la dossière. Restaient les brassards, cubitières, cuissots, genouillères et grèves.

— Toutes ces aiguillettes ! enragea-t-il.

— Plains-toi, hypocrite !... Elles te permettent de me toucher.

— Si peu et pas où et comme l'envie m'en vient.

Il ôta les *escarpins*. Ensuite, il hésita. Tancrède se baissa et lui caressa la nuque.

— Eh bien, cousin ? Il te faut aller jusqu'au bout de l'ouvrage : aide-moi à me défaire de cette chemise de mailles... C'est ainsi que Pedro l'appelle... mais c'est un haubergeon, pas vrai ?

Ogier s'exécuta, les mains tremblantes.

— Holà ! ne regarde pas si haut... J'ai mon braiel qui s'est quelque peu relâché... Mais après tout, tu sais comment nous sommes faites.

Elle ne portait aucun bourras[1] mais trois ou quatre chemises épaisses.

— Tu deviens muet, beau cousin !... Et malhabile !

Il ne répondit pas. Ce déshabillage lui en suggérait un autre auquel, sans doute, elle ne le convierait pas.

Il se releva. Elle repoussa d'un pied négligent les pièces de l'armure, étira ses bras et bâilla comme au sortir du sommeil. Puis des ombres envahirent ses larges yeux où flottaient des lueurs dorées :

— Sois franc. Comment me préfères-tu ? Étincelante et articulée comme une écrevisse, ou bien ainsi : en braiel et chemises nombreuses que j'aurai grand-plaisir à ôter une à une, doucement.

— Nue, dit-il, la gorge à nouveau serrée. Si je te... découvrais toute nue, c'est ainsi que je t'aimerais.

Rien ne troubla le visage figé de Tancrède. Ainsi vêtue, les débris de l'armure autour d'elle, elle avait un charme encore plus équivoque. Jamais, d'ailleurs, il ne l'avait examinée d'aussi près. Ses épaules carrées témoignaient pour une vigueur presque garçonnière,

1. Vêtement matelassé destiné à atténuer la répercussion des coups.

mais son cou délicat où battait une petite veine, sa poitrine renflée, divergente au point qu'il se demanda où se trouvaient ses tétins, ses cuisses pleines, ses mollets si bien fuselés qu'à elles seules ses jambes formaient un délicieux spectacle, tout ce qu'il voyait, devinait, présumait, affirmait une féminité non pas simplement belle, mais enchanteresse... Connaître cette chair souple et chaude, que Passac sans doute avait obtenue sans peine, mais que Saint-Rémy n'avait pas su prendre ; l'investir roidement et la maîtriser ne fût-ce qu'une fois... Non ! Non ! Il s'égarait : Tancrède n'aurait jamais aucun maître.

— Eh bien, cousin... A quoi penses-tu ?

— A toi... A nous.

Certes, il ne l'aimait pas. Elle remuait en lui un désir mêlé d'angoisse. Ne pas confondre amour et tentation. La voir et l'avoir une fois pour toutes... La connaître de haut en bas ou partir maintenant...

« Laisse la lubricité aux autres, car l'amour avec elle ne peut être qu'impur. »

Comme s'il existait, sitôt deux amants étendus, des amours pures...

— A toi, répéta-t-il. Mais dépouillée de tes affiquets.

Il s'adossa contre la muraille ; Tancrède lui montra le lit :

— Assieds-toi et ferme les yeux. Il me faut me changer : je sue, là-dedans.

Il ne put qu'obéir.

Elle allait se mettre nue *exprès* : la réponse qu'il venait de lui faire l'avait plongée dans une exaltation pareille à celle qui le bouleversait.

Il entrouvrit ses paupières. Devant lui, une statue de chair apparut peu à peu, svelte et rosée sur la corolle grise des vêtements épars... Reins creux et croupe haute, hanches étroites et cependant renflées. La colonne ivoirine des vertèbres oscillait au-dessus du val ombreux où elle s'enracinait, et la lumière ruisselait sur ce corps que la tentatrice parcourait de ses mains, comme elle l'eût fait pour se rafraîchir sous quelque ondée.

Se lever ? C'eût été rompre le charme...

Prudemment, elle se détourna pour vérifier s'il ne trichait pas et se précipita vers le coffre d'où elle tira une chemise, puis une robe.

Bras levés... La chemise glissa. S'arrêta sur le bombé des hanches, puis ruissela jusqu'aux chevilles.

— Tu peux me regarder.

Il distingua son corps sous l'étoffe crémeuse. Rester coi s'imposait. Attendre valait mieux que le moindre des gestes. Elle souriait. Il y avait quelque chose de trouble, de dédaigneux dans le pli serré de ses lèvres. Ce ne serait toujours qu'une rebelle. Prête à toutes les soumissions dans les moments où sa sensualité aurait à s'épancher, imprenable et hautaine quand elle serait repue et que son repentir d'avoir cédé à ses propres emportements la tenaillerait comme un fer de torture.

— Non, dit-il dans un souffle.

Mais il était trop tard : elle avait brusquement passé sa robe.

— J'ai froid, cousin... Toi, le désir t'échauffe.

Sa voix avait une crudité, une insolence inconnues, et pourtant son corps, sa démarche n'étaient que douceur. Tout en nouant à sa taille une ceinture de corde, elle s'approcha, éblouissante dans cette robe d'écarlate amarante [1] qui semblait ensanglanter la jonchée d'or végétal à ses pieds.

— Pas vrai, que le désir t'échauffe ?

Il avait encore le cœur secoué par la beauté de cette nudité apparue d'un seul côté, hélas ! entre ses cils tremblants. Il demeurait comme hébété par cette magnificence à demi révélée, si formidablement atti-

1. L'écarlate était un tissu, un drap de laine et non pas une couleur. Lire : *Le Drap escarlate au Moyen Âge*, par J.-B. Weckerlin, Rey éditeur, Lyon, 1905.

rante, pourtant, qu'il devait se cramponner aux couvertures pour ne pas bondir, enserrer la diablesse dans ses bras et la presser contre son corps, même armé de fer.

« Qui sait ? se dit-il, indécis, cette violence lui conviendrait peut-être ! »

— Alors, cousin, as-tu avalé ta langue ?

Il feignit de ne pas comprendre que, sachant qu'il avait enfreint ses vœux, elle attendait un compliment sur sa nudité même.

— Didier ne m'a pas souillée tout à fait : pas le temps de m'engrosser... Tu m'as sauvée à temps.

— Tu m'en vois satisfait.

— Même mort et rôti par les gueux de Canole, je le hais toujours autant.

A nouveau la haine... Elle lui avait dit : « Je t'en haïrais presque ! » Et de quoi ? De sa curiosité ? De sa virilité ? Il haussa les épaules. Il n'avait rien à lui répondre. Cette chair pure — du moins en surface, car rien n'est pire que ce qui vit, palpite, sécrète sous cette mince écorce qui saigne quelquefois sans la moindre coupure —, cette chair bafouée, pénétrée par Didier ! Comme son orgueil devait souffrir !

Il était toujours assis et jamais il ne s'était senti aussi contraint par son armure. Que dire ? Il y avait pour lors entre eux, dans ce qui pouvait être les prémices de quelque chose d'exaltant, une espèce de connivence. Ils s'observaient, se jaugeaient, mais non plus en antagonistes. Peut-être, après tout, n'était-ce pas « Aimons-nous » qu'ils devaient se dire, mais « Aidons-nous ».

Tancrède se laissa tomber sur les genoux de fer, comme fauchée par une fatigue, un étourdissement.

— Touche ma jambe... Touche-moi, chuchota-t-elle.

Il ne lui connaissait pas cette suavité mélangée d'exigence. Il tressaillit, car elle languotait son oreille dont elle mordilla le lobe en soupirant :

— Tu aimes ?... Crois-tu que je le ferais à un autre que toi ?

Elle avait un don particulier pour poser des questions irritantes.

— Est-ce défendu ? insista-t-elle d'une voix à nouveau changée, adoucie plus encore, et les yeux mi-clos. Non, ce n'est pas interdit, cousin, puisque je t'aime bien... Depuis le jour où tu es arrivé en ces murs, je t'ai trouvé différent des autres gars d'ici... Tu te rappelles ?

Elle était déjà impétueuse, mystérieuse, autoritaire. Et maintenant, même amollie d'une fausse fatigue, son audace paraissait sournoise, affectée. Plus tard — si toutefois elle lui cédait — n'allait-elle pas s'outrager d'une défaillance qui l'aurait abaissée au niveau de ses chambrières ?

Elle se leva brusquement :

— Ferme les yeux... Non, ne me serre pas... Laisse-moi faire.

— Toi, alors !

Mais il avait clos ses paupières. Le souffle haletant de Tancrède rafraîchit son visage. Il soupira, se demandant ce qu'elle allait imaginer.

Il sentit une main nerveuse saisir sa dextre, prendre son médius et le diriger. Il toucha une peau fine, douce et tiède, des frisons, une bossette de chair fluide, tiède, onctueuse ; des plis contre lesquels elle le contraignait à s'attarder.

— Ah ! non, le prévint-elle. Les yeux clos ou je cesse !

Son majeur pénétra sous une arche tremblante.

Elle serrait son poignet, à présent, lui interdisant tout recul. De petits muscles tressaillaient autour du doigt, vibrants anneaux, contours et boursouflures, et tout cela palpitait de sève incendiée.

— Tu vois, je ne suis plus vierge... Tu comprends donc que je puis te céder quand tu voudras si tu jures de m'emmener.

— Et si je jure maintenant ?

— Non. Tu voudrais tout obtenir sans détri[1]... Ma confiance en toi n'est pas si ferme que *lui*.

Elle fit aller et venir le médius, lente, appliquée, soupirante, chuchotant parfois : « Ah ! cousin... » Son souffle allait et venait, lui aussi, de soupir en soupir, et Ogier, irrité de n'être que le complément servile d'une lubie où déjà il se savait perdant, quelque plaisir qu'il y trouvât, se sentit de plus en plus rejeté hors de cette attente où frémissait et se complaisait l'effrontée.

— Continue seul.

Il continua, le cœur fou, la rage en tête : elle le privait de toute initiative ! Elle faisait de lui... un eunuque !... Elle caressait ses cheveux ; elle répandait des viscosités chaudes et, sur son oreille humide de salive, son haleine si frénétiquement haletante qu'elle semblait fournir, immobile, une course imaginaire. Elle bredouillait des mots rauques ou plaintifs, d'où surgissait parfois : « Ferme les yeux », suppliante injonction qu'il n'osait transgresser, et toujours impérieux, cet « encore » qui l'accablait de honte, mais lui donnait envie d'ajouter l'index au médius, l'annulaire même et pourquoi pas ? — si c'eût été possible — la main tout entière dans cette brèche au tréfonds palpitant.

Plus tard (il y aurait un *plus tard*, il ne pouvait en aller autrement, désormais), plus tard (il fallait qu'il en fût convaincu), il prendrait sa revanche. Il lui demanderait...

Tancrède se pencha vers lui. Elle couvrit sa bouche de baisers brefs et rageurs, puis se mit à gémir contre ses lèvres, à demi courbée, jambes tremblantes, et parut s'affaisser en repoussant la main comme un objet infâme.

— Ah ! cousin... cousin...

— Et moi ? dit-il, ouvrant ses paupières, penaud et grave, comme si l'acte auquel il avait consenti le condamnait dans l'esprit de cette fille impossible.

1. Délai.

— Tu m'en veux ?

— *Je te veux !*

Elle était pâle. Des lueurs stagnaient dans ses yeux, exprimant une félicité dont il fut indigné :

— Cousine, chacun son tour.

Il se leva, résolu. Elle recula.

— Tu ne sais pas ce que tu veux, lui reprocha-t-il, furieux et humilié par cette retraite. Aide-moi à me dévêtir... A chacun son tour, te dis-je.

— Si, je sais ce que je veux... Sans quoi, nous nous serions quittés dans la cave... Je serai tienne une fois hors de ces murailles... Je ferai alors tout ce que tu voudras... Je serai ta ribaude !... Pour m'avoir maintenant, il te faudrait quitter cette armure. Seul, tu n'y parviendras pas... Je me refuse à te venir en aide !... Résigne-toi... D'ailleurs, d'autres à ta place m'auraient eu de la gratitude !

Il eut envie de la gifler, de détruire ainsi, d'un coup et pour toujours, ce besoin urticant de jouir d'elle, que son caprice inattendu, aujourd'hui, avait exacerbé jusqu'à des limites insoupçonnées.

— Emmène-moi, cousin... Jure-moi que tu m'emmèneras !... Je te quitterai vers Poitiers.

— Tu y retrouveras Passac ou quelque autre dévoyé de son genre... Ah ! méfie-toi, Tancrède, méfie-toi : tu allumes des feux malfaisants. Si tu continues, ils formeront un brasier où tu périras.

— Cousin... Si tu pouvais voir ton visage ! Tu vas désormais, sans trêve, tisonner les braises de la flambée que j'ai allumée maintenant !

Elle rit, prenant son dépit d'autant plus en pitié qu'elle semblait en avoir estimé la véhémence. Qu'était-il désormais pour elle ?... En quelle estime ou dérision le tenait-elle ? S'il ne s'était pas prêté si volontiers à cet écart plus pervers que voluptueux, l'espèce de considération qu'elle lui avait vouée jusque-là serait demeurée intacte, bien qu'elle l'eût assurément pris pour un niais. S'y conformant avec une soumission qui maintenant l'indignait, il s'était déprécié... Son regard tomba sur sa main, témoignage de sa faiblesse. Jamais Anne ne se serait contentée de « ça ».

— Même si Passac t'a conquise, même si tu lui as cédé de grand cœur, cousine, ce n'est pas un homme qu'il te faut... C'est un esclave... un couard...

Et découvrant enfin le terme approprié :

— Un lèche-cul !

Tancrède s'esclaffa, mais elle était rouge de vergogne et, certainement, de fureur.

Il se sentit soudain hors de son obédience : désenvoûté. Elle le pressentit :

— Que je sois tienne ou non, je partirai, cousin. Quel dommage que tu ne veuilles rien comprendre... A chaque jour suffit sa peine... et son plaisir !... Tu aurais pu revenir céans de temps en temps... Me laisser m'accoutumer à toi... On met le doigt dans l'eau, puis la main, puis le bras... Le corps suit...

La lumière du dehors, en s'insinuant le long d'un mur et d'une colonnette, glissait sur ses cheveux, ses épaules, et avivait sur les dalles où la paille çà et là scintillait son ombre longue et frêle.

— Tu m'as obéi au doigt et à l'œil, cousin !

— Je m'en repens.

— Je m'en doutais... Ne te repens de rien. Laisse les saints macérer dans leur jus et bénis la nature qui nous procure ces choses... Pour moi, elles n'ont pas de nom... Nécessité fait loi.

Oui, elle avait prémédité depuis longtemps l'acte qu'ils avaient commis. Elle s'en était fixé les limites dans le seul but de l'asservir. Elle croyait avoir trouvé en lui l'exutoire des ardeurs qui la parcouraient, et qu'elle méprisait peut-être. En refusant d'accéder aux aspirations de son corps, elle demeurait maîtresse de son esprit. Mais quelles actions rêvait-elle d'accomplir ? Quels étaient ses desseins ? *Qui* voulait-elle devenir ? Avait-elle espéré se servir de lui avant de retrouver Passac ou un autre, chaque fois que l'animal prisonnier en elle, comme en tout être humain, réclamerait sa pitance ?

Il eût aimé pouvoir la condamner ; se condamner. Or, n'avaient-ils pas mis — elle plus que lui, certes — tout leur cœur dans cette espèce de prologue à une étreinte improbable ? Et quelles auraient été ses pensées à *lui* si tout avait été consommé ? Si Tancrède était devenue... Eh oui, quoi ! son amante... Aurait-il été bourrelé de remords en se disant : « J'ai commis un inceste » ou se serait-il senti plus dispos, plus prêt à batailler que d'habitude ?

Il ceignit son épée, reprit ses gantelets, coiffa son bassinet :

— Si je rencontre un jour Passac, je le provoquerai et l'occirai. Rien que pour t'en priver ! Je l'émasculerai et te rapporterai...

— C'est lui qui te tuera, cousin !

Il ne s'était donc pas mépris !

Il traversa la pièce et poussa la porte.

« Tiens, s'étonna-t-il, elle était ouverte ! »

Il aperçut une ombre dans l'escalier. Des cheveux roux, une gonne grise.

— Cousine ! Cousine !... Je plumerai et viderai ton hobereau. Et je chevaucherai sa Blanche en pensant à toi !

Il tressaillit : elle fondait sur lui, l'épée nue à la main. Il n'eut que le temps de repousser le battant. Il entendit le choc du tranchant sur le chêne.

— La garce... Mais elle devient folle, elle aussi !

Comme, descendant au tinel, il passait devant la chambre de Guillaume, une forme grise surgit d'une encoignure. Cheveux d'or, peau laiteuse ; les seins sortaient presque tout entiers par l'encolure du vêtement, ronds et solides.

— Messire ! Messire ! supplia Clotilde. Ce qu'elle n'a pas voulu, moi je le veux encore !

Ses yeux luisaient dans son visage blême : des larmes en coulaient, nombreuses. Ce désespoir enfantin replongea Ogier dans la réalité :

— Tu étais derrière l'huis !

Elle eut un mouvement de tête :

— C'était plus fort que moi !... *Elle* ne vous aime pas... *Elle* n'aime personne.

Il referma le col de la robe, et s'étonna du tremblement de sa main :

— Mets-les à recueillette [1].

Puis il dévala l'escalier, flairant parfois ses doigts comme une fleur éclose.

Il passa le reste de la journée sur les remparts, parmi les hommes.

— Vous semblez malade, messire, s'étonna, inquiet, le petit Girard.

Il le rabroua, bien qu'il sût qu'effectivement son visage était crispé, morose. « Ah ! les filles... » Dans ses rêves lourds de fatigue, il lui arrivait d'en étreindre. Au réveil, il se jurait de n'être jamais asservi à ses propres appétits, ni captif de la sensualité d'une femme, quelle qu'elle fût et quoi qu'elle fît pour le satisfaire — et même pour le combler. Soudain, alors que le soleil se tachait de pourpre, il évoqua sa bien-aimée : Anne, simple, docile. Tout l'édifice de douceur qu'elle incarnait pour lui depuis cinq ans s'était effondré... Non ! Cent fois non ! Elle ne pouvait subir les ardeurs du Thibaut.

Il en était là de ses réflexions lorsque Thierry Champartel lui désigna la plaine :

— Voyez, messire !... Ils sont tant qu'ils font comme un nuage immense.

Le forgeron exagérait, mais ils étaient nombreux. Le cœur d'Ogier battit plus vite.

— Et si c'était...

— Non, ce n'est pas Bressolles ! grogna Camboulive. Ça ne peut être lui, puisqu'il est dans leur ost !

1. A l'abri.

Ogier, très pâle, se tourna vers l'archer :

— Freine un peu ta malveillance... Mais c'est vrai : ce n'est pas Bressolles... Regarde, là-bas, cette bannière qui ventile. Et cette autre ! Ce sont les léopards d'Angleterre. C'est Canole... Il revient.

Ils chevauchaient trois par trois. Ils avaient dû fournir une longue course. « Pas plus de cent », estima Ogier. Ils étaient couverts d'un tabard blanc, coiffés de fer. La plupart portaient une lance écourtée.

Une ovation salua leur entrée dans le camp. Les piétons les entourèrent, aidèrent les hommes à quitter leur selle. Des heaumes, des chaperons volèrent dans le ciel en signe d'allégresse. Les ribaudes battaient des mains et sautillaient.

— C'est la fin de notre sérénité, dit Blanquefort.

Guillaume acquiesça, et ajouta ;

— C'est peut-être la fin de Rechignac.

— Oh ! voyez, dit Ogier, le bras tendu. Un seul est demeuré à cheval... C'est *lui* ! Et, ma parole, il pique des deux et monte vers nous.

C'était Knolles.

— Il vient nous ramposner [1], dit Guillaume.

— Tuons-le, dit Champartel en bandant son arbalète. A nous tous, nous l'aurons.

— Non, dit Guillaume. Il nous faut connaître ses intentions.

Parvenu devant le pont-levis, l'Anglais tira les rênes de son cheval, une bête énorme sous son houssement bleu et sinople ; à son chanfrein timbré d'un écusson vermeil ondulait un panache noir presque aussi grand que le plumail de son maître.

— Oyez ! Oyez ! hurla Knolles sans paraître, cependant, s'inquiéter d'être entendu. Bergerac, ce matin, nous a ouvert ses portes !... Ses gens nous ont juré hommage et féauté !... Ils ont reconnu Derby comme leur seigneur, au nom du roi d'Angleterre !

1. Défier, braver.

J'en reviens avec, sous mon guidement, les meilleurs hommes de la Compagnie blanche... Vous avez eu quatre jours pour souffler... Pour croire la belle vie de jadis revenue... Mais c'est fini : je vais mestrier [1] ce château !

Le cheval piaffa, rua, et Knolles, penché sur son encolure pour éviter quelque flèche, partit comme il était venu : au galop.

Blanquefort, Guillaume et Ogier échangèrent un regard.

— Il ne nous reste qu'à attendre, dit le damoiseau.

— Et à nous préparer, ajouta Blanquefort.

— Féauté et hommage à l'Angleterre ! s'exclama Guillaume. Or, çà, pour qui ce malandrin me prend-il ?

1. Me rendre maître de ce château.

II

Guillaume reposa son hanap et, d'un revers de main, essuya sa bouche et les poils de sa banlèvre [1]. Ses paupières bordées de rouge s'écarquillèrent. Rouges en étaient surtout les commissures que le sommeil poivrait et humectait de larmes — ou d'humeur. Quant à ses yeux, s'ils avaient perdu leur éclat, ils avaient conservé leur autorité, leur franchise ; ils cillaient à peine, de sorte qu'il semblait résister à une lassitude de plus en plus dévorante, aussi tenace que sa volonté.

Il fut pris d'une espèce de gaieté. Quelle gaieté ! Quel rire ! Un rire enroué, toussé, tellement insincère qu'Ogier lui-même en fut incommodé.

— Pour qui se prend ce malandrin ? Il empunaise à lui seul autant que tous ceux que nous avons atterrés !

La voix sifflait, persiflait. Elle s'amincit et devint douloureuse comme si la glotte, soudainement âpre et enflée, lui interdisait le passage :

— Ils vont boire... boire... potailler jusqu'à plus soif pour se donner du cœur au ventre !... Eh bien, nous percerons ces cœurs et trancherons ces ventres !

Le regard un moment allumé se ternit. Les mots se jouxtèrent en un râle où la rage excluait la souffrance. Guillaume vida son hanap comme pour noyer cet accès

1. Le tour de la bouche.

de fureur dans son vin coupé d'eau — une idée de Mathilde pour qu'il restât lucide.

— Vont-ils nous assaillir ce soir, mon oncle, selon vous ? Bergerac est fort loin. Canole doit être plus las que vous... que nous...

En quête d'une approbation, Ogier se tourna vers Tancrède. A l'inverse de Claresme, livide et frissonnante, son visage ne trahissait aucun émoi. Guillaume toussa et reprit :

— Les hommes d'armes qu'il est allé quérir viennent d'abandonner un siège. Ils sont aussi recrus que leurs chevaux, excepté les piétons. Il a suffi que ce linfar revienne pour que ses charpentiers se remettent au beffroi. Et bien que la nuit soit noire, ils œuvrent avec joie. Nos archers tirent sur leurs feux et leurs ombres... hélas ! sans grand dommage.

— Salauderie ! grogna le chapelain en repoussant son écuelle.

— Quoi, *salauderie* ? s'indigna Mathilde au passage. Il était mauvais, mon cuisseau ?

— Je parlais du beffroi, ma bonne, sourit Clergue.

— Ils veulent l'achever avant demain, dit Blanquefort. Pas vrai ?

Sicart de Lordat acquiesça ; le sénéchal conserva la parole :

— Ils vont apprêter la voie qu'empruntera leur chas [1]. Quand Canole est parti, ils en étaient à la moitié du remplissage du fossé, tant en profondeur qu'en longueur et largeur... Ils ont les pierres, les fagots et les hommes. Ils combleront le reste cette nuit... Par ce côté, ils attaqueront au lever du soleil...

Le feu craqua. Un blessé gémit au loin et Mathilde tança Philippe, son bâtard. Tout était comme d'habitude. Et pourtant...

— Le dernier heurt, peut-être, dit Guillaume. Et

1. Autre nom du beffroi. Abrégé de *chas-chastel* ou *châtel*.

c'est pourquoi nul ne devra dormir toute cette nuitée. Les femmes, elles, devront se réunir au donjon.

— Que pensez-vous faire, messire ? demanda Pedro del Valle.

Le baron eut un geste évasif, mais sa voix recouvra enfin sa fermeté :

— Est-ce que je sais ?... Voyez-vous, et je le répète, je crois qu'ils vont nous surquérir à l'opposé du mur de la Mathilde... Pendant que nous les refoulerons en cet endroit, ils achèveront le comblement du fossé.

Un instant, Guillaume demeura immobile sur son banc, le regard noyé dans une des tapisseries de sa défunte épouse — l'apparition d'Obéron — cherchant peut-être dans l'expression des personnages une réponse aux questions qu'il se posait sur l'avenir de sa forteresse. Le feu de cheminée lui chauffait le dos : il avait pris froid, et c'était pourquoi, négligeant sa haute chaire, il occupait un faldesteuil. Par la fenêtre où la nuit bleuissait, il voyait les lueurs des flambeaux ; il entendait les cris des hommes transportant des seaux d'eau destinée à bouillir et ceux, plus rares, des enfants occupés à porter les derniers boulets sur le chemin de ronde. Par intervalles, quand la bourrasque soufflait en direction du château, il pouvait entendre également les roulements des peaux d'ânes et les stridences des trompettes, exprimant à eux seuls l'allégresse des ennemis heureux d'une mortelle récidive.

— J'ai peur, bredouilla Claresme.

Négligeant le regard étonné d'Arnaud Clergue, Pedro del Valle prit la main de la jouvencelle.

— Allons, m'amie... Ne craignez rien.

— Je me demande ce que fait Bressolles en ce moment.

Cela dit, Blanquefort marcha jusqu'à la cheminée, tendit ses mains au-dessus des flammes, et annonça, sans forcer, semblait-il, la sérénité qu'il affectait depuis le début du repas :

— Je vais voir nos hommes... réchauffer l'ardeur des plus tanés [1].

Il saisit sa cervelière sur le linteau et la coinça contre sa hanche. Sicart de Lordat le regarda partir, vida son hanap et se tourna vers Guillaume :

— Ah ! si je connaissais, messire, le secret de cette poudre dont je vous ai parlé... Salpêtre, soufre, charbon de bois... J'ai eu connaissance d'un *Livre des Feux*, d'un certain Marcus Graecus, qui, dit-on, en décrit la composition... Je sais que le noisetier fournit le meilleur charbon, que l'on réduit en poudre, et qu'aux Allemagnes, un moine, Berthold Schwarz, ou Berchtoldus Niger, ou Berthold le Noir, qui peut-être était Allemand, à moins qu'il n'eût été Grec ou Danois, a trouvé le moyen, en consumant cette poudre, d'envoyer loin, à l'aide d'un tube de bronze, des projectiles homicides...

— Ce moine est une créature du démon ! tonna Arnaud Clergue.

— Qui sait ? murmura Guillaume en se levant et en marchant vers Saladin couché sur le flanc. Peut-être travaillait-il au Grand Œuvre quand il a constaté le pouvoir de cette... poussière... Si elle possède la puissance que vous dites, Lordat, il est dommage que son usage n'en soit pas répandu.

Il caressa le chien et se tourna vers les convives, attendant une réponse.

— Peut-être est-il préférable que les choses demeurent ce qu'elles sont, dit Pedro del Valle.

— Ah ! cessons de parler de cette poudre, et réjouissons-nous que ceux d'en bas en soient aussi dépourvus que nous !

Il parut à Ogier que les jambes de son oncle s'étaient arquées, depuis quelques jours, sous le poids des fatigues et des responsabilités. Il se leva. Guillaume vint à sa rencontre, et baissant la voix :

— Hugues paraît vraiment inquiet.

1. Fatigués.

— Depuis la mort de Rigobert, il est plus maussade qu'à l'accoutumée. Demeurez... Je vais auprès de lui pour voir où nous en sommes.

Le damoiseau trouva Blanquefort, immobile et seul, au-dessus du pont-levis.

— La nuit est douce... Dommage qu'ils l'endommagent avec leurs cris et leurs tambours.

— Nulle étoile, remarqua Ogier. Nous ne les verrons pas approcher.

En contrebas, des vapeurs ondulaient comme des banneroles. Que se passait-il dans cette obscurité ? Plus loin, autour des feux de Knolles, on s'agitait ; on festoyait, on violait une nouvelle fois les captives : elles criaient.

— Rien à faire, dit Blanquefort. Ils enconnent et nous, nous sommes impuissants !

— Nos hommes ?

— Tous en armes... Deux manchots et Aspe ont tenu à monter !... Ils s'occuperont des feux, des rocs... de tout ce qui traînera.

Le sénéchal parlait sans presque remuer la bouche, et bas, comme s'il craignait d'être entendu. Il releva son menton et le damoiseau vit frémir les muscles de son cou.

— Avant que d'essayer de nous vaincre avec leur beffroi, ils vont employer toute leur ardeur à nous meshaigner... Et il est vrai que si quelques-uns de ces malandrins prennent pied sur nos parois, c'en sera fait de nous, car nous succomberons sous le nombre. Ce sont les démons de la nuit... La prise de Bergerac a dû grossir leur vaillance.

— Assiégé, c'est un état qui ne vous plaît guère !

Le sénéchal hocha la tête ; sa main nue caressa la pierre d'un merlon.

— A qui pourrait-il convenir ?... Vois-tu, Ogier, je hais ces boucheries. Elles sont indignes des hommes : assaillants ivres du désir de victoire, assaillis qui, non moins ivres de sang et de frayeur, taillent et brisent pour refouler la défaite... En ce moment, vois-tu, le passé nous revient en mémoire, à Guillaume et à moi... Je suis natif du hameau, tu le sais, et l'on y maudit la guerre... Et je la fais depuis toujours à contrecœur... Quel étrange destin que le mien !

Blanquefort parut hésiter puis, frottant le bout de son nez, sous son nasal :

— Le père de Guillaume a toujours pensé que j'étais son bâtard. Il avait engrossé une fille qu'il avait distinguée... Peu importait qu'il fût marié, lui, et qu'elle eût un homme : il la voulait... Qui, dis-moi, aurait pu s'opposer au désir de rut de ce grand seigneur, plus puissant que celui d'une bête ?... Et les mâles, chez les bêtes, se battent loyalement pour une femelle... Pas les hommes !

Blanquefort rit, tout en tapotant le fût de son arbalète.

— Thibaut de Rechignac !... Un fier chevalier !... Il a voulu que Guillaume et son bâtard soient baptisés le même jour... lequel bâtard était né une semaine avant son fils... Le sais-tu ?

— Non... Mais son épouse ?

— La Blandine ? Une agnelle... Sache donc qu'un mois après ma naissance, au sortir de l'hiver où Martin, mon père, avait péri de froid, coincé sous un arbre qu'il avait abattu seul, ce fut au tour de Jeanne, son épouse et ma mère, de rendre l'âme... Thibaut m'a fait prendre aussitôt pour me garder ici... J'ai tété les seins de la nourrice de Guillaume, Noëlie. J'ai eu les mêmes jeux ou presque... Sous l'œil doux et résigné de Blandine, nous avons été frères de lait avant que de devenir frères d'armes !

Blanquefort s'exprimait avec une ironie amère, qu'il atténuait parfois de petits soupirs. Soudain, sa voix devint sèche, brutale :

— Mais à Guillaume, sans coup férir, les éperons à quatorze ans. A moi — tu pourras le demander à ta mère, qui naquit six ans après nous —, les besognes qu'on n'eût même pas données à un rustique... Surtout, ne parle jamais de cela à ton oncle ! Jure-le !

— J'ignorais, Blanquefort, que mon oncle...

Ogier s'en voulut d'avoir bégayé. Sa voix s'affermit, non sans mal :

— Mais je vous jure d'être muet là-dessus !

Il était attentif, un peu comme aux aguets : Blanquefort-le-Maussade s'épanchait !

— Il a fait ses armes sur moi... Je ne pouvais me défendre comme je l'aurais voulu. J'étais un serf mais, pour éviter toute confusion dans ton esprit, j'étais plutôt un baliveau sur lequel ce brocard laissait des frayoirs[1] parfois sanglants... Il était vêtu de mailles ; j'avais un jaseron de cuir tellement rapiécé que je le comparais à ces croûtes de bouse qui font comme une écorce à la croupe des bœufs.

Au loin, la multitude remuait ; des torches tressautaient, se croisaient, dissolvant un peu de noirceur autour, sans doute, de la tente de Knolles. Et sur cette terre tant douce à vivre, c'était à nouveau comme un bruit d'équinoxe, un jusant de mort troué de vagues de silence au creux desquelles on entendait des coups de marteau, des hennissements, des hurlements et les inlassables tambours.

— Le père de ton oncle me détestait : j'étais son remords vivant — s'il pouvait en avoir ! Parfois, doutant de sa paternité, il m'accusait sans raison, m'humiliait, me bastonnait ou me faisait donner les étrivières... Cependant, un bâtard c'est précieux pour le cas où le vrai fils tomberait au combat ou ailleurs !... A la mort de Thibaut, je me suis vu devenir écuyer, donc obligé de suivre Guillaume... Et je l'ai suivi... Qu'aurais-je pu faire d'autre ? Le château vieux — celui que tu connus un peu quand nous revînmes de l'Écluse — m'offrait asile, nourriture...

1. Marques qui restent sur les troncs d'arbres contre lesquels les jeunes cerfs ou *brocards* ont frotté leurs bois nouveaux.

Le damoiseau ébaucha un geste affectueux ; Blanquefort l'interrompit en lui saisissant le poignet, qu'il relâcha non sans l'avoir serré très fort, comme un homme qui s'enlise.

— Ah ! certes, j'ai eu la vie plus belle que si j'étais demeuré au hameau !... Mais, vois-tu, il vaut mieux être piéton qu'écuyer... Écuyer ? Celui qui tient les armes du chevalier, mais ne les manie pas — ou si peu !... Celui qui intervient lors des mauvais moments et se fait souvent occire pour son seigneur... Celui qui ne peut aimer que les filles de basse condition, ce qui ne veut pas dire, tu me comprends : de mauvaise vie... Et après tout, comment glisse-t-on dans la déchéance ? Qu'est-ce que cela signifie ?... Il faudrait savoir... Seule Adelis pourrait nous raconter !

Ogier eut l'impression que ce soir, émergeant de cette espèce d'amertume où il se complaisait depuis sa jeunesse prime, Blanquefort voulait parler. Pourquoi évoquait-il à ce point son passé ?

— J'ai même aimé... J'étais aimé... Mais il l'a aimée, *lui* !

— Qui, *lui* ?... Mon oncle ?

— J'ai dû m'incliner. Elle aussi... Une fille ploie toujours devant son père, et celui-ci, tu t'en doutes, était un Saint-Rémy : le père du salopiaud que tu as jeté hors des murs.

— Je commence à comprendre.

— Elle était si jeunette, si peu faite pour résister... Guillaume la voulait, Josseran de Saint-Rémy l'offrait... J'étais un écuyer infortuné, fils de rien, pour ainsi dire... Que peut-on faire en pareil cas ? Fuir ?... Certes, mais en quels lieux ?... Comment vivre ? En guerroyant comme mercenaire ?

— Ma mère était encore présente entre ces murs... Elle devait vous aimer bien... Elle n'a rien dit ? Rien fait ?

— Ta mère ?... Toute jeune, le Thibaut lui avait appris à obéir. Bouche cousue. Elle m'aimait bien...

Elle rêvait, j'en suis sûr, de quitter ces murailles. (« Comme Tancrède ! » songea Ogier.) Quand elle a eu connu ton père au tournoi de Bourges, si ma mémoire est bonne, elle n'a plus voulu revenir en ces lieux. Là, elle a montré une telle autorité que Guillaume a cédé ! Lorsque tu la reverras, interroge-la... Peut-être apprendras-tu des choses que j'ignore.

Des hommes traversèrent la cour ; certains portaient des torches, d'autres des seaux.

— Veillez à l'huile. N'en répandez pas une goutte.

— Elle commence à manquer mais nous ne manquerons pas d'eau pour le même usage !

— Montez encore des boulets.

— Et des gerbes de paille.

Blanquefort les montra du doigt.

— Et ceux-là, Ogier, les connais-tu ?

— Un peu mieux qu'au début du siège.

— Il y a pire que la barrière d'une joute entre eux et nous... Chacun d'un côté, face à face, sauf pendant certains jours comme ceux que nous traversons. Ne trouves-tu pas cela injuste... inadmissible ?

— Quoi ?

— Cet espace entre eux et nous, plus large qu'un océan, plus profond qu'un abîme... A eux, les corvées, les dîmes de toutes sortes, le froid, la faim... Et si je peux, moi, parler ainsi : à nous les guerres, certes, mais aussi l'autorité, la justice et les liesses de toute espèce...

— Ce monde est ainsi fait !... Qu'il soit mal bâti, j'en conviens, Hugues... Mais qu'y puis-je ? Si je me commettais avec les vilains, nous en aurions eux et moi du mésaise.

— Hélas !... Mais peut-être te demanderas-tu un jour ce que les pétaux, qui forment le gros des armées, défendent à la guerre. Leur misère ? Ce serait étonnant ! Leur vie ? Un culvert occis est plus heureux qu'un culvert vivant, car il connaît les délices du Ciel... Alors quoi ?

— Ah ! cessez de me titiller, protesta Ogier. Parlez-moi de vos amours. Au moins, je ne m'en contrarie point !

Il se sentait tout à coup fatigué, accablé par la détresse de Blanquefort. Ainsi, cet ascète avait aimé. Une jouvencelle l'avait aimé : Guibourc de Saint-Rémy devenue contre son gré l'épouse de Guillaume. Il se dit : « Bon sang, leurs tambours avancent... Leur frainte [1] couvre leurs mouvements. Et Hugues ne bouge pas ! » Il demanda :

— Mon oncle savait-il que vous aimiez cette pucelle ? Et aussi qu'elle vous aimait ?

— Bien sûr. « *Toi*, me disait-il, *tu n'auras jamais un sou vaillant... Avec moi, elle aura tout !* » Il n'avait que faire de la... répulsion qu'il lui inspirait.

Blanquefort gratta la courte barbe qui hérissait un menton aussi busqué qu'un devant de sabot. Ses joues semblèrent se gonfler de colère. Sa bouche s'ouvrit de biais ; il cracha, puis ses yeux, de nouveau, interrogèrent la constellation palpitante des feux. Certains s'éteignaient.

— Ma vie a cessé d'avoir un sens quand elle est morte.

Soudain, de l'autre côté du fossé, le silence se fit, durcit ; puis un tambour vrombit, et un autre, dix autres.

— Ils sont plus emmerdants qu'un essaim de frelons !

Replongeant dans ses souvenirs, Blanquefort poursuivit :

— J'aurais pu partir le soir où elle fut ensevelie. Mais je devais demeurer.

— Pour Tancrède.

— Oui, pour elle... puisqu'il lui a donné ce nom-là.

Ogier voulut parler. Demander : « Est-elle votre fille ? » Il ne le put. Mais il n'en doutait plus : les mêmes

1. Vacarme.

yeux ou presque, le même étrange caractère... Si Guillaume ne savait rien — à moins qu'il feignît de ne rien savoir —, Tancrède connaissait la vérité sur sa naissance, parce qu'un jour, las d'avoir mené une vie morne, incolore, malgré tout ce qu'il y avait accompli, Blanquefort lui avait révélé son secret.

« Après tout, s'il a étreint Guibourc, qu'il aimait et qui l'aimait, en l'absence de Guillaume, tant mieux ! »

Mais après, quelles formidables envies de recommencer avaient dû ronger ces deux coupables. *Coupables ?* Le garçon s'étonna d'en être arrivé là. Un pareil adultère était-il un forfait ? Voire ! En n'importe quel cas, lorsqu'il y avait une réciprocité dans l'amour, et que les sentiments de l'un devenaient comme l'unique et parfait refuge des sentiments de l'autre, pouvait-on juger et condamner cette accointance comme on juge et condamne un forfait ?

— La vie est singulière, dit-il, et j'en suis encore sur son seuil... Je crois que les événements, quelquefois, sont plus puissants que notre volonté. Ils nous poussent avec force et cautelle[1]... Mais que pouvons-nous faire, Hugues ? S'accommoder de quelques adversités insurmontables, tolérer certains revers immérités comme des épreuves nécessaires, et surtout admettre que Dieu voit et régit tout, c'est une façon de gagner le Paradis.

— Mon Paradis a duré une nuit. Du chant de la hulotte au cri du coq.

Le garçon ne sut que dire. Il était étonné que son estime pour le sénéchal se fût accrue, et qu'en dépit de ce qu'il venait d'apprendre, celle qu'il témoignait à son oncle fût demeurée la même.

— Mon vieil et précieux ami ! N'oubliez jamais que je vous considère comme une sorte d'oncle ! (Il vit les joues du sénéchal frémir.) Vous m'en avez toujours appris plus que Guillaume, que j'aime bien, pourtant !

1. Ruse, sournoiserie.

(Et soudain :) Tu m'as patiemment enseigné tous les gestes... *Il* se contentait de les commenter... Il me plaît de penser que vous êtes... des frères !

— Ne lui en parle surtout pas ! Tu me l'as juré !... Son passé, comme le mien, lui remonte à la tête... Peut-être parce que nous allons mourir... En ce cas, veille sur les deux filles !

— Mourir, vous deux ? Je n'en crois rien. Pour moi, vous êtes immortels !

Laissant son interlocuteur à ses méditations, Ogier parcourut un demi-tour d'enceinte, contourna la tourelle, et s'arrêta au milieu de la courtine qui la reliait à la Guillaume. D'un côté, les guetteurs, nombreux et attentifs ; de l'autre, encombrant les parquets de bois portés par des consoles, en encorbellement sur l'intérieur de la place, des rocs, des boulets, des chaudrons surveillés par de jeunes culverts et, de loin en loin, des bottes de paille...

— Tout est prêt, commenta Blanquefort dans le dos du damoiseau. Tu vois, notre défense est fournie en hommes... Mais je gage...

Il y eut un chuintement, accompagné d'un cri, celui de Champartel, de l'autre côté des cours :

— Holà !... Gardez-vous !

Un rocher tomba dans l'enceinte et rebondit sur le sol. Quelqu'un pleura — enfant ou pucelle. Jean et Girard accoururent.

— Eh bien, dit le sergent, on s'y attendait, pas vrai ? J'espère qu'ils ne vont pas faire grêler leurs pierres jusqu'à l'aube.

Jean s'indigna :

— Nous devrions allumer des feux ! On verrait au moins ce qui se passe en bas.

Un second roc tomba et s'émietta près du donjon. Champartel surgit de l'ombre, coiffé de fer, une cognée sur l'épaule.

— C'est ça qui convient pour ce soir. Dommage qu'on n'y voie goutte.

— On y voit suffisamment, dit Blanquefort... D'un côté, celui du beffroi, ils sont là, prêts à œuvrer promptement... Et tout en bas d'où nous sommes, tandis que ses tambours ronflaient, Canole a dû grouper ses meutes.

Le sénéchal avait un visage blanc, sans émoi apparent, mais ses mains tremblaient sous leurs mailles. La colère et l'incertitude hantaient ce grand corps las d'aventures et de solitude.

Le baron apparut, tel un visiteur morosif, essoufflé d'avoir gravi sans s'arrêter les marches menant aux créneaux.

— Ainsi, dit-il en frottant son épaule blessée, notre répit s'achève.

— Eh oui, dit Blanquefort. Va falloir s'échauffer.

Puis, se tournant vers Jean :

— Fais monter tous ceux d'en bas, sauf les vingt gars que j'ai mis en réserve afin de boucher les trous, car il y en aura... Quant à toi, Girard, fais vélocement le tour des aleoirs. Dis aux hommes de se tenir prêts... Rassemble devant le beffroi une douzaine de tes meilleurs archers. Qu'ils tirent à feu grégeois — Lordat leur en a préparé deux chaudrons — sur tous ces fredains dès qu'ils se mettront à combler le fossé ! Comme ça, ils verront clair... Et si, malgré tout, leur jetée touche à notre muraille, qu'ils envoient dessus, sans trêve, des oupilles [1]. Qui sait ? Leurs fagots brûleront peut-être. Hâtez-vous !

Le trompeor et le sergent s'éloignèrent. Le silence, un instant, devint froid, limpide. Une chevêche le feutra de son cri et un bœuf meugla dans le troupeau de Knolles.

— On ne peut faire autrement que de les laisser venir.

Sous les mailles de son haubert, Ogier ruisselait de

1. Torches, flambeaux de paille.

sueur. Cette attente broyait ses nerfs. Confiance pesait à sa hanche.

— N'attends pas, dit Guillaume, pour lui donner de l'air !

Le damoiseau dégaina. Son cœur battait. Il était comme hypnotisé par ce noir profond, insondable sous lui, devant lui. Imitant le sénéchal, il s'approcha de l'extrême bord de la paroi, scruta l'obscurité, n'y vit rien et décida de faire un pas en arrière quand soudain, courbe et fine comme une lame sarrasine, la lune lacéra les ténèbres. Sa lueur blafarde, indécise, révéla les rocs blêmes et la dentelle des roncières puis, à mesure que s'étendaient les effets de cette clarté, d'autres formes, cette fois bien distinctes et proches de l'enceinte : des échelles, le long de la contrescarpe et, dans le fossé, des piques, vouges, épaulières, ainsi qu'un bosselage de chapeaux de fer au-dessus d'une cohue de visages sombres.

Le cri de Blanquefort foudroya le silence :

— Boutez le feu aux torches afin qu'on y voie clair... Envoyez les boulets, les rocs. Versez l'huile et l'eau boulue[1] ! Enflammez la paille !

Des brandons surgirent de la nuit. Poussées jusqu'aux créneaux, puis incendiées, les bottes crépitèrent et churent, comètes rougeoyantes, sur les routiers dont les clameurs, jaillirent.

« Combien sont-ils ? se demanda Ogier. Cent ? Deux cents ? »

Il demeurait immobile, le poing crispé sur son épée, saisi, assourdi, bien qu'il le connût, par le vacarme jailli de la fosse en même temps que les flammes, les étincelles et les fumées. Il y voyait, maintenant, à peine moins qu'au crépuscule.

Un cri lança la horde contre la muraille, échelles hautes.

— Allez, les petits gars ! hurla Girard aux enfants

1. Bouillie.

affectés aux boulets... Ayez pas peur... Poussez-moi ça dans les trous.

Ogier se pencha. La lourde pluie de mort accablait les conquérants, broyant, fracassant, emportant parfois le bas d'une échelle et l'homme de pointe prêt à grimper. De la Guillaume à la tourelle, moins menacée, les archers tiraient sur ce rassemblement tonnant et craquetant où les cris de haine et les hurlements de douleur, les chairs intactes et meurtries, les flammes et le sang se conglutinaient.

— Les capiteux [1] ! enragea Champartel. Ils sont tout de même moins durs que mon enclume !

Étourdis, basourdis par cette avalanche pire que les précédentes, Goddons et Gascons barbotaient dans les dépouilles putréfiées des victimes antérieures, puis foulaient de leurs pieds gluants de pourriture les corps des blessés récents, hâtant le trépas des mourants ou aggravant leurs affres. Ils eussent pu reculer ; ils s'acharnaient. Ils devaient atteindre les créneaux !

Des pierres bourdonnaient au-dessus des défenseurs.

— Ils ont des frondeurs.

— Certes, Ogier, dit Blanquefort. Frondes et fustibales [2] !

— Les hommes qui élinguent [3] sont de l'autre côté du fossé, adonques pas dangereux.

— Manquerons-nous de paille ?

— Si par malheur elle fait défaut, il nous reste de la brelée [4] !

Le sénéchal avait réponse à tout. Il ajouta, cependant :

— Pourvu que le ciel ne s'assombrisse plus !

Ogier fit quelques pas pour savoir si partout, le long de ce mur convoité, la résistance était la même.

1. Têtus, obstinés.
2. Frondes munies d'un manche.
3. *Elinguer* : lancer avec une fronde. *Elingue* : fronde.
4. Fourrage destiné aux moutons.

— On lapide ! lui cria le fils Pimouguet.

Ses compagnons poussaient des rochers dans le vide ; d'autres, comme lui, faisaient tournoyer leur fronde. Tout proches, des archers puisaient dans leur carquois.

Un homme tomba. L'Anselme.

« Eh bien, pensa le damoiseau, l'Huguette Joulet n'en aura pas profité longtemps ! »

Puis, levant les yeux :

— Regardez, Hugues ! Regardez !

Assemblés sur une butte, hors de la tourmente, quatre chefs immobiles attendaient : Knolles, Briatexte, sans doute Bemborough et Mélipart. Les rafales de cris, le cliquetis des armes, les craquements des échelles rompues avec leur charge humaine ? Rien ne les atteignait. Derrière eux, plusieurs rides profondes, composées de fer et d'ombre, révélaient des hommes prêts à se joindre au premier flot des agresseurs.

— Il nous faut des rochers ! cria un jouvenceau.

— J'en fais monter ! hurla quelqu'un.

D'un coup de gantelet, Blanquefort essuya son avant-bras gauche en sang. Un carreau, sans doute, que les mailles avaient dévié. Sa lèvre inférieure avançait dans une expression de dégoût infini, et ses cils laissèrent filtrer un regard de mépris en direction d'Arnaud Clergue, accroupi derrière un merlon et n'osant plus faire un geste, pas même égrener son chapelet.

— Voilà que sa curiosité lui joue un tour et qu'il doit regretter sa chapelle... Sais-tu que c'est lui, Ogier — il était bien jeune alors ! —, qui a béni l'union de ton oncle et de Guibourc ?

Une échelle frappa le mur, devant eux. En s'aidant d'une perche à l'extrémité forgée par Champartel, Faenzac et Brouzeix la renversèrent dans le vide avec sa charge d'hommes.

— L'eau ! L'huile ! Ardrez-moi [1] ces marmousets !

— Regarde Canole, Ogier !

1. Brûlez-moi.

En face, l'Anglais venait de faire un signe. Les hommes tenus en réserve déferlèrent à leur tour en hurlant. Un instant, ils s'arrêtèrent au bord de la contrescarpe, puis commencèrent à descendre au moyen des cordes et des échelles. Certains tombèrent, percés de traits, mais fort peu, au gré du damoiseau, car l'apparition de cette nouvelle vague de combattants avait alenti sinon interrompu l'agitation des gens de Rechignac.

Le fossé bouillonnait. Çà et là, des assaillants échaudés à mort se convulsaient ; d'autres, fantômes d'or flambant, se frayaient un passage dans la cohue, se roulaient dans le charnier et s'y éteignaient corps et âme.

Une échelle puis une autre tombèrent, répandant leur charge au sol.

— Les graves[1] ! hurla Blanquefort. Prenez garde aux graves !

Des hérissons râclaient les aleoirs. On s'employa précipitamment à en couper les cordes. Une clameur s'éleva parmi les défenseurs : simultanément à cette avalanche de fer, les frissements odieux recommençaient : les sagettes pleuvaient sans trêve, décochées par une compagnie d'archers abrités derrière des mantelets.

« Si nous les repoussons cette nuit, c'est que Dieu nous assiste ! »

Ogier vit basculer deux hommes : Raymond et Calmels — deux de Gratot. Un troisième, une flèche dans l'épaule, parut hésiter puis tomba, entraînant avec lui le jouvenceau qui tentait de le retenir. Ils churent sans un cri.

« Sidobre et Pimouguet, sans doute. Mais le vieux, j'en suis sûr, c'est Sidobre. »

— Tenez bon, compagnons ! s'écria Blanquefort.

Le sénéchal héla Jean et l'envoya quérir du renfort. Le trompeor s'éloigna en courant, trébucha sur les jam-

1. Grappins.

bes du chapelain hébété, lui lança sans crainte une insulte et revint presque aussitôt avec six hommes.

— On y voit peu, je sais... Mais crevez-moi les gars des mantelets, là-bas. Ne mesusez point de vos traits : frappez juste !

— Courbez-vous ! hurla Thierry Champartel.

En une seule nuée vrombissante, des flèches enflammées allèrent soudain porter le feu dans la forteresse. La forge et l'échansonnerie, puis, derrière elles, le petit logis de Griveau, furent atteints.

— Tenez bon, vociféra Guillaume. Tenez bon !

Qui pouvait dans ce charivari entendre cette inutile injonction ? Vieux, jeunes, tous les défenseurs présentaient les mêmes stigmates : ces rides noires sous leur chapeau de fer, expression d'une peur délirante et d'une féroce volonté de survivre ; et dans ces faces contractées, les yeux rougis par les feux et la haine exprimaient la même jouissance : tuer, tuer, tuer, tuer encore.

Les chaudrons, les bassines ronronnaient un peu partout sur leur trépied ; dessous les braises grésillaient, pétillaient ; l'eau et les liquides bouillonnaient et, comme des lunes et des soleils en fusion, glissaient par les trous des mâchicoulis et les bouches des gargouilles.

— Des vieillards trop vieux et des enfants trop jeunes, enragea Blanquefort.

— Ils sont montés d'eux-mêmes pour aider aux feux, expliqua Girard. Et des femmes, en bas, veulent nous rejoindre si ça va trop mal... Elles refusent de s'enfermer au donjon.

— Qu'elles attendent.

— Je reviens de là-bas, ajouta le soudoyer en désignant la Mathilde. Ils sont cent à combler le fossé. D'autres — une dizaine — achèvent leur maudit beffroi !

Des fumées montaient, grises, ocres et crépitantes, des bâtiments embrasés.

— Plus le temps de s'en occuper, dit Camboulive, d'un ton presque plaisant, en manœuvrant le cric de son arbalète.

— Occupe-toi plutôt de ce qui vient, s'écria Blanquefort. Regarde : une de leurs échelles a tenu bon... Voici le premier malandrin que nous verrons de près... Vas-y, Ogier, je prendrai le suivant.

Tenant Confiance à deux mains, le garçon courut au-devant du routier.

Il avait son âge, peut-être son ambition. Pas de heaume ; un crâne nu. Visage imberbe convulsé de fureur, mais reflétant aussi l'effroi et l'ahurissement d'avoir seul atteint le but pour lequel tant d'autres avaient péri. Une peau de mouton le couvrait des épaules aux genoux ; il tenait une targe de couleur vermeille qu'il jeta sur Haguenier, lequel s'était aussi porté à sa rencontre. L'écuyer trébucha.

— Laisse-le-moi ! cria Ogier.

Puis au routier :

— Que tu sois Goddon ou Gascon, c'est ici qu'est ta mort.

— Je suis Gascon... Vive Édouard d'Angleterre !

Dans la nuit rouge de flammes et de sang, les épées luirent et s'entrechoquèrent.

Bras bourrelés de muscles, cuisses épaisses : tout chez ce gars était puissant et souple. Il portait un collier de dents d'animaux et ses poignets s'ornaient de larges anneaux de cuivre.

— Tu es le premier que j'occirai, damoiseau !

— N'en sois pas si ségur.

Ogier songea tout à coup à Tancrède. Qu'eût-elle fait, l'épée en main, devant un gars de cette trempe !... Était-elle parmi ces femmes décidées à courir à la rescousse des hommes quand trop d'entre eux seraient hors de combat ? Non : son orgueil le lui interdisait.

Le routier était habile. Son épée large à pointe aiguë avait la longueur de Confiance. Que se passait-il autour d'eux ? Comment le savoir ? Il y avait cet ennemi, cette épée. Rien d'autre.

Ogier évita quelques taillants vigoureux tout en reculant pour s'éloigner de la presse et donner plus d'aisance à ses coups. Comme il parait une attaque en se penchant, il aperçut deux autres malandrins au-devant desquels se portaient Blanquefort et Jean. Le vétéran estoqua presque aussitôt son adversaire. Et un quatrième homme apparut, comme une vague en suit une autre.

— Ces linfars sont nombreux ! hurla le sénéchal en se portant au-devant du routier, la lame de son arme gluante de sang.

— Laissez-le-moi, *amigo ! Entendido ?* Laissez-le-moi !

« Ça y est : Pedro del Valle est là... et Blasco, Martinez ! »

— On les aura !... cria Margot quelque part.

« Je ne vois plus rien, mais d'autres ont pris pied sur le mur... Ah ! là là, pourvu qu'on les refoule !... Toi, Gascon, bien que tu sois habile, il te faut mourir promptement ! »

Employer un coup audacieux, une astuce risquée ; Guillaume et Blanquefort y excellaient.

Ogier baissa les bras, tout en conservant son épée demi-haute. Aussitôt, son adversaire leva la sienne pour le décapiter.

L'ouverture apparut : le damoiseau pointa de toutes ses forces à la poitrine. La lame creva la peau de bête et pénétra dans la chair.

Il sentit béer un organe — poumon ou cœur — tira Confiance, tandis que, crachant le sang, le routier tombait, bousculant un compagnon qui se portait à son secours, et que Pedro del Valle estoqua.

A cet instant, sur le rebord de la paroi, une main chercha une prise. Ogier l'aperçut et l'écrasa du talon. Elle demeura. Une seconde se montra. Champartel, d'un coup de cognée, la trancha.

— Et voilà, messire.

Il devait y avoir maintenant deux échelles, car un homme bondit au créneau voisin. Maigre, blond, chevelu, il avait pour arme une francisque à long manche. Il la mania en hurlant, contraignant les défenseurs, même Champartel, à reculer. Le damoiseau se demandait comment l'affronter lorsqu'un trait siffla contre son oreille et se planta dans la poitrine du routier.

— Seigneur... Si j'avais bougé davantage, j'étais mort !

Il se retourna. Renaud agitait joyeusement son arbalète.

— Leurs échelles tiennent bon ! dit Girard.

— Leurs sagettes continuent de tomber !

— Par le sang de mes aves [1], ils ne nous auront pas !

— Faut-il faire monter les dernières réserves ?

— Non... Attendons !

Partout, en cet endroit, ce n'étaient que cris sauvages, heurts métalliques, graillements de rage. Quatre routiers morts ; mais d'autres affrontaient Pedro del Valle, Jean, Blasco et Haguenier.

— Il nous faut rejeter ces échelles, dit Guillaume, l'épée en l'air, dans l'attente d'un nouveau larron.

— Une vient de tomber, hurla Blanquefort.

Ogier aperçut un homme titubant, essayant d'extraire de sa poitrine l'épieu qu'un routier venait de lui lancer comme un pêcheur son harpon : Brouzeix. Il se précipita :

— Compagnon !

— Dieu vous assiste tous, messire, gémit l'homme éploré, en s'affaissant.

Alors, frémissant de malerage, Ogier essaya l'impossible. Il tendit Confiance à Girard :

— Tiens-la... Cette pigouille doit suffire !

Il saisit à leurs pieds un des râteaux destinés à

1. Par le sang de mes ancêtres.

repousser les échelles et se plaça face au créneau par lequel apparaissaient les routiers.

Une tête émergea, puis un buste couvert de mailles. Le damoiseau y appuya l'extrémité du tau de fer forgé la veille ou l'avant-veille. L'homme voulut l'écarter d'une main, mais Ogier poussa de toutes ses forces, aidé par Champartel soufflant et gémissant.

La longue perche de frêne archonna [1] sans se rompre. Le damoiseau sentit vibrer les poumons de l'homme cramponné désormais aux barreaux pour ne pas choir à la renverse. Son sternum s'écrasa ; l'échelle remua, se dressa lentement et bascula, répandant au sol, sa charge humaine.

— Le bonsoir à messire Canole !

— Ou la bonne nuit, ajouta Champartel en laissant choir le râteau. Alors, messire, n'ai-je pas bien œuvré ? Ça, c'est de la birette [2] !

Un ricanement secoua les jeunes gens. Leur hilarité se propagea parmi tous leurs voisins dont la fureur et la frayeur labouraient les entrailles. La vue et l'odeur du sang, les cris, les hurlements, les crépitements des incendies, derrière eux, tout ce tumulte abhorré se dissolvait soudain dans cette certitude réconfortante : l'échelle était tombée.

— Méfiez-vous, hurla Blanquefort. Par Dieu, rien n'est fini !

Deux grappins churent et glissèrent, raclant les dalles. Le sénéchal les poussa d'un coup de pied. Une grêle de flèches et de pierres lancées par les archers et les frondeurs de Knolles s'abattit sur la courtine. Un homme bascula en se tenant la tête : Camboulive.

— Six linfars férus à mort, dit le sénéchal en désignant les corps ensanglantés. Deux ou trois autres refoulés, encore vivants, hors des murs... Il était temps... Je ne sais si nous aurions tenu... Balance-moi

1. *Archonner* : se plier comme un arc.
2. Grand râteau ordinairement en bois.

ces ordures, Champartel, mais méfie-toi des carreaux et sagettes. Pas de danger que d'autres surviennent ici. Allons voir là-bas : on s'y bat fort.

Là-bas, c'était dix pas plus loin, à la tourelle. Ogier suivit le sénéchal.

Partout des cris, des plaintes. Les chaudrons vides fumaient. Là aussi, quand Ogier y parvint, une échelade avait failli réussir. Deux routiers se convulsaient, éventrés par un épieu. Un jeune du hameau avait été tué ; un carreau dans la face, près du nez, il gisait dans une attitude d'atroce épouvante. Un sang épais tavelait sa joue et se caillait dans sa bouche béante.

— Pauvre Girauldon !

Dominant sa répulsion, Ogier arracha le trait mortel, le lança par-dessus le crénelage et tourna le cadavre face contre la pierre. Jean surgit, l'épée sanglante, un étrange sourire aux lèvres :

— On le jette ? Il faut dégager le passage.

— Non... Aimerais-tu qu'on t'envoie parmi ces males gens, toi, si tu mourais ?

— Une fois trépassé, je m'en soucierais point !

Ogier regarda autour d'eux. Aspergés de sang ennemi, Pedro del Valle et ses compagnons étaient là. Ils n'avaient endossé aucun vêtement de fer. Ils avaient bataillé vêtus en bourgeois et s'étaient si bien démenés qu'ils chancelaient un peu ; ils souriaient. Il leur adressa un geste d'amitié, puis se pencha au-dessus du vide.

Le fossé grouillait toujours de grappes d'hommes acharnés à placer des échelles tandis que d'en haut, la mortelle réplique continuait.

Blanquefort s'approcha, regarda loin devant :

— D'autres arrivent... Tu les vois ?

— Oui, dit Ogier. La lune fait étinceler leurs fers.

— Ils sont une centaine... Canole semble hésiter.

— Qu'ils partent ! gronda soudain le damoiseau à bout de nerfs. Qu'ils relinquissent [1] ! Canole n'a-t-il

1. « Qu'ils abandonnent ! ».

pas suffisance de morts ?... Il est vrai qu'il est demeuré en deçà de la fête !

Un dégoût incoercible le prenait tout à coup d'être là et de surplomber pareille boucherie. Il était comme étouffé par le vent d'horreur qui enveloppait Rechignac. Détruire, pourfendre, trancher, meurtrir ; écouter les cris de haine et de désespérance ; occire avec une joie qui pouvait devenir volupté... Il pensa inexplicablement à Tancrède... Non ! Non ! Il fallait que cela cesse.

— Du côté du beffroi ? demanda-t-il, anxieux.

— J'en viens, dit Girard en lui restituant son épée. Leur tour semble achevée. Sa sambuque [1] est rabattue. Les charpentiers n'y sont plus.

— Et leur chaussée ?

— Presque achevée, Blanquefort. Ils y ont laissé des hommes sans que ces pertes aient refroidi leur ardeur.

Girard tendit son doigt vers la contrescarpe :

— Là, dit-il. Leur Goliath.

C'était Tranchelion, coiffé, vêtu de fer et de divers pelages. Il emboucha son énorme olifant et la longue plainte de la corne d'ivoire ondula sur les cris de haine et d'horreur.

Aussitôt les routiers valides abandonnèrent leurs armes et refluèrent vers la contrescarpe.

— Laissez-les, ordonna Blanquefort. Ménagez vos traits et nos réserves. Girard, viens avec moi.

Guillaume se pencha dans l'ombre d'un merlon.

— Viens voir, Ogier, tous ceux qu'ils ont laissés... La puanteur de ces marauds ferait fuir des putois.

Ogier n'osa bouger. Ces survivants promis à la mort, il les entendait pleurer, râler, appeler au secours, maudire leurs bourreaux, supplier leurs compères, adjurer le Ciel de leur venir en aide ou d'abréger leur géhenne. Sans savoir où aller, les moins atteints, pleins d'espé-

1. Pont volant au sommet du beffroi. Rabattu, il permettait aux assaillants de passer de cette immense tour sur le chemin de ronde.

rance, devaient ventrouiller parmi les corps mutilés, hérissés de sagettes et de carreaux, les armes éparses et les débris d'échelles. Suzeraine des puanteurs, la *mitte*, composée des pires infections, occupait avec les victimes la douve sèche de Rechignac.

« Sèche ? » se demanda Ogier.

Non ! C'était une boue humaine qui souillait désormais le fond du fossé, devenu fosse commune, et ses abords. Et comme s'il en avait assez, lui aussi, de la pestilence exhalée par cette immolation stérile, le vent souffla plus fort, emportant vers le camp de Robert Knolles la senteur lourde, abominable, de son échec.

— Il faudra, demain, laisser vivre tous ces truands à demi occis... Plus leur trépas sera long, plus ils seront plaintifs, et plus leurs compagnons hésiteront à nous surquérir encore.

— Mon oncle, ne songez pas à demain... Une seule chose importe, à présent : leur beffroi... S'ils l'ont achevé, ils nous attaqueront à l'aube.

Des huées fusèrent autour d'eux, puis des hurlements de joie : les derniers routiers s'enfuyaient.

Ogier se retourna. Paysans ? Hommes d'armes ? Désormais, ils étaient indiscernables : le grand péril de mort les avait unifiés. Certains chancelaient d'émotion, de fatigue, et s'appuyaient aux merlons ; d'autres passaient leurs paumes poisseuses sur leur poitrine d'écailles ou de cuir. Gauthier Champartel vomissait dans l'angle de la tourelle.

— Mon oncle...

— Pourquoi ce ton de supplication ?

— Pour vous engager à congratuler nos compères.

Et soudain, suspendant sa marche, Guillaume pinça, au pli du coude, les mailles du haubert d'Ogier :

— Par saint Michel, tu n'avais pas mis ton armure !

— Non, mon oncle. Je n'y suis pas encore accoutumé.

Guillaume eut un petit rire satisfait :

— Tu as donc, dès ce soir, une autre qualité.

Serait-ce un compliment ?

— Laquelle, mon oncle ? exigea le damoiseau.

— Hé ! Hé ! C'est même une vertu... La sagesse, mon neveu. La sagesse ! En armure, tu n'aurais pas eu le dessus contre ce truand à peau de bête.

Il avait donc tout vu !

— Viens, dit-il, tu as raison : il me faut regracier[1] mes vassaux !

L'angoisse refluait aussi rapidement qu'elle était arrivée. Bruyantes, des discussions s'ébauchaient. Chacun tenait à raconter comment il avait occis son homme. Et l'on gesticulait. De grands rires éraillaient les gorges sèches, contractées. Et déjà, sans doute, les hâbleurs multipliaient le nombre de leurs victimes ; les pleutres se donnaient du courage ; les plus hardis s'esclaffaient, trouvant, eux, qu'ils n'avaient pas vu le temps passer. Quelques-uns piétinaient la sève écarlate de leurs compagnons étendus roides, çà et là, éclaboussant les heuses, les sandales, les pieds nus de leurs voisins.

— Au lieu de vous rigoler, compères, tonna Guillaume, songez qu'ils vont nous amener leur beffroi.

— Il est prêt, dit Blanquefort. Je viens de là-bas... Leur chaussée me paraît quasiment plane... Leur tour roulera dessus presque aussi aisément qu'un chariot sur le chemin de Savignac.

Sous les chaudrons, les braises grisaillaient ; les torches ne dispensaient plus que des clartés plates, roussâtres.

— Que personne ne descende, ajouta le sénéchal. Demeurez attentifs. Faites quérir l'eau, les rochers... Approvendez-vous en sagettes... Jean !

— Messire ?

— Cours dire à Mathilde qu'elle vienne avec les femmes ramasser les morts et les blessés.

— Que mes filles ne soient pas exclues de ce ramas-

1. Remercier.

sage ! dit Guillaume, impassible... Hugues, le temps nous presse. Nous devons en être à la mi-nuit.

— Il nous faut contrester [1] promptement sinon nous péririons. Où pouvons-nous parler à l'aise ?

Blanquefort frissonnait de courroux, d'impatience et, certainement, de fatigue.

— Dans ma chambre, dit Guillaume.

— Allons-y, dit Arnaud Clergue en s'approchant. J'ai hâte de quitter ces maudits aleoirs... J'y ai reçu un affreux baptême.

Le baron s'assit sur son lit, essuya de l'avant-bras la sueur répandue sur son front et, les poings soudain posés sur ses genoux :

— Ce beffroi, pour parler net, c'est la mort. S'il se meut, il sera comme elle, irrésistible.

— Hélas ! oui, dit Arnaud Clergue, pâle, tremblant, sous sa bure poussiéreuse.

Blanquefort voulut parler ; Guillaume eut un geste tranchant :

— Non, tais-toi, Hugues, pour une fois !... Notre seule bonne chance de vivre quelque temps ou toujours, c'est d'anéantir cette infecte pyramide. Ils ne s'attendent pas à une revanche pareille. Ils ont oublié que le désespoir rend hardi !

Le vieillard se leva et marcha devant la cheminée, tête basse, les mains crispées sur sa ceinture d'armes soulagée de son épée :

— Présentement, chez Canole, les uns pansent leurs plaies, les autres lichent comme des trous. C'est le bon moment pour nous revancher.

Blanquefort approuva ; le chapelain leva les yeux au plafond comme s'il craignait qu'il ne se rompît. Ogier se laissa choir sur le lit.

1. Riposter.

— Agir, certes, mon oncle. Mais comment ? Et avec qui ?

On frappa à la porte, c'était Jean. Sans gêne apparente, et après s'être insinué entre le sénéchal et le chapelain, le trompeor s'approcha du baron.

— Monseigneur, pardonnez mon audace, mais qu'allons-nous faire ? Passé la joie de les avoir refoulés, les gars recommencent à trembler dans leurs chausses... Que faut-il leur dire afin de les rassurer ?

— Rien, Jean. Je vais bientôt les rejoindre. Nous allons, vois-tu, essayer de ruiner leur beffroi.

— Ah ! messire, la bonne idée... J'y pensais, savez-vous ? Qui avez-vous choisi ? Je voudrais en être... J'ai envie de me battre encore, et je connais bien notre motte.

Conscient de l'exiguïté de son argumentation, Jean remuait ses poings presque agressivement devant Blanquefort, comme s'il lui tenait rigueur d'une éviction injuste qui, pourtant, n'avait pas été prononcée. Et parce que le baron souriait, l'exaltation du garçon fit place à de l'indignation :

— Je sais me battre... Je l'ai prouvé... Il faut prendre le souterrain, pas vrai ?

Ogier sentit la main du trompeor, large, impétueuse, sur son épaule, tandis que le tutoyant comme lorsqu'ils étaient deux jouvenceaux que rien ou presque ne différenciait, Jean insistait :

— Tu me connais... Aide-moi à fléchir ton oncle.

Loin de l'importuner, cette familiarité tira le damoiseau de l'état de perplexité anxieuse dans lequel, depuis son retour des murailles, il semblait s'être enlisé.

— Le veux-tu avec toi ?

— Oui, mon oncle.

— C'est toi qui commanderas ces hommes.

— *Lui ?* s'étonna Blanquefort, surpris et sans doute indigné.

— *Lui*, insista Guillaume.

— Mais... objecta le chapelain.

— Oh ! vous, Clergue, ce que vous voulez me dire ressemble fort à ce que notre sénéchal a sur les lèvres : Ogier est jeune. Il est dépourvu d'expérience. Il sera trop souvent indécis et manquera d'ascendant sur les gars qu'il choisira — car je tiens aussi à ce qu'il les choisisse !

— Dieu m'est témoin que je considère Ogier comme l'un des meilleurs d'entre nous, dit Blanquefort en se mettant à marcher, front bas et bras croisés. Quelque entreprenant et résolu qu'il soit, ce n'est pas une mission à confier à un jeune de cette espèce. Il a la vie devant lui... Aucun de ceux qui partiront là-bas ne reviendra. Eh oui, les gars. Quant à vous, baron, vous sacrifiez sans remords ni vergogne votre neveu...

— Je ne sacrifie rien, dit Guillaume, assez pâle. Ogier est jeune ? Tant mieux : il est agile et souple, ce que tu n'es plus, Hugues... Il est sans expérience ?... Il décidera sur place, et son ardeur suppléera ses faiblesses de jugement... Il aura peu d'autorité ?... Détrompe-toi... L'audace ?... Il en a autant que toi et moi... Pas vrai ?

Ogier acquiesça. Telle une bouffée de fièvre, une sensation de joie, de fougue et de méchanceté mêlées venait de l'envelopper. Tout comme Jean, ce culvert avide d'exploits, il allait prouver que ses qualités de guerrier pouvaient s'exprimer mieux encore dans l'agression que dans la défense.

S'approchant du sénéchal maussade et dépité d'être écarté d'une aventure périlleuse, il le regarda dans les yeux :

— Ayez confiance, Hugues... Après tout, vous m'avez aussi formé pour ces sortes d'échauffourées.

Il ne se leurrait pas : l'alerte serait vivement donnée autour du beffroi. Ses compagnons et lui devraient furieusement se battre.

— Il faudra une rude flambée pour détruire cette

tour, dit-il. Tout ce merrain[1] a beau être gorgé de résine, cela paraît presque impossible.

— Eh oui, fit Guillaume. Lordat, heureusement, croit avoir ce qu'il faut... Cours le chercher, Perceval, et revenez en hâte !

Insensible à la moquerie, Jean disparut. Blanquefort s'assit auprès d'Ogier. Guillaume les considéra de tout son haut :

— Qui comptes-tu emmener ?

— Thierry Champartel.

— Que fera-t-il ?

— Il est vif et cogne dur. Quand il nous aura aidés à fourrer les fagots sous le ventre du beffroi, il descendra dans le fossé. Il y placera une échelle ou deux devant notre poterne pour notre retour. Nous ne pouvons nous replier autrement que par ce moyen.

— Qui encore ? demanda le sénéchal attentif.

— Renaud et Haguenier.

— Mais...

— Mon oncle, se destinent-ils oui ou non à la guerre ? S'ils ne veulent pas tomber au pouvoir de Canole, il faudra qu'ils se ploient à mes commandements... C'est le début de ma revanche.

On toqua à la porte. Jean et Sicart de Lordat, un bissac de cuir sur l'épaule, entrèrent. Ils précédaient Pedro del Valle.

— Que venez-vous faire ici ? s'étonna Guillaume.

Le Tolédan sourit :

— J'étais en compagnie de votre maître d'œuvre lorsque Jean est venu le chercher en lui disant ce qui se préparait... Je veux en être.

Blanquefort fit un geste — objection ou approbation — dont Ogier n'eut cure.

— Soit, messire. Allez vous apprêter. Du noir sur vous et une bonne lame.

L'armurier s'en alla.

1. Bois de charpente.

— Quel homme ! soupira Guillaume. Mais il patouille dans la même merdaille que nous.

Puis, tourné vers l'architecte :

— Est-ce cette fameuse mixtion que vous nous amenez dans ce bissac ?

— En effet, messire... Salpêtre, soufre, charbon soigneusement moulus et mêlés... Pour ce dernier, j'ai sacrifié en huit jours six lances de coudrier.

Blanquefort se saisit du bissac, le soupesa et le considéra :

— Un boisseau [1], hein ?... Pas plus.

— Un boisseau en effet.

— Faut-il répandre cette poudre sur le sol avant d'y bouter le feu ? demanda Ogier.

L'incrédulité du sénéchal lui paraissait soudain justifiée.

— On pourrait... Ce que je vous conseille, c'est de la tasser dans un barricaut bien clos que vous pousserez au milieu des roues. Le feu que vous mettrez se chargera du reste.

— Soit, dit le damoiseau, nous agirons ainsi. Allez aux cuisines, messire. Demandez à Mathilde un tonnelet à votre convenance... Hâtez-vous !

Il s'aperçut qu'il s'exprimait avec une autorité nouvelle, et sans la moindre hésitation. Blanquefort lui sourit :

— Qui d'autre ?

Ogier se tourna vers Jean :

— Connais-tu deux bons gars, fiables, voulenturieux, et aussi adurés que toi aux armes ?

— Escrive et Roudouleux... Un rouquin, et le petit avec une tache de vin sur la joue... Ils se sont bien battus cette nuit !

— Soit, va les prévenir. Qu'ils se vêtent de noir et se barbouillent le visage de suie... Comme arme, une cognée pour rompre les essieux, et un poignard.

1. 13 litres.

Jean sortit sans refermer la porte et le damoiseau l'entendit courir.

Ainsi c'était fait. Il tremblait. La peur ? Non : l'impatience. Il regarda son oncle : visage fermé dont les chairs molles du cou tremblaient. Blanquefort ? Un profil immobile. Et triste... Arnaud Clergue ? Mains jointes. Mais priait-il ? Autour d'eux, les appréhensions tournaient comme une meute, s'éloignaient sous l'effet de quelque agréable pensée, revenaient, poussées par une contradiction...

Il posa son épée sur le lit, enleva son haubert. Dessous, son surcot et ses chausses étaient noirs.

— Hugues, voulez-vous prévenir Champartel ?... Dites-lui ce que j'en attends... Qu'il s'arme à sa convenance.

— Et moi ?

— Vous, mon oncle, dites à Renaud et Haguenier de s'apprêter... Que tous viennent ici le plus tôt possible, vêtus de sombre, barbouillés de suie, et les armes au fourreau. La moindre lueur nous trahirait.

Guillaume ouvrit la porte à Blanquefort. Ils s'éloignèrent.

Ogier se laissa choir sur le lit. Le chapelain s'approcha, blême, irrésolu. D'un geste le garçon lui enjoignit le silence :

— Partez, vous aussi, mon père... Vous ne m'êtes d'aucun secours, car voyez-vous, ce n'est ni de vous ni du soutien céleste dont j'ai besoin pour ruiner ce beffroi... C'est, hélas ! des feux de l'enfer.

III

« Un géant ! »

Voilà ce qu'Ogier pensait, noyé dans l'ombre de la pyramide élancée, ténébreuse, aussi haute qu'une des tours portières. S'il ne pouvait l'anéantir, ce colosse effrayant, poudré des brumes de l'aube, dégorgerait un fiel mortel sur les hauteurs de Rechignac.

— Non, murmura-t-il pour lui-même, jamais cela ne se fera !

Bien qu'immobile, la terrible machine dont les fagots et les ténèbres occultaient le soubassement grinçait comme une nef au mouillage. Des hommes y besognaient encore. Il entendait leurs voix.

« Combien ? »

Afin de le savoir, il devait s'approcher.

Il hésita. La peur nouait à son cou un serpent de froidure. Il étouffait, armé de son désir de destruction plus encore que de Confiance. Il fallait, il *devait* embraser ce beffroi.

Il repartit, cette fois aplati sur le ventre, devançant Jean et Champartel. Le trompeor portait sur son dos le tonnelet destiné à recevoir la poudre confiée au forgeron.

« Nous y sommes donc !... Pour le moment tout va selon mes espérances. »

Ils avaient traversé le souterrain. Sitôt hors de ces

voûtes basses exsudant çà et là des sueurs calcaires, ils avaient repris haleine en s'orientant : il allait leur falloir longer le camp de Knolles et remonter la motte tout entière. « Heureusement, ils font grand frai [1] et puent tellement que leurs chiens ne nous gêneront pas », avait remarqué Escrive. Puis ils étaient partis, courant ou ventrouillant, à l'abri des rochers et des broussailles mouchetées de rosée. Ils se surveillaient les uns les autres, et s'arrêtaient parfois afin de se regrouper pour se concerter et sonder les épaisseurs noires.

Et maintenant...

D'une part, le château, de l'autre, le titan. Ogier accoutumé à l'ombre en distinguait les angles biseautés, les bordages abrupts, le garde-corps de la plateforme supérieure et la sambuque, ce mantelet mobile à l'abri duquel, s'il échouait, se grouperaient les premiers assaillants. Derrière lui, sur la malevoisine, une chouette ulula. Mauvais présage !

« Un Goliath de bois à la mesure de la férocité de Canole. Un Goliath qui, touchant nos murs, vomira vingt Goddons d'un seul coup ! »

Sous ses paupières clignotantes, ses yeux autant que son esprit se pénétraient de cette redoutable évidence : un grand monstre endormi sous un croissant de lune... Le diable métamorphosé en montagne de bois... Et quelque chose de plus pénible que la peur attrista le damoiseau : le sentiment de son insignifiance ; la conviction que son entreprise était pire qu'insensée : inutile. Mortellement inutile.

Il s'immobilisa derrière un tas de rochers destinés sans doute à la perrière. Champartel l'y rejoignit et posa devant eux le bissac de Lordat.

— Eh bien, messire ?...

— Ce chas me paraît aussi haut que le clocher de Savignac.

1. Ou *froi, frais, froie* : bruit, tapage.

— C'est vrai... Si j'ai peur, ce n'est pas pour moi... J'ai peur qu'il résiste au feu.

— J'ai crainte également pour cette raison-là.

Champartel sourit, arracha et mordilla trois brins d'herbe.

Il était comme fasciné, lui aussi, par cette énormité noire d'où des voix et des bruits s'échappaient. Combien d'hommes y œuvraient encore ? Une écharde de doute ou de désespérance perça le cœur d'Ogier :

« Jamais tout cela ne pourra cramer. Jamais ! »

— Messire...

Champartel lui toucha le coude : un homme apparaissait devant eux. L'arc sur l'épaule, il venait de surgir d'entre deux tas de fagots. Seul le forgeron avait pu déceler sa présence.

Le routier passa au large en chantonnant, puis toussa, et sa lourde personne à l'extrémité de laquelle brillait faiblement son camail s'évapora dans les vapeurs nocturnes.

— Ce regard[1] ne doit pas être seul.

— Non, Champartel. Il y a des lueurs... Approchons-nous... Jean, fais signe aux autres de nous suivre... Le fagotier, là-bas, est assez long et haut pour que nous nous groupions tous derrière... Thierry...

— Messire ?

— Sors ta lame... Si cet archer repasse, tu l'égorges.

Derechef, ils avancèrent. Le vent prolongeait les cris et les chants du camp de Knolles, installé à quelque deux cents toises[2] sur leur droite. Ciel noir. Ils ne pouvaient ni faiblir ni reculer. Mais douter n'était pas interdit... Et pourtant, il fallait embraser cette tour.

— Hâtons-nous, dit Ogier.

Il avait confiance en Lordat, en ce tonnelet et ce bissac que Jean et Thierry portaient avec des précautions extrêmes... Échouer ?

1. Guetteur.
2. Environ 400 m.

« Nous aurons contre nous combien d'hommes ? »

Il le saurait bientôt. Ils auraient surtout contre eux, en disposant d'un temps minime pour la vaincre, cette construction dont la massiveté devait décourager ses compagnons... Il n'y avait pas pensé, jusque-là, mais la graine d'angoisse et d'incrédulité qui venait de lever en lui avait dû germer en eux.

Cessant de maugréer, il atteignit le rempart de falourdes et s'accroupit.

— On va tous y laisser notre peau.

Confronté, lui aussi, au tangible, Renaud s'inquiétait. Vu des murailles, le beffroi semblait imposant ; ici, il était non seulement colossal : il paraissait compact, invincible. La brumasse et l'obscurité transmutaient en granit ses charpentes.

— En tout cas, dit Jean, on aura fait notre possible.

La mort ne l'effrayait pas. Ce qui le tourmentait, lui aussi, c'était l'échec avec sa conséquence immédiate : l'envahissement du château.

— Vous les voyez, messire ?

— Oui, Thierry, je les vois... Levez-vous tous, doucement.

Ils se dressèrent.

A la base de l'engin, trois feux brûlaient, au-dessus desquels des trépieds soutenaient, au bout d'une chaîne, un chaudron fumant.

— Ils sont peu, dit Pedro del Valle.

Éclairés par la flamme que brandissait un porte-flambeau, deux hommes, à l'aide de cordes ou de lanières, affermissaient les membrures entrecroisées au-dessus des roues gigantesques.

— Les trois gars que voilà, compagnons, me paraissent trop occupés pour avoir le temps de se défendre.

— N'oublions pas, dit Jean, ceux du dedans.

Ces deux-là fixaient la base de la première échelle, assez courte, au plancher du soubassement. Trois autres volées d'échelons accédaient à la plate-forme d'assaut.

Un homme quitta la charpente pour touiller le contenu d'un chaudron.

— Tu mourras, truand, murmura Escrive, avant d'avoir avalé ton civet !

— Ils sont peu, dit Ogier. (Puis, sans un mouvement) : Jean, débarrasse-toi de ton tonneau... Toi, Thierry, prépare ton bissac... Ne perdez pas une pincée de poudre.

Un bœuf meugla tout près, puis un autre.

— Sales bestiaux ! maugréa l'homme au chaudron en revenant vers le beffroi.

Ogier aperçut les bêtes, en contrebas, masse confuse et soudain mouvante d'où d'autres meuglements sourdaient.

— Elles remuent, dit un routier.

— Pas pour longtemps, compère. John doit monter les écorcher...

— Vingt à la fois ! Faut être Anglais pour s'acquitter d'une telle besogne.

— Holà, Landrin, préfères-tu occire de l'homme, de la femme et de l'enfant ?

Rien que des Gascons qui semblaient répugner à employer le langage de leur terroir.

Ogier se détourna vers son voisin immédiat. C'était del Valle.

— Ils sont peu nombreux, murmura l'armurier. Ces bestiaux remuent si souvent qu'ils ne peuvent soupçonner notre présence. Entre eux et nous, il y a deux gardes... Et pour rendre aisée notre action, ils s'approchent.

Ils étaient armés d'une épée, d'un arc, et s'entretenaient à voix basse.

— Voilà, dit Ogier, ce que nous allons faire. Vous, Pedro, et toi, Renaud, il vous faut occire ces vegilles [1]. Ensuite, vous resterez près des bestiaux, prêts à couper leurs liens... Quand les gens de Knolles, alertés, com-

1. Gardiens, guetteurs, sentinelles. Vigiles.

menceront à monter, vous lâcherez ces bêtes... Attendez qu'ils soient bien proches.

— Nous le ferons, dit le Tolédan. Venez, Renaud.

Longeant les fagots, ils disparurent.

— Le reste me paraît simple, continua Ogier. Il y a trois charpentiers d'un côté, deux autres un peu plus loin... Comme ils n'ont pas prévu notre venue, leur stupeur nous avantagera. Jean et moi affronterons ces trois drôles. Cela te convient, Jean ?

— Ça me va !

— Roudouleux et Trélissac, les deux autres.

— Soit, Ogier, dit Haguenier. Ensuite, nous viendrons t'aider.

— Et moi, dit Escrive.

Sous le bord de son aumusse de cuir noir, ses yeux riboulaient de colère.

— Rassure-toi : tu n'as pas la moindre des tâches... Tandis que Champartel courra placer son tonneau sous l'engin...

— Il est prêt et fermé, annonça le forgeron... Il ne reste pas un grain de poudre.

— Bien... Donc, Escrive, tandis que Champartel fera rouler son tonneau sous l'engin, tu apporteras de ces fagots derrière lesquels nous sommes... Il te faudra, compère, accomplir maintes courses. Champartel t'aidera... puis nous tous... Servez-vous d'une de leurs torches. Avec le soleil qu'il a fait ces temps-ci, ces branches doivent être sèches... Nous essaierons de rompre les essieux à coups de hache... si le feu nous en laisse le temps.

— Est-ce tout, messire ? demanda Champartel.

— C'est tout, compagnons... Il ne me reste plus rien à vous dire, sinon à toi, Thierry, de ne pas trop t'attarder pour aller placer une échelle devant la poterne. Nous sommes peu, trop peu, mais Dieu nous aide !... Dégainons !... A nous revoir tous !

Ils bondirent, et leur silence, la promptitude avec laquelle ils couraient au beffroi étonnèrent Ogier. La surprise fut telle qu'il estoqua un des trois charpentiers avant qu'il ait pu pousser un cri ; Jean, d'un coup de taille, égorgea le second ; mais le troisième hurla en agitant sa torche :

— A l'arme ! A l'arme !

Son appel s'acheva en une plainte brève : Jean avait récidivé.

— Je vais aux fagots, dit-il.

Plus loin, Roudouleux et Haguenier s'employaient à tuer les deux autres Gascons ; del Valle et Renaud affrontaient les guetteurs. Champartel avait dû pousser son tonneau sous l'engin : Escrive apportait des fagots. Et maintenant, Jean l'aidait. Des fumées montaient : le feu ! Pourvu qu'il devînt immense !

« Ces gardes sont corias ! Et les deux autres aussi... Ah ! voilà que Pedro vient d'estoquer son homme... Il va secourir Renaud... Non : Renaud abat son adversaire aussi... Maintenant, ils courent aux bestiaux. »

Ogier, satisfait, allait prêter main-forte à Roudouleux et Haguenier quand une flèche frôla son épaule.

— Diable !

En quelques foulées, il atteignit une pile de fagots et, accroupi derrière, leva la tête.

« C'est bien ce que je pensais, morbleu ! »

Au sommet du colosse, dans les lueurs craquantes de l'incendie qui prenait couleur et vigueur, un archer bandait son arme.

— Prends garde, Escrive !

Mais il était trop tard : la flèche pénétrait dans le dos du garçon. Il tomba sans un cri et ne bougea plus.

Le damoiseau héla Champartel, occupé à entasser des fagots, et le prévint d'un geste du danger auquel ils se trouvaient tous exposés. Le forgeron renversa les chaudrons, éteignant à demi les feux dont il dispersa les braises à coups de pied.

— Continuez, les gars, de rôtir cette machine.

Ogier se précipita vers le beffroi et sauta sur sa plate-forme infestée de fumées. Confiance au fourreau, il gravit aisément la première échelle. Il allait s'engager sur la seconde lorsqu'une sagette se planta près de sa main, dans un des montants auxquels il se retenait.

— Coquin !... Tu as le mauvais œil et tu vas en périr !

Il passa de l'autre côté des échelons et continua de grimper vivement, certain que l'archer, renonçant pour l'instant à meurtrir un de ses compères, guettait son apparition.

En bas, dans le camp de Knolles, aucun doute : la ripaille cessait. A l'ébahissement succédait la fureur.

Parvenu à la troisième échelle, Ogier prit son élan et bondit. Un trait vint se ficher dans un madrier, à quelques pouces de sa tête, mais en grognant, il poursuivit son ascension. Les hurlements de moins en moins lointains des routiers, dont certains déjà devaient escalader la motte, le stimulaient.

— La dernière !

S'il en gravissait les échelons à découvert, il périrait.

Il pénétra au cœur de l'édifice. Des fumées âcres y bouillonnaient. Il se faufila entre les chevrons. En se retenant de tousser, il s'éleva et progressa sur les entretoises et les linteaux, pestant contre les échardes et les clous aux têtes coupantes. Il devait oublier le vacarme d'en bas, lequel, pareil au feu, prenait de plus en plus de force et d'ampleur.

« Ils arrivent... Ils arrivent... Les bestiaux ?... Que font les bestiaux ? »

Pedro et Renaud les avaient-ils lâchés ?

Il atteignit la trappe destinée au passage des hommes de renfort et doucement, d'une poussée du crâne, il en souleva l'abattant.

L'archer lui tournait le dos, son arc à demi bandé dirigé vers l'échelle.

Avec des précautions infinies, Ogier repoussa le couvercle qu'aucun gond ne retenait, tira Confiance du fourreau et la posa sur le plancher, heureux que les imprécations des routiers, les crépitations de l'incendie, le vacarme des haches entamant les essieux et les meuglements des bêtes couvrissent les bruits susceptibles de révéler sa présence.

Il surgit de l'intérieur du beffroi comme d'une écoutille ; l'archer fit front, voulut décocher sa flèche, mais déjà le tranchant furieusement manié de Confiance rompait le bras tenant l'arc. Le routier hurla. D'un coup de pied dans le ventre, Ogier le précipita contre le tablier de la sambuque, où il dut se briser les reins : il tomba sur son séant et ne bougea plus.

Dégoûté, le damoiseau rengaina et se précipita vers l'échelle.

A cet instant, l'essieu d'une des roues arrière se rompit ; l'engin se cabra en grinçant comme un vaisseau qui s'échoue. L'avant-garde de Knolles apparut parmi les rochers et les roncières : des torches dansaient partout et les hurlements redoublaient.

— Ogier ! Ogier ! hurla Pedro del Valle.

L'armurier venait de libérer le bétail. Poussant les croupes à grands coups de plat d'épée, il l'envoyait, mugissant, à la rencontre des malandrins.

Le tumulte du troupeau ivre d'espace submergea les cris de fureur des hommes ; d'autres leur succédèrent : ceux des victimes piétinées ou encornées.

Descendre.

Avec des craquements, des grondements criblés par les pétillements des gerbes d'étincelles, le feu dévorait la charpente inférieure de la tour. Des braises jonchaient le sol. Les fagots flamboyaient, illuminant de leurs éclaboussures l'espace où les gens de Rechignac affrontaient les premiers adversaires.

« Et la poudre ?... A-t-elle agi ?... Le monstre flambe, c'est un fait, mais pas assez ! »

Descendre. Aucune flamme, mais un four. Un étouffoir.

— Hâtez-vous, Argouges !

Tout près : Jean, puis Renaud, Haguenier, Roudouleux. Plus loin del Valle. Tous se repliaient en férissant des routiers. Combien ? Six ou sept... Derrière ? Une trentaine...

Ogier suffoquait, enveloppé de fumées noires. Et soudain, il cria : des langues de feu léchaient ses jambes. *« Bon Dieu, ce n'est plus un beffroi : c'est un bûcher ! »* Descendre... Plus il descendrait, plus il se brûlerait... Déjà, de part et d'autre des échelles, des crêtes d'or ardentes et fluides couraient sur les bois en sueur.

« S'ils ne m'attendent pas, je suis perdu ! »

Il toussait, crachait, bavait. Ses yeux brûlaient ses paupières. Ou inversement.

Descendre. Encore et encore. S'enfoncer dans un puits de feu. En bas ? Le roc et l'herbe rare couverts de lueurs vermillonnes. Se jeter de là ? C'était se rompre un membre et s'offrir aux Goddons.

Mordu aux mains, il se laissa glisser, se retint à un barreau brûlant, le lâcha et sentit un échelon sous son pied. Un autre. Un autre encore. Tant de flammes et de brumes l'environnaient qu'il y voyait à peine.

Dernière échelle ; elle rougeoyait.

Il tomba sur des fagots à demi consumés, se dressa dans un poudroiement vermeil, et dégaina.

« Où sont-ils ? »

Il haletait, toussait, pleurait, les narines pleines d'une sorte de poudre brûlante.

« Ah ! les voilà... Renaud est menacé : deux contre lui. »

Il allait se porter au secours de l'écuyer quand celui-ci, lâchant son arme, partit en courant, le laissant seul devant les malandrins.

— Le couard !... L'immonde couard !

— Laissez-m'en un ! cria Pedro del Valle.

Ogier voyait flamboyer le beffroi derrière son adversaire.

« Ils sont là, maintenant, mais sans eau, ils ne peuvent maîtriser tout ce feu. »

Soudain, dans un vacarme d'orage au ras du sol et

des zébrures d'or foudroyantes, le colosse vola en éclats, répandant autour de lui une grêle de déchiquetures incandescentes. Des madriers à peine consumés, des chevrons écarlates, des miettes de boiseries épargnées par les flammes, tombèrent et rebondirent sur le sol, assommant des Goddons, en effrayant d'autres et dispersant les bœufs qu'ils avaient refoulés.

« La poudre !... La poudre de Lordat !... Ce que le feu ne pouvait accomplir, eh bien, elle l'a fait... Leur chas est mort ! Ruiné ! »

Tout en riant, le damoiseau repoussait avec un plaisir fou la lame adverse. Dès l'instant qu'il avait réussi à terrasser le monstre, tout lui devenait possible.

D'un coup d'œil, il évalua son homme : un barbu, la tête couverte d'une cervelière sarrasine, le torse enveloppé d'un tabard templier : Barbiéri. Il maniait habilement une alfange.

« Tu vas souffrir, Italien ou Sicilien... Crapule ! »

Il vaincrait. Il ne périrait pas dans cet engagement, et cette assurance, maintenant, procédait d'une certitude dont il reconnaissait l'effronterie : il était trop jeune, trop beau pour faire un mort.

— Tu ne pourras fuir comme ton compère, damoiseau !... Tu ne reverras pas les tiens !

Ogier rompit, rompit encore, cherchant le coup. A reculer pour prendre ses distances et frapper net et fort, il buta d'un talon contre un corps — Escrive ? — et chut à la renverse. En hurlant de plaisir, le malandrin bondit.

Ogier roula, échappa de peu à la lame sifflante, repoussa un taillant et fut debout.

— Messire ! hurla de loin Champartel, *ils* arrivent ! Voulez-vous mon aide ?

Que faisait-il là ? Pourquoi n'était-il point dans le fossé ? Sa générosité pouvait lui coûter la vie !

Des bœufs couraient lourdement dans les décombres rutilants et certains ruaient comme des chevaux affolés. Une pluie de sagettes et de carreaux siffla.

« Ils tirent des murailles... Il était temps ! »

Parmi les routiers qui progressaient sur plusieurs rangs en criant :

« A mort ! A mort ! » une dizaine tombèrent.

— Tu vas mourir, damoiseau.

Ogier parait, répondait aux coups, cherchant à imposer sa hâte et sa fortitude. Barbiéri était âgé, il devait pouvoir le manœuvrer.

— Tu vas mourir, non seulement parce que tu as fait voler notre chas en morceaux, mais parce que je te maudis depuis le sac de Saint-Rémy... Tu vois, je t'ai reconnu... Nul ne regrette plus que moi, parmi nous, que Knolles t'ait fait grâce et accordé cette pute dont j'avais envie...

« Parle ! Parle encore !... Que ton verbe t'épuise une fois pour toutes ! »

Attaquer l'arme avant le corps ! C'était ce que lui avaient appris Vivien de Podensac et Blanquefort.

— Je ne mourrai pas, malebouche. Ce sera toi !

Le damoiseau répondit à une charge furieuse par une parade aussi brève que possible, contre-riposta et dégagea Confiance. Aussitôt Barbiéri redoubla, envoya quelques bourrades qu'il éluda aisément. Un bœuf passa, les séparant, et guerpit, tête basse, vers des routiers.

— Foireux... Ne sais-tu donc que rompre ?

Ogier sentit Barbiéri à sa portée. Fournit une estocade. Déjoua un taillant destiné à son cou. Il eut soudain la certitude que l'instant était arrivé : quand, avec un cri de rage, le routier chargea impétueusement, il gauchit[1], et reprit l'avantage, le touchant au biceps.

— Blanc-bec, tu m'as eu !... A moi, maintenant !

Bien qu'il pût encore se servir de son alfange, Barbiéri se trouvait désormais désavantagé. Ogier temporisa, cherchant le coup infaillible. Enfin, sur une attaque à la désespérade, il se fendit en visant carré-

1. Esquiva.

ment la main : sa lame s'enfonça dans la croix du Temple.

L'homme s'agenouilla en crachant sang et plaintes.

Les routiers n'étaient plus qu'à dix ou douze pas, masse grouillante, hurlante, hérissée de lances, d'épées, de fauchards. Un nouvel essaim de sagettes et de carreaux alentit leur ardeur.

Le damoiseau courut vers la chaussée d'où s'élevaient des fumées.

— Ici, messire !

— Ici, Ogier !

Champartel et le Tolédan ! Ils l'attendaient en bas du fossé.

— Nous avons mis une échelle.

Cette échelle, Ogier ne la vit pas. « Sainte Vierge ! », pensa-t-il, en parvenant au bord de la contrescarpe.

Il sauta et roula parmi les morts, cependant que des traits sifflaient autour de lui.

— Ah ! Ogier, dit Pedro del Valle... *Arriba* !... La jetée brûle... Quand le beffroi a éclaté, des tisons sont tombés dessus !

— Hâtons-nous, messire, hurla Champartel : ils sont là ! Ils nous cherchent.

De nouveau, des traits de toute espèce jaillirent des créneaux et des archères. Le forgeron courut en direction de la poterne, suivi de Pedro del Valle et d'Ogier. Ils longeaient la muraille où leurs ombres dansaient. Ils trébuchaient parfois sur des corps et des armes. Heurtant une échelle rompue, Ogier tomba. Sa main s'enfonça dans quelque chose de mou et de putride : un ventre. *« Merdaille de merdaille : je suis tout embrené ! »* Il entendit Guillaume hurler :

— Ah ! c'est toi Champartel... Mon neveu ?

— Il suit avec l'armurier.

Debout... Courir, Confiance à la main... Ne pas la lâcher, même si elle le gênait.

— Là ! Là ! crièrent des hommes.

Une rafale de sagettes se fracassa sur les pierres, quelques pouces au-dessus de la tête d'Ogier. Le Tolédan grogna :

— Ils m'ont eu !

Ogier l'attrapa par la taille, le soutint, le tira.

— La poterne, dit-il.

Ils s'engouffrèrent dans l'ouverture.

La herse aux barreaux plus gros que des baliveaux tomba dans son logement de granit, et l'épais battant de fer réintégra son chambranle.

— Tu nous as fait peur ! s'exclama Guillaume.

Ogier s'adossa à la muraille.

— Pedro est-il bien empoint ?

— Non, répondit Blanquefort.

Il brisa une flèche sur son genou :

— Je viens de la lui sortir de l'épaule.

Près du sénéchal, un porte-feu, Philippe, agitait sa torche. Champartel riait :

— On les a eus !... On les a eus !... Vous avez vu ?... *Boum !... Patatrac !* Dieu soit loué !

Il avait une vaste entaille au front et une joue poisseuse de sang.

« Un fèvre, lui ? songea Ogier. Il a tout d'un bon écuyer... Peut-être mieux encore !... Il m'a attendu au péril de sa vie ! Et del Valle également ! »

Il demanda, en essuyant, contre sa hanche, sa main gantée de pourriture :

— Haguenier ? L'as-tu perdu de vue, Thierry ?

— Il est mort... Je l'ai vu tomber alors qu'il portait secours à Roudouleux... Le premier une sagette, l'autre un coup d'épée.

— Renaud ?

— Il vous a précédés de beaucoup, dit Guillaume. Et il était si pantelant qu'après avoir franchi cette porte, il s'est pâmé comme une pucelle. Je ne sais où il est parti.

— Un couard ! dit Champartel. Sitôt que la meschéance[1] a tourné mal, très mal, il a guerpi. Il a même laissé l'armurier s'occuper seul des bestiaux.

Ogier estima inutile d'en dire davantage. Le jugement du forgeron s'accordait au sien. Il demanda :

— Et Jean ?

— Je suis là ! Je vous sais bon gré de vous soucier de moi... Ah ! là là, vous avez vu comment on les a eus !

— Il a une navrure à un bras, commenta Blanquefort. Sitôt ici, il s'est inquiété pour toi.

— Mille grâces, compagnon ! dit Ogier en s'inclinant.

— Montons ! décida Guillaume.

Derrière Philippe, ils gravirent les marches de l'escalier à vis et débouchèrent dans la haute cour où des cris de joie partant des fenêtres et des murailles les accueillirent.

Un petit groupe attendait sur le perron du donjon. Une forme blanche s'en détacha et courut au-devant d'Ogier.

— Tu es vivant !... Vivant, beau cousin.

Ah ! comme elle était heureuse. Il était enveloppé dans une étreinte nerveuse et tiède. Tancrède riait, pleurait et semblait ne pas s'apercevoir qu'il puait. De sa part, il n'aurait jamais cru possible une joie aussi franche et complète. Sa juvénilité, son ardeur éclataient si violemment, dans cette nuit finissante, qu'il en eut presque honte pour elle.

— En vérité, Dieu a été bon, commenta Guillaume tout en séparant, d'un geste prompt, sa fille de son neveu. Car, je l'avoue, je n'espérais pas une telle déconvenue pour Canole... Je me disais que si les flammes mangeaient à moitié son beffroi, ce serait suffisant. Allons, fille, laisse ton cousin souffler.

Le vieillard se tourna vers Arnaud Clergue, spectateur attentif de ces retrouvailles :

1. La mésaventure.

— Trois des nôtres occis... sur huit : c'est payer cher.

Le chapelain éleva ses mains jointes jusqu'à son front.

— Et leurs corps, hélas, sont demeurés de l'autre côté.

— Vous direz une messe à leur intention. De plus, avant l'aube, nous accrocherons tous nos écus aux créneaux en signe de victoire... Allons, allons, mon neveu... Qu'attends-tu pour te libérer de cette pucelle ? Elle ne comprend pas qu'elle te gêne.

Non sans mal, Ogier dénoua les bras de Tancrède. Il remit son épée au fourreau.

— Cette nuit, tu as gagné tes éperons !

— Les éperons, mon oncle... Vous savez bien...

D'un geste indigné, Guillaume repoussa les objections que le garçon, dégrisé, s'apprêtait à formuler.

— Tu seras armé chevalier dès que la ribaudaille qui nous entoure sera partie, soit d'elle-même, soit sous les coups de ceux que Bressolles nous amènera.

— Il serait temps qu'il arrive, grogna le chapelain. Pas vrai, messire Lordat ?

L'architecte, morose, haussa les épaules. La réussite de sa mixtion, *sa* réussite, paraissait le contrister.

— Quand je pense au pouvoir terrifiant de cette poudre... Je m'en doutais et ne voulais y croire... On aurait dit qu'un torrent de feu éclatait sous ce beffroi.

— Allons, dit Guillaume, trêve de parlures. Jean, tu t'es bien conduit... Tu quitteras ta condition... Désormais, te voilà écuyer.

Le vilain s'agenouilla et baisa la main du baron :

— Monseigneur, c'est si grande joie pour moi...

— Ne dis rien... Tu es jeune et entreprenant... Par ma foi, je sais reconnaître tes mérites !

Ogier et Blanquefort échangèrent un regard.

— Et Champartel, mon oncle ?

— Laisse-moi à mes idées !... Quel âge as-tu, Thierry ?

— Vingt ans à la Saint-Sylvestre.

— Aimerais-tu cheminer plus loin que Pierregord[1] ?

— Certes, monseigneur, mais...

— Te plairait-il de forger des armures ?

— Certes, monseigneur, mais...

— Eh bien, Thierry, Massoutier, que j'ai fort peu vu sur nos parois du fait qu'il préparait nos sagettes, Massoutier te remplacera à la forge avec Gauthier, ton neveu... Tu partiras avec nos trois loyaux compagnons et Claresme jusqu'en Castille, car avant de prendre part à votre appertise[2] Pedro del Valle m'a demandé la main de mon ains-née... Je la lui avais accordée... Il en est revenu : elle est sienne...

« Où est-elle en ce moment ? se demanda Ogier. Guillaume a dit *oui*, pensant que Pedro ne reviendrait pas... Mais, beau joueur, il s'incline... Quant à Thierry, le moins qu'on puisse dire est qu'il est consterné... En vérité, mon oncle fournit un compagnon valeureux aux Tolédans pour protéger Claresme au cours d'un reze[3] long et périlleux. »

Il s'approcha du forgeron et, baissant la voix :

— Si ça te déplaît, je le lui dirai !... Moi, j'ai une proposition à te faire : Guillaume veut m'armer chevalier et je ne puis lui refuser ce plaisir... Je vais avoir besoin d'un écuyer... Si tu veux partager ma vie, mes joies et sans doute aussi mes misères, je te prends !

Thierry eut un sourire mince, mais soulagé :

— Et comment que je veux, messire !

Tancrède s'était éloignée. Arnaud Clergue marchait vers la chapelle. Devant son seuil, Ogier aperçut des formes blanches : les morts sur lesquels on avait étendu des draps. Sicart de Lordat, mains jointes, semblait prier. Pedro del Valle, entouré de Blasco et de Marti-

1. Périgueux que l'on nommait aussi *Pierreguis*.
2. Prouesse.
3. Voyage.

nez, se hâtait vers le donjon. Sur le perron, un fantôme bougeait : Claresme.

Le damoiseau frôla des gens : hommes, femmes, jouvenceaux, combattants ou non. Il y avait là Margot et Aliénor. Plus loin, Clotilde, devant la Pâquerette. Elles souriaient, soulagées.

— Tout est bien, en vérité, dit Guillaume. Je vais voir comment ce maudit beffroi se comporte. Il doit être moins insolent qu'à la tombée du jour. Viens, Hugues.

— Ne vous réjouissez pas trop, dit Blanquefort. Canole, c'est le seigneur de la mort. Nous nous sommes vengés de lui. A son tour, il va se venger de nous !

— Le croyez-vous vraiment, Hugues ? N'est-il pas assouvi comme nous le sommes ?

— Non, Ogier, affirma le sénéchal d'une voix désolée. Dussé-je amoindrir votre plaisir de l'avoir humilié, Canole n'est pas repu... En ce moment, il est furieux... Un léopard, en vérité, comme ceux de ses bannières... Et ces bannières, croyez-moi, nous les verrons apparaître demain.

— Quelle est ton idée ?

— Mon idée ?... Vous savez bien, baron, qu'ils seront, cette fois, *irrésistibles*. Mais vous savez aussi que le donjon peut tenir quelques semaines. En conséquence, d'ici à l'aube — et c'est possible —, il faut établer les chevaux et les bestiaux dès maintenant dans ses caves et grouper dans le tinel nos compagnons et compagnes. J'ajoute que tous nos hommes valides iront sur les parois, mais aux premiers engagements de l'assaut, ils courront au donjon... Nous pourrons y tenir un bon mois et, par le souterrain, évacuer nos gens petit à petit. Il nous faut sans frayeur imaginer le pire.

— Vous avez raison, Hugues. Toutefois, c'est tristesse que d'avoir fait ce que nous avons fait pour rien !

Le sénéchal sursauta, comme atteint par une sagette.

— Pour rien ?... Mais, Ogier, vous vous méprenez !

Vous avez donné à ces fredains[1] une leçon terrible... Vous avez démontré à Lordat que sa poudre était bonne... Vous vous êtes prouvé et nous avez prouvé que vous êtes un excellent capitaine... Allez vous laver et revenez-nous. Si vous avez sommeil, vous dormirez un peu sur la paillasse de votre oncle, dans la tour portière... Ne vous attardez pas à parler à... quiconque...

Guillaume eut un mouvement de tête approbatif :

— Reviens-nous frisquement. En t'attendant, je vais distribuer quelques tâches... Hugues a raison ! Les hommes, les femmes, les chevaux, le bétail : tous au donjon... Par saint Michel qui nous assiste, j'aimerais voir la face de Canole.

1. Cf. note p. 91.

IV

L'aube froide annonçait une journée torride. En bas, au camp de Knolles enseveli sous les brumes, rien ne révélait quelque préparatif d'assaut. Les décombres du beffroi fumaient ; il restait, du gros œuvre, trois moignons tendus vers le ciel ; quelques planches noires, déchiquetées à leur extrémité, y adhéraient encore.

— On se demande comment elles tiennent, dit Ogier.

Sans lui répondre, Guillaume regarda, dans la cour, les draps bosselés par les corps des victimes.

— Quatorze, dit-il. On ne l'aurait pas cru, hein ?... Les archers et les frondeurs d'Angleterre méritent leur renommée... Tiens, voilà les familles.

Le cœur serré, Ogier regarda la procession noire descendre les marches du donjon. La mort, toujours et toujours.

— Suis-moi, mon neveu : il nous faut les ravigorer.

Ils rejoignirent les veuves, les concubines, les mères, les vieillards et les enfants dont certains avaient pris part à la bataille. Sur un signe du chapelain, tous se placèrent face à la chapelle, devant les réchappés de la tuerie, l'arc, le vouge ou l'arbalète au poing. Et tandis que Girard découvrait l'un après l'autre les corps afin que ces malheureux les vissent une dernière fois, des sanglots et des gémissements troublèrent le silence.

Guillaume embrassa ces femmes aux yeux flétris, aux joues ridées de fatigue et de chagrin. Il les réconforta de son mieux par quelques mots aimables qui sortaient mal de sa gorge et aggravèrent leur peine. Il tapota la joue des enfants en bas âge. Il agissait sobrement. Ogier s'aperçut que, sauf les hommes affectés au guet, tout Rechignac assistait aux obsèques — même Claresme, entre sa sœur et Pedro del Valle. Au-dessus d'eux, les corbeaux endeuillaient le ciel de leur vol flasque et bruyant.

— Charognes ! grogna Guillaume.

Il passa devant les corps étendus, la tête aussi pétrifiée que celles de tous ces gisants, les unes grises, lisses ; les autres tuméfiées, éborgnées, percées ou balafrées d'une plaie grumeleuse. Çà et là Ogier entendit des sanglots, des plaintes et des reniflements, des prénoms balbutiés, des soupirs. Jamais il n'aurait pu penser que cette attaque avait été si meurtrière. Et Guillaume souffrait ! Il regrettait ces hommes. Quelques battements de cils et frémissements des lèvres, l'une à l'autre collées sous la moustache en friche, animaient seuls sa figure.

— Ah ! là là, dit-il.

Quand il eut bien examiné les trépassés, malgré l'horreur que certains pouvaient inspirer, son menton fut parcouru de tremblements. Il s'immobilisa, livide, essoufflé, comme s'il venait de gravir un abrupt chemin de montagne, et ses traits se décomposèrent. Il y eut comme un relâchement dans les muscles de ce visage craquelé d'émotion. « Ah ! là là », répéta-t-il. Son dos se voûta ; son être tout entier fut secoué, envahi par un sentiment d'irrémédiable impuissance — le premier de sa vie, sans doute — et par le désespoir d'avoir immolé tant de cœurs vaillants à sa cause, et de devoir sans doute en sacrifier encore. Sa main se leva vers ses yeux, et sans s'étonner d'éprouver un contentement ineffable, Ogier entrevit une goutte sur la joue poilue de son oncle.

— Allons, allons, soupira le vieillard, pas plus qu'à la force, ne cédons à la faiblesse. Jamais je n'oublierai leurs noms et leurs figures.

Et fermement à Clergue qui s'approchait :

— Faites-les ensépulturer le mieux possible.

Ogier vit que le cordelier était pâle, rasé ; ses joues, ses fanons s'étaient dégonflés ; son ventre aussi. Il traînait une tristesse de grand malade et sa peur, déjà virulente, empirait.

— Bressolles va revenir, j'espère... Cela fait une dizaine de jours...

— Onze, précisa Blanquefort. Venez, baron, et vous aussi, Ogier. Il ne faut plus quitter les aleoirs.

Ils remontèrent sur les parois. Hormis les fossoyeurs, tous les hommes capables de se battre les suivirent, muets : la grande joie de la nuit, quand flambait le beffroi, s'était éteinte avec l'abominable machine. Savoir que quatorze compagnons manquaient n'était rien tant qu'ils n'avaient pas vu leurs dépouilles, mais imaginer qu'ils pouvaient, avant la fin de la matinée, devenir semblables à ces malheureux amoindrissait leur courage.

— Placez-vous tous face au camp de Canole, dit Blanquefort. Vous savez ce qu'il faut faire s'ils nous assaillent encore : repliez-vous vélocement au donjon.

Devant eux, les collines embrumées semblaient autant de corps émergeant des étuves. Des oiseaux chantaient ; cependant, malgré les pépiements, les roucoulements et les trilles, ce lever du jour parut à Ogier le plus triste de tous. En dépit de sa prouesse, la mortelle aventure continuait. Il était si profondément mêlé à la guerre et si confondu à son cruel tumulte qu'il lui semblait entendre, bien que ses compagnons fussent silencieux, des clameurs et des cliquetis d'acier.

— Nous leur résisterons, dit Guillaume. Même au donjon...

Sans transition, il fit clair. Les brouillards se dissipèrent. Il y eut des rumeurs et des appels de trompes dans le camp des Anglo-Gascons.

— Que font-ils, mon neveu ? demanda le baron dont la vue baissait.

— Ils sont prêts à monter. Canole va venir avec une petite ambassaderie.

— Attendons-les.

Voyant les ennemis s'engager en bon ordre sur le chemin d'accès, Ogier se surprit à trembler. Jusqu'où iraient la passion dévastatrice et l'insondable avidité de ce maudit Anglais ? Il lui répugnait ; cependant, il ne pouvait s'empêcher d'éprouver une sorte d'intérêt malsain à son égard.

— Par quelle mauvaiseté va-t-il essayer de prendre sa revanche ?

Le garçon ne put résister à la curiosité que lui inspirait cet homme, tant qu'il fut éloigné des murailles ; mais il recula, pour se dissimuler à ses regards lorsqu'il surgit, tête nue, en grand apparat, précédé de son héraut, flanqué de ses connétables, et suivi d'Enguerrand de Briatexte, lui-même devançant une cohorte de picquenaires.

— Vieux cornard ! Es-tu là ? Trembles-tu à l'abri de ces écus que tu fis suspendre à tes merlons, et qui, s'ils prouvent justement la vaillance de quelques-uns des tiens, ne me font pas oublier que cette nuit tu n'étais pas dans l'embûche !

— Et toi, où étais-tu ? grogna Guillaume.

Il parut satisfait qu'Ogier, Blanquefort, Pedro del Valle et Girard l'eussent entouré. Muets, ils écoutèrent les molestes de l'Anglais.

— Montre-toi, vieux couard ! Et ne crains rien : tant que je n'aurai pas fait un geste, tu seras en sécurité ! *Come on, show us your ugly face*[1] !

Tandis qu'en agitant son marteau d'armes, le Goddon poursuivait ses invectives, Ogier regarda son

1. Allons, fais-nous voir ton affreuse gueule !

camp. Les hommes s'y apprêtaient en silence. Des haies de piques scintillantes, dans les prés, indiquaient les compagnies à la manœuvre. Des Anglais les composaient : elles évoluaient en bon arroi, derrière deux bannières. Les bœufs et les vaches capturés étaient parqués en lisière des Banchereaux, et les chevaux un peu plus loin. Une colonne de porteurs de seaux et de jarres montait des rives de l'Isle pour remplir les abreuvoirs de bois et de métal. Des feux s'allumaient : la soupe matinale. Un répit, peut-être le dernier.

— Alors, vais-je te voir, baron ? questionna Knolles, irrité.

— Montrez-vous, mon oncle !

— Me voici, annonça Guillaume. Plutôt que de répandre des sornes qui ne sauraient m'atteindre, ne crois-tu pas, coquin plus baratière qu'une femme, que tu devrais guerpir sans tarder ?

Par l'embrasure d'une archère, Ogier vit le héraut d'armes répéter à Knolles quelques mots indistincts. Le baron avait eu le temps de reprendre haleine ; il lança :

— Ces parois que tu veux conquérir sont solides ; ta perrière a fait comme tes pétaux : elle a échoué... Et mes hommes sauront encore les bien protéger !

— *Shut up ! Shut up !*

Knolles était si furieux que, tirant les rênes un peu fort, son destrier fit un écart, se cabra et faillit le désarçonner.

— Je sais que tes parois sont épaisses et tes gens d'une hardiesse qu'il me plaît à louer... Mais avant de poursuivre cette collation et d'y supporter tes gabois, j'ai quelque chose... ou plutôt quelqu'un à te montrer... Regarde !

Le marteau d'armes scintilla sur un geste après lequel s'ouvrit un rang de picquenaires. Au milieu des suivants, nu jusqu'à la ceinture, échevelé, sanglant, Haguenier apparut.

Ils avaient enveloppé son bras droit, son épaule et son abdomen ; cependant, il suffisait de voir à quel point ces linges étaient tachés pour concevoir la grièveté des blessures. L'écuyer avait un visage tavelé de rouge, boursouflé, méconnaissable.

« Coups de gantelets, songea Ogier, frémissant. Et ils l'ont tourmenté ! »

Il se tourna vers Guillaume :

— Il faut le sauver.

— Comment ? demanda le baron entre ses dents.

Tranchelion, qui, jusque-là, s'était tenu auprès du cheval d'Enguerrand de Briatexte, s'approcha de l'écuyer. Il le maintint debout, d'une main serrée sur son bras valide. La tête d'Haguenier, pâmé, dodinait.

— Ils l'ont brisé à mort.

Arnaud Clergue venait de lancer un regard dans une archère, et maintenant il priait, agenouillé.

— Les linfars !

De rage, le damoiseau cracha le plus loin possible au-delà du créneau. Son cœur, ses tripes brûlaient. Eût-il vu un arc, une arbalète à sa portée qu'il se fût réjoui d'exécuter Canole.

— Alors, vieillard fumeux ? Tu me bourdes [1] sur ces parois que je peux mestrier ce samedi même, si l'envie m'en prend... Ne penses-tu pas que notre discorde doit changer de tournure ? Laisse-moi entrer : nous parlerons... A moins que tu veuilles voir de là-haut ce chapon écartelé par mes mules.

— Crois-tu, naïf truand, que je vais t'ouvrir ma forteresse pour reprendre cet écuyer que tes bourreaux ont martyrisé et conduit, je le vois d'ici, sur le seuil du Paradis ?

Robert Knolles hocha gravement la tête, lança sur Haguenier un regard méprisant, puis leva le menton en direction de Guillaume, lequel gardait une immobilité hautaine.

1. « — Alors, vieillard violent ? Tu me moques », etc.

— Soit, baron, je te concède que ton écuyer est en mauvais état... Que veux-tu, je dormais : je ne pouvais surveiller mes hommes, lesquels voulaient à toute force apprendre où débouchait ton souterrain... Car vous êtes venus à nous du fond du sol !

— Dieu te voit, Canole, te juge et te condamne !

— Sois sans crainte, baron : ton bachelier n'a pas parlé. Mes *boys* ont insisté pour lui délier la langue... Il a tout subi sans défaute[1]. Et il reste vivant, crois-moi !

Sur un signe, Tranchelion assena un coup de poing sur l'épaule sanglante. Haguenier hurla : une longue plainte lugubre, comme les chiens la nuit en émettent, lorsqu'ils sont tristes ou qu'ils ont peur.

— Seigneur, gémit Ogier, lui ont-ils arraché la langue ?

Furieux, effrayé, le baron avait reculé d'un pas ; ne le voyant plus, Knolles insista :

— *Show yourself then*[2] ! Es-tu couard à ce point, baron ?

Ogier cru bon d'intervenir, sa patience et son indignation ayant atteint leurs limites. Tout en regardant ces guerriers qui, d'où il était, semblaient singulièrement petits, il hurla :

— Par la mort de Dieu, Canole, nous ne sommes pas accoutumés à de telles bestialités. Dis à ton grand Turc de lâcher notre écuyer !

— Si Tranchelion le lâche, il tombe !... Le veux-tu ?

Et le routier, se tournant vers ses capitaines hilares, leur demanda s'il était nécessaire qu'il tolérât plus longtemps les insolences d'un blanc-bec. Apparaissant tout entier au parapet, Ogier prit acte du mot en s'inclinant comme un courtisan :

— Un blanc-bec qui cette nuit a détruit ton bef-

1. Sans défaillance ; sans manquement à l'honneur.
2. « Montre-toi donc ! »

froi !... Quant à mon audace, elle est à la mesure de ton hideux talent !... Si tu as une convine[1] en tête pour épargner et nous rendre Haguenier de Trélissac, soumets-la-nous sans plus attendre !

— Eh bien, oui ! intervint Enguerrand de Briatexte en amenant son lourd destrier gris au bord de la fosse. Oui, nous venons vous offrir un parçon[2], souhaitant, bien sûr, qu'il vous agrée.

Il portait sur son vêtement de fer une dalmatique rouge sang. Il enleva, non sans difficulté, son bassinet ; salua. Le vent joua dans ses cheveux qu'il avait longs, noirs et bouclés. Il semblait ennuyé :

— Vous le devinez : le bois ne manque pas, et nous pouvons reconstruire une tour ! Nous prendrions alors toutes nos précautions pour éviter quelque nouvelle embûche... A ce propos, permettez-moi de vous dire que nous nous merveillons de votre hardement[3]. Les hommes qui ont anéanti notre ouvrage sont dignes d'éloges.

— Cesse tes gabois ! tonna Guillaume. La belle admiration, en vérité. Vous vous êtes vengés de votre déconvenue comme aucun homme de cœur ou de Chevalerie n'aurait osé le faire !

Il s'approcha du vide, et le damoiseau remarqua son profil acéré comme celui d'un faucon.

— Garde tes compliments, vermine !... Cesse de patrociner ! Viens-en au fait.

Il grommela, à l'intention d'Ogier, sans presque remuer les lèvres :

— Nous sommes encore bien fournis en vivres, le donjon est solide... Mais les hommes sont las... et rares... Vois, dans le champ d'en bas, les nombreux gars qu'il a ramenés de Bergerac... Ils manœuvrent...

1. Arrangement.
2. Proposition.
3. Hardiesse.

C'est peut-être la fleur de l'armée d'Angleterre... Oui : il nous faut savoir ce que ces démons veulent... Même si ça écorche nos oreilles.

Il s'inclina davantage :

— Quelles sont vos argus ?

Le héraut fit un pas. Campé entre Enguerrand de Briatexte et Robert Knolles, il hurla d'une voix piquante, coléreuse :

— *Au nom du respect de la vie humaine, moi, Robert Knolles, fidèle serviteur d'Édouard par la grâce de Dieu roi d'Angleterre et de France, seigneur d'Irlande, viens vous proposer un dernier parçon*[1] *avant d'envahir Rechignac !*

Et, déployant un court parchemin, l'adolescent lut :

— *Oyez ! Oyez ! Oyez !... Afin de ménager les vies des vaillants défenseurs de ce castle, moi, Robert Knolles, propose qu'un challenge ait lieu dans la cour d'icelui entre trois de vos hommes d'armes et trois des miens... Ces champions jouteront à outrance, à pied, armés seulement de l'épée et de l'écu. Ils décideront des suites à donner au tençon*[2] *qui nous occupe !*

— Un tençon ! s'exclama Guillaume. Il y va fort, le coquin !

— ... *Sous peine de la hart*[3]*, nul compagnon de part et d'autre, au-delà des barrières du champ clos, ne devra porter secours à l'un des combattants, mais ceux-ci agiront comme bon leur semblera... Si mes truchements sont victorieux, cette enceinte nous sera ouverte !... Si ce sont vos hommes, baron de Rechignac, moi, Robert Knolles, fais serment de dessiéger immédiatement ces parois, et de vous y laisser demeurer en paix !*

Dans le silence de ce matin où le soleil semblait vouloir rester vermeil, la voix du héraut d'armes, qui,

1. Ou *parchon, pareçon* : proposition.
2. Querelle.
3. La corde, la pendaison.

un instant, s'était enrouée, s'élevait, chantante et monotone à la fois. On entendait aussi, maintenant, ces mots à vrai dire ordinaires mais qui épiçaient n'importe quel brouet guerrier : *conquête, sang, vaillantise.* Ils étaient destinés à assoupir, en flattant leur orgueil, la vigilance des assiégés. Le baron et ses familiers, agglomérés derrière lui, écoutaient tête basse la lecture de ce document, balançant entre la surprise et l'indignation. Pedro del Valle et ses deux aides fronçaient les sourcils ; Tancrède se grattait l'oreille ; Claresme reniflait à petits coups ; Arnaud Clergue bâillait, et Sicart de Lordat caressait une pierre tachée de sang séché ; Girard grommelait des mots indistincts ; Blanquefort, pâle et apparemment indifférent, l'arbalète entre ses jambes, comptait les carreaux de son carquois. Jean, sa main crispée sur la poignée de son épée, enrageait :

— Les malandrins... Mais que croient-ils donc ? Que nous allons nous comporter en couards ?

— *Si vous réprouvez ces parçons qui sont fiables*[1], *moi, Robert Knolles, me verrai contraint de faire en sorte de mener l'assaut sans retard et de n'épargner, une fois dans ces murs, aucune des personnes qui s'y trouvent...*

Ogier considéra son oncle. Sous son front griffé de rides immobiles, ses sourcils, qui s'étaient joints sous la poussée du dépit, formaient comme un vol d'oiseau gris par-dessus son nez ; et ses yeux s'étaient rétrécis de fureur. Il maugréa :

— Par tous les saints, si j'avais seulement dix ans de moins, j'aurais accepté la sommation de cet outrecuidant pour lui donner la leçon qu'il mérite... à condition qu'il combatte, ce dont je doute.

Sa voix sèche, mais presque plaintive en l'occurrence, dut tomber jusqu'en bas, car Enguerrand de Briatexte, dont le cheval encensait, demanda sèchement :

1. « Si vous rejetez ces propositions auxquelles on peut se fier... »

— Est-ce oui ? Êtes-vous si craintifs ? Qui voudrait me challenger tandis que deux des nôtres croiseront le fer avec deux autres de vos champions ?

— Moi ! hurla Ogier. Je me sens entalenté à te combattre et j'aurai plaisir à te passer ma lame au travers du corps pour que ta maudite vie s'en échappe... J'en flaire jusqu'ici la puanteur !

Il avait entendu, en commençant sa phrase, le cri de stupeur de son oncle, mais il l'avait tellement vu atermoyer pour désigner trois hommes qu'il s'était décidé.

Le vieux seigneur posa sa main sur son épaule :

— Ah ! mon gars, comme je suis fier de toi.

Une ombre sur les dalles :

— J'aimerais combattre avec votre assentiment, monseigneur... Leurs bourles [1] me tapent sur les nerfs !

Jean s'était approché ; il souriait. Guillaume hésita, ne sachant que répondre à ce rustre depuis peu élevé à la condition d'écuyer. Une larme perla sous sa paupière.

— Ils savent manier l'épée, Jean... Et tu as une plaie à l'épaule.

— Il sait tout ce qu'il faut savoir, intervint Blanquefort, pâle, agacé. Et de plus, il a ma confiance... Sa navrure ne le peut gêner... Je l'ai vue... Mathilde l'a guérie d'une simple adustion [2].

— Cela fait deux, dit Guillaume agacé par cette référence inattendue.

Pedro del Valle s'avança :

— Si vous le permettez, messire, je serai votre *campeador*.

— Vous !

On eût pu penser que cette proposition offensait Guillaume. Sa surprise, énorme, avait donné à son

1. Moqueries.
2. Cautérisation par le feu.

exclamation ce ton d'incrédulité quelque peu anxieuse dont le Tolédan ne se formalisa pas.

— Non, Pedro ! supplia Claresme d'une petite voix tout ensemble plaintive et autoritaire.

— Il le faut, *quérida mía*...

— Non, dit Blanquefort. Non, Pedro. Vous avez fait votre devoir cette nuit. Nous vous en savons bon gré. Cette place me revient. C'est plus qu'un devoir pour moi.

— Que dis-tu ? s'étonna Guillaume.

— Je dis que c'est une nécessité.

— Hugues... commença Ogier. Vos navrures...

— Vas-tu te taire ? Je sais ce que je fais, je sais ce que je vaux. J'aimerais mieux descendre en enfer avec tous les diables que de me conduire autrement.

Guillaume restait coi. Il y avait de la gêne, du respect et quelque chose d'autre dans son immobilité soudaine. Il ne regardait pas son sénéchal ; il n'osait le dévisager.

— Alors ? hurla Knolles, excédé. Avez-vous désigné vos hommes ?

Le baron se pencha :

— Trois de mes champions se mesureront à trois des tiens selon les conditions formulées par ton héraut.

— Tu parles vaillamment. On voit que tu n'en seras point.

— Ni toi, malebouche !... J'ai au moins l'excuse de...

Sans doute allait-il dire : « *l'excuse de mon âge* » ; il s'abstint et rougit sous sa barbe.

— Il est vrai que je n'en serai pas ! hurla Knolles. Ma vie est trop précieuse à mon suzerain pour que je l'expose en tes murs.

Cette fois, le baron s'ébaudit :

— Prince des malandrins, mets-toi cela en tête : si nous acceptons la rencontre en champ clos, nous refusons qu'elle ait lieu dans mes chaingles[1]. En effet, nous ne voulons ni ne pouvons vous accorder notre assentiment sur ce point. Une fois dans nos cours, il vous serait aisé d'oublier nos convenances pour mettre à profit quelque cautelle[2] dont nous aurions à souffrir. La place est suffisante sur la lice où vous vous tenez présentement. Ces combats y auront lieu. A vous de clore cet endroit avec les cordes et le bois dont vous disposez. Tous les arguments tendant à nous faire changer d'avis nous feront repousser vos propositions.

Un mouvement et un cri de mauvaise humeur d'Enguerrand de Briatexte saluèrent cette repartie. Piques, chevaux et piétons s'agitèrent. Seul Knolles resta immobile, transformé en statue équestre dans les huées et les gesticulations qui, bientôt, s'adressèrent aux défenseurs de Rechignac, plus attentifs que jamais.

— Soit, dit le routier, mettant un terme à son irrésolution et aux protestations de ses hommes. J'accepte la rencontre selon tes conditions, vieillard. Mais j'exige qu'elle commence à nonne[3].

— Eh bien, soit, dit Guillaume.

— N'est-ce pas trop tôt ? demanda Pedro del Valle. N'auriez-vous pas dû reporter cette affaire à demain ?

— Non, dit Ogier. Passer une nuit à s'interroger... à se languir... Communier à l'aurore... Il me semble que je serais moins hargneux qu'à présent !... Viens, Jean... Et vous aussi, Hugues !... J'espère que Dieu nous aura en Sa Sainte garde !

— Bonne idée de penser à Lui, mon fils, dit Arnaud Clergue.

Enguerrand de Briatexte fit faire demi-tour aux picquenaires, et comme Tranchelion secouait Haguenier, qui hurlait, Guillaume l'interpella :

— Holà, gros lourdaud... Laisse-nous cet écuyer.

1. Dans l'enceinte.
2. Ruse.
3. Midi.

Knolles se retourna et agita furieusement son marteau d'armes.

— Que te faut-il encore, vieillard ?

Il criait à s'étrangler.

— Attends un peu, Canole... Par Dieu qui nous voit et nous juge, tu ne partiras pas ainsi... Tu es venu nous montrer notre martyr. J'en exige la restitution.

« Quelle tristesse, songea Ogier en se penchant. Trélissac n'a pas parlé. Il est vrai que je ne saurais dire moi-même où débouche le souterrain... »

Toutes les idées de grandeur qui, depuis l'enfance, avaient occupé son imagination se diluaient dans cette réalité répugnante. Voilà ce qui l'attendait peut-être un jour : être réduit à l'état de déchet !

— Comment puis-je te restituer ton bachelier, vieillard ? ricana Knolles. Baisse ton pont et laisse-moi entrer. Tu peux bien, pour cela, te fier à ma parole !

— Nenni, hurla le baron. Si tu rentres céans, Canole, c'est que mes trois champions seront morts.

Guillaume se tourna vers Champartel :

— Va me chercher des cordes et la claie qui se trouve à l'écurie... Allons, cours !

Puis, penché entre deux merlons :

— Nous allons envoyer une claie dans la douve... Descendez-y doucement notre compagnon et placez-le dessus... Arrimez-le sans le faire souffrir... Nous le remonterons.

— Soit, vieillard ! Je t'accorde ce que tu demandes. Mais agissez en hâte car ma patience est à bout !

Guillaume ne répondit rien. Il regardait Haguenier que Tranchelion venait d'allonger sur le sol. Le silence était tel, maintenant, qu'on entendait geindre le malheureux, et le baron, considérant Knolles, lui montrait un visage pétrifié, lourd de tant de détestation, hélas inassouvie, qu'il en sanglota de malerage :

— Le suppôt de Satan ! Le truand !... L'infernal !

Et tourné vers ses filles :

— Partez ! Ne voyez pas cela !

Ce corps, cette âme avaient cessé d'être Haguenier pour devenir *cela*. L'écuyer n'était plus qu'une chose innommable.

— Il y a tant de fermeté, de dignité chez ce gars que j'en suis confondu, dit Ogier. Canole ne saura jamais par où nous sommes sortis pour anéantir son beffroi !

— C'est vrai, mon neveu !... Mais que fais-tu là encore ?... Va t'apprêter ! A moins que tu ne veuilles le voir de près ? Crois-tu qu'il te fera peur et que cet effroi déploiera ton ardeur ?

Ogier ne sut que répondre. Ce n'était pas la peur qui l'avait immobilisé en cet endroit de la courtine ; encore moins quelque curiosité malsaine ; ni même l'angoissant mystère de cette mort qui serait longue à s'emparer d'Haguenier, même réduit à l'état de guenille. C'était le désespoir d'avoir mésestimé un émule digne d'intérêt. Trélissac avait protesté lorsque Saint-Rémy et Renaud l'avaient capturé. Il n'était en rien belliqueux, mais il s'était battu. Il avait enduré comme un preux ses souffrances.

— Le verrais-je de près, mon oncle, que j'en aurais d'autant plus de haine envers Briatexte.

Arnaud Clergue s'approcha :

— Viens, Jean... et vous aussi, Hugues et Ogier !... Dieu nous attend... Dès que vous serez en règle avec Lui, cette bataille vous paraîtra moins redoutable !

— C'est vous qui le dites, mon père ! souligna froidement Blanquefort.

Le chapelain lança un regard bref à Tancrède et Claresme :

— Laissez ces deux pucelles où elles sont !

Il y avait du mépris dans ces paroles. Ogier s'étonna que Claresme fût demeurée toute proche de sa sœur. L'amour lui avait-il donné du courage ?

Ses pensées s'interrompirent car il apercevait

Renaud. L'écuyer avait quitté précipitamment la muraille. A grands pas, il traversait la cour.

— Où va ce couard ? demanda Blanquefort. Pleurer ? Vomir dans un coin solitaire parce qu'il a vu son compère en piteux état ?

— Allons, allons, Hugues, marmonna le chapelain. C'est vrai qu'Auginiac est revenu du beffroi comme un fou.

— C'est vrai aussi, mon père, qu'il devait se proposer comme champion... Mon oncle aurait dû le désigner.

— Je ferai aussi bien que lui, dit Blanquefort. En doutez-vous ?

— Certes, non, Hugues, dit Arnaud Clergue. Nous connaissons ta bachelerie [1].

Ogier se demanda si c'était à dessein que le cordelier avait prononcé ce mot-là. Il souhaita qu'il l'eût fait exprès.

Dans la cour, portant la claie et les cordes, Champartel et Massoutier, méprisants, croisaient Renaud.

— On arrive, messire baron, on arrive, cria Thierry.

Le sénéchal défia le chapelain du regard :

— Tout comme vous dans votre armure de bure, je ne crains que Dieu, Notre-Dame et le Christ.

— Allons, mon fils ! sourit Arnaud Clergue. Ne commets point maintenant ton premier péché d'orgueil !

Insensible à ce reproche, Blanquefort s'avisa de son élève :

— Toi, tu vivras, parce qu'il faut qu'un jour nos joies et nos peines soient connues... Dieu te garde, Ogier !

Quelque chose roula sur son front : une sueur qui ne devait rien au soleil de ce matin d'ultimes haines et de souffrances.

1. Vaillance, mais aussi chevalerie.

— Enfin, dit-il, nous allons affronter Canole et les siens au grand jour[1] !

Blanquefort n'ajouta plus un mot : il semblait s'abandonner au bonheur de combattre qui l'emplissait depuis la venue de Robert Knolles. Et ce bonheur était si violent, si évident, qu'Arnaud Clergue s'en aperçut.

— Toi, Hugues, dit-il, tu sembles satisfait d'affronter l'un de ces fils de... Belzébuth pour nous prouver...

Le chapelain s'interrompit tandis qu'Ogier n'avait d'autre besoin que d'observer celui auquel il devait une grosse part de son savoir dans le métier des armes. Que voulait-il prouver ? Qu'il était digne de la Chevalerie ? Sans doute. Il n'y avait point d'âge pour entrer dans l'Ordre. Il n'y en avait point non plus pour entrer dans la mort.

1. D'après ce qu'il savait de Robert Knolles — 28 ans en 1345 —, notamment par l'article de *The Dictionary of National Biography* et surtout *The Chester Archaeological and Historical Society Publication*, volume 14-15, qui contient une très longue étude de Joseph C. Bridge : « *Two Cheschire soldiers of fortune of the XIV Century : sir Hugh Calveley & sir Robert Knolles* » (mars 1907), l'auteur s'était représenté ce grand guerrier comme une sorte de seigneur des ténèbres... sans trouver cependant, du côté des chroniqueurs anglais, justification de ses hypothèses. Alors qu'il s'apprêtait à relire les premières épreuves de cet ouvrage, deux historiens français ont affermi l'image qu'il se faisait de Knolles : Siméon Luce et Aimé Cherest. Le premier, dans son *Histoire de du Guesclin* (1876), note que ses soldats traitaient, vers la fin de sa vie, Knolles de vieux brigand et s'estimaient humiliés de le servir. Ils l'appelaient *Vespilio*, corruption du latin *vespertilio* : la chauve-souris. Le second confirme ce surnom dans *L'Archiprêtre* (1879) mais affirme que les ragots sur l'impopularité de Knolles sont le fait d'un traître, Jean Mensterworth, et d'une poignée de mécontents. Ce sont eux qui révélèrent « *qu'il était incapable de diriger une expédition au grand jour, de livrer un combat en rase campagne ; il n'avait jamais dû ses succès qu'à des surprises de nuit* ».

V

Ils s'immobilisèrent sur le seuil terreux de la chapelle.

— Veux-tu communier, Ogier ? demanda le chapelain.

— Mon père, mes compagnons en ont-ils l'intention ?

— Non, dit Blanquefort.

— Non, dit Jean. Plus de temps à perdre.

— Pourquoi ? Mais pourquoi ? s'étonna le cordelier. La confession... La communion...

— Dieu ne peut plus rien pour nous, coupa Blanquefort, agacé.

Le clerc, désemparé, se détourna promptement :

— Vraiment, mon fils, te sais-tu l'âme impure ?

Ogier se sentit pénétré d'un regard dur, coléreux. Il savait n'avoir point commis de péchés lourds de conséquences en étreignant Margot, Aliénor et Clotilde. Et même Anne avant elles... Plus reprochables sans doute, au regard de la religion, étaient les jeux de Tancrède, auxquels il s'était prêté si complaisamment. Pourtant, si l'un des deux avait à réclamer l'absolution, c'était bien elle — l'instigatrice... Mais Dieu avait mieux à faire qu'à s'intéresser à des déduits[1] de cette espèce :

1. Jeux.

mêmes cousins, tous les jouvenceaux, normalement constitués devaient fleureter ainsi !

— Vraiment impure ? Non.

— Alors, tout est dit, maugréa le sénéchal. Allons nous adouber. Pour ma part, l'âme ou non épurée, je vais aller me laver le corps aux étuves.

Il s'éloigna, Jean le suivit. Clergue retint Ogier par un bras :

— Pourquoi as-tu relevé le premier défi ?... Tu as fait ton devoir, plus que ton devoir, cette nuit. Cela ne te suffisait point ?

— Non... Il nous faut en finir avec ce siège affreux. C'est la hâte et non l'orgueil — comme vous paraissez le croire — qui m'a dicté ma conduite.

— Eh oui, soupira le chapelain. Il faut que cela cesse... Effroi, haine, mort, nous aurons tout connu, et d'autres que moi je ne sais quelles amours grossières... Rechignac fut parfois un bordeau ces temps-ci... Il y a eu des inscriptions... impudiques jusque sous le porche de cette chapelle ! Qui a fait cela ?... Des gens dont nous disons : *« Il est brave... Elle est avenante. »* Et dans les hauts-de-chausses et sous les gipons, je ne sais quels feux exigeants et déplorables !

Dans son visage aux joues flasques, la bouche vague de Clergue trembla autant que ses paupières. Il fourra sous ses manches ses petites mains tachetées de roux :

— Es-tu suffisamment pur pour que Dieu t'assiste sans réticence ?

Quoique formulée avec une suavité sans perfidie, la question atteignit le garçon comme un coup à la poitrine.

— Ne fronce donc pas tes sourcils. A te voir, on te croirait peccable... Or, si c'était le cas...

— Que dites-vous là ?

Ogier avait involontairement haussé le ton. Le chapelain se fit paterne :

— Tout d'un coup, tu parais offensé !... Tu le sais : je ne t'ai jamais empêché de faire ce dont tu avais envie... Depuis que je te connais et t'instruis, je te sais droit !... Mais je vois, j'observe et médite... Je sais qu'il est des tentations contre lesquelles la raison et la volonté sont presque impuissantes... Un animal vit en chacun de nous ; il peut être assoupi ou éveillé, sauvage ou raffiné, et c'est l'unique différence... Je sais aussi l'inanité de certains conseils, surtout lorsqu'ils sont dispensés par des gens de mon espèce, qu'on croit fermés ou opposés à certains plaisirs.

— Mon père, où voulez-vous en venir ?

Ogier s'irritait. C'était bien le moment d'insinuer... de sinuer comme une couleuvre dans la pierraille. Le chapelain sourit :

— Je n'ai pas reçu Tancrède en confession, mais quelqu'un...

— Qui ? Claresme ?

— Quelle importance !

Ogier songea : « Clotilde ? » Non. Toute jalouse qu'elle fût, elle était incapable d'une dénonciation de cette espèce... Alors qui ?... Et que s'étaient-ils dit, déjà, Tancrède et lui, lorsqu'elle l'avait entraîné dans sa chambre ?... Tout fuyait ! Les images, les mots désertaient sa mémoire. Il se sentit rougir, non de honte, mais de fureur :

— Quoi qu'on vous ait dit, je m'en moque.

Le chapelain ricana :

— Il est des péchés mineurs, mon garçon. Mais il en est d'autres !... Et parmi eux, l'inceste...

— Mon père, protesta le damoiseau, je voudrais bien savoir...

Clergue secoua la tête, leva les yeux au ciel : un rayon jaunit sa joue et ses fanons. Il sourit :

— Je t'ai vu devenir un homme, et je n'ai jamais été assez sot pour ne pas prévoir dans quelles ornières tu verserais... Ce n'est pas contre les tentations que je veux te mettre en garde, mais contre l'une d'entre elles... Car ce que je crains, vois-tu, c'est... qu'*elle* prenne sur toi un ascendant... pernicieux... Non pas qu'elle t'avilisse, mais...

Ogier sourit devant tant d'embarras :

— Rien à craindre, mon père... Si nous vainquons, après-demain je retournerai chez les miens.

— Eh, mon garçon, c'est bien pourquoi je t'en parle... Elle a dit à... la personne qui m'a rapporté tout cela qu'elle voulait te compagner... Oh ! sois sans crainte : le baron n'en saura rien... Mais si elle le quittait, il serait un homme perdu !

A quoi bon mentir ? Ogier regarda fixement Clergue :

— De toute façon, elle partira... Quant à moi, je n'ai pas l'intention de m'en emcombrer.

— Je t'en sais bon gré, car, vois-tu, il te faut accomplir ta mission : venger l'honneur des tiens...

Ogier se sentit pâlir, trembler :

— Ainsi, vous savez.

— Eh oui... Et depuis seulement cette aurore... quand je n'ai pas vu ton écu partir pour les créneaux... Jusque-là, comme tous ici, je ne m'étais pas soucié de tes armes... Je pensais que tu ne les montrais pas... par humilité... et préférais porter celles de ton oncle par reconnaissance.

— Qui vous a dit ?... Lui ou Blanquefort ?

— L'un ou l'autre, qu'importe. Ce que je veux, parce que je t'aime bien, c'est que tu triomphes de cet Enguerrand... Et que tu partes !... Que tu restitues à tes lions l'intégrité qu'ils méritent. Que tu fondes un foyer afin de continuer ta race... Il te faut une vie non exempte d'amour, mais pleine d'amour licite... Méfie-toi, en combattant... *« Aequo pulsat pede ! »* La mort frappe d'un pied indifférent... Ce chevalier que tu vas affronter m'a l'air cruel... et habile... Quant à cette donzelle... Laisse-la.

— Et si elle n'était pas ma cousine ?

Le chapelain regarda ses sandales. La question le surprenait désagréablement. Cette conjecture inopinée, formulée lors d'un débat qu'il avait cru à tout jamais verrouillé, le courrouçait. Il savait, il soupçonnait peut-être, mais refusait d'accorder sa créance à des malveillances extrêmes. Cela, Ogier le comprit. Comment, même longtemps chastes, les amours de Blanquefort et de Guibourc eussent-elles pu demeurer secrètes ?... Et lorsqu'il y avait eu adultère, quels familiers en avaient été informés ?

Clergue posa une main sur l'épaule du damoiseau, qui s'éloigna, trouvant ce geste désagréable.

— Tout ce que je peux te dire et te répéter, c'est : laisse-la.

Située au-dessous de la chambre de Guillaume, l'armerie prenait le jour par deux ouvertures guère plus grandes que des archères. En son centre, une table ronde supportait deux heaumes et une épée piquetée de rouille : Aigredure. Il y avait dans un angle un lit étroit sans colonnes, à la tête duquel, sculptés dans le chêne, se défiaient les lions des Rechignac. Les draps en étaient ouverts.

— Nous allons y mettre Haguenier, dit Guillaume. Mathilde essaie vainement d'apaiser ses douleurs... Pour le moment, il emplit ma chambre de sa présence et de sa géhenne.

Entre les fenêtres, une tapisserie de basse lice représentait deux seigneurs tournoyant. L'un avait son heaume sommé d'une tête de tigre pareille à celle figurant sur son écu ; l'autre, visage nu, désarçonné, levait pieds et jambes. Son cheval agenouillé de devant donnait du museau en terre où gisait un tronçon de lance. Derrière cette scène, on voyait une enceinte, des juges et hérauts d'armes, des ménestrieux et de nombreuses dames aux coiffes de fête.

— Il aurait mieux valu, mon neveu, qu'Haguenier trépasse ainsi !

— Il souffre ?

— C'est la malemort !

Blanquefort et Jean apparurent. La même gravité durcissait leur visage.

— On vient de voir Trélissac, dit le sénéchal. Ils l'ont tourmenté comme il n'est pas permis...

Il s'approcha du mur du fond, sur lequel s'alignaient de vieilles broignes et des hauberts, des gantelets et des arbalètes qui, pareilles à des insectes géants, aux ailes transparentes, semblaient monter à l'assaut du plafond. Guillaume avait interdit qu'on les utilisât. Le mur d'en face était réservé aux écus et bannières, ainsi qu'aux livres et cédules installés dans une armoire basse, près de laquelle partait un escalier menant, d'un côté à la chambre du baron, de l'autre à celle de Blanquefort. Ogier s'assit sur la première marche.

— Je me demande, Hugues, quels seront les malfaisants que vous aurez, Jean et vous, à combattre... Hommes à peaux de bêtes ou chevaliers ?

— Peu m'importe, dit le sénéchal.

Pedro del Valle entra, suivi de Claresme et de Tancrède aussi anxieuses l'une que l'autre.

— Jean, dit le Tolédan, si vous voulez une armure...

La suggestion fut repoussée avant même d'être achevée.

— Mille grâces, messire, mais sans vouloir vous offenser, je préfère combattre la poitrine couverte de mailles, comme celles que je vois là...

Désignant un vêtement plié sur une perche, il expliqua :

— Nous allons avoir affaire à des larrons de la pire espèce, accoutumés à se battre et usant de feintes et déloyautés que seule, si l'esprit les prévoit à temps, la vélocité du geste peut contrarier... D'ailleurs, n'étant qu'un écuyer bien frais, je ne dois avoir ni chausses ni coiffe de mailles sous le heaume, et autres choses dont peuvent se prévaloir les gars de haute naissance... Les éperons d'or ne sont pas pour les gens de ma condition.

Tancrède eut un rire sec, Claresme sourit par politesse et Guillaume s'exclama :

— Bien dit ! Prends ce vêtement s'il te plaît, et garde-le.

— Puis-je avoir l'honneur de me coiffer de votre heaume ?

— Volontiers... Il est là, près d'Aigredure. Et prends également un de mes écus.

« Je te trouve soudain bien disert, Jean, se dit Ogier. Où veux-tu en venir ? Tu sais que tu peux chausser les éperons si tu confirmes ta vaillance à mon oncle. »

Il se leva et s'approcha de Tancrède.

— A quoi songes-tu ?

Elle était pâle. De ce fait, les feux de ses prunelles en prenaient plus d'éclat. Sa robe noire lui montait jusqu'au cou et dissimulait entièrement ses bras. Elle portait déjà le deuil.

— Je pense, beau cousin, que mon destin est pour un tiers entre tes mains.

— Ce n'est pas ton destin que j'aimerais palper, cousine ! C'est...

Guillaume les rejoignit à pas vifs :

— Et toi, Ogier, mettras-tu ton armure ?

— Non, mon oncle... Jean a raison : il nous faudra nous mouvoir vivement, et je ne la supporte pas bien encore. Mais pour l'épée, je conserve Confiance.

Tout près, Jean et l'armurier soupesaient les écus, étudiaient et comparaient leur guiges et leurs énarmes [1].

— Je combattrai avec celui-là, décida Jean.

— Bien ! Bien !... Laissez-moi à présent seul avec mon neveu.

Jean acquiesça, quelque peu mécontent d'être con-

1. La *guige* était une courroie permettant de suspendre l'écu à son côté ; les *énarmes* des sortes d'anses disposées à l'intérieur du bouclier, dans lesquelles on passait le bras.

gédié. Pedro del Valle entraîna Claresme. Tancrède les suivit, morose, Blanquefort sur ses talons.

— Et toi ? Quel écu choisis-tu ? dit Guillaume.

— Le mien.

— Le tien !... Mais quand ceux d'ici verront tes lions diffamés...

— Il est temps qu'ils sachent.

Guillaume se mit à marcher, mains au dos :

— Personne, dit-il, n'offensera tes lions. Pas même Renaud... As-tu besoin de quelque chose d'autre ?

— Non... Rien.

— Tes mains ?... Tu te les étais brûlées sur ce beffroi.

— Ça va.

Et comme le garçon tapotait nerveusement Confiance, Guillaume, le front baissé, conseilla :

— Frappe juste et fort. Le chevalier que tu vas affronter est des plus ruin [1].

— Oui, mon oncle.

— On prétend que la meilleure des prières est celle qui vous met du cœur au ventre. Pense à Dieu mais pense à toi, surtout, en te garantissant bien et en voulant la mort de cet Enguerrand... Et je te le dis tout net : ne porte aucun coup à l'aventure. Il te faut férir peu mais juste. Estique ta lame dans le corps de cet homme au bon moment. Bats-toi sans trop t'exciter, comme tu jouerais aux échecs où tu excelles. Tout un ensemble de coups doit te préparer à porter l'estocade décisive, car mieux vaut ne pas blesser deux ou trois fois mais occire proprement par une prompte esquive suivie d'un bon mouvement.

— Oui, mon oncle. Vous m'avez enseigné...

— N'oublie pas qu'aucun d'entre nous ne doit vous aider, même si l'un de vous est en péril de mort.

Le vieux guerrier soupira, les yeux fermés comme s'il vivait ces combats par avance.

1. Méchant, mauvais, d'où : *ruine*.

— Pèse bien tes coups, Ogier. Comprends-moi : le fait de n'exécuter que des coups pesés et de n'agir qu'à bon escient ne signifie pas que tu doives nécessairement faire durer le combat et le terminer sans une égratignure. Non ! Ce Briatexte va t'affronter couvert de son armure. Il doit se mouvoir en icelle avec l'aisance d'un démon. Il te faudra préparer ta force à ta réussite, t'appliquer joliment et vivement, t'ennorter [1] au mal et amener au bon moment le coup que tu auras bien dans les mains et les bras... Laisse-le te révéler ses attaques préférées. Plus il s'acharnera, plus il se trahira.

— Oui, mon oncle.

— Tu peux te laisser emporter, comme lui, par une passion de meurtre plus sauvage que celle des lions. Méfie-toi donc de ton audace comme de la sienne. Tâte-le. Vois s'il a des manies. Feinte, retire-toi... Essaie de doubler tes bons gestes et, surtout, prends-t'en à son chef, à sa dextre et à son bras... Frappe autant que tu le pourras sur ce bras. Cet homme-là doit avoir des faiblesses. Je suppose que les buveries dans lesquelles il se complaît en compagnie de ces ribauds et ribaudes ont corrompu sa santé. Comme il est plus âgé que toi d'au moins dix ans, tu as meilleur cœur et meilleurs poumons que lui. Fais-le courir s'il le faut. Il aura chaud comme aux étuves dans sa carapace dont quelques pièces peuvent se disjoindre tout bêtement... Cependant...

Guillaume de Rechignac hésita. Ogier le secoua par l'épaule :

— Cependant ?

— Il se peut que vous soyez à égalité de vigueurs et de fallaces. Alors, fais en sorte que ce combat se prolonge... jusqu'au coucher du soleil. Mais pourras-tu tenir tout ce temps ?

— Je m'y efforcerai.

— Je crois que c'est au début que ce maudit sera

1. T'exhorter.

dangereux, car il aura encore grand ayr[1] contre toi, non seulement parce que tu es mon champion mais parce que tu l'as offensé... S'il te paraît trop redoutable, romps !... Romps autant que tu le pourras, même si les tenants de ce routier t'insultent. Même si tu sens tes oreilles emplies des cris de réprobation *des nôtres*... Rompre pour attaquer n'est point une lâcheté... D'ailleurs, nous savons tous que tu n'es point peureux !

— Dieu me garde de reculer pour une couardise soudaine !

— Cela m'est advenu.

— Pardonnez-moi, mon oncle, mais...

— Dis-toi que chaque attaque au fer doit précéder de peu une attaque à la chair : prends-t'en, s'il se présente bien, au colletin de son heaume. La gorge est derrière... Et surtout, surtout, ne cherche point à nous merveiller par une attaque à fond. C'est beau et grand, la présomption ; cela peut aboutir, mais en cas de passe, de glissade ou de tension, tu serais mat !

— Je ne manquerai pas de l'attaquer aux jambes.

— Elles sont protégées. D'ailleurs, en ces endroits, la surface est si petite et mouvante que ton coup pourrait manquer et que tu lui montrerais ta nuque ou ton dos. Tu serais à sa merci... Mais essaie les cuisses. Touche-les, puis feins d'en vouloir à ses mains : dirige ta lame à la hauteur des quillons de son épée... Et surtout sache te contenir si tu sens la fureur bouillonner en toi, car il est malfaisant de ne se battre qu'avec des gestes... Te sens-tu bien ?

— Assez.

Guillaume hocha la tête. Son regard effleura la tapisserie, entre les fenêtres : sur cette scène, la mort planait aussi, invisible.

— Tous les vieux chevaliers, même les plus orgueilleux, te diront que les tourments du temps qui

1. Grande colère.

passe dans l'attente du combat d'homme à homme sont plus désagréables que les moments pendant lesquels on croise les armes. Tu le verras maintenant et plus tard, même clos dans ton armure : qu'elle qu'en soit l'épaisseur, tout ce fer protecteur ne t'enlèvera pas ce sentiment d'insécurité, d'incertitude... de lassitude inconvenante et même de nudité... Ne rougis point de l'émoi que tu ressens à présent et qui doit appesantir tout ce que contient ta personne. Ne t'étonne point non plus de sa violence : elle est humaine et les plus hautains la connaissent. Ton cœur cogne dur, ta chair tressaille et tu sues tandis que galope en toi une espèce de bête affolée que tu ne peux dompter... Crois-moi : avoir peur, c'est aussi être vaillant... Certes, il est des appertises [1] extraordinaires, car il est des hommes de corps et d'esprit froids. On les voit, au plus fort des batailles, se montrer tellement hardis qu'ils feraient pâmer dames et damoiselles si toutefois elles y assistaient. Mais il est d'autres courages, et le plus honorable de tous, c'est celui qu'exerce un esprit vigoureux sur un corps poltron pour le conduire à la victoire.

— Je le pense aussi, mon oncle.

— Tes nerfs te tourmentent ? Ton ventre gargouille ? Cours aux latrines. Expurge tes boyaux de toute cette boue qui les encombre et fais-toi donner un plein hanap d'eau de noix mêlée d'eau-de-vie. Une bonne cacade n'a jamais fait de tort à quiconque. Les plus fiers éprouvent ces inconvénients. Allons, va : le temps passe... Je connais votre valeur à tous trois mais j'ai peur pour Hugues... Veille sur lui si tu peux. Tu sais que nous nous apprécions sans nous aimer.

— Pourquoi ? Dites-le-moi !

— Vieilles histoires... Il n'est jamais bon de soulever la dalle où le passé repose. C'est hélas ce qu'il a fait !... Ce siège en est responsable... Allons, va.

1. Prouesses.

Laisse-moi. Je vais m'apprêter, moi aussi... Tes affaires sont en ordre ?

— Oui... Si je dois trépasser, veillez sur Titus, Marchegai et Saladin.

— Tu n'avais nul besoin de me les recommander... Mais tu nous reviendras.

Dans le tinel, il n'y avait au chevet des blessés que Margot et Aliénor.

— Sauvez-nous, messire Ogier ! supplia Margot, approuvée par Aliénor et quelques-uns des hommes allongés sur le sol.

— Je ferai de mon mieux. Point de bassinet. Je coifferai mon camail et ma cervelière. Ainsi je verrai et respirerai à l'aise.

La peur... La peur invisible, ravageuse, peste ou lèpre intérieure. La peur qui vous incendie le dedans, vous donne des suées, des tremblements... Aucun remède !... Rien... Saleté de malepeur... Elle devait filtrer de partout, pire qu'aux pires moments de ce siège sur son déclin. Elle l'atteignait aussi, lui, Argouges. Il se sentait comme engourdi. Ah ! non, il ne suivrait pas le conseil de Guillaume : il ne boirait que de l'eau et s'enivrerait des taillants et des estocades qu'il porterait à Briatexte.

Dehors, il faisait bon. Devant les écuries on apprêtait Broiefort.

« Non ! Je n'irai pas dire adieu à Marchegai ! Cela préjudicierait mon courage. »

Où étaient Jean et Blanquefort ?

Saladin s'approcha, la queue basse. Il semblait avoir tout compris. Le damoiseau lui flatta l'échine :

— Ou tu me perds ou nous partirons très loin.

Le souvenir d'Anne effleura son esprit. Elle était plus en sûreté dans la grotte où Thibaut l'avait entraînée qu'entre ces parois où leurs amours s'étaient brusquement interrompues. Ah ! certes, elle eût été plus angoissée que Tancrède en sachant qu'il allait livrer un combat mortel à Enguerrand de Briatexte.

« Mortel ! »

Ce mot-là vibra lugubrement dans un cœur qui semblait tout à coup appauvri de son sang.

VI

— Regardez-les, dit Blanquefort. Par l'épée de messire saint Michel, on les croirait à la fête !

Les survivants s'étaient groupés le long de la muraille, garnie de tapisseries et d'écus, reliant la Mathilde aux tours portières. Surveillant la lice dont l'ennemi bruyant venait d'occuper une extrémité devant eux, ils attendaient l'apparition de leurs champions, groupés près du puits, à l'ombre maigre des chênes. Déjà, la herse montait.

— Pauvre Rigobert ! dit Jean. Quand je pense à Renaud...

— Ne parle pas de ce couard ! grogna Guillaume, tête nue, en se portant devant ses champions.

Il avait endossé son haubert de Rouen, sans tabard. Des éperons dorés, longs comme des couteaux, garnissaient ses houseaux. A son flanc pendait Aigredure, nue, luisante ; et sous lui Broiefort dansait, nerveux et frémissant.

— Il paraît comme fou après tant de réclusion !

Le destrier portait un chanfrein de cuir bouilli, peint en vermillon. Prolongeant la barre qui montait des naseaux jusqu'entre les oreilles, enfermées dans des étuis taillés en biseau, une têtière donnait l'essor à un plumet composé de pennes d'oie et de paon. Telles les lourdes paupières d'une tortue, deux coquilles de fer protégeaient les yeux de l'animal. Sa sellerie était de cordouannerie rouge sang et de velours chatoyant aux couleurs de Rechignac — jaune et noir — avec des chasse-mouches à clous d'argent et un hausse-queue de clinquant. Mathilde et Margot avaient tressé sa crinière, Ameline et Isaure le long panache qui, de la croupe, allait titiller ses jarrets. Ses sabots vernissés scintillaient au soleil.

— J'espère, mon oncle, que demain Marchegai...

Ogier s'interrompit. Sur les murailles, quelqu'un soufflait dans une trompe. Le pont-levis déclina.

— Il tombe... Tous en bon et sûr arroi... Allons-y ! cria Blanquefort.

— *Alea jacta est*, dit quelque part, dans la suite, Arnaud Clergue.

Si peu de mots qu'il eût prononcés, tous tremblaient.

Ils s'engagèrent sous l'arche noire, et le tablier résonna de nouveau sous les sabots et les semelles. Le ciel bleu, les verdures des pentes lointaines semblèrent monter à leur rencontre. Nul ne jeta un regard en bas. Et sitôt le fossé franchi, malgré la puanteur qu'exhalaient les cadavres, Ogier crut respirer plus librement, bien qu'une émotion infinie comprimât sa poitrine.

— Soyez tous beaux et fiers, insista Blanquefort. Imposons notre dignité à cette truandaille.

Guillaume les précédait tous. Derrière, venaient les fils de Mathilde, Eudes et Philippe. Vêtus d'une cotardie de velours de Gênes cramoisi, le poignard à la ceinture et les jambes gainées de taffetas bleu et vermeil, ils portaient sur des coussins de soie noire, l'aîné, le heaume du baron, le puîné ses gantelets.

Ensuite avançaient les champions : Blanquefort au milieu, Ogier à sa gauche, Jean à sa droite, et derrière eux, dans une de ses armures dont il tenait le bassinet sur sa hanche, l'épée battante, Pedro del Valle, flanqué de Blasco et de Martinez, couverts d'écarlate et corsetés de fer, présentant de biais, devant eux, leur épée dégainée.

Puis Arnaud Clergue, au pas traînant, mains jointes ; puis Thierry Champartel, vêtu d'une longue cotte empruntée au baron, coiffé d'une cervelière à nasal et levant haut le gonfanon des Rechignac ; puis Girard, précédant dix arbalétriers — hommes d'armes et manants — pareillement vêtus de mailles et allant trois par trois, avec Massoutier, le forgeron, en flanc-garde.

Ogier se retourna. Tous avançaient d'un pas lent, uniforme et tellement processionnel qu'on eût pu croire qu'ils enterraient l'un des leurs... Et après tout, n'était-ce pas une cérémonie funèbre à peine anticipée ? Des champions de Rechignac, qui trépasserait ? Car il était incroyable qu'ils survécussent tous !

Ils gravirent un talus à peine plus élevé que cinq ou six marches, et le damoiseau s'exclama :

— Les voilà !

De l'autre côté des barrières, toutes les hordes ennemies se trouvaient assemblées. Il aperçut une compagnie de picquenaires gascons, arrogants et haineux, hurlant soudain : « *Cadediou* » et « *Cadedis* », leur juron et cri de guerre, et à la gauche de ceux-ci, derrière trois bannières chargées des léopards, une cinquantaine d'archers vêtus de mailles et coiffés du chapel de Montauban. Près d'eux, les épieux et les guisarmes des hommes de la Compagnie blanche hachuraient la verdure des collines. Ils étaient alignés par cinq, leurs mailles couvertes d'une cotte dont la blancheur s'était grisée. Roides, muets, à eux seuls, ils inspiraient la méfiance ou la peur.

— On dirait une armée de presbytériens !

— Des presbytériens, Jean, qui ont converti Bergerac à Édouard.

— Eh oui, Hugues ! soupira Ogier. Maintenant, au lieu des tambours, voici les tambourins et les grillettes des ribaudes !

Elles se tenaient, invisibles, derrière les troupes. Elles emplissaient l'air d'une frénésie sonore qu'il trouva importune, jusqu'au moment où il se dit qu'elle corrompait aussi la sérénité des champions adverses. Plus ils auraient leurs nerfs, mieux cela vaudrait.

— Les voilà, dit-il encore.

Et son cœur eut un soubresaut.

Contournant la malevoisine, repoussée le plus loin possible des murailles afin de dégager la lice, ils avançaient, cérémonieusement aussi, à la rencontre des délégués de Rechignac, et comme poussés au combat par Robert Knolles, auquel ils formaient un rempart de leurs corps et de leurs chevaux.

Enguerrand de Briatexte s'était placé au milieu. Il montait un palefroi aux lormeries [1] et houssement de velours noir, et arborait un écu à ses armes : *de sable à un lion d'argent, la queue fourchée*. Il lâcha les rênes et dans l'ouverture de sa visière haut levée, Ogier aperçut ses yeux sombres, tellement étincelants de haine et de présomption qu'un frisson zébra la peau de son dos.

— Salut, beau damoiseau dont je prendrai la vie.

— Salut, laid malandrin que je vais atterrer !

Chevauchant des noirauds à crinière longue, les deux autres champions semblaient des bûcherons : petits et trapus, blonds et barbus, ils portaient un branc [2] sur l'épaule. Ils étaient adoubés de chausses de mailles et de cottes treillisées : à chaque croisement des lanières de cuir brillait un rivet de cuivre. Une barbute avalait la moitié de leur tête. Quant au bouclier lié sur leur poitrine, comme un plastron, c'était, singularité troublante, une carapace de tortue de mer.

Derrière ces hommes, tête nue, chatoyant de soie sinople et de velours safrané, plus paré de joyaux qu'une châsse, Knolles, le visage arrogant, chevauchait un roncin à la robe gris de plomb. Il n'avait pas jugé bon d'endosser un harnois de guerre, et seule une épée pesait à son côté.

1. Ancien nom des ouvrages destinés aux chevaux : selles, mors, gourmettes, etc.

2. Ou *brand* : épée à deux mains.

Ensuite marchaient vingt routiers vêtus de peaux d'ours, une cognée sur l'épaule ; vingt autres couverts d'une brigantine, hirsutes et mornes comme des pénitents dont ils portaient la coiffe noire, pointue ; et derrière encore les capitaines et les sergents devançant Mélipart et Bemborough en armure étincelante, puis trente picquenaires au moins, masse multicolore d'où jaillissaient des éclairs de métal.

— Ce ramassis de malfaisants ne m'inspire guère confiance, avoua Ogier.

— Pourvu, dit Jean, que ce linfar respecte ses engagements !

Knolles vint se placer au centre de la lice. Aussitôt, ses champions l'entourèrent. Guillaume poussa Broiefort jusqu'à eux, et du doigt désigna leurs compagnons :

— Tout ceci, messire Canole, est contraire aux dispositions de la matinée !

Un sourire mit un trait d'ombre entre les lèvres du routier.

— Soit, baron.

D'un geste, il commanda le repli à ses piétons et capitaines, ce qu'ils firent dans un grand désarroi.

Guillaume se tourna vers sa députation :

— Sauf Girard et Clergue, éloignez-vous aussi. N'ayez crainte : il y a, sur nos parois, une centaine d'archers et d'arbalétriers... Nous sommes en sûreté.

Il mentait. Cent hommes... Il eût aimé les avoir ! Tandis que ses fidèles rebroussaient chemin, il interpella l'Anglais.

— Nous voici réunis pour décider du sort de cette forteresse qui est mienne, et selon nos conventions... Lors, je vous fais serment que nous les respecterons... Mais prenez aussi, devant Dieu et mon chapelain, l'engagement solennel, si le sort vous est contraire, de vous conduire loyalement envers nous !

Des clameurs étourdissantes — les Gascons ! — éclatèrent à l'adresse du chef de bande, puis des huées destinées aux champions de Rechignac. Ceux de Knolles mirent pied à terre, sauf Briatexte, qui demeura proche de l'Anglais.

Et tandis que les deux noirauds trottaient gaiement vers le camp ennemi, Knolles s'inclina sans plus de façons sur l'encolure de son cheval :

— Je n'ai nullement besoin de ton chapelain, baron, car je suis toujours fidèle à la parole donnée !

— Alors, prouve-le incontinent ! Fais reculer tes satellites d'un bon pas derrière les planches... Et vous, Clergue, partez.

Le cordelier s'éloigna. L'Anglais parcourut au galop les palissades, menaçant du geste et de la voix les hommes prêts à les enjamber.

Les tambourins des filles et leurs grelots, les cris, les vociférations des routiers s'apaisèrent. Tandis que Knolles, furieux, tançait ses capitaines, Guillaume mit pied à terre et confia Broiefort à Girard.

— Mène-le au pont-levis.

Le vieillard s'approcha de Blanquefort et le serra dans ses bras :

— Que le Seigneur te protège... vieux frère !

Ogier perçut un double sanglot et vit les deux hommes essuyer une larme.

Guillaume offrit sa main à Jean du Taillis :

— Bats-toi comme Gondrebœuf, Caraheu, Justaumont [1] ! Ménage ton épaule autant que cela te sera possible et... et advienne que pourra !

Enfin, à Ogier.

— Sois preux !... Dis-toi que si vous succombez, dans le grand Paradis, vos places seront belles... Mais tu verras : Dieu est juste. Tu vaincras.

Mélipart et Bemborough aidèrent Briatexte à descendre de son palefroi.

— Écrase-le, dit Mélipart en désignant Ogier.

1. Gondrebœuf : héros de *Guérin de Montglave* ; Caraheu : héros d'*Ogier le Danois* ; Justaumont : héros de *Galien restauré*.

Guillaume sourit :

— Prouve-leur que ton sang est d'une bonne espèce !

Que répondre ? se demanda le damoiseau. Rien. Faire de son mieux... Son haubert devenait un fardeau et le gênait aux entournures. Un haubergeon eût peut-être été plus adapté à ce combat, mais ses jambes se fussent trouvées exposées au travers de ses heuses.

« Tu vivras ! »

Mensonge ! Aberration que cette certitude. Il se sentait à la merci d'une poussière d'inattention, d'une glissade ou d'un éclair d'acier imprévisible, et la quiétude qui le figeait maintenant n'était que de surface, car des frissons agitaient ses muscles. Ses avant-bras s'appesantissaient. En tremblant, il se pétrifiait peu à peu, devenait lourd comme un gisant de pierre. Non ! Non ! Qu'allait-il penser ?... D'ailleurs, il avait voulu être de cette ultime épreuve. Il avait cédé à l'attrait de la haine et de la turbulence, et peu importait qu'elles fussent présentement cruelles pour ses nerfs. Il vivrait ! Il vengerait Haguenier et les autres.

— Allons, messires, hurla Robert Knolles. Il est temps !

— Il est temps, en effet, dit Guillaume. Courage, Hugues !

Chacun choisit son homme. Ogier se campa face à Briatexte ; Blanquefort opta pour le plus épais des routiers ; Jean s'approcha de l'autre, un couturé aux bras noueux, aux poignets ceints de bracelets de cuivre.

Briatexte dégaina, puis abaissa sa visière (ce qu'Ogier trouva prématuré, mais fort bon : il ne ménageait pas son souffle). Il plaça son écu entre ses jambes, saisit son épée par les quillons et la ficha en terre ; ensuite, il rempoigna l'écu et s'assujettit sur son flanc.

— Quelles armes ! s'exclama-t-il, son gantelet tendu vers les lions diffamés.

Sans lâcher son bouclier, Ogier planta Confiance dans le sol :

— Mes armes vous emmerdent !

— Les Argouges ont-ils quelque traître dans leur lignage ?

Ne pas répondre. « Tu vas éprouver, malebouche, la vigueur de mes lions ! » S'il y avait eu évidemment surprise à Rechignac, nul n'avait proféré de remarque désobligeante à l'égard des fauves mutilés.

— Aucun traître, messire. Et l'infâme, c'est vous !

« Comment pourrais-je m'offenser des rires de ce fumeux ? »

Le cœur d'Ogier s'incendiait. De part et d'autre de la lice, les routiers et des gens du château se tenaient cois, n'osant troubler un silence déjà lourd de deuils imminents.

Une brève sonnerie d'olifant troua l'air ; Enguerrand de Briatexte hurla son enseigne :

— *Brisa testa !*

Le damoiseau s'attendait à quelque annonce avant le combat, comme c'était l'usage ; cependant, il se méfiait aussi d'une déloyauté ; il empoigna Confiance et rejeta, de son écu, le coup destiné à sa tête.

« Dieu m'aide », songea-t-il, les jambes ployées sous la violence du heurt, et le bras endolori jusqu'à l'épaule.

« Par le sang du Christ, il frappe fort ! »

A sa droite, Jean s'exclama : « Traîtres ! » A sa gauche, il y eut le tintement clair de deux lames franchement choquées, puis un bruit sourd : Blanquefort dont la vigilance avait faibli pendant les préparatifs, moins prompt que son antagoniste, devait être en difficulté. A cette idée, Ogier sentit éclater en lui une férocité, une haine infinies envers ces déloyaux adversaires :

— Vive Rechignac !... Courage, mes compagnons !... Nous vaincrons !

— C'est ce qu'on va voir ! ricana Briatexte.

Le garçon déjoua aisément l'arme ennemie lorsqu'elle surgit, droite et pareille à un épieu, puis taillante comme une cognée. L'acier de Solingen et le fer poitevin de l'écu sonnèrent clair sous cet assaut prévisible.

— Vous croyez-vous capable de me donner la leçon, malandrin asservi à la pire des engeances ?... Eh bien, vous perdez votre temps... avant de perdre la vie !

— Nenni, damoiseau ! ricana la voix derrière le bec de fer, tandis que les coups redoublaient. Le temps qui te reste à vivre... est fort court !

Ogier s'évertua à la sérénité. Il ne devait commettre aucune erreur. Et Jean ? Il se surpasserait : la vue du sang décuplait sa force et son audace... Blanquefort ? En dépit d'une habileté digne d'admiration, étayée par un constant courage, le plus vulnérable des trois, c'était lui. Bien qu'il se fût préparé à l'action sans abandonner cette paisible assurance qu'il mettait en toute chose, sa participation au dénouement du litige opposant Knolles et Guillaume ressemblait à un rite propitiatoire plutôt qu'à un engagement ferme et délibéré ; un sacrifice noble, exemplaire... Exemplaire ? S'il défaillait devant son larron, Hugues mettrait Rechignac en péril... Allons, le vétéran ne se laisserait pas manœuvrer !... Cependant, son adversaire avait de quoi le dominer : vingt ans de moins, une complexion vigoureuse, la promptitude et l'endurance.

Le silence comme tacheté de cliquetis, de jurons : après les premiers heurts, les combattants s'observaient, s'évaluaient, cherchaient les failles, les faiblesses adverses... Midi. Un soleil furieux, lui aussi... Vaincre !... Oh ! certes pas pour préserver, derrière soi, ces pierres soigneusement empilées. Vaincre pour sauvegarder ces compagnons et compagnes dont il avait perçu, lui, Ogier, l'anxiété grelottante. Briatexte ne l'apeurait point. Certes, ce démon frappait fort, mais il pressentait ses assauts, parait, reprenait aisément ses distances. Sous le poids du fer noir dont il s'était vêtu, ce goguelu finirait bien par se lasser. « *Rechignac ne peut succomber !* » Vivre ! Vivre ! Et ces cris !... Eh oui, des encouragements. Et puisqu'ils tombaient des murailles, c'était que l'avantage allait aux champions de Guillaume... Oui, la frainte[1], là-haut, leur était destinée.

— *Ogier !*

Qui vociférait ainsi ? Difficile à savoir dans ce déploiement de hurlements de plus en plus serrés. D'autant qu'en face, maintenant, Gascons et Anglais soutenaient aussi leurs champions.

— *Ogier !*

Qui ? Pourquoi ? Il n'était pas seul !

— *Hugues ! Hugues !*

Ces cris perçant la rumeur comme deux coups d'épingles : Tancrède.

— *Jean ! Couraaaggge !*

Margot... Elle pouvait s'égosiller, la mâtine : le vacarme, en face, étouffait tout... Et qu'importait : ils étaient seuls ; seuls comme les samnites de Rome ! Et César, c'était Knolles, empereur des truands... Et les coups devenaient rudes : des étincelles jaillissaient de cet orage d'acier... Les autres ? Impossible de les voir : Briatexte attaquait, attaquait ; les lions mutilés seraient bientôt méconnaissables. Tant mieux : il les conserverait en l'état où ils se trouveraient à l'issue du combat. L'absence de queues y serait moins flagrante... Que ce malandrin s'épuise... Qu'il s'étouffe à en vomir ses poumons ! Qu'il transpire sous son fer !... Que sa sueur poivre ses yeux ! Qu'il tourne ! Son armure funèbre devait commencer à peser, à le gêner aux entournures ! Les autres ? Que devenaient les autres ? Qu'ils ne faiblissent pas, surtout !

— Prends ça !... Je vais briser ta tortue et tu ventrouilleras comme elle !

Jean ! Il riait ! Présomptueux, mais efficace... Tiendrait-il ? A défaut de bien savoir manier les armes, le garçon possédait la hargne, la jeunesse, chevillées l'une à l'autre par une outrecuidance sans limites.

1. Vacarme.

Le damoiseau cria — tant pis s'il le vexait :

— Tout va, Hugues ?

— Courage, Ogier !

La voix semblait assurée. Et même gaie.

— Tu t'inquiètes, Argouges, pour votre vieillard ?

Répondre par l'épée à cette question ricanante. Confiance siffla en tempête : devant le bassinet, le bouclier carré sursauta et se bossela.

« Il est prompt ! Bon sang, si je pouvais lui démancher la tête ! »

Et là-haut... Cent personnes hurlantes sur le mur. Cent personnes — les mêmes — aussitôt muettes : la peur... La peur pour qui ? Pour Jean ? Pour Hugues ?... Savoir lequel des deux éprouvait des difficultés... Impossible : Briatexte frappait, frappait encore... Lui rendre au moins un coup et qu'il fût effrayant !

Bam ! Cette fois, le bouclier était franchement tordu.

— Tu cognes fort, mais tu ne m'auras pas, Argouges... Ma vie sera longue et je porte une armure... increvable... Je n'ai rempli mes coffres qu'à moitié ! L'autre moitié, c'est dans ce maudit château que je la prendrai !

— Prends toujours cet acompte-là !

Passant de biais sous l'écu, Confiance adroitement pointée s'enfonça dans le défaut de la cubitière droite et atteignit les chairs.

— Mordieu !

C'était un coup fulgurant et sa réussite tenait du prodige. Un filet de sang teinta le métal noir ; mais le blessé ne lâcha pas son arme.

— Qu'en dis-tu ?... Défie-toi, malfaisant, de ta hautaineté. Elle commence à te porter préjudice ainsi qu'à ce lion empêtré dans son sable !

Le bouclier parut sursauter devant le poitrail de fer du chevalier. Lorsqu'il chut sur le sol, Briatexte reculait, prêt à recevoir une volée de coups.

— Ah !... Il te faut tes deux mains pour tenir ton

épée ! D'où souffres-tu le plus : ta chair ou ton orgueil ?

— Jeune coq !

— Tu étouffes de rage... Ah ! que ne donnerais-je pour voir ton visage !

— Ce coup ne me rend ni manchot ni couard bien qu'étant de la meilleure espèce. Il ne signifie pas, damoiseau, que tu sortiras vivant de ce champ clos... même si tu conserves à ton bras cet écu singulier !

— Il t'indispose ? Eh bien, voilà ce que j'en fais !

Ogier laissa tomber son bouclier, suscitant ainsi, sur les hauteurs de Rechignac, des huées et des invectives.

— Ta générosité les consterne, les indigne... et les effraie... As-tu oublié que c'est de leur sort qu'il s'agit ? Si nous gagnons, pas un ne survivra...

— Je n'ai rien oublié.

Ils s'épiaient, se menaçaient du geste, sans toutefois passer de l'intention au coup.

— Ils ont bien raison d'être mécontents ! ricana la tête de fer. En ce qui me concerne, j'ai horreur de la perfection, sache-le... Rien ne m'écœure plus que les bourbiers de louables sentiments où pataugent ceux de ton espèce !... Nous voici seuls derrière nos épées... La mienne, c'est Gloriande !

— C'est, ma foi, le nom d'une noble et vaillante pucelle d'*Ogier le Danois*... Et tu l'as profané en baptisant ainsi le plus vil des aciers !... Ma parole, tu salis tout ce que tu touches !

Ne plus parler. Ne plus répondre. Demi-baissés, ils tournaient alternativement l'un autour de l'autre, se menaçant de la pointe ou du tranchant, sans frapper. Ils grognaient, s'observaient et surveillaient l'arme adverse, le bassinet, les pieds, attendant l'un et l'autre le taillant, l'estocade, la flancarde qui relancerait le combat. Ogier se défiait d'une riposte aussi sauvage et gesticulante que son coup avait été prompt et précis.

Briatexte tenait fermement sa Gloriande à deux mains. Malgré le sang qui maculait sa cubitière, il semblait à son aise. Parfaitement. Était-ce une simulation ? Comment connaître la vérité ? En multipliant les coups ?

« Attends plutôt qu'il te les donne. »

— Ta vaillance est vaine, damoiseau !... Ce soir je coucherai dans ce maudit château... Je vais t'occire ! Tu me répugnes encore plus maintenant que tu m'as navré... Or çà, blanc-bec (la voix recouvrait son arrogance), t'es-tu imaginé qu'il te suffisait d'un coup chanceux pour avoir le dessus ?

Gloriande frappa Confiance avec une telle fureur que le garçon en eut les mains engourdies. Déséquilibré, il fit un pas en arrière, glissa sur le roc affleurant le sol, mais rétablit son équilibre.

— Ah ! ragea Briatexte.

L'espace d'un battement de cœur, le damoiseau imagina, sous son fer, le visage de cet homme que le dépit devait enlaidir : vultueux, suant, et les yeux exorbités. Il entendit la grande rumeur des routiers, le ronflement des tambours, le grésillement des grelots que les filles faillies secouaient en piaillant, tout cela comme aggloméré aux encouragements et aux jurons et menaces qu'ils échangeaient.

— Mollissez pas, compères ! hurla-t-il.

— On mollit pas, Ogier. Mais ces tortues sont dures !

— Tu l'as dit !

Blanquefort... Il devait mener hardiment son combat. De son côté, Jean s'esclaffait parfois, répondait par des ricanements aux incompréhensibles insultes, frappait à grands ahans sur l'épée massive et taillait la corne de la carapace.

Ogier comprenait peu à peu que l'abandon de son bouclier constituait, à l'encontre de ce qu'avait souhaité son adversaire, un avantage supplémentaire sur celui-ci. Tenue à deux mains, Confiance lui paraissait légère : il gagnait en célérité ce qu'il avait abandonné en protection. Certes, le malandrin demeurait redoutable, mais la douleur fichée dans son coude continuerait de s'aggraver jusqu'à rendre impossible l'usage du membre blessé.

— Ah ! enragea Briatexte, je renie Dieu qui m'est contraire !

— Puisqu'il en est ainsi, je ne t'estime pas plus qu'un renard enragé... Quant à moi, la terre et l'herbe que tu foules indûment me viendront en aide... Et le Dieu de Gloire aussi !

Passant promptement sous les bras levés de son rival, Ogier détourna son arme en la glissant si haut qu'il heurta l'écusson de sa garde, puis, narquois, recula.

« *Redouble ce coup, Argouges ! Redouble-le !* »

Il para une furieuse estocade et en fournit une tout aussi fulgurante à Briatexte, dont la lame, en retour, s'abattit sur lui, éblouissante et terrible, frôlant son épaule.

Alors, comme Blanquefort le lui avait appris, il visa, sous les gantelets, la croix de l'arme ennemie.

« Elle tombe, vas-y ! »

Gloriande vibra sous la violence du choc, et si son acier tint bon, elle vola, arrachée aux mains qui la serraient.

— Alors, messire Briatexte ?

— Ah !

L'homme s'était figé, le bassinet baissé, humilié par sa déconfiture et les cris haineux qu'elle provoquait chez ses compagnons.

— Tue-moi !... Tue-moi sans hésiter !... Tu pourrais regretter de t'en être abstenu.

Ébahi par cette victoire, Ogier, méfiant, posa un pied sur l'épée du vaincu.

— Vous occire ? A quoi bon !... Je ne suis pas de votre sanglante espèce ! Et tel que je vous connais, vous survivrez fort bien à cet affront... Vous vous trouvez enfin à ma merci ! Hors d'état de nuire ! Résignez-vous et soyez assuré qu'en cas de récidive, je vous tuerai sans remords ni manières.

La pointe de Confiance toucha la cuirasse noire.

— Reculez ! Allons, hâtez-vous... Je veux voir comment mes compagnons se comportent et leur prêter secours, au besoin.

Il tournait le dos à Jean et à Blanquefort. Il savait que Knolles l'observait ainsi que son otage. Immobile à quelques pas de ses fidèles, Guillaume attendait, soucieux, tandis que Girard et Champartel, en retrait, poings serrés, imitaient les gestes des combattants.

— Reculez encore !

De ses mains tremblantes, écaillées de fer, Briatexte déferma sa visière, et dans ce visage gluant de sueur, rouge de dépit et de fureur, Ogier ne vit que les yeux : ils l'observaient avec tant d'aversion qu'il frémit.

— Vous me haïssez... Vous devriez me rendre grâce...

Une quinte secoua le vaincu :

— Crois-tu vraiment que Dieu t'a soutenu ?

Ogier se signa et s'inclina :

— Certes ! Et je me merveille que le fils de Sainte Marie m'ait assisté. Inversement à vous, j'ai foi en Dieu, et mes courroux sont minces auprès des vôtres. Ainsi, je ne pourrais jamais tourmenter un homme sans défense comme vous l'avez fait cette nuit.

Cette accusation secoua le routier. Il fut pris d'un nouvel accès de colère : touchant de son doigt son plastron à l'emplacement du cœur, il parut, d'inculpé, devenir procureur.

— Jeune sot tout imbu de ta chevalerie ! D'où tiens-tu que je me suis *occupé* de ton compère ?

— Vous appartenez à cette herpaille et devez jouir en triboulant tous ceux et celles qui tombent en votre pouvoir.

— Méfie-toi toujours de moi, damoiseau !

Guillaume s'était approché :

— Laisse-le-nous, Ogier... C'est bien !... Pour le

moment, Jean et Hugues malmènent chacun leur drôle...

Le visage réjoui du baron s'altéra soudain. Ogier y vit se succéder l'incertitude, l'angoisse et l'effroi :

— Tourne-toi vélocement ! Il me semble...

Suffoquant d'angoisse, le garçon obéit en même temps qu'un cri de joie jaillissait, mêlé à un hurlement de rage. Il ne se méprenait pas : Blanquefort !

Le sénéchal titubait, plié, ses mains jointes sur son ventre.

— Ça m'a tout l'air d'un coup qui ne pardonne point.

Horrifié, le damoiseau croisa le regard réjoui de Briatexte :

— Je comprends ton plaisir ! Mais prends garde à mon ire [1] !

Girard, Champartel et Guillaume, livides, eurent un geste d'impuissance : ils ne pouvaient que surveiller le captif. Là-bas, le vainqueur levait son épée, sautait en signe d'allégresse et lançait, tandis que Blanquefort s'affaissait, un feulement qui réveilla l'ardeur d'Ogier :

— Satan ! Par Dieu, je vais t'occire. J'en avais le désir, désormais c'est mon droit !

Il se sentait le cœur atrocement déchiré. Confiance tremblait dans ses mains. « Saligot, tu vas voir ! » Et voilà que le routier courait à sa rencontre, menaçant.

— Même si cette mort fut loyalement donnée, tu vas en payer le prix !

Il n'éprouvait aucune frayeur devant cet homme suant, couvert de plaies sous sa cuirie en lambeaux.

— Cadédis ! Cadédis !

Un Gascon encore. Il avait accompli son mortel devoir et s'en délectait.

La longue lame engluée dans les entrailles du sénéchal s'abattit sur Confiance. Ogier la déjoua, et comme

1. Colère.

elle s'élevait pour un autre coup de taille, le garçon se fendit.

— Regarde ! Œil pour œil, dent pour dent et... ventre pour ventre !

Le routier tomba en proférant un « *Oh !* » de surprise et de rage tandis qu'au loin ses compagnons vociféraient. Et sans se soucier de Jean, Ogier fut auprès du sénéchal.

— Hugues !

Que dire ? Que faire ? Avant de s'agenouiller, il se détourna par prudence : auprès de Guillaume, Briatexte n'avait pas bougé. Plus loin, mais contraint comme le baron à l'immobilité, Knolles assistait au dernier combat. Jean semblait y prendre l'avantage.

— Est-ce grave, mon neveu ? cria Guillaume.

Après qu'il l'eut doucement désheaumé, le regard du damoiseau croisa celui déjà terni de Blanquefort.

— Dis-lui, va, que je suis féru à mort.

Une large entaille ouvrait le bras droit du sénéchal, de l'épaule au coude, et sur son ventre, les mailles lacérées se teintaient de rouge.

— Je le dominais... J'avais encore l'épée prompte et légère... et elle m'a trahi !

— Hugues ! Pardonnez-moi si je ne sais que dire.

Les paupières clignotèrent. Une larme roula sur la pommette couperosée.

— Ma compagne... Je l'avais acquise à Rouen... T'en souviens-tu ? Je veux être enterré avec elle... dans la chapelle, près du corps de...

— Vous aurez votre épée, et vous serez près d'*elle*...

De grosses gouttes suintaient de ce front bourrelé par la souffrance et l'âge, et coulaient sur les tempes et le col de mailles.

— Non, ne me touche pas... Chaque mouvement précipiterait ma fin et je veux pouvoir attendre l'issue du dernier estour.

Leurs doigts de fer s'incrustèrent l'un dans l'autre.

Le sang fluait, toujours plus gluant, autour de l'invisible plaie sur laquelle cet homme finissant appuyait sa dextre.

Ogier se souvint du ventre de la Lucie. Il béait sur une vie naissante. « Lui, c'est au-dessus du nombril ! » Et sans qu'il le vît, ce ventre vivant, torturé, l'épouvantait.

La respiration du malheureux devint plus rauque :

— Non, ne bouge pas... Ta présence m'aide à partir... Tu as vaincu, toi !

— Mon maître bien-aimé ! Sans vos leçons sans doute serais-je trépassé.

Le damoiseau tremblait, penché sur ce visage où les traits se solidifiaient, où le bleu des yeux s'opacifiait sous les paupières bistrées, clignotantes. Il entendait, tout proches, Jean et son adversaire. Insultes, cliquetis d'aciers. C'était de Jean, un rustique effronté, hardi et bataillard, que dépendait le sort de Rechignac !

— Pourvu qu'il triomphe et nous venge ! murmura Blanquefort.

Comme si deux grandes mains le saisissaient aux épaules, et le secouaient à lui faire mal, le damoiseau fut agité de sanglots convulsifs, et prêt à se lever pour hurler : « *Tue-le, Jean ! Tue-le maintenant !* » Il se sentait, pour la première fois, l'âme rouge.

Le visage cireux où seules les prunelles semblaient vivre s'anima :

— Grâce à Dieu, j'obtiens la fin d'un homme d'armes.

Le moribond gémit, sa mâchoire trembla. Une bulle de sang se forma sur ses lèvres, éclata dans sa moustache, y semant une rosée vermeille. Il serra les dents, déglutit ; une larme roula sur sa joue :

— Tu l'avais deviné... Tancrède est ma fille.

— Je m'en doutais, Hugues.

— Je l'avais perdue pendant cinq ans... Je n'ai pas aimé qu'*il* la mette au couvent.

Autour de l'entaille mortelle, le cerne rouge, dépassant le gantelet, commençait à s'étaler.

— Sait-il ?

— Non.

— Comment avez-vous pu vivre si longtemps sans heurts ni dissensions, sachant, vous deux, que vous étiez demi-frères... et vous, Hugues, que l'enfant qu'il préfère était vôtre ?

— Le château est grand... on ne s'y côtoie guère.

— Et Tancrède ?

— Comment aurais-je pu prétendre à la paternité ? Tout d'abord, cette... chose-là s'est passée sans témoin... Ensuite, en affirmant qu'elle est ma fille, j'aurais nui pour toujours à la mémoire de celle que j'aimais... Il l'aurait fait déterrer et jeter n'importe où !... Il m'aurait provoqué... Nous nous serions battus à mort, pour le plus grand dommage de cette seigneurie que nous aimons l'un et l'autre, chacun à notre façon... Et Tancrède ? A supposer que j'aie triomphé de toutes ces difficultés, que lui aurais-je apporté de mieux que Guillaume ? Non, vois-tu, il fallait qu'elle soit sa fille.

Les lèvres tremblèrent, puis se figèrent. Un instant, Ogier ferma les yeux. Une insurmontable lassitude s'abattait sur lui. Il dit enfin :

— Elle n'aurait jamais dû partir pour Lubersac...

— Eh oui !... Quand je lui ai déconseillé de l'envoyer chez les nonnes, Guillaume a ri... Nous marchions seuls en haut des parois... Il s'est arrêté : « *Ma parole, Hugues, tu es aussi triste et contrit qu'un amoureux qu'on va priver de sa belle !* » Il nous a séparés pour des raisons d'amour absurdes... alors qu'il s'agissait d'amour paternel !

— Elle sait.

Un instant, les pensées de cet homme meurtri s'abolirent. Il reprit son souffle et, les paupières closes :

— Elle sait... Et tu veux savoir comment ?

— Oui.

Ogier ne pouvait oublier la scène de l'écurie, après

la mort de Didier. Tancrède le suppliait de l'emmener ; il la tenait dans ses bras, palpitante. Elle avait ri : « *Et si je n'étais pas la fille de Guillaume ?* » Il s'était indigné.

— L'avant-veille de son départ pour Lubersac, elle est venue pleurer dans ma chambre. Elle était tout à la fois furieuse et endolorie de nous quitter... Tellement éplorée que... le père en moi a frémi : je l'ai embrassée... Je voulais la consoler, la rassurer... Elle a pris ce mouvement d'affection pour un geste d'amour, puisqu'elle ne savait pas encore... Comprends-tu ? L'élan qui me portait vers elle, alors, était trop violent... J'allais la perdre ! Jusque-là, sa présence avait suffi à combler ma vie : je l'avais vue naître, grandir... Nous étions de bons compagnons... Elle m'a pris pour un vieux pervers... Et pour conserver son estime, plus encore que pour me justifier, j'ai dû tout lui raconter.

Blanquefort eut un soupir bref, un râle, et de nouveau, le sang apparut sur sa bouche :

— Pour preuve de ce que j'affirmais, je lui ai demandé d'aller au hameau, voir l'Henriette...

— La mère de Margot et d'Anne ?

— Oui... C'était elle qui avait accouché Guibourc... Et comme la pauvre, en enfantant, m'appelait, Henriette avait tout compris. J'avais acheté son silence par la menace et quelques pièces d'or.

— Et Tancrède est allée la trouver ?

— Incontinent et avec moi... Et depuis, elle n'a plus douté.

Ogier soupira. Cette main qui durcissait dans la sienne... Cette main de statue, de noyé...

— Mon oncle sait-il pour vous et son épouse ?

Le sénéchal pencha la tête de côté et ne put la redresser.

— Qu'il ait eu des doutes, cela se peut... Un jour, il est parti pour Limoges, avec Aspe et Matthieu... L'orage a pris peu après le coucher du soleil... Un ciel d'enfer... Les sergents et les serviteurs s'étaient comme figés... par enchantement... Rien ne bougeait, que les flammes dans l'âtre et les chiens devant elles... Et je la savais seule, dans sa chambre, avec Claresme au berceau... Je suis monté... L'enfant dormait, et point n'était besoin d'avoir une chandelle : les éclairs rendaient le ciel plus blanc que les prés sous la neige... Elle était dans son lit, frissonnante... Et ce qui devait se faire s'est fait...

— Je comprends.

— Il m'avait pris ma fiancée pour la vie. Je lui ai pris sa femme une nuit... Sans désir de vengeance, crois-moi, mais sans nul remords.

Une nouvelle grimace tordit le visage déjà pâli, pierreux.

— Il me faut une croix... la prise de mon épée...

Elle était près d'Ogier.

— Tenez, Hugues.

Et soudain, le courroux du damoiseau éclata :

— Vous pouviez vivre... Être heureux... Combattre était de la folie... Et vous avez choisi le plus fumeux [1] de ces malandrins !

— Crois-moi : sans la rupture de ma lame...

Déjà, sous les poils gris, aux commissures des lèvres, la mort posait deux rides noires, pareilles à des traits de plume.

— C'est étrange, vois-tu : je pressentais que j'allais mourir... Et moi qui n'avais jamais eu à me confesser... à Clergue... Quand elle m'a dit qu'elle voulait partir...

— Ainsi, c'était vous !... Le chapelain m'a mis en garde.

Une douleur plus crue que les autres contraignit Blanquefort à gémir. La sueur derechef ruissela sur son front. Des lueurs vacillèrent sous ses gros sourcils :

— Ne l'emmène pas... Laisse-la à Guillaume... Nul ne pourra la protéger mieux que lui... Laisse-la où sa mère a vécu... Quand elle est revenue de Lubersac...

1. Violent.

Maintenant, les mots devenaient moins sonores et franchissaient douloureusement les lèvres.

— Toi et elle... tu comprends, c'est impossible... Tout d'abord pour les autres, il y aurait inceste... Et puis, ces... franciscaines l'ont... changée...

Le sénéchal déglutit difficilement. Une goutte de sang apparut entre ses lèvres et s'égara dans sa moustache. Puis une autre, une autre encore. Il ouvrit grands ses yeux.

— Tous ces nuages, dit-il.

Or, le ciel était nu, d'un azur insondable.

— Pour revenir chez les tiens, prends Veillantif. Il est borgne, mais solide... Il s'entend bien avec Marchegai... Là-bas, laisse-le vivre sa fin : les prairies sont grasses.

— Je le prendrai.

— Prends aussi ma lance frênine[1]. Je l'avais conquise sur un Goddon...

— Je la prendrai.

— Guillaume va t'armer chevalier. Tu as gagné tes éperons. Accepte qu'il te donne la colée. Ce sera pour lui une dernière joie.

— J'accepterai, mon grand ami, puisque c'est votre volonté.

Un soupir, une larme :

— *Elle* doit être sur la courtine.

— Sans doute...

— Elle ne me croit que touché... mais nullement mourant.

— Sans doute...

— Hélas ! ne plus la voir... Que devient Jean ?

Ogier se détourna :

— Il meshaigne son homme... un grand coup dans les canivelles[2]. Hélas ! manqué...

1. Les meilleures lances étaient des lances *fresnines* (taillées dans le frêne).

2. Les tibias.

— C'est un bon gars... un peu de mon espèce.

La tête de Blanquefort remua. Son regard se réchauffa, mais c'était aux dernières flammes intérieures. Un mouvement convulsif secoua ses bras et ses jambes : la douleur se ramifiait dans ce corps investi du gel suprême. Déjà, dans celle d'Ogier, sa main s'était pétrifiée. Un sourire erra sur les poils sanglants.

— Dieu va enfin m'aimer comme je le mérite... Et là-haut, je vais la revoir.

Un silence parcouru de cris haineux tomba sur la foule des ribauds et des Anglais, et des hurlements joyeux éclatèrent sur les murailles.

Ogier se tourna.

Jean contraignait son homme à rompre, rompre encore en dépit de sa longue lame. Délié en maints endroits, son écu rustique branlait sur sa poitrine mais résistait encore aux taillants dont il était accablé. Prompte, inopinée, l'épée de Jean — le présent de Blanquefort — s'abattit sur le malandrin et l'atteignit à l'avant-bras dextre.

— Ça y est, Hugues ! Il le démembre !

Le perdant reculait, ahuri, incrédule, regardant les chairs sanglantes de son moignon. Il s'agita, ébaucha de la tête un mouvement d'horreur, et soudain, alors que Jean s'apprêtait à lui porter le coup de grâce, l'effroi le saisit et il courut vers ses compagnons.

— Milton ! hurla Knolles.

Une sagette jaillit des rangs des archers anglais et frappa le fuyard en pleine poitrine. Il tomba en arrière.

— Nous voilà victorieux, annonça Ogier, sans joie, et le regard brouillé de larmes. Victorieux, Hugues !... Victorieux !

Mais Hugues Blanquefort, le sénéchal de Rechignac, le demi-frère de Guillaume et l'amant de sa femme ; Hugues Blanquefort, le père malheureux de Tancrède, ne pouvait plus l'entendre.

Ogier ferma les yeux du défunt, se signa et péniblement se mit debout :

— Nous voilà donc vainqueurs et tu n'en sauras rien.

Tandis que le baron marchait droit à Knolles, immobile sur son cheval, Jean s'approcha du damoiseau :

— Bon Dieu ! Ce Gascon... J'aurais voulu l'occire à moi tout seul.

Il était touché au bras, à la hanche. Il chancelait ; ses dents claquaient. Il n'osait trop remuer de crainte d'aggraver ses tourments.

— Bien, l'ami ! dit Ogier en écrasant ses larmes. Tu es moult navré mais vivant... On te guérira. Ce n'est pas comme lui.

Il désignait Blanquefort, puis il serra les mâchoires, seule façon de dominer une affliction vertigineuse.

— Le pauvre !... Il est mort maintenant ?

— Maintenant.

— Il m'a vu gagner ?

— Avec son épée... Je crois qu'il l'appelait Finefleur. Souviens-t'en.

— Ce sera Finefleur... Vrai, a-t-il vu comment j'ai meshaigné cet homme ?

— Il t'a remiré [1]. Il est mort fier de toi.

Pieux mensonge. Ogier s'aperçut que le silence était lourd, compact, autour d'eux ; et comme un coup de vent tiédissait son visage, il lui sembla sentir sur sa joue les souffles haletants de tous ceux de son camp. Muets, indécis. Et il eut peur. Peur, cette fois, d'une réalité qui aurait dû l'emplir d'allégresse. Car tout semblait figé, suspendu dans le champ clos et au-delà des barrières.

— Jean... On est vainqueurs ! Vainqueurs et nul ne bouge ni ne crie parmi nos gens !... Comme s'ils craignaient que leur joie et leur soulagement puissent offenser Canole !

— Ils doutent encore... Faut les comprendre.

1. Observé, admiré.

— Eh bien, non : il nous faut crier, nous ébaudir ! Nous l'avons bien mérité !

— Je ne peux pas crier : ça me ferait trop mal.

Le damoiseau regarda l'adversaire de Jean : mort. Celui de Blanquefort : mort. Enguerrand de Briatexte : captif. Donc trois vaincus... Et dans son camp, deux vainqueurs ! Oui, aucun doute : Knolles, auquel Guillaume s'adressait, devait admettre sa défaite.

— Bon Dieu, Jean ! Il faut délivrer les nôtres du doute et de l'inquiétude.

Il fallait non seulement croire au succès, mais *il devait le proclamer*, non seulement à ceux de Rechignac, mais aux Goddons, aux Gascons et à leurs compères ahuris, de tout poil et de toute espèce.

— Ne soyons pas vergogneux, Jean. Il nous faut montrer notre jubilation.

Son regard rencontra celui du chef de bande. Et parce que cet homme orgueilleux ne pouvait annoncer franchement : « Les vainqueurs, c'est vous », il inclina la tête.

Alors, ivre de soulagement, Ogier courut vers les murailles sans plus se soucier de Jean.

Il s'arrêta sur le bord du fossé, leva les yeux, brandit Confiance aussi haut que possible en riant et sanglotant à la fois :

— Victoire !... Victoire !... Victoire !

Il y eut comme un remous par-dessus les créneaux, les écus, les tapisseries. Les têtes s'agitèrent. Une grêle de cris lui tomba dessus et l'engloutit dans un tourbillon de ferveur et de reconnaissance. C'était invisible, impalpable, et c'était pourtant chaud, lourd, émouvant, enivrant.

— Victoire !

Il pleurait toujours, hoquetait et toussait, et dans ses yeux brouillés, tout se mêlait : les couleurs, les visages, les gestes. Des chaperons tombèrent devant lui. Des femmes hurlèrent « *Noël ! Noël !* » comme s'il venait d'accomplir un miracle. Il entendit Clotilde : « *Ogier !*

Ogier ! » et Claresme : « *Ogier ! Ogier !* » Et Margot : « *Ogier ! Ogier !* » et d'autres cris de liesse, presque son prénom : « *O gué ! O gué !* » Vainqueurs... Vainqueurs ! On les a eus !... Et maintenant qu'ils partent, qu'ils se délivrent[1]. En face grondait l'écho d'une déception terrible, et ce fut alors, vraiment, en raison précisément des vigoureux cris de haine adressés à ceux de Rechignac qu'il comprit de tout son corps et de toute son âme que le mauvais sort accablait et indignait les envahisseurs.

Il revint en courant jusqu'à Blanquefort dont la statue de fer, sur le sol, était couverte par les ombres de Guillaume, Jean, Girard et Champartel. Tout près se tenait Briatexte auquel Jean lançait un regard méprisant :

— Vous êtes bien chanceux, l'homme !... Devant moi, vous n'auriez pas eu quartier !

Le chevalier aux fers maculés de sang et de poussière évita de se regimber.

— Pourquoi cette humeur si mauvaise ? Vous voilà vainqueurs. Petitement, sans doute, mais vainqueurs. Tout est bien qui finit bien !

— Rien ne finit bien, messire... Notre dapifer est mort. Mais il vivrait, j'en suis sûr, si son arme ne s'était rompue !

Jean s'approcha du corps étendu, fit un signe de croix et laissa son épée choir au sol, près des fragments de celle de Blanquefort. Ses mains se joignirent :

— Sainte Vierge, et Vous, Jésus, accueillez en Paradis ce vieillard. Il était rude et bon... S'il ne m'avait appris à manier les armes, je serais près de lui et nous serions vaincus !

Il essaya d'ôter sa cervelière, mais la fatigue le rendait maladroit : il y renonça ; puis, comme il titubait et pâlissait, Ogier ramassa son arme et la lui mit au fourreau :

1. Qu'ils se dépêchent.

— Il faut que tu te soignes en hâte. Tu as au flanc un trou comme mon poing.

Le damoiseau n'osait examiner la plaie : il était saturé de sang et de navrures.

Arnaud Clergue s'approcha :

— Holà ! Jean. Va trouver Mathilde... Il va falloir te recoudre.

Puis il alla s'immobiliser aux pieds de Blanquefort :

— Seigneur ! Qu'avez-Vous fait de cet homme ? Nous l'aimions tendrement et Vous nous l'arrachez !

Au risque de renverser le chapelain, Knolles poussa son cheval jusqu'à Briatexte. Et tandis que son étrier heurtait la cubitière sanglante de l'armure, l'Anglais fit reproche à son champion d'avoir failli à son devoir, lequel était de vaincre ou de trépasser.

— A cause de votre ferraille, je n'ai pu, d'un geste, vous faire trouer la peau comme Milton l'a fait pour Colin Wood !... Car moi, à votre place...

— Que ne l'aviez-vous prise ? demanda le vaincu en s'inclinant avec un brin de cérémonie. Eh oui, Argouges m'a eu... et bien eu !... Je lui ai demandé de prendre ma vie après qu'il eut pris mon honneur. Il a refusé... Mais toi, Knolles, linfar d'une plus grande espèce encore que la mienne, qu'aurais-tu fait à ma place ?

Ébranlé par la hargne et le contenu de cette question, l'Anglais porta la main à son épée ; il l'ôta aussitôt comme si la prise en était brûlante.

— Linfar toi-même ! grommela-t-il.

Derrière les deux anciens compères, dans un grondement lourd et des oscillations d'armes et de poings, les routiers contestaient leur défaite.

Les Gascons poussèrent une fois de plus leur juron :

— *Cadédis ! Cadédis !*

Leurs chefs, l'arme au poing, les contenaient à grand-peine.

— La valetaille est toujours plus enfelonnée que les maîtres, commenta Guillaume, impassible.

— Demi-tour ! hurla Knolles. Ou gare aux châtiments !

Les protestations cessèrent et les mécontents obéirent. Déjà, les hommes de la Compagnie blanche s'éloignaient en bon ordre ; et les archers, derrière leurs bannières. Devant eux, les ribaudes fuyaient, par crainte de payer cher la déception de tous ces vaincus.

— Alors, Canole ? interrogea Guillaume en se gardant de manifester une satisfaction par trop moqueuse, susceptible de déchaîner la colère de son adversaire et de tout compromettre. Tiendrez-vous vos serments ? Partirez-vous avant ce soir ?

Une grimace plissa les lèvres de l'Anglais. Il haussa les épaules, tandis qu'Ogier continuait d'observer ce visage maussade qu'une lutte obscure contractait.

— Votre orgueil saigne ?

— Il saigne, en effet, damoiseau !

— Votre avidité sans frein et votre goût forcené des batailles vont-ils triompher de vos engagements ?

Knolles se détourna comme pour dissimuler son indécision. Et soudain, en revenant vers Ogier, son visage eut une expression singulière : un dépit mêlé d'inquiétude en crispait les traits :

— Comment pourrais-je renier ma parole ?... L'air d'ici est désormais malsain pour moi... Et non seulement à cause de la puanteur des morts, mais en raison de ce qui vient.

Sans manœuvrer son destrier, l'Anglais tendit la main.

Au-delà du hameau, des cavaliers approchaient. Loin derrière, plusieurs troppellets [1] de piétons avançaient en bon arroi. Il se pouvait qu'il y en eût d'autres sous le couvert des arbres.

— Bressolles ? interrogea le baron impassible, à l'intention d'Ogier.

— Sans doute ! dit le damoiseau, dont le cœur battit

1. Troupes.

plus vite. Il enleva sa cervelière et, les sourcils froncés :

— Ils se hâtent !... Leurs bannières et pennons ventilent et baloient[1] mais ils sont trop éloignés pour que nous sachions qui sont ces gens !

— Réjouissez-vous ! dit Knolles. Ils sont de France... D'où qu'ils viennent, ils sont chanceux : le pays est plein des nôtres...

Il toisa Ogier sans malveillance. La nervosité qu'il dissimulait fort mal, désormais, parut se transmettre à son cheval auquel il venait de rendre le mors pour l'amener près du garçon. L'animal hennit et se cabra. Une bave épaisse poissait sa buade[2], révélant qu'il avait été malmené, peut-être lors des trois combats. Ogier posa sur son chanfrein une main qu'il voulut douce et légère, sans quitter du regard son œil noir, énorme.

— Changez cette lormerie, messire. Celle-ci est trop étroite pour sa bouche... Vous ne manquez pas de mors, ces temps-ci.

Plutôt que de le courroucer, cette calembourdaine arracha un sourire à l'Anglais.

— Tu es vaillant, Argouges. Et tu quitteras cette lice sans égratignure : c'est bien !... On prétend que la vie réserve des rencontres. Peut-être viendras-tu me challenger en quelque autre lieu de ce royaume, toi qui veux mon trépas comme je veux le tien.

Songeant à Blanquefort, Ogier estima inutile de répondre. Vexé, le routier considéra Guillaume et d'une voix brève :

— Vieillard, je te laisse... mes morts. Enterre-les à la fosse commune ou fais-les cuire sur les fagots que je t'abandonne également, mais ne prétends jamais qu'ils manquaient de vaillance !

Il s'exprimait de plus en plus difficilement et main-

1. Voltigent.
2. Mors aux longues branches.

petite armée assemblée à la diable. Il y avait certes plus d'enseignes, pennons et bannières que dans celle de Knolles, mais la grisaille des vêtements, piquetée çà et là de l'acier d'une cuirasse, sentait la guenille. Cependant, les capitaines avaient un air de suffisance et de richesse.

— Qui sont-ils ? interrogea Briatexte, soutenant son coude blessé d'une main poissée de rouge. Les espériez-vous ? Leur aviez-vous envoyé un message ?

Il grimaçait de douleur, et peut-être d'inquiétude.

— Craignez-vous de tomber en leur pouvoir ? demanda Pedro del Valle.

— Oh ! non... Je suis le captif d'Argouges, et me sens... conforté !

Le Tolédan prit à témoin ses aides et, leur montrant l'otage :

— *Oh ! qué pequeña caballeria feciste* [1].

— Plutôt que d'emprunter le bon chemin, ils gravissent le sentier qui conduit devant la Mathilde, dit Champartel.

Aux sons aigus d'un cornet dans lequel soufflait un jouvenceau vêtu de pourpre et d'azur, les premiers cavaliers débouchèrent sur l'esplanade, l'épée ou la lance haute en hurlant :

— *Vélines ! Vélines !*

Six d'entre eux s'arrêtèrent à l'ombre de la malevoisine et se consultèrent sans élever la voix. Leurs compagnons, jugeant de la situation, galopèrent les uns vers le camp de Knolles, les autres vers l'Isle pour assaillir les derniers routiers qui clopinaient et lembourdaient [2] parmi les arbres et les taillis.

— Un nouvel enchas [3] va commencer, dit Ogier. Il sera aussi abject que ceux auxquels nous avons survécu.

1. « Oh ! que petite est la chevalerie. »
2. Béquillaient.
3. Un nouveau combat.

Les piétons qu'il distinguait de mieux en mieux étaient pour la plupart en loques. Des vouges, des piques, des cognées et des arcs constituaient leur armement. Certains étaient ceints de cordes ; d'autres portaient des scies, des grappins. Cette horde, elle aussi, sentait les grands chemins, l'aventure, et ce qui frappa le damoiseau et ses compagnons, ce fut son silence. Tous ces guerriers semblaient muets. Sans qu'aucun commandement ne les y eût contraints, ils se déployèrent sitôt après avoir dépassé les ruines du hameau, et cernèrent le campement des routiers.

— Y a-t-il encore des malandrins, là-bas ? demanda Guillaume.

— Ceux, mon oncle, qui ne peuvent tenir sur leurs jambes.

Une fois lovée autour du camp, la petite armée, toujours silencieuse, se contracta. Et tandis que l'assaut était donné, une centaine de piétons qui en étaient dispensés coururent en direction de la forêt.

Ils montaient sur les éminences herbues, les descendaient comme s'ils se livraient à un jeu, poussant devant eux quelques traînards, avant de les occire d'un coup de hache ou d'épieu. Sur la route de Mayac et les coteaux déclives en bordure, là où les gens de Knolles avaient abandonné leurs chariots de butin, les inconnus s'arrêtèrent pour reprendre haleine et se concerter, puis marchèrent vers le bois. Ils disparurent et, pendant un instant, Ogier, le baron et leur entourage eurent les oreilles pleines des cris de ces veneurs traquant sous les frondaisons un gibier à leur semblance.

— Leur volcesy[1] m'écœure, commenta Guillaume.

En bas, jaillissaient d'autres hurlements : ceux des blessés tranchés, percés, foulés par les fers des armes et des chevaux. Ogier vit basculer toutes les tentes, et

1. Cri des piqueurs à la poursuite d'une bête fauve. Abréviation de *vois-le ici*.

bientôt le feu dévora les étoffes et les peaux de bêtes, noir, épais, grésillant.

— Le beau mérite qu'ont ces ribauds ! s'exclama Champartel. Ils achèvent des faibles et des mourants.

— Il faut nous méfier de ces males gens, dit Tancrède en essuyant ses yeux rougis de larmes. Mais ces horribles Goddons n'ont que ce qu'ils méritent.

Guillaume grommela dans sa barbe.

— Moi, dit Ogier, j'aimerais savoir pourquoi ces étranges chevaliers demeurent à l'ombre de la malevoisine.

— Ils regardent agir leurs gens, dit Pedro del Valle.

— Bressolles est avec eux ! s'écria Claresme. Il est si mal coiffé d'un chaperon noir que je ne l'avais pas reconnu.

Elle disait vrai.

— Méfions-nous, dit Thierry Champartel. Il aurait dû déjà nous rejoindre... Et voyez... les flancs de leurs chevaux sont vermeils !

C'était vrai. Ogier se demanda où Bressolles était allé quérir ces hommes. Ils puaient la truanderie. Cependant, il faudrait s'en accommoder.

— C'est étrange que le maçon ait toléré ce grand treu [1], dit Pedro del Valle.

— Que voudriez-vous qu'il fasse d'autre ? Il est seul... S'il agit ainsi, c'est qu'il ne peut faire autrement.

Soudain, alors qu'il regardait du côté de la forêt où les routiers et les chasseurs s'étaient engloutis, le forgeron s'exclama :

— Bonté divine... Voyez qui vient à nous par notre grand chemin !

— Quoi ? Quoi ? demanda Guillaume, une main en visière au ras des sourcils.

— Mon oncle, voilà l'homme qui commande à ces nouveaux venus. Il s'était attardé en bas. Quatre vou-

1. Ravage, carnage.

giers le précèdent... On dirait qu'il vient à Rechignac pour tournoyer !

Ogier fit quelques pas en avant. Sur l'écu tenu par un des piétons, et qui devait appartenir au chevalier, il distingua un cerf et lui enfin pour lui-même : « *De gueules à un cerf d'argent passant sommé d'or, chevillé de dix cors.* » Jamais il n'avait vu ces armes.

— Qui est-ce ? interrogea Tancrède.

— Peu me chaut d'où vient cet homme et qui il est, grogna Guillaume. Une chose est sûre : nous aurions pu nous en passer !

Ogier croisa le regard de Tancrède. Les pleurs avaient avivé l'éclat de ses yeux. Elle semblait tout à coup humble et docile.

— A en croire les cris de ces gens, cet homme semble venir de Vélines, dit Arnaud Clergue.

— Vélines, soupira le baron. C'est à plus de vingt lieues d'ici...

L'inconnu avait rejoint les cavaliers dans l'ombre de la malevoisine. Il leva sa ventaille pour leur adresser quelques mots, sur un ton sec puis, ayant refermé son bassinet, il fit pivoter son destrier noir et balzan des quatre pieds — une noble bête dont les lormeries scintillèrent — et se plaça face à ceux de Rechignac, la lance haute.

— Quel homme ! fit Ogier. Veut-il nous rassurer ou est-ce le contraire ?

Disposés deux par deux, de chaque côté de l'animal, les piétons vêtus et coiffés de mailles attendaient, et c'était bien les seuls de cette troupe haillonneuse à ressembler à des gens d'armes.

— Holà, messire ! interrogea Guillaume. Qui êtes-vous ?

Le cheval piaffa et se mit en marche. Passant devant Bressolles qui venait de descendre du sien, l'inconnu lui tendit sa lance, laquelle était peinte en blanc spiralé de rouge, avec une flamme sinople à sa pointe.

— Quel homme ! s'exclama Claresme.

Le haubert de cet inconnu, truité de sombre, était vieux, mais entretenu, car il miroitait par places. Quant à son tabard frappé, à gauche, d'un écu sur lequel rampait un cerf aux andouillers d'or, sur fond de gueules, sa blancheur tachetée de gris faisait songer au poitrail d'un cygne. Toutefois, ce qui ébahit Ogier, ce ne fut ni l'allure souveraine de ce seigneur poudré de la poussière des grands chemins, ni la façon dont il était adoubé, mais le plumail de son bassinet. Il mesurait plus d'un pied, et sa hauteur était moins surprenante encore que sa composition. En effet, ce fantastique édifice unissait en un faisceau touffu des aigrettes de héron, des queues de paon qui se balançaient comme des fleurs champêtres sur leur tige, et cinq ou six pennes de faisan dont la courbe rappelait les dagues mahométanes. Et l'on pouvait se méprendre à ce point sur ce singulier cimier qu'un frelon, abusé par ses couleurs, s'en venait tournoyer au-dessus, dans l'intention d'y butiner.

— Une telle parure, grogna Champartel, pour venir trop tard affoler une ribaudaille dont nous nous étions débarrassés !

— Eh oui, dit Guillaume, résigné. Bressolles les a amenés, lui et ses satellites. Nous leur devons bon accueil... Mais qui est-il ? Va-t-il se désheaumer afin qu'on voie sa goule ?

L'homme s'approchait lentement, frottant du gantelet la prise d'une épée dont la lame, marbrée de sang, gouttait. Une arbalète faite de bois et d'os remuait, attachée au troussequin de sa selle. Le cheval noir hennit comme pour un salut.

— On dirait Marchegai, dit Ogier. Sauf que mon destrier n'est pas chaussé de blanc.

Bressolles qui tenait toujours d'assez mauvaise grâce la lance de l'inconnu, devança celui-ci auprès du baron.

— Messire !... Je suis bien heureux de vous retrouver vivant, vous et les vôtres... Voici Arnaud de Cervole, de Vélines. Lequel, sans avoir tergiversé, venait à la rescousse...

Ogier, Guillaume et ses filles, le chapelain, Champartel et Briatexte s'entre-regardèrent. Qui était cet homme ?

— Cervole n'est pas loin d'ici, près de Cornille, dit le baron.

Il salua le tardif envoyé de la Providence et n'accorda pas la moindre considération à Bressolles, qu'il omit de remercier tant il était inquiet. Alors, le chevalier souleva sa ventaille, dégageant un bas de front pâle souligné de sourcils bruns, buissonneux, et un nez droit, lequel surplombait une moustache épaisse. L'expression de ses yeux noirs était sereine, mais le peu qu'on voyait de cette face révélait un caractère orgueilleux, obstiné, ainsi qu'un certain goût du mal, refréné par de bonnes manières acquises certainement — tout comme Knolles — chez les clercs.

— Eh bien, messire Cervole, soyez le bienvenu !

« Est-ce vraiment un prud'homme ? » se demanda Ogier.

Si ses piétons égalaient la racaille anglaise, cet homme, lui aussi, paraissait plus proche du coquin de haute lignée que du seigneur irréprochable.

— Le bel ouvrage, dit-il.

Il semblait admirer la forteresse, mais évaluait surtout le nombre de personnes groupées sur la courtine. Puis son regard tomba. Une lueur de dégoûtation y parut tandis qu'il considérait, dans le fossé, la populace des morts.

— Compliments ! On s'est bien défendu... Mais nous arrivons après coup.

— Eh oui !

C'était la vérité ; Guillaume paraissait navré de l'exprimer. Il avait les yeux fixés sur les flancs vermeils et frémissants du cheval noir : ce sang-là suffisait pour le mettre en méfiance. S'il donnait parfois de l'éperon, jamais il n'abrochait ainsi ses roncins.

— Nos champions et ceux de Canole, ajouta-t-il, ont combattu trois contre trois... Les nôtres sont sortis vainqueurs du champ clos où vous êtes... Mais j'ai perdu mon sénéchal.

— Blanquefort est mort ?

— Eh oui, Bressolles !... Tenez, il est là, près de Tancrède.

Cervole, dont la vue semblait aussi prompte que celle des rapaces, fut ébahi que cette fille aux cheveux courts, belle, marquée par une douleur profonde, eût un nom d'homme.

— Bon, dit-il. Mes gens nettoient les bois et les champs à l'entour. Cette engeance a dû se dessaisir de son butin.

Un instant, ils écoutèrent les cris de plus en plus lointains des piétons et des rares cavaliers pourchassant les routiers.

— Approchez du montoir, messire Cervole, invita Guillaume avec une courtoisie feinte. Vous avez dangereusement chevauché. Je sais combien votre haubert est contraignant... et nécessaire en ces temps d'abusions. Mon devoir est de vous aider.

« Non ! songea Ogier. C'était celui de Renaud, absent. »

Une fois ses semelles au sol, les rênes de son cheval dans la main de Champartel, l'homme de fer et de glace se désheauma, non sans des précautions extrêmes, afin de ne pas endommager son plumail :

— Même si nous arrivons bien tard, vous pouvez reconnaître que votre messager a du cœur... et du nez !... Il a éventé toutes les embûches.

Chevalier ou non, Cervole se tourna vers Bressolles accroupi devant le corps de Blanquefort, et tenant toujours sa lance au-dessus du garde-bras. C'était un homme grand, solide, les cheveux coupés court. Sous le sourcil froncé, l'œil brillait, très sombre et difficilement pénétrable.

— Trop tard, dit-il.

Il revint à l'extrémité du pont-levis, et fit signe à deux de ses compagnons : las d'attendre, ils avaient mis pied à terre, et s'approchaient.

— Ah ! voici mes frères.

Le plus âgé était vêtu d'une cotte neuve, de chausses de mailles et portait sous son bras un heaume de l'ancien temps. Sa main serrait la prise d'une épée gainée de cuir noir. Son compagnon au visage glabre et grêlé portait une soutane, guère propre, dont il avait rabattu la cuculle. A la hanche, par une déchirure, luisaient des écailles de fer.

— Je suis le chevalier Pierre de Cervole, dit l'homme à l'aspect de croisé. Et voici mon frère Arnaud, grâce auquel, messeigneurs, et vous, dames et damoiselles, nous avons réuni ces quelques compagnies constituées de gens aussi dévoués que vous et moi à notre sire Philippe.

— Un baratière, chuchota Thierry à l'oreille d'Ogier. Sa langue est peut-être aussi fourchue que celle des vipères.

Le damoiseau approuva le forgeron d'un clin d'œil.

Pierre de Cervole tendit sa main gantée de mailles :

— Et voici notre frère Isart.

Le singulier ecclésiastique s'inclina sans cérémonie devant Tancrède et Claresme, puis devant Arnaud Clergue. Ce devait être un fier homme, plus prompt, sans doute, à tirer une dague qu'une croix de dessous sa bure. Il s'approcha de Jean, inanimé. Il le considéra sans qu'Ogier pût interpréter son regard. Puis, tout en grattant sa tonsure, il se planta devant Briatexte, dans lequel, malgré son attitude et son visage hautain, il décela immédiatement un vaincu.

— Si je comprends bien, on vous a fait quartier.

Le blessé ne répondit pas. Le sang coulait en deux traînées le long du fer de son avant-bras ; elles se rejoignaient sur les anneaux de son gantelet, et de là gouttaient.

— Il fut loyal, dit Ogier.

C'était en partie faux, mais il fallait qu'il fût désagréable à ce prêtre outrecuidant qui empestait l'homme d'armes plutôt que de répandre, autour de sa robe poudreuse, une odeur de sainteté.

— Singulier combat à outrance, grommela le moine. L'enfer est-il comble que vous ayez, damoiseau, voulu en détourner cet homme ?

— L'outrance est partout, messire le presbytérien, répondit Briatexte, impassible. Quelquefois, sous la coule, on distingue des lueurs de lame. On devine pis encore : des éminences impures... Car, ai-je besoin de le dire ? certains frocs ont été relevés bien haut par des gens de votre espèce afin qu'ils pussent violer des pucelles... ou des gars bien fessus... Eh ! oui... Alors, ne parlez pas d'outrance, cénobite ! Vous en commettez peut-être avec vos ouailles ou vos frères mineurs !

— Tudieu !

Le moine porta sa main à sa hanche, mais Guillaume abrégea son geste.

— Allons, allons ! Il nous faut soigner ces gens, et fêter la victoire.

Il regarda, au pied de la malevoisine, quelques piétons et cavaliers dont les chevaux piaffaient :

— Mais, continua-t-il, le front soucieux, ce long siège a fort amoindri mes vitailles, et je ne pourrai vous accueillir tous !

— Qu'importe, messire ! Seuls mes frères et mon captal[1] me compagneront. Nos hommes trouveront armes et pitances au logement des Anglais... Tous ces bestiaux, là-bas, étaient à eux, sans doute ?... Nous les prendrons... à moins que vous y voyiez un inconvénient !

— Aucun, dit Guillaume.

Il mentait. Mais que faire ? Rien... Ils avaient subi les Anglais, ils devaient s'accommoder de ces aventureux.

1. Capitaine en Gascogne et dans les pays voisins.

Arnaud de Cervole s'inclina devant Claresme et Tancrède, un sourire un peu vorace sous sa moustache et, relevé, appela son capitaine :

— Viens, Panazol !

C'était un homme vêtu de cuir noir, grand, musclé, aux cheveux et barbe de rouille. Ses yeux, comme deux gouttes d'ombre à travers ses cils pâles, glissèrent sur Claresme. Ensuite, sans mot dire, il suivit le petit groupe sous la voûte charretière.

Aussitôt, Bressolles s'approcha d'Ogier :

— Votre oncle est hélas ! trop occupé pour que je lui parle.

— En effet... Mais, Girbert, vous qui semblez connaître ces gens, vous paraissez aussi soucieux que nous !

Le maçon inclina son encombrante lance dans un renfoncement de la muraille, et n'avança plus :

— Je sais ce que vous pensez : un clou chasse l'autre. Mais, que voulez-vous, je n'avais pas le choix... J'ai vu sept compagnons de votre oncle. Pour se récuser, ils ont employé les arguments auxquels je m'attendais : insuffisance d'hommes, menace anglaise les obligeant à demeurer bien clos chez eux, éloignement de Rechignac... incertitude de vaincre s'ils livraient combat, et vacuité, donc péril pour leur forteresse, s'ils s'en écartaient... Couards ou prudents, et ce qui pour trois d'entre eux me paraît pire : indifférence à notre sort...

— Dites-moi qui !

— Non, Ogier. Je veux bien être un rapporteur, nullement un délateur.

— Soit ! Continuez.

— Faute de mieux, il m'a bien fallu galoper jusqu'à Vélines... Vélines où j'aurais dû me rendre dès ma sortie du souterrain !

— Pourquoi étiez-vous certain d'obtenir l'aide de cet Arnaud de Cervole ?

— Souvenez-vous : l'été dernier, je suis parti pour

Carcassonne. Là-bas, j'ai été amené, croit-il, à lui sauver la vie. Il m'a dit que s'il m'advenait d'avoir besoin de lui pour quoi que ce soit, il ne me ménagerait point son aide.

— Et quand il a su l'objet de votre requête, il a accepté de vous suivre jusqu'ici ?

— Il n'est pas homme à reculer, surtout s'il se sent fort !... Cela, je l'ai compris, vous également !... Depuis que les Anglais ont envahi le Périgord, ses piétons se tenaient sous les armes.

— Vous saviez qu'il en avait ?

— Quand je l'ai connu, il ne m'a pas caché qu'il formait peu à peu une petite armée dans le dessein de se joindre à l'ost du roi ou du duc Jean. Clerc ou pas, bien qu'il soit archiprêtre, cet homme a des ambitions guerrières. La bonne chance, pour moi, c'était qu'il fût demeuré à Vélines, et en très forte compagnie !

— Entretenir tous ces ribauds, cela suppose qu'il est riche.

— Sans doute. Ils sont deux cents.

— Moins que je ne pensais... Et il n'a pas hésité un moment pour venir à notre secours ?

— Non.

— Vous a-t-il dit ce qu'il nous demanderait en échange ?

Bressolles eut un léger sourire :

— Il ne sait trop ce qu'est la charité chrétienne. Sans doute avait-il des intentions abusives dès notre départ de Vélines, et souhaita-t-il vous trouver bien affaiblis pour exiger et obtenir son dû... C'est pourquoi ses frères et lui ne se sont point for-hâtés lors des premières lieues.

Bressolles s'interrompit : porté par Martinez et Blasco, le corps de Blanquefort passait devant eux. Ils se signèrent. Puis Champartel et Massoutier arrivèrent, soutenant Jean.

— Mène-le doucement à Mathilde, recommanda Ogier au forgeron.

Enfin, comme Briatexte approchait, il fit un geste :

— Halte-là !

Le vaincu obéit.

Précédant ses piquiers portant la civière sur laquelle gisaient les champions de Knolles, Girard commentait les événements avec Bernier, le rouquin. Il s'arrêta :

— Messire ?

— Rends-moi l'épée de messire Briatexte.

Le sergent s'exécuta, non sans déplaisir. Et sous le regard étonné de Bressolles, Ogier remit l'arme au fourreau du blessé :

— Je pourrais rompre cette Gloriande, puisqu'elle fut au service du mal, mais ce n'est pas dans mes usages.

— Suis-je toujours votre otage ?

Ogier considéra ce regard soucieux, cette bouche à la fois moqueuse et amère dont le fiel s'était tari :

— Oui... Je vais aller aux étuves et vous m'y suivrez. On vous prêtera des vêtements. Ensuite, notre Mathilde soignera cette plaie... Si quelque velléité vous prenait de m'occire, souvenez-vous que j'ai l'œil et le bras vifs... Mais vous aviez raison lorsque nous combattions : ce soir, vous coucherez dans nos murs... sans les chaînes que vous méritez !

Puis, feignant l'indifférence :

— Croyez-vous que Canole vous haïsse à ce point ?

Briatexte souleva une épaule et ne répondit pas.

— C'est une créature du diable !

— Il fait la guerre, Argouges. Il a reçu des mandements et s'y conforme. Et si vous voulez mon avis, cet Arnaud de Cervole, excepté le plumail, me paraît à sa semblance. Toutefois, étant de votre bord, vous ne pouvez que l'apprécier.

Ogier eut un mouvement du menton :

— Détrompez-vous !... Il nous a porté secours. Nous devons donc le recevoir dignement... La hauteur de ce plumail m'a instruit sur son caractère : il se croit prud'homme[1] et n'est que présomptueux... Ce n'est pas un cerf qui devrait figurer sur ses armes. Par ma foi, c'est un loup-cervier...

Tandis que Briatexte s'éloignait, Ogier regretta de n'avoir plus Blanquefort près de lui pour délibérer sur les intentions des Cervole, commenter leur orgueil et sourire de la défiance et du silence qu'ils répandaient sur leur passage dans les rangs clairsemés des gens de Rechignac.

— Alors, dit-il en entraînant Bressolles, où en étions-nous ?

— Je vous disais, reprit le maçon, que nous avions musardé les premières lieues après notre départ de Vélines. Ensuite, *ils* ont changé brusquement d'avis.

— Pourquoi ?... Dites-le-moi, Girbert : nous sommes seuls, désormais.

Bressolles s'arrêta. Et sans regarder ces lieux qu'il retrouvait après tant de jours d'absence, ni même Adelis, remontant un seau du puits :

— Nous chevauchions à travers la forêt de Montravel, devançant les piétons, quand nous avons aperçu, couché dans un buisson, un homme que nous eûmes du mal à tirer du néant. C'était un écuyer du château voisin, que Canole avait assailli avant de venir cerner Rechignac. Seul survivant d'une garnison taillée en pièces, il avait reçu un coup d'épieu dans le flanc, et les Goddons l'avaient laissé pour mort... Que savez-vous, Ogier, du seigneur de Montravel ?

— Rien, sinon que la rumeur le disait fort riche.

— Voilà... Cet écuyer se mourait et parlait avec peine : chiche nourriture d'herbe, de fruits, de baies, et sang versé... Il n'osait plus sortir des fourrés où il s'était jeté après le départ de Canole. Il nous a révélé qu'il avait vu les Anglais mettre dans deux chariots dix barils d'or, de joyaux et autres choses précieuses appartenant à Guy de Montravel. Puis il s'était pâmé

1. Homme de valeur.

de douleur et d'effroi. En apprenant cela, Arnaud de Cervole s'est tourné vers moi et m'a dit : « *Girbert, sans vous j'aurais ignoré cette aubaine. Si ces barils tombent en mon pouvoir, je m'estimerai quitte envers vos compagnons.* » J'ajoute que Montravel dépend de l'archiprêtré de Vélines... et qu'Arnaud de Cervole devait, depuis longtemps, songer à ce trésor !

— Croyez-vous que les Cervole aient trouvé ce butin ?

Bressolles s'intéressa enfin à Adelis ; elle entrait au donjon :

— Les larrons de Canole ont fui dans la confusion. Si vous aviez suivi aussi attentivement que moi le comportement des trois frères dès leur arrivée en ces lieux, vous auriez vu, Ogier, qu'Arnaud lui-même allait droit aux chariots avant de monter nous rejoindre... Pourquoi croyez-vous donc que je l'aie attendu à l'ombre de la perrière, en compagnie de ses capitaines, plutôt que de courir jusqu'à vous ?... Je voulais savoir... Quand il nous a rejoints, avant que de marcher à votre rencontre, il nous a dit : « *Cet écuyer avait raison : ils sont là. J'en ai fait ouvrir un. Frères et compagnons, nous voilà riches !* » C'est pourquoi il ne vous réclamera rien.

— Et l'écuyer ?

— Sitôt après avoir parlé, il a dévié [1].

Ogier eut une moue dégoûtée :

— Ces barils ont pu mettre les Cervole en appétit... Ils doivent se dire que mon oncle est peut-être, lui aussi, bien pourvu en richesses...

Bressolles s'arrêta près du puits :

— C'est penser sagement, et c'est pourquoi il vous faut à nouveau garnir les défenses... Faire accroire à l'Archiprêtre et à son frère Pierre — le moine importe peu — que cette enceinte contient plus de gens qu'ils

1. Il est mort.

ne l'imaginent... Je ne leur ai jamais rien dit sur nos forces... Il faut du va-et-vient surtout sur les murailles.

— Je vais, Girbert, enditter[1] mon oncle et Girard. Le nécessaire sera fait... Mais si ces singuliers alliés décidaient de planter leurs tentes et d'attendre ?... S'ils se trouvaient à l'aise sur nos terres ?

— Selon ce qu'il prétend, Arnaud a l'intention d'aller au-devant du duc Jean... Toutefois, pour l'empêcher de s'attarder même un jour, il faudrait un retour en masse des Goddons... Tellement massif que la prudence exigerait sa retraite immédiate, et sans déshonneur !

— Hélas ! cette fois, nous succomberions.

Bressolles saisit Ogier par le coude. Son visage était à la fois soucieux et satisfait :

— Il nous faut tenter d'éloigner ces alliés maintenant inutiles... et dangereux... Tout en cheminant parmi eux, j'ai cherché le remède palliatif à cette menace.

— Expliquez-vous.

— Comme je le prévoyais, votre oncle a convié Arnaud, ses frères et Panazol à souper. Connaissant les talents de Mathilde, je puis augurer que ce régal s'achèvera tard dans la nuit.

— C'est possible.

— Alors, Ogier, rassemblez pour le coucher du soleil dix hommes armés de haches. Il me faut aussi l'autorisation de votre oncle pour passer par son souterrain, de façon à n'être pas découverts... Ne dites rien à personne, mais je gage qu'en fin de repas vous verrez accourir deux ou trois regards[2]. Ils clameront : *« A l'arme ! Les Anglais reviennent ! »*... Vous souvenez-vous de l'arrivée de Canole, ce soir de pluie battante ?

— Je ne saurais l'oublier.

— Eh bien, le bois étant sec, ce ne sera pas trente feux qu'auront vus vos guetteurs aux Banchereaux et

1. Informer.
2. Guetteurs.

ailleurs, mais cinquante et même plus !... Les astuces les plus grossières aboutissent parfois... Et puis...

— Et puis, nous n'avons pas le choix.

Une fois délesté de son haubert[1] et de ses armes, Ogier se rendit aux étuves en compagnie de Briatexte, qu'il avait libéré de son armure, mais auquel il n'adressa ni un regard ni une parole tandis qu'ils se livraient, chacun dans un cuvier de chêne, à de soigneuses ablutions. Dès leur sortie, et comme son captif, avant de recevoir des soins, souhaitait « jeter un œil » hors de l'enceinte, le damoiseau lui montra les tours portières :

— Messire, nous avons laissé notre pont abaissé, puisque les Cervole sont parmi nous. Mais ce serait folie de vouloir le franchir. Tout d'abord parce que nos archers et arbalétriers sont habiles. Vous devez le savoir !... Ensuite, parce que cinquante piétons de Vélines attendent à l'ombre de la malevoisine... Vous ne feriez pas trois enjambées sans être percé de traits !

Levant la tête et pivotant un tour complet sur ses talons, le vaincu dénombra les soudoyers attentifs à ses mouvements. Il sourit :

— Je n'ai nulle envie de quitter vos murailles, sur lesquelles, simplement, je voulais m'élever pour observer ces ennemis... qui peuvent devenir les vôtres et voir si mon cheval est revenu. Je tiens à lui comme il tient à moi.

En dépit de ces allégations, Ogier appela Girard et lui recommanda :

— Veillez sur lui, toi et les hommes. Gardez-vous d'oublier qu'il est un truand... Montez sur les aleoirs avec lui. S'il voit son cheval, que l'un de vous aille le lui chercher.

1. Le guerrier pouvait se déshabiller seul s'il portait un vêtement de mailles, chose impossible s'il était vêtu d'une armure.

Suivi par Saladin, il regagna sa chambre.

Il fut heureux de pouvoir s'étendre nu, propre, son chien à son côté. Il n'éprouvait aucun besoin de dormir, mais celui d'être allongé. Tout près, son armure brillait doucement, portant son bouclier accroché à l'épaule. Dans son combat contre Briatexte, ses lions avaient tant souffert qu'on les voyait à peine. Confiance, dégainée, nettoyée, reposait debout, dans une encoignure. Titus, agriffé à sa perche, semblait un faucon empaillé.

— Dans trois ou quatre jours, si tout va bien, nous serons à des lieues d'ici.

Il rêvassa, le corps et l'esprit engourdis. Il se sentait fluide, moelleux, plein de muscles légers quoique hanté d'une force incorruptible, à la fois multiple et concise. Il ferma les yeux et les rouvrit aussitôt : il était à ce point marqué par son combat que des éclairs d'acier traversaient ses paupières.

Saladin grogna. « Qu'est-ce encore ? » C'étaient des pas, ou plutôt des glissements de sandales. Leur légèreté révélait une femme. Le chien s'était tu, donc il la connaissait.

La clenche se leva. Ogier se dressa sur un coude. Le vantail bougea ; un rai d'ombre le sépara de l'embrasure. Saladin demeurait immobile, attentif, les oreilles droites.

Et soudain, elle fut là, de dos, car elle fermait promptement derrière elle. Ogier se mit sur son séant. Saladin sauta du lit.

— Ouvre-lui, Clotilde.

Elle obéit ; le chien sortit, docile et queue battante.

— Que me veux-tu ?

Il s'était levé ; elle ne répondit pas. Elle le regardait comme elle eût regardé quelque idole païenne, et sur celle-ci l'objet du culte qu'elle lui vouait.

— Tu as embelli, m'amie, ces derniers jours... et tu sais qu'un Argouges ne ment jamais.

Sans se soucier d'être nu devant elle, il admira la

floraison de son teint, cette joue rose clair où mûrissait un bouton qu'elle caressait du bout des doigts. Son menton était net, son front hardi sous la frange inculte, et le nez droit, frémissant. L'œil clignait : un rayon d'or tombait de biais dans la pièce et traversait le lit en diagonale, épée fabuleuse, imprenable, sur les peaux de loups.

— Il me plaît que vous me trouviez belle. Moi, je vous trouve beau... Et vaillant !

Elle ne s'embarrassait d'aucune cérémonie, et cette aisance était à ce point confondante qu'Ogier garda l'immobilité afin de voir jusqu'où la pousserait l'audace.

— Ce combat m'a remué les sangs... Je voulais vous le dire, alors je suis montée.

Nette, droite, paisible en surface. Au hameau, elle avait dû manquer de tendresse et d'amour. Rien ne chantait en elle comme en la plupart des jouvencelles ; ni sa voix, ni son regard, ni son sourire, ni son corps et ses mouvements onduleux. Elle avait la simplicité froide. La nature, les êtres, le ciel existaient moins pour elle que le flux de ses ardeurs.

— Vous devez me trouver bien effrontée !

Elle le dévisageait enfin, souriante, ses mains subitement posées autour de son nombril, dans une attitude d'attente et de soumission. Elle ajouta, les cils baissés :

— Vous vous êtes battu comme les chevaliers de mes nuits.

— Tu crois ?... Est-ce une épée qu'ils serrent dans leur gantelet ?

Elle rougit. Sa chevelure opulente semblait une quenouillée de soleil. Fils d'archal longs, sinueux et soyeux, où miroitaient des lumières. Tout ce qui filtrait de sa chair possédait ce coloris. Ensuite ? Elle était de lait par cette peau seulement visible derrière les entrelacs du corsage ; elle était d'ombre par cette volupté lovée au tréfonds de son corps, et dont même avant qu'il s'en fût délecté, il percevait l'impétuosité à travers son haleine. Ah ! non, il ne se reprochait plus de l'avoir déflorée !... Cette lascivité palpitante, en quête de félicité, l'émouvait comme l'eût ému quelque plaie profonde, inguérissable, et dont il était seul, pour l'instant, à soulager les brûlures.

— Approche.

Qu'il fût nu ne les gênait ni l'un ni l'autre ; mais comme il s'érigeait pour l'amour, il la saisit aux épaules, coula ses mains jusqu'à sa taille et l'amena contre lui. Elle s'y maintint droite, tressaillante et bras ballants, alors qu'elle aurait pu l'en ceinturer.

— On ne t'a pas vue monter ?

Elle remua la tête. Une rougeur couvrit ses joues, fugitive ; il la palpait, la cherchait sur sa robe grise, épaisse et rugueuse comme une langue de chat ; puis dessous. Il la trouva nue.

— Tu devrais éviter d'aller et de venir ainsi !... Tu risques gros !

— Nullement... Tous les gars me croient encore neuve.

Elle était chaude, immobile. Il lui caressait les reins et parfois égarait un doigt dans le val, en dessous, sans qu'elle parût s'en apercevoir. Il frottait son envie désormais affirmée à la sienne, imaginant comment susciter son premier soupir et son premier soubresaut.

— Laisse, dit-elle en le repoussant.

En deux ou trois secousses, elle surgit de sa robe ; d'une autre, elle chut sur le lit. Elle s'y vautra du ventre et des flancs, brillante de ses ors et de l'or du soleil, poitrine ronde, solide, cuisse longue et forte, courbée, comme fermée sur elle-même, mais prête à s'ouvrir, à béer.

— On est bien sur ta couche... Elle sent bon toi.

Elle se mit à genoux, enfouit son nez dans les poils fauves, les humant comme des fleurs. Elle n'était plus, d'où il se trouvait, qu'un globe clair tranché de noir intime — faille oscillante dont il avait oublié les replis, les cavités, les moiteurs — et qui tout à coup disparaissait à sa vue, noyé sous la couverture.

— J'ai rêvé de toi, mon seigneur, et j'ai cru défaillir quand tu affrontais ce truand... On dit que le baron va t'armer chevalier... comme dans mes songes.

— Que fais-je dans ceux-ci ?

Elle pouffa, frottant sa chair au doux revers des pelages.

— Tu ne t'en doutes pas ?... Mille choses délicieuses... Et plus encore !

Le besoin de s'arracher des soupirs et des plaintes la torturait « plus encore » que lorsque sa virginité lui tournaillait à mi-corps, et tel un animal en cage, s'affolait ou s'encolérait. *Plus encore.* Ces deux mots eussent pu constituer sa devise. Inutile d'être devin pour prédire qu'elle irait d'homme en homme, quêtant l'absolu, l'acuité du plaisir, se donnant de par eux des satisfactions éphémères, et les laissant à la queue leu leu sur une impression de défaite dont les plus sincèrement épris ne se consoleraient jamais. Elle sèmerait, au gré d'une concupiscence insatiable, le remords, la honte, la discorde, et elle continuerait d'aller de l'avant, bombant ses seins et remuant ses nasches [1] jusqu'à ce qu'un jaloux décidé paraisse devant elle — une arme et non une verge en main.

— Tu m'aimes ?

Elle mendiait un *oui* qu'il lui refusa. Il la dominait. Parce qu'il avait été le premier ; parce qu'il avait patiemment su dissoudre ses pruderies, susciter, soulever ses élans et les convertir en houles éperdues. Mais il ne se leurrait pas : l'admiration de Clotilde à son égard dépassait à peine le châssis de ce lit sur lequel elle se vitulait. Et, puisqu'elle s'y était découverte, Ogier s'assit à son chevet, la considérant des orteils au cou, prenant son temps à la parcourir, ce dont elle parut irritée.

1. Fesses.

— Eh bien, dit-elle, tout à coup cambrée, l'œil en feu, qu'attends-tu ?

« Le véritable amour, fut-il tenté de lui répondre. J'attends la fille qui me rendra fou, perplexe et humble. Celle devant laquelle j'aurai vergogne, la première fois, d'être nu. »

— Tu sembles prêt, pourtant... Je n'ai qu'à te regarder pour savoir que je t'ai fait plaisir en osant te rejoindre.

Plaisir ?... Elle comblait la vacuité de cette portion de jour. Elle était, en somme, la charnelle récompense de sa victoire. Elle roula et s'immobilisa sur le ventre :

— Je te plais ?

Ces fesses dures, granuleuses, et dessus, la montée des cannelures pâles, perdues tout en haut dans la toison ébouriffée...

— Oui, tu me fais plaisir... Je n'attendais pas ta venue.

— Je t'ai vu sortir des étuves avec cet Enguerrand, enveloppés de vos robes de lin... J'aimerais, sais-tu ? me tremper dans une cuve en ta compagnie... M'emplir d'eau et de toi... Qu'en dis-tu ?

Il connaissait l'acidité de ce langage ; c'était celui de Margot, d'Aliénor... Peut-être aurait-il dû renchérir par des propos d'une crudité telle que Clotilde eût rougi d'avoir si peu d'imagination. Il préféra considérer cette chair précise et dispose, ces ombres courbes, ces enfonçures où transpiraient des turbulences aux aguets.

— Tu ne me touches pas ?

— Jeux de mains, jeux de vilains. Et je n'en suis pas un.

Elle ignorait que la contemplation excluait parfois les mouvements, et qu'un regard pouvait être plus possesseur ou caressant qu'un geste ; plus pénétrant qu'un dard. Parvenu à ce point de sa méditation, il eut envie de frapper ces fesses insolentes plutôt que de les effleurer ou les disjoindre. « Qu'elle se taise ! » Pourquoi parler ? Alors, il la palperait et la tâtonnerait jusqu'à ce qu'elle lui demandât merci...

— Tu sais, Ogier, je suis sans doute la seule, en ces murs, à me réjouir de la venue des Goddons autant que de leur départ... Sans ma frayeur d'être forcée, je serais toujours niaise.

Elle haletait. Cette vérité l'enfiévrait. Il remarqua un grain de beauté sur son épaule. Il le toucha, le gratta. Elle rit :

— J'ai perdu en quiétude ce que j'ai gagné en... délectation. C'est bien ainsi qu'on dit ?... Je ne dors plus... Je pense à toi... à *ça*... Je me mignote en me disant que c'est toi... Je voudrais être chaque nuit ton... fourreau... Quand je serre le manche du balai...

— Tais-toi.

Elle s'enfoncerait dans le stupre ; mais elle était là et lui faisait envie. Il s'allongea puis se releva pour aller pousser le verrou.

— Viens ! Viens !

Ce chuchotis avait l'aigu et la fermeté d'un cri. Il se retourna.

Elle l'attendait, soulevée sur ses coudes, jambes ouvertes, goulûment dispose, immobile dans les pelages luisants, louve elle aussi, mais vivante et vibrante, coupée d'ombre et de soleil, grise entre ses mamelles médaillées de rose — un rose aussi tendre que celui qu'il entrevoyait sous les ors de sa fourrure intime.

Il n'avait aucun désir de la couvrir de baisers, comme la première fois. Les jeux et mouvements de lèvres ne lui tiraient que des roucoulements agaçants. Elle ne voulait qu'être transpercée de chair dure, enfournée, embrochée... Pâle... Visage crispé d'impatience, moite comme le reste de son corps.

— Toi alors, dit-il.

Il soupira. Il avait avalé, suçoté, aspiré Anne autant qu'il le pouvait. Elle était mieux qu'un corps : une âme, un regard, un sourire ; elle était également un goût, une odeur dont il se souvenait à plaisir. Sucs amers, rosées capiteuses de ses fièvres de blonde que sûrement il n'oublierait jamais. Avec elle, il perdait la notion du temps. Il l'enveloppait de baisers, entreprenait patiemment son siège avant que d'obtenir une reddition qu'il parachevait en alliance, en coalition, puis en sujétion frénétique... Ah ! certes, auprès de son bûcheron, elle devait trouver du changement !... Clotilde ? Elle se moquait des enluminures ; elle attendait qu'il la comblât autant que dans ses insomnies, car lorsqu'elle parlait de rêves, elle mentait.

Elle eut un élan vers sa bouche, mais c'était pour lui enjoindre de se fixer.

— Ah ! tu sais... C'est déjà meilleur que dans mes songes.

Elle avait le visage de côté ; il voyait sur sa joue le petit bouton rouge ; il eut envie de le mordiller, mais elle attrapa ses lèvres.

Il se colla, se scella à ce baiser ; elle avait des ahans, des plaintes, et Marchegai l'eût à peine secoué plus fort que les élans qui la projetaient en avant. Ses lèvres se refermèrent, avalèrent un peu d'air, se crispèrent :

— A quoi tu penses ?

— A mon cheval.

Elle rit, un rire acide et tiède — à son image.

— Je suis ta haquenée, tu es mon palefroi.

Elle eût voulu qu'il fût tel. Il se dit : « L'amour est une galopade à deux vers un grand lac d'éblouissement brûlant où l'on plonge, et d'où l'on ressort suffoquant, désarçonnés et inquiets, ruisselants de douceurs lasses ; parfois repentants à cause d'une incartade... » Clotilde se ruait au galop ; elle se tordait ; il la dominait, elle le dominait, chevaucheur et chevauchée, haquenée, étalon. Les bois du lit grinçaient. « Elle va nous mettre en l'air ! » Sous ses sourcils froncés comme ses chairs secrètes, il ne voyait plus que ses yeux où perlaient, éloquentes, les lueurs de ses vivacités.

Elle amblait crispée, lâche, accrocheuse, tantôt course et tantôt ruade. Elle l'emprisonnait des cuisses et des jarrets, et son ardeur semblait désespérée tandis que le plaisir gonflait et serpentait jusqu'au moindre de ses recoins. Elle aurait pu attendre qu'il lui donnât le grand spasme, mais non : impatiente de l'obtenir, elle fondait sur lui, secouait sa crinière, galopait sans désir d'alentissement, acharnée, gémissante, rageuse et emballée comme une jument sous-verge fustigée dans les brancards.

Il devait la dompter, l'amener à son allure, ne pas tirer ni lâcher les rênes. « Bon sang, jusqu'ici, je n'ai eu qu'Anne, qui *savait.* Elles font toutes l'amour en bondissant et en prenant des raccourcis. » Il protesta :

— Doucement !... Je vais verser...

Mais elle n'était plus qu'une frémissante coursière, gonflée, tressautante, et sourde, hargneuse, emballée, cinglée par ses propres lanières.

— Doucement !

A cette frénésie, il eût préféré la douceur ; à cette chevauchée, un cheminement sur les méandres de la volupté ; mais non : comme Margot et Aliénor, Clotilde s'empiffrait de sa virilité. L'amour n'était pour elle ni une dilection, ni une union, ni un partage, mais une longue traite sans halte ni recul. Ah ! certes, il vibrait, absorbé, englouti, noué à elle, mais nullement bienheureux.

— Baise-moi là.

Il colla ses lèvres contre son épaule, suça, glissa jusqu'à l'aisselle dans le creux où les pâles duvets le chatouillèrent tant qu'il éternua, donnant ainsi à cette gloutonne un coup de boutoir dont elle fut ébranlée.

— Serais-je aussi aise avec un autre ?

Il se garda de lui répondre. Il était lance et lancinement, galop et monture tandis qu'elle haletait, les jambes enfin tombées, serrées pour le coincer, et les ongles enfoncés dans ses fesses.

D'une main, il remonta un sein et avala sa framboise, la mordit. Clotilde eut un vagissement sauvage tandis qu'en ses abîmes, ce n'était plus que crispations, frémissements, et qu'à sa bouche tout aussi vibrante, râles et soupirs s'accroissaient.

— Plus fort, Ogier !... N'aie crainte de me fouir !

Suant et grognant de fureur charnelle, il obéit. Alors, avec des grelottements et un long soupir rauque, Clotilde s'amollit à l'instant où il atteignait ses limites. Elle tenta de le rejeter, mais il resserra son étreinte, se vidant par secousses d'un émoi auquel son corps seul participait. Plaisir âcre, fête de ses membrures, mais non du cœur et de l'esprit. Décidément, l'amour sans amour le laissait affamé.

Il se dégagea, s'allongea sur le dos sans toucher Clotilde. Femme, elle se caressait ; animale, elle se serait pourléchée. Elle se plaça soudain sur le coude :

— Quand vas-tu partir ?

Elle souriait, mais ses yeux s'étaient imbibés de ténèbres.

— Bientôt.

C'était vague et précis.

— Emmène-moi.

Suffoqué, il la regarda de plus près, à la fois indolente et faible, caressant ses poils roux comme elle l'eût fait d'un écureuil immobile ; belle et flexible comme une herbe des champs. Ventre plein ; sein où se faufilait un peu de bleu...

— Je ne peux t'emmener. Je ne saurais que faire de toi.

— Et l'amour ?

— Crois-tu qu'il n'y a que ça dans la vie ?

Il se tourna. Non pas repue, mais satisfaite, elle avait un éclat nouveau. Sa rusticité s'en était allée. Son profil se détachait sur le mur gris, derrière elle. Un sourire y trembla :

— Qui d'autre emmèneras-tu avec Thierry ?

— Adelis et Bressolles.

— Maçon et putain.

Il eut envie de demander : « Qui es-tu, toi ?... Tu es venue céans pour forniquer, tout comme une fille faillie, à la seule différence que tu ne me demandes aucun écu, mais qui sait si cela ne t'arrivera pas ? » Elle se mit sur le flanc, contre lui ; ses seins roulèrent, déjà lourds. Dans cinq ou six ans, elle devrait les serrer dans des couvre-chefs [1].

— Trouve-toi un bon gars.

— Il saura que je ne suis plus pucelle.

— Si tu tiens son ménage et lui fournis son content de plaisirs, crois-moi : il s'en moquera.

Elle se leva, marcha sur le pavement, promenant sur les murs l'ombre distendue de sa nudité. Elle s'arrêta devant l'armure et caressa son plastron du bout des doigts. Elle se tourna :

— Mets-la et recommençons. Ça doit faire mal, hein ? d'être serrée dans de tels bras !

Comme il n'avait ni bougé ni bronché, elle revint au pied du lit, posa ses mains sur le bois, penchée, poitrine pendante et jambes raides. Elle le regarda sans ciller.

— J'aimerais que tu me prennes en croupe.

— Je ne peux t'emmener.

Elle se dressa, faussement outragée ; puis plaintive :

— Emmène-moi... Tu vas bien emmener ta cousine.

— Il n'en est pas question. Qui t'a dit ce mensonge ?

Elle hésita, saisit sa robe et la maintint devant elle, comme pour éviter des sévices :

— J'ai l'oreille fine... A propos d'armure, sais-tu qui l'aidait à endosser la sienne ?... Ah ! tu te lèves un peu... Eh bien, c'est Jean, le nouvel écuyer... au temps où il était encore culvert... Mais la première fois, c'est le Pedro... Tu vois : j'en sais des choses !

Ogier se laissa retomber en arrière. Son étonnement était moins aigu qu'il aurait dû l'être. Tancrède ne lui était rien. Rien qu'un désir lancinant qu'il se refusait à satisfaire en cette enceinte.

1. Mousselines, mais aussi bandes d'étoffes à usage de soutien-gorge.

— Que sais-tu d'autre ?... Qu'au cas où je ne la prendrais pas avec moi, Jean lui viendrait en aide ?

— Oui.

A quoi bon la questionner davantage ? D'ailleurs, Saladin aboyait derrière la porte, et la voix de Thierry Champartel retentissait :

— Messire Ogier !... Votre oncle vous mande au chevet d'Haguenier.

— J'arrive !

« Mon Dieu, songea-t-il, je forniquais pendant que le pauvre gars souffre la géhenne ! »

Clotilde passa sa robe, arrangea ses cheveux, esquiva de peu un coup de bec : Titus commençait à s'irriter de sa présence.

— Maudit oiseau ! (Elle rit :) Tu sais, il a suivi nos ébats !... Je le regardais, parfois... Crois-tu qu'il savait ce que nous faisions ?

Elle s'approcha, mendiant un baiser. Ogier le lui accorda en hâte.

— Je pourrai revenir ?

La question était douce ; le regard bleu sombre, exigeant.

— Tu verras bien si je t'ouvre.

— Je suis toujours ouverte pour toi. Tu m'aimes un peu ? Elle était, après Anne, la seconde à le lui demander.

— Un peu... Pars... Et couvre-toi davantage.

Il ouvrit le loquet, tira le vantail et son chien entra, reniflant Clotilde au passage. Elle s'enfuit, furtive ; bientôt, l'escalier l'emporta dans son ombre.

Ogier endossa sa chemise et passa, dessus, un flotternel de lin serré par une cordelette à la taille et au cou. Il boucla sa ceinture d'armes et remit Confiance au fourreau. Avec les Cervole, tout était possible.

Suivi de Saladin, il sortit ; et tandis que son chien,

museau bas, trottinait vers les écuries, il traversa la cour en direction du donjon.

Mathilde, Bressolles et Adelis conversaient sur le seuil de la chapelle. Avaient-ils vu passer Clotilde ? Se doutaient-ils ? Il les rejoignit :

— Que faites-vous là ?

— Nous venons de nous recueillir devant Blanquefort, dit Mathilde.

— Et Jean ?

— Il est dans ma chambre. Il repose et je viens de soigner votre Enguerrand, que moi j'aurais occis.

— Les Cervole et leur capitaine ?

— Ils ont vidé moult hanaps de grenache et sont partis donner quelques commandements.

— Mais ils reviendront au coucher du soleil, annonça Bressolles, impassible.

— Peut-on s'y fier ? demanda Adelis.

Son visage était toujours aussi triste, mais son regard scintillait : elle avait retrouvé son protecteur.

— Ils sont fiables, mentit Ogier. De toute façon, nous nous garantissons contre les cautelles [1] que ces gens peuvent imaginer.

— Bien, dit Mathilde. Ces hommes d'armes empunaisent la truanderie.

— Hélas ! fit le damoiseau, cherchant encore, mais en vain, le regard d'Adelis. J'allais voir Haguenier. Va-t-il mieux ?

Mathilde se pencha :

— La malemort le prend... et s'il avait vécu, nous aurions eu, céans, un nouvel Abélard.

L'index et le médius de la commère simulèrent des ciseaux découpant n'importe quoi.

— Eh oui, messire, ils l'ont...

Le verbe lui fit peur. Pour abréger sa confusion et celle des femmes, Ogier se tourna vers Bressolles. Il se trouvait à deux pas et regardait Adelis, nullement

1. Ruses, astuces.

avec envie, mais tendrement, et cela, c'était à peine croyable. Une ribaude... Elle souriait. Il y avait dans leur entente quelque chose de plaisant, d'indicible, et par là même d'irritant.

— Pauvre gars, dit Adelis. Oh ! messire Ogier, il vous faut l'aller voir sans tarder.

Elle frissonna. Elle semblait toujours triboulée en sa présence. Sa froideur cachait à peine une gêne tenace, un désir de fuite mal réprimé : témoin de sa déchéance, il l'avait sauvée sans rien exiger en échange. Cette attitude la confondait. Pour elle, et tout autant que Bressolles, sans doute, il était un mâle anormal.

— J'aimerais qu'Haguenier trépasse vélocement, dit Mathilde. Mes remèdes sont vains. Il faudrait de la ciguë pour en finir. Je ne m'en suis jamais servie... Je me sens inutile.

Elle s'était coiffée sans façon : deux tresses épaisses, inégales et striées de blanc, dépassaient de sa cornette. En quinze jours, ses rides s'étaient accrues ; son teint laiteux prenait la couleur du beurre rance.

— Inutile, vous ! s'écria Ogier.

Qu'eût été ce château sans sa présence ? Sans sa contribution diligente au bien-être de tous, laquelle commençait par la satisfaction des estomacs ? Pendant cinq ans, pour ce qui le concernait, l'existence ici s'était déroulée sans incidents fâcheux, car deux personnes faisaient en sorte qu'il se sentît à l'aise : elle, Mathilde, et Blanquefort. La mort du sénéchal l'avait désemparée : ils avaient eu l'inimitié loyale.

— Ne vous souciez de rien, Mathilde. Vous avez toujours soigneusement accompli vos tâches.

Parce qu'il l'allait quitter bientôt, et surtout parce que deux semaines d'agitation, de doutes et de frayeurs refoulés l'avaient sévèrement marquée, Ogier ressentait la nécessité de changer une bienveillance parfois rude en affection quasiment filiale :

— On vous aime, Mathilde, et même on vous vénère.

Sans qu'elle eût remplacé sa mère, il s'était parfois senti dépendant de cette femme forte, soucieuse de sa quiétude, veillant à son entretien, à sa nourriture et même à ses amours : grâce à elle, Anne était devenue chambrière. Cependant, cinq ans de cohabitation les avaient moins rapprochés que le bref laps de temps pendant lequel ils avaient sauvé le fils de Lucie. Quelque chose, alors, s'était scellé entre eux : une complicité faite de respect, voire de tendresse inavouée.

— En tout cas, dit-elle, on se sent mieux de savoir les Goddons dispersés !

Ogier regarda autour de lui.

La paix pesait sur la forteresse. Les guetteurs cessaient souvent — trop peut-être — d'observer les gens de Vélines. Dans la cour, hommes et femmes, filles et garçons parolaient doucement. Après les chagrins, les désespoirs, les amours voyantes ou subreptices, l'existence semblait reprendre le cours tranquille de naguère, bien que le soulagement résultant de la fin des combats eût apporté, dans les us et coutumes du commun, quelque chose de nouveau. Une espèce d'étroite et sûre parentèle remplaçait la familiarité bonasse d'avant le siège. Dans le malheur, soudoyers, manouvriers et colliberts s'étaient découverts unis, solides, décidés, combatifs. Non seulement cette communion subsistait, mais ils étaient conscients de sa force latente. Ogier songea qu'ils gagneraient en effronterie ce qu'ils venaient de perdre en résignation.

« Ils vont tribouler Guillaume pour obtenir des gages de reconnaissance. Il ne pourra que transiger. »

Le baron leur devait de vivre et de conserver ses filles, sa concubine et surtout sa forteresse.

« Jamais il n'oubliera les morts de la chapelle. D'ailleurs tous ces vivants les lui rappelleront. Il va devoir compter avec eux davantage qu'autrefois, se montrer généreux, indulgent, sans quoi, ils deviendront insolents, exigeants ou fainéants — nullement par nature, mais par nécessité. »

Certes, ces humbles étaient assujettis à leur seigneur, soumis aux exigences du féage et de la féauté — comme il l'était, lui, Argouges —, et par-delà ces devoirs, sous la tutelle du roi. Mais les lois, les dépendances et les obligations, cela pouvait se transgresser. Une audace nouvelle enfiévrait tous les hommes. Et cette audace, l'intuitive Mathilde en redoutait les effets.

— Va nous falloir, dit-elle, un sénéchal à poigne.

— Et une bonne garnison, dit Bressolles.

Ogier les quitta. Il allait franchir le fossé du donjon lorsqu'on l'appela des hauteurs.

« Champartel... Que me veut-il ? »

Immobile à la courtine, face aux ruines du beffroi, le forgeron veillait en compagnie d'un homme d'armes.

— Venez voir, messire !

Ogier les rejoignit. Le soudoyer était un quadragénaire brun, au visage touffu, carré : Assalit. Atteint dès la première attaque, il avait fallu l'amputer. Sa manche de mailles rouillées, de la couleur d'un brochet, ballottait contre son flanc.

— Regardez, dit-il.

Dans le pré voisin de celui où Knolles et ses hommes avaient campé s'élevaient une douzaine de tentes assez vastes, surmontées de bannières vermeilles. Entre elles, des piétons s'affairaient. Certains fourbissaient leur épée ou leur vouge ; d'autres ramassaient ce qui jonchait le sol : armes, vivres, chevrons, cordages. Plus loin, les sergents et la piétaille inventoriaient le contenu des chariots. Des feux un peu partout s'élevaient pour la soupe : les bouchers avaient abattu deux bœufs. Ils les dépeçaient.

« Bressolles avait raison : ils s'installent. Si sa cautelle échoue, il se peut que ces forains provoquent un différend, puis nous assaillent la conscience tranquille !... Il nous faut derechef inciter nos gars et nos hommes à plus de vigilance, et surtout surveiller nos hôtes tout au long du festin ! »

— Là-bas, ce n'est rien, dit Assalit.

— Mais voyez au-dessous !

Champartel s'effaça ; Ogier s'approcha et la douve sèche apparut.

C'était toujours la violence. Une violence immobile peut-être pire, dans sa fixité silencieuse, que celle des jours et des nuits de vacarme et de mort. Immobile ? Eh bien, non, après tout : les cadavres tordus, enchevêtrés dans des buissons d'armes éparses et d'échelles rompues, recevaient de la visite.

— Les pétaux de Vélines ! enragea le manchot. Mais après tout, grand bien leur fasse, et que ces mouches répugnantes les percent de leur dard !

Sans paraître incommodés par les essaims tourbillonnants et la puanteur grandissime, des hommes — une dizaine — ramassaient et amassaient au pied d'une échelle intacte les épaves de bon usage : guisarmes, arcs, haches, chapels de fer. Des détrousseurs s'occupaient des cottes, brigantines, hoquetons et cuiries, et parfois des houseaux, des souliers, des sandales. Penchés, les bras pliés en avant, ils agissaient dans une componction, un mutisme presque sacramentels, errant parmi les victimes, foulant des membres, des ventres, des thorax, et progressant en clopinant comme à travers des labours.

— Il y en a autant le long des autres parois, dit Champartel. Faut du courage pour patouiller là-dedans !

Certains routiers avaient eu l'œil, le front, le nez crevé. Sous l'effet du heurt, davantage encore que par l'épanchement du sang, leur face était devenue noire. D'autres, ébouillantés par les verses liquides, avaient leur tête pareille à une motte de crottin ; d'autres encore offraient au ciel brûlant leur hure maculée d'une écume pelucheuse. Entre deux tronçons d'échelle, au pied de la contrescarpe, tendu dans un suprême effort pour vivre malgré la flèche enfoncée dans son cœur, un enfant — ou presque — regardait de ses yeux opaques la muraille d'où la mort avait chu. Et nullement effarouchés par les profanateurs, les corbeaux, les pies, les passereaux sautillaient, animant eux aussi ce charnier d'où il faudrait extraire, en premier lieu, les malchanceux de Rechignac, — s'ils étaient reconnaissables !

— Ces malandrins sont hideux !... Aller ainsi rapiner la charogne...

— Les Cervole auront leurs compagnies armées au moindre coût.

— Ah ! là là... Mon cœur me démange tant que je leur enverrais bien quelques traits.

— Ah ! non, Thierry, s'indigna Ogier. Laissons-les faire. Ils sont les plus forts.

Et derechef, ils regardèrent en bas.

Ce n'était plus le sanglant grouillement des dernières attaques ; ni les cris rauques — angoisse et fureur — des hommes basculant des échelles ; ni les chuintements des liquides brûlants, flambants, tombant des murs et répandant sur les meutes enragées leurs fumées courtes et précaires. Il ne subsistait de ces échauffourées que cette puanteur froide, ce silence troublé par les cliquetis discrets du métal et les piailleries des oiseaux... et ces témoins roidis au soleil, allongés, recroquevillés sur le sol ameubli par leur sang, leurs cervelles, leurs viscères.

— Ceux d'entre nous qui s'en iront curer cette fosse devront avoir le cœur bien accroché !

— Eh oui, Thierry ! dit Ogier.

Il frictionnait ses biceps. Il souffrait des bras, des mains, d'avoir tant manié Confiance. Il s'étonnait d'éprouver de la peine à reconstituer cette débauche de meurtres à vrai dire inutiles : non seulement Rechignac avait tenu bon, mais il avait suffi de six hommes — trois contre trois — pour décider du sort de la forteresse !...

Alors pourquoi tant de sacrifices préparatoires ?

Pourquoi tant d'abjectes terreurs ? Pourquoi toutes ces souffrances ?

Une violente envie de protester saisit le damoiseau quand il vit un piéton dégainer son poignard et couper le doigt d'un mort afin d'ôter promptement l'anneau qui l'encerclait. Mais à quoi bon s'indigner ? C'était dans les usages de la guerre que de déposséder les trépassés en les mutilant, au besoin, davantage qu'ils ne l'avaient été dans la bataille.

— Un beau jour pour vous, dit Champartel en se redressant. Vous avez bien mérité les éperons !

— Oui, Thierry... N'oublie pas que tu seras mon écuyer.

— Je n'oublie rien, messire, et vous suivrai partout.

Maintenant, un anneau ne lui suffisant pas, le malandrin déshabillait sa victime. Pour enlever les manches de la brigantine, il dut secouer le corps si violemment que les tripes, pareilles à un nid de serpents visqueux, se répandirent hors du ventre.

— L'infernal !

— Oui, Thierry. Mais pouvons-nous être des juges parfaitement intègres ?

— Comment cela, messire ? demanda Assalit, interdit, en tâtant sa manche vide.

— Ce grand treu[1], c'est bien nous qui l'avons accompli. Il m'est souvent advenu de le trouver insuffisant... Allons, compères, je vous laisse. Demeurez attentifs !

Dans l'escalier menant à la haute cour, le damoiseau retint une envie de vomir. Il lui semblait que la puanteur de la douve imprégnait désormais son nez, ses yeux, sa bouche.

« Saleté de guerre ! »

Il y avait versé sa contribution. Et ce n'était peut-être pas sa vaillance, ni même son atavisme guerrier qui avaient fait de lui ce bataillard effréné. Une alliée

1. Ravage.

ô combien efficace, la haine, l'avait soutenu. Il était différent alors du véritable Ogier d'Argouges. Vivifié par un autre sang, livré à des nerfs sur lesquels son esprit n'avait aucun contrôle, il usait furieusement de sa force et de son habileté, de plus en plus féroces au fur et à mesure qu'elles s'affirmaient par le trépas d'autrui.

— A débagouler ! A hurler... A pleurer !... La mort la plus honorable n'est même pas respectée !

Il cracha, mais le cœur lui restait aux lèvres.

« Pourquoi s'apitoyer ? Pourquoi s'indigner ? Ceux qui profanent la quiétude puante de tous ces malandrins refroidis à jamais sont des malandrins aussi ! Les bannières seules en différencient l'espèce. Les chevaliers ne se conduisent point ainsi ! »

En était-il si certain ? Hélas, non ! Tout près d'entrer dans l'Ordre, il souhaitait se rassurer.

Allons, pourquoi balançait-il entre d'incontestables évidences ? Les chevaliers étaient des hommes, et par là même faillibles. Et violents ! Pieux, à ce qu'on disait : des exemples de piété... Or, précisément, assortie — avant ou après — de la confession, la prière n'était-elle pas pareille à un bon bain qui, une fois leurs méchancetés accomplies, lavait de toute indignité les pécheurs horrifiques ?

— Ils se sont bien battus, ces damnés, tout de même !

Son cœur, à l'égard des sacrifiés de Knolles, inclinait à l'indulgence, voire à l'admiration. Entre leur désir de vaincre, simple et presque naïf, et leur désespoir de succomber pour rien ; entre cette volonté vibrante d'aboutir *quand même* et la mortelle hébétude de l'échec, sans doute avaient-ils éprouvé d'effroyables tourments. Et c'était pourquoi ces morts-pour-rien méritaient certains égards. Lui, dans la mêlée, allant d'un combattant à l'autre, d'un assaillant à l'autre, il avait été quelquefois surpris de vivre encore. Quelle que fût sa foi en Dieu, la grâce qui le rendait invulnérable n'était pas essentiellement divine ; elle avait du tranchant, de l'éclat et un nom : Confiance. Il ne comprenait plus, mais il aurait le temps d'y réfléchir, pourquoi certains chevaliers de la trempe de son oncle éprouvaient un aussi fort plaisir à évoquer les batailles desquelles ils étaient sortis, ivres de fatigue et de peur, et prêts à la récidive... Allons, il était inutile et malséant de compatir outre mesure ! Aucun des assaillants allongés au-delà des murailles n'aurait épargné *une* vie, à Rechignac, si Canole et ses hordes l'avaient conquis... Il devait renforcer son caractère : un jour, de plain-pied, suivi de Champartel et de ses hommes liges, il entrerait dans ce maudit conflit.

— Et Haguenier, murmura-t-il soudain. Haguenier, qu'ils ont tourmenté !

Quoiqu'il eût toujours éprouvé de l'aversion pour cet écuyer trop intimement accointé à Renaud et Didier, bien qu'il ne possédât ni leur malignité ni leur arrogance, savoir qu'il allait mourir l'emplissait de pitié. Disparaître si jeune !... Certes, il y avait ce parfait refuge des âmes droites ou purifiées : le Ciel. Mais nul n'en était revenu pour certifier que le bleu Paradis était conforme à ce qu'en croyaient Arnaud Clergue et Bressolles.

Il gravit en courant les degrés du donjon, traversa le tinel, s'engagea dans l'escalier puis le couloir conduisant à l'armerie. Margot en sortait, tenant une cuvette remplie de charpies sanglantes.

— Il va passer, dit-elle.

Son visage était gris d'émoi et de frayeur.

— Pauvre de lui !

Elle s'éloigna ; Ogier poussa la porte. Dans ce décor austère que Guillaume affectionnait, il ne vit que le lit sur lequel gisait l'écuyer.

Un drap taché de sang le couvrait à demi.

— Il se meurt, chuchota le baron.

Haguenier tournait les yeux vers une des embrasures, et le peu de ciel qu'il devait apercevoir, d'un azur uniforme et doux, ne pouvait qu'aggraver les affres de son trépas. Il remua, devinant dans la pièce une présence nouvelle. Ogier s'en approcha.

— C'est moi, compagnon, dit-il, mécontent du tremblement de sa voix.

— Argouges !... Ainsi, tu es venu.

Les paupières clignotantes se figèrent :

— Toi, et pas Renaud... qui ne m'a secouru.

Haguenier serra les dents, réprimant son désespoir avec une volonté si farouche que le damoiseau figé à son chevet en resta coi.

— Tu vois, nos destins se délient... sans qu'on se soit vraiment connus, appréciés.

— Je vois, et fais plus que t'apprécier, Trélissac ! Je t'admire et voudrais posséder ta vaillance.

Haguenier tressaillit. Un caillot apparut au coin de sa bouche et glissa sur sa joue ; puis la souffrance un instant immobile sinua de nouveau dans son corps. Des soubresauts le cabrèrent et il hurla, les yeux désespérément levés sur ce maigre morceau de ciel paisible, et prêt à recevoir son âme.

— Il s'en va, chuchota le baron. Il a si grand grief[1] que je souhaite sa mort.

Dans ses mouvements, Trélissac s'était découvert. Ogier vit entre les bandages à demi défaits de son épaule et de son flanc, des sérosités sanguinolentes et des plaies aussi larges que des bouches. Ses tourmenteurs l'avaient lardé à plaisir, en évitant les grands coups de lame, pour le maintenir vivant. Le bras droit était à vif. Une fois écorché, ils en avaient tailladé les muscles, et sans doute avaient-ils appliqué sur ces chairs en lambeaux des compresses de purin, afin d'aggraver la douleur et la suppuration. Et Haguenier, les yeux maintenant clos sur sa terreur de mourir, invoquait la Vierge, tendant son bras valide vers le plafond

1. Il souffre tant.

où tournoyait une mouche bruyante et comme affolée d'être là.

— Clergue vient de le quitter, dit Guillaume. Il ne pouvait en supporter davantage... Il a fait tout ce qu'il pouvait pour exhausser sa foi et sa confiance... L'instant venu, Trélissac entrera fièrement en Paradis !

— Je cuis, messire ! hurla le malheureux. Par grand-pitié, achevez-moi !

— Mathilde ne pourrait-elle...

— Non ! Elle a mis sur la plaie de son ventre un emplâtre de céromel[1]. S'il a soulagé, l'autre jour, mon épaule, il n'a fait qu'aggraver la géhenne de ce martyr.

— Alors qu'elle... l'endorme !

— Non, te dis-je. Il doit avoir la mort belle !

Haguenier éclata en plaintes sanglotantes. Ogier, en l'entendant se lamenter, eut presque honte de se trouver en bonne et insolente santé devant ce garçon de son âge dont, maintenant, le mugissement étouffé semblait celui d'une bête. C'était à ce point insupportable qu'il voulut s'éloigner. Guillaume le retint par sa ceinture.

— Reste !... Ah ! mais... es-tu un homme ou quoi ?

Haguenier hurla, se débattit, livré aux épouvantes et aux sursauts extrêmes. Un sang mêlé de matières jaunâtres s'échappa de son nez et souilla l'oreiller lorsqu'il remua sa tête. Des larmes glissèrent aux coins de ses paupières aussi rèches que des coquillages.

— Reste, répéta le baron. Sur un champ où les batailles viennent de s'affronter, tu verras pis encore... Ces cris te fendent le cœur ? Ils surgiront de partout, mêlés aux plaintes des chevaux mortellement touchés... Ce que tu as subi pendant ces quinze jours n'est rien. *Rien !* Tu verras des choses qui te rempliront de malepeur, quelque courageux que tu sois, et dont je n'ai pas à te prévenir, car il faut soi-même en faire la découverte si l'on veut convenablement s'endurcir... Tu es vaillant, c'est vrai. La mort ne t'effraie pas, je le sais,

1. Mélange de cire vierge et de miel.

mais la souffrance d'autrui t'apitoie. C'est bon et c'est mauvais... Or, vois : c'est la fin.

Le martyr était retombé dans une prostration d'où il semblait ne plus devoir émerger. Ses yeux éteints regardaient le vide, et la mouche, enhardie par son silence et son immobilité, vint poser son petit corps bleuté sur ses lèvres. Ogier la chassa.

— Je meurs, dit Haguenier.

Il claqua des dents et, de cendreux, devint blafard.

— Seigneur, ne m'abandonnez pas !... Baron, j'ai du regret... Oriabel, mon âme...

Ces mots résumaient sa brève existence et sans doute un amour soigneusement caché.

Ogier saisit une grande main froide, aux phalanges roides.

« Comme avec Blanquefort. »

Et pour ne pas regarder ce visage que la mort modelait, il se détourna en se maudissant d'être aussi peu hardi.

— Il faudra le venger, dit Guillaume.

Il marchait pour dominer ou dissimuler sa tristesse.

— Je suis de votre avis, mon oncle, mais comment ?

Un long râle secoua le torturé. Aussitôt, ils le regardèrent.

Haguenier s'était figé pour toujours, et la mouche, en tournoyant au-dessus de sa tête, semblait vouloir y simuler une auréole.

— Quel chevalier féal et bon il eût fait ! soupira le baron.

Ogier, qui se retirait en chancelant, se retourna en atteignant la porte :

— J'aurais dû recevoir la colée juste après mon combat contre Briatexte. Cette grande liesse et ce grand honneur que vous me réservez sont placés sous le double signe de la mort et de la douleur.

Guillaume remua sa tête fatiguée. De l'index il frotta ses yeux comme pour en ôter la chassie :

— C'est vrai, mon neveu, mais aucune existence

n'échappe à la mort, et la douleur est le sel de la vie... Allons : sois digne... Je vais aussi donner les éperons à Jean.

— Il les mérite... S'il avait vaincu, Blanquefort, cette fois, les eût-il obtenus ?

Piqué, endolori peut-être par cette interruption, Guillaume grogna « Oui, oui » et reprit d'une voix lasse :

— Haguenier sera ensépulturé dans la chapelle quand tout sera fini pour Jean et toi... Sois digne, te dis-je !... Un chevalier n'est point une pucelle attendrie par la mort d'un preux... Il ne larmoie jamais !

— Alors, mon oncle, en êtes-vous un ? demanda le damoiseau avant de clore la porte.

VII

— Je rage d'avoir disposé de moins de vitailles qu'à l'ordinaire. Ensuite, le temps m'était par trop compté pour apprêter un souper plantureux !... J'ai fait ce que j'ai pu. J'espère que nos champions, vos hôtes et nos gens ne m'en tiendront pas rigueur...

Sur le seuil des cuisines où l'on s'affairait, Mathilde, transpirante et nerveuse, venait d'énumérer pour Guillaume et Ogier les mets qu'elle présenterait au banquet.

— Qu'en penses-tu ? demanda-t-elle au baron.

— Sacrebleu, ma bonne ! fit-il en tapant sur la fesse charnue de sa concubine. Après tant de jours de jeûne seulement profitables à mon chapelain, je ne m'attendais guère à festoyer ainsi !... Pas vrai, mon neveu.

Ogier acquiesça. Il manquait d'appétit. Une sorte de sommeil le gagnait.

— Mathilde, dit-il, fait des miracles.

Tandis que la commère s'éloignait dans un cliquetis de sabots, Guillaume, redevenu soucieux, précéda son neveu jusqu'au seuil du tinel.

— Bressolles et les gars sont-ils prêts ?

— Ils sont rassemblés dans la cave... J'en remonte... Aspe et Girard sont avec eux...

— Ils grognent ?

— Non. Je les ai choisis. Aucun d'eux n'est marié,

de façon à éviter les parlures imprudentes. Quand il fera nuit noire, ils feront ce que nous en attendons.

— Pourvu que ces feux dissuadent ces gens-là de leurs intentions !

— Et les forcent à guerpir !

Les convives s'interpellaient de table en table. Ogier distinguait parfois, dans ce brouillis de gens, de mots, de rires, l'aboiement d'un chien ou le cri d'une servante tâtonnée au passage. Jamais, en ce lieu, l'animation n'avait été si effrénée. On avait flairé la mort jour et nuit, sans trêve. On l'avait vue frapper les parents, les amis ; on l'avait entendue crier par leurs bouches. L'avenir allait s'ouvrir sur des bonheurs certes étriqués, mais sûrs ; et sous la lumière vaguement rosâtre répandue dans la pièce immense, la joie de vivre et de festoyer bientôt gonflait et mûrissait.

Gauthier Champartel apparut à l'entrée. Après avoir repéré le baron, il brassa la cohue comme un nageur :

— Messire, les voilà. Mon oncle Thierry les accueille au pont-levis ainsi que notre chapelain.

— Sont-ils seuls ?

— Quatre comme cet après-midi. Des archers étaient là, circonstans [1]. Une douzaine. Ils sont demeurés de l'autre côté du fossé... Plus loin, il y a cinquante bidaus [2].

— Allons ! soupira Guillaume tandis que l'enfant s'éloignait, ces hommes-là me paraissent fiables. Il va, cependant, nous falloir feindre la quiétude. Ne bouge pas, Ogier. Je vais au-devant de nos hôtes... Je les mènerai aux fontaines... A quoi bon nous tribouler ? Notre pont est prêt à remonter au premier appel de trompe et nous aurions Cervole et ses frères pour otages !

Le damoiseau demeura immobile. Cette foule, sa

1. « Qui les entouraient », d'où, plus tard : circonstance.

2. Soldats des troupes légères, armés surtout d'épieux et de poignards.

faconde, ses remuements légitimes et confus l'incommodaient. Non seulement le danger subsistait, à la fois improuvable et précis, mais encore, mais *surtout* Blanquefort, en pareille occurrence, aurait dû se trouver là, rassurant et vigilant, plutôt qu'à la chapelle, sous un suaire, entre quatre cierges. Il eût voulu pouvoir échapper à sa misère intérieure, voir s'ouvrir devant lui, en imagination, la voie droite et paisible qui menait à Gratot ; s'installer avec délices dans un bonheur nouveau ; or, tout lui semblait funèbre : les cris, les rires, les apprêts d'un régal qui pouvait commencer dans la joie et s'achever dans la haine.

Il se dirigea vers la maître-table de part et d'autre de laquelle, au mitan, se dressaient les chaires seigneuriales destinées au baron et à Arnaud de Cervole. Il ne put y parvenir : Tancrède lui empêchait le passage.

— Beau cousin... Tu sembles doulousé comme si tu avais perdu...

— Un être cher... Ton père... J'ai été prier devant son corps.

Elle se détourna. Un peu de rose apparut sur sa joue, une perle à la commissure de l'œil.

— Tu sais donc.

— Il m'a tout dit avant de dévier.

Ils étaient seuls, soudain, dans la cohue et le hourvari ; seuls et comme orphelins. Et des pleurs retenus contraignaient Tancrède à clore ses paupières.

— Il était un prud'homme et sa rudesse cachait un cœur d'or. Tu peux être fière de lui.

— Tu comprends donc pourquoi je n'aurai aucun mal à quitter *l'autre* ?

Ogier secoua la tête ; négativement :

— Il t'aime. Il ne sait rien. Il ne faut pas qu'il sache.

— Il ne saura jamais. Je le lui ai juré à *lui*, voici cinq ans... Mais cette bastille, tu dois désormais le comprendre, c'est comme une prison dont Guillaume serait le geôlier attentif, rien de plus. Non ! Ne me demande pas d'y demeurer... Je peux endurer mille choses... Pas cette captivité-là.

Saladin s'approcha, content de l'animation, du vacarme ; Tancrède le repoussa :

— Il faut que tu m'emmènes ! Tu prendras bien ce chien.

Ogier fut tenté de demander : « Que fais-tu de Jean avec qui tu t'arranges ? » A quoi bon ?

— Si tu avais parlé à Bressolles, tu saurais que le Périgord grouille de malfaisants... Saladin flairera leur présence. Pas toi.

— Bressolles ! Il a dit qu'il était trop las pour assister au souper. Mais sais-tu où il est ?... Aux cuisines... Il tourne les hastes[1] en compagnie de la ribaude.

— Adelis ?

— Tu prends un ton pour en parler ! Elle te plaît, à toi aussi ?

Ogier fit un geste de dénégation. Comment Adelis eût-elle pu l'intéresser ?

— Ne te soucie pas d'eux, dit-il.

Pour lui, la vérité sur ce tête-à-tête était simple : le maçon avait fait halte aux cuisines avant de s'enfoncer à nouveau dans le souterrain.

— Au moins, s'il l'épouse, elle saura lui complaire.

Ogier résista au désir de se fâcher. Même empreints d'une ironie destinée sans doute à lui arracher un sourire, de tels propos l'indisposaient contre Tancrède. Pour compenser sa déception, il se dit qu'il lui préférait Claresme, neutre, amollie, chez laquelle, cependant, il devinait des lascivités dormantes et des ardeurs soigneusement rétractées. De plus, elle était sa vraie cousine.

— Tu te complais dans les gailles[2] faciles... A ce sujet, tu ne lui ressembles guère... Il était froid, mais équitable.

1. Broches.
2. Plaisanteries.

— Il était bien trop bon. La preuve ? Il en est mort... Eh bien, cousin, que te prend-il ?

Il la déshabillait du regard, essayant de se souvenir de son contact, de la douceur et de la moiteur de ce velours qu'il avait si peu et si mal pénétré.

— Tu me regardes comme je ne sais quoi...

Sa gonne de baudequin[1] lui collait à la peau des épaules aux hanches puis, en de multiples plis mouvants, se répandait jusqu'au sol. Ainsi vêtue, elle était d'une beauté tellement absolue qu'elle irradiait de la mélancolie.

— D'où sortez-vous ces robes ?... Claresme a la même.

— Ce sont les seules vêtures que j'ai apportées de Lubersac avec celles que j'avais sur la peau.

— Comment les as-tu obtenues ?

— Cesse donc de me questionner ! Regarde-le plutôt, *lui* !... Didier mort, Haguenier mort : il doit se sentir seul.

Renaud les observait, un pli malsain aux lèvres.

— Un couard !... A sa place, je serais parti.

Et comme Saladin, réclamant une caresse, lui grattait la cuisse, le damoiseau, se détournant de l'écuyer, fit un geste en direction de l'animal. Les doigts de Tancrède se crispèrent sur son poignet et ses ongles, taillés en pointe, pénétrèrent dans la chair.

— Laisse-moi.

— Tu ne disais pas ça, l'autre jour, dans ma chambre.

— Pour ce que j'y ai fait, dit-il, bien que cette insidieuse évocation eût accru les battements de son cœur et qu'une sueur étrangère au feu devant lequel ils se trouvaient l'eût mouillé de partout.

— Emmène-moi... Tu en feras davantage... Tu feras *tout*.

Il voulut protester, mais Girard, en passant, lui fit

1. Drap de fils d'or et de soie.

signe. Tout allait bien ; *ils* étaient partis ; peut-être même étaient-ils désormais à pied d'œuvre. Et Guillaume invitait Isart, Pierre et Arnaud de Cervole ainsi que Panazol à s'attabler.

— Viens, fille, et toi, mon neveu, mets-toi là.

— Soit, dit Ogier.

Le siège qui lui était assigné se trouvait situé entre ceux de Tancrède et de Claresme — laquelle avait Pedro del Valle à sa droite — et face au capitaine des Cervole. Ainsi placé, il demeura silencieux, éloignant autant qu'il le pouvait de son esprit les souvenirs des récentes batailles pour ne songer qu'aux onze hommes bûcheronnant et fagotant du côté des Banchereaux.

Pedro del Valle se pencha vers lui. Sa voix fut un chuchotement :

— Que pensez-vous de ces quatre hommes ?

— Je ne ferais même pas confiance au moine.

L'armurier acquiesça et, plus bas encore :

— Les gens des Allemagnes appellent les hommes de cette espèce des *spruchsprechers* et les Italiens des *buffones* : des bateleurs. Vous avez vu ce heaume emplumé quand *il* est arrivé ?... Mais alors que les bateleurs des pays d'où nous venons sont gais et sans danger, ceux que voilà sont mornes et redoutables. Il ne faut point compter sur eux pour égayer ce festin.

« Bateleurs ? » songea Ogier. Pedro devait se méprendre sur le sens de ce mot. Pourtant, il y avait, chez ces quatre hommes, l'orgueil et l'affectation des présentateurs de mystères. Ce soir, à Rechignac, on allait leur en jouer un !

Les gens de Vélines parlaient abondamment ; ils donnaient, entre deux propos, de grands coups de mâchoires dans les pâtés, le pain tendre, et entonnaient le vin ou la cervoise aussitôt que Champartel venait d'emplir leur hanap. En face, et tout aussi friands de boissons et mangeaille, Girard et Sicart de Lordat évoquaient les combats des derniers jours. L'état pitoyable dans lequel les Anglais avaient mis Haguenier les indignait et les désolait. Sa mort leur était un soulagement.

— Et Jean ? demanda Claresme de sa petite voix douce.

— On l'a recousu, dit de loin Arnaud Clergue.

La jouvencelle grimaça, imaginant l'aiguille de Mathilde pénétrant dans la chair palpitante et tirant à sa suite un fil de toute façon trop épais.

Tancrède appuya sa main sur la cuisse d'Ogier, près de l'aine, regarda Guillaume et demanda :

— Guérira-t-il bientôt ?

Non seulement elle venait d'avoir un geste insensé, non seulement elle avait proscrit le mot *père* de son langage, mais aussi — confirmant les dires de Clotilde — le sort du blessé la préoccupait.

— Qu'en penses-tu, cousin, puisqu'il ne me répond pas ?

Elle avait les yeux humides, et ce soir plutôt verts que bleus, pétillants de lumières. Ogier sourit :

— As-tu besoin de Jean si je te fais défaut ?

— Qui sait ?

— Lâche-moi.

— Tu n'aimes pas ?

Elle était d'une hardiesse folle. Il avala, pour ne pas lui répondre, quelques gorgées de vin.

— Jean guérira bientôt, dit Guillaume.

Après avoir lancé une œillade à Tancrède (« *Se doute-t-il qu'elle a la main posée sur moi ?* ») le capitaine dévisagea Ogier, puis interpella le baron :

— J'étais présent, moi, Bertrand Panazol, quand cette Mathilde a soigné votre navré !... Il allait perdre ses tripes par le flanc. J'ai proposé de faire comme dans mon pays : écarteler un chien et poser le ventre ouvert de la bête sur la plaie... La chaleur de la tripaille animale aurait fait rentrer la tripaille humaine dans le corps... Mais cette femme a refusé. Elle aime trop les chiens !

Il ricana sans provoquer la moindre hilarité. Alors,

il quitta son jaque de cuir, s'assit dessus et bomba un torse poilu, apparent sous sa chemise de soie bise. Il portait, dans un fourreau d'argent, une dague à sa ceinture ; il la tira et la planta contre son écuelle, sans se soucier d'avoir troué le tablier de lin auquel tenait particulièrement Mathilde.

— J'ajoute, continua-t-il tout en faisant, du doigt, vibrer son arme, que je suis surpris par la façon dont cette commère a endormi votre écuyer !... Elle lui a mis sous le nez une éponge, et il n'a plus rien senti, si j'ose dire ! Je paierais cher pour obtenir...

— Notre commère sait des choses, coupa tranquillement Tancrède [1] dont les mains se joignirent par-dessus son hanap. Abstenez-vous de la questionner, car vous n'en apprendrez rien.

Ce conseil donné, elle détourna son regard de l'impertinent. Ogier fut certain qu'elle connaissait le secret de cette médecine.

Le régal, maintenant, battait son plein.

Sous l'œil sévère de Mathilde, les filles avaient présenté une soupe au vin, puis un héricat de mouton [2] qu'Arnaud Clergue, qui s'était chichement servi, avait trouvé divin, sans toutefois oser en reprendre. Elles apportèrent ensuite un pot-pourri de veau, bœuf, mouton, lard et légumes ; puis une galimafrée. Cette fricassée de volailles, arrosée de verjus, relevée aux épices et liée par une sauce cameline composée de vinaigre,

1. L'essai d'anesthésie obtenue au moyen d'une éponge remonterait au IXe siècle. Adalberto Pazzini (*Le Livre des jours italiens*) en a trouvé trace dans un manuscrit de l'abbaye de Monte-Cassino datant de cette époque. On en fit usage aux XIIe et XIIIe siècles :

« L'éponge était imprégnée d'une décoction somnifère (opium, mandragore, belladone, etc.) puis on la laissait sécher. Quand on devait l'utiliser, on la plaçait au-dessus de vapeurs d'eau bouillante, et, ainsi humidifiée, on l'appliquait sous le nez du malade qui, moitié aspirant, moitié avalant, finissait par s'endormir. »

2. Ragoût.

mie de pain, cannelle et gingembre, ravit les convives de la maître-table et consterna les autres qui, eu égard à leur rang, devaient se contenter de quartiers de porc et de mouton. Quand vinrent les râbles de lapin bourrés de lardons et cernés de fèves noires et d'œufs durs — toujours pour les privilégiés —, Ogier, sa faim satisfaite, repoussa son écuelle.

Autour de lui, au fur et à mesure que les estomacs se tendaient, le ton des conversations montait, surtout aux tablées du commun où, bavardant énormément, on buvait en conséquence. A l'un des bouts de la maître-table, côté cuisines, Mathilde et surtout Renaud, écuyer tranchant, préparaient et servaient sans discontinuer les viandes et derrière eux, auprès des barils en perce alignés sur des chevalets, Champartel ne cessait de demander à Eudes et Philippe de nouveaux pichets pleins. Parfois, les chiens de la meute, libérés pour ce soir, se disputaient un os. Saladin, frugal de nature, s'était allongé aux pieds d'Ogier.

— Par Dieu et la Sainte Trinité ! s'exclama Pierre de Cervole, je suis heureux de prendre part à ce repas !... En vérité, baron, si j'en juge ce que nous avalons après tant de jours de siège, je me demande ce que vous nous auriez servi au cas où nous serions venus avant l'irruption de cette ribaudaille.

— Ce repas est peu de chose, messire. Mathilde n'a point sa pareille pour apprêter des confits. Mangez. Dieu vous puisse rendre selon vos mérites le bien et honneur que vous m'avez fait en parachevant notre victoire... et surtout celle de mes champions !

Reposant son hanap, Ogier s'aperçut qu'Arnaud de Cervole et son capitaine dévisageaient sans répit ses cousines — ce dernier avec une concupiscence qui semblait lui gonfler les yeux. Ils absorbaient les mets si gloutonnement qu'on les eût crus au sortir d'un carême.

— Ils m'emmaladissent, chuchota Tancrède.

Sa main, de nouveau, revint sur la cuisse du damoiseau puis s'y crispa.

— Lâche-moi, demanda-t-il du bout des lèvres.

— Tu n'aimes pas ? On dirait que si.

— J'aimerais ailleurs qu'à cette table.

La main ressurgit sur la nappe et se posa sur un bout de pain. Les doigts battirent, agiles ; et bien qu'ils fussent longs, fuselés, nus — beaux — le garçon les trouva indécents.

— Si nous faisions ce soir ce dont tu as envie, tu m'emmènerais ?

Ogier sentit les yeux insistants de Tancrède fixés sur son profil, tandis qu'il observait Arnaud de Cervole, rouge, suant, levant haut son gobelet pour proclamer :

— Par la grand-messe, amis et gentes damoiselles, vous louerez les queux, garçons et filles, auxquels nous devons l'accommodement de ces merveilles.

— Ah ! que la guerre est bonne, hoqueta le moine Isart, puisqu'elle permet, sous l'œil de Dieu, d'éprouver de tels plaisirs.

Cette réflexion excéda Renaud à tel point qu'il laissa choir son couteau dans une saucière, éclaboussant — chair et bure — l'ecclésiastique.

— Messire moine, faites excuses ! s'écria le baron penché vers son invité.

Puis, foudroyant l'écuyer tranchant du regard :

— A procéder ainsi, Augignac, nos hôtes vont penser que vous avez été instruit chez des culverts !

Le clerc eut un geste pareil à une bénédiction :

— Mon enfant, dit-il en frottant de ses paumes sa soutane souillée de gras, mon enfant !... Vous tenez, j'espère, l'épée plus fermement que cette courte lame... Si vous vous étiez conformé à l'impérieuse règle des écuyers tranchants — qui est de maintenir le couteau pointé en l'air tant qu'on ne touche pas à la chair — vous m'auriez évité d'être inondé... Je vous observais avant que vous ne découpiez près de moi ce gigot qui me paraît aussi tendre à la vue qu'une cuisse de... euh...

euh... Ignorez-vous aussi que l'écuyer tranchant doit baiser le manche du couteau après s'être arrêté face à celui qu'il convient d'honorer ?... Quel est donc votre nom pour que je m'en souvienne ?

— Renaud d'Augignac.

L'écuyer avait la pâleur de la mie de pain que son interlocuteur pétrissait entre ses petits doigts poilus. Approuvant son frère, Pierre de Cervole demanda :

— Etes-vous le fils de Thibaut d'Augignac ?

— Oui.

Le chevalier n'ajouta rien : son silence équivalait au mépris. Renaud s'était emparé du couteau gluant et l'essuyait au linge que lui passait Mathilde.

— Tout va de mal en pis pour lui, chuchota Tancrède. Et c'est tant mieux !

Les flammes allègres des chandelles, des couronnes de lumière et des pots à feu dispensaient partout une vapeur cuivrée. Ici et là, aux tables du commun, on s'échauffait. Le vin aidant, chacun racontait ses prouesses à grands gestes et coups de poing sur les plateaux. Les craquements du tronc sous la hotte, les chocs d'ustensiles traversaient cet emmêlement de parlures, de cris, de rires — tumulte capricieux, oppressant, qu'Ogier supportait mal.

« Où en sont Bressolles et les hommes ?... Il leur faut aller très loin au-delà du camp des Cervole pour passer inaperçus. »

Et si, une fois alertés, les gens de Vélines décidaient d'envoyer quelques hommes en reconnaissance ?... Si Arnaud de Cervole, soudain, souhaitait voir le maçon ?

Tancrède, souriante, observait Renaud dont la confusion et le dépit persistaient ; Claresme le plaignait ; Guillaume buvait, surveillé de loin par Mathilde... Suivant Aliénor, quelques servantes, soigneusement parées, firent le tour de la maître-table, les unes distribuant de larges morceaux de miches, les autres des coquemars pleins de sauce poivrade. Et soudain, les délaissant, l'attention de Bertrand Panazol se concentra sur Claresme.

— Ah ! vous, fille, dit-il, je vous trouve à mon goût.

Feignant de prendre cette irrévérence pour une gracieuseté, Pedro del Valle répondit au rustaud que la fille aînée du baron était également du sien, puisqu'il allait l'épouser. Déconfit, Panazol empoigna le manche du gigot que Renaud venait de découper et le rongea avec une voracité de loup.

Tout près, de plus en plus pensif, Guillaume demanda :

— Hormis ces événements qui nous ont permis de nous connaître, que savez-vous, messire Arnaud, des affaires du royaume ?

L'homme haussa les épaules.

— L'Anglais nous envahit, vous vous en êtes aperçus !... On prétend que le duc Jean de Normandie est toujours à Carcassonne... Il manque d'hommes, et c'est une cité lointaine... Mais le savez-vous, baron ? C'est là que j'ai connu Girbert Bressolles... Il me vint en aide sur le seuil d'une hôtellerie où je venais d'être agressé par deux marauds convoiteux... Nous les avons mis en fuite à coups de poing.

— A coups de poing ?... J'ignorais que Bressolles était aussi hardi.

— A coups de poing, vous dis-je !... Sans son aide, je perdais mon escarcelle et ma vie... Je viens, à votre profit, de lui payer ma dette... Mais où est-il donc ?

— Il était si las qu'il s'est couché, dit Ogier.

— Grand bien lui fasse ! s'écria Pierre de Cervole. Et croyez que nous ne regrettons pas la compagnie du maçon !

« Elle vous a permis de vous abutiner sans mal », songea Ogier. Puis, tandis que la cuisse de Tancrède remuait contre la sienne : « Il ne faut pas longtemps pour entasser du bois... Avec la chaleur des derniers jours, il doit être bien sec... »

Bourdonnements de mots. Il semblait qu'on n'eût

jamais autant javotté sous les voûtes. On interrompait parfois une libation pour s'exclamer, s'esclaffer, crier un lambeau de phrase. Et l'Archiprêtre se démenait verbalement, voulant plaire et mieux : passionner. Honnête ? « *Défie-toi de cet homme, Ogier. Il est si baratière qu'en contant jangles et bourdes, il cherche à endormir nos gens !* » Tout proche, Philippe écoutait. Le bâtard de Guillaume n'en avait jamais autant vu et ouï. « Qu'il a l'air niais ! » se dit le damoiseau — car la méchanceté lui venait maintenant comme une fièvre.

— Je vous le dis tout net, baron de Rechignac : à choisir entre l'archiprêtré de Vélines et le métier des armes où, je l'avoue, je suis encore passé inaperçu, je choisis pourtant ce dernier.

Pierre de Cervole s'entretenait avec Sicart de Lordat :

— ... et il fit tomber ses gantelets à ses pieds. Ses mains avaient perdu presque tous leurs doigts. Il était si malade de mesellerie [1] qu'il tombait tout par pièces !

Arnaud Clergue et Isart de Cervole, qui conversaient à cœur joie, se détournèrent et invitèrent les deux hommes à se joindre à leur entretien.

— La mesellerie ! s'exclama le chapelain de Rechignac. Oyez, messires...

Et de raconter qu'allant un jour à Bergerac pour y confesser un mourant, il était entré dans la rue du Chat-qui-Pêche où son froc ne l'avait nullement préservé des sollicitations des filles faillies. Son émoi s'était accru lorsqu'il avait découvert que l'homme sur son déclin était le tenancier d'une officine de ribaudes.

— Qu'avez-vous fait, mon frère ? Lui avez-vous présenté les saintes huiles ?

— Non.

— Pourquoi avez-vous dispensé ce pécheur du saint chrême ?

— Sa chair était comme une éponge noire... Pouah !

1. La lèpre.

— Ce mal heureux avait-il franchi la mer ?

— Non... Mais il s'est souvenu qu'un jour, à Marseille, il avait acheté à des nautoniers qui faisaient commerce avec des infidèles quelques-uns de ces fruits étranges, pareils à des raisins d'ambre, et qui sont vendangés sur des arbres à grandes palmes.

— Marseille est la cité pourrie par excellence.

— Nous avons de ces fruits dans mon pays, dit Pedro del Valle.

Cessant d'observer l'armurier, Ogier se tourna vers les clercs toujours diserts :

— ... un dominicain !... Il était cependant prieur d'une abbaye de bonne renommée !

— Vous le savez tout comme moi, mon frère : l'abbaye ne fait pas le moine.

— *Res judicata pro veritate habetur.*

— ... et je savais que cette bastide subirait toutes les malfaisances...

— Les ribaudes de Chypre...

— Il paraît que celles de Candie...

— Et celles de Rhodes !

— Un frère de chez nous en est revenu. On peut y voir, à la porte d'Amboise, le crâne gigantesque du monstre qu'un chevalier de France : Dieudonné de Gozon, a occis voici trois ans [1].

Ivre, rouge comme la crête d'un coq, Panazol, que ces conversations indignaient, se pencha :

— Je me sentirais fort adolé si j'avais été vaincu par un damoiseau à peine sorti de ses enfances.

Penché, prêt à bondir, Enguerrand de Briatexte défia le capitaine d'aventure d'un regard dont l'exécration semblait couler en même temps que la fureur :

— Que vous en semble, messire !... Savez-vous que c'est le plus dur bachelier auquel j'aie eu affaire, moi

1. On se perd en conjectures sur la nature de ce monstre, mais il exista tout autant que Dieudonné de Gozon, qui, en 1342, le tua. Le crâne fut exposé jusqu'en 1837 au linteau de la porte d'Amboise.

qui pourtant sais bien estrémir[1]. Si j'étais ce fameux Dieudonné de Gozon, je pense que vous seriez...

— Le monstre ?

Frère Isart avait l'esprit d'un inquisiteur :

— Dites-moi, frère Clergue... Ces filles qu'on dit de joie, les avez-vous bénies ?

— Certes !

— Avec quel goupillon ?... Ah ! Ah ! Ah !

— Ce que je puis dire, c'est que l'une d'elles était si certaine d'aller en Paradis, le temps venu, qu'elle m'a dit...

La confidence tomba dans l'oreille faunesque d'Isart de Cervole, tandis que Guillaume intervenait :

— Les Anglais avaient des femmes avec eux. Des ribaudes et des prisonnières... N'en avez-vous pas trouvé ?

— Ils nous en ont abandonné six ou sept.

Tandis qu'Ogier relevait pour lui-même l'hypocrisie du verbe employé par Arnaud de Cervole, celui-ci considéra le baron assez froidement :

— Hé oui, messire, elles faisaient partie de leur butin.

— Sept, précisa Panazol en arrachant un lambeau à son os.

— Des ribaudes ou des otages ?

— Qu'est-ce que cela peut vous faire, damoiseau ? s'étonna le capitaine en essuyant de l'avant-bras sa bouche poisseuse.

— Ce que ça me fait ? Si ce sont des ribaudes, vous les pouvez foutre. Si ce sont des dames, vous les devez libérer.

L'os, d'où pendillaient des filandres saignantes, s'agita comme négativement.

— Captives ou ribaudes, nos hommes, en s'en emparant, n'ont pas fait la différence ! L'une d'elles prétend être la dame de Montravel, une autre sa fille...

1. Jouer de l'épée.

Comment savoir ? Pourquoi ne seraient-elles pas, l'aînée, notre vénérée reine — puisqu'elle boite — et l'autre Florence de Bretagne ou Hélène de Troie ?

Ogier serra les poings. A quoi bon discuter ? « *Les malheureuses !* » Négligeant le regard ardent de Panazol, il vit Thierry Champartel verser à boire à Briatexte ; puis Margot : elle apportait un chaudron fumant et se riait d'une effronterie de Girard. Adossée à la muraille, dans l'angle de la cheminée, l'air à la fois triste et repu, Clotilde attendait qu'Aliénor lui tendît une marmite qu'elle emplissait à la louche.

Mathilde apparut.

— Douze tourterelles rôties ! annonça-t-elle fièrement. Les dernières que nous ayons.

Elle plaça sur le tablier la lèchefrite contenant les volailles.

— Ces blancs oiseaux ont-ils été effondrés ?

Tout en posant cette question, Arnaud de Cervole avait ouvert son pourpoint de soie retorse sur un poitrail pelu, dont il était fier.

— Pour sûr, messire ! lui répondit la commère, le visage rouge et luisant.

— Sottise, femme ! Ces oiselets doivent être rôtis tels quels, parce que leurs boyaux sont gras, sans ordures... Ils ne mangent que pierrettes et sablons, tourtes et graines de genièvre.

— Sottise ? rétorqua la cuisinière, agressive. La fiente est la fiente ! Qu'elle soit d'oiseau ou de vache, pour moi, elle n'aura jamais d'autre goût que celui de la merde !

Panazol s'esclaffa. Il fut le seul. Lâchant son os, il regretta d'une voix pâteuse qu'on n'eût pas ce soir, de même qu'en d'autres bastilles de sa connaissance, l'occasion de se mieux divertir, et qu'après une aussi bonne chère, des chairs encore plus tendres ne fussent pas offertes à la discrétion des convives.

— Descendez donc dans votre camp ! suggéra

Ogier. Vous y trouverez des ribaudes et, malheureusement, des gentilfames.

Soudain, d'une voix rude, pondérée, le baron intervint :

— Messeigneurs, et vous aussi, ma bonne gent assemblée en ce souper après avoir enduré les douleurs de ce long siège... Qu'on se taise !... Oyez ! Oyez ! Oyez ! Oyez !

Le silence devint progressivement tel qu'Ogier entendit craquer un os dans la gueule d'un chien.

— Je tiens à louer la bonté de nos hôtes, messire Arnaud, Pierre et Isart de Cervole... Ils se sont portés à notre aide, prévenus de nos difficultés par Bressolles, hélas ! absent... Il s'accorde un repos bien mérité.

Ogier, Girard, Champartel s'entre-regardèrent. « *Pourvu qu'il réussisse ! Pourvu que les feux prennent, s'enflent et dévorent les fagots !* » Guillaume s'agita entre ses accoudoirs :

— Demain, une grand-messe sera célébrée à la mémoire de tous ceux qui se sont sacrifiés pour la sauvegarde de cette bastille, mais ce soir, je veux exprimer mon admiration aux preux grâce auxquels nous vivons.

D'un geste dans lequel, ayant trop bu, il mettait plus d'incertitude que de solennité, Guillaume désigna Pedro del Valle, occupé à chuchoter quelque compliment à l'oreille de Claresme :

— Messire del Valle m'ayant fait l'honneur de me demander la main de ma fille, que voilà...

Les deux jeunes gens se levèrent et s'inclinèrent.

— ... Je la lui ai accordée avant même qu'il ait participé à la destruction du beffroi... Leurs épousailles seront célébrées demain.

Il y eut des hurlements d'approbation aux tables du commun. Claresme baissa la tête, plus rouge, entre ses tresses blondes, qu'une écrevisse au sortir d'un bouillon, et l'armurier, en se rasseyant, caressa sa main chargée d'anneaux d'or.

« C'était par Blanquefort et Haguenier qu'il fallait

commencer, songea Ogier, mécontent. Guillaume se devait de rendre hommage à leur vaillance ! »

Il croisa successivement les regards de Tancrède, Mathilde, Thierry. Leur déplaisir le toucha.

— Ne l'interromps pas, conseilla Tancrède en posant derechef sa main sur sa cuisse. Laisse-le. Il suffit que nous y pensions.

— Ce n'est pas tout, reprit le baron après avoir vidé son hanap et hoqueté un bon coup. Deux damoiseaux ont incarné, aux pires moments, toutes les forces closes en notre bastille... Jean du Taillis, que demain, dimanche, j'armerai chevalier.

Alors que des applaudissements éclataient, Bertrand Panazol but un coup et s'étrangla. Il toussait tellement, rejetant le vin par le nez, que Mathilde lui passa le torchon suspendu à son devantier ; le capitaine le souilla mais ne se trouva bien que lorsqu'il eut vomi derrière son banc, cependant qu'une ovation saluait le courage d'un garçon sorti de rien...

— ... qui, continuait Guillaume, s'est tiré de deux estours [1] desquels Roland, le roi des preux, ne se serait pas mieux destouillé que lui.

La main de Tancrède, mouvante. « Va-t-elle me rempoigner ? » Ogier lui lança un regard faussement apathique. Elle sourit :

— Le prochain los est pour toi... Tu l'as bien mérité !

Panazol les observait, tout en passant sa langue sur ses lèvres. Il sourit à la jouvencelle, laquelle l'ignora pour avouer :

— J'ai tremblé, j'ai pleuré quand tu affrontais Briatexte... A ce moment-là, je...

— Tu m'aimais ?

— Oui... à ma façon... Je mou...

Hop ! A nouveau cette audace, ce happement. Comment faire autrement que de surgir de sa léthargie ? La

1. Combats. *Estourmie* : mêlée.

folle, l'indécente ! Il l'en admirait presque. Elle paraissait sereine, détachée de tout ce qui bougeait, passait, mastiquait, buvait. Quel convive, hormis peut-être Panazol — et encore ! —, pouvait imaginer qu'elle l'avait empoigné ?

Ogier frémissait d'une espèce de rage. Les poings sur la table, il résistait difficilement à l'envie de remuer, de protester, car enfin, si l'on se doutait... Même Clotilde eût hésité, puis renoncé à commettre cette impudence.

— Ah ! non, chuchota-t-il en se penchant, ne me fais pas sortir de mes gonds !

Pensait-elle qu'elle le subjuguait ? Précise et connaisseuse. Pourrie de luxure, sans doute ! « *Elle peut se truffer d'Adelis !* » Elle excitait en lui des désirs de violence, et pourtant, il demeurait comme paralysé, tellement attentif à lui-même et à elle qu'il n'entendait plus rien, effaré, abalourdi, couillonné, tendu, et se demandant comment échapper à ce piège.

— La derverie [1], cousine, supplée ton affection.

— Tu débordes d'une ardeur inemployée.

Il bouillait. Elle devait sentir son cœur battre comme il sentait battre le sien. Et cette nonchalance de chatte engourdie au soleil !

— Emmène-moi !... C'est la dernière fois que je t'en prie.

Il ne pourrait maintenir longtemps cette impassibilité de surface. Pression furieuse. Elle devait se dire : « Je l'aurai. Je l'ai déjà à ma merci ! » Et la voix de Guillaume, vibrait, durcissait :

— Et le preux de ces jours noirs, c'est lui, Ogier !... Il s'en est sorti sans une égratignure... Il a vaincu Enguerrand de Briatexte, présent à ce repas de la victoire, car il fut un adversaire de grand mérite... Mais notre champion s'est montré le meilleur, et j'ai plaisir à boire à sa santé !... Longue vie à mon cher neveu !

1. Folie, possession par l'esprit malin ; diablerie.

Ogier s'était attendu à une acclamation. Il se sentit pâlir lorsqu'elle survint, mêlée à des frappements de mains incessants, les plus bruyants qu'il eût jamais entendus. A l'extrémité de la table, le chevalier vaincu lui adressa un sourire dont l'ambiguïté aggrava sa confusion.

« Mon premier otage... Certes, il est furieux... Il m'eût différemment traité si j'étais tombé en son pouvoir ! »

D'un geste, Guillaume apaisa le hourvari et reprit d'une voix changée :

— Vous avez pu voir deux lions diffamés sur son écu...

— Bon sang ! chuchota Tancrède, l'ivresse et la présomption grossissent son aveuglement !

— Je vais devoir me lever.

Maudissant cette contingence, Ogier dévisagea furieusement Tancrède. La gaupe ! Elle riait. Elle ne semblait aimer que les délits[1] saumâtres.

— ... Je n'en dirai rien, continuait Guillaume, sinon que ses lions furent mutilés devant moi, en exécution d'une sentence inique !... Mais vous connaissez le cœur de mon neveu !... Il châtiera sous peu l'auteur de ce forfait !

— Qui est-ce ? interrogea Briatexte.

— Eh oui, qui est-ce ? insista le moine Isart, subitement grave, et sur un ton que n'eût pas déjugé le Grand Prévôt de Paris.

— Ami, quel est ton père ?

— Godefroy d'Argouges.

Un sourire éclaira le visage d'Arnaud de Cervole. *Il savait.*

— Laissons, Pierre, dit-il à son frère penché pour le questionner. C'est une vieille histoire que je croyais enterrée... car j'ignorais qu'Argouges eût un fils... Nul ne le sait, apparemment... Allons, damoiseau, aban-

1. Délices, plaisirs.

donne cer air soupçonneux !... La vie te sera belle, j'en jurerais... Quant à nous : bouche cousue !

D'un regard, Ogier lui exprima sa gratitude : il n'aurait pu parler tant sa gorge était nouée. Et tandis qu'il épongeait de son pain son écuelle, l'Archiprêtre constata, comme il l'eût fait d'une fatalité :

— Les victimes de Blainville ne se comptent plus... Il a fait occire les Bretons par dizaines, les accusant, comme Clisson, de trahison et d'autres choses affreuses ! Les Templiers ont eu naguère Nogaret ; les Bretons mécontents ont affaire à Blainville... Il règne, en vérité, tout autant que le roi... Il marche à l'ombre de la reine... Folle de corps et fou d'orgueil...

— *Oderint dum metuant*, intervint le moine Isart. Blainville se dit : « Qu'ils me haïssent pourvu qu'ils me craignent »... Je ne l'ai croisé qu'une fois. Il est... glacial.

— Ce sera dur de le prendre en défaut ! ajouta Arnaud de Cervole. Mais bonne chance !

Peut-être haïssait-il le favori, tout simplement parce qu'il disposait du pouvoir... Cet homme méritait-il quelque estime ?

Ogier pensa soudain aux captives ; à la dame de Montravel et à sa fille. Il devait se méfier. Ils devaient se méfier... Et Bressolles ? Où se trouvait-il ? Leur dessein était-il accompli ou manqué ? Et si, par male chance, les Goddons étaient soudain revenus, conduits par un Canole moins décidé à opérer des représailles qu'à récupérer ses barils d'or ?... Tout était possible !

— Saluons Ogier d'Argouges ! reprit Guillaume, soucieux et chancelant. Il va nous quitter bientôt, hélas !... Mais nous le reverrons... Et, si je puis dire, ses lions auront dès lors une queue vigoureuse !

— Moi, je n'en doute pas, dit Tancrède à mi-voix.

Les applaudissements se convertirent en un ban bien rythmé, oppressant. Soudain, sous l'impulsion de Champartel et de Girard, le damoiseau entendit son nom crié par plus de cent bouches ; cent compagnons et compagnes admiratifs et fervents, tandis que les claquements des mains continuaient.

— *O-gier ! O-gier ! O-gier !*

Une émotion difficilement supportable le secoua. Des larmes brouillèrent sa vue et tiédirent ses joues tandis que Tancrède frappait dans ses paumes, puis Claresme et Pedro del Valle, Blasco et Martinez — lesquels venaient de se dresser pour donner plus de force à leur hommage.

— *O-gier ! O-gier ! O-gier !*

Sicart de Lordat levait son hanap, puis Arnaud de Cervole, imité par ses frères, tandis que Renaud, immobile, à la fois dédaigneux et dédaigné, serrait les dents.

— Mon neveu, tu as bien mérité les éperons ! Tu voulais les chausser en Normandie, mais tu conviendras avec nos gens et nos hôtes que le moment ne peut en être différé... Je t'adouberai demain matin !

— Je vous en rends grâce.

Ogier se demanda si quelqu'un, autour de lui, avait pu l'entendre, car de nouveau, provoquée par les soudoyers qui potaillaient davantage qu'ils ne mangeaient, une ovation plus violente que les précédentes venait d'éclater.

— *O-gier ! O-gier ! O-gier ! Oooogggiiieerrr...*

Ah ! comme il regrettait que son père, sa mère, sa sœur fussent absents de cette liesse. Les fumets des viandes et des sauces, les vapeurs exhalées des chaudrons de vins cuits, les maigres fumées des chandelles pareilles à des hampes de lances, et celles des torches et des couronnes de feu suspendues à une aune des têtes, formaient un fin brouillard d'où parfois tombaient des gouttes. Ils eussent été fiers de lui, ses parents ! Godefroy d'Argouges, surtout. Mieux qu'aucun autre, il eût apprécié cette rumeur pire que le bourdonnement de cent essaims de frelons et dans laquelle, parfois, de brusques cliquetis de vaisselle ressemblaient à ceux des épées.

Les yeux du damoiseau le picotaient toujours et son cœur lui restait dans la gorge. Il s'était enfin engagé dans la maturité. Peu importait par quel itinéraire, bref ou long, il parviendrait à la mort, pourvu qu'il fût de loin en loin, dans sa vie, satisfait de ses actes autant qu'il l'était présentement. Derechef, tandis que Guillaume, essoufflé, se rasseyait, il se redemanda en quel état se trouvaient ses parents, le château familial et les terres. Peut-être le seigneur de Gratot hésitait-il à le rappeler instamment par crainte qu'il ne fût encore un homme...

Le genou de Tancrède touchota le sien.

— Te voilà tout ébranlé.

— Laisse-moi.

— Quel émoi ! Tu as bien mérité cette action de grâce.

Elle jouait de la main et des mots. Il se regimba :

— Et nos morts ? Qui ce soir songe à eux hormis ceux qui les pleurent ?

Tancrède eut un rire pointu, si bref qu'Ogier douta de l'avoir entendu.

— Ce sont des saints, désormais. Pense aux vivants, aux vivantes. Pense à moi !

Comme s'il eût été capable de se retenir d'y penser !

— Cousin !... Tu vas devoir passer cette nuit en prières.

— Je ne suis plus ton cousin... Et crois-moi : si je pouvais choisir entre la chapelle et ton lit...

— Tu n'as pas le choix. Il te faut la chapelle... Quant à ma couche, si tu veux la partager, ce sera hors des murs... Mais regarde ton prisonnier !... Il était plus fier quand il hurlait ses sommations !

Au bout de la table, cuirassé de mystère et de sérénité, Briatexte mangeait d'une main. Voyant se froncer ce front sévère, Ogier se demanda s'il s'agissait d'un signe de souffrance ou de quelque fureur involontairement révélée... Quel pouvait être l'âge de cet homme ? Entre vingt-cinq et trente ? Il portait délicatement sa main au plat, séparait la viande d'un grand coup d'incisives et mâchait lentement, tout en considérant d'un œil sec et rêveur cette assemblée dont les rumeurs et les remous devaient lui rappeler le château familial.

« Que vais-je en faire ? Je lui rendrai son écu tout comme je lui ai rendu sa Gloriande. Et son cheval, qui me paraît aussi bon et fidèle que Marchegai, puisqu'il est venu hennir devant le pont-levis longtemps après la dispersion des malandrins... Qu'ai-je à m'encombrer d'un tel larron ! »

Ils échangèrent un regard bref. Plus de haine, mais de l'inimitié.

— Oh ! suffoqua Tancrède.

Une boulette de pain venait de tomber dans son écuelle.

— Panazol... chuchota-t-elle.

Ogier croisa le regard du fâcheux.

— Ce goguelu me défie, dirait-on.

Une seconde boulette chut sur la cuiller de la jouvencelle. D'une chiquenaude, elle l'envoya au milieu de la table.

— Il est saoul, dit Ogier.

Il allait cesser de s'occuper du capitaine quand un troisième projectile tomba dans son hanap. Dévisageant Panazol, il s'apprêtait à lui demander de cesser ce jeu absurde lorsque le plateau et les couverts rebondirent : frappant la table de son poing, Arnaud de Cervole proclama :

— Je vous le dis tout net, baron : je reste l'archiprêtre de Vélines. J'en touche les revenus comme seigneur temporel et fais pour le moment desservir le spirituel par mon frère. Et j'exercerai le métier des armes ! Dieu et l'épée !

Du coude, Ogier toucha le bras de Tancrède :

— Tu as vu ? Sa boulette est tombée dans mon vin.

— Et alors ?

Elle ne le regardait pas : elle dévisageait Panazol.

— Alors j'hésite à lui jeter ma boisson sur la goule... mais je préfère arroser les dalles.

Joignant le geste à la parole, il vida le récipient loin derrière lui, pour ne pas souiller le poil de Saladin, à ses pieds.

— Laisse faire ce sot, recommanda Tancrède.

Ses yeux toujours plongés dans ceux du capitaine, elle était l'incarnation du dédain, bien qu'il y eût aussi quelque chose de doux, de juteux dans son personnage. Et lui, Panazol ? Le mal fait de luxure et de férocité.

— Je voudrais qu'ils partent, Ogier.

Et Bressolles ? Bon sang, les fagots auraient dû flamber ! Étaient-ils, lui et ses gars, victimes d'une embûche ? Quel guetteur apparaîtrait bientôt, effrayé ? *Il fallait que ce fût bientôt !*

— Comment êtes-vous passé aux Anglais ? demanda Pierre de Cervole à Briatexte.

Cette question ne fit pas qu'indisposer le vaincu, elle le courrouça. Il porta son hanap à ses lèvres, dissimulant à demi sa figure.

— Les gens du Roi de Fer ont brûlé le châtelet de mon père après avoir violé ma mère jusqu'à la mort... Ils ont également égorgé mes deux frères.

— Et pourquoi ? demanda le moine Isart.

Briatexte ne lui dissimula pas son aversion :

— Mon oncle était du Temple... Ils le cherchaient... J'ignore d'ailleurs ce qu'il est devenu et vous tairai son nom... Le matin de cette visite, j'étais aux écuries... Ils ne m'ont pas trouvé.

— Tant mieux pour vous, dit Ogier.

Quelque chose — mais quoi ? un détail — lui parut suspect dans ces explications formulées d'une voix hargneuse. Il n'eut pas le loisir d'y réfléchir ; Briatexte poursuivait :

— J'ai fait serment de me venger.

— En passant au service d'Édouard.

Briatexte hocha la tête. Ogier fut près d'avouer : « Je vous comprends mieux. » Il demanda :

— D'où êtes-vous ?

— Près d'Albi.

— Vous n'avez pourtant pas le parler de Bressolles.

— D'une lieue à l'autre, l'accent change. Vous devriez le savoir... Normand, vous avez perdu le vôtre comme j'ai perdu le mien.

Cette réponse agressive intrigua Ogier davantage. Laissant Briatexte à ses méditations, il ferma les yeux. Aussitôt, les voix des convives devinrent plus sonores, plus tranchées : *épée, femme, ribaude, cheveux, potron, sire, huile, délivrance.* Il rouvrit ses paupières : sur le plateau, des chaudrons gisaient, renversés, leur contenu maculant les tabliers de longues taches aux ramifications de pieuvre, les unes rouges et pareilles au sang frais, les autres brunes, épaisses. Et tout en éloignant les mouches attirées par ces reliefs et ces sauces étales, les clercs se chamaillaient. Arnaud Clergue affirmait que c'était Samson qui avait dit aux Philistins : « *Quoi de plus doux que le miel et de plus fort que le lion* », et le moine Isart soutenait que c'était la femme qu'il avait rencontrée dans les vignes de Thimma ; et dans la mêlée de gestes et de mots tout autour d'eux, ils avaient l'air de deux sages insensibles aux tourbillons d'un ouragan.

Portant une miche, Clotilde passa derrière Panazol.

— Eh toi, lui dit-il.

Elle s'approcha ; la main du capitaine quitta la table.

— Oh ! protesta la jouvencelle.

Et elle s'enfuit.

— Tu as vu, Ogier ? demanda Tancrède sans presque remuer les lèvres.

— Et comment !... Mais que m'as-tu fait, toi, il y a peu de temps ?

L'expression de gêne et d'irritation qui, un instant, anima le visage du damoiseau pouvait-elle passer pour de l'arrogance ? Panazol s'étonna :

— Qu'avez-vous à me considérer ainsi ?... Que

vous ai-je fait, à vous ?... Ah ! vos grands airs commencent à me courroucer !

Il cherchait la querelle et sans doute les coups afin de se réhabiliter dans l'opinion de Tancrède.

— Holà ! s'emporta Ogier. Qu'avez-vous à me harceler de vos paroles, de vos boulettes et de vos regards impertinents ? Par le Ciel, je ne vous demande rien !

— Et que faites-vous alors ?

— Si vous savez ce que cela signifie, je pense, je médite. J'imagine une pièce vide de votre présence, où je pourrais dormir, mon chien à mes pieds, comme en ce moment.

— Votre chien !

Les yeux rouges d'ivresse et de fureur, Panazol détendit violemment une jambe. Son talon armé d'un ergot d'acier atteignit Saladin à demi endormi. L'animal hurla de douleur.

— Paix, Saladin.

Craignant du chien une vengeance immédiate, Ogier passa sa main sur son flanc et son cou ; il la remonta tachée de sang.

Alors, sa patience, ses résolutions, sa méprisante indulgence à l'égard du rustique insolent et cruel, tombèrent :

— Par ma foi, dit-il, le regard enfoncé dans celui de son vis-à-vis, je sais bien que vous êtes l'hôte de mon oncle et que les lois de l'hospitalité me contraignent à supporter vos excès !... Cependant, je vous préviens : je n'en souffrirai aucun autre.

Il s'aperçut qu'au beau milieu de cette tablée bruyante, il venait de planter avec autant de fureur qu'une lame un silence dont on ne pouvait augurer rien de bon. Et bientôt, les convives des tables voisines, atteints comme par contagion, furent muets et attentifs. Panazol s'en réjouit : on allait l'entendre.

— Ce chien n'était pas à sa place, voilà tout... Ou bien êtes-vous si frileux, damoiseau, qu'il vous en faille un pour chauffer vos orteils ?

— Mes orteils ? ricana Ogier. Sachez, Panazol, que je me les chaufferais bien en vous en frappant le cul, car vos façons et bourdes ne sont plaisantes qu'à vous seul.

Tancrède le saisit par la manche et lui adressa un regard qu'il refusa de comprendre. Le capitaine répliqua, fort heureux de l'intérêt que, d'un seul coup, cette querelle dirigeait sur sa personne :

— Vous n'êtes pas encore chevalier, mon jeune seigneur... Un petit coq, tout au plus. Et j'ai le potron un peu trop haut pour que vous l'atteigniez !

— Cesse donc, Panazol, exigea Arnaud de Cervole auquel son frère Pierre venait de glisser quelques mots à l'oreille. Clos ta grande goule !... Où te crois-tu donc ?

— Oui, je pense que vous avez raison, Panazol, poursuivit Ogier, sur sa lancée. Vous avez le cul à l'endroit de votre tête... Par Dieu, j'en sens l'odeur putride jusqu'ici ! Mais dites-moi, lorsque vous devez vous y rendre, qu'enfoncez-vous dans le trou des latrines ? Votre hure ou votre séant ?

Il caressait Saladin gémissant ; le capitaine lança vers ses compagnons un coup d'œil exprimant son désarroi et sa fureur. Puis il fit front.

— Vous m'agressez comme un portefaix, Argouges ! cria-t-il, désolé de ne savoir quelle réplique opposer à l'ironie ardente du damoiseau qui, sauf Tancrède, n'avait égayé personne.

Ogier se leva et se pencha, les paumes à plat sur la table :

— La réplique d'un portefaix me paraît trop honorable pour vous !... Vous me traitez de coq ?... Vous n'êtes qu'un chapon !

Le visage étincelant de haine et sa dague au poing, le capitaine jaillit de son banc :

— Je vais t'étriper, morveux !

Il en amorçait le geste quand un chaudron l'atteignit en plein front, le culbutant tout d'abord de son banc, et de là sur les dalles où, les ayant heurtées de la nuque, il demeura inconscient dans ses vomissures.

L'ustensile avait été lancé d'une main experte, violente. Ogier regarda d'où il était parti. Enguerrand de Briatexte s'inclina. Ensuite, se tournant vers les Cervole avant que de se rasseoir, le champion de Robert Knolles parut se repentir de sa discourtoisie.

— Par ma foi, messeigneurs, ajouta-t-il, j'ai bien cru que vous laisseriez votre captal éventrer messire Argouges ! Certes, j'ai eu grand déplaisir à ce qu'il m'ait dominé, mais je reconnais qu'il est vaillant. Et votre homme est un sot de l'avoir provoqué.

La malice affleurait ces paroles douceâtres, aussi brûlante qu'une braise sous une cendre attiédie. « Que faire ? » se demanda Ogier en se rasseyant. Rien. L'air, désormais, était empoisonné. Cet incident avait dégrisé les convives groupés autour de Guillaume ; et à toutes les tables on se taisait toujours, espérant peut-être quelque prolongement mortel. Ces gens avaient vu le sang couler ; ils en connaissaient la couleur et l'odeur ; ils ne s'effrayaient plus de rien.

Ogier, d'un mouvement, remercia Briatexte. Ils étaient quittes. Il s'excusa auprès de son oncle d'avoir troublé le cours du repas.

— Bah ! constata placidement Champartel, nous n'avions pas d'entremets. Celui-là m'a plu !

— J'espère, dit Guillaume aux Cervole, que votre homme comprendra comme vous qu'il y a des limites à la patience.

Les trois frères acquiescèrent en grognant. La même expression dure accusait leurs rides, et la sueur leur coulait du front au menton. Arnaud, dont les sourcils s'étaient joints, considéra Ogier sans plus retenir la méchanceté tapie tout au fond de son âme :

— Méfie-toi ! dit-il. Tu n'es pas n'importe qui. Méfie-toi !

Il but une rasade, puis se tourna vers les fils de Mathilde :

— Panazol revient à lui, mais emportez-le... Laissez-le à l'entrée... L'air lui fera du bien.

Eudes et Philippe empoignèrent l'homme inconscient par les chevilles et les aisselles. Et comme il pesait trop, Champartel les rejoignit, leur dit : « Laissez ! » en les écartant ; puis il jucha le corps sur son dos.

Ainsi, courbé à peine, le forgeron traversa promptement le tinel. Il venait d'en sortir quand des pas précipités pointillèrent le silence : surgissant de l'escalier conduisant au sommet du donjon, Assalit apparut, souffle court et manche battante.

— Messire Guillaume !

Il courut jusqu'à la maître-table et s'arrêta devant son seigneur.

— Eh bien, quoi ? demanda le baron.

Le dos appuyé à sa chaire, il considéra Pierre et Arnaud de Cervole ; ensuite, il leva les yeux comme s'il allait entendre un chapelet de sottises.

— Qu'est-ce qui t'a mis dans cet état ?

— Les Goddons, messire ! Les Goddons ! C'est sûrement eux qui reviennent !

Les Cervole se consultèrent du regard.

— Les Anglais ? dit Arnaud.

— Oui, messire ! affirma le manchot. Qui voulez-vous que ce soit d'autre ? Que mon unique bras tombe maintenant s'il n'y a pas soixante ou octante gros feux là-bas, dans la forêt et son pourtour... Ma parole, ils avancent de front sur un bon quart de lieue...

A cet instant, Rigaud survint ; il venait, lui, du châtelet.

— A l'arme tous ! dit-il. Ils reviennent... Il y a des feux du côté de Sorges. Cette fois, c'est l'armée de Derby tout entière !

Alors Ogier eut peur. « Bon sang, à trop vouloir parfaire les choses, un détail nous a échappé... Pour assurer leur sauvegarde, les Cervole peuvent nous demander asile !... Comment le leur refuser ? » Regardant Guillaume et Girard, il comprit qu'ils pensaient de même. Rien à faire. Attendre. Guillaume, déjà, passait de la stupeur feinte aux commandements :

— Girard, fais évacuer la salle. Sauf les femmes, je veux voir tous nos cœurs vaillants aux aleoirs... avec leurs arcs, leurs arbalètes, cela va de soi... Ils ne nous assailliront point cette nuit, mais il faut que nous soyons prêts à nous défendre !

Les hommes se levaient lentement, comme résignés, cette fois, à mourir. Quelques-uns devaient penser que les piétons de Vélines pourraient empêcher un massacre : ils s'étaient tournés vers les Cervole afin de connaître leurs intentions. Ils furent déçus. Arnaud s'inclinait devant son hôte et ses filles :

— Le temps nous presse...

Puis, devançant les propos de Guillaume :

— Certes, certes, baron, vous pensez qu'ici et à nous tous, nous pourrions affronter ces démons... Or, voyez-vous, je n'aime à batailler qu'en de grands champs... Je suis dolent de ne pouvoir remanoir[1].

Pierre de Cervole approuva son frère, puis se tourna vers Briatexte :

— Revoici donc vos compains, messire. Assurément, vous en êtes fort aise. Vous ririez moins si vous étiez à moi !

La colère brillait dans ses yeux, du même éclat que son épée qu'il tiraillait en son fourreau. Il se détourna :

— Arnaud, dit-il, cette fois d'un ton sec, déterminé, qui dissimulait mal son inquiétude, il nous faut partir. Il fait nuit noire. Nous allons assurer nos défenses du côté de Sorges, et de là remonter vers Limoges afin d'être à Paris au plus tôt.

Devaient-ils vraiment effectuer ce voyage, ou cette explication n'était-elle destinée qu'à justifier leur repli ?

1. « Je suis désolé de ne pouvoir rester. »

Frottant ses mains à sa bure tiquetée de graisse, Isart s'inclina devant Guillaume :

— Votre hospitalité était une splendeur.

— Nous vous devions bien cela pour votre venue, mon père, commença le baron d'une voix obséquieuse, au gré d'Ogier.

— La charité !... La charité chrétienne, ricana le moine en tapant familièrement sur l'épaule d'Arnaud Clergue. Pas vrai, mon bon ?

Le chapelain, pâle, approuva.

Ogier comprit tout : pour mettre en sûreté les richesses amassées dans les chariots de l'ennemi, une seule issue s'offrait aux Cervole : la fuite. S'ils croyaient à un retour massif des Anglais, ce n'était pas, d'après eux, parce que Knolles souhaitait prendre une revanche après une grave déconvenue, mais parce qu'il voulait récupérer les barils des Montravel.

— Quel dommage, dit Guillaume, que vous partiez contraints de cette manière !

— Eh oui... Ils sont trop... Nous allons essayer de les détourner de votre bastille et les assaillir non loin d'ici.

Pierre de Cervole ne pensait rien de ce qu'il disait. Guillaume avait sa mine des jours sombres. Claresme se laissa choir sur la chaire de son père et sanglota en répétant :

— Cette fois on va mourir, mourir.

Pedro del Valle essaya en vain de la consoler.

Tancrède s'approcha d'Ogier ; à l'inverse de sa sœur, et bien qu'exsangue, elle paraissait sereine :

— Ils auraient pu rester. A vous tous...

— Laissons-les partir. Crois-moi, cela vaut mieux.

— Viens-tu, Isart ? s'impatienta Pierre de Cervole. Il y a des sons de trompe dans notre camp. Nos gens ont aperçu les feux et nous réclament... Aramon et Cuvelier doivent s'impatienter...

Quelques instants plus tard, les trois frères quittaient le donjon.

Ils entourèrent leur capitaine au bas des marches du perron, le remirent debout après qu'Isart l'eut giflé à plusieurs reprises :

— Réveille-toi, Bertrand, les Anglais nous menacent.

— Vois, dit Arnaud. La nuit rougit de leurs feux !

En effet, le ciel au levant était vaguement rouge.

« Pourvu, songea Ogier, que nos gars n'aient pas enflammé la forêt ! »

— Venez, Argouges.

Suivant Arnaud de Cervole sur un des escaliers extérieurs, le garçon accéda aux aleoirs et s'approcha de Champartel et de Rigaud, immobiles à un créneau.

— Les voilà, dit le sergent. Ils sont trop pour les compter.

Ils étaient nombreux, en effet. Ils mordillaient la nuit de leurs dents d'or mouvantes. On apercevait aussi, tressautant çà et là, les allées et venues des torches.

— Le ciel en rougeoie ! répéta Arnaud de Cervole. Et je vois dans mon logement des hommes qui m'attendent.

Il regarda Ogier droit dans les yeux :

— Je vous conseille de vous réfugier tous au donjon. Vous n'êtes pas en nombre pour garnir ces murailles, et mes hommes et moi ne pouvons nous y enfermer... D'ailleurs nous serions tant alors à vivre ici que la famine nous éprouverait avant peu... Quelque regrettable que cela soit, il nous faut vous quitter... Mais je vous dis à vous et pour tous : bonne chance !

Il atteignait la première marche de l'escalier lorsqu'il se ravisa :

— Et si vous avez un souterrain, je vous conseille d'évacuer... Fuir n'est pas lâcheté.

« Et comment donc ! » songea Ogier, que cet homme hautain commençait à égayer.

Ils furent bientôt dans la haute cour.

— Hâtons-nous ! dit Arnaud à ses frères.

Titubant un peu et avançant au coude à coude, Isart, Panazol et Pierre franchirent le seuil du château par la porte cavalière. L'Archiprêtre semblait les pousser en avant.

— A quoi penses-tu, mon neveu ? demanda Guillaume.

— A Arnaud... Sans son plumail, qu'il a laissé sous sa tente avant de venir souper, il paraît petit, étroit de courage et d'esprit. Sitôt franchie votre douve, il va courir aussi vélocement que le cerf de ses armes !

De l'autre côté du pont brillaient les armes des piétons de Vélines. Et sur les murailles, tous les hommes étaient aux aguets.

— Les malheureux, dit Guillaume. Ils croient qu'ils vont devoir batailler et périr.

— Eh oui, mon oncle ! Mais nous ne disposions d'aucune autre cautelle pour nous débarrasser de ces malandrins.

— Crois-tu qu'ils partiront ?

— Ce ne sont pas des hommes de votre espèce... Ils songent moins à combattre qu'à mettre en sûreté leur butin !

— Eh oui, leur butin, dit Guillaume.

Puis résolu :

— Sais-tu que je les connaissais de renommée ?... Et qu'ils me connaissaient ?... Ils sont nés près d'ici, à Cervole... Fils de manants... Je ne sais comment Arnaud est devenu archiprêtre... Sans doute a-t-il du sang sur les mains.

— Et les Montravel, mon oncle ?

— Comme le château dépendait de l'archiprêtré de Vélines, Arnaud et ses frères connaissent sûrement la dame de Montravel et sa fille... Ils les gardent captives par vengeance... et nous ne pouvons rien pour elles.

Guillaume marchait d'un pas ferme, dégrevé du tintement de ses éperons. Il avait — mais l'avait-il un moment perdue ? — recouvré sa plénitude, voire sa magnificence, dépouillée des francs éclats dus aux angoisses de la bataille.

— Nous avons vu la mort de près !

— Disons plutôt, mon oncle, que nous l'avons sentie... Et que nous la flairons encore.

— J'étais sûr que nous surmonterions cette épreuve. Ce fut comme le baptême de mon château.

— S'ils avaient persévéré...

— Nous les aurions repoussés tout de même !

Délivré de la présence des Cervole, Guillaume prenait de la hauteur, se livrait à son orgueil intermittent et inégal comme naguère. Il revint tout à coup au niveau de la terre alors que le pont se relevait derrière lui :

— Et celui-là, qu'en fais-tu ?

A l'ombre du puits, Briatexte rêvassait, immobile. Girard le surveillait. Ogier les rejoignit :

— Messire Enguerrand, vous m'avez sauvé la vie... Vous êtes donc libre... Mais si vous pensez que vos amis Goddons...

L'homme sourit, hocha la tête :

— Ces feux ne peuvent annoncer les Goddons... *Pourquoi ?* me demanderez-vous... Eh bien, parce que Derby n'est plus en ces lieux, ni Knolles ni personne... Nous avions reçu mandement de nous replier... Eh oui, Knolles ne pouvait demeurer, à moins qu'il n'ait pris ce château... Ce combat de champions, c'était sa dernière astuce... Derby en a besoin ailleurs. Peut-être à Bergerac, auprès de Jean de La Zouche ; peut-être à Langon, Monsac ou Maudurant... Peut-être à Auberoche, où l'on doit batailler.

— Alors, dit Ogier, ces feux ?

Briatexte haussa les épaules :

— Ou bien c'est l'armée du roi de France... ou celle du prince Jean, ce qui m'étonnerait...

Le routier s'esclaffa si imprévisiblement qu'Ogier en sursauta :

— Ou bien c'est encore un de vos tours pour éloigner la crapule !

— Pourquoi dites-vous cela ?

— J'ai du flair.

Le garçon sourit. Diable d'homme.

— Où vais-je dormir ?

— Dans ma chambre... Je dois passer la nuit à la chapelle...

— Mille grâces... Et soyez assuré que je ne toucherai à rien !

— Conduis-le, dit Ogier à Girard.

Tandis que le sergent et Briatexte s'éloignaient, Guillaume émergea de ses méditations :

— Ton idée était bonne. Les Cervole et leurs meutes s'en vont. Mais à cause de ce Panazol, tu t'es fait plusieurs ennemis.

Puis, cessant de penser à ces hommes inquiétants :

— Je suis fier de t'adouber !... Les commandements de la Chevalerie n'ont guère changé... Ils furent, de mon temps, au nombre de dix [1]... Je leur préfère les huit règles que Guillaume d'Ostrevant reçut de l'évêque de Cambrai, il y a quelque quinze ans de cela, bien que l'antique objectif, le tombeau du Christ, me paraisse oublié à jamais... Les sais-tu, au moins ?

— Oui, mon oncle.

— Alors, vas-y !

— Entendre tous les jours la messe à jeun.

— Quand c'est possible.

— Mourir s'il le faut pour la foi.

— Oui... Ensuite ?

— Protéger les veuves et les orphelins.

— Quand c'est possible, et ça ne l'est pas toujours, tu verras !

1. Au XIIe siècle : I. — Tu croiras à tout ce qu'enseigne l'Église et observeras tous ses commandements. II. — Tu protégeras l'Église. III. — Tu auras le respect de toutes les faiblesses et t'en constitueras le défenseur. IV. — Tu aimeras le pays où tu es né. V. — Tu ne reculeras pas devant l'ennemi. VI. — Tu feras aux infidèles une guerre sans trêve ni merci. VII. — Tu t'acquitteras de tes devoirs féodaux s'ils ne sont pas contraires à la loi de Dieu. VIII. — Tu ne mentiras pas et seras fidèle à la parole donnée. IX. — Tu seras libéral et feras largesse à tous. X. — Tu seras partout et toujours le champion du Droit et du Bien contre l'injustice et le mal.

— Ne faire aucune guerre sans raison.

— Il y a toujours cent raisons pour déclencher une guerre, et souvent aucune pour instaurer la paix.

— Ne pas favoriser les causes injustes, mais protéger les innocents opprimés.

— Autant que faire se peut.

— Etre humble en toute chose.

— C'est ce qu'on prétend, mais sache-le : entre les moutons et les loups, il faut choisir ces derniers pour survivre.

— Garder les biens de ses sujets.

— Les miens n'ont plus rien. Je vais devoir ouvrir mes coffres.

— Ne rien faire de contraire au sort de son souverain.

— Eh oui... Ce n'est pas en pourfendant Blainville que tu lui feras tort... Au contraire... Allons, va te préparer pour rejoindre Arnaud Clergue... La grande nuit commence pour toi... Moi, je vais la passer dans mon lit.

— Oui, mon oncle.

— Je vais faire porter Jean près de toi. Il peut aussi bien prier couché qu'à genoux... Et Blanquefort ne vous indisposera point.

Il semblait que le défunt sénéchal gênait plus encore Guillaume, désormais, que lorsqu'il était en vie.

— Je prierai pour votre dapifer.

— Moi aussi !

Sur cette affirmation qui lui coûtait peut-être, le baron s'éloigna d'un pas mal assuré.

VIII

Girard et Champartel franchirent le seuil de la chapelle. Ils déposèrent avec précaution, sur les dalles souillées de terre, la civière enfleurie où Jean, mains jointes, affectait la pose d'un gisant auquel il n'eût manqué qu'une épée.

— Où qu'on te met ? demanda Thierry.

— Ma place est près d'Ogier devant l'autel.

— Nous, on veut bien.

— Oh ! dis, fit Girard d'une voix presque craintive, il y a le sénéchal à côté.

— Tu parais enhidé [1], releva Jean dans un souffle. Il n'est plus ennuyeux ni pour toi ni pour moi... Ni pour personne. Il n'a jamais été si quiet de son existence !

Les deux garçons rempoignèrent les mancherons et avancèrent sur les planches branlantes posées au-dessus de la fosse commune. Bien que les corps eussent été enterrés profondément, il semblait que l'infection de leur sang et de leurs entrailles s'exhalait encore.

— L'odeur de sainteté, dit Thierry.

— Dire, fit Girard, qu'il y a là-dessous des gens que je ne pouvais pas sentir !

1. Effrayé.

— Silence, dit Jean fermement. Laissez-moi, compagnons.

Après qu'ils eurent installé le blessé devant le Christ, les porteurs saluèrent Ogier, debout, immobile, et s'en allèrent après un « Dieu vous garde » plus sincère de la part de Thierry que de Girard qu'une espèce de jalousie tourmentait : il avait maintes fois houssepigné Jean pour des questions de service et craignait que le nouveau chevalier ne se revanchât des molestes dont il avait été l'objet.

La porte demeura ouverte. Ogier ne s'en plaignit point : trop de morts hantaient le saint lieu. La vie, c'était cette cour obscure où parfois flamboyait une torche.

— Vas-tu mieux, Jean ?

— Mathilde m'a posé sur le flanc un emplâtre de peaux d'arbres. J'ai mangé une tranche de mouton et bu de l'eau-de-vie. Demain je marcherai... si Dieu y consent.

— Couché ou debout, l'important, c'est que tu reçoives les éperons. Lui, Hugues, les méritait.

Il n'y avait guère de différence entre Jean, immobile dans ses vêtements neufs, et le défunt posé près de la dalle sous laquelle Gibourc, dame de Rechignac, dormait pour l'éternité.

— Ah ! là là, s'exclama Jean. Plus j'estoquais et taillais ces démons — surtout le dernier — plus j'étais heureux... Dis-moi, j'ai idée qu'on doit grogner... Un culvert devenir chevalier !

Bien qu'il fût en quelque sorte légitime, le tutoiement déplut au damoiseau. Il le jugeait prématuré.

— Laisse dire, Jean. Et conserve ton vasselage [1].

Il songea tout à coup à Bressolles et ses hommes. Les fagots brûlaient-ils toujours ? Les Cervole et leur petite armée étaient-ils partis ? Le calme de la nuit lui

1. « Et conserve ta bravoure ».

paraissait étrange. Les ténèbres avaient une sorte de fermeté, de lourdeur.

— Une fois chevalier, pourrais-je épouser une damoiselle de haut lignage ?

Paumes jointes, immobile sur sa couche, Jean se vautrait dans des rêves de grandeur.

— Chevalier !... Il n'y aurait plus formariage [1], pas vrai ?

Ogier s'assit sur un banc, assez loin du blessé. Il était peu enclin à parler, à prier. Cette veillée d'armes lui semblait presque aussi ennuyeuse que les vigiles de Pâques ou de la Pentecôte, au cours desquelles il lui advenait de bâiller. Il trouvait ces longues liturgies à la convenance des femmes, et s'agenouiller lui coûtait. Il avait le sentiment, parfois, de s'humilier, et se demandait si cette attitude par trop déférente, qui seyait à ses ministres, avait l'agrément de Dieu, qu'il imaginait, quand il ne médisait point de Lui, comme Quelqu'un de simple et de débonnaire. De plus, il faisait frais sous les hautes nervures envahies d'ombre. Il avait passé une chemise de coutil blanche, des chausses de laine fine et un manteau de lin également blancs, et sur ses sandales — un don de Claresme à la Noël précédente —, les fleurs d'or des broderies luisaient parfois. Ainsi paré, il l'emportait autant que le gerfaut sur la pie, l'argent sur le plomb, la rose sur l'ortie.

— Tu as froid ? demanda Jean.

— Pas trop.

Dans sa tête, la dernière phrase du chapelain, avant qu'il s'en fût allé, venait de retentir comme un écho. D'où tenait-il cette séquence ? Avait-il l'intention de la répéter demain, après le graduel et l'Alleluia ? *« In labore requies, in aestu temperies »* : dans les labeurs soyez notre repos et dans les ardeurs brûlantes notre rafraîchissement et notre abri... Étrange, ce verset. Non

1. Mariage contracté par un serf hors de la seigneurie ou avec une personne d'une autre condition que la sienne.

seulement il imposait à son esprit la présence du Seigneur, mais encore, mais surtout celle d'une femme.

Les cierges rayaient de leurs membres surmontés d'une goutte d'or la porte par laquelle Clergue réapparaîtrait. Quand ? Dans l'écurie voisine sourdaient les bruissements du foin tiré d'un râtelier et parfois des heurts de sabots ; plus loin, au chenil, les aboiements de deux chiens en chamaille. Et peu à peu, le silence arrivait, solennel, aussi soyeux qu'une onde calme. La chapelle s'engloutissait dans la torpeur de cette nuit enfin libérée des alarmes, des cris, des plaintes.

Ogier se tourna vers Blanquefort, puis regarda ses pieds sur les planches disjointes. Ceux qui dormaient en dessous ne devaient plus avoir visage humain. Quels étaient-ils, déjà ? Sidobre, Rigobert, Calmels...

— Chevalier ! Bon sang, c'est un miracle.

Non, Jean ne se tairait pas. Lui, Argouges, il avait attendu cet instant depuis toujours et son plaisir d'y toucher de l'esprit et du corps était moins aigu qu'il ne l'avait imaginé... Cette fête, il aurait fallu qu'elle eût lieu à Gratot.

— Quand vas-tu partir ?

— Je ne sais, mais cela ne saurait tarder.

— Longue et périlleuse chevauchée.

Périlleuse, oui, mais s'il devait se battre, il se battrait. Croiser le fer en criant sa haine à l'adversaire commençait à devenir pour lui un solas terrible, mais captivant. Au fond, la fureur de Jean dans la mêlée ne se situait que d'un degré ou deux au-dessus de la sienne. Verser le sang d'autrui pour préserver le sien... Tailler, déchirer, transpercer. Être cerné de corps agressifs que l'on voit — que l'on fait — tomber autour de soi comme une haie qu'on dégage. Et ce soulagement, ensuite : ce refus de la colère plus doux au corps que l'immédiat après l'amour... Oui, il ne différait pas de Jean : tuer pouvait être une jouissance. Tiens, ce gars, sur le beffroi... Cet autre, sur les murailles... C'était joyeusement qu'il les avait occis... Mais quels démons insoupçonnés le poussaient à évoquer en ce lieu de concorde ces affreux et sanglants moments ? L'Homme en croix dont il avait devant lui la figure d'ombre et de lumière, cet Homme qui avait dit *« Tu ne tueras pas »*, ne pouvait-il l'aider à désemplir son esprit de ces images vermeilles ?

Dans sa jeunesse prime, il avait fait un rêve. Ce n'était pas son père qui l'adoubait mais la bonne fée qui présidait sur la destinée des Argouges.

« Belle comme on n'en voit que dans les songeries... »

Elle était vêtue d'une robe d'yraigne parfilée d'or, si légère et transparente qu'il distinguait le rose de sa chair à travers les nébuleuses cannelures du vêtement. Une auréole de grosses perles embellissait sa couronne ; des ciselures couvraient ses bracelets ; un demiceint[1] de rubis sertis de pierreries exaltait la perfection de ses hanches. Mains jointes, agenouillé devant cette merveille, il était vêtu d'un haubert sur lequel il avait passé un tabard de gueules que Gilles, un de ses ancêtres, avait rapporté de Terre Sainte. Un épervier de sable y déployait ses ailes. Et tandis qu'il priait le Très-Haut de lui accorder sa bénédiction, il sentait sur ses épaules l'attouchement de la lame qui, avec une lenteur exquise, l'armait chevalier. Il y avait tout proches, immobiles, son arrière-grand-aïeul paternel — celui dont on disait qu'il avait épousé la fée — ; il y avait son cousin Étienne, chargé de tenir son écu. Il y avait aussi frère Isambert, alors jeune tonsuré. Isambert avait grossi au cours des ans. Étienne, lui, était mort d'une ruade de cheval. Et maintenant qu'il se remémorait cette scène proscrite au plus profond de sa mémoire, il s'apercevait que ni son père ni sa mère n'assistaient à son adoubement.

« Pourquoi ? » se demanda-t-il, étourdi par une espèce d'angoisse tandis qu'il lui semblait entendre les

1. Ceinture.

paroles que la fée murmurait pour lui seul : « *Le preux est l'homme qui s'emploie à secourir les mal heureux. Dieu l'a créé non pour vivre mais pour servir. Il doit se dévouer en toute chose, jusqu'à la mort s'il le faut. Il doit aimer la guerre puisque c'est par elle qu'il affirme son courage et ses vertus. Un couard ne peut être un homme, encore moins un chevalier. Celui qui refuse de combattre est indigne d'exister. Deviens un preux, Ogier d'Argouges, et ne crains jamais rien : je veillerai sur toi.* »

Un preux. L'était-il devenu ou le deviendrait-il ? La fée dont se recommandait sa famille, si belle que son image, maintenant, éblouissait son esprit, lui accorderait-elle son soutien dans le combat qu'il livrerait un jour à Richard de Blainville [1] ?

Ogier se retourna. Une forme venait d'apparaître sous la voûte. Une enchanteresse au lieu d'une fée : Tancrède.

Il se pencha au-dessus de Jean. Le trompeor dormait, rassasié d'honneur, terrassé par ses souffrances et sa fatigue.

Lentement, le damoiseau gagna le seuil de la chapelle et chuchota :

— Que veux-tu ? Ne sais-tu pas que je dois passer cette nuit devant Dieu ?

— Si, bien sûr, dit la jouvencelle.

Dans les ténèbres, son visage était blanc, son regard noir, païen, et ses lèvres figées sur un sourire avaricieux — presque une grimace.

1. Il fut beaucoup question de cette fée, protectrice de la famille d'Argouges, dans la Normandie du Moyen Age. Pour ceux que cette légende intéresse, il leur est conseillé de se procurer l'ouvrage très sérieux et très documenté qui fut publié à la suite du Colloque de Ranes (Orne) : *Le Conte de fées en Normandie* (Centre de Publications de l'Université de Caen — Éditions Charles Corlet, à Condé-sur-Noireau, 1986). Le Colloque de Ranes avait réuni d'éminents auteurs et chercheurs passionnés par la légende de la fée Mélusine. Il eut lieu du 30 juin au 1er juillet 1984.

— J'avais besoin de te voir... *Je ne sais plus comment je dois agir avec toi...*

Ogier ne lui connaissait pas ces inflexions tendres.

— Je n'ai jamais su, moi, comment agir avec toi !... Ni avant ton départ pour Lubersac, ni après ton retour...

Et c'était vrai. Réel ou non, leur « cousinage » s'était dressé entre eux comme un obstacle. Par l'esprit, avant même que par le sang, Tancrède était sa parente. Il y avait en eux, convergents, de semblables appétits d'espace et d'aventures, une disponibilité nullement réduite aux sens... Mais à quoi bon remuer ces choses importunes : il devait s'éloigner, revenir à l'autel. En s'attardant ici, il péchait par faiblesse.

— J'ai toujours aussi soif de partir avec toi.

— Je ne te vois pas courir les grands chemins.

— Afin qu'*il* ait plus de fureur que de peine, je lui dirai que je ne suis pas de lui.

Ogier sourit : jamais Guillaume n'admettrait qu'il avait été cornard et que sa préférée était de son sénéchal. Le beau et stérile esclandre, en vérité, que produirait cette révélation.

— Tais-toi. Et demeure... Après tout, rien ne prouve que tu n'es pas sa fille. Blanquefort a passé une nuit, une seule nuit, avec ta mère. Il suffit qu'elle ait partagé la suivante, les suivantes avec son époux.

Tancrède s'ébaudit. Lui pas. Aimait-il maintenant le sénéchal plus qu'elle ne l'avait aimé ?

— Te voilà, Ogier, bien inquiet sur mon compte... Et dans le doute, tu préfères t'abstenir ?

Il ne doutait de rien. Il avait hâte de quitter ces murailles.

« Si tu l'étreins, tu ne pourras faire autrement qu'accepter quelques jours, hors d'ici, sa présence... Si peu que ce soit, elle t'encombrera. Et même si elle est la fille de Guillaume et que tu commets un inceste, n'apprend-on pas des choses pires ? Des pères ont violé leur fille. Des mères forniquent avec leur garçon. On voit des chiens couvrir la femelle qui les a engendrés, mais parce que ce sont des bêtes, nul ne s'indigne... Et si les bêtes étaient plus près que nous de la nature ? *Non, Ogier, non : arrête !...* Dieu qui les aime autant que nous ne les châtie pas !... *Pense à autre chose ! Pense au Christ... à la Vierge. Tu t'égares !* »

Il soupira et fit face à Tancrède.

— M'abstenir ? Non. Je pense que tu choisis mal ton moment pour me relancer.

Elle sourit. Était-elle sûre de le vaincre ?

— Nous voilà seuls, Ogier... Mathilde a donné à Jean un breuvage dormitif... Il n'ouvrira l'œil qu'à l'aube... Sauf les guetteurs, tous ici sont couchés, même Clergue... L'as-tu vu retrouver ses appétits d'antan ?

Elle le saisit aux hanches. Il aurait dû se dégager ; il ne le put. Ce soir, et parce qu'il importait qu'il fût pur pour la cérémonie du lendemain, il sentait sourdre avec douleur dans ses entrailles ce besoin aigu, affolant parfois, de lascivité. Tancrède à sa merci, peut-être... A sa merci *sûrement* ! Mais c'était une ultime épreuve : Dieu lui envoyait cette diablesse pour juger de sa fermeté d'âme et de corps. Sa fermeté de corps ! Il sourit :

— Tu savais ce que tu faisais en venant, pas vrai ? Ou je te suis et nous forniquons je ne sais où, et je me damne un peu... ou je te résiste.

— Entre Dieu qui regimbe et moi qui consens, tu hésites !

Il ne lui répondit pas. Il observait son front têtu sous la frange immobile, ses yeux dans lesquels se reflétait son image, sa bouche où les dents perlaient. Qui était-elle ? Œuvre de Guibourc et de Blanquefort, fruit singulier d'une nuit d'amour, et pour le sénéchal défunt, péché plus accablant qu'une forfaiture. Ou bien fille de la même et de Guillaume, conçue comme à la lutte, ce qui pouvait aussi expliquer son caractère ?... Qui était-elle, à l'affût de ses contradictions ? Hautaine ou fermement indifférente, elle eût parfois, il l'eût juré, après un séjour aux étuves, traversé nue la cour afin de se sécher au vent des hauteurs, à seule fin non pas de provoquer les hommes, mais de se prouver et de leur signifier qu'elle dominait toutes les pudeurs de son état de femelle — pudeurs qui chez Claresme stagnaient comme une maladie. Elle avait décidé qu'aucun sentiment inhérent à son sexe n'influerait sur sa conduite, et rien ne la détournerait des voies qu'elle entendait emprunter.

— Pourquoi veux-tu toujours obtenir l'impossible ?

— Tu as envie de moi. Je viens... Tu atermoies !

— Tu sais que cette nuit ce serait sacrilège.

— Le désir du corps n'a que faire des empêchements de l'esprit ! Dieu se moque des corps : les dépouilles !

— Je ne peux déposer mon esprit au pied du Crucifix et te suivre pour t'étreindre de mon corps seul !... L'amour sans esprit, l'amour en hâte sur la paille ou dans l'ombre, comme certains l'ont fait pendant ces quinze jours ?... Non... Mon corps n'est pas une armure vide !

— Je ne me suis jamais sentie si vide... Comble-moi.

Ainsi, le regard innocent, elle lui faisait confusément peur. Son cou, ses épaules remuaient avec une indolence affectée. Il avait ses seins tout près de sa poitrine. Séductrice. Séductrice en diable... Elle réchauffait ses rêves, les anciens et les récents. Dire qu'il était friand de cette douceur... Vide, creuse... à combler, en effet... Cette gracilité de taille et ces hanches pleines...

— Pedro, Juan et José partiront dans cinq jours. Et Claresme, bien sûr...

Il sentit les petits doigts se crisper sur ses hanches et les ongles les mordiller.

— Avant d'aller au lit, Pedro a dit à Guillaume : « *Si l'armure* (celle que j'ai portée) *vous plaît, gardez-la.* »

— Et qu'a-t-il répondu ?

— Il allait dire non ; j'ai dit oui pour lui.

Deux lueurs allumèrent les pupilles de Tancrède. L'armure...

— Tu ne rêves que de t'en couvrir pour errer sur les grands chemins !

— Où est le mal, dis-moi ?... Mon Graal à moi, c'est l'espace... Il me semble te l'avoir dit.

A quoi bon lui répondre ? Au cas où elle parviendrait à l'obtenir, tout ce fer articulé pour des formes, des membres différents des siens, serait moins le substitut de sa véritable nature, audacieuse, certes, mais vulnérable et faillible, que l'attribut d'une indépendance sur les limites de laquelle elle se méprenait à l'envi, car ici-bas nul n'était jamais libre entièrement. Sous ce lourd épiderme, elle serait, croyait-elle, ce que sa fantaisie ou sa témérité voudrait qu'elle fût. Or, un tel dessein révélait une présomption désastreuse : elle s'exposerait aux méprises et au mépris, aux rires, aux insultes, aux convoitises et aux coups. Elle pouvait porter un nom de garçon, raccourcir ses cheveux, se couvrir parfois de vêtements masculins, elle conservait intacte une féminité tellement accomplie que maintes femmes eussent pu l'envier plutôt que de s'en moquer, et certaines la convier à ces jeux pernicieux où elle devait exceller. Alors ?... Si elle l'obtenait, cette armure la desservirait sans lui servir, et dans ce métal aussi obscur, au-dedans, qu'un cercueil, son personnage vrai, son personnage faux ne se confondraient, ni surtout ne se fondraient en un seul, à sa convenance !

— Tu me demandes où est le mal, Tancrède ? Il est partout. En toi, en moi, en ces envies que tu m'inspires... Si la passion qui ce soir t'a poussée jusqu'à moi est sincère, elle sera toujours aussi forte demain, sinon plus, en raison même de l'attente.

Elle se frotta contre lui, accroissant au tréfonds de ce cousin présumé le sentiment oppressant d'impuissance et de culpabilité qu'il avait éprouvé en quittant l'autel.

— Tu ne veux vraiment pas ?

Farouchement et charnellement couard. A cause de Dieu. Dieu auquel il devait la vie, cette vie faite de chair, d'esprit et de sens.

Ogier passa sa main sous la robe de Tancrède, comme il l'avait fait pour Clotilde ; elle était nue, comme Clotilde. Livré aux vrilles d'un désir feint ou non, son corps tremblait.

— Viens donc, Ogier. Descends sur terre. Le Très-Haut ne t'y verra pas !

C'était sûrement une épreuve : Dieu ou le diable. Impossible de rester insensible. Ce dos tiède, ces reins incurvés. Cette peau qu'il avait entrevue, sentie ; ce ventre qui...

— Non, Ogier ! Devant Sa maison, je n'en puis tolérer davantage...

Cela dit — ou plutôt chuchoté — Tancrède eut un rire féroce et tellement outrageant que le garçon fit un pas en arrière.

— Garce !

— Hé bé... Tu t'emballes... Tu étais pourtant si doucet !

Elle riait toujours, sans crainte d'être entendue.

Ogier recula encore et heurta quelque chose. Quelqu'un.

— Allons, mon fils, que fais-tu au-dehors ?

Clergue ! Depuis quand était-il là ! Les avait-il épiés ? Déjà *elle* était loin, enveloppée de ténèbres et de vapeurs. Un grillon cliqueta quelque part.

— Viens. Ne t'attarde pas.

Suivant le chapelain, Ogier rentra dans la chapelle.

— Doucement. La lune nous éclaire à travers les vitres, mais il y a des bancs et des trous partout.

Et brusquement, alors que le clerc se trouvait devant l'autel, entre Jean et Blanquefort aussi roides l'un que l'autre :

— Je vais devoir prier abondamment pour toi. Les chemins sont peu sûrs...

— Si l'on m'attaque, je me battrai.

Le chapelain toussota :

— Ce n'est pas parce que tu seras chevalier qu'il te faudra toujours tirer ton épée du fourreau... Va, mais d'une façon idéale. N'obéis point, comme tant d'hommes d'armes, à ta nature apparente mais à ta nature réelle, qui est bien meilleure. Sois toujours profondément toi-même.

— Bressolles, mon Père, ne parlerait point autrement.

— Laisse...

Le chapelain n'exprima pas sa pensée. Détestait-il le maçon ? Moins, sans doute, depuis qu'il était revenu avec des renforts. Et qu'importait que ces gens fussent des malandrins d'une autre espèce que ceux de Knolles !

— Obéis à ta conscience, Ogier, plus qu'à ta vigueur. La vérité d'un homme est ce que sa conscience perçoit... ou qu'elle est capable de percevoir. Ne te laisse pas emporter par tes envies. Quelles qu'elles soient, sache toujours en tenir les rênes. Et n'accepte un sacrifice que s'il t'est doux à l'âme. Un sacrifice triste est une vilenie. Ne te dis point, présentement, que ton seul dessein est de restaurer la dignité perdue des Argouges en étendant Blainville mat à tes pieds.

— Mais, mon Père, justement...

Arnaud Clergue eut un geste agacé :

— Ne te dis pas que chaque journée qui te rapproche du châtiment que tu veux infliger à cet homme est une journée perdue. Un jour, Dieu te mettra en sa présence... Ton but — et c'est celui de toute vie — doit être la perfection de toi-même. Chaque chose que tu accompliras un jour, et qui te deviendra trop familière et fade, par conséquent, efforce-toi de la mieux accomplir le lendemain. Sois exigeant, opiniâtre et même acharné, mais autant que cela soit possible, contiens-toi à la guerre. Bats-toi sans inutile cruauté. Tuer est vil même si la raison et la raison d'État sont de ton côté... Vois-tu, mon enfant, j'aimerais que tu reprennes racine à Gratot... et que tu t'y actives au point que tes sommeils ne soient pas un repos mais un bondissement qui, à l'aube, te poussera vers une vie meilleure dont tu profiteras et feras profiter ceux de ton entourage : tes parents, certes, mais aussi les meschins [1] et culverts de toute espèce. Pense aux pauvres.

— Vous n'étiez point de cet avis il y a peu.

— C'est vrai, mais... de loin, je l'avoue, je les ai vus combattre... J'ai désormais pour eux de la vénération.

« Comme Bressolles », songea Ogier. Il émit une objection :

— Tout cela est fort bien, mon père. Cependant, je ne veux pas demeurer sur mes terres, du moins tant que durera ma jeunesse. Je vais être chevalier !

— Servir le roi ne prend que quarante journées.

— La guerre est complète, interminable !

— Garde-toi de ta forcennerie !... On dirait que le sang versé sur ces parois ne t'a pas suffi. Que tu as besoin d'en respirer l'odeur !

— J'ai fait mon devoir céans, jour après jour... Une espèce de labeur que vous avez béni.

Le damoiseau regarda Confiance sur l'autel, près de l'épée de Jean. Confiance dégainée, luisante. Sa vie souvent dépendrait d'elle. Ici, aujourd'hui, tout lui paraissait vide, usé, décoloré. Le chapelain l'ennuyait. Le souvenir des violences passées, pourtant si proches encore, le décontenançait. Était-il possible qu'on se fût battu à Rechignac avec tant d'âpreté ? *Oui*, Blanquefort mort dont il eût pu toucher le corps rigide. *Oui*, Haguenier castré, meurtri férocement. *Oui*, ces hommes empilés sous une terre molle d'où sourdaient des odeurs. *Oui*, Saint-Rémy et sa fureur, Adelis et sa bonté. *Oui*, Mathilde et son espèce de sainteté. *Oui*, Tancrède et ses douceurs froides ou effrontées. Monde violent, bestial, dans lequel il fallait non seulement vivre, mais essayer d'appliquer la justice et les com-

1. Domestiques.

mandements divins dont l'incroyable : *Tu ne tueras point !*

— Je devine à quoi tu penses. A nos dissemblances. Nous sommes bons un jour, mauvais le lendemain. Tu ne seras jamais parfait car il n'est aucune perfection en ce monde... Réjouis-toi de tes échecs : ils te prouveront que tu n'es pas ce que tu croyais être. Ils t'aideront à progresser vers le Meilleur... Commande peu, mais obéis, car le perfectionnement de soi-même passe par l'obéissance à autrui. Les gens te façonneront comme ensuite, parvenu à l'âge mûr, tu en façonneras. Certains seront rudes, d'autres doux. Préfère les rudes. Les gens serviles sont indignes, bien souvent, de confiance. Accepte l'événement comme il vient, l'homme comme il passe... et la femme aussi !

— Mais...

— Ne te regimbe pas dans la contrariété, car elle peut, elle aussi, t'enrichir et cet enrichissement concourra à ta perfection. Grandis par ce que tu apprends, par ce que tu vois et par ce que tu entreprends. Et si tu crois savoir déjà ce qu'on veut t'enseigner, sois patient et dis-toi qu'il y a toujours à apprendre, même quand on sait ou croit savoir.

— Oui, mon père.

Le damoiseau pensait : « Il m'agace. Je n'ai point besoin de ses exhortations. D'ailleurs, il me les dispense en songeant à autre chose. Mais il ne sait comment y parvenir. » Il baissa la tête.

— Pour que tu sois, Ogier, ce que tu dois être, apprends à te vaincre et non à t'emporter. Tu es bon, mais tu as tendance à t'irriter pour des déceptions futiles. Se vaincre pour être meilleur, ce n'est pas s'étouffer. C'est se hausser d'un degré dans la connaissance et dans l'énergie.

— Oui, mon père.

— Pense à te marier.

Ogier tressaillit : le chapelain n'avait aucun droit, maintenant, de s'immiscer dans des songeries et des volitions qui ne le concernaient point. Qu'il s'occupât des âmes, soit, mais pas des corps... du moins ceux qui vivaient !

— Défie-toi toujours de tes ardeurs, dont certaines pourraient offenser Dieu... Ton but, et c'est celui de toute bonne vie, doit être la perfection de toi-même. Sois exigeant, tenace et même acharné pour le Bien... Sache te battre, parfois contre toi-même ou les autres, avec la seule force de ton esprit.

Tournant le dos à Jésus et aux armes, Clergue s'adossa contre l'autel :

— Je devine à quoi tu penses... Oublie tes petits errements... Je vais te paraître bien rigoureux et bien impudent, mais si le premier but d'un homme de ton estoc[1] est la Chevalerie, le second est l'union spirituelle et charnelle *dans le mariage...* Je te sais tourmenté par maints désirs... corporels. Ils sont de ton âge et conviennent mieux encore à un garçon de ton caractère et de ta santé qu'à certains autres. Et j'ajoute, afin de te rassurer, qu'un être sans ardeur est un être incomplet... Oh ! tu peux me regarder de cet œil incrédule : j'ai le droit de te parler ainsi... Redoute donc un jour sans désir comme un jour sans messe ou sans pain... Trouve le réceptacle de ta vigueur. Choisis bien : une belle, digne et douce pucelle. Crée ta famille.

— J'ai le temps.

Le chapelain agita un index sentencieux :

— Le temps nous est compté dès notre naissance, de sorte qu'en mourant, l'on doit regretter ce qu'on a négligé par ignorance volontaire ou fainéantise. Tu trouveras cette pucelle plus tôt que tu ne le crois. Elle exercera sur toi une telle attraction que tu oublieras *l'autre*, celle que j'ai vue s'enfuir... Un même désir vous assoiffera, et la plaie que tu sentiras en ton cœur en sa présence aussi bien que loin d'elle te révélera ton amour...

1. Race.

— Mon père, vous parlez comme si...

— Elle sera ta joie et ton souci, ta conseillère et ton complément. Ta mère t'a engendré, mais c'est elle qui fera de toi l'homme que tu dois être. Avant tes yeux, ton cœur te l'aura désignée. Tu te diras parfois que tu n'existais pas avant de la connaître.

— Mon père, vous dites de ces choses...

— J'en ai tant vu, Ogier ! Je souhaite que tu trouves celle qu'il te faut. Qu'elle soit mêmement ton plaisir et ton vice... Tu es fait pour vivre avec intensité... Crains l'absence de passion. Une vie sans passion, c'est une venaison fade, un vin tourné... Que sais-je !... Mais je m'en vais... Voilà ton oncle.

Le moine contourna le corps du sénéchal et disparut derrière une colonne. Ogier entendit se fermer la petite porte de son logis, puis un bâillement long et lourd, incompatible avec la liturgie.

Guillaume survint, le visage triste :

— Clergue ?

— Oui, mon oncle. Qui voulez-vous que ce soit d'autre ?

La question parut embarrasser Guillaume. Baissant la tête après avoir regardé Blanquefort, il soupira. Un brouillard léger entoura son visage.

— Que te disait-il ?

— Des conseils sur l'avenir, l'amour...

— Il eût mieux fait de parler des choses de la guerre et des servitudes de l'ost.

— Comment pourrait-il en parler ? Il n'a jamais tenu qu'un goupillon et un encensoir.

— Je te sens chagrin... Hé quoi ! ton destin est de partir... Je vais en souffrir... Oublie ce que t'a dit Clergue. Avoir trop de cœur et trop de sainteté, là où tu vas aller, cela équivaut à la mort. Sois un preux, un passionné.

« Ils me parlent tous de passion, songea Ogier, mais elles sont bien différentes ! ».

— Exalte-toi à l'idée d'affronter les Goddons

comme tu t'exalterais à l'idée de trousser une fille !... Si tu désires la renommée, sois passionné... Clergue t'a peut-être conseillé de fonder une famille, moi je te dis que tu as le temps !

Sur ces mots, le baron quitta la chapelle. Par la grande porte.

IX

La nuit passa, paisible, et les cierges fondirent. L'aube vint, magnifiant les vitraux et répandant en plein chœur sa lumière d'or et de cinabre. Sur l'autel feutré de poussière, les épées s'irisèrent ainsi que les timbres du bassinet et du heaume placés derrière elles. Et tandis que le froid s'accroissait comme chaque fois que l'aurore prélude à un jour de soleil, des pas traînants annoncèrent le chapelain.

Il bâilla, moins fort que la veille au soir ; son froc propre, repassé, balayait le sol. Il fit une génuflexion devant le Christ, une autre devant la Vierge, puis s'en alla prier entre saint Michel et saint Georges, sans doute par souci d'équité. Il revint et se pencha audessus de Jean :

— Laissons-le... Il ouvrira bientôt l'œil. S'il dort tant, c'est qu'il guérit.

Le cordelier s'était rasé : son menton saignait.

— Tu vois, le sang me coule après qu'ils sont partis !

— Que dois-je faire ?

— Rien, Ogier. Attends nos gens. Nous commencerons tôt car ce dimanche sera long ! Tout d'abord vos adoubements, puis les obsèques de Blanquefort et d'Haguenier, et enfin, cet après-midi, le mariage de

Claresme et de l'Espagnol !... Je ne sais si je pourrai, à jeun, venir à bout de tous ces sacrements !

— Mon armure et Marchegai...

— Thierry sera ton écuyer... Alors, laisse-le à ses devoirs. Je l'en ai d'ailleurs instruit. Fais ce que je te dis, rien d'autre : ce matin, notre Seigneur commande par mon entremise... Et vois-tu, ce qui m'ennuie à ton sujet, ce n'est pas que ma messe soit plantureuse, c'est qu'une fois dans ton fer, tu ne puisses sauter en selle comme les plus grands chevaliers !... Tu sais que le déshonneur, c'est de toucher l'étrier !

Ogier acquiesça. Il réussirait. Il savait aussi que la matinée serait rude : il devrait y prouver son adresse et sa force. Il demanda :

— Les gens de Vélines sont-ils partis ?

— Oui. Thierry est venu me le dire... Il m'a même appris que ces feux qui m'ont tant triboulé, c'était une ruse de Bressolles et de nos gars.

— Certes... Sont-ils revenus ?

— Oui.

— Ouf ! soupira Jean, de sa litière. Je craignais ces bâtards autant que les Goddons.

Le heaume au poing, ceint d'Aigredure et couvert d'un haubert scintillant, Guillaume apparut, entre ses filles. Tancrède avait conservé sa robe de la veille et orné sa tête d'un frontal d'or ciselé. Claresme s'était enveloppée d'un manteau de velours gris bordé d'hermine et coiffée d'un touret [1] de soie bleue d'où ses cheveux pendaient, assemblés en une tresse épaisse piquetée de pierreries. Ils allèrent s'asseoir sur leur banc et s'entretinrent à voix basse tandis que Thierry et Massoutier emportaient le corps du sénéchal derrière l'autel.

Girard, un tabard blanc couvrant ses mailles, franchit le seuil, précédant Pedro del Valle, ses aides et quel-

1. Sorte de diadème à bourrelets et à rehauts d'orfèvrerie.

ques soudoyers. On installa des bancs sur la terre et les planches et peu à peu la chapelle s'emplit.

— Ah ! mes enfants, chuchota le chapelain aux deux jeunes gens, jusqu'à votre mort, vous vous souviendrez de cette messe !

Assurément, il en redoutait la durée.

— Faites au mieux, dit Ogier.

Il avait pensé que le clerc se hâterait d'en finir avec Jean et lui, Argouges, pour accueillir dignement les corps de Blanquefort et d'Haguenier afin que les portes du Ciel leur fussent ouvertes sans plus de retard, mais Clergue se devait d'exécuter les volontés du baron : il prit son temps.

Il récita le *Benedicto vexilli bellici*, bénit les armes et les heaumes. Il dit ensuite l'*Exaudi* et le *Benedic*, et le chœur composé de Mathilde, Aliénor, Margot, Eudes, Philippe et Gauthier Champartel entonna tant bien que mal l'antienne *Speciosus forma* — beau pour la forme — qui marquait l'instant précis de la cinction des épées. Au verset *Accingere gladio tuo super femur* — ceins ta cuisse de ton glaive —, Arnaud Clergue attacha l'épaisse ceinture soutenant le fourreau de Confiance aux hanches d'Ogier puis se tourna vers le grand Christ sombre, ruisselant des flots d'or du matin.

— C'est vous, Seigneur, qui avez ordonné à votre serviteur, Ogier d'Argouges, d'être ceint du glaive.

De nouveau face à Ogier, son regard plongea dans celui de l'impétrant avant qu'il ne se retournât en tendant le bras dextre jusqu'à toucher Confiance. Alors, une fois encore, ses yeux se plantèrent dans ceux du damoiseau :

— Si je te ceins de cette arme, c'est à la condition que tu sois le champion du Seigneur !

Arnaud Clergue renouvela le rite pour Jean, soutenu par les aides de Pedro del Valle. L'ancien culvert avait tenu à être debout. Des gouttes — sueur et pleurs mêlés — roulaient sur son visage livide. Sa mâchoire tremblait.

Lentement, le cordelier s'approcha des armes et des heaumes. Mains jointes, il implora le Supplicié :

— Bénissez ces épées et ces coiffes de fer, Seigneur, afin que vos deux serviteurs deviennent désormais, contre la cruauté des hérétiques et des païens, les meilleurs défenseurs de la Foi, des veuves, des orphelins et de tous ceux qui servent votre église !

Quelqu'un avait toussé — certainement Bressolles.

— Bénissez ces épées et ces coiffes, Seigneur, Saint-Père tout-puissant, Dieu éternel. Bénissez-les au nom de l'avènement de Jésus-Christ et par le don du Saint-Esprit consolateur ; et puissent Vos serviteurs, qui ont surtout Votre amour pour armure, fouler aux pieds leurs ennemis visibles et, maîtres absolus de la victoire, demeurer tout au long de leur vie à l'abri de toute atteinte...

Tandis que son visage, toujours lourd de tristesse, prenait une expression presque tragique — et que nul ne lui connaissait — Clergue s'agenouilla, mains jointes, au milieu du chœur, face à l'assistance :

— Dieu saint, Père tout-puissant, Dieu éternel qui seul ordonnez toutes choses et les disposez à votre convenance... C'est pour que la justice ait ici-bas un appui, c'est pour que la fureur des maudits ait un frein que, par une disposition salutaire, vous avez voulu l'institution de la Chevalerie... Or, voici vos deux serviteurs... Ils ont, ces temps-ci, courbé le front sous le joug de la condition guerrière et préservé cette bastille de la terreur, de la destruction et du meurtre... Fournissez-leur, du haut du Ciel, les forces et la vaillance dont ils auront besoin pour assurer la Justice et maintenir la Vérité... Donnez-leur l'argument de la Foi, de l'Espérance et de la Charité !... Donnez-leur la crainte et l'amour, l'humilité et la persévérance, la patience et l'obéissance ! Disposez tout en eux comme il sied, afin qu'en tenant ces épées, ils ne frappent jamais injustement personne, et pour qu'ils protègent avec elles tout ce qui est juste et tout ce qui est droit.

Le chapelain se releva péniblement, s'approcha de l'autel et empoigna Confiance :

— A genoux, Ogier d'Argouges.

Le garçon obéit. Clergue plaça la lame sur ses paumes :

— Reçois-la au nom du Père, du Fils et du Saint-Esprit.

Le chapelain saisit l'arme par la prise :

— Maintenant, debout.

Ogier se releva ; Clergue rentra Confiance dans son fourreau, arrangea d'un geste le baudrier et la ceinture du garçon, puis recula d'un pas pour l'examiner :

— Sois ceint de l'épée, ô noble damoiseau, et qu'elle te serve aussi à venger ta famille !

Le clerc apporta ensuite l'arme de Jean, que soutenaient maintenant Blasco et Champartel. Ses gestes, ses paroles furent écourtés, car le blessé chancelait.

— Courage, Jean ! Il ne vous faut plus, à Ogier et à toi, que le dernier geste... Faites-le !

Les jeunes gens tirèrent leur arme de sa gaine, la brandirent à trois reprises avant d'en passer, comme s'ils l'essuyaient, la lame sur leur bras senestre.

— Sortons, dit alors le baron, que ce rituel semblait avoir ennuyé. J'ai désormais l'impression, lorsque je suis ici, de fouler nos amis enfouis dans cette terre.

Quand il eut avancé d'un pas au-delà du porche et que la cloche sonna à herle [1], Ogier, aussi vibrant que l'airain malmené par Gauthier Champartel, put constater combien l'affluence était grande. Hommes, femmes, enfants de haut et de bas âges, nourrissons même — certains tétant un sein —, tous les survivants du siège les enfermaient, Jean et lui, dans leur ferveur et leur curiosité. Une vingtaine avaient pu accéder au sanctuaire ; les autres, sur le parvis, avaient entraperçu et commenté la cérémonie ; et pour qu'ils fussent plus nombreux encore à saluer les nouveaux chevaliers,

1. A la volée.

Girard avait réduit à sept — un par paroi — les guetteurs.

— Place ! Place ! réclama le chapelain. Éloignez-vous un tantinet.

Certaines femmes portaient des coiffes simples ou leur chapeau de paille noire orné d'un ruban neuf ; d'autres et leurs filles avaient soigné leurs tresses, leur chignon, et les plus coquettes avaient mêlé à leurs cheveux des fils de laine colorés. Jupes, robes, pourpoints et camisoles agglutinaient leurs couleurs franches où, çà et là, du noir signalait un deuil. Quant aux survivants de la garnison, ils avaient fourbi leurs mailles ; ils formaient la haie et agitaient leur vouge ou leur arbalète en criant : « Argouges ! Argouges ! » puis « Jean ! Jean ! Jean ! » un peu plus fort.

Ogier ne fut pas contrarié d'entendre et de voir cette foule lui préférer un de ses enfants : Jean méritait cet hommage. Il entrevit Renaud entre Aliénor et Clotilde. Dans la face crayeuse, immobile, de l'écuyer, le regard était d'un mépris décourageant, mais le sourire avait tout d'un rictus de douleur.

On avait déployé sur le sol, pendant la messe, un tapis de brocart qu'un Rechignac avait rapporté de Terre Sainte et qui, avec le Végèce du chapelain, constituait le trésor de la Chapelle ; Ogier s'immobilisa au milieu, comme son oncle le lui demandait, sans trop regarder autour de lui tant il était troublé.

— Place ! Place ! exigea Girard en s'insinuant dans la presse d'où s'élevaient des murmures.

— Allons, bonnes gens, obéissez ! demanda Champartel à sa suite.

Ils portaient les pièces de l'armure et précédaient Tancrède et Claresme. La puînée tenait une lance et l'aînée, l'écu aux lions incomplets ; derrière elles, Pedro del Valle apportait sur un coussin de velours noir deux paires d'éperons dorés appartenant au baron.

— Je suis heureux, messire Ogier, de procéder à

votre adoubement, bredouilla Girard. C'est, en l'absence de Blanquefort, la volonté de votre oncle.

— Je suis heureux que ce soit toi, répondit Ogier, frémissant.

Après l'avoir débarrassé de sa ceinture d'armes, qu'il posa sur le tapis, le sergent l'aida à quitter son manteau et sa chemise ; puis, en commençant par le bas, il ajusta les éléments de l'armure, sauf le bassinet que Thierry s'en était allé chercher au fond de la chapelle, et qu'il conservait.

— Allons, hâte-toi, Girard. Et vous, del Valle, approchez, dit le baron, impatient.

Les mains du sergent tremblaient lorsqu'il attacha l'éperon gauche, puis le droit, aux talons d'Ogier tandis que l'assistance applaudissait.

— A moi, dit Guillaume. Ceins-le, Girard, de sa ceinture.

Pâle, terriblement, et serrant fort la prise d'Aigredure, il s'approcha. Le chapelain lui tendit Confiance. Il engaina l'épée au flanc de son neveu, auquel il enjoignit ensuite :

— Courbe la tête. Je vais te donner la colée.

Le baron leva son gantelet et le laissa retomber comme un marteau sur la nuque d'Ogier. Le damoiseau chancela en recevant ce coup de poing qui le créait chevalier.

— Ah ! dit-il, frissonnant.

Des douleurs fulguraient dans sa tête.

— J'ai frappé fort, c'est vrai, dit le baron, livide. Mais que veux-tu ? Vous êtes deux et je ne puis que caresser l'autre. Mets ton heaume.

Ogier reçut son bassinet des mains de Champartel. Il s'en coiffa et le laissa ventaille déclose. Outre qu'il respirait à son aise, l'assistance pouvait juger de son émoi et de sa fierté.

— Sois vraiment chevalier, Ogier d'Argouges ! continua Guillaume. Et courageux contre tes ennemis... Au nom de Dieu, de saint Michel et de saint Georges, souviens-toi de moi, de nous tous, et sois preux !... Souviens-toi d'un lignage qui ne doit pas fausser, et pense aussi qu'il te faut redonner l'honneur à ton père, l'intégrité à ses armes, et servir, bien qu'il t'en coûte, ce roi qui, abusé par Blainville — ce suppôt de satan que Dieu, par ta main, châtiera ! —, vous a préjudiciés.

Il se tourna vers Jean, dégaina Aigredure, et à trois reprises, du plat de sa lame, lui toucha les épaules.

— Sois preux, Jean !... On t'appelait du Taillis sans malice et pour la raison que tu sais : ni père ni mère, à vrai dire, et la campagne de Mayac pour berceau... Je ne te donne pas la paumée, dans l'état où tu te trouves, mais si ma main reste immobile, mon esprit accomplit ce geste... Pour prix de tout ce que tu fis à l'égard des miens, de ceux qui sont là et de mes murailles, je t'offre mes petites terres de Mayac...

Il y eut un mouvement, des murmures de stupeur dans la foule, puis des applaudissements nourris, que Guillaume apaisa d'un geste.

— C'est peu de chose : deux bocages, un étang, une bosse pleine de genêts et quatre murs couverts de chaume... Tu seras désormais le chevalier Jean de Mayac... Tes armes seront : *de sinople à un chevron d'argent*.

Jean tourna vers Tancrède un regard plein d'espoir. Elle eut ce sourire qu'Ogier détestait.

— Et je sais, conclut Guillaume, que si simples que soient ces armes, tu les feras respecter.

La foule battit de nouveau des mains et cria sa joie ; certaines filles et leur mère voulurent toucher l'armure d'Ogier, d'autres l'épée de Jean, dont Girard venait de le ceindre.

Un homme fendit cette presse et s'arrêta devant les nouveaux chevaliers : Briatexte. Il était vêtu de noir — Mathilde avait dû lui procurer ces vêtements — ; il s'inclina dans une révérence qu'accentua son bras en écharpe :

— Je suis heureux pour vous, Argouges, car vous méritez l'honneur qui vous échoit.

Ce moment, Ogier l'avait attendu. Il avait pensé qu'il éprouverait une jubilation supplémentaire, différente de toutes celles qu'il avait connues : un plaisir succulent, puisque cet ennemi lui rendait publiquement hommage. Il trouva tout à coup ce triomphe mesquin.

— Je suis touché, messire. Et si, en ce qui vous concerne, j'ai quelque chose à proclamer devant nos compagnons — et que mon oncle ne contestera pas — c'est que vous êtes libre.

Il y eut des protestations, mais certains hommes d'armes applaudirent : cette magnanimité les touchait.

— Vous serez un parfait chevalier, Argouges... Libre, dites-vous ? Eh bien, sachant que vous allez revenir en Normandie, je ferai un bout de chemin en votre compagnie.

— J'accepte.

Dans l'assistance, Ogier croisa le regard de Bressolles. Il y trouva de la réprobation. « Que me veut-il ? » Ils auraient bien le temps de parler...

Suant d'émotion sous sa barbute, Girard s'approcha, portant l'écu aux lions diffamés. Ogier s'en saisit et l'éleva fièrement dans le ciel. Puis le sergent lui offrit la lance de Blanquefort :

— Votre cousine a eu cette volonté.

Tancrède souriait ; son visage incolore la rendait plus brune. Elle se délectait de cette scène guerrière — ou presque. Tout ce qu'il y avait de garçonnier en elle y trouvait sa pâture.

— Une belle lance... Du bon frêne et de l'acier poitevin... Ma cousine a été bien inspirée, puisque, avant de mourir, Hugues m'en a fait don.

La foule s'écarta et Thierry apparut, tirant par la bride Marchegai houssé de lin blanc. Ogier faillit pleurer tant son destrier avait fière allure. S'il s'était trouvé seul en sa présence, il l'eût congratulé.

« Nous sommes beaux, complets et sans doute invincibles. »

Il devait maintenant triompher d'une épreuve essentielle pour laquelle les gens s'écartaient. Il tendit son écu et sa lance à Thierry.

— Messire, je suis sûr que vous y parviendrez.

— A cheval, chevalier ! dit Guillaume.

Il devait réussir.

Après avoir donné à Marchegai quelque tapes sur l'épaule, en murmurant des mots d'amitié, Ogier s'éloigna d'un demi-pas, agrippa la poignée du pommeau de sa selle et l'anse du troussequin, puis, ployant les jambes, il prit une inspiration profonde, tout en calculant son élan.

Il se détendit en criant : « *Dieu !* » poussant si fort sur ses jambes que ses chevilles, ses mollets, jarrets, cuisses et reins lui firent affreusement mal. Or, il avait bien pourpensé son saut et lâché prise au bon moment : malgré le poids et la contrainte de l'armure, il se trouvait en selle, chancelant, certes, mais assis sans avoir pris pour cela d'autre appui que le sol.

— Sans étrier ! s'exclama le baron ému, ravi, et près de verser une larme. Ah ! je le pressentais !

— Par ma foi, s'écria Champartel, vous commencez bien !

— Maintenant, dit Tancrède, tandis qu'il s'appuyait enfin aux étriers, fais-nous de belles courses, cousin !

Elle était si belle, dans ses vêtements ! L'étoffe moelleuse du surcot s'appliquait si exactement à son buste que les yeux des hommes ne cessaient d'en évaluer la texture et la fermeté. Mais avait-il le droit, lui, de songer à ces attraits ? Il lui restait à prouver à tous — hommes, femmes, enfants — qu'il était un chevalier accompli, ce que la plupart savaient. Cependant, c'était un des éléments de ce long rituel qui l'avait mis en sueur et, en s'y conformant, il s'ennuierait moins qu'à la messe.

— Allons, dit Guillaume, prends ta lance... et fais ton eslai[1] !

Sans donner de l'éperon, mais en disant à Marchegai : « Va ! » Ogier partit au petit trot, puis au galop, la lance en avant et l'écu au poing. Laissant faire l'étalon, il sauta par-dessus un banc oublié, puis le cheval volta, pirouetta, fonça sur des volailles et les effaroucha, heureux de pouvoir galoper après tant de jours d'écurie.

— Retournons, maintenant !

Ils revinrent devant le baron et ses filles, en avant de la foule.

Au risque de glisser sur sa selle et de lâcher son écu, Ogier fit se cabrer Marchegai. Claresme recula dans les bras de Pedro del Valle ; Guillaume et Tancrède restèrent immobiles.

— Bien ! Bien ! approuva le baron.

Margot alors surgit, cria « Noël ! Noël ! » et applaudit, déclenchant une ovation que Tancrède parut réprouver tandis que Jean, qui s'était en titubant rapproché d'elle, déclarait :

— Je t'envie, Ogier.

Il y avait, dans cet aveu, de l'ire, du dépit et de la mélancolie. Guillaume le balaya d'un geste.

— Maintenant, mon neveu, tu vas nous courir une seule et bonne quintaine. Abaisse ta ventaille et réjouis nos cœurs !

— A vos désirs, mon oncle !

— Messire ! Messire ! intervint Champartel. Cette lance est armée d'un picot pour la guerre !... Il vous faut changer ce fer-là contre un rochet[2] !

— Non, Thierry... Telle qu'elle est, elle me convient. Je ne la romprai pas, je le sens, foi d'Ogier !

1. Un des rites de l'adoubement : temps de galop fourni par le nouveau chevalier.

2. Pièce de fer, massive et courte, terminée par trois grosses pointes émoussées.

Il devait faire étalage de sa force et de son adresse, et cette lance qu'il paumait dans son gantelet allait remplir son office : elle n'était pas de celles qui se brisent ! Il remarqua toutefois :

— Je n'aurai guère mes aises, dans cette cour...

— C'est vrai, mais les morts empunaisent par trop, de l'autre côté des parois... Nous te regarderons d'où nous sommes. Tu t'élanceras au-dehors, franchiras le pont et passeras entre le puits et le donjon.

— Soit, mon oncle.

Visière close, Ogier sursauta en entendant tomber le pont-levis.

— Hue, Marchegai.

La voûte énorme et sombre les avala, répercutant le pas du destrier et les grésillements des pièces de l'armure. Les sonorités de cette musique s'accrurent un instant, lorsqu'ils franchirent le tablier ; elle devint discrète dès qu'ils eurent touché le sol.

« Voilà, nous sommes seuls. Quel est donc cet émoi qui m'oppresse ? »

C'était un sentiment puissant, enivrant : il se sentait bouffi d'orgueil ; capable de dominer, lors des joutes et tournois, tout ce que le royaume avait de meilleur, et dans les combats sans merci, tout ce qu'il y avait de pire. Partir... Se délivrer de ses turbulences latentes... Agir... Même en ce beau jour, Rechignac, sous son soleil, lui paraissait figé, morne... funèbre. Et nullement en raison des morts éparpillés tout autour... Et seule, Tancrède...

— Bâtarde ! Bâtarde ! murmura-t-il sous son globe de fer. Pourquoi me contrains-tu à tant penser à toi ?

Il réagit contre ces réflexions. Elles le détournaient de cette quintaine après laquelle il serait libre. Libre de quoi ? Là-bas, Girard et Thierry installaient le poteau de soutien dans un trou préparé à l'avance[1]. Une fois

1. La quintaine était un mannequin grossier, disposé en haut d'un poteau (estache ou paisson) et composé invariablement des éléments suivants : un ou plusieurs hauberts, un ou plusieurs écus, ceux-ci étant toujours placés sur les hauberts. Parfois, ce mannequin était coiffé d'un casque. Il symbolisait l'ennemi.

calé, ils y fixeraient le mannequin couvert d'une cotte de mailles, d'un écu, et coiffé d'un heaume. Il devrait l'abattre sans cesser de pousser Marchegai.

Tombant de son front à sa joue, une goutte de sueur le fit frissonner. Il s'aperçut qu'il étouffait. Il n'était plus temps qu'il relevât cette visière dans l'ombre de laquelle les trous de la ventaille semblaient des paillettes d'argent. Il y voyait d'ailleurs bien, et par contraste, la cour ensoleillée était d'une clarté, d'une netteté presque irréelles.

Maintenant, Thierry accrochait le mannequin, et bien que vieux, les trophées d'armes qui le composaient scintillaient.

— Hue, Marchegai ! Tu es houssé comme si nous allions tournoyer chez le roi !... Hue, l'ami... Sois beau, digne et véloce !

Ogier s'élança jusqu'au fond du champ clos, et là, devant la malevoisine, il para son cheval et le laissa souffler, visant bien, lui, la porte cavalière, de façon à la franchir au bon milieu.

Il fallait que Marchegai le précipitât droit au but. Le coursier connaissait ces sortes d'exercices. Quant à lui, Argouges, il savait quel prodige il devait accomplir : non seulement percer d'un seul coup l'écu à la couleur sang, non seulement démailler le haubert et jeter au loin la cervelière, mais atteindre le poteau juste en dessous du mannequin et, le poussant, l'extraire du sol comme s'il le déracinait.

Il affermit son bouclier sur sa poitrine, la guige bien tendue, sa senestre serrant à la fois l'énarme et, dessous, les rênes du destrier. Sitôt après qu'il eut pointé sa lance, et sans user de l'éperon, il cria : *« Va ! »* plus fort que de coutume.

Le cheval hennit et galopa aussitôt bien en ligne.

— Va !

Ogier volait, assis sur la cuiller — la haute palette du troussequin — les pieds portés en avant et forçant sur les étriers, le corps comme son arme incliné sur le cou de l'animal, l'épaule gauche saillante.

— Va, Marchegai !

Homogènes, vivaces, ardents, ils étaient un centaure animé d'une vie supérieure qui les dignifiait l'un l'autre, l'un par l'autre.

Ils couvrirent le pont d'un fracas de sabots, s'enfournèrent sous l'arche noire, débouchèrent dans la cour, effleurèrent les chênes.

« Droitement, Argouges ! Frappe fort et d'aplomb ! »

— Va !

Ogier atteignit son but en plein milieu. Le picot de lance traversa les fers et les mailles. La longue hampe frémissante souleva le poteau hors de terre, aussi haut que possible sans que Marchegai, toujours prompt, eût paru sentir le heurt qui éprouvait son cavalier des épaules aux reins.

La quintaine arrachée tomba dans un fracas.

— Ah ! le fier coup, messire, exulta Champartel en accourant. Pour pareille prouesse, Charlemagne a nommé Renaud de Montauban sénéchal de son empire !

— Mille grâces, Thierry !

Ogier lui confia sa lance et son bouclier. Il releva sa visière, le temps de boire une gorgée d'air, et adressa un signe joyeux à son oncle.

— Cette lance est bonne, Thierry. Je combattrai avec elle... Ah ! si je pouvais en percer le corps de Blainville !... Je veux qu'il hurle et pleure en se voyant mourir.

Il s'exaspérait sans raison. Il se sentait déjà différent du damoiseau de la veille. Il venait d'accomplir une espèce de troc : sa jeunesse impétueuse contre une maturité solide. Elle avait brusquement surgi à l'issue des combats et le cérémonial de ce dimanche 28 août, loin de sceller dans le mortier sacré de la Chevalerie sa vigueur et sa droiture, n'était en sorte qu'un hommage à leur unicité. Guillaume souriait ; près de lui,

Clergue égrenait son chapelet tout autant que des pensées maussades.

— Ah ! là là, continuait Champartel, comme je suis fier, messire, de vous servir ! J'ai déjà fait mes adieux à Perrine !

Ogier revint vers le puits et tira Confiance du fourreau pour saluer les spectateurs. Ils lui firent une ovation nouvelle. Des larmes picotèrent ses yeux tandis qu'il rengainait en songeant à Blanquefort dont la lance avait fait merveille.

Il descendit de Marchegai sans aide. Son oncle, Claresme et Tancrède ; les Tolédans, Enguerrand de Briatexte, Bressolles, Sicart de Lordat et tant d'autres venaient à lui. Cependant, Saladin l'atteignit le premier, sautant et aboyant pour obtenir une caresse.

— Je n'ai jamais vu si bel adoubement, déclara l'architecte.

— Mon enfant, dit le chapelain en écartant la foule. Mon enfant, dit le chapelain en écartant la foule. Mon enfant, nul homme, nulle femme d'ici ne pourra t'oublier.

Thierry dénoua l'aiguillette qui maintenait le bassinet sur le colletin de l'armure.

— Regardez, messire, qui vous observe sans se merveiller de votre réussite !

Ogier aperçut Renaud. Nulle trace de sang sur son visage. Il pinçait les lèvres et d'un geste rageur aplatissait ses cheveux que le vent hurlupait.

— Ton tour viendra.

— Il se souviendra de la leçon, dit Guillaume. Évidemment, il lui était plus facile de trouer la peau de Rigobert que celle d'un des champions de Knolles...

— Messire, dit Renaud, impassible, alors qu'autour d'eux le silence remplaçait les rires, je vais vous soulager de ma présence : j'ai décidé de retourner chez les miens.

Le baron demeura sur place et froidement :

— Croyez-vous m'étonner en prenant cette décision ? Elle me soulage, en vérité... Je ne savais plus que faire de vous... pas même vous donner mes viandes à couper.

La violence montait, par soubresauts visibles, dans le corps fatigué du vieillard :

— Qu'allez-vous, Augignac, conter à votre père ? De quoi irez-vous m'accuser, pour vous disculper ? D'avoir sanctionné votre couardise ?... Je vous observais, quand Canole nous défiait... Vous trembliez non pas d'indignation, mais de peur. Et vous étiez aussi blanc que mon cul, que je n'expose point au soleil !

La dernière phrase siffla : Guillaume s'époumonait. Les gens, autour, étaient saisis ; certains souriaient : Renaud les avait méprisés.

— Et quand ces païens nous contraignaient à lutter aux créneaux, où étiez-vous, Augignac ?... Par saint Cucuphat, aux latrines !... Une des rares fois où je vous ai vu tirer à l'arbalète, vous avez failli atteindre mon neveu. Je vous soupçonne même d'avoir troué la peau du fils Sidobre... Vous n'êtes pas un preux mais un couard exemplaire.

— Puis-je me retirer ? demanda l'écuyer faussement humble.

Il serrait les poings, et le ton sur lequel il avait posé sa question ne manquait pas de hauteur.

— Ah ! certes, allez-vous-en !... Ogier !

— Mon oncle ?

— Va quitter ton armure... Rejoins-nous au donjon... Ne perds pas ton temps avec...

Guillaume s'abstint de répéter : *ce couard*, mais son interruption révélait un dégoût proche de l'aversion.

Les deux jeunes gens s'éloignèrent, suivis de Girard, Champartel et Marchegai. Le forgeron, le sergent et le cheval gagnèrent les écuries. Ogier se dirigea vers la Mathilde, étonné que Renaud l'y accompagnât.

Il poussa la porte de sa chambre ; l'écuyer la referma sur eux.

« Qu'a-t-il donc à me dire ? »

Il fit front :

— Je comprends mal, Renaud, pourquoi tu m'as suivi... Ni pourquoi tu m'as toujours détesté... Je n'ai jamais cherché à te nuire... Et maintenant, tu sembles m'en vouloir plus encore ! Est-ce pour me le dire que tu es monté jusqu'ici !

Renaud se redressa, le menton haut, les yeux vagues :

— Tu es le plus beau, le plus fort, le plus instruit... Je déteste tes mérites... J'ai toujours pensé que tes qualités portaient ombrage aux miennes, et que ton oncle ne voyait qu'elles...

— C'est faux... Il sait apprécier gens et choses... Et s'il était si rigoureux, il n'aurait jamais fait de Jean un écuyer, puis un chevalier !... Si tu t'étais joint à Jean et à moi, quand Canole nous a défiés, eh bien, tu serais chevalier, car Guillaume aurait oublié Rigobert, et surtout ta défaillance dans l'affaire du beffroi !

Renaud eut une moue d'incrédulité :

— Je ne sais si je vivrais encore... Et de toute manière, épargne-moi tes leçons !

— Mes leçons ?... Je n'ai ni le goût ni l'âge d'en donner.

Ogier sentit confusément qu'il abordait le sujet qui gênait particulièrement l'écuyer. Afin de lui laisser le temps de se reprendre, il posa son bassinet sur le lit puis caressa le cou de Titus, immobile sur sa perche. Enfin, tourné vers Renaud :

— Dès le jour où tu m'as vu, tu m'as réprouvé, Augignac ! Didier, toi et le pauvre Haguenier formiez un... un ensemble plein de malivolance à mon égard. Cela parce que j'étais le neveu de Guillaume, ce que Didier était aussi. Tu aurais laissé Saint-Rémy m'occire si, par bonheur pour moi, Canole ne s'était point trouvé dans cette porcherie !

— Je t'en voulais à mort car Didier n'était plus.

— Il ne doit, tu le sais, son trépas qu'à lui seul.

— Je sais... J'étais présent quand ton cheval a rué.

Ogier respira amplement. Cette révélation l'étourdissait. Il regarda Renaud en face, moins irrité contre lui que contre la stupeur qui semblait consumer tous les mots dans sa gorge. Décidément, ce gars n'était point excusable. Des viols, ces derniers jours, avaient été commis. Par lui ? Le visage un moment souriant devint rébarbatif.

— Eh bien, Argouges, t'ai-je cloué le bec ?

— Tu étais avec Didier dans l'écurie !

— Je ne te le dis pas : je l'affirme !

— Tu étais là ?... Et tu n'as rien fait pour secourir ma cousine ?

— Certes non !... Je devais passer après Didier. Ensuite on l'aurait occise. Ton intervention a ruiné nos desseins.

L'obscène volupté qui, un instant, avait crispé les traits de l'écuyer plongea Ogier dans un écœurement si profond qu'il mit du temps à en émerger. Renaud rit de sa confusion et la mit à profit :

— Déjà, avant son départ pour Lubersac, elle nous traitait comme des chiens pelés. Nous avions décidé d'attendre son retour pour nous venger. Mais Haguenier s'est récusé. Pas Didier... Pas moi.

Renaud déglutit, renifla, fouinant, vermillant parmi les éléments de son histoire.

— Elle nous triboulait. Claresme est si fade, à côté ! Nous imaginions comment la saisir une bonne fois, une seule fois !

Ce n'était plus un gars qui s'exprimait, c'était la sensualité même. Cette chair vibrante, cette ivresse verbale avec ces mots lourds de simplicité ; cette envie attisée si longtemps et nullement satisfaite, stupéfiaient Ogier.

Renaud reprit, haletant de rage et d'émoi.

— L'impardonnable, vois-tu, c'est que là encore j'ai fait acte de couardise... Sitôt ton arrivée, j'ai fui dans l'écurie aux juments et j'ai attendu devant la petite porte de derrière. Une fois que j'ai su Didier mort, je suis parti par là. Quant à tes lions, si je n'ai rien dit, c'est que nul, ici, n'aurait voulu me croire... Donc, tu vois : qu'ai-je à faire de ta mansuétude ? C'est du vinaigre que tu verses sur des plaies saignantes !

Ces révélations frappaient Ogier comme des coups au cœur. Le mépris des trois écuyers l'avait poussé à prendre non seulement envers eux, mais envers tous ceux qui se mouvaient en ces murailles, une attitude froide, une distance dont il avait été le premier à souffrir jusqu'à ce qu'il s'y complût : engoncé dans une gravité d'où seule Anne le tirait, il avait voulu être meilleur et différent des autres. Y était-il parvenu ?

— Quand Canole a demandé trois champions, continua Renaud, je savais que tu te proposerais. Puis Jean : il aime désormais le sang plus que le vin... Puis le Sénéchal, par devoir.

— Par devoir, c'était à toi de le devancer... Tu tiens bien l'épée. Tu aurais vaincu. Nous serions devenus des frères d'armes.

— Holà ! Holà ! ricana Renaud, offensé par cette indulgence et cette alacrité soudaines, et cette volonté sincère de le croire meilleur qu'il n'était. Mais ne comprends-tu pas, *chevalier*, que je n'ai jamais cessé de t'abominer ?

Ogier voulut protester : c'était trop.

— Tu représentes, Argouges, tout ce que je ne puis être, et c'est pourquoi, dans les assauts, quand les traits sifflaient de partout, j'ai essayé d'avoir ta peau... Mais Dieu et les anges te protègent !

— C'était donc toi, ces sagettes ?

— Eh oui ! toujours chanceux et toujours exemplaire... Dans l'affaire du beffroi, tu as été le plus vaillant, aux dires de ceux qui en sont revenus. Contre cet Enguerrand, auquel tu as pardonné, tu fus le plus félonneux... Tu viens de sauter à cheval sans toucher l'étrier, chose rare comme rose ou raisin en hiver... Tu n'as fait — involontairement, c'est vrai — que me donner des leçons... Je cherche en vain, depuis que je te connais, quels défauts tu dissimules. Car tu ne peux être un saint !

Affligé par tant d'hostilité, Ogier eut un geste de regret et d'involontaire mansuétude :

— Je te plains.

— Tu ne sais pas tout... Puis-je avoir ta parole de quitter cette chambre sans dommage ?

— Tu l'as.

Renaud défia Ogier, le menton haut, les poings aux hanches, pétrifié dans une arrogance massive :

— Souviens-toi de Rigobert, et sache que je rends coup pour coup... Blanquefort m'a traité comme le parderrain[1] des saligots lorsque j'ai justicié ce huron... Il a payé ses offenses et ses coups...

Ogier sentit ses mains devenir moites sous ses mailles, et sa gorge s'assécha. Dans son cerveau fiévreux et soudain vide, une interrogation éclata :

— Comment ?

Renaud s'inclina. Une onde de fierté glissa sur sa figure :

— Pour se sentir dispos avant d'affronter son champion, il est allé aux étuves...

Figé, pensif, Ogier attendait, observant l'écuyer avec autant de répulsion qu'une vipère :

— ... Je l'ai suivi... Il a déposé ses vêtements à l'entrée, comme nous le faisons tous... laissant aussi son épée à *ma* disposition... car la place était vide.

La voix résonnait, joyeuse. L'angoisse qui flottait depuis longtemps dans la chambre s'en trouva comme accrue. Le sentiment d'une aversion terrible et réciproque y plana, contractant les nerfs d'Ogier. Il se contraignit à la sérénité pour dire :

— La rupture de cette épée m'a semblé suspecte... Elle a cédé juste sous la poignée... Tu en avais attaqué l'acier ?

— Oui.

1. Le dernier des derniers.

— Comment ?... Avec quoi ?

Renaud ouvrit son pourpoint et en tira une lame de scie à peine plus longue que sa main, large comme son pouce, et d'une flexibilité surprenante.

— D'où tiens-tu ça ?

— Le soir même de leur arrivée, j'ai visité seul le chariot des Tolédans... Ils ont un coffre à outils bien fourni... Je n'y ai pris que cette lame... Hé oui !... J'étais certain qu'elle me servirait... C'est de l'acier franc... mordant... Non, Argouges, n'avance pas : tu m'as promis de quitter cette chambre sain et sauf. De plus, nous sommes seuls : si tu me tuais, tu ne pourrais expliquer ton geste... Et puis, verser le sang un si beau jour, on dit que ça porte malheur.

— Un aspic me paraît moins venimeux que toi ! Quitte incontinent ces murailles. Prends ton épée, saute à cheval et va-t'en !

Ogier restait figé, saoul de fureur et d'agressivité contenue. Renaud sourit, et tout en reculant :

— Pour revenir en Normandie, le chemin le plus sûr, c'est d'aller par Thiviers, Châlus, Rochechouart et Poitiers... La bastille de mon père se trouve après Châlus. Elle se voit de loin... Passe au large si tu tiens à la vie !

Renaud parvenait devant la porte ; il l'ouvrit d'un coup et la claqua sur lui, rageusement.

Se sentant soudain lourd, empêtré dans ses fers, Ogier se laissa choir sur son lit, mécontent de sa pusillanimité, et refoulant une appréhension vague, importune.

— Non, tout de même !... Cet immonde linfar ne va pas m'effrayer !... Si c'est ma voie, je passerai à proximité de ses terres sans que Marchegai pose un sabot dessus... L'abominable félon ! J'aurais dû l'occire !

Il quitta ses gantelets, essayant de comprendre pourquoi il avait épargné un garçon d'une pareille espèce. Il se sentait subitement mou et comme prisonnier de son armure.

— Il est temps, grand temps que je parte !

Une douleur lui mordit le cœur, conséquence, peut-être, de ce brusque et violent désir de retrouver les siens.

— Anne !... Ne devrais-je pas essayer de la retrouver ?... Il reste des vêtements à elle dans ma chambre.

Il pouvait les soumettre au flair de Saladin et enjoindre à son chien : « *Cherche !... Cherche Anne !* » Mais à quoi bon ? Il savait qu'il l'avait à jamais perdue.

Anne... Blanquefort... Guillaume... Tancrède. Et d'autres. Il abandonnerait une existence... Que serait l'autre en Normandie ? Plus rien, désormais, ne s'opposait à cette longue chevauchée... Gratot... Blainville. Il devait y songer de toute sa ferveur et de toute sa haine !

— Gratot !

Tristesse et rage, une envie de pleurer le ravagea, et de sa paume il écrasa ses larmes. Jamais, non jamais il ne s'était senti aussi loin de sa Normandie, et pour tout dire aussi seul, inutile et désespéré.

X

— Alors, messire Ogier, demanda Thierry en accédant au chemin de ronde, bonne journée ?

— Bonne.

L'était-elle vraiment ? Ils s'adossèrent à un merlon et regardèrent, juste en face, la chapelle désertée. Les feux du soleil encore haut, mais déjà vermeil, cuivraient les écailles de son clocher. Au sommet, un corbeau battait des ailes.

— Il ne manquait plus que Blanquefort et Haguenier là-dedans ! reprit Thierry. Les autres, ceux du fossé, le baron vient de me dire qu'il s'en occupera demain.

Blanquefort avait été enseveli dans son linceul. Près de lui reposait Haguenier. Son corps supplicié avait été lavé par Margot et Aliénor, tout d'abord avec de l'eau, puis des vins épicés. Ensuite, elles l'avaient enveloppé d'un suaire coupé dans une pièce de velours blanc. Et tandis que les deux preux touchaient le fond de la fosse, Clergue avait évoqué les saintes fleurs du Paradis et les lits somptueux sur lesquels ils reposeraient ; il avait dit les Vigiles des morts, et la messe de Requiem avait été chantée par Claresme, Tancrède et Mathilde. Enfin, le chapelain avait donné l'absoute. Les oreilles d'Ogier retentissaient encore du *liberia* qu'il avait entendu.

— Je n'aime pas, messire, ce soleil rouge. C'est signe de mauvais temps.

— Ce n'est pas lui, Thierry, qui nous arrêtera.

— Pauvre baron ! Il va se trouver bien seul quand tout son monde sera parti : nous, puis Sicart de Lordat et ses hommes, Claresme et les armuriers...

Claresme ! Après les funérailles du sénéchal et de l'écuyer, elle avait eu la messe de mariage la plus brève possible.

— Pourquoi riez-vous, messire ?

— As-tu vu la tête de ma cousine lors de la bénédiction nuptiale ? Elle s'inquiète enfin de devoir couvrir des centaines de lieues et de franchir des montagnes.

— L'amour, messire, lui fournira tous les courages.

— Sais-tu où est mon oncle ?

— En son armerie. J'étais monté pour vous dire qu'il vous y attend...

Guillaume allait et venait parmi ses trophées de guerre. Mains au dos, l'air las et maussade, il s'immobilisa. Ses paupières bouffies clignèrent. Un pli amer scella ses lèvres ; un long soupir les décolla :

— Rude journée !

— Passée tout entière ou presque à la chapelle.

— Clergue est las de toutes ces cérémonies. Il sort d'ici. Nous avons parlé de toi.

Intrigué par ce préambule, Ogier s'inclina. Guillaume reprit son va-et-vient, tête basse :

— J'ai des choses à te dire. Les unes bonnes, les autres point.

Le baron ne savait par où commencer. Son regard effleura le crucifix accroché au-dessus de la porte, et il parut lutter contre l'influence de cet Homme de cuivre haut d'un pied, cloué sur une croix criblée de trous de vers :

— Ne te fie point aux ennortements[1] du chapelain. Les presbytériens ne sont point des hommes de notre espèce, même ceux qui, n'osant jeter leur froc aux orties, trahissent leurs vœux dans de charnelles aventures... sans que Dieu, apparemment, s'en montre courroucé... Moi, ce que j'ai à te dire, c'est : vis ! Existe ! Approche les femmes... Défie-toi, cependant, de celles qui brillent autant par les charmes du visage et du corps que par les trésors de l'esprit... Ces créatures te donnent envie du mariage. Elles sont éblouissantes. Mais tu sais qu'une fois ébloui, on ne discerne rien.

— Je tiendrai compte de vos conseils.

— Si une pucelle ou femme de cette espèce devenait ta dame, tu t'apercevrais, quelques semaines après vos noces, que tu ne l'as pas conquise, mais qu'en fait, c'est elle, subtilement, qui t'a vaincu.

Ogier considéra son oncle, assis maintenant sur ce lit où Haguenier avait tant souffert. Il était pâle, renfrogné. Venait-il de faire allusion à sa défunte ?

— Outre que tu étreindrais rarement cette épouse — car pour ces femmes-là l'amour c'est sale, ennuyeux, et moins elles se laissent toucher, plus elles sont jalouses ! —, tu t'apercevrais qu'en dépit de ses nombreux refus, de ses permissions chichement accordées et de ses faux élans pour lesquels, de ta part, elle n'admettra nulle dérobade, quand bien même aurais-tu chevauché trente lieues, elle ne fornique pas mieux que la dernière des chambrières qui, elle, sera toujours dispose à ton égard !... Oui, mon neveu, méfie-toi autant de la beauté que de la laideur.

Le baron se leva, s'approcha de la table et désigna, dessus, croisée avec Aigredure, et plongée dans un fourreau de bois en mauvais état, une arme qu'Ogier n'avait jamais dégainée sans émoi.

— Il te faut garder un souvenir tangible de moi... Alors, j'ai pensé à t'offrir cette lame.

1. Conseils.

— *Elle ?* Mais vous y tenez tout autant qu'à l'autre !

Ogier balbutiait, immobile, abalourdi, de stupeur. C'était un don somptueux, disproportionné à ses mérites.

— Oui, elle... J'ai idée qu'elle te sera utile un jour... Prends-la... Hermann de Salza, Grand maître des chevaliers teutoniques, l'eut au côté quand il combattait en Palestine... Il l'offrit, tu le sais, en gage d'amitié à mon ancêtre, Thibaut, après la prise de Damiette. Ce siège avait duré plus que le nôtre : dix-neuf mois... Mais regarde. Elle est belle !

C'était une œuvre d'émaillerie où les nielles figurant des ornements, des animaux, couraient sur le pommeau, la prise, la garde, et dont les quillons surbaissés s'élargissaient en fer de hache, d'argent plaqué d'or.

— Ah ! mon oncle...

Incapable d'en dire davantage, Ogier retira l'arme de sa gaine et l'examina, bien qu'il connût depuis longtemps cette lame plate, en double talus sur chaque face avec une large cannelure centrale atteignant l'extrémité dont la pointe aiguë pouvait aisément traverser un haubert. Il l'avait souvent admirée comme une relique, sur le mur auquel elle était accrochée. Maintenant, elle était sienne !

— Mon oncle, je ne sais comment...

La lame avait des reflets bleuâtres. Pieusement, il la remit au fourreau.

— Avec cette guerre qui nous tombe dessus, tu vas avoir à t'employer, Ogier, je le crains. Sois vaillant sans défaillance, comme tu l'as été parmi nous. N'oublie jamais, pourtant, que nos ennemis le sont aussi, et que leurs léopards valent tes lions !

— Mon oncle, je ne pars pas encore... On dirait que vous me faites vos adieux.

Guillaume lui montra son dos et poursuivit :

— Partout où tu iras, parle aussi rarement que possible. Mais observe... Et méfie-toi, pour commencer, de cet Enguerrand. Je partage l'avis de Bressolles : il nous paraît natif de Vannes ou d'Hennebont mais point d'Albi... Viens, montons aux créneaux... Je n'en ai pas fini... Il nous faut être seuls.

Bientôt, ils émergèrent de l'échauguette d'angle et passèrent sous la grande bannière dont les langues se convulsaient. Le silence étendait sur la contrée sa tendresse majestueuse. Au Ponant, où l'astre rutilait, les nuages en s'immobilisant ajoutaient des montagnes roses, grises, noires à l'infini des plaines.

— Tu regretteras, Ogier, ce terroir qui m'est si cher au cœur.

— Je regretterai votre demeure.

Ce château, Blanquefort et son oncle en avaient lentement dirigé l'existence, tels deux bœufs attelés au même timon. Guillaume n'était plus désormais qu'un solard[1] incapable d'en assumer la conduite, même s'il acceptait le secours de Mathilde.

— Et tu regretteras nos gens qui t'aimaient fort.

Ogier, sans répondre, serra violemment le fourreau de l'épée teutonique. Devant lui, la nuit atteignait les collines, noyait leurs contours, versait dans les vallons assombris ses vapeurs qui, une fois figées, semblaient se transmuter en pierre.

— Ton escarcelle est-elle suffisamment garnie ?

— J'ai ce qu'il faut, ne vous inquiétez pas.

— Dans l'état où Briatexte a mis ton écu — on voit à peine que tes lions sont courtaudés — tu peux, si tu en trouves en chemin, paraître aux joutes et tournois sans crainte de soulever des ébaudissements et des sornes... et t'enrichir en prenant et revendant à bon prix les chevaux et harnois des seigneurs et écuyers que tu auras vaincus !

— Mon oncle, je suis fier de mes lions diffamés. Quiconque osera s'en moquer s'en repentira sur-le-champ !... Or, voyez-vous, pour ces exercices-là, je

1. Se dit d'un bœuf qui a perdu son compagnon d'attelage.

crois encore manquer d'expérience. Je n'ai jamais tournoyé et n'ai participé qu'à trois joutes.

— C'est vrai, mais à la dernière de celles-ci, tu as désarçonné les meilleurs : Garin de Linars, Jean et Bohémond de Bessines... Souviens-toi de la joie de Claresme que nous avions emmenée jusqu'à Mavaleix pour voir ça !

Ogier soupira. C'était trois mois plus tôt, le premier dimanche de juin. Une belle journée. Rien ne laissait présager une invasion ni même une escarmouche anglaise.

— N'êtes-vous pas chagrin de vous séparer de Claresme ?

Le vieillard haussa les épaules et se détourna. Une émotion l'accablait. D'une voix dont le garçon saisit l'altération, bien qu'elle parût enjouée, il dit simplement :

— Ça passera... Il me reste Tancrède ! Et je vais la marier.

— La marier ?

— Eh oui... On m'a appris qu'elle voulait fuir et que tu étais disposé à l'aider... Qu'en dis-tu ?... Ah ! par Dieu, réponds donc !

Moins ébaubi par ce propos que par la voix inconnue, fielleuse, qui le proférait ; agacé par le doigt pointé sur sa poitrine et qui semblait le désigner aux suprêmes colères, Ogier ne trouva rien à répliquer. Guillaume l'empoigna aux épaules et le poussa contre le mur de l'échauguette :

— Défends-toi, au moins !... Disculpe-toi !... Je m'attendais à ce que tu protestes, mais ta gêne est un aveu !... Ainsi, tu conspirais contre moi !... Contre mon bien-être !... Et moi qui te croyais loyal !

Des lueurs incendiaient les yeux du vieillard : dépit, colère, désillusion. Qui avait trahi ? Et pourquoi ? Clergue ? Jean ?... Si, fort de son nouvel état de chevalier, l'ancien culvert s'était risqué à demander sa main à Tancrède et s'était vu rejeter dans la dérision et les railleries, il avait pu, sous le coup de la honte et du ressentiment, divulguer l'intention de la jouvencelle au baron — en omettant de lui révéler que cette fuite, il l'avait ourdie avec elle.

— Je n'ai nullement à me défendre, mon oncle, protesta Ogier tout en se dégageant. Je *savais*, c'est vrai. Mais outre que j'ai dissuadé ma cousine de s'engager dans une telle aventure, je lui ai signifié de renoncer à jamais à mon aide, justement pour ne vous nuire en rien !

Il s'irritait d'autant plus violemment que son intégrité, dans cette affaire, avait toujours manqué de consistance. Guillaume eut un geste indécis :

— Quelle folle !... Afin de la dissuader de me fausser compagnie, je vais l'enfermer quelques jours, voire quelques semaines, dans sa chambre !... Ensuite, je la ferai surveiller jusqu'à ce que la sagesse lui revienne !

— La connaissez-vous donc si mal ?... Croyez-vous que la raison et l'obéissance lui reviendront si vous la traitez ainsi ? Ce sera fortifier son désir d'évasion !

— Rien ne lui manque ici. Pourquoi partirait-elle ?

— Elle a vécu trop longtemps loin de vous, de sorte qu'*elle ne vous reconnaît plus en tant que père* !... Cinq ans, c'est long. J'en sais quelque chose.

C'était habilement dit. Et Guillaume riait ; un rire qu'Ogier trouva inutile et cruel :

— Je suis son père... Je vais agir en père !... Ah ! la maligne ! La malicieuse ! Elle voulait soit vous rejoindre au grand galop, soit vous précéder et attendre votre passage... Qu'en penses-tu ?... Allons, parle !

Ogier soupira. Ce vieillard l'excédait. Un respect de cinq ans se réduisait en miettes :

— Je lui ai toujours dit que ce serait folie. Que vous lâcheriez vos hommes et votre meute sur ses traces.

— Je l'aurais fait, mais pour m'épargner cette peine, dès ce soir, je la verrouille et place un gardien à sa porte. Quant à toi, complice ou non, il te faut partir. Tu t'en iras cette nuit.

La décision claqua comme une gifle. Ogier contint sa honte et son irritation :

— Je n'ai fait aucun préparatif !

— Cette nuit, je n'en démordrai pas... Quand je pense que tu connaissais ses visées et que tu ne m'en as rien rapporté !

Ogier s'approcha du vieillard. Il n'éprouvait, soudain, aucune colère, mais, impitoyable et définitif, du détachement.

— J'ai toujours refusé d'aider Tancrède, dit-il, puisqu'une justification lui paraissait nécessaire. Pourquoi l'aurais-je trahie, *en plus* ? J'ai préféré la laisser à ses songes. Pendant ces quinze jours, nous en avions besoin.

Il vit s'abaisser la paupière de Guillaume. Une larme y perlait.

— Et si cela peut vous rassurer sur ma loyauté, sachez...

— Cette nuit, coupa le vieillard.

Cette colère sourde, intransigeante, stupéfiait Ogier. Il aurait dû se taire, mais la fureur montait en lui, acide, envahissante.

— Je suis arrivé chez vous comme un malheureux, j'en repartirai donc de même. Et puisque vous me chassez, je n'ai plus à m'attarder en votre compagnie. Il me faut aviser tous ceux qui me compagnent.

Il était prêt à maudire ce vieillard intraitable, à lui rendre cette épée qui, tout à coup, s'alourdissait en ses mains. Il comprenait sa désillusion, sa rancœur, mais détestait son animosité.

— Pour partir, il me manque...

— Je sais ce qu'il te faut. Je pourvoirai à tout.

Guillaume hésita. Sa voix faiblit :

— Il faut nous résigner l'un et l'autre. Toi à partir, moi à te perdre... J'aurais voulu que ce fût autrement.

Un soupir frémissant dans cette gorge rude. Puis :

— Sache qu'il m'en coûte de me priver de toi avec tant de... discourtoisie... Je t'aime encore, quoi que tu puisses penser... Demain, tu seras loin, Tancrède commencera à s'assagir. D'ici ce soir, tu vas la rencontrer. Fais-moi serment de ne l'avertir de rien...

— Ma parole de chevalier vous suffit-elle ?

Ce trait d'ironie n'offusqua pas Guillaume. Il continua :

— D'ailleurs, Girard déjà la surveille de loin. Il a dû également prévenir Bressolles, Adelis et Thierry de votre départ et leur enjoindre d'être discrets... Et peu me chaut ce qu'ils pensent... Je suis content que tu emmènes ce jeune fèvre : il fera un bon écuyer... C'est à lui de monter Veillantif, qu'on ne peut humilier en le chargeant de fardeaux. Pour sommier[1] tu prendras Passavant. Pour les autres, prends les chevaux que Girard te fournira... J'ai prévu qu'il te faudrait aussi deux hommes d'armes : choisis-les... Je ne me soucie pas de Briatexte : il a son Artus, un fier destrier... Et j'aime mieux te le dire : pour Adelis, j'ai choisi Roxelane.

— Ah ! non, je m'y refuse. Tancrède y tient. C'est grossir son châtiment d'une vengeance que je désapprouve.

— Roxelane, insista Guillaume. Crois-moi : elle n'est pas près de courir la campagne !

— Soit, dit Ogier en s'efforçant à la sérénité.

Car, fulgurante, une idée venait de faire battre son cœur. Il devait la développer, la parfaire ; répondre à la vilenie, exorbitante et sans frein, par une méchanceté tout aussi excessive, mais insidieuse. Il observa, débonnaire :

— Ce n'est pas un départ. C'est une expulsion... Allez-vous contre moi proférer l'anathème ?

— Clergue a raison : tu es devenu un élément de trouble ! Tu t'enivres de mots et de formules creuses. Ce sont eux qui ont contaminé Tancrède ! Eh bien, songe à ceci : je suis vieux. Claresme s'en va et je ne

1. Cheval de bât.

la reverrai plus. Toi, de toute façon, tu ne fais qu'avancer ton départ... Blanquefort est mort... Qui va maintenir la vie en ces lieux ?... Il me faut un gendre. Il faut qu'*elle* accepte un époux sans tarder ! Il faut qu'elle ait des enfants de bon ou mauvais gré. Rechignac doit vivre !... Or, si elle fuit, c'est la fin, *ma* fin... Alors, par Dieu, si c'est cela, j'aurais mieux fait d'offrir ces murailles à Canole sans verser une goutte de sang !

— Cette fonction de femelle dévolue à Tancrède est bien, par votre bouche, la chose la plus répugnante...

Ogier ne put achever : Guillaume riait. Le mépris et la pitié constituaient cette gaieté toute de surface, car au fond de lui-même il souffrait — son souffle était celui d'un homme qui se meurt.

— Ces enfants qui tout à coup t'émeuvent, tu les lui ferais à plaisir si vous n'étiez cousins... Alors, je t'en prie : refoule dans ton cœur ton dégoût et ton indignation. Sers-t'en pour d'autres causes.

Ogier crispa ses poings sur l'épée teutonique et suggéra, perfide :

— Votre bâtard, Philippe, pourrait assurer votre lignage.

C'était, entre eux, la première fois qu'il en était question ; Guillaume subit ce méchant coup sans broncher :

— Bâtard ou non, c'est mon affaire. Il se peut qu'après ton départ j'essaie d'en faire un homme... Dieu m'y aidera... Mais avant, Tancrède m'enfantera des successeurs.

— C'est Clergue qui vous contraint...

— Clergue ! Laisse-le à ses patenôtres... Cette nuit, Girard, Rigaud, Mathilde veilleront... et moi... Sortant de l'écurie, vous vous rassemblerez sous la voûte des tours portières... Tancrède dormira seule, puisque Claresme et Pedro seront dans le lit de Mathilde... Demain, à son réveil, elle apprendra ton départ ; je lui annoncerai les dispositions que j'ai prises en attendant l'arrivée de son fiancé, dont je lui ai annoncé le nom peu avant que tu me rejoignes...

— Puis-je le connaître ?

— Garin de Linars.

— Lui ! s'exclama Ogier.

Cette fois, le vieillard l'écœurait. Sa détestation même avoisinait la haine. Et Guillaume riait, satisfait :

— Eh oui, Linars... A cette joute dont nous parlions et où tu fis merveille, il m'avait demandé sa main. J'avais réservé ma réponse.

— Il la connaissait donc ?

— Il l'avait vue quand elle était jeunette : avant ton arrivée.

— Il a plus de quarante ans ! Il est gras et borgne !

Guillaume eut un petit rire hoquetant :

— Même aveugle, il pourrait engendrer !

Ogier crut qu'il chancelait ; en fait, il s'éloignait de cet homme outrancier. Il avait cru le connaître, il le découvrait. Il avait cru lui vouer une affection et un respect indestructibles, or, tout cet édifice de piété quasi filiale, construit jour après jour pendant cinq ans de vie commune, étayé des mêmes mouvements, chevillé des mêmes habitudes, s'écroulait en un soir — celui de son départ.

— Je trouve, dit-il, votre malice répugnante. Ce n'est pas un mariage que vous préparez pour Tancrède, c'est un châtiment cruel, incongru et injuste !... Vous ne l'aimez pas. Non, vous ne l'aimez pas !... Peut-être même ne l'avez-vous jamais aimée !

Il vit le bras de Guillaume s'élever pour un coup, hésiter, s'abaisser ; alors, il se domina, lui aussi, mais sa voix, lente, s'imprégna d'un infini mépris :

— Si vous l'aviez aimée, vous ne vous en seriez pas privé pendant cinq ans... Vous l'auriez gardée comme vous gardiez Claresme... Oh ! certes, vous êtes allé la visiter sept ou huit fois... juste assez pour apaiser votre conscience !

— Tais-toi, Ogier. Tu déraisonnes.

— Cinq ans de couvent, en alléguant qu'elle y apprendrait les bonnes manières. Cinq ans de bonnes manières afin de la sacrifier au chevalier le plus rustaud qui soit : Linars !... Le bien beau gendre, en vérité !... Ah ! mon oncle, avez-vous perdu l'esprit ? De grâce, ressaisissez-vous ! Cessez d'être un bourreau ! Redevenez un père !... Linars ! Un composé de laideur, d'orgueil et de bestialité... Tenez, à la joute de Mavaleix, Dieu m'est témoin que j'ai pris grand plaisir à désarçonner cet immonde... Eh bien, j'aurais dû lui passer ma lance au travers du corps !

— Linars vivra ici, dit Guillaume, impassible. Il est, c'est vrai, de petite lignée... au point que je n'ai pas songé à lui quand il s'agissait d'obtenir des secours. Demain, je lui enverrai un chevaucheur. A ma mort, il me succédera... et ses enfants ensuite... Quant à toi, il te faut vider les lieux.

Des insultes affluèrent à la bouche d'Ogier. Tancrède dans les bras d'un Garin de Linars... Un tel accouplement serait bien pire qu'un inceste douteux : un viol délibéré, un outrage à l'amour et à la beauté... Oui, ce vieillard têtu, obscène par ses impérieux soucis de descendance, ne pouvait plus dissimuler ses réels sentiments. Il détestait Tancrède. Il devait avoir des soupçons, voire des certitudes, sur sa naissance. Il les avait toujours rejetés pour ne rien compromettre de sa puissance et de sa dignité, mais Blanquefort trépassé, il se vengeait aussitôt, sur la fille, de l'inconstance de la mère. Ce mariage punitif et hideux n'était qu'une vengeance à retardement.

— Va-t'en, insista Guillaume. Vous avez l'un sur l'autre une influence désastreuse. Clergue l'affirmait, je ne pouvais le croire. J'en suis désormais convaincu.

Ogier ne voulut rien objecter. A quoi bon...

— Hâte-toi. Et n'oublie pas : d'ici à ton départ, garde-toi d'avertir Tancrède au sujet de sa réclusion. Tu m'as fait serment de te taire, évite de te parjurer...

D'ailleurs, si tu l'incites à fuir, et surtout si tu l'aides, il t'arrivera malheur.

Soudain las de cet affrontement stérile, Ogier trouva en lui un reste de déférence, pour demander :

— M'est-il possible de faire un dernier tour des murailles ?

— Dix si tu veux. Mais quand on cornera le souper, viens à table, mange et rejoins sans tarder tes compagnons qui, eux, mangeront aux écuries.

— Aux écuries !

— J'y ai fait porter ce qu'il faut par Mathilde... Tu les emmènes : ils ne font plus partie de ma mesnie.

— Mon oncle ! Comment pouvez-vous agir ainsi ? Par Dieu, je vais vous détester pour de bon.

Guillaume leva ses poings : jamais, en cinq ans, Ogier ne l'avait vu atteindre ce niveau de furie. Prudent, il recula.

— Eh bien, déteste-moi, hurla le vieillard au comble de l'exaspération. Voue-moi à la géhenne. Je suis... Je suis...

Il chancela et eut comme un sanglot. Sa face livide fut agitée d'un tremblement brusque ; ses yeux devinrent fixes, et la stupeur y remplaça la colère. Sa bouche béa sur un cri rauque, douloureux, tandis qu'il portait une main à son front, l'autre à son sein ; et de ses lèvres, derechef, s'échappa ce râle d'égorgé.

— Mon oncle !

Guillaume s'était adossé à l'échauguette ; il s'affala lentement. Ses doigts se crispaient sur son cœur, comme pour l'extraire de son corps ou en contenir les spasmes forcenés.

— Ah ! enragea-t-il. Avais-je besoin de cette... meurtrissure !

Il était assis, jambes repliées, le dos contre les pierres. Il haletait comme au terme d'une course terrifiante. Dans sa face crayeuse, la barbe semblait s'être assombrie. Ogier s'accroupit :

— Respirez lentement... Il faut que le bon souffle vous revienne.

Guillaume haleta davantage. D'une voix molle, enrouée, lointaine, il supplia :

— Mon col...

Il dodelinait de la tête, les doigts toujours crispés sur sa poitrine. Ogier déchira le surcot d'autant plus aisément qu'il était élimé. Guillaume suffoqua et s'accrocha aux mains occupées à le soulager.

— Je vais mourir... Tu m'auras fait mourir.

— Menteur !

Bien que son ire fût tombée, Ogier se sentait désormais incapable de compatir aux souffrances de ce vieillard dont le grognement convulsif n'avait plus rien de furieux, mais devenait, au contraire, un accent de plainte et d'imploration :

— Mon cœur... J'y ai reçu comme une estocade.

— Vous l'avez trop dur ! L'acier s'y émousserait !

Guillaume secoua la tête, éparpillant des gouttes froides sur les mains de ce neveu dont la vigueur l'insultait.

— Aide-moi à me relever.

Cette phrase n'était plus une plainte de torturé. C'était un cri de fureur et une injonction.

« L'orgueilleux ! » songea Ogier en obéissant.

Et sans pitié apparente :

— Ménagez-vous !

Pour une fois, quelque chose avait effrayé, dompté Guillaume : un mal né de ses viscères. Il chancelait, avalait de petites gorgées d'air. Son angoisse le tourmentait autant que son étouffement.

— Aide-moi à descendre.

— Dans votre chambre ou votre armerie ?

— Tout en bas... Mathilde me soignera.

Ogier dut ceinturer le vieillard pour l'empêcher de tomber.

Un désespoir envahit Guillaume, ou peut-être une peur sauvage :

— Il ne faut pas que mon cœur cède !... Comme pour mon père... C'est toi, oui, c'est toi qui m'as fait bouillir le sang !

Sa voix devenait bégaiement ; ses paupières s'alourdissaient ; son front, ses lèvres prenaient une pâleur cireuse. Il eut un geste mou pour éloigner un pan de la grande bannière où le vent serpentait.

— C'est vous, mon oncle, le responsable de cette pâmoison ! Faites-en votre profit. Allons : les marches sont trop étroites pour que nous y avancions ensemble. Je vais vous porter sur mon dos. Laissez-moi faire.

Ployant sous son fardeau, Ogier descendit péniblement l'escalier sans y rencontrer quiconque.

— Crois pas que mon état changera mes décisions, grogna Guillaume à son oreille. Les commandements sont donnés... Je n'y changerai rien... Je paraîtrai au souper !... J'y mangerai afin d'avoir suffisamment de forces pour assister à ton départ... Et n'essaie pas... par bonté d'âme, de tendre quelque embûche à mon chevaucheur ! Garin accourra, j'en suis sûr.

— Vous voilà rendu, dit Ogier.

Il titubait, sur le seuil de la grand-salle.

Les reins lourds, la gorge endolorie par les deux avant-bras passés devant son cou, il amena Guillaume jusqu'à sa cathèdre, et d'un tour de hanche le poussa entre les accoudoirs.

« Vieux cheval, songea-t-il, maintenant que te voilà entre ces brancards sans lesquels tu dévalerais, vas-tu cesser pour ce soir tes ruades et me laisser le champ libre ? »

Puis il courut chercher Mathilde.

Plus tard, et pour apaiser sa colère, Ogier marcha sur le chemin de ronde, suivi par Saladin auquel les préparatifs du départ n'avaient pas échappé. Le vent frais fouettait son visage sans atténuer, sur ses joues, cette sensation de brûlure que sa dispute avec Guillaume y avait apposée.

— Bon Dieu !... Il est devenu fou !

Mathilde avait fait porter le malade à l'armerie. Traitées par des compresses froides, les suffocations s'étaient espacées avant que de disparaître ; s'il était encore inapte à marcher, Guillaume semblait rasséréné. *« Rien de changé, mon neveu, ni pour toi ni pour elle ! »* Puis il avait entamé une prière avec Clergue.

— Il faut pourtant que je voie Tancrède !

Insoucieux des guetteurs, il parlait à voix haute. Il l'avait cherchée. Où était-elle ? Que faisait-elle ? Monterait-elle le rejoindre ?

Quatre hommes arrivèrent pour remplacer leurs compères aux aguets depuis le matin. Le plus âgé — trente ans — s'approcha :

— Bonsoir, messire. Une sale nuit se prépare : il commence à pleuvoir.

Entre deux merlons, la malevoisine élevait sa charpente massive, désormais inoffensive.

— Tiens, te voilà, Raymond !... Je ne t'ai pas trop vu dans les dernières mêlées.

— Si je mets mon épaule à nu, vous en saurez la raison. Le soir où Gilles Champartel est mort, un épieu m'a emporté un morceau. J'ai tout juste été bon à empenner des flèches avec quelques autres.

Ce n'était pas le Raymond qui portait de loin en loin des coulons à l'ermitage de Gerbold, mais un autre, tout aussi hardi. Dans l'ombre, son regard brillait avec une sorte d'effronterie. Eprouvait-il, comme certains, une malefaim d'espace et d'aventures ?

— Veux-tu me compagner en Normandie ?

Un sourire — et même un rire de joie et de soulagement :

— Ah ! messire, j'y ai tellement songé que je suis prêt à vous suivre dès maintenant.

— Nous partons cette nuit sans frainte [1]. Ne dis rien autour de toi... Peux-tu trouver un compagnon ?

— Norbert le charpentier. Il a ma confiance.

— Soit... Allez vous placer au service de Thierry Champartel.

Raymond s'éloigna.

La mélancolie d'Ogier s'estompa. Tourné vers le donjon, il vit dansoter une lueur dans la chambre de Mathilde. C'était derrière cette baie haute, étriquée, que Pedro et Claresme allaient passer leur nuit de noces. A y bien penser, ce mariage était également hâtif et contraire aux usages. Que dirait la famille del Valle lorsque Pedro lui présenterait son épouse ? Une compagne trouvée hors du pays natal. Une foraine [2] ; peut-être une intruse. Serait-elle acceptée ? Appréciée ? Sans doute. Claresme était bonne, douce, et peu à peu l'amour effaçait sa fadeur.

— Mais Linars et Tancrède !

Son besoin de la voir, de l'entendre s'aggrava. Il n'avait rien promis, rien juré à Guillaume. Il n'avait fait que lui demander : *« Ma parole de chevalier vous suffit-elle ? »* Allons, il exagérait : le serment figurait implicitement dans cette phrase dont l'ironie commençait à le tourmenter.

La lueur, là-haut, s'évanouit et presque aussitôt une autre tremblota juste en dessous : la fenêtre de Tancrède. Une lumière coupée en deux, verticalement, par une ombre immobile... *Son* ombre ? Margot préparait-elle son lit ? Un lit dans lequel elle allait coucher seule... Il fallait qu'elle apprît ce qui l'attendait...

Une nuit, et demain, sa chambre serait une geôle !

Soudain, dans l'esprit d'Ogier, les événements et les desseins devinrent inextricables.

« C'est bien beau, de vouloir l'emmener, mais de quelle façon ?... Elle ne peut sortir avec nous !... C'est

1. Sans bruit.
2. Étrangère.

une évasion difficile et pour tout dire impossible... Certes, il y a le souterrain. Encore faut-il pouvoir s'en approcher. »

Tout près bourdonnait un orage ; le ciel se nacra d'éclairs. Une zébrure plus vive que les autres révéla un homme immobile contre le mur de la tour portière : Girard. C'était donc vrai : Guillaume le faisait surveiller !

Ogier marcha à la rencontre du soudoyer.

— Ainsi, tu es tombé dans les basses besognes !

Girard eut un geste d'impuissance :

— J'ai toujours obéi... Me voilà sénéchal. Je fais avec regret ce qu'*il* m'a dit de faire... Bien sûr, vous n'êtes pas forcé de me croire...

Était-il sincère ? Son regard était droit, ouvert, sans malice. Mais fallait-il se fier seulement aux regards ?

— L'as-tu vu depuis longtemps ?

— Je viens de le quitter, messire. Il est debout.

— Debout !

— Eh oui, *debout*... Certes, il chancelle. Mathilde lui prédit une nouvelle pâmoison. Il n'en a cure, dirait-on. Il se croit aussi solide que son image de pierre sur le seuil du tinel.

Et Girard se crut autorisé à demander :

— Que s'est-il passé pour qu'il vous boute ainsi hors des murs ?

S'il avait son idée sur les événements, il se gardait de l'exprimer par crainte d'une admonition.

— Il veut marier Tancrède à Garin de Linars.

— Quelle brande [1], en l'apprenant, cela a dû vous faire ! Sang Dieu, ce ne serait pas une union saine, mais une amise [2] !

Girard, en soupirant, tapota son épée. Sa fureur semblait naturelle.

— Ce Linars a tout d'un singe borgne, messire, et

1. Commotion.
2. Mauvaise action.

votre cousine a tout d'une... d'une déesse. En vérité, si vous n'étiez cousins, c'est vous qu'il lui faudrait pour époux... Et vos enfants seraient des preux dès leur naissance.

L'homme d'armes se tut, certain et soulagé d'en avoir assez dit. Ogier lui tapota l'épaule :

— Je vais partir, Girard, avant le petit jour. D'ici là, n'essaie point de te mettre en travers de mes pas. Est-ce clair ?

— Fort clair... Votre propos ne saurait être menaçant. J'ajoute que vous pouvez compter sur moi... Je vous servirai jusqu'au bout... Aveuglément.

— Je t'en sais bon gré.

Ogier s'éloigna.

« Où est-elle ? »

Il entendit un son de trompe.

— Déjà !

Peu importait qui cornait l'eau. Le souper allait être servi. Il se devait d'y assister.

XI

Le repas fut morne. Affamés de sommeil plus que de nourriture, les gens du commun mangèrent sans trop parler, puis s'en allèrent en lançant un regard inquiet sur Guillaume, immobile dans sa haute chaire après avoir avalé une soupe et mâché une tranche de pain à peine couverte de pâté.

Il aurait dû dormir ; il était présent, livide, muet, amoindri peut-être, mais vigilant bien qu'il ne regardât jamais Tancrède, pâle, sereine, décidée.

« Elle s'est joliment cointe de vêtements susceptibles de rehausser sa beauté en révélant sans excès tout ce qui fait qu'elle est femme... Ces seins gros comme des melons de printemps... Ces hanches... *Ah ! non, Ogier, ce n'est ni l'endroit ni le moment ! Interdis-toi de l'admirer*. Il ne faut pas que tu fournisses à Guillaume l'occasion d'un accès de popolésie[1]. »

Assurément, sa cousine espérait en lui. Un clin d'œil avait suffi pour qu'il comprît qu'elle souhaitait un entretien seul à seul. Comment ?

Ogier soupira sans savoir si c'était de regret ou d'ennui. Ils étaient tous là, ses familiers. Il eût pu déjà leur faire ses adieux. Sicart de Lordat devait partir ; Bres-

1. Apoplexie.

solles songeait... à quoi ? Claresme, elle, on s'en doutait. Tous s'en doutaient, surtout Tancrède.

« Je devrais être heureux ! »

Alors, pourquoi cette amertume ? Ce déchirement d'où Tancrède était exclue ? Justement, elle se levait sans voir apparemment personne.

— Où vas-tu ?

La jouvencelle perça son *père* d'un regard tellement acéré qu'Ogier en souffrit pour Guillaume.

— M'asseoir sur le banc, près de la cheminée... J'ai froid.

Elle fit ce qu'elle disait. Brochartre la rejoignit et sauta sur ses genoux. Alors que d'ordinaire elle la repoussait, elle baisa la levrette sur le museau, lui sourit et lui dit quelques mots.

Briatexte vida son hanap, se leva et partit s'accroupetonner et s'adosser contre un des montants de l'âtre, cherchant le regard de Tancrède et n'obtenant que celui de la chienne.

— M'avais-tu enterré ? murmura Guillaume. Tu vois, je suis présent.

Ogier fit le sourd. Cet homme chevillé à la vie comme à ses accoudoirs lui inspirait une pitié mêlée d'effroi : il était capable de tout.

L'air repentant — ou mal rassasié —, Arnaud Clergue s'éloigna de la table seigneuriale, ce qui n'était pas dans ses habitudes. Sicart de Lordat le suivit de près. Tancrède reposa Brocharte et se leva.

— Où vas-tu ? dit Guillaume.

— Voir Mathilde aux cuisines, puis j'irai me coucher.

Elle bâilla, négligeant Briatexte dont elle enjamba les pieds. Il parut insensible à son indifférence.

Quittant péniblement son siège, le baron s'approcha de la cheminée, grommela qu'il faudrait apporter un charreton de sarments et recouvra soudain son sourire :

— Pedro, venez faire une partie d'échecs.

L'armurier regarda Claresme, furieuse, puis Blasco et Martinez amusés. Il leva les yeux au ciel.

Tancrède, près de l'escalier, s'était tout à coup retournée. Ogier s'inquiéta de son teint blafard. Ils n'avaient échangé aucun mot, à peine quelques œillades tant ils se sentaient observés.

Mathilde survint, se campa devant le baron et, poings aux hanches :

— Etes-vous fou ? Voulez-vous mourir ?... Je vous ai dit de ne pas manger. Vous êtes passé outre. Je vous ai dit de revenir au lit, mais vous êtes là, devant ces figures de rois, de reines et de chevaux sans jambes... Venez vous reposer !

Sa colère se nuançait de tendresse. Le vieillard y fut insensible.

— Ah ! les femmes, dit-il à son gendre.

Pedro marqua un point, puis un autre. Briatexte se leva et observa, sur l'échiquier, l'avance et le retrait des figures.

— Je ne comprends rien, dit-il, à ce jeu où la valetaille fait échec au roi, aux chevaliers, aux chevaux !

Saladin flaira Brochartre, immobile, puis frôla les genoux de Claresme et de Pedro del Valle. Encouragé par la débonnaireté du chien, Briatexte le voulut caresser. Il aboya et grogna, prêt à mordre.

— Un loup jaune à ce que je vois !

Le routier avait protégé de sa main son coude blessé tandis que Saladin s'en allait renifler la place qu'il avait occupée et, soudain, l'arrosait d'un jet bref et significatif.

— Le meilleur des chiens, dit Ogier.

Il regrettait d'avoir accepté cet homme dans ce qu'il appelait dérisoirement sa « suite ». Il ne cesserait de s'en défier.

— Ah ! Pedro... Si vous ne regardiez pas tant ma fille, vous auriez vu...

— Qu'aurais-je vu, messire ?... Messire !

La tête et le cou de Guillaume se penchèrent brusquement.

— On ne prend pas le roi aux échecs[1]... Savez-vous... savez-vous... que... On ne prend pas un... baron tel que moi aux...

Sans pouvoir achever, le vieillard tomba en avant, la face parmi les pièces de l'échiquier, tandis que Claresme poussait un cri d'horreur.

Mathilde se précipita et rassura la jeune femme :

— Sois quiète, m'amie. Comme il se refusait à rester dans son lit, j'ai rehaussé sa soupe avec une poudre plus convaincante que des mots.

Et s'adressant aux compagnons de del Valle :

— Aidez-moi à l'emporter dans sa chambre. Je vous garantis...

Elle darda sur Ogier un étrange regard :

— Je vous garantis qu'il va dormir toute la nuit !

Il avait monté l'escalier en hâte. Il venait de s'immobiliser devant cette porte close aux pentures de fer travaillées en volutes, et dont la serrure et le verrou extérieur lui paraissaient soudain énormes.

Il frappa légèrement de l'index. Le battant s'ouvrit aussitôt.

Elle était là, un chandelier à la main, vêtue de la robe vert pâle qu'elle portait depuis l'après-midi.

— Es-tu seule ?

— Bien sûr !... Entre, je t'espérais... C'est une bénédiction qu'il se soit pâmé !... Je ne savais comment te joindre... Je bénis ce moment où nous nous retrouvons.

Doucement ouverte, la porte laissa passer un souffle d'air qui courba les boutons d'or de trois chandelles disposées en triangle au-dessus d'un long pied de fer.

1. A Brenneville (Brémule, Eure), en 1119, Louis le Gros, battu par les guerriers de Henri Ier d'Angleterre, fut sur le point d'être fait prisonnier par un archer anglais. Il lui fendit la tête d'un coup d'épée en s'écriant : « *On ne prend pas le roi aux échecs !* »

— Entre donc ! dit Tancrède.

Derrière elle, l'embrasure de la fenêtre soulignait d'un trait noir, discontinu, cette nuit de plomb couturée d'éclairs et fustigée d'un vent hors de saison. Les courtines du lit remuaient, et les petites flammes s'affolaient sous les souffles. Dans un recoin brillait la panse d'une aiguière posée sur une cuvette ; dans un autre l'auréole d'une bassinoire. A mi-voix, Ogier s'étonna :

— Tu as rendu l'armure ?... Tu devais l'avoir ici, pourtant...

Elle mit un doigt sur ses lèvres, referma la porte et poussa la targette :

— Parle à voix basse. Je n'ai plus confiance en rien... Les murs même me font peur.

Il considéra ce visage blanc, devant lui. Ces lèvres retroussées pour un bref sourire contredisaient la lippe d'un désespoir coléreux. Ces yeux, sous les sourcils froncés dans un effort de mémoire, le voyaient peut-être moins nettement que, dans les fumées du souvenir, un fesse-pinte borgne et obèse. L'abominable alliance de la froideur bestiale et de la volupté : Garin de Linars et *elle* ! Plutôt que de subir cette expiation, il était préférable qu'elle retrouvât Guy de Passac ou, si ce n'était lui, la femme ou l'homme dont elle s'était amourée.

— J'aurais voulu te parler, Ogier, mais il m'a fallu attendre... Quand il m'a annoncé qu'il voulait m'enchaîner à ce Linars — il m'a dit avec délices qu'il t'en préviendrait —, j'ai couru jusqu'ici... J'ai pleuré... et puis j'ai pensé à ce que je devais faire...

— Linars ! soupira Ogier, incapable d'admettre un choix aussi exécrable... Je sais que Guillaume l'a reçu quelques jours. Il t'a laissé une souvenance tellement mauvaise ?

Tancrède hocha la tête, et les mots vinrent tandis que, frissonnante, elle se pressait contre ce « cousin » qu'elle ne dédaignait plus :

— C'était juste avant que Guillaume parte pour la Normandie et te ramène... Petit seigneur, jactance de roi, mais façons de palefrenier !... Tiens... — Ah ! serre-moi bien fort — je le sens encore qui soulève ma robe, un soir, alors que je le croisais en regagnant ma chambre... Oui !... Il m'a coincée contre un mur et tâtée, ce pourri !... J'ai crié. Il m'a donné une jouée qui me brûle encore... Mathilde est accourue... Alors qu'en dis-tu ?... Devrais-je, pour satisfaire ton oncle qui ne m'est rien, épouser ce pilier de bordeau et me prostituer à peine moins qu'Adelis... que tu vas emmener ?

Elle pleura en frottant de ses doigts la joue que Linars avait frappée. Elle gémit et serra les dents. C'était de sa part un chagrin tellement inattendu, enfantin, fait de colère, d'impuissance, d'anxiété, qu'Ogier appuya Tancrède plus fort contre lui. Il sentait sa bouche et son nez sur son épaule, et ses seins contre sa poitrine, son ventre soudé au sien.

— Je suis tout épeurée, à présent.

Le garçon aspira une goutte sur la joue pâle et froide. Que dire ?

Tancrède relâcha son étreinte et le regarda. Dans les perles, entre ses cils, brillaient des lueurs indéfinissables.

— Guillaume connaît tes intentions de fuite... C'est une des raisons de ce mariage.

— Je m'en doutais. Il ne m'a rien dit... Il m'a signifié comme la chose la plus naturelle qui soit : « *Tu vas épouser Garin de Linars. Je t'en reparlerai demain.* » Sais-tu qui m'a trahie ?... Ce ne peut être toi !

Elle hésita :

— Ni Jean, que j'avais pressenti.

— Je savais qu'il devait t'aider... Je sais même qu'il t'aidait à passer cette armure...

Elle sursauta et demanda, les paupières tremblantes :

— Tu sais par qui ?

— Clotilde... Elle furète partout.

— Et si c'est elle qui m'a dénoncée ?

Ogier éluda cette question d'un soupir, sans nier pour autant qu'elle était pertinente. Mais dans ce cas, pourquoi Clotilde eût-elle agi si perfidement ? La jalousie ? La haine ? L'envie d'une faveur ? Oui, mais de quelle espèce ?

— Je pense plus à Clergue qu'à Clotilde... D'ailleurs, peu importe ! Guillaume m'a accusé d'être ton complice. Il me boute hors... Je dois partir cette nuit... Mes compagnons s'apprêtent.

— Il t'a chassé, *toi*, après tout ce que tu as fait pour lui !

D'un geste, Ogier repoussa ces considérations. Il allait trahir Guillaume. Avec joie !

Il s'apprêtait à parler quand la jouvencelle appuya sa paume sur sa bouche, tout en lui montrant la porte.

Ils virent la clenche du loquet se lever lentement et quitter le mentonnet. La targette résista : le battant de chêne demeura en place. Alors, grincheuse, la voix de Rigaud s'éleva :

— Etes-vous là, damoiselle ?

— Bien sûr, répliqua Tancrède en quittant les bras d'Ogier et en s'approchant de la porte. Je me suis verrouillée... Que me veux-tu ?

— Rien... Mandement du baron : je voulais m'assurer que vous étiez bien rentrée... C'est tout. Je pars.

Tancrède colla son oreille contre l'ais de chêne et attendit. Ogier s'approcha.

— Il reste, chuchota-t-elle.

Le garçon la saisit aux épaules et la mena près du lit :

— Il va demeurer. Voilà de quoi, entre autres choses, j'étais monté te prévenir... De l'autre côté, le verrou est tiré. Guillaume a décidé de te maintenir là jusqu'à l'arrivée de Linars auquel, demain, il enverra un chevaucheur...

— Le malveillant ! Il se couvre d'opprobre en agissant ainsi !... Il se ventrouille [1] !

Ogier approuva. Il n'avait plus à s'interroger. Fini :

1. Se vautrer dans la boue.

« *Ma parole de chevalier vous suffit-elle ?* » Fini, le respect ! Et fini, Rechignac ! Si Tancrède le voulait, il partirait avec elle : Guillaume était au lit, incapable de nuire, et Girard ne contrecarrerait pas ses desseins.

— Te voilà captif, toi aussi !

Sans même se retourner, du pouce, Ogier désigna derrière lui la fenêtre :

— A défaut de corde, tu as bien quelques draps dans ton coffre, que je découperais sans remords.

— Tu me plains !

Il la saisit aux épaules et la baisa au front. Elle sourit et lui rendit son baiser sur les lèvres. C'était une caresse abrupte, un jeu — même en ces circonstances. Elle était la fille des élans, des permissions et des refus ; pas celle des abandons.

Ses yeux scintillèrent, félins et câlins ; elle insista :

— Tu me plains ?

— Je ne suis pas venu pour te plaindre, mais pour t'aider.

— Aider... aimer... C'est presque pareil...

Connaître mieux, même dans les ténèbres, le contour de ces hanches ; parcourir de baisers ce visage, ce corps... Et quand elle aurait cédé, *car elle y semblait décidée*, la nuit atteindrait sa plénitude. Ce serait alors l'envie folle, irréalisable, des nouveautés à commettre, l'inextinguible soif des recommencements. Et Rigaud, à la porte...

— Es-tu décidée à me suivre ?

Comme Tancrède se poussait contre lui davantage, Ogier l'éloigna doucement. Ce n'était pas l'instant des effusions, des promesses fumeuses ; une seule chose importait : qu'elle s'échappât.

— Rigaud ne m'effraie nullement, ajouta-t-il. Pour en venir à bout, c'est facile : tu cries, il entre et j'en fais mon affaire... Tu mets tes vêtements d'homme et nous partons. Tu peux même retrouver Roxelane : elle sera prête avec les autres, car il me l'a donnée.

— Donnée !

— Alors, insista-t-il, dans l'état où est Guillaume, pas besoin de finesse : une fois Rigaud assommé, nous partons, nous allons retrouver les autres à l'écurie et nous nous faisons ouvrir le pont... Mais décide-toi... As-tu peur ?

Il parlait bas, chuchotis coléreux car elle ne disait rien. Elle avait parfois contre lui une poussée furtive ; ils demeuraient liés dans l'ombre tremblotante, lui farouche, elle apparemment indécise.

— Non, je n'ai pas peur... Mais j'ai de la mémoire... Tu le sais, Jean devait m'aider. Il fallait bien que je trouve quelqu'un, puisque jusqu'à cette nuit tu m'as toujours refusé ton appui.

Voix mate, rancunière ; s'il ne l'avait tenue dans ses bras, il eût pu croire qu'elle le traitait en importun.

— Jean m'a promis de me suivre *partout*... Il m'est impossible de le laisser.

— Tu...

Elle rit, tandis que d'un geste dont elle n'était pas coutumière, elle lui frôlait les lèvres de l'index.

— Non, rassure-toi. Dans vingt ans — et s'il perd un œil entre-temps — il sera pareil à Garin de Linars... Mais il m'est dévoué... *Fidèlement dévoué*... Il n'a pas hésité, lui, quand je lui ai dit que je voulais sortir de ces murs... Il a pour moi une sorte d'amour plantureux que sa vénération refrène. C'est sur les grands chemins la meilleure des protections. Il est devenu pour moi ce que Thierry sera pour toi : un écuyer fidèle... Non, je ne peux te suivre.

— Avec la plaie qu'il a au flanc...

Ogier perçut le tressaillement de Tancrède.

— Si je le lui demande, il pourra chevaucher. Il va bien. Il est enveloppé d'un linge très serré... J'ai foi en lui.

— Tu ferais mieux de te fier à moi. Comment partirez-vous ? Qu'avez-vous décidé ? Sait-il comment sortir de cette enceinte ?... Cette nuit tout est possible.

Ogier s'étonna de plaider pour lui seul. Jean l'avait

éclipsé dans l'esprit de Tancrède. Bien qu'elle fût entre ses bras, il ne savait comment se soustraire à cette vergogne sourde, informe.

— Nous avons décidé de passer par le souterrain. Jean a déjà porté dans les fourrés, non loin de la sortie, des vêtements, un peu de nourriture...

— Il a pu agir sans se faire remarquer ?

— Oui, car c'était avant qu'il combatte... Nous devions nous éloigner en barque... Il sait où en trouver une, dissimulée dans les herbes, au bord de l'Isle... Mais puisque Guillaume ne pourra voir ni les gens ni les chevaux que tu emmènes, fais sortir un roncin de plus et laisse-le avec Roxelane en un endroit où nul ne pourra les trouver.

— As-tu une idée ?

— La combe de Verdeney... Donne-leur une bonne longueur de longe afin qu'ils aient de quoi brouter en nous attendant et trouve-nous deux moreaux [1] pleins d'avoine.

— Tu sais ce qu'on dit sur cet endroit... Oseras-tu l'approcher ?

— Les sabbats n'y ont lieu que certains samedis, à ce qu'on raconte, et lorsqu'il fait bien noir. C'est pourquoi je l'ai choisi... Nul ne s'y aventure..., mais avant ta venue, j'y suis allée plusieurs fois... As-tu peur ?

Peur ? Non. Il avait traversé ce val profond, funèbre, au grand galop de Marchegai sans jamais éprouver un malaise. Du moins voulait-il maintenant qu'il en eût été ainsi.

— Ogier, tu vas me manquer très fort.

C'était un aveu sincère. Le cœur du garçon se gonfla d'une sorte de reconnaissance en même temps que quelque chose craquait en lui sous la poussée de ce qui pouvait être un chagrin, et même un désespoir :

— Je maudis ces cinq ans d'espace. Et ce couvent

1. Sorte de cabas. On les attachait sous la bouche des bêtes de somme afin qu'elles puissent manger en cheminant.

où Guillaume t'a confinée pour priver Hugues de ta présence.

Il recula pour tenir Tancrède à bout de bras. Ainsi, dans l'ombre mouvante et dorée, elle ressemblait à la statue figée au seuil de la grand-salle, avec ses yeux immenses, sa bouche entrouverte sur un sourire, un mot tendre. Il la parcourut du regard, imaginant sa nudité sous les plis du tissu immobile, et sentit foisonner, au creux de sa poitrine, des démons plus exigeants que d'habitude, qu'il domina pour insister encore :

— Viens avec nous. Tu nous quitteras où tu voudras. C'est sans doute, pour toi, cette nuit ou jamais... Mathilde affirme que Guillaume ne se réveillera qu'au matin, et je la crois... Sitôt debout, il sera exigeant et terrible.

A son désir de convaincre Tancrède s'était joint, peu à peu, une fureur qu'il ne s'expliquait pas. A moins que... A moins qu'il ne fût devenu jaloux de Jean !

Elle sourit et se recolla contre lui. Il huma son parfum, odeur indécise de chair et de fleur — lis ou thym — ; il s'en emplit les narines, regardant derrière elle, ses courtines pourpres entrebâillées, le lit à la tête duquel, comme une écume blanche, un drap sortait, froissé.

— Viens avec moi, dit-il une dernière fois.

Il glissa ses mains dans le dos de la jouvencelle, la caressant à travers l'étoffe douce et grenue qu'il n'osait retrousser par crainte d'être rejeté. Tancrède soupira, indécise et soucieuse :

— Nous avions décidé de quitter ces murs dans trois jours... C'est le temps que Mathilde estime nécessaire pour que la plaie de Jean soit bien refermée.

Il faillit la lâcher. Sa surprise, extrême, le laissait sans voix. Tancrède l'enlaça plus étroitement et sourit :

— Eh oui, Mathilde ! Elle est résolue à m'aider. Claresme au loin, moi partie, pour son bâtard, c'est la bonne chance.

Son sourire cessa ; elle releva la tête avec un air contraint :

— Ils t'attendent ? Tu t'en vas maintenant ?

Il avait dit à Thierry : « Préparez-vous sans moi. Que Marchegai soit sellé, et mes armes en place. Je vous rejoindrai avant les premiers feux du jour. » Il sourit :

— Je reste un peu... ou davantage. Cela dépend de toi.

Comment eût-il pu s'en séparer vivement alors qu'il hantait à nouveau cette chambre où quelques jours plus tôt, d'une certaine façon, ils s'étaient révélés l'un à l'autre ? Les événements qui l'y avaient conduit, ce matin-là, semblaient à peine réels, et bien dignes d'un conte de fées. Ils avaient croisé le fer !... A cet affrontement, un autre avait succédé, humiliant pour lui... La quitter ? Non... Elle souhaitait d'ailleurs qu'il restât, et ce n'était nullement de la peur qui la maintenait serrée contre lui, mais un contentement grave — une rémission de ses colères et de ses peines. Les lueurs des chandelles mordoraient ses pupilles et donnaient à son sourire une douceur inconnue. Sous sa frange, son front avait la lividité de l'étain, la douceur glacée d'une eau de source. Autour d'eux, les murs, les bruits, l'orage et ses cinglades laiteuses s'étaient dissous. Rigaud lui-même n'existait plus. Ils étaient plongés dans une solitude opaque, un silence feutré de leurs respirations où parfois, comme un bruissement d'insecte, grésillait une mèche rebelle à la flamme.

— A quoi penses-tu, Ogier ?

Il eût pu lui poser une question semblable, car elle avait un air absent, méditatif. Aventurer un geste ? Ne serait-ce pas rompre l'enchantement, lacérer cette suavité dont ils s'enveloppaient l'un l'autre ?

— Tu n'as jamais cessé de me subvertir [1].

Il craignait de s'abandonner à ses pulsions, à cette curiosité qu'il devait pourtant reprendre là même où il

1. Bouleverser.

l'avait précédemment suspendue. Agir sans patience et malignité n'aboutirait qu'à rétracter Tancrède pour toujours.

Et pourtant ! Elle le contemplait hardiment tandis qu'il plongeait ses yeux dans cet abîme bleu-or, immobile sous les paupières clignotantes. Il avoua :

— J'ai pensé très souvent qu'il me serait aisé de te quitter, tant parfois tu m'avais irrité... Je m'étais abusé sur le sentiment que tu m'inspires.

Elle rit, un frisson parcourut sa taille dure et flexible.

— J'ai souvent pensé que je te quitterais sans peine. Je m'étais abusée...

Reverrait-il ce front têtu sur lequel glissaient ses lèvres ; ce cou blond, duveteux ; cette oreille qu'il mordilla et qu'elle éloigna soudain avec un gloussement mêlé d'un soupir agacé ? Il ne savait à quoi attribuer les courants dont elle était parcourue. Le froid ? La peur nullement évanouie ?... Et si c'étaient, suscitées par les siennes, les démangeaisons de la convoitise ?

— Ogier... doux cousin...

Elle avait une voix inconnue, murmurante.

— Je crois bien que je t'aime.

Sans la laisser poursuivre, il la baisa aux lèvres, mêlant son souffle au sien, sa rancœur à la sienne. Quand leurs bouches humides se séparèrent, il était déterminé :

— Ne me fais plus languir.

Ce n'était ni une injonction ni une supplication, mais la nécessité faite phrase.

Elle hocha la tête, sourit encore, dénoua ses bras.

Sa robe se laçait sur le devant ; elle en commença par en haut l'ouverture ; il voulut l'aider, elle s'y refusa :

— Apprête-toi.

Ses joues le brûlèrent tandis qu'il dénouait le col de son pourpoint.

Elle porta les mains à sa ceinture et la laissa tomber sur l'échiquier roux et noir où son ombre s'étirait ; il l'imita. Son poignard fit un bruit sec en touchant le carrelage, mais Rigaud — s'il était là — ne l'entendit pas. Dormait-il, assis ou allongé devant la porte ?

Leurs formes s'épousaient sur la muraille grise.

Il enleva ses heuses, dénoua les aiguillettes qui retenaient son haut-de-chausses et ses braies ; sentit sa peau picotée de froidure et frotta sa poitrine alourdie d'un sang trouble. Quelque chose serpentait en lui. Une gêne ? Non : la crainte, tout à coup vivace, irrémissible et délétère, de décevoir cette nouvelle Mélusine et même — au pire — de lui répugner. Car, neigeuse et dorée dans l'obscurité translucide, elle semblait toujours régner sur leurs volontés : l'une violente et profonde, l'autre indécise, à fleur de peau. Tout ce que cette chambre contenait de fraîcheur refluait autour d'eux tandis qu'ils demeuraient immobiles sur le socle de leurs vêtements épars, ensorcelés par cette froidure profuse, dépouillés et dispos, mais pudiques au point que Tancrède, se détournant, s'en allait vers le lit comme vers un refuge.

— Doucement.

Il la retint par les hanches sans trop oser s'appuyer contre elle. Le silence de crypte et le gel lénitif issu des hautes pierres, les menaces dont ils percevaient les ondes et la proximité, agissaient sur leur volonté. Il sentit que Tancrède allait se dérober alors qu'il venait de la tenir dans ses bras, consentante. Sa malefaim prenait de l'épaisseur, devenait violente et turgide au moment où elle semblait renoncer.

— Tu n'es plus décidée... Je te fais peur ?

— Tu ne m'as jamais apeurée... Encore moins maintenant. C'est plutôt moi qui t'effraie, avoue-le !

— Tu es comme un breuvage inconnu dans lequel je veux tremper mes lèvres même s'il est...

— Empoisonné ?

— J'allais dire *« trop enivrant »*.

— Tu te méprends. Je sais, moi, qu'il ne pourra

l'être... Mais enfin, trempes-y tes lèvres et le reste, puisque j'y consens !

Elle avait son dos contre sa poitrine. Appuyé, appesanti de tout son désir sur les chairs dures, fermées, il remonta ses paumes jusqu'aux seins, les saisit comme des joyaux globuleux, matière et rêve, promesse et certitude, et la poussa vers le lit.

Elle s'y assit prestement, protégée par un geste de chasteté offensée qui, d'ailleurs, la dissimulait mal. D'autres se seraient allongées, fût-ce sous les couvertures, elle non ; elle frissonnait.

— Souffle la chandelle.

Il éteignit celle qu'elle tenait à son arrivée, et qu'elle avait posée sur un coffre, puis désigna les trois autres, sur leur support triangulaire :

— L'if aussi ?

— Non... Tire les courtines.

Quelque chose l'inquiéta dans ces prémices lentes et chuchotées. Ils auraient déjà dû s'enlacer, sans souci de ces lueurs chétives ; Tancrède restait immobile, plongée dans ses pensées, indifférente à ce corps mouvant, près du sien ; à cette virilité qui pourtant, au festin...

Il rapprocha deux rideaux lentement ; les anneaux glissèrent sans bruit sur leur tringle. Contournant le lit, il rabattit ensuite ceux du devant.

— Toutes, Ogier... J'aime mieux.

Il tendit les dernières courtines — de l'extérieur — et se courba pour se glisser dans ce catafalque plafonné de bois sombre. Si brève qu'eût été son absence, Tancrède l'avait mise à profit : elle était étendue sur le ventre. Désormais l'ombre des grands tissus, où çà et là se faufilaient des écorchures claires, les isolait, les enveloppait et les oppressait.

— Est-ce tout ce que tu voulais ?

Elle n'était plus qu'une forme limpide, aux rondeurs et reliefs indécis. Cependant, ses yeux s'accoutumant aux ténèbres, Ogier la vit mieux, reins creux et râblés, croupe haute, épaule en pente sur laquelle, comme d'une blessure, coulait un filet de clarté.

Il s'agenouilla, avança sa main, contraignit l'ensorceleuse à se tourner ; toucha et contourna un sein et sentit, dessous, palpiter le cœur.

Dans les failles des tentures s'insinuaient, indiscrètes, les pâleurs de l'if de fer illuminé : ils baignaient dans un crépuscule intime, livide, tiède et tellement silencieux que leurs souffles y semblaient des râles.

— Touche-moi.

Il n'avait nul besoin qu'elle le lui demandât.

— Rebaudis-moi longtemps.

Ces exigences chuchotées lui parurent insincères — comme adressées à un autre. Il crut comprendre que, disposée à le recevoir, elle reculait néanmoins le moment de cette acceptation hors des limites du soutenable. Son corps ne bougeait ni ne vibrait tandis qu'il en prenait connaissance. Beauté douce, gisante de marbre et de sang, statue svelte et si pure qu'elle ne moussait ni aux aisselles ni sur ce seuil qu'il n'avait franchi qu'une fois.

— Mais pourquoi as-tu...

— Ne parle pas... Ne parle plus... Tu me voulais, tu m'as... Que te faut-il encore !

C'était bien ce qu'il pressentait : elle consentait par foucade... gratitude... nécessité ou résignation. Et lui ? Quel était cet émoi ? Il se sentait hardi et presque compassé. Pourquoi ces caresses inappuyées ? Elle était enfin à sa merci !... Alors ? Avait-il trop rêvé, trop attendu ? Connaissait-il trop le corps féminin, à présent, pour que cette frénésie de curiosité à laquelle il avait si souvent obéi se fût non pas éteinte, mais assagie ?... Avec Anne — y pensait-il tant, soudain, parce qu'il allait quitter les lieux de leurs étreintes ? —, avec Anne, lors de ces moments-là, il eût aimé posséder des mains innombrables afin de l'envelopper toute et qu'aucune partie de son corps n'échappât à sa possession. Qu'elle ne fût plus qu'un seul frisson, une seule et haute flambée...

Il soupira. A la sensation de victoire éprouvée tandis que Tancrède se dénudait avec des gestes lents, d'une lascivité peut-être involontaire, succédait cette évidence crue, désappointante : elle ne l'aimait pas — même un peu. D'ailleurs, elle n'avait jamais affirmé qu'elle l'aimait ; elle avait dit : « *Je crois bien que je t'aime.* » Et c'était différent.

Il se pencha sur ce visage indistinct et comme pétrifié par une étrange attente. Les yeux seuls y vivaient et ne le voyaient pas.

Il la prit aux épaules, apposa longtemps ses lèvres au creux des seins ; deux bras l'enfermèrent et la voix murmura :

— Ta bouche... Rien qu'elle.

Elle voulait ignorer qu'il l'allait posséder, profaner peut-être.

Elle laissait son esprit vaguer autour des songes, des souvenirs, des spasmes disparus, des râles éventés ; elle l'offensait, lui, Ogier, en définitive. Partir ? Ah ! non. Il devait profiter, quelque amère qu'elle fût, de cette volupté-là.

Oppressé dans ce tombeau d'étoffes et de tentures, Ogier parcourut les courbes et les vallons offerts. Un instant, et comme il atteignait ses secrets, il sentit Tancrède s'animer, s'allumer, mais bien qu'il insistât, le feu prit mal ; le corps ne s'amollit ni ne s'embrasa. Une main l'écarta, et la voix, devenant rire, commenta :

— Sais-tu que tu es le seul homme...

— ... qui obtienne de toi à la fois tout et rien ?

— Ce n'est pas ce que je voulais dire.

Manquait-il de raffinement ? Non. Il s'encoléra. Il ne l'avait pas suppliée de s'allonger ; c'était bien elle qui s'était offerte. Pour se donner ? Se prêter ? *Lui faire plaisir ?* La charité poussée à l'extrême... Les autres — Margot, Aliénor, Clotilde — dans leurs élans simples et roides avaient cherché leur contentement avant le sien. Elle ? Il ne pouvait la définir. Il devait se repaître, pourtant, de ces courbes capiteuses, aspirer à mieux, à plus, et s'il la distançait dans la marée montante, comment, immobile sur ses rivages, pourrait-elle lui en vouloir ?

Soudain, elle découvrit son corps comme on tâtonne. A l'aveuglette. Elle lissa le duvet de sa poitrine, chercha les pointes de ses seins, son nombril. Elle dit en le lâchant :

— J'ai peur.

— Alors, pourquoi ?

Elle effleura son front d'une paume légère ; il essaya de ressusciter ses émois, sa confiance, s'appliqua à changer ses balbutiements en cadences, en litanie, et tout le bon vouloir qu'elle mit alors à le satisfaire ne suffit pas à délivrer en elle, comme par un effet de réverbération, les désirs mitigés d'incertitude qui fourmillaient en lui.

Il s'accouda et la contempla autant qu'il était possible, gisante grise affleurée d'une paume molle, prudente et même soudain prude, tandis qu'à nouveau d'autres courants, d'autres reflux, d'autres langueurs l'emportaient loin de lui.

— Je te déplais ?

Elle soupira doucement ; ainsi, elle s'abstenait de répondre. Ce n'était pas qu'elle répugnât aux caresses ; charnellement, elle était dispose, mais les sortilèges de tendresses perdues l'enfermaient dans leurs liens invisibles ; il ne pourrait l'en délivrer.

Jamais il n'avait éprouvé cette espèce d'incertitude, cette sensation de timidité, d'infériorité. Rien ne sublimait Tancrède, pas même les baisers aux lèvres picotantes où la goutte de chair donnait envie de mordre et non pas d'avaler.

— Tu en avais pourtant envie !

Sa volupté, c'était peut-être de résister à ces poussées, ces cabrades, cette effervescence où d'autres —

toutes — s'embrasaient. C'était de refuser de devenir transparente dans ses abandons, ses régals, ses extases... A la fois certitude et mystère, jamais il ne pourrait la changer en amante.

— Pourquoi as-tu accepté ?

— J'ai mes faiblesses... Ce sont mes audaces à moi.

Il était au-dessus d'elle. Elle cria ; une plainte rageuse.

— Damoiselle ! s'inquiéta Rigaud derrière la porte. Qu'y a-t-il ?... Ouvrez... Si vous avez peur toute seule, je veillerai au pied de votre lit !

Le silence était plein de leurs souffles épars.

Enfin, il s'était chevillé à elle. Enfin, elle le subissait. Il voyait, sous ses cils palpitants, son œil luire. Il s'enfonçait dans cette pulpe crispée comme pour un refus, se contraignait à la modération, à la lenteur afin qu'à la longue il parvînt à susciter ces élans, ces ferveurs dont il avait rêvé mais auxquels il cessait progressivement de croire. Elle semblait cependant plus passionnée, plus avide, plus résolue. A la dilection douce, préférait-elle les véhémences ? Il tremblait d'étouffer, par une brusquerie, cette félicité qu'il voulait distendre et magnifier.

Dans l'étroit couloir, devant la porte, le pas lourd de Rigaud, et sur le dallage, le heurt de ce qui pouvait être un vouge. Il était vouge, lui, Ogier ; il sentait les ongles de Tancrède dans ses reins ; il buvait ses soupirs à ses lèvres décloses, s'appuyait et se désenclouait, épais, brûlant, nouant plus fort son enlacement avec ce corps de pierre et craignant que le vieux sergent n'entendît quelque craquement qui mît sa défiance en éveil.

Elle soupira un nom qui n'était pas le sien, écrasa sa bouche sur son épaule et la mordit ; elle se donnait, se reprenait ; il n'osait suspendre ce cheminement... vers quoi ? La déconvenue ou l'ineffable ? Allons, en s'offrant, Tancrède avait obéi à la fatalité des choses ; elle n'avait cédé ni aux emportements du cœur ni aux exigences du corps. Il fut près de l'en mépriser.

La voûte noire, au-dessus d'eux, semblait s'alourdir de tiédeur, de moiteur ; Ogier sentait des gouttes sourdre de son front, de son cou, de son dos où parfois s'égaraient les doigts mouvants de Tancrède. Il fut soudainement assailli par la meute des pantelances alors qu'elle demeurait blottie dans son contre-jour, secrète, paisible, inébranlable. Alors, il enragea :

— Je fais l'amour. Et toi ?

— Tu me voulais, tu m'as.

— Tu n'as jamais été si éloignée de moi.

— Va !... Va ! Je suis à toi. Tu as obtenu mon corps. Que te faut-il de plus ? Mon cœur ? Mon âme ? Tu voudrais tout avoir... Pourquoi ces exigences ? Au-delà de cette nuit, rien ne sera plus possible entre nous, tu le sais... Non : reste... Ne gâche surtout pas ton plaisir : il me plaît.

Sa voix n'était plus la même. Résignée ? Désolée ? Moqueuse ? À quoi bon la douceur ! Il rua soudain, pressé d'en finir avec cette humiliation. Elle rit :

— Voilà messire Argouges qui galope !

Il la retrouvait enfin.

Il plongea dans son ventre à grands heurts frénétiques, secoué maintenant par un désir de revanche, de ravage. Elle voulut rire à nouveau ; il attrapa sa lèvre inférieure et la mordit. Elle ne se plaignit pas, victime d'une frénésie qui devait l'endolorir mais à laquelle elle trouvait peut-être un plaisir rarissime.

— Passac... Tu n'as jamais cessé de penser à lui !

Il atteignait ce point où la fièvre se liquéfie et ruisselle. Passac ! C'était comme une impudicité glissée dans leur étreinte ; une césure dans ce poème qu'il vivait seul sur ce corps exquis et décevant.

— Pourquoi *lui* ?

Jamais ils n'auraient dû parler. Tout était détruit. Alors, à quoi bon s'abstenir du dialogue des voix, puisque celui des corps se réduisait à *son* monologue ?

— Tu t'es dit que dans le noir tu me confondrais

avec lui... ou un autre... Après tout, ma vigueur ou la sienne...

— Cesse de dire des bêtises !

Elle le serra très fort, mettant dans ses sursauts un défi, une détresse — il ne savait quoi. Il la sentit palpiter de violence ; des marées, des orages, plaintes et frissons, secouèrent ses profondeurs, et l'équinoxe vint — vrai ou faux — tandis qu'elle exhalait un râle et chavirait, l'entraînant dans son naufrage, secoué par sa tempête — et cramponné à elle comme après une épave.

Elle le repoussa, ouvrit les courtines et disparut. Par la fente indécise des draperies, il la vit empoigner son aiguière, derrière l'if où brillait la clarté molle et triangulaire. Il ferma les yeux. Était-il satisfait ? Non. Exaucé ? Sans doute. Heureux ? Non.

Le clapotis de l'eau, tout près, semblait narquois comme un rire.

Tancrède revint se coucher ; elle frissonnait ; elle soupira. Il se mit sur le flanc, erra d'une main sur ses seins, irrité, inapaisé, ne sachant plus que dire et que faire.

— J'avais envie de toi, beau cousin... Follement, ces derniers jours... Et puis... et puis je n'ai plus voulu que te faire plaisir... Ce n'est pas toi, c'est moi qui ai tout gâté.

— Est-ce à Passac que tu es attachée ?... Tu peux me le dire, puisque nos chemins vont diverger cette nuit !

Il n'osait abandonner ces seins blancs pour esquisser un autre geste et se le voir refuser.

— Passac !

Elle eut un soupir brusque, amusé, agacé. Puis :

— Bêta !... Ce n'est pas lui que j'aimais... C'est son épouse.

Que dire ? Ogier retomba sur le dos, joignit ses mains sur sa poitrine et ferma les yeux. Passant ses lèvres l'une contre l'autre, pour savourer l'amertume de cette chair à laquelle il ne goûterait plus, il finit par demander :

— C'est elle que tu veux rejoindre ?

Il trouvait, soudain, ces passions plus licencieuses que les fornications auxquelles Adelis avait été contrainte.

— Une femme !... Et mariée qui plus est !

Leurs liens étaient rompus ; leurs fiertés, leurs ardeurs, leurs nudités inégalement accouplées les avaient conduits à ce silence froid et, pour lui, à cette rancune fort éloignée de la jalousie, mais bien voisine de l'aversion. Après tout, c'était peut-être cela, la consommation d'un inceste : ce mécontentement du corps soulagé sans l'être, et dans l'esprit, ces relents de damnation.

— Je t'ai fait de la peine ?

— Non, c'est moi qui te plains... Tu rêves à la Montfort, à la Clisson. Tu admires leurs prouesses de guerriers — ou de guerrières — mais tu sembles oublier qu'elles sont femmes et mères... Tiens, je parie qu'elles font *ça* mieux que toi !

Elle rit, nullement outragée :

— Qui sait ce qu'elles font ou faisaient en l'absence de leur époux !... Crois-moi : surtout l'hiver, dans un lit, une chambrière vaut mieux qu'une bassinoire !

Il gronda. Il n'obtiendrait rien d'autre que cette moquerie perverse, irrémédiable.

— Où veux-tu aller ?

— Je m'en vais essayer de gagner la Bretagne. Par Niort et par Nantes. Jeanne de Montfort doit être à Hennebont. Je l'y trouverai.

— Les Passac sont auprès d'elle ?

Tancrède ne répondit pas.

— Jean est-il d'accord ? En agissant ainsi, vous vous allierez aux Anglais.

— Nous nous joindrons aux Bretons hostiles à Charles de Blois. Ils luttent — l'oublies-tu ? — contre ce roi qui a diffamé tes lions.

— Mes lions, c'est surtout Blainville... Il vous faudra trouver des hommes d'armes... Les routiers doivent abonder en ces lieux...

Tancrède se souleva sur un coude et soudain Ogier se sentit enlacé, baisé sur les lèvres.

— Je t'aime bien, cousin... Tu es trop bon. Et cependant, tu m'inquiètes.

— Pourquoi ?

Nouveau baiser, plus long, plus doux.

Ogier essaya d'abaisser une main jusqu'au ventre tout proche. Tancrède la retint au nombril. Il sut qu'il n'irait pas plus bas. Elle roula sur le flanc :

— Tu as des désirs mais point de passion, beau cousin. Tu es apte à aimer une femme, à la contenter... Il y a en toi, même dans tes élans, tes étreintes, une sorte de rigueur, de tristesse. Est-ce vrai ce qu'on dit des Normands ?

— Qu'en dit-on ?

— Qu'ils sont froids comme la pluie de leur terroir... Qu'ils hésitent toujours entre oui et non... Qu'à trop vouloir agir avec discernement, ils manquent moult occasions... Toutes sortes d'occasions.

— C'est peut-être vrai... Tu me parles de passion. Nulle femme, ici, ne m'en a donné.

— Pas même Anne ?

Elle savait ; elle savait peut-être *tout*.

— J'aimais Anne, dit-il, sincère. Je te vois sourire, mais c'est vrai... Qu'en aurais-je fait, dis-moi ?... Une concubine ?... Une... bassinoire à ma disposition ?... Quand je l'ai connue, elle savait que je partirais un jour. J'espère qu'elle est en sûreté. Je souhaite de tout cœur qu'elle soit heureuse... J'ignore, c'est vrai, ce qu'est la passion. Il se peut qu'une pucelle ou une femme — qui sait ? — m'en inspire... J'ai fait à la fois, ici, l'expérience des femmes et l'expérience des armes...

— Et moi ?

— Toi, tu m'as triboulé. Je voulais... t'obtenir... Et

c'était plus pour moi qu'une fièvre des sens. Une sorte d'exigence que je comprenais mal et repoussais plus mal encore... Au fond, à Rechignac, ma passion, c'était toi !... Et ce petit goût d'inceste qui m'a tourmenté longtemps, je m'en moque à présent comme d'une maladie de l'enfance. Cousins ou pas, incestueux ou non, nous avons été unis l'un à l'autre. Nous ne sommes ni repus ni contents. C'est notre châtiment.

Il se leva, remit ses braies, ses chausses, ses heuses.

Tancrède bondit hors du lit et courut à son coffre. Elle en tira ses vêtements d'homme :

— Tu as raison : il me faut partir sans tarder.

Elle était prise d'une impatience fébrile, irrésistible. Il sourit :

— Tu pars avec nous ?

— Avec Jean.

— Nous pourrions cheminer ensemble.

— Non... Il vaut mieux que nous allions séparément. Guillaume va lâcher ses hommes et sa meute vers le nord, pour te retrouver. Nous irons à Verdeney, puis comme prévu, en sens contraire, jusqu'à Savignac. De là, nous ferons un détour...

— Il vous faudra galoper. Jean en est incapable !

— Il galopera. Je te l'ai dit : j'en ai besoin, je ne peux l'abandonner.

Déjà, elle avait ses cuisses couvertes de ses chausses. Il entrevit un sein aussitôt fourré dans la camisole, puis comprimé par les agrafes du surcot de cuir.

« Dire qu'elle sort de mes bras ! »

Cela semblait faux, imaginaire.

Tancrède mit ses houseaux et accrocha une dague à sa ceinture.

— Je vais aller trouver Jean... N'oublie pas : Roxelane et un cheval au val de Verdeney... Rien d'autre... Et sache-le encore, sache-le toujours : je t'aime bien. Plus que tu l'imagines... Je ne veux rien te devoir. Nous nous quittons et sommes quittes.

Ogier sentit derechef sous sa peau ce feu moite qui portait peut-être un nom. Mais lequel ?

— J'oublierai cette nuit où je t'ai fait plaisir.

Pourquoi aimait-elle à se rendre odieuse ?

Il marcha jusqu'à la fenêtre, s'y pencha et aperçut une torche dans les ramures des chênes. Dessous, des croupes luisaient ; et des mailles. Saladin tournait autour.

Tancrède le rejoignit.

— Ils m'attendent.

Étaient-ils demeurés au lit si longtemps ?

— Comment fait-on ?

Elle tremblait, claquait des dents ; même si sa fierté devait en pâtir, elle implora :

— Hâte-toi... Que vas-tu faire ?

C'était simple. Pour quitter cette chambre, il fallait que Rigaud y entrât.

— As-tu de quoi assommer ton garde ?

Dans un coin, elle lui montra la bassinoire. Il rit :

— Eh bien, tu vois qu'elle peut être utile à une fille de ton espèce... Mais je lui préfère ce trépied sur lequel tu as posé ta cuvette. Il sera moins bruyant.

Elle le lui apporta.

— Bien. Maintenant, il me faut des cordes ou des ceintures, et de quoi l'empêcher de jupper quand il reprendra ses esprits.

Tancrède tira de son coffre des bandes de tissu et plusieurs cordelières dont Ogier éprouva la solidité.

— Que dois-je faire ?

— Glisse-toi dans ton lit, et tu crieras comme si tu venais d'avoir une angoisse... Le sergent voudra sûrement te conforter. Je serai derrière la porte et l'assommerai... J'espère qu'il sera coiffé d'un chaperon... Sitôt étendu, nous l'attacherons et le mettrons à ta place. Et nous partirons en verrouillant la porte... Veux-tu que j'aille avec toi apprêter Jean ?

— Non, nous nous séparerons devant la chambre de Blanquefort... Ensuite, à la grâce de Dieu.

— Surtout, sois diligente et prudente !

Il la dévisagea, traversé d'une douleur poignante à l'idée qu'ils se perdaient pour toujours. Quelles joies et quels périls allait-elle trouver sur cette pente qu'elle dévalait à plaisir ? Jamais elle ne la remonterait... Jamais elle ne serait...

— Hâtons-nous, Ogier.

Elle entra dans les draps ; il empoigna par un pied la sellette.

« Pauvre Rigaud ! »

Un franc coup. Et la liberté...

Un instant, il jouit de cette paix profonde autour de lui. Il était résolu et tout serait facile. Là-bas, sur leur socle, trois petites flammes tremblotaient. Il allait agir en félon mais Guillaume l'y obligeait.

Il se pencha sur Tancrède. L'air, au-dessus d'eux, sentait encore leurs chairs. Il étouffa un soupir et l'embrassa sur la bouche, étonné de nouveau par la poussée de leurs corps l'un vers l'autre. Pourquoi cette attraction singulière et cet échec ? Pourquoi aussi cette amertume ?

— N'oublie pas : attache les chevaux non loin du grand chêne... Finalement, ils n'attendront pas longtemps.

Elle était déjà bien loin de lui !

Déçu, mécontent, mauvais, Ogier s'approcha de l'huis dont il tira la targette. Et la sellette lui parut lourde, soudain, bien qu'il la tînt par deux pieds.

Tancrède cria. Une plainte effrayée. Violée, elle eût hurlé pareillement. Aussitôt, la voix de Rigaud traversa le chêne, si forte qu'on l'eût dit dans la pièce :

— Damoiselle ! Damoiselle !

Le verrou extérieur couina dans ses verterelles. Le panneau s'écarta de son cadre de bois.

— Damoiselle !... Êtes-vous mal ?

Rigaud s'avançait, le chaperon de guingois.

Le trépied tomba, formidable. Le gardien plia les

genoux et chut en grognant. Déjà Tancrède bondissait, les cordelières à la main.

— Donne-moi ça... Va fermer la porte, mais avant, prends son épée et mets-la dans un coin... Puis viens m'aider.

Prestement, Ogier bâillonna sa victime. Cela fait, il colla l'oreille contre sa poitrine. Le cœur battait. Il en fut heureux. Il tourna le corps sur le ventre et lui lia les poignets, puis les chevilles.

— Hâtons-nous ! Hâtons-nous, beau cousin !

Ils empoignèrent le sergent et le posèrent sur le lit. Tancrède en referma les courtines.

— Descendons, dit-elle. Pour toi, Ogier, c'est fini. Pas pour moi.

Il acquiesça. Une fatigue aiguë lui labourait les reins et raidissait ses membres.

— Tu n'oublies rien ?... Tu pars sans espoir de retour.

— Je n'oublie rien... Je ne laisse ici que mon ennui.

— Alors, viens.

L'escalier baignait dans l'ombre tremblante que dissipait mal, vers le bas, un flambeau épuisé. Silence. Pesanteur. Ogier eut l'impression fulgurante et refroidissante que toutes ces pierres obscures, autour de lui, autour d'eux, contractaient leur masse circulaire. Mais non. C'était un effet de l'angoisse. La tranquillité puissante de l'édifice endormi était à la mesure de ce puits dans lequel ils s'enfonçaient avec des précautions extrêmes. Rien. Rien que l'odeur des fumées de la torche sous laquelle ils passaient, laissant sur le mur glisser leurs ombres mêlées, bientôt dissoutes sur le palier où ils devaient se quitter.

— C'est là, Ogier.

Tancrède était effroyablement pâle. Et lui, ravagé de détresse, d'inquiétude. Elle s'approcha. D'un geste sauvage, elle frotta ses yeux humides, et ses lèvres tremblaient tant qu'elle ne pouvait parler.

Elle l'embrassa, baiser bref mais d'une intensité qui le meurtrit au point qu'il la lâcha.

— Je suis dolente à l'idée de ne plus te revoir.

— Que ne ferais-je pas pour te savoir heureuse !... Ai-je forfait à l'honneur ?... Je ne sais. Mais aussi vrai que je m'appelle Argouges, cousine ou pas, je suis fier de t'aider.

Il souriait. Soudain, son courage et son exaltation tombèrent. Seule subsista en lui l'amertume d'avoir dû commettre des actes déloyaux, nécessaires, incertains, voire périlleux. Il perçut de haut en bas du sien la chaleur du corps de Tancrède, et la véhémence de son baiser lui fit l'effet d'une morsure. Il recula, les lèvres en feu, décontenancé par cette gratitude acharnée, dépourvue, maintenant, de la moindre promesse.

— Va ! dit-il tandis qu'elle s'approchait encore.

— Je t'aimais fort, cousin, mais...

Brusquement Tancrède tourna les talons et partit. Les murs et l'ombre l'absorbèrent.

Ogier demeura indécis, immobile, les jambes comme démusclées, douloureuses. Avancer lui arracha un gémissement.

La nuit le saisit, glacée, pluvieuse, sur le seuil du donjon. Il courut jusqu'à ses compagnons et vit Thierry, tenant Marchegai par la bride. Derrière, il y avait Adelis — Titus à son poing — et Bressolles. A peine dégagés de l'ombre, Raymond et Norbert. Le flambeau porté par le sergent poudrait ses mailles d'un givre d'or et d'argent. Briatexte était assis sur la margelle du puits, muet, immobile. A l'écart, Saladin semblait le surveiller.

— Viens, Raymond. Passe ta torche à Norbert : il me faut un cheval de plus.

Ogier se tourna vers Thierry et les autres :

— En selle... Nous n'en aurons pas pour longtemps.

Il lui sembla que les fers des chevaux, dont il distingua mieux la masse musculeuse sous les chênes, faisaient un bruit excessif, et suivi par Raymond, il courut jusqu'aux écuries.

Un rayon de lune les guida. Ogier se dirigea vers les selles et en prit une au hasard. Et comme un cheval remuait plus que les autres, il le choisit.

— Mais, s'étonna Raymond dans son dos, c'est le destrier du baron !

— C'est Broiefort, en effet... Allons, aide-moi... Le temps nous presse !

Raymond fit sortir le cheval de sa parclose. Ogier lui jeta sa selle sur le dos. Puis il attacha la ventrière, passa la têtière et le frontal. Il flattait parfois l'étalon pour qu'il ne bronchât pas. Il se tourna vers le sergent :

— Tu penses que j'agis bien mal en dépossédant mon oncle. Sache que j'ai mes raisons.

Il riait, mécontent de lui et ravagé par un remords pénible. Mais quoi ? N'était-ce pas Guillaume qui le contraignait à ces façons ?

— Hâtons-nous. Ce froid annonce le petit jour.

— Nous en sommes encore loin, messire.

Ils sortirent, Raymond tirant Broiefort par la bride. Une rafale criblée de pluie tourbillonna autour d'eux.

— Quel temps !

Ogier aperçut les chevaux parmi lesquels Roxelane mettait une tache claire, et Passavant, portant trois lances à son flanc.

Ils s'approchèrent. Le vent jetait des appels rauques à travers les chênes dont les branches s'effarouchaient.

— Quand nous sommes allés les déterrer, en forêt, Raymond, ils étaient une fois plus hauts que moi.

— Eh oui, ils ont grandi... Ce sont les seuls, ici, à n'avoir jamais souffert de rien.

— Temps de cochon, messire ! dit Thierry en s'approchant. Pour qui est ce cheval ?... Mais c'est Broiefort !

— C'est lui, en effet. Et tout ce que je peux te dire présentement, c'est que cette pluie me plaît. Elle va tellement mouiller les odeurs que les chiens de mon oncle, demain, seront incapables de retrouver nos traces. Qui manœuvre le treuil ?

— Girard.

— Alors, qu'il abaisse le pont !

Norbert, aussitôt, agita sa torche.

Ogier se retourna pour voir une dernière fois Rechignac. Non, il n'oublierait jamais cet orgueilleux monstre de pierre.

Et Tancrède ? Jean ?... Où en étaient-ils ?

Les chaînes cliquetaient ; lentement, comme à regret, le tablier déclinait vers ses assises, et la herse remontait. Et là-bas, sur le seuil du donjon piqué d'une seule lumière — la chambre de Tancrède — une ombre bougeait.

— Clotilde.

Toujours elle. Et comme il l'avait craint, elle courait.

Sans bruit, le pont toucha les piles de granit. Ogier sauta en selle et frotta l'épaule ruisselante de Marchegai. Déjà, Saladin s'élançait en avant : et Adelis — montée sur une jument grise : Face-belle ; Bressolles ensuite, puis Norbert, Raymond, Broiefort et le cheval de somme ; Roxelane, que Thierry menait sans difficulté, bien que Passavant fût près d'elle. Masse grondante sur le panneau de chêne abattu... Briatexte, enfin, sur son Artus...

Et lui, Argouges, le dernier.

Clotilde était là, essoufflée, légère, éplorée ; la pluie crépitante avait noyé sa chemise et la plaquait impudiquement sur son corps. Elle *savait* donc tout, cette fille ! Était-ce dangereux pour Tancrède et pour Jean ?

Il retint Marchegai.

— Que veux-tu ?

— Que tu m'emmènes !

— Je ne le puis, tu le sais !

Elle fut secouée de pleurs coléreux et ramassa un caillou dans l'intention de le lui jeter.

— Allons, dit-il. Allons, ne sois pas sotte !

Il comprenait mal cette détresse. Mais peut-être l'aimait-elle vraiment, elle... N'importe ! Elle devait demeurer. Tout devait demeurer : pierres et gens. Et Guillaume !

Il partait sans regret. Non : *il partait tristement*. Mais, de toute manière, il aurait éprouvé ce désarroi à vague goût de cendre.

— Au trot, Marchegai.

Il se pencha pour éviter les doigts griffus d'un chêne. Branches mortes.

Tout mourait semblait-il cette nuit.

Il ne regardait plus Clotilde, courant à son côté, puis disparaissant alors qu'il s'engageait sous la voûte au-delà de laquelle c'était l'aventure. Mais quand son destrier hennit, il comprit qu'elle avait lancé la pierre.

L'étalon noir franchit le pont, et bientôt le grincement des chaînes en indiqua la remontée. Ogier entendit les cris furieux de Clotilde, mêlés, soudain, à ceux de Mathilde, puis, au-dessus, la voix de Girard :

— Dieu vous garde, messire Argouges !

Sans se retourner, il agita sa main, et d'emblée Marchegai prit le trot.

— Allons, beau seigneur, en avant !

Ogier fut heureux que ce pays tellement parcouru fût englouti dans les ténèbres. Ainsi, rien ne pouvait accrocher ses regards.

« Je n'ai même pas pu interroger Aspe sur ce qu'il avait vu, la dernière fois, à Gratot. »

Il soupira. Son départ semblait une fuite.

Très vite, il rejoignit ses compagnons et s'approcha de Thierry, inquiet, le visage mouillé sous son chaperon sombre, surmonté d'une plume d'oie.

— Où allons-nous, messire ?

— Nous emmenons Broiefort et Roxelane au val de Verdeney.

— Verdeney ?

— Oui... Ce n'est pas une nuit à sorcière !

— Soit, messire. Et peut-on savoir qui viendra les prendre ?

— Tancrède et Jean. Ils partent... ailleurs.

Thierry n'en demanda pas davantage. Fidèle, discret, obéissant, il serait un bon écuyer.

— Perrine pleure, dit-il. Je ne l'amourais guère.

Or, il devait souffrir car sa voix chevrotait.

Saladin aboya, heureux de l'eau, de la nuit, de l'espace.

— Ensuite, messire, où irons-nous ?

L'esprit d'Ogier fut subitement traversé par le souvenir de son père, ivre de vergogne et de douleur dans la cour du château de La Broye. La face détestée de Blainville vint se juxtaposer à celle de cet homme rompu. Blainville sournois, hautain, avide.

— A Gratot ! dit-il d'une voix forte, hargneuse.

Se détournant, il considéra ce qu'avec ironie il appela sa flote [1], masse noire, cliquetante, accablée de sommeil, pénétrée de froid et d'humidité. Derrière, sur le fond du ciel fuligineux, Rechignac élevait sa sombre architecture.

« Cinq ans... Cinq ans ! »

Il ne fallait pas s'émouvoir. Il fallait aller de l'avant, toujours et toujours.

— A Gratot, mes amis et que Dieu nous garde !

1. Le mot *escorte* fut employé en 1500. La *flote* désignait à la fois une petite troupe ou une foule.

ÉQUIPEMENT D'OGIER D'ARGOUGES
dans la seconde moitié du XIVe siècle

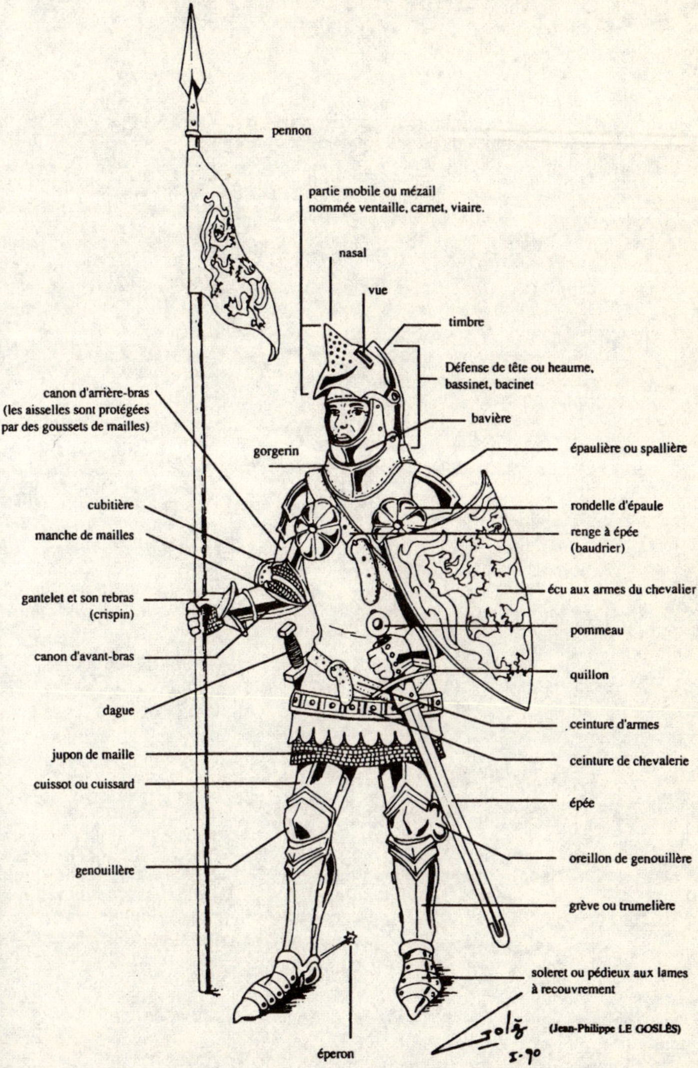

CYCLE D'OGIER D'ARGOUGES

Une fantastique épopée
enracinée dans l'histoire
de la guerre de Cent Ans au nom de l'honneur perdu.

LES LIONS DIFFAMÉS

La guerre faire rage entre Philippe VI, roi de France et Édouard III d'Angleterre. L'armada de l'Anglais mouille au large de la Bretagne. Le 24 juin au matin, la bataille navale de l'Écluse s'engage. La flotte française est anéantie. Un carré de chevaliers restés fidèles à Philippe soupçonnent l'un d'entre eux de trahison. Le chevalier normand Godefroy d'Argouges, faussement accusé, est dégradé et les glorieux lions d'or de son blason sont diffamés. Devant la puissance du félon, favori de Philippe, Godefroy doit se résigner. Destitué de son rang, le chevalier n'aura dès lors d'autre souci que de protéger le seul témoin du complot : Ogier d'Argouges, son jeune fils. Ogier devra fuir en Périgord, sur les terres du baron Guillaume de Rechignac, son oncle. Il y apprendra les lois de la chevalerie qui lui permettront, un jour futur, de restaurer l'honneur des Argouges.

LE GRANIT ET LE FEU

Cinq ans ont passé. Ogier est devenu un écuyer solide. Il songe moins à devenir chevalier qu'à restaurer son honneur. Hélas ! ses desseins subissent un contretemps terrible. Au cœur de l'été 1345, les Anglais se répandent en Périgord. La forteresse de Rechignac a excité la convoitise d'un capitaine d'aventure : Robert Knolles. Il somme Guillaume de lui livrer son château. Le vieux guerrier refuse. Ogier, son oncle et Blanquefort, son sénéchal, s'emploient à stimuler le courage des défenseurs. Les assauts des « routiers » se multiplient. Le fier château sera-t-il envahi ?

LES FLEURS D'ACIER

Jeudi 13 avril 1346. En fin de matinée, Ogier d'Argouges et ses compagnons contournent le champ clos de Chauvigny où des joutes vont rassembler, le dimanche suivant, les meilleurs chevaliers du Poitou et quelques personnages fameux du royaume. Ogier sait que des émissaires du roi d'Angleterre doivent y rencontrer secrètement des nobles français traîtres à la couronne. Parmi eux, Richard de Blainville, le favori du roi Philippe VI, l'homme qui a injustement dégradé son père et diffamé les lions de ses armes. Pourra-t-il, tout en sauvant l'honneur menacé de son suzerain, assouvir enfin sa vengeance ?

LA FÊTE ÉCARLATE

Dimanche 16 avril 1346. En ce jour de Pâques, la population de Chauvigny et des environs se presse autour du champ clos. Le hasard favorise Ogier dans son entreprise : il rencontre l'ancien chapelain de Gratot, frère Isambert, que sa couardise a conduit à servir Blainville. Il apprend que les conjurés vont se réunir dans un souterrain sous la maison du chévecier de l'église Saint-Pierre. Ces hommes décideront de la date à laquelle les armées anglaises débarqueront en Normandie afin de conquérir Paris et installer sur le trône des Valois le légitime successeur de Philippe le Bel : Édouard III.

LES NOCES DE FER

Mardi 3 octobre 1346. Ce jour-là, dans la matinée, Henry de Lancastre, comte de Derby, qui vient de conquérir les grandes cités de la Saintonge et d'en ruiner les édifices religieux, commande à son armée de se déployer autour de Poitiers. Ogier d'Argouges, qui a survécu au massacre de Crécy, cinq semaines auparavant, a quitté Gratot, le château familial, pour se rendre en Poitou et demander au seigneur des Halles de Poitiers, Herbert III Berland, la main de sa fille Blandine. Chemin faisant, il doute que sa démarche aboutisse.

LE JOUR DES REINES

Blessé devant Calais assiégé, Ogier d'Argouges, prisonnier, est emmené en Angleterre. Le roi Édouard III et sa noblesse, glorifiés par les manants du royaume, célèbrent leurs victoires par des fêtes grandioses : les joutes d'Ashby. Mêlé à des aventures guerrières et amoureuses où apparaissent Catherine de Salisbury et Jeanne de Kent, surnommée la plus belle fille d'Angleterre, Ogier est bien déterminé à refuser sa condition d'otage.

L'Épervier de feu décrit d'hallucinante façon l'hécatombe que la peste noire provoqua en 1348 en Normandie. Non seulement l'irrésistible fléau y détruisit les manants, le paysans, les prud'hommes et leurs familles, mais il ouvrit ce malheureux duché à des hordes aussi épouvantables que la gigantesque épidémie.

Impression réalisée sur Presse Offset par

BRODARD & TAUPIN

GROUPE CPI

23343 – La Flèche (Sarthe), le 22-04-2004
Dépôt légal : avril 2000
Suite du premier tirage : avril 2004

POCKET – 12, avenue d'Italie - 75627 Paris cedex 13
Tél. : 01.44.16.05.00

Imprimé en France